Knaur.

Im Knaur Taschenbuch Verlag ist bereits von der Autorin erschienen:
Im Land der Feuerblume

Über die Autorin:
Carla Federico ist eine junge österreichische Autorin, die Geschichte und Philosophie studiert hat. Sie lebt heute als Fernsehjournalistin in Deutschland. Ihre große Leidenschaft fürs Reisen hat sie in zahlreiche Länder geführt, bevor sie sich für einen längeren Aufenthalt in Chile niederließ, dem Land, das sie zu diesem Roman inspirierte.
Mehr zu Carla Federico erfahren Sie auf: www. carla-federico.de

Carla
Federico

Jenseits von Feuerland

Roman

Knaur Taschenbuch Verlag

Besuchen Sie uns im Internet:
www.knaur.de

Originalausgabe Mai 2011

Redaktion: Kerstin von Dobschütz
Karte: Computerkartographie Carrle
Umschlaggestaltung: ZERO Werbeagentur, München
Umschlagabbildungen: The Princess Elizabeth Storms North
in All Weathers (oil on canvas), Nolan, David (Contemporary Artist) /
Private Collection / The Bridgeman Art Library; Gettyimages
Satz: Adobe InDesign im Verlag
Druck und Bindung: GGP Media GmbH, Pößneck
Printed in Germany
ISBN 978-3-426-50440-6

2 4 5 3 1

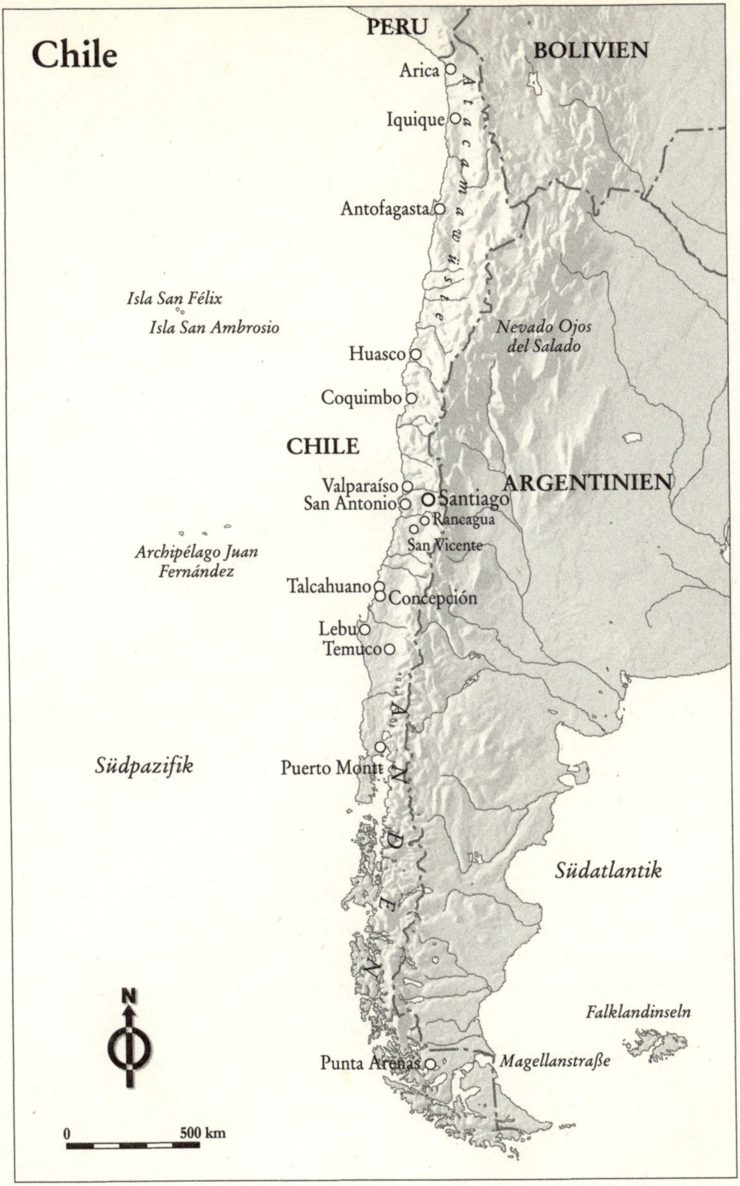
Chile
PERU
BOLIVIEN
Arica
Iquique
Atacamawüste
Antofagasta
Isla San Félix
Isla San Ambrosio
Nevado Ojos del Salado
Huasco
Coquimbo
CHILE
ARGENTINIEN
Valparaíso
San Antonio
Santiago
Rancagua
San Vicente
Archipélago Juan Fernández
Talcahuano
Concepción
Lebu
Temuco
ANDEN
Südpazifik
Puerto Montt
Südatlantik
N
Falklandinseln
Punta Arenas
Magellanstraße
0
500 km

Prolog

Magellanstrasse, Dezember 1892

Sprühender Nebel und Dunstschwaden erwarteten sie, nachdem sie den Atlantik verlassen hatten und in die Magellanstraße eingefahren waren. Zunächst glitt das Schiff lautlos auf dem dunklen Wasser, doch plötzlich wurde das Grau vor ihren Augen so dicht, dass der Kapitän befahl, den Anker werfen zu lassen. Erst Stunden später, der Abend nahte schon, erwuchsen aus einem Lufthauch heftige Windböen. Der Nebel riss wie ein Schleier, und das Meer war nicht länger abgründig schwarz, sondern leuchtete in vielen Farben: Es funkelte grün und türkis, wo Sonnenstrahlen darauf fielen, dunkelviolett, wo die schroffen Küsten Schatten warfen.

Das Schiff nahm wieder an Fahrt auf, kam nun an steil aufragenden Basaltfelswänden vorbei, an zerklüfteten Klippen und an öden Heiden, die oft von den ebenso wilden wie kalten Südwinden der Antarktis gepeitscht wurden. Keine fruchtbaren Wiesen bedeckten sie, sondern dürre Algen, über denen Seevögel kreisten – Albatrosse mit schwanenweißem Gesicht und mächtigen Flügeln, Regentaucher, die der Algen bald überdrüssig waren und hungrig nach Fischen auf das Wasser herabschossen, Meerlerchen mit ihrem gebogenen Schnabel und Raubmöwen, deren Kreischen zu ohrenbetäubendem Lärm anwuchs. Auf die Heidelandschaft folgten sanfte Hügel mit Eichenwäldern und Brombeerhecken und später Wiesen, die von graubraunen, kniehohen Grasbüscheln, weißen Flecken – Schafen oder Staubflächen – und dann und wann von den winzigen Farbtupfern violetter und gelber Blumen übersät waren.

In der Ferne ragten die ersten Berggipfel auf, und Emilia, die an der Reling stand, starrte fasziniert darauf. Bei Tageslicht von kaltem Blau erglühten sie nun im Abendrot in sanftem Rosa. Bei ihrem Anblick musste Emilia unwillkürlich an die Worte des Walfängers Pedro denken, die er einst, als sie vor vielen Jahren zum ersten Mal die Magellanstraße durchkreuzt hatte, an sie gerichtet hatte. Auf der einen Seite, so hatte er ihr erklärt, wäre das chilenische Festland, auf der anderen Seite wären die vielen kleinen, bergigen Inseln von Feuerland.

»Und was kommt jenseits von Feuerland?«, hatte sie gefragt, und seine Antwort hatte gelautet: »Nichts … nur ewiges Eis. Jenseits von Feuerland liegt das Ende der Welt.«

Die Vorstellung von einer menschenleeren Ödnis, von einer erschreckenden, weil nahezu grenzenlosen Weite hatte ihr damals keine Angst gemacht. Sie hatte schrecklichen Kummer gelitten und war sich sicher: Auf jedem Fleckchen Erde – ob besiedelt oder unbewohnt, ob farbenprächtig oder grau, ob voller Sonnenschein oder kaltem Eis – würde sie von diesem Kummer verfolgt sein. Nun aber, da dieser Kummer längst vergangen war, nur Narben zurückgeblieben waren, die nicht mehr schmerzten, erschauerte sie voller Ehrfurcht und kam sich im Angesicht der gewaltigen Natur winzig klein vor.

Plötzlich nahm sie einen Schatten hinter sich wahr. Eine Gestalt trat zu ihr und umschlang ihre Schultern.

»Woran denkst du?«, fragte der Mann.

»Dass jenseits von Feuerland nichts mehr kommt ...«, murmelte sie nachdenklich.
Immer wieder hatte sie es gehört: Feuerland war noch karger, einsamer und unerforschter als die patagonische Steppe, ein Land der ewigen Stille, die nur manchmal vom Seufzen der Gletscher unterbrochen wurde.
Der Mann streichelte ihr Gesicht, und sie presste sich enger an ihn, während das Sonnenlicht verblasste und der Wind zunehmend schärfer wehte.
Das Schiff glitt an urwüchsigen Wäldern vorbei, und zum Geschrei der Möwen gesellte sich das Rufen der Chucaos, scheue Vögel, deren Echo wie Gelächter klang. Dann wieder schlug Steppe breite Schneisen in den Urwald. Die Schafe, die sich wegen der nahenden Nacht zusammendrängten, sahen aus wie Wolken.
»Es wird kühl«, murmelte er, »lass uns hineingehen.«
Anstatt ihm zu folgen, machte Emilia sich von ihm los und umklammerte erneut die Reling. Ihr Blick suchte das Ende des Horizonts, doch Himmel und Meer trafen sich nicht mit einem klaren Schnitt, sondern wurden durch ein weißes Band vereint, vielleicht weitere Berge, vielleicht nur Wolken.
»Ich muss mit dir reden«, murmelte sie. »Es ... es geht um das Geheimnis, das ich dir anvertraut habe. Mein Geheimnis.«
Im Wind flatterte sein Mantel so heftig wie ihr Kleid. »Nun ist es kein Geheimnis mehr«, stellte er fest.
»Ja«, sagte sie leise. »Ja, nun weißt du es ... Nun weißt du alles. Doch ich frage mich ... «
Sie brach ab.
Am Ufer wirbelte der Wind Staub und Sand auf und trug beides Richtung Schiff. Hinter dem Staub ballte sich die Sonne, eben noch von Dunst zerfranst, zu einer glühenden Faust. Kurz schien der graue Himmel zu brennen; das Meer leuchte-

te ein letztes Mal golden auf, dann sog die Nacht alle Farben aus dem Land. Das Wasser wurde pechschwarz, und bleich trat am Abendhimmel die Mondsichel hervor.

Emilia seufzte.

»Ja, nun weißt du alles«, wiederholte sie. »Doch ich frage mich, ob du mit diesem Wissen leben kannst.«

Erstes Buch

Das Ende der Welt

1881–1882

1. Kapitel

Die junge Frau rannte um ihr Leben.

Trotz allem, was geschehen war, fand sie die Kraft, zu fliehen und ihre Schmerzen zu ignorieren – es waren schreckliche Schmerzen. Ihr Körper war über und über von Kratzern, Schrammen und blauen Flecken übersät. Ihre Füße brannten, als hätte sich ihre Haut aufgelöst und als würde sie auf rohem Fleisch laufen. Ihr Kopf dröhnte, ihre Kehle schien zu zerbersten. Und dennoch hielt sie nicht inne, legte vielmehr an Tempo zu und wurde erst dann langsamer, als der Durst übermächtig wurde. Als sie ein Rauschen hörte, blieb sie erstmals stehen und hob den Kopf.

Das Rauschen stammte von einem kleinen Fluss, dessen Wasser in der Sonne türkis funkelte. Sie wankte darauf zu, doch ehe sie ihn erreichte, verfingen sich ihre Füße im Gestrüpp; sie stolperte, verlor die Balance, fiel auf trockene Erde. Ächzend und mit geschlossenen Augen robbte sie weiter, zerkratzte sich die Hände noch mehr, schürfte sich die ohnehin blutigen Knie weiter auf. Unbarmherzig brannte die Sonne auf sie herab.

Durst, sie hatte so schrecklichen Durst, und das Wasser, es war doch so nah!

Aber sie konnte es nicht erreichen – noch nicht. Immer wieder wurde sie von ihrem ausgelaugten Körper gezwungen, liegen zu bleiben, und jedes Mal fürchtete sie, von alles vernichtender Schwärze überwältigt zu werden. Doch sie gab nicht auf, robbte weiter, und endlich tauchten ihre Finger in das kühle Nass. Die Spitzen ihres langen schwarzen Haars fielen hinein, die Strömung spielte mit ihnen, und schließlich versenkte sie ihren ganzen Kopf im Fluss, öffnete den Mund und ließ das kalte Wasser einfach hineinfließen. Während sie mit Mühsal schluckte, fühlte es sich an, als würden kleine Messer in ihre Brust schneiden, aber zugleich kehrten neue Lebenskräfte in ihren geschundenen Körper zurück.

Prustend tauchte sie nach einer Weile wieder auf. Das nasse Haar hing über ihr Gesicht. Sie strich es zurück, starrte auf den Fluss, der verschwommen ihr Spiegelbild reflektierte – und erkannte sich nicht wieder. War das ihr Gesicht, ihr Körper, ihre Hände, die sie nun ausstreckte, um sich zu waschen, um ihre blutigen Füße zu betasten und Dornen und Stacheln herauszuziehen?

Sie war sich fremd geworden, wusste nicht mehr, wie sie aussah, wer sie war, und sie wusste auch nicht mehr, wie sie hieß.

»Mein Name«, fragte sie laut in die Stille, »wo ist mein Name geblieben?«

Nachdem sie sich notdürftig gereinigt hatte, blieb sie steif sitzen. Die Luft wurde kühler, das Haar trocknete im Wind. Plötzlich zuckte sie zusammen und blickte sich ängstlich um. Ein Geräusch war erklungen, ganz nah an ihrem Ohr – Hufgetrampel, Gelächter, Stimmen, ein Schuss, das Klirren von Säbeln. Sie duckte sich unwillkürlich, sah sich schnell nach einem Versteck um.

Sollte sie versuchen, zu den kümmerlichen, verdorrten Bäumen dort hinten zu laufen? Oder sich einfach ganz flach auf den Boden legen und hoffen, dass die Farbe ihres Wollkleides mit der der Erde verschmolz und die Reiter nicht auf sie achten würden? Allerdings – wenn diese das glitzernde Wasser sahen, würden sie gewiss rasten und trinken. Sie würden sie

sofort entdecken, und dann würden sie sie töten. Daran bestand nicht auch nur der geringste Zweifel.
Sie lauschte wieder, hob schließlich vorsichtig den Kopf; das Hufgetrampel klang zwar näher, aber noch war niemand zu sehen. Rasch sprang sie auf, unterdrückte einen Schmerzenslaut, als sich Steinchen in die blutigen Fußsohlen gruben, und wankte zu den Bäumen. Die Äste reichten bis zur Hüfte, sie konnte mühelos auf die niedrigen klettern und sich von dort aus weiter hinaufziehen. Doch der Baum war kahl und bot nicht sonderlich viel Schutz vor Blicken. Wenn nur einer der Soldaten zufällig den Kopf hob, war es um sie geschehen. Er würde sie erschießen, wenn sie viel Glück hatte, mit seinem Säbel aufspießen, wenn sie ein wenig Glück hatte, oder ihr Kleid zerfetzen, ihr ins Gesicht schlagen und sie schänden, wenn sie gar kein Glück hatte.
Das Geäst knirschte, sie war sich nicht sicher, ob es nicht zu morsch war, um ihrem Gewicht standzuhalten. Aber jetzt gab es kein Zurück mehr. Die Soldaten kamen um die Ecke, deuteten auf das Wasser, ritten darauf zu. Ein Kondor zog am blauen Himmel seine Kreise, warf seinen Schatten auf sie.
Die Soldaten sprangen von den Pferden, stürzten auf das Wasser zu, johlten lustvoll, als es ihre trockenen Kehlen nässte. Wahrscheinlich wuschen sie sich ihre blutigen Hände darin. Es musste viel Blut sein. Sie hatten so viele getötet.
Die Soldaten waren am helllichten Tag in der Mission eingefallen, als die junge Frau und ihre Familie gerade beim Essen zusammengesessen waren. Ihre Mahlzeit war wie immer einfach, aber reichlich ausgefallen: Es hatte gekochte Bohnen und Kichererbsen gegeben, flache, noch heiße und krosse Fladen sowie Nüsse der Pinienbäume, die die Größe von Datteln hatten.
Sie leckte sich über die trockenen Lippen und schluchzte auf,

als sie daran dachte, dass es für alle, mit denen sie gegessen hatte, die letzte Mahlzeit gewesen war.
Ihre Großmutter war tot.
Ihr Vater auch.
Die Soldaten, die wie aus dem Nichts gekommen waren, hatten die ganze Mission ausgerottet. Sie hatte als Einzige überlebt.
Die Soldaten stapften knietief ins Wasser, spritzten sich lachend nass.
Sie hielt den Atem an, während sie sie beobachtete, und umkrampfte den Ast so fest, dass sich die Rinde in ihre Handinnenfläche bohrte. Doch der Schmerz war so nichtig – gemessen an ihrer Todesangst. Ja, sie hatte Todesangst. Sie wusste nicht mehr, wie sie hieß, sie wusste nicht, wie sie ohne ihre Familie in einer grausamen Welt bestehen sollte, in der Soldaten wahllos mordeten. Aber sie wusste, dass sie leben wollte.

Irgendwann hatten die Soldaten ihren größten Durst gelöscht und sich ausreichend gewaschen, doch sie machten nach wie vor keine Anstalten, wieder auf ihre Pferde zu steigen und weiterzureiten. Einer der Männer schichtete Steine und Holz aufeinander, um ein Lagerfeuer zu entzünden, ein anderer spießte etwas auf seinen Säbel auf und hielt es über die Flammen. Aus der Ferne sah es aus wie Trockenfleisch.
Die junge Frau würgte. So viele Menschen hatten diese Soldaten heute getötet – und trotzdem war ihnen der Appetit nicht abhandengekommen. Trotzdem konnten sie lachen. Ja, sie lachten laut und aus vollem Halse.
Zunächst verstand sie nicht, was sie derart amüsierte. Später – die Rinde hatte sich so tief in ihre Hand gebohrt, dass Blut den Baumstamm herunterperlte – trug der Wind einige Sätze zu ihr. Sie lauschte erschaudernd – und fassungslos. Denn es

waren ausgerechnet ihre heutigen Opfer, über die sie grölend spotteten.
»Habt ihr den dummen Pfaffen gesehen?«, rief einer. »Er hat sich tatsächlich vor die Wilden gestellt, um sie zu schützen!« Er klopfte sich vor Belustigung auf die Schenkel, ein anderer dagegen schüttelte den Kopf. »Was für ein Narr muss er gewesen sein, dass er sein Leben für ein paar Rothäute hergab«, meinte er verächtlich.
Die Frau schluckte schwer. Die Menschen, die der Soldat verächtlich Rothäute nannte, waren sie selbst, ihre Familie, ihr ganzer Stamm. Und der Pfaffe war niemand anderer als Bruder Franz.
Tränen stiegen auf, als sie sich erinnerte, wie er gestorben war. Er war als Erster dieser Meute zum Opfer gefallen. Furchtlos hatte er sich den Soldaten entgegengestellt und das Kreuz hochgehalten, das er ansonsten über seiner Brust trug. Es hatte ihm keinen Schutz geboten. Gewehrsalven hatten ihn niedergemäht, hatten diesem langen, abenteuerlichen Leben so schnell und blutig und unbarmherzig ein Ende gesetzt. Im Jahr 1848 war Pater Franz mit den ersten Kapuzinern nach Chile gekommen, um die Mapuche zu evangelisieren – nicht aufdringlich oder gar gewalttätig wie andere Priester, sondern behutsam und freundlich. Nach und nach hatte er das Gespräch mit den Kaziken, den Stammesoberen, gesucht, hatte sich den Sitten der Mapuche angepasst, hatte mit ihnen nicht nur Lebenserfahrung, sondern auch Essen und Kleidung getauscht – und hatte irgendwann vorsichtig Freundschaft geschlossen. Er hatte bei ihnen gewohnt, seine Mission gegründet – und hatte nun sterben müssen wie ein wildes Tier.
Die junge Frau biss sich auf die Lippen, um nicht laut aufzuschluchzen. Tonlos formten ihre Lippen seinen Namen, und sie sprach eines seiner Gebete, die er sie gelehrt hatte.

Er hatte gewusst, dass Gefahr drohte, hatte mehrfach sorgenvoll erwähnt, dass die chilenische Regierung darauf aus war, Araukanien zu unterwerfen – das Gebiet der Mapuche, der Ureinwohner Chiles. Doch es war für ihn undenkbar gewesen, sich selbst in Sicherheit zu bringen und seine Mission im Stich zu lassen.

»Wie kann man sich nur einbilden, man könne die Wilden bekehren?«, spottete nun einer der Soldaten. »Man kann auch Tiere nicht taufen, warum also Rothäute?«

»Unmöglich, sie zu zivilisieren«, pflichtete ihm ein zweiter bei. »Bockig sind sie … ungebildet …«

Die Frau biss sich noch fester auf die Lippen. Sie sollte bockig sein, ungebildet?

Aber sie konnte doch schreiben und lesen! Und sie konnte Farben herstellen und Stoffe weben – noch nicht so gut wie ihre Großmutter, aber doch schon sehr geschickt.

»Ich habe mal von einem Pfaffen gehört«, grölte der Soldat weiter, »der tatsächlich glaubte, man müsse einem Wilden nur eine lateinische Bibel in die Hand drücken – und prompt sei der bekehrt.«

Die letzten Worte gingen in Gelächter unter.

Die junge Frau schüttelte den Kopf. Pater Franz hätte nie auf so plumpe Maßnahmen zurückgegriffen. Er hatte sich nicht aufgedrängt, aber er hatte seinen Mapuche-Freunden immer wieder vom wahren Gott und seinem Sohn Jesus Christus erzählt. Noch vor ihrer Geburt hatte sich der ganze Stamm taufen lassen – zwei Männer ausgenommen, die sich dagegen wehrten, von der Vielweiberei abzulassen. Später übernahmen deren Söhne – stolz und wortkarg beide – die Sitte ihrer Väter, wenngleich sie zumindest in einem auf den Rat von Pater Franz hörten: Anders als üblich übernahmen sie nicht die Frauen ihrer Väter, sondern suchten sich neue. Diese Männer gingen sonntags nie zur Kirche, die Pater Franz eigenhändig gebaut hatte, und beteten nicht vor dem Essen, wie Pater Franz es sie gelehrt hatte. Für sie selbst, ihre Großmutter und ihren Vater Quidel hingegen war es so selbstverständlich gewesen.

Nein, sie waren keine unzivilisierten, dummen, bockigen Wilden! Sie waren Christen – und rechtschaffene Händler!

Aber die Soldaten sahen das offenbar anders.

»Sie sind doch selbst schuld, dass es ihnen jetzt an den Kragen geht!«, rief einer. »Über Jahre haben ihre Häuptlinge alle Gesetzesbrecher Chiles aufgenommen und bei sich leben lassen. Sie haben doch nicht ernsthaft gedacht, sie könnten damit durchkommen.«

»Seit wann können Rothäute denken?«, gab ein anderer grinsend zurück.

Und wieder ein anderer meinte: »Seid froh, dass wir einen Grund hatten, die Grenzposten zu überschreiten. Eins sage ich euch – heute und hier: Mit den Rothäuten ist's nun endgültig vorbei. Vielleicht können sich ein paar verkriechen, aber ein eigenes Land werden sie nie wieder haben.«

Und abermals folgte Gelächter, das der jungen Frau schier die Ohren zerriss. Schläge ins Gesicht hätten nicht schmerzhafter sein können als dieser Laut.

Irgendwann ebbte er ab, die Stimmen wurden leiser. Bis eben hatte sie völlig starr gehockt, nun lockerte sie den Griff etwas. Ihre Hände fühlten sich taub an, die Lippen, auf die sie sich gebissen hatte, ebenso. Auch die Furcht, von den Soldaten entdeckt zu werden, fiel von ihr ab: Die Dunkelheit senkte sich schnell wie immer über das Land, und die Schatten der Berge fielen als Erstes auf den Baum, auf dem sie hockte. Niemand würde sie noch hier oben entdecken können. Ob es jedoch auch sicher genug war, nach unten zu klettern und wei-

terzulaufen – dessen war sie sich nicht so sicher. Sie entschied zu warten, bis der Himmel kohlschwarz war.
Die Stimmen waren nun endgültig verstummt. Einige der Soldaten brieten immer noch Fleisch über dem Feuer, andere wärmten ihre Hände über den Flammen, manche hatten sich auf den bloßen Boden gelegt und schnarchten.
Bis zu diesem Moment hatte sich die junge Frau nach nichts anderem gesehnt, als dass sie nicht mehr lachten und spotteten – doch die Stille, die folgte, war noch qualvoller.
Mit der Stille kamen die Erinnerungen. Daran, wie sie heute Morgen neben ihrer Großmutter in der Ruca gesessen war. Daran, wie diese Körner gestampft hatte, um später daraus Farben anzurühren. Auch an die üblichen Geräusche der Mission erinnerte sie sich: das Gackern der Hühner, die Stimmen der Kinder, die von Pater Franz unterrichtet wurden und gerade das Alphabet aufsagten, das Plaudern der Frauen, die in den kleinen Gärten etwas pflanzten oder ernteten oder Unkraut rupften, das Murmeln der älteren Männer, die über frühere Zeiten sprachen und Chica oder Muday tranken. Jeder tat, was ihm zu tun bestimmt war – ohne unnötige Hast und Übertreibung, ohne Ahnung auch, dass Gefahr in der Luft lag.
Gewiss, in den letzten Wochen hatten sich Geschichten herumgesprochen, die von niedergemetzelten Männern, ermordeten Kleinkindern, vergewaltigten Frauen kündeten, aber sie hatten nur davon gehört, es nicht gesehen und deswegen nicht recht glauben wollen – desgleichen nicht, dass die wenigen, die überlebten, später an Hunger starben, weil ihre Ernte vernichtet war. Und selbst wenn es wahr war – es trug sich in einer anderen Welt zu, die nichts mit ihnen zu tun hatte. Die junge Frau erinnerte sich daran, laut gelacht zu haben, als Pater Franz einen chilenischen General – Saarvedra war sein Name – als Teufel beschimpfte.

Der Teufel machte ihr keine Angst. Pater Franz behauptete, er trüge einen Ziegenschwanz und stinke nach Schwefel, doch sie wusste nicht, wie Schwefel roch. Das wusste sie auch heute noch nicht, obwohl sie in die Fratze von nicht nur einem, sondern so vieler Teufel geblickt hatte – aber sie wusste nun, wie das Pulver von Gewehren, wie Blut und Gewalt und Tod rochen.

Die Soldaten hatten die Männer erschossen, die Rucas angezündet, die Tiere erstochen, die Frauen geschändet. Eine der Frauen hatte sich gewehrt und hatte es irgendwie geschafft, ein Messer an sich zu bringen, doch anstatt damit auf einen der Soldaten loszugehen, hatte sie sich darauf fallen lassen und war wortlos und mit weit aufgerissenen Augen verblutet. Ähnlich starr und gebrochen war der Blick ihrer Großmutter auf sie gerichtet gewesen. Die junge Frau wusste nicht, würde es vielleicht nie wissen, woran diese gestorben war: ob am Schrecken, ob von Schüssen getroffen oder einem Säbel niedergestreckt oder ob durch eigene Hand. Sie wusste nur, dass die Großmutter nach dem Vater der wichtigste Mensch in ihrem Leben gewesen war. Sie hatte sie nach dem frühen Tod der Mutter großgezogen und ihr beigebracht, Stoffe zu fertigen.

Doch anstatt um sie trauern zu können, hatte sie zusehen müssen, wie auch der Kazike starb – der Stammesführer, dem stets so viel an prächtiger Kleidung gelegen war. Groß war er, korpulent und mächtig stolz auf sein weißes Hemd, sein buntes Stirnband, das – so spottete Pater Franz häufig – dem eines Schotten glich, und den Lederstiefeln, die aus noch warmer Haut gemacht worden war. Nach dem Angriff der Soldaten war das Hemd des Kaziken nicht länger weiß gewesen und die Schuhe nicht länger hellbraun, sondern beides rot, blutrot.

Blut quoll auch aus der Brust des Vaters – des freundlichen, stillen Vaters, der oft unterwegs war, um Handel zu treiben, und der so viele Sprachen kannte, auch die der Soldaten. Er hatte noch versucht, auf sie einzureden, war jedoch erbarmungslos von Schüssen durchsiebt worden.

»Vater!«, hatte sie geschrien. »Vater!« Sie war zu ihm gerobbt, zutiefst verwundert, dass sie überhaupt noch lebte.

Er rührte sich nicht, doch sein Blick war noch nicht so leer und starr wie der der Toten. Sie hörte, dass er etwas zu ihr sagte – und auch jetzt hallten diese Worte in ihren Ohren wider.

»Du musst weiterleben! Flieh! Du weißt, wohin du gehen musst.«

Der Boden hatte unter den Hufen vibriert. Sie hatte ihren Kopf auf die blutige Brust des Vaters gelegt und sich tot gestellt. Ein Soldat war an ihr vorbeigeritten, ohne sie zu beachten, und als sie den Kopf vorsichtig wieder angehoben hatte, hatte ihr Vater nicht mehr geatmet. Das Geschrei war langsam verebbt, die Kampfgeräusche erstorben, und sie war Richtung Wald gekrochen. Im Schatten der Bäume war sie aufgestanden und hatte zu laufen begonnen.

Du musst weiterleben! Flieh! Du weißt, wohin du gehen musst!

Immer schneller war sie gerannt, immer weiter von der Mission fort, durch Wälder, wo Araukarien und Winterrinden dicht nebeneinander standen – eigentlich die heiligen Bäume der Mapuche. Für sie waren sie nicht mehr heilig. Nichts konnte heilig sein für jemanden, der seinen Namen nicht mehr wusste, der alles verloren hatte.

In ihrem Herzen war es so schwarz wie nun der Himmel. Ja, es war Nacht geworden, fast alle Soldaten schnarchten schon. Sie ließ den Ast los, klammerte sich stattdessen an den Baumstamm und kletterte langsam nach unten. In der Finsternis sah sie nicht recht, worauf sie stieg, und als sie auf den Boden sprang, ertönte ein Knacken. Etwas Hartes rammte sich in ihre Fußsohle, sie stolperte, fiel, krachte gegen den Baum. Die harte Rinde zerkratzte ihr Gesicht, sie schmeckte salziges Blut.

»Habt ihr das auch gehört?«, vernahm sie nicht weit von sich die Stimme eines Soldaten.

Im fahlen Schein des Lagerfeuers erhoben sich einige Köpfe.

Sie wusste, dass sie geduckt bei den Bäumen stehen bleiben sollte, den Atem anhalten, keinen Mucks machen – und darauf hoffen, dass die Männer das Knacken auf ein wildes Tier schoben. Doch sie konnte nicht reglos stehen, konnte nicht geduldig warten. Sie musste rennen, rennen, rennen. Immer weiter. Immer schneller.

Sie hörte nicht, ob die Soldaten ihr nachkamen, sie hörte nur die Stimme ihres Vaters.

Du weißt, wohin du gehen musst.

Ja, sie wusste es. Sie wusste nicht, wie sie hieß, wie sie mit all dem fertig werden sollte, aber sie wusste, dass sie überleben wollte – und welchen Zufluchtsort er gemeint hatte: die Siedlung am Llanquihue-See. Die Siedlung der Deutschen, die seine Freunde gewesen waren.

Sie rannte und rannte. Nun hörte sie doch etwas – Pferdegetrampel nämlich, Rufe der Soldaten, Schüsse, die durch die Nacht hallten.

Sie trafen sie nicht. Die Pferde waren zwar schneller als sie, aber das Land ihr ungleich vertrauter. Immer wieder versteckte sie sich hinter Bäumen oder im Gebüsch, watete durch Flüsse oder schlug Haken durch tiefes Dickicht. Sie schüttelte ihre Verfolger nicht ab und glaubte schon, an den Schmerzen in all ihren Gliedern umzukommen. Aber irgendwie ging es immer weiter, und als nach einer langen, erschöpfenden Nacht der Morgen graute, war sie nach wie vor am Leben.

2. Kapitel

Emilia Suckow streckte ihr Gesicht in die Sonne und ließ sich von ihren Strahlen necken. Es war der erste warme Frühlingstag in diesem Jahr, und auch wenn die Winter am Llanquihue-See nie wirklich beißend kalt waren, war es nach dem vielen Regen, unter dessen grauem Schleier das Land seine Farben verloren hatte, eine Wohltat, dieses kraftvolle Erwachen der Natur zu erleben. Strahlend blau war der Himmel, und die Vulkane auf der anderen Seite des Sees glitzerten in ihrem weißen Gewand. Emilia sah sich um, aber da niemand sie beobachtete, zögerte sie das Ende ihrer Pause noch ein wenig hinaus. Die Arbeit ging hier ohnehin nie aus, warum sie nicht einmal warten lassen und den Frühling genießen?

In jedem Winter ihres Lebens hatte sie sich nach Sonne und Wärme gesehnt – doch in diesem Jahr hatte sie noch ungeduldiger als sonst auf den Frühling gewartet. Denn in diesem Frühling würde sie heiraten.

Sie lächelte, wenn sie an das große Fest dachte, und es wurde ihr gleich noch wärmer, diesmal nicht wegen der Sonne, sondern vor Glück.

Seit sie denken konnte, hatte sie zwei große Wünsche gehegt: Sie wollte ihren Freund aus Kindertagen, Manuel Steiner, heiraten. Und sie wollte einmal in ihrem Leben nach Deutschland reisen.

Deutschland, das war die Heimat ihrer Eltern, die diese vor einigen Jahrzehnten verlassen hatten. Der Traum vom eigenen

Land hatte sie nach Chile gelockt und sie die gefährliche Reise über zwei Ozeane ebenso überstehen lassen wie die harten Anfangsjahre, da sie den Urwald eigenhändig hatten abholzen müssen, um später Felder zu beackern und Rinder zu züchten. Bis vor wenigen Monaten war Emilia das Leben am großen Llanquihue-See, wo eine Siedlung von europäischen Einwanderern an die nächste schloss, als ziemlich eintönig erschienen. Sie hatte sich ihre Zukunft in der einstigen Heimat der Eltern ausgemalt, wo es große Städte gab – Städte mit Kopfsteinpflaster anstelle nackter Erde, mit Frauen, die ihre Haare zu Löckchen drehten, anstatt zu strammen Zöpfen zu binden, und mit Männern in Fracks statt zerrissener Bauernkleidung. Städte also, in denen alles nobler und reicher war und nicht nach Kuhmist stank wie das Leben hier. Doch nachdem sie mit Manuel versucht hatte, dorthin aufzubrechen, sie schon in Valparaíso kläglich gescheitert waren und sie beinahe im Bordell gelandet war, hatte sie eines gelernt: dass manche Länder nur so lange bunt, schillernd und verheißungsvoll waren, wenn man sie sich in Gedanken ausmalte, nicht aber, wenn man sie bereiste. Das hieß: Vielleicht war Deutschland tatsächlich bunt, schillernd und verheißungsvoll, die Fahrt dorthin aber viel zu mühselig und gefährlich, als dass sie sie in Kauf nehmen wollte. Leichtfertig hatte sie darum diesen einen großen Wunsch aufgegeben, um sich ganz auf ein anderes Ziel zu konzentrieren – auf ihre Hochzeit mit Manuel, die von Tag zu Tag näher rückte. Sie lächelte, wenn sie an ihn dachte, und zugleich erwachten Sehnsucht und Wehmut.

Seit über einer Woche hatte sie ihren Verlobten nicht mehr gesehen, weil er wieder einmal aufgebrochen war, um in den umliegenden Siedlungen, Dörfern und Städten Handel zu treiben. Sie gab zwar vor, sich daran gewöhnt zu haben, aber insgeheim haderte Emilia damit, dass es ihn nie lange zu Hau-

se hielt und dass ihn – auch nach dem gescheiterten Abenteuer in Valparaíso – die Fremde ebenso lockte wie die Aussicht, ein Geschäft abzuschließen, das ihn um ein paar Pesos reicher machen würde.
Immerhin war ihr das Leben an der Seite eines Händlers nicht fremd. Auch ihr Vater Cornelius Suckow war oft wochenlang nicht daheim, sondern reiste meist zwischen Valdivia und Valparaíso hin und her, um den Transport von Waren zu überwachen oder diese zu veräußern. Viel zu selten kam er zurück zu ihrer Siedlung, und als Emilia nun an ihn dachte, vermisste sie ihn genauso wie Manuel.
Allerdings – es gab noch so viel für die Hochzeit zu tun, und das würde sie fürs Erste von trübsinnigen Gedanken abhalten.
Emilia löste seufzend ihren Blick vom See und stapfte durch das sumpfige Gras. Wie immer im Frühjahr waren die schmalen Wege, die von Haus zu Haus führten, voller Schlamm, und sie musste darauf achtgeben, nicht auszurutschen. Als sie am Garten vorbeikam, den die ersten Siedlerfrauen einst angelegt hatten, hielt sie nach Blumen Ausschau, aus denen sie für ihre Hochzeit einen Haarkranz flechten konnte: Die Rosen würden erst viel später erblühen, aber die ersten Fuchsien und Veilchen reckten schon ihre Köpfchen in die Sonne. Mit einem grünen Kleid geschmückt, wenngleich noch fruchtlos, waren die Orangen-, Apfelsinen- und Pfirsichbäume; karg und verkümmert dagegen wirkten das Feigenbäumchen und der Strauch, wo im Sommer die Johannisbeeren wachsen würden. Verwaist war das Plätzchen, wo bis vor kurzem der Myrtenbaum gestanden war: Er war für das letzte Weihnachtsfest gefällt worden, und man hatte ihn – wie es für die Deutschen in Chile zum Brauch geworden war – anstelle von Goldnüssen mit Blumen geschmückt.

Emilia sog den durchdringenden Geruch nach Erde und Blumen ein, dann wanderte ihr Blick Richtung Wald. Wenn die Blumen im Garten für den Haarkranz nicht reichten, würde sie sicherlich die eine oder andere wunderschöne Blüte in einer der Lichtungen finden.

Die Rodungsgrenze, die einst bis zum See gereicht hatte, war Jahr für Jahr weiter ins Landesinnere verschoben worden. Emilia konnte sich gar nicht recht vorstellen, wie die ersten Siedler die großen, schweren Araukarien gefällt hatten – mit einem lauten Krachen, wie erzählt wurde, das den Boden über Meilen hatte erzittern lassen. Kleinere Bäume hatten sie auch in den letzten Jahren geschlagen, und obwohl das Männerarbeit gewesen war, so hatte Emilia oft beim Entrinden helfen müssen – auch wenn sie immer versuchte, sich davor zu drücken.

Während sie gen Wald blickte, vermeinte sie, aus den Augenwinkeln plötzlich eine Bewegung wahrzunehmen. Sie fuhr herum, glaubte erst, es wäre eine Fliege, die ihren Kopf umsurrte, sah dann aber etwas Dunkles zwischen den Bäumen hervorkommen, mehr schwankend als gehend und aus der Entfernung kaum größer als ein Strich. Sie riss die Augen auf und starrte konzentriert darauf. Der Strich wurde breiter, doch sie konnte noch nicht erkennen, ob es ein Tier oder ein Mensch war, der nun aus dem Wald trat. Emilias Hand fuhr instinktiv an die Brust. Nicht oft kamen Fremde zur Siedlung – und schon gar nicht unangekündigt. Sollte sie fortlaufen und nach den anderen rufen oder besser selbst nachschauen, wer oder was da aus dem Wald kam?

Als die Gestalt größer wurde, erkannte sie eindeutig, dass sie auf zwei Füßen lief. Und die langen Haare – es waren doch Haare und kein Umhang? – deuteten darauf hin, dass es eine Frau war. Doch irgendetwas war an dieser Frau höchst merkwürdig. Schon vorher war sie mehr gehumpelt als gegangen, nun schwankte ihr Oberkörper so stark hin und her, als wäre sie betrunken.

Die Starre fiel von Emilia ab. Ohne darüber nachzudenken, lief sie auf die junge Frau zu und kämpfte sich durch das harte Colihuegras, das schmerzhaft in die Füße schnitt und blutige Kratzer hinterließ. Doch diese Kratzer waren nichts im Vergleich zu den Wunden, die diese fremde Frau zeichneten. Fast jedes Fleckchen Haut war von einem dunklen Schleier bedeckt – getrocknetem Blut.

Emilia schrie auf. Ob dieses panischen Lauts zuckte die Frau zusammen, blieb erstmals stehen und blickte sich um, als erwache sie aus einem bösen Traum. Nur mehr wenige Schritte trennten die beiden voreinander.

Emilia schlug die Hand vor den Mund, um einen neuerlichen Aufschrei zu dämpfen. Am schwarzen Haar und der braunen Haut erkannte sie, dass die junge Frau eine Mapuche sein musste. So frei von Runzeln ihr Gesicht war, war sie wohl in ihrem Alter. Dennoch sackte sie nun auf die Knie wie ein kraftloses, altes Weib. Emilia sah, dass nicht nur Gesicht, Hände und Leib mit Kratzern und Blut bedeckt waren, sondern auch die Fußsohlen. Das eine Auge war blau verschwollen, in den verfilzten Haaren hingen Blätter, Nadeln und Zweige.

»Gütiger Himmel! Was ist denn mit dir passiert?«

Der Blick der Frau traf sie, als sie sich über sie beugte, doch in den schwarzen Augen las sie weder Erleichterung, auf jemanden zu treffen, noch Furcht vor einer Fremden, sondern nur Leere.

Emilia wusste nicht, von welchem Schrecken dieser leere Blick kündete, dennoch krampfte sich ihr Herz zusammen. Sie hatte sich den Tod, so er denn menschliche Gestalt annehmen würde, immer als alten Mann gedacht – nun glaubte sie kurz, ihm in der Gestalt dieses Mädchens zu begegnen.

»Was ist passiert?«, fragte sie wieder.
Eigentlich erwartete sie keine Antwort – das Mädchen sah nicht so aus, als würde es sie verstehen oder als hätte es genügend Kraft, zu reden.
Doch plötzlich öffnete es den Mund.
»Bitte ... bitte ... hilf mir.«
Die Stimme war erschreckend leise, aber Emilia verstand die Worte. Obwohl das Mädchen nichts mit einer Deutschen gemein hatte, sprach es dennoch diese Sprache.
»Was ...«, setzte Emilia an und brach ab, als sie sah, wie der Oberkörper der Frau erneut heftig wankte. Ihre Hand schnellte zu der Schulter, um sie zu stützen, und kurz blieb sie stehen, um laut rasselnd ein paar tiefe Atemzüge zu nehmen. Doch alsbald machte sie sich von Emilia los, sprang auf und stolperte auf blutigen Füßen weiter.
»Hinter ... mir ... her ... Bitte hilf mir ... schnell ...«
Emilia konnte sich keinen Reim auf die Worte machen, aber plötzlich ertönte Hufgetrampel. Es war ein vertrautes Geräusch, denn die Siedler besaßen einige Pferde, befremdend war jedoch, dass sich so viele Reiter – dem Vibrieren des Bodens nach mindestens ein Dutzend – auf einmal näherten.
Die Fremde war zusammengezuckt. Als sie die Augen aufriss, stand keine Leere mehr darin, sondern Angst, pure, blanke Todesangst.
»Soldaten«, presste sie mühsam hervor, »das sind Soldaten. Sie sind hinter mir her ... Sie wollen mich töten ...«
Ihre Stimme versagte, ihr Fuß blieb im Gras hängen, und sie drohte zu fallen. Rasch griff Emilia wieder nach ihrer Schulter, um sie zu stützen. Sie wusste nicht, was das alles zu bedeuten hatte – nur, dass die Frau in höchster Gefahr war und dass sie ihr helfen musste.
»Komm mit!«

Hastig zog sie die junge Frau in Richtung der Häuser. Jeder Schritt schien der Unglücklichen Qualen zu bereiten, denn sie keuchte herzerweichend. Dennoch begann sie nun zu laufen, und auch Emilia beschleunigte angstvoll ihre Schritte. Das Pferdegetrampel hinter ihrem Rücken kam indes immer näher.

»Schnell! Helft mir! So helft mir doch!«
Irgendwie hatte die beiden es geschafft, bis zum Haus zu rennen, doch auf der Schwelle war die junge Frau plötzlich auf die Knie gesunken. Trotz der Panik in ihren Augen – sie konnte nicht mehr weiter. Emilia versuchte, sie hochzuziehen, aber es gelang ihr nicht. Obwohl der Körper so schmächtig war, war er viel zu schwer für sie.
»So helft mir doch!«
Endlich kam ihr eine der Frauen, die hier in diesem Haus lebten, entgegengeeilt: Es war Annelie von Graberg, Manuels Großmutter und irgendwie auch die von Emilia. Sie waren zwar nicht blutsverwandt, aber Emilia hatte viele Stunden ihrer Kindheit im Haus der Grabergs und an Annelies Seite verbracht.
Wie so oft trug Annelie eine Kochschütze umgebunden. Man traf sie meistens vor dem Herd an – aber in diesen Tagen kochte sie noch mehr als sonst, galt es doch, verschiedene Gerichte auszuprobieren, die sie für Emilias Hochzeit zubereiten wollte.
»Gütiger Himmel!«, rief sie beim Anblick des geschundenen Mädchens entsetzt. »Was ist denn diesem armen Geschöpf zugestoßen? Wo kommt sie her?«
Mehl staubte von ihren Händen, als sie sie über dem Kopf zusammenschlug.
»Sie wird von Soldaten verfolgt!«, rief Emilia atemlos. »Wir müssen sie ins Haus bringen!«

Anstatt ihr zu helfen, wich Annelie zurück. In ihren Augen stand aufrichtiges Mitleid, aber die schlimmen Verletzungen des Mädchens stießen sie offenbar zu sehr ab, um beherzt zuzugreifen.
Eine andere tat es an ihrer statt – Barbara Glöckner, die, von den Schreien alarmiert, ebenfalls nach draußen geeilt kam. Barbara war eine Tirolerin aus dem Zillertal, deren Familie sich schon vor Jahrzehnten den deutschen Siedlern angeschlossen hatte, und sie war gerade damit beschäftigt gewesen, Emilias Hochzeitskleid zu nähen.
Beherzt packte sie das Mädchen unter dem einen Arm, indes Emilia den anderen ergriff, und wenig später hatten sie es mit vereinten Kräften in die Stube geschleppt – keinen Augenblick zu früh. Als Emilia sich umblickte, sah sie, wie die Reiter aus dem Wald kamen.
»Wir … wir müssen sie irgendwo verstecken!«, rief Emilia.
Annelie starrte erst fassungslos auf die Soldaten, die nun auf das Haus der Grabergs zugaloppierten, dann auf die verwundete Frau.
»Wer hat sie nur so zugerichtet?«, schrie sie auf. »Warum sind ihre Beine so blutig?«
»Sie scheint tagelang gelaufen zu sein«, meinte Barbara nachdenklich.
»Ihre Haut ist so dunkel«, stellte Annelie fest, »das ist eine Mapuche …«
»Ganz gleich, wer sie ist, wir müssen ihr helfen!«, rief Emilia dazwischen. »Sie hat gesagt, dass die Soldaten sie töten wollen!«
Das Mädchen rührte sich nicht mehr – es war in tiefe Ohnmacht versunken. So hörte es auch nicht, wie die Männer von den Pferden sprangen, mit lauten Schritten aufs Haus zutraten, klopften.

Die anderen Frauen zuckten angstvoll zusammen.
»Was sollen wir nur tun?«, rief Annelie ein ums andere Mal.
»Wenn wenigstens Lu und Leo da wären«, seufzte Barbara.
Lu und Leo waren die älteren Brüder von Manuel und somit Emilias zukünftige Schwäger – stattliche Männer alle beide, die es auch mit einer Truppe von Soldaten aufnehmen würden. Doch wie so oft waren sie auf der Jagd, damit es bei der Hochzeit genügend Fleisch gab.
Emilia huschte zum Fenster und blickte nach draußen. Das Klopfen wurde lauter, einige der Soldaten riefen durcheinander. Obwohl in der Siedlung fast nur Deutsch gesprochen wurde, hatte Emilia ein wenig Spanisch gelernt – vor allem nach der missglückten Reise nach Valparaíso, auf der ihr nicht zuletzt die mangelnden Sprachkenntnisse fast zum Verhängnis geworden waren. Sie glaubte zu verstehen, dass die Männer auf eine Rothaut fluchten.
»Was sollen wir nur tun?«, rief Annelie wieder.
Barbara zuckte hilflos die Schultern. Das Mädchen rührte sich nicht. Das Pochen war mittlerweile so durchdringend, dass Emilia befürchtete, die Tür würde brechen.
Da ertönte hinter ihnen eine Stimme.
»Wollt ihr nicht aufmachen?«, fragte Christine Steiner ungeduldig, Manuels Großmutter väterlicherseits und eine der ersten deutschen Siedlerinnen am Llanquihue-See – aufgrund ihrer Lebensleistung respektiert, aufgrund ihrer Strenge gefürchtet.
»Sie dürfen das Mädchen doch nicht finden!«, sagte Emilia verzweifelt. »Sie wollen sie töten.«
Christine hatte eben noch hinter dem Webstuhl gesessen. Nun schob sie ihn beiseite und erhob sich mit unterdrücktem Ächzen. Ihr weißes Haar löste sich wegen der abrupten Bewegung aus dem Knoten im Nacken und wehte im Luftzug

wie Spinnweben. Ohne Fragen zu stellen, befahl sie resolut: »Barbara, Annelie! Ihr versteckt das Mädchen oben in der Stube! Und du, Emilia, du kommst mit mir raus. Du musst übersetzen. Und gib mir meinen Stock!«
Die Frauen folgten dem Befehl augenblicklich. Emilia fand den Stock nicht sofort, sondern stolperte in der Aufregung fast über den Webstuhl. Christine seufzte ungeduldig, das Pochen wurde noch lauter, dann war der Stock endlich gefunden, und Emilia reichte ihn der alten Frau.
Annelie und Barbara hatten das Mädchen mittlerweile nach oben gebracht, doch Emilia war sich sicher: Wenn die Soldaten sich gewaltsamen Einlass verschafften, würden sie es dort sofort finden. Das Herz klopfte ihr bis zum Hals, und ihre Hände wurden schweißnass, als sie an Christines Seite den Soldaten entgegentrat.

Als die Tür abrupt geöffnet wurde, stürmten die Soldaten nicht ins Haus, wie Emilia insgeheim befürchtet hatte, sondern wichen zurück. Für einen Moment blendete sie die Sonne so stark, dass sie nichts als dunkle Schemen sah. Sie presste die Augen zusammen, ganz anders als Christine, die ihren Blick über die Männer schweifen ließ – oder zumindest so tat. Eigentlich war Christine Steiner halb blind und konnte schon seit Monaten nicht mehr ihrer liebsten Beschäftigung nachgehen – Sinnsprüche auf Kopfkissen zu sticken –, aber vor den Männern wollte sie keine Schwäche zeigen.
»Was ist das für ein Lärm?«, fuhr sie die Soldaten an und gab Emilia ein Zeichen, dass sie ihre Worte ins Spanische übersetzen sollte, was diese hastig tat. Noch ehe einer der Soldaten etwas entgegnen konnte, fügte sie harsch hinzu: »Tüchtige Männer arbeiten zu dieser Tageszeit auf dem Feld und brüllen nicht herum.«

Wie so oft schlug sie einen tadelnden Tonfall an. Christine Steiner war eine rechtschaffene Frau, und sie hielt viel auf Anstand und Sitten, sonderlich freundlich aber war sie nie gewesen. Vor allem, wenn sie über frühere Zeiten sprach, klang sie nörgelnd. Damals hätten sie zwar mehr Hunger gelitten, so behauptete sie immer wieder aufs Neue, dennoch sei alles besser gewesen. Ein jeder hätte gewusst, wo sein Platz wäre und was er zu tun hätte. Viel zu verwöhnt waren die Jungen heutzutage, viel zu undankbar und faul.
»Also«, fuhr Christine die Männer an, »was wollt ihr hier?«
Während Emilia auch diese Frage übersetzte, schob sich eine Wolke vor die Sonne, und sie konnte die Soldaten erstmals genauer betrachten. Sie waren allesamt mit Säbeln bewaffnet, zwei von ihnen auch mit Gewehren. Die Uniformen waren zerrissen und fleckig, doch sie wollte lieber nicht ergründen, woher die Flecken stammten: ob nur von Erde und Schlamm oder von Blut. In jedem Fall sahen sie furchterregend aus mit den gegerbten Gesichtern, den breiten Schultern, den rohen Händen. Kein Wunder, dass das Mapuche-Mädchen solche Angst vor ihnen hatte. Menschlich wirkte einzig, dass zumindest einige von ihnen verlegen den Blick vor der alten Frau niederschlugen.
»Wir sind Soldaten«, erklärte schließlich einer, obwohl das angesichts der Uniformen nicht notwendig gewesen wäre. »Wir sind von der Regierung beauftragt, das Land der aufrührerischen Rothäute zu besetzen.«
Noch bevor Emilia den Satz zu Ende übersetzen konnte, unterbrach Christine sie bereits schroff: »Und was wollt ihr dann hier?«, herrschte sie die Männer an. »Hier am See leben nur deutschstämmige Chilenen. Euer Vaterland ist längst das unsere geworden, und wir dienen ihm genauso gut wie ihr.«
Der Soldat runzelte die Stirn – es war nicht klar, ob als Aus-

druck von Ärger oder von Unsicherheit: »Das glauben wir gerne, gute Frau. Aber wir haben Anlass zur Vermutung, dass sich hier eine der aufständischen Rothäute versteckt.«

Emilia unterdrückte ein Schaudern. Vorhin, als das Mädchen von den Soldaten gesprochen hatte, die es töten wollten, war ihr nicht recht klar gewesen, was hier vor sich ging. Nun begriff sie langsam.

Es wurde am See nicht oft darüber geredet, aber die Gerüchte waren auch bis zu ihnen gedrungen: Gerüchte darüber, dass die Regierung beschlossen hatte, das Gebiet der Ureinwohner Chiles zu erobern. Araukanien nannten diese selbst es – Indianerland die Soldaten. Offiziell war nur die Rede davon, das wilde Volk zu unterwerfen, doch hinter vorgehaltener Hand war auch von blutigen Massakern die Rede, bei denen ganze Stämme ausgerottet wurden.

Christines Gesicht blieb ausdruckslos. »Wie ich schon sagte«, erklärte sie ohne auch nur das geringste Zeichen von Verunsicherung. »Hier leben keine Rothäute, sondern deutsche Siedler. Die Regierung, die euch beauftragt hat, Araukanien zu besetzen, hat uns dieses Land einst geschenkt. Wir haben es gerodet, wir haben hier Getreide angebaut, also sind wir es auch, die bestimmen, was hier passiert. Ihr habt hier nichts verloren. Also geht! Verschwindet!«

Emilia wagte kaum, die letzten Worte zu übersetzen, und fügte zur Sicherheit ein flehentliches Bitte hinzu. Ob dieses nun den Soldaten, offenbar war er der Offizier der Truppe, gnädig stimmte oder Christines schroffer Befehl – in jedem Fall trat er mit unschlüssigem Gesicht zurück. Ein anderer jedoch war nicht bereit zu weichen. »Das Mädchen versteckt sich hier«, erklärte er zornig. »Ich habe es gesehen, wie es in Richtung eurer Siedlung lief.«

Diesmal gelang es Emilia nicht, den Schauder zu unterdrücken. Eiskalt rieselte es ihr über den Rücken. Wenn die Männer so beharrlich nach einem harmlosen Mädchen suchten, dann hatte das wohl nur einen Grund: Sie wollten die unliebsame Zeugin einer schrecklichen Bluttat ausschalten, damit diese die Gerüchte über die Massaker nicht bestätigen konnte.

Der Soldat, der vorgab, das Mädchen gesehen zu haben, schritt auf Christine zu, doch die wich keinen Jota. Sie schien keineswegs verängstigt, vielmehr verärgert, und das wohl weniger, wie Emilia insgeheim vermutete, weil das arme Mädchen, sondern vielmehr ihre Ruhe in Gefahr war. Christine misstraute grundsätzlich allen Fremden.

»Ach«, höhnte sie jetzt. »Ihr habt ein Mädchen gesehen! Und die Regierung Chiles beauftragt also ein Dutzend Männer, um einem solchen Mädchen nachzujagen? Ich sage euch etwas: Als wir Deutschen einst hierherkamen und das Land besiedelten, da war keiner da, um uns zu helfen. Damals hätte die Regierung ruhig ein paar Soldaten schicken können, aber stattdessen mussten wir jede Araukarie mühsam selbst fällen. Und wir mussten ganz alleine die Straßen bauen, die den See mit Puerto Montt verbanden. Mein guter Mann Jakob, Gott hab ihn selig, ist von den Ästen eines Baums fast erschlagen worden. Er hat zwar überlebt, konnte danach jedoch nie wieder laufen.«

Emilia hörte Jakob Steiners Namen nicht zum ersten Mal. Christine erzählte oft Geschichten aus der entbehrungsreichen Anfangszeit – sie waren faszinierend beim ersten Mal, ziemlich langweilig allerdings, wenn man schon um ihren Ausgang wusste und sie dennoch Wort für Wort wiederholt wurden.

»Das tut uns alles herzlich leid, gute Frau«, murrte der Offizier. »Aber das ändert nichts daran, dass sich das Mädchen

hier irgendwo versteckt hat. Lasst uns vorbei, damit wir nach ihm suchen können.«
Wieder machte er einen Schritt auf Christine zu – wieder wich sie nicht zurück.
»Lasst uns ins Haus!«, forderte der Mann.
»Dieses Haus haben meine Söhne errichtet, nicht ihr. Und darum werdet ihr es nicht betreten.« Herausfordernd hob sie den Stock, auf den sie sich bis jetzt gestützt hatte. »Was ist? Wollt ihr euch gewaltsam Zutritt verschaffen? Hat euch die chilenische Regierung auch damit beauftragt, deutsche Frauen niederzuschlagen, die aus dieser Einöde hier ein fruchtbares Land gemacht haben? Unser Weizen wird bis nach Valparaíso verkauft und nährt dort die Menschen. Und das soll der Dank sein?«
Der Offizier runzelte die Stirn – auch der andere blickte nicht mehr ganz so kalt, sondern vielmehr beschämt. Der Rest wirkte der ganzen Sache überdrüssig. »Es ist doch nur ein Mädchen«, murmelte einer. »Es ist die Mühe nicht wert«, meinte ein anderer. Obwohl er nur raunte, verstand Emilia auch seine nächsten Worte: »Auch wenn es etwas erzählt – wer glaubt denn so einem jungen Ding?«
Stille senkte sich über sie. Man konnte förmlich sehen, wie es hinter der Stirn des jungen Offiziers arbeitete. Im Töten war er gewiss schneller als im Denken, durchfuhr es Emilia.
»Wie viel meiner kostbaren Zeit wollt ihr noch verschwenden?«, fragte Christine ungeduldig, die den Stock nun wieder sinken ließ, aber sich nicht mehr darauf stützte – als wäre sie noch eine junge, kräftige Frau, die den ganzen Tag auf dem Feld oder im Kuhstall stand.
»Die Rothäute sind gefährlich«, entgegnete der Offizier. »Ihre Überraschungsangriffe sind im ganzen Land gefürchtet.«
Christine lachte spöttisch auf. »Sehe ich so aus, als hätte ich

vor irgendetwas Angst? Pah! Dazu bin ich viel zu alt. Und vom Leben zu oft geprüft worden.«

»Trotzdem – es gibt viele Aufstände der Rothäute. Erst vor kurzem haben sie Traiguén überfallen.«

Emilia musste sich mit aller Macht zusammenreißen, damit sie nicht empört den Kopf schüttelte. Der Angriff auf Traiguén, so hatte es ihr Vater erzählt, war kein Akt der Rebellion gewesen, sondern der verzweifelte Kampf ums Überleben – leider kein besonders aussichtsreicher: Die Stammesführer der Mapuche waren nicht mächtig wie einst und konnten die oftmals zerstrittenen Stämme nicht einen, was dringend notwendig gewesen wäre, um gegen die Chilenen Erfolg zu haben. Der Überfall auf Traiguén war folglich gescheitert und ihren Gegnern gerade recht gewesen, um noch grausamer zurückzuschlagen und der Freiheit Araukaniens endgültig ein Ende zu setzen.

Der Offizier starrte Christine missmutig an.

»Es ist eure Entscheidung, ob ihr unseren Schutz annehmt oder nicht.«

»Ich habe mich noch gegen jede Art von Gesindel zu wehren gewusst«, entgegnete Christine.

Emilia kannte das spanische Wort für Gesindel nicht und war darüber auch ganz froh. Christine Steiner ließ keinen Zweifel daran erkennen, dass sie auch diese Soldaten für solches hielt.

Wieder senkte sich ein Augenblick der Stille über sie – dann hob der Offizier die Hand. Kurz konnte Emilia nicht deuten, was er vorhatte, und fürchtete, dass er sich doch noch gewaltsam Zutritt ins Haus verschaffen würde. Aber stattdessen wandten sich die Soldaten ab und bestiegen die Pferde. Es dauerte gefühlte Ewigkeiten, bis sie endlich alle im Sattel saßen, doch immerhin weigerte sich keiner, dem Befehl des Offiziers zu folgen. Sie gaben den Pferden die Sporen und ritten davon, ohne sich noch einmal umzudrehen. Alsbald erinnerten nur mehr die Hufspuren in der schlammigen Erde, dass sie da gewesen waren.

Emilia zitterte am ganzen Leib, als sie zurück ins Haus eilten. Auch Christines Gesicht wirkte etwas bleicher und faltiger als sonst. Trotzdem sagte sie nichts, sondern setzte sich wieder stumm an den Webstuhl, als hätte sie mit dem Grund der Aufregung nichts zu schaffen.

Emilia stürzte hoch in den ersten Stock, wohin Annelie und Barbara das Mädchen gebracht hatten. Es lag in dem Bett, in dem Emilia ansonsten schlief. Barbara hatte sich an seiner Seite niedergelassen und strich ihm mit einem feuchten Tuch über das Gesicht.

»Keine Angst«, murmelte sie. »Hab doch keine Angst.« Offenbar hatte das Mädchen sein Bewusstsein wiedergefunden.

Emilia trat näher, während sie rasch berichtete, dass die Soldaten fortgeritten waren. Das Gesicht der jungen Frau war nun sauberer als vorhin, doch umso deutlicher konnte man die Kratzer und die blutig gebissenen Lippen sehen. Zaghaft öffnete sie den Mund, formte einen Namen, tonlos erst, dann glaubte Emilia ihn zu verstehen.

Quidel.

Emilia riss die Augen auf. »Quidel, das ist doch …«

»Das ist der Mapuche-Freund deines Vaters, nicht wahr?«, rief Annelie aufgeregt.

Während Annelie, Barbara und Emilia sich verdutzt anblickten, versuchte das Mapuche-Mädchen wieder, etwas zu sagen. Es sprach so leise, dass Emilia sich dicht über das Gesicht beugen musste, um es zu verstehen.

»Bitte … bitte helft mir …«

Emilia griff vorsichtig nach der Hand und drückte sie leicht. Die Finger waren eiskalt.
Ihr Vater Cornelius hatte oft von Quidel erzählt – einem Mapuche, mit dem er einst Freundschaft geschlossen hatte. Die beiden hatten sich vor vielen Jahren in Valdivia kennengelernt, als sie gemeinsam für den Straßenbau gearbeitet hatten. Später hatte Quidel eine Weile hier in der Siedlung am Llanquihue-See gelebt, ehe er zu seinem Stamm zurückgekehrt war.
»So alt, wie sie ist, muss sie Quidels Tochter sein«, stellte Annelie leise fest.
Der Mund des Mädchens schloss sich wieder, es presste die Augen zusammen. In dem übergroßen Bett wirkte es klein und hilflos – ein Anblick, der Emilia rührte.
Sie beugte sich noch dichter zu dem geschundenen Gesichtchen.
»Wir sind Freunde deines Vaters«, sagte sie rasch. »Wir kümmern uns um dich. Hab keine Angst mehr und ruh dich aus! Du bist hier in Sicherheit.«

3. Kapitel

Die Wärme tat so gut. Zunächst war es gar nicht wichtig, woher sie rührte. Die junge Mapuche-Frau genoss einfach nur das Wohlbehagen, als die Schmerzen in ihren Gliedern nachließen. Erst später bemerkte sie, dass das Bett, in dem sie lag, ein besonders weiches war. Kein Fell bedeckte es wie ihre Schlafstatt in der Ruca ihrer Großmutter, sondern Leinen, sauber und glatt.

Eine der Frauen hatte ihre blutigen Füße mit etwas eingerieben, das nach wilden Kräutern roch und sie dann ebenfalls mit Leinen verbunden. Und man hatte ihr etwas zu essen gegeben. Sie hatte geglaubt, nie wieder etwas essen zu können, doch als ihr der Geruch von Eintopf aus Kartoffeln und zartem Lammfleisch in die Nase gestiegen war, hatte sich ihr Magen vor Hunger schmerzhaft verkrampft. Sie hatte die Bissen so schnell hinuntergewürgt, dass sie sie kaum kaute. Die Frauen hatten ihr daraufhin die Schüssel weggezogen und darauf bestanden, dass sie langsamer essen müsse, sonst würde ihr das Fleisch wie Stein im Magen liegen. Später hatte sie Brühe bekommen, kräftige, salzige Rinderbrühe.

Dann war sie eingeschlafen, traumlos und tief. Als sie am frühen Morgen erwachte und kurz nicht wusste, wo sie sich befand, kroch wieder Unbehagen in ihr hoch. Doch sie fühlte sich träge, viel zu träge, um den schrecklichen Erinnerungen ins Gesicht zu sehen. Weit über ihr schienen sie zu kreisen wie Raubvögel, doch sie waren nicht hungrig genug, um sich auf sie zu stürzen und auf sie einzuhacken. Sie blickte sich suchend um und erkannte, dass nicht weit von ihrem Bett die blonde Frau saß, der sie gestern als erste begegnet war. Erst starrte diese sie sorgenvoll an, dann breitete sich Erleichterung in ihren Zügen aus. Offenbar bot sie nicht mehr den schrecklichen Anblick von gestern.

Schweigend maßen sie sich eine Weile. Die Mapuche-Frau wollte etwas sagen, doch ihre Kehle fühlte sich wie ausgedörrt an. Nur ein Stöhnen brachte sie zustande.

»Warte!«, rief die blonde Frau. Sie erhob sich, ging nach draußen und kam wenig später mit Essen wieder. Ja, schon wieder bekam sie etwas zu essen!

Diesmal war es dunkles, aus ganzen Körnern gebackenes Brot – außen knusprig, aber innen saftig weich. Butter schmolz darauf und troff über ihre Hände. Es tat weh, die Bissen durch die wunde Kehle zu würgen, trotzdem konnte sie sich abermals nicht beherrschen, langsam zu essen.

Als sie satt war, überkam sie plötzlich Angst – keine Angst vor den Erinnerungen, sondern davor, dass es nicht so bleiben würde. Dass man sie aus dem Bett werfen würde, weil sie eine Rothaut war. Dass sie nichts mehr zu essen bekommen würde.

Doch die blonde Frau blieb an ihrer Seite und lächelte sie überdies scheu an. Und auch die Frauen, die später immer wieder nach ihr sahen, wirkten freundlich. Sie redeten auf sie ein, und obwohl die Worte, die sie zu ihr sagten, sie nicht erreichten, spürte sie dennoch, dass es fürsorgliche waren. Anfangs waren es viele fremde Gesichter, die sie nicht unterscheiden konnte. Doch in den Tagen, die folgten und die sie weiterhin im Bett verbrachte, lernte sie die Namen kennen, die zu den Gesichtern gehörten.

Da gab es Annelie, die ihr die Mahlzeiten brachte, wenn es die blonde Frau nicht tat, und die glücklich lächelte, wenn sie hungrig aß. Manchmal kicherte sie – nicht aus Spott, wie die

Mapuche-Frau zunächst befürchtet hatte, sondern aus Unsicherheit. Die ganz alte Frau, Christine mit Namen, stand oft mit gerunzelter Stirn daneben. Vor ihr hatte die Mapuche-Frau am meisten Angst, denn Christine lächelte nie. Aber auch sie schien nichts dagegen zu haben, dass sie zu essen bekam und in dem Bett liegen durfte. Die Frau mit den leuchtend braunen Augen und den Grübchen auf den Wangen hieß Barbara. Das Deutsch, das sie sprach, war am schwersten zu verstehen, es klang kehlig und rauh. Und dennoch war die Stimme von Barbara schön, insbesondere wenn sie sang. Und sie sang oft, auch dann, wenn sie ihre Wunden mit frischem Leinen verband.

Die meiste Zeit verbrachte die blonde Frau bei ihr, die Emilia hieß und wunderschöne blaue Augen hatte. Sie war viel jünger als die anderen, wahrscheinlich so alt wie sie, siebzehn oder achtzehn Jahre. Manchmal lächelte sie sie an. Manchmal redete sie auf sie ein. Warum sie denn nichts mehr sagen würde? Sie würde doch des Deutschen mächtig sein!

Die Mapuche-Frau wollte ihr so gerne den Gefallen tun, aber sie konnte nicht. Sie konnte das Essen schlucken, aber sie konnte keine Silbe hervorbringen und das Lächeln nicht erwidern. Sie konnte nur hoffen, dass die Erinnerungen nicht wiederkehrten. Und sie konnte beobachten. Anfangs hatte sie nur das Bett wahrgenommen, in dem sie lag. Später bestaunte sie die übrige Einrichtung des Zimmers, das ganz anders war als die vertraute Ruca, so viel heller und höher und größer. Vor den Fenstern hingen weiße Gardinen, gegenüber vom Bett befand sich ein Spiegel. Am faszinierendsten waren der eiserne Ofen und die Kommode.

»Die ist aus Mahagoni«, erklärte Emilia, die ihrem Blick gefolgt war. »Ein Zimmermann aus Valdivia hat sie gebaut. Sie war sehr teuer …«

Die Mapuche-Frau hatte keine Ahnung, was Mahagoni war. Sie wusste nur, dass es dergleichen in der Ruca nicht gegeben hatte. Dort waren sie auf Fellen oder Leder am Boden gelegen oder gesessen. Kurz vermeinte sie, den erdigen Geruch zu schmecken, den die Großmutter ausgeströmt hatte, und prompt stiegen Tränen hoch – Tränen der Sehnsucht und der Trauer. Doch sie schluckte sie schnell wieder herunter. Sie ahnte, dass sie nicht wieder damit aufhören könnte, wenn sie erst einmal zu weinen begann.

Nicht nur die Einrichtung bestaunte die Mapuche-Frau, sondern auch die Kleidung, die die Frauen trugen. Am merkwürdigsten waren ihre Strümpfe und Schuhe – so etwas kannte sie nicht. Seit sie denken konnte, war sie immer barfuß gelaufen, zumindest im Frühling und Sommer. Nur im Winter, wenn der Boden zu kalt war, hatte sie manchmal lederne Stiefel angezogen. Doch diese Frauen gingen offenbar nie bloßfüßig. Sie erinnerte sich an Erzählungen ihres Vaters, wonach nur die vornehmsten Chileninnen Schuhe trugen. Nun, offenbar waren auch die deutschen Siedlerinnen sehr vornehm.

Als sie an den Vater dachte und an seine samtige Stimme, stiegen wieder Tränen auf – und wieder unterdrückte sie sie mit aller Macht. Sie war sich sicher, dass sie sterben würde, wenn sie sich den Erinnerungen hingab.

Für gewöhnlich versank sie in gnädiger Schwärze, wenn sie abends einschlief. Doch in der vierten Nacht wurde sie von bedrohlichen Träumen verfolgt. Soldaten tauchten darin auf, mit Säbeln und Gewehren, und plötzlich sah sie auch das weiße Hemd des Kaziken, wie es sich langsam rot färbte, sah ihren Vater, wie er reglos vor ihr gelegen war und ihr mit letzter Kraft befohlen hatte, zu fliehen.

Sie erwachte im Morgengrauen laut schreiend, und auch als sie die Augen aufschlug und sich im weichen Bett wiederfand,

glaubte sie immer noch das Lachen der Soldaten zu hören, das Getrampel ihrer Pferde, die Schüsse ihrer Gewehre. Sie würden auch sie holen. Sie würden nicht zulassen, dass ihnen eine Rothaut entkommen war.
»Still!« Emilias Stimme drang durch das Grauen. »Sei still! Es ist alles gut! Ich bin doch da!«
Als sie in die gütigen blauen Augen blickte, verstummte sie kurz. Doch dann fiel ihr Blick auf den fremden Mann, der neben Emilia stand – ein großer, weißer Mann wie die Soldaten, die das Dorf überfallen hatten –, und sie schrie abermals auf.
»Besser, du gehst«, sagte Emilia zu ihm. »Dein Anblick macht ihr Angst, Manuel!«
Der Mann schüttelte verwirrt den Kopf. »Aber ich tue ihr doch gar nichts!«
»Allein dass du hier bist, ist für sie unerträglich.«
»Was kann ich denn dafür, dass ich nach meiner Handelsreise wieder nach Hause gekommen bin?«
»Halte dich einfach von ihr fern! Sie hat gewiss Schlimmes durchgemacht. Sie braucht noch Zeit …«
Der Mann mit dem Namen Manuel schüttelte weiterhin den Kopf. Aber schließlich fügte er sich Emilias Worten und verließ den Raum.
Die Mapuche-Frau hörte zu schreien auf. Die Bilder aus dem bösen Traum verblassten. Sie war in Sicherheit. Niemand würde ihr etwas antun. Sie lag in einem warmen Bett, und es gab diese Frauen, die sich um sie kümmerten.
Später ließ sich Emilia auf einem Stuhl neben ihrem Bett nieder. Der Stuhl sah sehr merkwürdig aus – bis jetzt hatte sie ihn gar nicht bemerkt. Er stand nicht auf vier Beinen, sondern auf einem gebogenen Stück Holz, und Emilia wippte leicht vor und zurück.

»Das ist ein Schaukelstuhl«, erklärte sie, als sie ihren verwunderten Blick bemerkte.
Die Mapuche-Frau senkte die Augen. Sie erwartete, dass Emilia sie wieder bestürmen würde zu reden. Doch stattdessen hatte sie heute etwas anderes vor. Sie hielt ein Buch in den Händen – ein Buch, wie auch Bruder Franz so viele besessen hatte –, und dieses schlug sie nun auf.
»Ich dachte, ich könnte dir etwas vorlesen«, sagte Emilia. »Wir haben alle lesen gelernt. Von Jule. Das ist eine der ersten deutschen Siedlerinnen gewesen, die sich hier niedergelassen haben. Jule war eine ganz ungewöhnliche Frau. Sie hatte keinen Mann und keine Kinder, sondern lebte ganz alleine, und sie sagte immer, dass ihr das am liebsten wäre und dass sie niemanden bräuchte. Sie hat sehr viel von Medizin verstanden, und wenn jemand krank war, ist er damit immer zu ihr gegangen. Leider ist sie vor einiger Zeit gestorben, und seitdem kümmert sich Barbara um die Kranken. Sie hat viel von Jule gelernt, aber so viel wie Jule weiß sie nicht. Jule war eine strenge Lehrerin. Wehe, wenn wir zu langsam lernten! Aber vielleicht war das gut so, denn so können wir alle lesen. Die Bücher sind im Übrigen aus Valdivia. Annelie fährt regelmäßig dorthin und kauft sie. Als Jule noch lebte, hat sie eine Bibliothek gegründet, und heute wacht Annelie darüber. Wir besitzen mittlerweile viele Bücher. Das hier, das heißt *Fünfzig Fabeln für Kinder* von D. Speckter. Wir haben auch Märchenbücher. Von den Gebrüdern Grimm und von Wilhelm Hauff. Und Liederbücher von Reinick. Ich könnte dir auch Arabesken vorlesen. Oder *Robinson der Jüngere* von Campe, das ist eine sehr spannende Geschichte.«
Sie sprach ohne Pause und schien sich gar nicht darum zu kümmern, ob die Mapuche-Frau ihr zuhörte und sie verstand.

Doch genau das führte dazu, dass diese sich deutlich entspannte.
Gut … es war alles gut. Emilia würde nicht zulassen, dass ihr Böses geschah. Sie war in Sicherheit.
Als Emilia aus dem Buch vorzulesen begann, konnte die Mapuche-Frau auch an den jungen Mann denken, den Mann, der Manuel hieß, ohne vor Angst zu erschaudern. Er war zwar so groß wie die Soldaten, und seine Schultern waren ebenso breit. Aber er hatte nicht so böse gelacht wie sie. Eigentlich war er sogar ziemlich gutaussehend, mit diesen braunen Augen und den rötlich braunen Locken. Wie alt er wohl war? So alt wie sie und Emilia?
Während Emilia weiter vorlas, dachte sie an die Männer ihres Stammes, Männer mit langen, glänzenden Haaren und kohlschwarzen Augen, Männer, die ihr Gesicht mit der Farbe bemalten, die ihre Großmutter hergestellt hatte. Es hätte nicht mehr lange gedauert, dann wäre sie die Frau von solch einem Mann geworden. Sowohl ihre Großmutter als auch ihr Vater hatten befunden, dass sie nun alt genug dafür wäre.
Aber daran wollte sie nicht denken. Daran durfte sie nicht denken. Nicht an ihren Vater, nicht an ihre Großmutter, nicht an Bruder Franz. Sie würde weinen, wenn sie daran dachte, und sterben, wenn sie zu lange weinte.
Emilia hörte zu lesen auf und ließ das Buch sinken. »Was hast du denn?«, fragte sie.
Hatte sie etwa aufgeschluchzt?
»Nicht aufhören!«, schrie die Mapuche-Frau panisch und ohne darüber nachzudenken, was sie da sagte. »Hör nicht auf zu lesen!«
Emilia riss verwundert die Augen auf. »Du sprichst ja endlich wieder. Und du kannst sogar sehr gut Deutsch!«
»Ja … ja …« Das Reden fiel ihr schwer nach all der Zeit, aber

ihre Kehle fühlte sich nicht mehr wie verdorrt an. Die Worte drängten aus ihr heraus – Worte und all die Erinnerungen. Sie wollte sie ausspeien wie verdorbenes Essen, um ihnen danach nie wieder Einlass zu gewähren.

»Ja ... ja ... mein Vater ... er wollte, dass ich es lerne ... natürlich auch Mapudungun ... und Spanisch. Aber eben auch Deutsch. Er sagte, dass die deutschen Siedler gute Menschen sind. Wenn ich in Gefahr wäre, sagte er, soll ich zu Cornelius gehen. Cornelius Suckow ...«

Emilia sprang vom Schaukelstuhl hoch. »Cornelius ist mein Vater!«, rief sie aufgeregt.

Die Mapuche-Frau schluchzte abermals auf, obwohl sie es eigentlich unterdrücken wollte. »Ihr beschützt mich, nicht wahr? Ihr alle beschützt mich!«

Emilia setzte sich an den Rand des Bettes und streichelte über ihr Gesicht. »Willst du mir erzählen, was passiert ist?«

Die Mapuche-Frau zuckte zusammen. »Tot«, stieß sie nur mit Mühen aus. »Alle sind tot ... Alle, die in der Mission lebten.«

»Der Mission?«

Das Gesicht von Bruder Franz stieg vor ihr auf, wie er den Soldaten das Kreuz entgegengehalten hatte, bereit, das Leben der Mapuche mit seinem eigenen zu schützen.

Sie deutete auf das Buch. »Ich habe auch lesen und schreiben gelernt«, murmelte sie. »Von ... von ...« Sie konnte den Namen von Pater Franz nicht aussprechen. Sie durfte es nicht. »Wir ... wir hatten Gebetsbücher«, sagte sie stattdessen. »Jeden Sonntag musste ein anderer daraus vorlesen und ...«

Ihre Stimme versagte.

Emilia streichelte über ihre Schultern. »Es ist gut. Es ist alles gut. Hier kann dir niemand etwas antun. Wie ... wie heißt du eigentlich?«

Diese Frage hatte sie am meisten gefürchtet. Die Mapuche-Frau glaubte zu ersticken, so heftig schluckte sie gegen das Weinen an. Doch irgendwie gelang es ihr, dass keine Tränen mehr aus den Augen quollen. »Ich weiß es nicht«, sagte sie, und das Bild von Bruder Franz verblasste, verblasste wie das Gesicht ihres Vaters, ihrer Großmutter. »Ich weiß es nicht mehr. Ich habe meinen Namen vergessen ... und ich wünschte, ich könnte auch alles andere vergessen ... könnte vergessen, wie ...«

Wieder brach ihr die Stimme.

Emilia stellte keine Fragen mehr. »Scht, scht«, machte sie beschwichtigend, dann zog sie ihren Kopf an ihre Brust, streichelte ihr über das dunkle, glatte Haar, und die Mapuche-Frau ließ sie gewähren.

Alles war gut. Alles würde gut bleiben, solange sie ihre Erinnerungen unterdrückte.

Weitere Tage vergingen. Mittlerweile waren der Mapuche-Frau nicht nur die Einrichtung, die Kleidung und das Essen der deutschen Siedler vertraut, sie kannte auch den Rhythmus, dem deren Arbeitstag unterlag. Bei Sonnenaufgang wurde aufgestanden. Der erste Gang führte in den Stall, wo die Kühe gemolken wurden. Zurück im Haus, wurde Feuer gemacht und Kaffeewasser aufgesetzt. Bis das Wasser kochte, fütterten die Frauen die Hühner, ehe hinterher Kaffee getrunken, die Haare frisiert und die Betten gemacht wurden. Später stand Garten- und Feldarbeit an und immer wieder irgendwelche Pflichten, die in den Kuhstall führten.

Zunächst hatte sich die Mapuche-Frau von Emilia berichten lassen, was sie den Tag über trieb, wenn sie gerade nicht bei ihr am Bett saß und ihr vorlas. Später hatte sie sie durch die Fenster beobachtet, deren Glas – ein fremdes Material – sie ehrfürchtig

betastete. Irgendwann – ihre Füße waren verheilt, die Kratzer und blauen Flecke, die von ihrer aufreibenden Flucht kündeten, verblasst – hielt sie es nicht mehr drinnen aus.
Sie fragte, ob sie aufstehen dürfte, und nachdem Barbara sie noch einmal untersucht und es ihr erlaubt hatte, begleitete Emilia sie nach draußen. Die ersten Schritte taten so weh, als würde sich ein Messer in ihren Leib drehen. Nicht nur die gerade verheilten Fußsohlen hielten der Last ihres Körpers kaum stand – sämtliche Glieder schienen nach dem langen Liegen verkümmert zu sein.
Am ersten Tag im Freien wurde sie nach kurzer Zeit müde, am zweiten waren die Schmerzen etwas erträglicher. Am dritten fühlte sie sich zwar immer noch nicht so kräftig und wendig wie einst, aber auch nicht mehr so uralt und gebeugt.
Sie folgte Emilia, als diese ihr die Ställe, die Vorratskammern und den Garten zeigte. Auch vor der Ruca ihrer Großmutter hatten sie einen kleinen Garten angelegt, und sie hatten Löcher in die Erde gegraben, um dort Gemüse und getrocknetes Fleisch aufzubewahren, aber Ställe waren ihr völlig fremd. Die Tiere liefen bei ihnen im Freien herum.
Emilia lachte, als sie die Stirn runzelte. »Als die Deutschen die ersten Ställe errichteten, waren die Chilenen genauso verwirrt wie du. Sie konnten sich gar nicht vorstellen, dass man Rinder einsperren kann! Nun, jetzt im Frühjahr kommen sie bald auf die Weide und in den Wald. Dort laufen sie frei herum. Aber im Herbst werden sie wieder eingefangen, weil sie auf sich gestellt nicht genügend Futter finden und viele von ihnen verenden würden. Wir hingegen bringen ihnen Quila – das kennst du doch, oder? Das ist eine Bambusart!«
Die Mapuche-Frau wollte nicht darüber nachdenken, ob sie davon schon gehört hatte. Zu tief müsste sie in den Erinnerungen wühlen, und das wollte, das konnte sie nicht.

»Komm!«, rief Emilia und zog sie am Arm. »Komm, wir wollen zum See gehen.«

Die Mapuche-Frau scheute die Nähe von Wasser. Früher hatte sie gerne in den Tümpeln rund um die Mission gebadet, aber als sie nun auf die blaue, an manchen stellen silbrig leuchtende Weite des Llanquihue-Sees blickte, erinnerte sie sich daran, wie sie auf ihrer Flucht vor den Soldaten am Fluss gehockt war, ihr Spiegelbild kaum erkannt und begriffen hatte, dass sie ihren Namen nicht mehr wusste.

»Zum Wald«, sagte sie heiser, »ich will lieber in den Wald gehen …«

Die hohen Bäume versprachen Schutz; das weiche Moos und das sumpfige Unterholz würden ihre Schritte dämpfen und ihr das Gefühl geben, unsichtbar zu sein.

Auf dem Weg zum Wald kamen sie am Backofen vorbei – aus Cancagua, einer Art Sandstein, gebaut, wie Emilia zu berichten wusste. Der Brotgeruch, der ihn umwehte, war verlockend, doch da sie eben gefrühstückt hatten, konnte sie ihm widerstehen. Als sie die Scheune mit den Pferden passierte und die Mapuche-Frau das Getrampel der Hufe hörte, zuckte sie ängstlich zusammen. Sie wollte Emilia ihre Panik nicht zeigen, beschleunigte jedoch die Schritte. Schließlich kamen sie an einem Feld vorbei – noch nicht beackert, sondern eine weite Fläche aus dunkler Erde.

»Eines der Weizenfelder«, erklärte Emilia. »Bald wird die Zeit der Aussaat kommen. Manuel bildet sich ein, dass wir dieses Jahr auch einmal Tabak anbauen sollten.« Sie verdrehte die Augen, doch ihr Lächeln war stolz. »Einem unserer Nachbarn ist das gelungen, aber der verstand viel mehr von der Landwirtschaft als Manuel. Manuel will den Tabak ja vor allem verkaufen. Manuel will ständig irgendetwas verkaufen, damit wir endlich reich werden.«

Das Mädchen war sich nicht sicher, ob es Emilias Worte richtig verstand. Hier waren doch alle reich, oder nicht? Nicht nur, dass sie genug zu essen hatten, sie trugen doch allesamt Schuhe und Strümpfe!

Endlich erreichten sie den Wald. Blätter rauschten, das Geäst knarrte im Wind, die Araukarien dufteten durchdringend. In der Ferne ertönte der ebenso kräftige wie melodische Ruf eines Vogels.

»In Deutschland«, erzählte Emilia, »dem Land, aus dem meine Eltern stammen, verlieren die Bäume im Winter ihre Blätter. Hier nicht. Ich würde das so gerne einmal sehen – nackte Bäume! Stell dir das nur vor!« Sie lachte auf, wurde dann aber rasch wieder ernst. »Früher wollte ich unbedingt zurück nach Deutschland gehen. Aber jetzt ...«, sie zuckte ihre Schultern, dann begann ihr Gesicht wieder zu strahlen, »jetzt werde ich Manuel heiraten. Schon nächste Woche.«

Der junge Mann hatte – wie von Emilia gefordert – in den letzten Tagen stets Abstand zur Mapuche-Frau gehalten. Nun ging ihr durch den Kopf, dass das gar nicht nötig war. Unmöglich konnte sie vor einem Mann Angst haben, über den Emilia mit diesem glücklichen Lächeln sprach! Emilia, der sie als Erstes begegnet war! Die ihr zu essen gegeben, an ihrem Bett gesessen, sie getröstet und ihr vorgelesen hatte! Sie vertraute Emilia – vertraute ihr mehr als allen anderen Frauen hier.

»Du ... du hast ihn gern«, murmelte die Mapuche-Frau.

»Aber ja doch!«

»Du musst glücklich sein.«

»Und wie!«

Eine Weile spazierten sie am Waldrand entlang, dann traten sie ins Dickicht. Hier und da musste man Wurzeln und Schlingpflanzen ausweichen, doch sie wuchsen nicht besonders dicht. Die deutschen Siedler hatten wohl über Jahre all

das lästige Unkraut immer wieder ausgerissen. Vereinzelt drangen Sonnenstrahlen durch das Blätterdach. In der Ferne fiel ihr Schein, der hier eher grünlich als gelblich wirkte, auf ein paar Kreuze.
Auch Emilia hatte sie gesehen und schien unmerklich den Weg ändern zu wollen, damit sie sie nicht passieren mussten, doch die Mapuche-Frau widersetzte sich ihrer Führung, riss sich von ihr los und stapfte auf die Kreuze zu.
»Ich will es sehen!«, bestand sie.
Emilia folgte nur widerstrebend.
Der Friedhof. Das musste der Friedhof sein. In der Nähe ihrer Mission gab es ebenfalls einen, denn Bruder Franz hatte schon vor vielen Jahren durchgesetzt, dass die Verstorbenen nach christlichem Brauch begraben wurden. Bei der Gestaltung der Feierlichkeiten hatte er jedoch sein Nachsehen gehabt. Anstatt zu singen und zu beten, verabschiedeten sich die Mapuche von ihren Verstorbenen mit lautem Getrommel und Tanz.
Doch niemand hatte getrommelt und getanzt, als Bruder Franz, als ihr Vater, als ihre Großmutter gestorben waren, schoss es der jungen Frau nun durch den Kopf.
Die vielen Toten der Mission … Sie waren alle nicht begraben worden … Sie, die einzige Überlebende, war einfach fortgelaufen. Schutzlos lagen sie gewiss immer noch unter dem weiten Himmel, gierigen Geiern ausgeliefert und Raubtieren, die das Blut und Fleisch wittern würden.
Sie erbleichte, als sie daran dachte, dass von dem duftenden, strammen Leib der Großmutter wohl nichts mehr übrig war als Knochen.
»Was … was hast du denn?«, fragte Emilia besorgt.
Die Frau schüttelte den Kopf. Sie durfte nicht daran denken! Sie durfte sich nicht umdrehen! Sie musste vergessen!

Sie war jetzt in Sicherheit, ihre Wunden waren geheilt, sie hatte genug zu essen bekommen, sogar neue Kleider. Jetzt brauchte sie nur noch einen Namen.
Die Gräber trugen allesamt Namen. In die Holzkreuze waren sie eingeritzt, und die Mapuche-Frau versuchte, sie zu entziffern. Richard von Graberg stand auf dem einen. Lukas Steiner auf einem anderen. Ricardo Steiner war außerdem zu lesen, Taddäus Glöckner und Juliane Eiderstett.
»Alles deutsche Siedler«, sagte Emilia. »Juliane Eiderstett – das war Jule. Von ihr habe ich dir schon erzählt. Ricardo war der kleine Bruder von Manuel. Er ist schon als Kind gestorben. Richard und Taddäus starben während eines Überfalls der …«, sie biss sich auf die Lippen, »aber das ist nicht so wichtig.«
Etwas abgeschieden lag noch ein weiteres Grab. Die junge Frau eilte darauf zu, Emilia hingegen blieb in ausreichendem Abstand stehen. Ihre Miene wirkte plötzlich düster, ihr Körper versteifte sich.
»Margareta Suckow«, las die Mapuche-Frau. Verwundert drehte sie sich zu Emilia um. Dieser Cornelius, von dem ihr Vater oft gesprochen hatte und der Emilias Vater war – hieß der nicht auch Suckow?
»Bist du … bist du mit ihr verwandt?«
Emilia senkte ihren Blick. »Das war meine Mutter«, sagte sie leise.
Das Mädchen verstand, warum sie nicht näher kam und warum sich ihre Züge verhärtet hatten. Wahrscheinlich trauerte sie um sie. Das Grab war frisch, sie konnte noch nicht lange tot sein. Ja, sie trauerte um ihre Mutter wie sie selbst um ihren Vater, ihre Großmutter trauerte … wobei: Sie durfte nicht trauern, durfte nicht daran denken, sie würde zugrunde gehen, wenn sie in ihren Gedanken die schrecklichen Ereignisse immer und immer wieder neu erleben musste!

»Darf ich ihren Namen haben?«, fragte die Mapuche-Frau unvermittelt.
»Bitte?« Emilia hob den Kopf und riss die Augen auf.
»Ich kann mich nicht an meinen Namen erinnern«, meinte das Mädchen verlegen. »Aber ich brauche doch einen! Ich habe gehört, wie ihr über mich geredet habt. Das Mapuche-Mädchen, habt ihr gesagt. Aber ich will viel lieber einen Namen haben!«
»Ausgerechnet den von meiner Mutter?«
»Du hast mich gefunden und versorgt. Du warst so gut zu mir!«
Emilia runzelte die Stirn. Sie schien etwas sagen zu wollen, doch noch ehe sie ein Wort hervorbrachte, schloss sie die Lippen und kniff sie fest zusammen.
Die Verlegenheit der Mapuche-Frau wuchs. »Oder darf ich ihn etwa nicht haben … diesen Namen?«, fragte sie unsicher.
»Als wäre ein Name ein Vögelchen, das man fangen und in einen Käfig sperren könnte!«, stieß Emilia aus.
Ihr schroffer Tonfall verunsicherte das Mädchen noch mehr. Es verknotete die Hände hinter dem Rücken.
»Ich wollte dir nicht zu nahetreten.«
»Und ich wollte dich nicht kränken!«, entgegnete Emilia rasch. Ein Ruck ging durch ihre Körper, das Dunkle, Nachdenkliche schwand aus ihren Zügen. Sie trat auf die Mapuche-Frau zu und ergriff ihre Hände. »Wenn es dir so wichtig ist, dann nimm meinetwegen diesen Namen. Aber die meisten Siedler haben ihre deutschen Namen längst in spanische geändert. Margareta – das heißt hierzulande Margarita.«
»Margarita …«, murmelte die Mapuche-Frau. »Rita …«
Ja, dieser Klang war ihr irgendwie vertraut. Vielleicht hatte sie den Namen nicht zufällig gewählt, sondern weil er sie an

den erinnerte, den sie früher getragen hatte. Sie nickte entschlossen. »Ja«, bekräftigte sie. »Ab heute werde ich Rita heißen.«

Und ab heute werde ich keine Angst mehr haben, fügte sie im Stillen hinzu. Ab heute werde ich nur mehr nach vorne schauen.

4. Kapitel

»Emilia …«

Die Stimme war leise, schwindend leise. Zuerst klang es wie ein rasselnder Atem. Dann wurde aus den erstickten Silben ein Name – ihr Name. Immer wieder ertönte er …

»Emilia … Emilia … Emilia …«

Emilia wollte sich erheben, konnte es jedoch nicht. Sie wollte der Stimme folgen, aber wusste, dass es sinnlos war. Sie träumte ja nur, dass die Stimme sie rief; im wirklichen Leben konnte diese Stimme nie wieder nach ihr rufen – denn die Frau, der sie gehörte, war tot.

»Emilia …«

Jetzt sah sie sie auch, wie sie am See stand, mit einem ihrer weißen Kleider, ihre Mutter, Margareta Suckow, oder, wie alle sie genannt hatten, Greta. Der Wind riss an dem dünnen Stoff. Die Schultern und die Knie stachen spitz darunter hervor. Greta hatte am liebsten Weiß getragen, was ihre Haut noch durchsichtiger erscheinen hatte lassen, das erst blonde, dann ergraute Haar noch heller, die blauen Augen noch farbloser. Meist waren ihre Kleider zu kurz gewesen, zerrissen und fleckig, und hatten gerade mal über die Knie gereicht.

»Emilia …«

Als sie sie da stehen sah, war Greta nicht buckelig und faltig wie in den letzten Jahren vor ihrem Tod. Nicht nur ihre Kleidung, auch ihre schmale Gestalt erinnerten an die eines kleinen Mädchens, unscheinbar, schutzbedürftig, kindlich. Ja, das

war eines ihrer Gesichter gewesen – ihrer so vielen Gesichter.
Emilia hatte zu Lebzeiten nicht gewusst, wer ihre Mutter wirklich gewesen war, und nach deren Tod begriff sie es noch weniger. Manchmal war sie ein Mensch gewesen, der inbrünstig nach Liebe suchte, manchmal einer, der von glühendem Hass aufgefressen wurde. Emilia fühlte in ihrer Nähe immer Unbehagen und Mitleid zugleich, fühlte sich von ihr angezogen und abgestoßen, von dem Wunsch überwältigt, ihr zu helfen und ihr das zu geben, was sie brauchte, und dann wieder zermürbt, weil sie instinktiv wusste, dass alles, was sie für sie tun konnte, immer zu wenig war. Zu wenig, um Gretas Hunger nach Liebe zu stillen. Zu wenig, um Gretas Wahnsinn zu bannen.
»Emilia …«
Jetzt trat Emilia langsam auf die Gestalt zu. Doch als sie sie erreichte, als sie nach ihr fassen wollte, löste sie sich auf – dem Rauch des Feuers gleich, in dem Greta vor einigen Monaten erstickt war, nachdem sie selbst ihr Haus angezündet hatte.
Kein weiteres Mal hörte Emilia, wie ihr Name geraunt wurde. Stattdessen ertönte ein Aufschrei, durchdringend und panisch.
Ruckartig fuhr Emilia hoch und gewahrte, dass sie selbst geschrien hatte. Die ganze Zeit über hatte sie geahnt, dass sie in einem Traum gefangen war, und doch war sie nun zutiefst bestürzt, sich nicht neben der Mutter am See wiederzufinden, sondern in ihrem Bett. Sie war schweißgebadet, das Herz klopfte ihr bis zum Hals, und sie schnappte nach Luft. Sie tastete ihr Gesicht ab, als hätte der Blick ihrer Mutter – traurig und höhnisch zugleich – dort Wunden hinterlassen, aber ihre Haut fühlte sich unversehrt an. Um sich zu beruhigen, flocht sie aus ihrem Haar, das wirr vom Kopf abstand, einen

Zopf. Danach hatte sich ihr Herzschlag etwas verlangsamt, doch das Unbehagen grummelte weiterhin in ihrem Magen. Ihre Kehle fühlte sich so eng an, als hätte jemand sie zugedrückt ... so wie ihre Mutter einst versucht hatte, Elisa von Graberg zu erwürgen ...

Sie schüttelte den Kopf, um die Erinnerung zu verdrängen, und ihr Blick fiel auf das Mapuche-Mädchen, auf Rita, wie sie sich nun nannte, die in dem Bett neben ihr lag. In den letzten Nächten hatte sie selbst oft unter der Last von Träumen geächzt, hatte gewimmert und geschluchzt. Doch nun schlief sie tief und fest; selbst Emilias panischer Schrei hatte sie nicht wecken können.

Emilia betrachtete sie nachdenklich. War Rita schuld an ihrem Traum?

Sie hatte ja keine Ahnung, was für zwiespältige Gefühle sie in Emilia ausgelöst hatte, als sie ausgerechnet Gretas Namen wählte! Sie dachte gewiss, dass sie ihr, Emilia, einen Gefallen täte. Stattdessen hatte sie böse Erinnerungen zum Leben erweckt – Erinnerungen an Greta, wie sie ihrer Tochter die Hochzeit mit Manuel verbieten wollte, daran, wie sie sie eingesperrt hatte, an ihren grausamen Tod im Feuer, an die Trauer danach – und irgendwie auch an die Wut. Ja, Emilia war so oft auf ihre Mutter wütend gewesen, nicht nur zu ihren Lebzeiten, auch nach ihrem Tod. Sie hatte sich dafür geschämt, hatte sich wieder und wieder gesagt, dass Greta eigentlich ein guter Mensch gewesen wäre, nur ihr grausamer Vater und ihr Bruder sie zu dem gemacht hatten, was sie am Ende war – nämlich verbittert und verrückt gleichermaßen. Aber sie konnte es nicht leugnen: Sie empfand es als Makel, Gretas Tochter zu sein, die Tochter einer Frau, die viele als böse Hexe bezeichneten, allen voran Poldi Steiner, Manuels Onkel. Es war, als trüge sie ein Mal, das sie von den anderen Siedlern unterschied.

Emilia schüttelte erneut heftig den Kopf. Was dachte sie nur? Was redete sie sich da nur ein? Natürlich gehörte sie zu den anderen Siedlern! Für Annelie war sie wie eine Tochter, für Christine wie eine Enkelin und für Manuel die Frau, die er liebte!
Sie legte sich wieder hin und schloss die Augen. Sie durfte Greta keine Macht über ihr Leben zugestehen, entschied sie trotzig, bevor sie einnickte, die Mutter hatte kein Recht darauf, ihr über den Tod hinaus eine Last zu sein …

Der Schlaf bis zum Morgen war unruhig und voller Träume, aber zumindest tauchte Greta nicht mehr darin auf.
Als Emilia aufstand, fühlten sich ihre Beine bleiern an – so, als hätte sie in der Nacht nicht geschlafen, sondern wäre durch den Wald gerannt. Dennoch schritt sie tatkräftiger als sonst zur Arbeit. Sie molk die Kühe, mistete den Stall aus, jätete Unkraut – all das noch vor dem Frühstück. Ihre Bewegungen waren nicht nur schnell und gründlich, sondern hektisch. Es war, als würde sie jemand belauern und nur darauf warten, dass sie schlampig arbeitete, dass sie einen Fehler beging, sie sich als keine gute Siedlerin herausstellte.
Emilia …
Sie zuckte zusammen, als sie wieder das Raunen aus dem Traum zu hören vermeinte, doch dann beschloss sie, nicht darauf zu achten, sondern stur weiterzuarbeiten. Ganz gleich, wer ihre Mutter gewesen war – sie war tüchtig! Und sie wurde geliebt!
Das Mapuche-Mädchen … oder nein, sie musste sich endlich angewöhnen, an sie als Rita zu denken … trat zu ihr und sah sie fragend an. Wahrscheinlich erhoffte sie sich, sie würden gemeinsam aus den Büchern lesen. Doch Emilia hatte heute keine Zeit. Nicht zum Lesen oder Plaudern. Arbeiten wollte

sie, viel arbeiten, um ihren Geist zu betäuben und die Stimme der Mutter zum Schweigen zu bringen. Noch ehe Rita eine Frage stellen konnte, schüttelte sie den Kopf, und Rita bedrängte sie nicht, sondern setzte sich neben ihr ins Gras und blickte sie schweigsam aus den großen, dunklen, immer irgendwie traurigen Augen an.
Zu Mittag bot Emilia Annelie an, ihr beim Kochen zu helfen. Sie wartete ihre Zustimmung nicht ab, sondern griff schon nach einer der Möhren, um sie zu schälen, allerdings so fahrig, dass sie sich fast in die Finger schnitt.
Annelie war die Ungeschicklichkeit nicht entgangen. Doch sie lächelte nur milde. »Bist du aufgeregt?«, fragte sie.
Emilia fühlte sich ertappt und zuckte zusammen. »Warum sollte ich aufgeregt sein?«, fuhr sie auf – und bereute schon im nächsten Augenblick, so barsch geklungen zu haben.
Aber Annelie war ihr nicht böse. »Nun, weil du in fünf Tagen heiratest«, sagte sie lächelnd.
Emilia errötete. Nur mehr fünf Tage!
Bis jetzt hatte sie jeden Tag, ja, jede Stunde gezählt, bis sie endlich Manuels Frau wurde, nur heute hatte sie gar nicht daran gedacht. Als sie Annelies Lächeln erwiderte, hatte sie das Gefühl, die Welt würde wieder lichter werden und die Schatten des Traumes endgültig von ihr abfallen. Ja, sie würde Manuels Frau werden. Und Greta würde es nicht verhindern können.
Das Frühstück hatte sie ausgespart – nun konnte sie mit gutem Appetit essen, und mit neuen Lebenskräften versehen, lockte sie Rita nach dem Mittagessen nach oben in die Schlafstube. Seit das Mädchen wieder aufstehen konnte, verbrachten sie tagsüber keine Zeit mehr dort, aber jetzt wollte sie ihr unbedingt etwas zeigen.
»Liest du … liest du mir nun wieder vor?«, fragte Rita.
Emilia musste lächeln, weil Rita, obwohl sie selbst passabel

lesen konnte, es so sehr liebte, vorgelesen zu bekommen. Dann schüttelte sie den Kopf: »Nein«, sagte sie, »ich habe eine viel bessere Idee. Ich will dir etwas zeigen.«

»Was?«

»Schau selbst!«

Wortlos trat Emilia zu einer der Kleidertruhen. Ihr Deckel war mit aufwendigen Schnitzereien versehen. Manuels vor vielen Jahren verstorbener Vater Lukas, ein begnadeter Zimmermann, wie es hieß, hatte sie einst angefertigt. In den letzten Wochen hatte Emilia nicht gewagt, diese Truhe zu öffnen, denn sie beherbergte einen viel zu kostbaren Schatz. Doch nun musste sie es einfach wieder sehen, musste es fühlen – das Kleid, das Barbara für ihre Hochzeit genäht hatte!

Als sie die Truhe öffnete und es langsam herauszog, starrte Rita hingerissen darauf.

»Sieh nur!«, rief Emilia stolz. »Wie fein es ist! Es hat Spitzen und ...«

Die Stimme versagte ihr vor Aufregung. Röte stieg ihr ins Gesicht. Wie dumm sie heute Morgen gewesen war, sich die Laune von einem Traum verderben zu lassen, da sie doch so bald heiraten würde! Den Mann, den sie ihr Leben lang liebte! Und obendrein in diesem schönen Kleid!

»Bis jetzt habe ich es erst zwei Mal anprobiert«, sagte Emilia. »Barbara hat in der Zwischenzeit den Kragen noch enger genäht und ihn mit noch mehr Spitzen eingefasst. Mit Spitzen, die wir in Valdivia gekauft haben.«

Rita starrte prüfend auf ihre Hände. Nachdem sie sich vergewissert hatte, dass sie sauber waren, fuhr sie über den Stoff, nein streichelte ihn, als wäre er ein zartes, kleines Tier.

»Es ist wunderschön!«, stieß sie aus.

»Ich freue mich so, wenn Manuel mich erst darin sehen wird!«, sprach Emilia atemlos. »Und auch mein Vater. Er ist so oft unterwegs, fast nie zu Hause, aber er wird in den nächsten Tagen eintreffen. Und gewiss kommt auch Manuels Mutter. Sie heißt Elisa und lebt seit einiger Zeit in Valparaíso. Ich weiß nicht genau, warum. Manuel meint, sie fühle sich seit geraumer Zeit etwas krank, und die Seeluft täte ihr gut …«

Rita konnte nicht aufhören, ehrfürchtig über den Stoff zu streicheln. »Er ist wirklich so weich …«, stammelte sie.

»Feinstes Leinen!«, rief Emilia stolz. »Annelie hat ihn gekauft.«

»Die Frauen in unserem Dorf tragen bei der Hochzeit …«

Mitten im Satz brach Rita ab und schüttelte den Kopf.

»Ja?«, fragte Emilia. »Was tragen sie?«

»Das ist nicht so wichtig«, erklärte Rita hastig. »Und es zählt jetzt auch nicht mehr. Zeig mir lieber, wie das Kleid an dir aussieht. Zieh es an!«

Emilia zögerte kurz und schüttelte energisch den Kopf, aber als Rita darauf bestand, erschien ein verschwörerisches Lächeln auf ihrem Gesicht. Bis jetzt hatte sie das Kleid nur in Barbaras und Annelies Beisein und zum Zwecke der Anprobe angezogen. Es dürfte nicht zerreißen und schmutzig werden, hatte Annelie stets gewarnt. Allerdings – hier in der Stube war es sauber, wie sollte sie es da beschmutzen? Und sie würde doch vorsichtig sein!

Als Rita weiterhin forsch nickte, legte sie rasch ihre Kleidung ab, breitete das Kleid erst sorgfältig auf ihrem Bett aus und schlüpfte dann ganz langsam hinein. Der Kragen saß nun tatsächlich wie angegossen, nicht zu weit, aber auch nicht zu eng. Die Taille war schmal, der Rock fließend. Sie wusste nicht, ob es die Spitzen waren, der helle Stoff oder die kunstvollen Puffärmel, aber als sie sich in dem ovalen Spiegel musterte, strahlten ihre blauen Augen stärker als sonst, und ihr Gesicht, jetzt im Frühling noch vornehm blass und nicht sonnengebräunt, schien glatt wie Elfenbein. Emilia drehte und wendete sich vor dem Spiegel, und sie lachte auf – so sehr gefiel ihr das, was sie sah.

»Barbara will mir die Haare flechten«, rief sie begeistert. »Nicht zu einem normalen Zopf, sondern so …«

Sie versuchte es, Rita vorzuführen, scheiterte jedoch schon nach den ersten Flechten. Barbara war geschickt genug, um elegante Frisuren zaubern zu können, sie selbst hingegen war schon froh, die Flut an Strähnen irgendwie zu bändigen. Doch Rita achtete gar nicht auf ihre missratenen Flechtversuche. Eben war sie zu Emilia getreten und blickte nun starr in den Spiegel.

»Denkst du, man sieht es mir an?«, fragte sie unvermittelt.

»Was?«

»Dass ich … dass ich eine Mapuche bin.«

Emilia schaute sie verwundert an. Wenn sie Rita in den letzten Tagen gemustert hatte, so nur, um festzustellen, ob ihre Wunden verheilt waren und ihr geschwächter Leib wieder zu Kräften gekommen war. Ihr war nicht entgangen, dass Rita sorgfältig versuchte, sich den Sitten der deutschen Siedler anzupassen – wie diese zu essen, sich zu kleiden, sich zu bewegen –, doch ihr wäre nie in den Sinn gekommen, dass Rita ihre Herkunft als Makel empfand.

»Wie kommst du nur darauf?«

»Ich meine«, murmelte Rita, »ich meine … könnte man mich auch für eine Spanierin halten?«

Eben hatte ihre Stimme leicht verächtlich geklungen – nun kam ein hoffnungsvoller Ton hinzu.

Emilias Blick ging wieder zum Spiegel, doch diesmal betrachtete sie nicht ihr eigenes Bild, sondern das von Rita. Sie war sehr klein und zart, und die Backenknochen standen spitz aus dem Gesicht hervor. Eigentlich war sie hübsch anzusehen, mit den kohlschwarzen, glänzenden Augen und dem glatten Haar, das in der Mitte gescheitelt und rechts und links zu Zöpfen gebunden war. Ihre Haut war etwas dunkler als die ihre, doch im Sommer würde sich der Farbton kaum unterscheiden.

»Einige meiner Vorfahren waren Weiße«, murmelte Rita und klang nun fast flehentlich. »Meine Mutter – ich habe sie nie kennengelernt, denn sie ist bei meiner Geburt gestorben – war sogar die Tochter eines Weißen.«

Emilia legte ihre Hände um Ritas Schultern. »Egal, von wem du abstammst und für wen man dich hält – in jedem Falle bist du sehr hübsch.«

Sie erwartete, damit ein Lächeln in Ritas Gesicht zu zaubern. Doch der Ausdruck ihrer Augen wurde panisch. »Aber ich muss eine Spanierin sein!«, rief sie eindringlich. »Sonst werde ich niemals glücklich werden! Und ich bekomme nie einen Mann! Mein ... mein ganzes Volk ist doch ausgerottet worden. Es gibt ... es gibt niemanden mehr.«

»Rita ...«, setzte Emilia hilflos an.

»Ich will einen Spanier heiraten. Oder am besten einen Deutschen. Einen Mann wie Manuel. Der mich so liebt wie er dich. Und dann kann ich in Frieden hier leben, und niemals werden Soldaten kommen, um mich zu töten ...«

Es hörte sich so ernsthaft an, als spreche sie einen Schwur. Irgendetwas an ihr verstörte Emilia zutiefst, doch sie wusste nicht genau, was es war, spürte nur, wie sich Ritas Leib unter ihren Händen verkrampfte.

»Du musst dir keine Sorgen machen«, versuchte sie, Rita zu trösten, »eines Tages wirst du einen Mann finden, und du wirst glücklich werden.«

»Ich möchte ... ich möchte unbedingt in deiner Nähe bleiben!«

Emilias Unbehagen wich der Rührung. »Und das wirst du auch!«, rief sie. »Wenn Manuel und ich erst geheiratet haben und unser Haus gebaut ist, dann wirst du bei uns leben!«
Sie wandte sich wieder dem eigenen Spiegelbild zu, während Rita zurücktrat.
»Weißt du was«, schlug sie vor, und die sture Entschlossenheit, aber auch der Schmerz waren aus ihrem Gesicht verschwunden. »Du hast mir doch gesagt, dass du bei der Hochzeit einen Blumenkranz im Haar tragen wirst. Im Garten wachsen Veilchen und Krokusse. Ich werde ein paar pflücken, dann können wir ausprobieren, welche am besten zu dem Kleid passen.«
Ehe Emilia ihr widersprechen konnte, lief sie schon behende die Treppe hinunter. Das Gehen schien ihr keinerlei Schmerzen mehr zu bereiten, was Emilia mit Erleichterung feststellte. Vielleicht hatte Rita auch ganz recht. Es galt, nach vorne zu schauen, alles Schlimme, was geschehen war, hinter sich zu lassen und die Schrecknisse des Lebens zu überwinden.
Wieder drehte und wendete Emilia sich vor dem Spiegel, konnte gar nicht genug von ihrem Anblick bekommen und malte sich aus, wie Manuel staunen würde, wenn er sie in diesem wunderschönen Kleid sah.
Als nach einer Weile plötzlich Schritte ertönten, glaubte sie, dass Rita wieder zurück war, und wollte ihr schon entgegeneilen. Gerade noch rechtzeitig hielt sie sich zurück, denn die Stimme, die nun ertönte, war nicht Ritas.
»Emilia, bist du da?«
Emilia zuckte erst zusammen, steckte dann möglichst lautlos den Kopf durch die Tür und lugte nach unten. Annelie stand in der Stube und neben ihr Barbara.
»Emilia?«

Emilia wich zurück. Sie durften sie nicht sehen, nicht in dem Kleid, das sie unerlaubt angezogen hatte!
Sie zerrte an den Knöpfen, um es rasch auszuziehen, doch da hörte sie schon die Schritte die Treppe heraufkommen.
»Emilia?«
So schnell konnte sie das Kleid unmöglich ablegen!
Hilfesuchend drehte sich Emilia im Kreis. Ihr Blick fiel auf die noch geöffnete Truhe, in der sich das Kleid befunden hatte, und im nächsten Moment war sie schon hineingestiegen und hatte den Deckel über sich geschlossen. Augenblicklich schrumpfte ihre Welt auf einen engen, stickigen, finsteren Raum zusammen, in dem sie sich kaum rühren konnte.
»Hier ist sie nicht!«, hörte sie Barbara sagen.
»Merkwürdig«, erklang Annelies Stimme, gleichzeitig nah und doch gedämpft. »Ich hätte schwören können, dass ich etwas gehört habe.«
Emilia versuchte, keinen Mucks zu machen. Schweiß brach ihr aus. Hoffentlich zerknitterte ihr Kleid nicht! Und hoffentlich fand sie genügend Luft in der Truhe! Schon jetzt wurde das Verlangen übermächtig, den Deckel aufzustoßen, sich zu strecken und einen tiefen Atemzug zu machen.
Währenddessen unterhielten sich die beiden Frauen miteinander, und Emilia erfuhr, warum sie in die Schlafstube gekommen waren. Barbara wollte offenbar neue Vorhänge nähen und musterte das Fenster ausgiebig. Und Annelie erklärte lang und breit, wie die Vorhänge aussehen sollten.
Ach bitte!, flehte Emilia innerlich. Bitte geht doch!
Ihre Glieder begannen zu schmerzen. Sie hörte kaum mehr, was die beiden Frauen sagten, konzentrierte sich nur darauf, nicht in Panik zu verfallen, und rieb sich die schmerzenden Knochen.
Erst als Barbara plötzlich den Namen ihres Vaters aussprach, wurde sie wieder hellhörig.

»Elisa und Cornelius – werden sie gemeinsam kommen?«, fragte Barbara.
Emilia lauschte gebannt. Sie wusste, dass ihr Vater häufig in Valparaíso zu tun hatte, wo Elisa lebte, jedoch nicht, wie eng sie in Kontakt standen. Gewiss war es naheliegend, dass sie – so es denn der Zufall wollte – die lange Reise gemeinsam antraten, und sie war umso verwirrter, als Annelie mit schroffer Stimme antwortete: »Wo denkst du nur hin?«
Barbara lachte, doch es klang irgendwie traurig. »Mir musst du es nicht verheimlichen«, sagte sie. »Die Jüngeren wissen nichts davon, und andere haben es vergessen, aber mir war immer klar, dass Cornelius und Elisa sich geliebt haben. Und dass sie jetzt endlich zusammen sein können, wenn auch nicht hier.«
Emilia wurde immer heißer. Sie hatte das Gefühl, ihr Kopf müsste zerplatzen. Was redete Barbara da? Manuels Mutter und ihr Vater sollen sich geliebt haben? Ein Paar sein?
Sie mochte Elisa. Vor allem in den letzten Monaten, ehe sie nach Valparaíso aufgebrochen war, waren sie sich nahegekommen. Aber sie wäre nie auf die Idee gekommen, dass sie und ihr Vater Cornelius zusammenlebten … obendrein hinter ihrem und Manuels Rücken?
Genau diese Frage stellte nun auch Barbara: »Ich verstehe nicht, warum sie es jetzt noch verheimlichen. Greta ist seit über einem halben Jahr tot und Elisa seit langer Zeit Witwe.«
Emilia hörte, wie Annelie seufzte. »Es ist kompliziert. Es ist besser, wenn wir nicht …«
»Weißt du was«, unterbrach Barbara sie da jedoch forsch, »manchmal habe ich mich gefragt, ob Manuel Cornelius' Sohn sein könnte. Sie haben damals so viel Zeit miteinander verbracht. Ich kann mich erinnern, dass niemand Elisa nach Ricardos Tod so gut trösten konnte wie er. Und Lukas war damals schon krank.«

Emilia hätte am liebsten den Kopf geschüttelt, doch dazu war in der Truhe nicht genügend Platz.

Was für ein Unsinn! Wie kam Barbara nur auf diese absurde Idee?

Annelie dagegen schwieg betroffen, und so war Barbara es schließlich selbst, die sich eine Antwort gab. »Das kann natürlich gar nicht sein. Sonst wären Emilia und Manuel ja Geschwister, und weder Elisa noch Cornelius würden zulassen, dass sie heiraten!«

Diesmal wollte Emilia am liebsten entschlossen nicken – doch auch dafür war es natürlich zu eng.

Annelie seufzte erneut. »Barbara, ich sage dir jetzt etwas, was du nie, nie weitererzählen darfst. Hörst du? Keiner darf es je erfahren! Aber ich denke, du solltest es wissen … Du kannst es am ehesten verstehen …«

Sie atmete tief durch, ehe sie fortfuhr. Im nächsten Augenblick litt Emilia nicht mehr an der Enge der Truhe, an der stickigen Luft und den schmerzenden Gliedern. Im nächsten Augenblick zerbrach ihre ganze Welt.

5. Kapitel

Emilia glaubte zu ersticken und sich übergeben zu müssen, als sie Annelies Worten lauschte. Übermächtig wurde der Drang, mit den Fäusten gegen den Deckel und die Wände der Truhe zu schlagen, nicht nur, bis sie sich aus dem bedrückenden Gefängnis befreit, sondern bis sie es kurz und klein gehauen hatte. Das Herz dröhnte, und dieses Dröhnen stieg ihr in den Kopf, bis er sich anfühlte, als würde er sich unnatürlich aufblähen, ja schier zerplatzen. Sie presste ihre Fingernägel so fest in die Daumenballen, dass sie bluteten, und dass die warme Flüssigkeit nicht nur über ihre Hände lief, sondern auch auf das Kleid tropfte, ihr schönes Hochzeitskleid mit den edlen Spitzen, war ihr gleichgültig. Es zählte nichts, nichts zählte mehr, außer Annelies Worten. Sie konnten nicht wahr sein, unmöglich konnten sie das! Sie musste sie falsch verstanden haben, weil in der Enge der Truhe ihre Sinne verrücktspielten! Ja, der Mangel an Luft gaukelte ihr all das nur vor!

Wieder überkam sie der Drang, wild um sich zu schlagen, doch je länger Annelie redete, desto kraftloser fühlte sie sich, und als die Frauen ihr Gespräch beendet und ihre Schritte sich entfernt hatten, blieb sie starr in der Truhe hocken. Annelies Worte schienen von den Wänden des kleinen Gefängnisses zu hallen, raunender, geheimnisvoller, als sie sie vorhin ausgesprochen hatte.

»Du hast recht«, hatte Annelie gesagt. »Cornelius ist in Wahrheit Manuels Vater. Aber er und Emilia sind trotzdem keine

Geschwister. Emilia ist nicht Cornelius' Tochter. Er hat Greta damals nur geheiratet, um ihren Ruf zu wahren.«
Barbara schien bereits einiges davon vermutet zu haben – jetzt war ihr aber doch ein überraschter Aufschrei entfahren. »Aber … aber wer …?«
Sie hatte die Frage nicht zu Ende bringen können.
»Wer wohl?«, hatte Annelie knapp zurückgefragt, voller Mitleid, aber auch voller … Ekel.
»Viktor«, hatte Barbara festgestellt, tonlos nun, doch in Emilias Erinnerung wurde dieser Name zum Schrei.
Sie ballte ihre Hände nicht länger zu Fäusten, sondern hielt sich die Ohren zu, als könnte sie auf diese Weise das Gespräch ungeschehen machen. Durch die abrupte Bewegung verrutschte der Deckel der Truhe; frische, kühle Luft traf ihr heißes Gesicht, aber sie merkte dieses Labsal kaum. Sie biss sich auf die Lippen, um nicht aufzuschreien, schmeckte Blut. Sie presste ihre Augen zusammen, doch sie sah keine Finsternis, nur grelle Blitze. Alles begann sich zu drehen, schnell, immer schneller.
O mein Gott … Cornelius Suckow ist nicht mein Vater, sondern … sondern … sondern …
Es musste ein Traum sein, ein böser Traum. So wie sie heute Nacht von Greta geträumt hatte, dann aber erwacht und die Welt wieder in Ordnung gewesen war.
Doch inmitten ihres Entsetzens wartete ein nüchterner Gedanke: Jetzt verstand sie. Jetzt verstand sie alles.
Sie verstand, warum Gretas Augen flatterten, wenn sie von Viktor sprach, ihrem *Bruder*. Sie verstand, warum Cornelius ihr zwar stets ein guter Vater gewesen war, aber in den letzten Jahren immer häufiger und immer länger vor Greta geflohen war. Sie verstand auch den Streit zwischen Elisa und Greta, kurz bevor Greta das Haus angezündet hatte. Cornelius hätte

sie, Greta, nie geliebt, hatte Elisa zu Greta gesagt. Nur aus Mitleid wäre er bei ihr geblieben.

Noch fester biss sie sich auf die Lippen, noch mehr Blut floss über ihr Kinn.

Sie wusste nicht, was schlimmer war: Dass ihr Vater, ihr geliebter Vater nicht ihr Vater war. Oder dass Greta mit dem eigenen Bruder …

Jetzt erst fiel ihr wieder ein, was Annelie noch zu Barbara gesagt hatte, und wieder traf sie die Erkenntnis wie ein Schlag.

»Mein Gott!«, hatte Barbara gerufen. »Wenn ich geahnt hätte …«

»Du darfst es niemandem sagen!«, war Annelie ihr ins Wort gefallen. »Keiner darf es je erfahren! Viktor … Viktor hat Greta damals Gewalt angetan. Du weißt doch, er war nicht ganz richtig im Kopf. Er hat sie geliebt, und zugleich hat er sie gehasst. Hinterher hat er sich vor lauter Scham erhängt.«

»Mein Gott!«, hatte Barbara abermals ausgerufen.

»Cornelius hat damals ein großes Opfer erbracht, als er sich Gretas und ihres ungeborenen Kindes annahm. Er wollte ihr die Schande ersparen – und dem Kind eine Zukunft bieten. Barbara, versprich mir, du musst dieses Geheimnis für dich behalten! Emilia und Manuel könnten nicht glücklich werden, wenn die Wahrheit offenbar würde! Nur deswegen leben Elisa und Cornelius nicht hier – damit nie auch nur der Verdacht entsteht, Manuel könnte sein Sohn sein.«

»Aber … aber machst du dir keine Sorgen? Ich meine, das alles bedeutet, dass Emilia aus Inzest hervorgegangen ist. Sie … sie könnte krank sein. Oder genauso verrückt wie Viktor. Auch Greta war nicht ganz normal.«

»Greta haben die Umstände zu dem gemacht, was sie ist«, hatte Annelie erklärt. »Und Emilia ist ein starkes, junges, ge-

sundes Mädchen. Ich kenne sie von klein auf – man … man merkt es ihr nicht an.«
»Aber wenn sie mit Manuel Kinder bekommt? Denkst du nicht, dass …?«
»Das liegt in Gottes Hand.«
Nach einem langen Schweigen hatte Barbara versprochen: »Ich werde nichts sagen. Ganz gewiss werde ich nichts sagen.«
Emilia wusste nicht, wie viel Zeit vergangen war, seitdem die Frauen das Zimmer verlassen hatten, ob nur wenige Minuten oder gar Stunden. Immer noch öffnete sie die Truhe nicht ganz, schlug mit dem Kopf stattdessen gegen den Deckel, bis ihr der Schädel brummte und der eine Schmerz den anderen betäubte.
Als sie sich schließlich doch erhob, schien der Körper nicht ihr zu gehören. Alle Glieder fühlten sich taub an, begannen dann, als Blut hineinfloss, zu kribbeln, als würde Ungeziefer darüber laufen. Sie achtete nicht darauf, sondern stürzte die Treppe hinunter und lief ins Freie. Dass sie Barbara und Annelie in die Arme laufen oder ein anderer sie in dem Hochzeitskleid sehen könnte, kam ihr gar nicht in den Sinn. Sie setzte nur Fuß vor Fuß, schneller, immer schneller, ohne zu wissen, wohin es sie eigentlich trieb. Sie kam erst wieder zu sich, als sie im Wald war – stehen bleiben konnte sie jedoch auch dann nicht. Der Saum des Kleides blieb an einer Wurzel hängen, aber sie lief weiter und achtete nicht darauf, dass der feine Stoff zerriss. Äste schienen nach ihr zu greifen, ihr Haar und die Spitzen des Kleides verhedderten sich darin, doch sie ließ sich nicht aufhalten. Ihr Gesicht, eben noch glühend heiß, wurde im Schatten der Bäume kalt, der Schweiß trocknete, auch das Blut, das ihr über das Kinn getropft war. Sie hatte nicht einmal versucht, es fortzuwischen, tat es auch jetzt nicht.

Sie rannte, rannte und rannte, zunächst durch einen der Buchenwälder, zwischen denen vereinzelt Myrten, Lorbeer- und Lebensbäume wuchsen, später an den riesigen Araukarien vorbei, die sämtliches Licht abschnitten. Einmal lief sie in eine Schlingpflanze mit roten Blüten. Wie eine Schlange schien sich jene um ihren Leib zu winden – zu Fall brachte sie sie jedoch nicht. Sie riss sich los, sah, dass das Kleid nun grün und braun befleckt war, doch es war ihr gleich.

Schließlich erreichte sie eine Lichtung, die von wilden Quittenbäumen gesäumt war. Vögel sangen ein hohes, melodisches Lied, das Moos war weich, die Büsche saftig grün, die kleinen Blüten, die darauf wucherten, rot und blau und gelb.

Ja, die Welt war bunt und lebendig, das Leben, das sich den Winter über in der Tiefe des Erdreichs verkrochen hatte, brach allerorten hervor. Doch sie selbst fühlte sich wie tot. Sie war sich sicher – ihre Augen waren so leer und starr wie die von Rita, als sie sie damals gefunden hatte.

Endlich blieb sie stehen und blickte keuchend an sich herab. Ihre Füße waren nicht blutig wie die von Rita, aber ihr Kleid so zerrissen und schmutzig wie deren Gewänder.

Ihr Hochzeitskleid. Sie hatte ihr Hochzeitskleid ruiniert. Trotzdem fühlte sie kein Bedauern darüber – nur Befriedigung, dass auch sie etwas zerstören konnte, nachdem ihr Leben zerstört worden war.

Und das war es, ohne Zweifel. In ihrem Mund schmeckte es gallig ob all der bitteren Wahrheiten, vor denen sie nicht hatte davonlaufen können.

Sie war nicht Cornelius Suckows Tochter.

Sie war das Kind zweier Geschwister.

Ein ungewolltes Kind. Nicht nur aus Inzest, sondern obendrein aus Vergewaltigung hervorgegangen. Ihr wahrer Vater, nein, ihr Onkel, hatte sich gleich danach erhängt.

Als wäre es nicht schlimm genug, mit diesen Gedanken fertig zu werden, hörte sie wieder und wieder Barbaras Stimme, wie sie fragte: »Aber wenn sie mit Manuel Kinder bekommt? Denkst du nicht, dass …?«

Dass sie verrückt sind. Dass sie krank sind. Dass sie missgebildet sind.

Schwindel überwältigte Emilia. Sie lehnte sich an einen Baumstamm und umklammerte ihn mit beiden Händen, so fest, dass die Rinde ihre Handfläche aufriss. Der Schwindel ließ ein wenig nach, doch nun übermannte sie Übelkeit. Sie musste würgen, und gleichzeitig schrie und weinte sie. Nur mehr mit einer Hand hielt sie sich am Baumstamm fest, als sie sich übergab, bis nur mehr gelblicher, bitterer Schleim kam, der ihr Kleid noch mehr befleckte. Schließlich sank sie neben dem Baum nieder, lehnte ihren Kopf daran, spürte, wie etwas auf ihren Kopf rieselte, vielleicht Rinde, vielleicht Harz, vielleicht Blätter.

Sie regte sich nicht, hockte über Stunden da. Ihre Tränen versiegten, der bittere Geschmack in ihrem Mund verging. Sie fror.

Später, sie wusste nicht, wie viel später, wurde sie von Rita gefunden.

Sie musste sie längere Zeit gesucht haben, denn als sie auf sie zugestürzt kam, wirkte sie erschöpft und ihr Gesicht angsterfüllt. Doch der Blick ihrer schwarzen, immer irgendwie traurigen Augen glänzte und war lebendig. Ganz im Gegensatz zu ihrem. Nun war sie, Emilia, die Tote – nicht Rita.

»Das schöne Kleid!«, schrie Rita entsetzt. »Was hast du nur mit deinem schönen Kleid gemacht?«

Emilia sah sie an und zugleich durch sie hindurch. »Ich brauche es nicht mehr«, murmelte sie und erkannte die eigene Stimme nicht. Sie klang wie die einer alten Frau, einer uralten Frau, abgekämpft, enttäuscht, resigniert. Die Stimme einer Frau, die sich nichts mehr vom Leben erwartet, nichts mehr erwarten darf. »Ich kann ihn nicht mehr heiraten«, fügte sie hinzu.

Rita kniete sich neben sie, ergriff ihre Hände und drückte sie. »Wovon redest du?«

»Es geht nicht«, sagte Emilia mit erstickter Stimme. »Es geht einfach nicht mehr. Manuel hat etwas Besseres als mich verdient. Ich muss fort.«

Das Rufen der Vögel wurde schriller. Im Unterholz raschelte es. Wahrscheinlich war es ein Tier, das floh.

Rita öffnete den Mund, schien etwas fragen zu wollen, versiegelte dann jedoch ihre Lippen. Sie wusste zwar nicht, was geschehen war, aber eines stand wohl ganz deutlich in Emilias Zügen zu lesen: dass ihre ganze Welt binnen weniger Stunden zusammengestürzt war wie ein morsches Haus. Und dass man aus dem nutzlosen Bretterhaufen nie wieder ein neues errichten konnte.

Wer wusste besser, wie sich das anfühlte, als Rita?

Das Mapuche-Mädchen beugte sich vor, umarmte Emilia, schüchtern zuerst, dann fester. Rita bedrängte sie nicht, ihr mehr zu sagen, stellte nur schlicht fest: »Wenn du fortgehst, gehe ich auch. Ich werde dich begleiten … überallhin.«

Es war kein echter Trost, aber dass sie in dieser schwarzen Stunde, der schwärzesten ihres Lebens, nicht allein war, schenkte Emilia zumindest einen Funken Wärme.

Als Manuel heimkehrte, hatte Emilia das zerrissene, verdreckte Kleid längst abgelegt. Sie hatte sich ihre Haare gekämmt und geflochten und ihr Gesicht gewaschen. Das Kleid hatte sie wieder in die Truhe gelegt, und sie hoffte, dass Annelie es nicht finden würde – nicht, bevor sie ihren Plan umgesetzt hatte.

Emilia erwartete Manuel vor dem Haus und verstellte ihm den Weg über die Schwelle. Zunächst bemerkte er es gar nicht, weil er so damit beschäftigt war, über den heutigen Tag zu reden. Er war von Osorno zurückgekommen, einem größeren Ort einige Stunden von ihrer Siedlung entfernt, wo er frische Butter verkauft hatte, und wie immer waren ihm auf dem Rückweg viele Ideen eingefallen, wie er den Handel mit Milchprodukten und Fleisch verbessern und noch mehr Geld verdienen könnte.

Emilia war erleichtert, dass er so viel redete und ihm deshalb entging, wie blass sie war, wie angespannt und zittrig. Einzig, dass sie ihm fortwährend den Weg ins Haus versperrte, irritierte ihn dann doch.

»Gibt es einen Grund, warum du hier draußen auf mich gewartet hast?«, fragte er verwirrt.

»Können wir in den Wald gehen?«, gab sie nur zurück.

»Was ist denn passiert?«

Sein Blick wurde wacher. Bis jetzt war es ihr gelungen, an ihm vorbeizusehen, nun blickte sie ihm in die Augen und hatte das Gefühl, die Liebe nicht ertragen zu können, die sie für ihn empfand. Manchmal hatte es sie gekränkt, dass er ständig über seine Geschäfte sprach und damit den Anschein gab, dass es wichtiger war, reich als mit ihr glücklich zu werden. Doch in diesem Augenblick dachte sie nicht daran, dachte nur, dass Manuel ihr immer alles gewesen war – der Spielkamerad von Kindesbeinen an, der Vertraute, mit dem sie über seine gleichaltrigen Cousinen lästern konnte, der Verbündete gegen die strenge Großmutter. Er war der Mann, der sie als Erster geküsst hatte – einst in einer Lichtung im Wald –, und der Mann, mit dem sie das bislang größte Abenteuer ihres Lebens bestanden hatte: die Reise nach Valparaíso. Er war ihr Beschützer und gleichzeitig ein kleines, freches Kind, das sie oft einer

strengen Mutter gleich maßregeln musste. Wie sollte sie auch nur einen Tag ohne ihn leben?
»Also, was ist passiert?«
Kurz lag es ihr auf der Zunge, ihm alles zu erzählen, und die Entscheidung, wie sie mit dem schrecklichen Wissen um ihre Herkunft weiterleben sollten, ihm zu überlassen. Doch stattdessen packte sie ihn am Arm und zog ihn mit sich Richtung Wald. Er folgte ihr ungewohnt schweigend. Dass sie so bestimmt, so fordernd vor ihm herschritt, ließ all seine Fragen verstummen. Ein zweites Mal an diesem Tag übertrat sie die Rodungsgrenze. Zielstrebig führte sie Manuel zu jener Lichtung, wo sie schon früher so viel Zeit verbracht hatten, wo sie sich zum ersten Mal geküsst hatten und wo er sie gefragt hatte, ob sie ihn heiraten wolle.
Erst dort blieb sie stehen und drehte sich zu ihm um. Sie wagte kein weiteres Mal, ihm in die Augen zu sehen, sondern schloss hastig die ihren, neigte sich vor und küsste ihn auf den Mund. Nie hatte sie es so gierig, so verlangend getan.
Die ersten Küsse, die sie getauscht hatten, waren immer etwas unsicher gewesen und hatten sie verlegen gemacht. Lange hatte sie das Gefühl, etwas Verbotenes zu tun, nicht abschütteln können, und das Erregende an diesen Küssen lag vor allem am Nervenkitzel, nicht an der Lust an seiner Nähe. Später war es selbstverständlicher geworden, Manuel zu küssen; der Geschmack seiner Lippen, seiner Zunge war ihr vertraut geworden, der feste Griff, mit dem er sie an sich drückte, während sie durch sein Haar fuhr, in dem immer irgendein Zweiglein hing, sein muskulöser Körper, wenn er sich an ihren presste. Doch nie hatte sie ihn so voller Sehnsucht geküsst wie heute Abend, nie hatte sie das Gefühl gehabt, sie müsse sich an seinen Leib förmlich festkrallen und dürfte ihn nie wieder loslassen. Sie vergaß beinahe zu atmen.

Nach einer Weile löste er sich mit einem Ausdruck der Verwirrung. »Hast du mich so sehr vermisst?«, fragte er halb spöttisch, halb liebevoll. »Diesmal war ich doch nur einen Tag fort.«
»Halt mich fest!«
Er runzelte seine Stirn ob ihres verzweifelten Untertons, doch dann hielt er sie, küsste sie, strich ihr über das Haar. Tränen stiegen in ihr hoch, aber sie schluckte sie mit aller Macht herunter. Morgen konnte sie weinen, morgen, wenn sie fortgehen würde, wenn das Leben, wie sie es kannte, ein für alle Mal vorbei war. Morgen würden Kummer und Schmerz sie fast wahnsinnig werden lassen, und selbst wenn sie beides überleben würde, würde sie doch nie wieder die Alte sein, die sorglose, unschuldige, fröhliche Emilia.
Aber jetzt war dieses Morgen noch nicht angebrochen. Wenigstens ein paar Stunden wollte sie dem Schicksal abringen – Stunden, in denen sie vergessen wollte, dass ihr ganzes Leben auf eine Lüge gebaut, ihr Vater nicht ihr Vater und dass sie aus Inzest und Gewalt hervorgegangen war. Stunden, in denen sie mit Manuel zusammen sein konnte. Vielleicht würde sie nie wieder in ihrem Leben einen Mann halten und küssen, vielleicht nie einen Ehemann, eine Familie haben.
Aber ihn hatte sie. Jetzt.
Kurz waren seine Küsse sanfter, zärtlicher geworden, jetzt presste sie wieder seinen Mund auf seinen, als wolle sie all sein Leben aus ihm heraussaugen.
»Was … was ist denn heute mit dir los, Emilia?«, brachte er zwischen den Küssen hervor.
»Du warst so oft weg in letzter Zeit.«
»Hast du dich vernachlässigt gefühlt?«
»Vielleicht ein bisschen.«
»Aber du weißt doch, dass ich dich liebe, dass ich dich immer geliebt habe. Kannst du dich noch erinnern, als …«

Sie stand still, küsste ihn nun nicht mehr, sondern legte ihren Kopf auf seine feste, warme Brust, um seinem Herzschlag zu lauschen. Sie gab sich ganz dem Zauber des »Erinnerst du dich noch?« hin, mit dem er ihre Kindheit, ihre Jugendzeit heraufbeschwor. Ewig schien diese zurückzuliegen. Bis heute hatte sie sich jung und hoffnungsvoll gefühlt, doch jetzt war ihr, als läge ihr ganzes Leben hinter ihr. Und so war es ja auch. Das Leben der Emilia Suckow war unwiderruflich zu Ende. Jetzt musste sie als Emilia Mielhahn weiterleben.

Sie erschauerte. Manuel umarmte sie. »Ist dir kalt? Sollen wir wieder zurückgehen?«

»Nein, mir ist nicht kalt. Und ich will auch nicht zurückgehen. Ich will …« Sie brach ab. »Ich will dich.«

Er begriff nicht, was sie meinte, bis sie ihn zu einem der Baumstämme drängte und sich so fest an ihn presste, dass er sich kaum rühren konnte.

»Emilia …«

Wieder stiegen Tränen in ihr hoch, wieder schluckte sie sie herunter. Mit gleicher Entschlossenheit begann sie, an seinem Hemd zu zerren, die nackte Haut darunter zu betasten. Das hatte sie noch nie getan.

»Emilia …«, sagte er wieder, heiser, rauh. »Emilia, was tust du denn?«

Sie hielt die Augen geschlossen, tastete sich blind über seinen Körper, so vertraut und zugleich fremd, weil sie diese letzte Nähe niemals eingefordert hatte. »Wir heiraten bald«, sagte sie rasch. »Warum sollen wir noch warten?«

»Eben darum – weil wir bald heiraten!«

»Ach weißt du, eigentlich ist es mir nicht so wichtig, dass wir vor allen anderen als Mann und Frau gelten. Dass wir beide zusammengehören, das habe ich immer gewusst.«

Er wollte noch etwas sagen, doch da ließ sie ihren Kopf vor-

schnellen, küsste sein Ohrläppchen. Er wurde glühend rot und brachte kein Wort mehr hervor.
Danach ging alles ganz schnell. Sie hatte sich fest vorgenommen, diese gestohlene Stunde ganz intensiv zu erleben, damit sie von der Erinnerung daran ihr restliches Leben zehren konnte. Feierlich sollte sich ein jeder dieser Augenblicke anfühlen, bedachtsam erobert und genossen. Doch nun schien ihr Langsamkeit fehl am Platz. Sie hatte das Gefühl, dass sie für kurze, sehr kurze Zeit an einem reichgedeckten Tisch saß, und wenn sie nicht so schnell und so viel wie möglich von den Speisen aß, würde sie sie nie wieder kosten dürfen.
Also nahm sie alles. Sie streifte ihm das Hemd über die Schultern, sah, wie sich Gänsehaut über seinen muskulösen Oberkörper ausbreitete, strich darüber.
Fragend blickte er sie an, schien immer noch nicht recht zu begreifen, was sie wollte. Sie wusste es ja selbst nicht genau, wusste nur, dass sie nicht darüber nachdenken konnte – denn dann wäre ihr auch wieder bewusst geworden, dass sie Emilia Mielhahn war, nicht Emilia Suckow. Ihr Geist war so lahm, dass auch Scheu und Skrupel und Unbeholfenheit keine Macht über sie gewannen. Kaum war sein Oberkörper entblößt, zog sie an ihrer Bluse, öffnete sie, legte seine Hände auf ihre nun nackte Brust.
In seinem Blick leuchtete etwas auf, was alle Fragen vertrieb – Lust, Begehren und gleiche Aufregung wie bei ihrem ersten Kuss, als sie sich wagemutig an eine bis dahin unüberschrittene Grenze herangetastet hatten. Ob das Blut ihm ebenso durch seine Adern raste wie ihr, das Herz ihm bis zum Hals schlug, die Kehle eng wurde? Letzteres wohl nicht, denn bei ihr war es die Traurigkeit, die es bedingte und die ihm fremd war … noch. Morgen würde er auch traurig sein, morgen, wenn sie ihn verlassen musste, wenn sie …

Sie schob den Gedanken daran mit aller Macht beiseite. Das Morgen zählte nicht, es zählte nur, sich jedes Fleckchen seiner Haut einzuprägen, den Geschmack seiner Lippen und seiner Haut. Es zählte, das fremde Gefühl auszukosten, als seine rauhen Hände erst ihre Brust berührten, dann den nackten Bauch, wie sie das empfindliche Fleckchen um ihren Nabel streichelten, schließlich, als sie ihren Rock hob, die Innenseite ihrer Schenkel entlangfuhren. Wortlos löste er sich vom Baumstamm. Wortlos sanken sie ins weiche Moos.

Sie streifte seine Hosen ab, strich über seine behaarten Beine, packte halb zärtlich neckend, halb forschend zu. Als er endlich auf ihr lag, grub sie ihre Nägel in seinen Rücken. Sein Gesicht war kurz ebenso schmerz- wie lustverzerrt. »Sollen wir wirklich …?«

Als Antwort öffnete sie ihre Beine, zog ihn auf sich hinab, fühlte sein heißes Fleisch auf ihrem und wie es langsam in ihre feuchte Höhle drang.

Sie hörte ihn aufstöhnen, blieb aber selbst stumm. Nicht einmal dieser kurze, brennende Schmerz ließ sie aufmucken, und auch als sein Stöhnen lauter wurde, er schließlich aufschrie, konnte sie nicht darauf antworten. Die Kehle war wie ausgedörrt.

Nun, da es vorüber war, wusste sie nicht genau, was sie überhaupt gefühlt hatte – vielleicht die gleiche Lust, die ihn nun erschöpft auf den Boden sinken ließ, vielleicht rein gar nichts, weil ihr Körper, ihr fremder Körper, ihr so wenig gehörte wie ihr Name. In jedem Fall war es zu wenig, viel zu wenig, um den Rest ihres Lebens davon zu zehren.

Nun endlich kroch ein Laut aus ihrer Kehle, ein Schluchzen, trocken und erstickt.

»Habe ich dir weh getan?«, rief er entsetzt. Er stützte sich mit den Händen auf und suchte ihren Blick. »Weinst du darum? Bereust du es?«

Sie schüttelte den Kopf. »Nein, ich weine, weil es so schön war … mit dir.«
»Schön *war?*«, lachte er. »Aber es beginnt doch erst!«
»Ja«, murmelte sie, »es beginnt erst …«
Sie zog sein Gesicht zu ihrem herab und rieb ihre Haut an seinen Bartstoppeln, bis sie glühte, riss ungebärdig an seinem Haar, bis er lachend darüber klagte. Als sie sich später erhoben und ankleideten, fühlte sie Kälte, sonst nichts mehr.

Annelie von Graberg hatte meist einen leichten, unruhigen Schlaf. Für gewöhnlich erhob sie sich schon lange vor Sonnenaufgang von ihrem Bett. Am liebsten hätte sie dann sofort zu kochen begonnen, doch die Familie beschwerte sich über Essensgerüche, die zur nachtschlafenden Tageszeit nicht appetitanregend, sondern lästig wären. Ins Freie gehen mochte sie in der Finsternis allerdings auch nicht, so dass sie meistens am großen Tisch saß und auf das Morgengrauen wartete, über das eigene Leben nachsinnend und das der Menschen, die sie liebte. Nur an diesem Tag, ausgerechnet an diesem, wie sie sich später über Wochen, ja Monate klagend vorhielt, hatte sie verschlafen.
Als sie die Augen aufschlug, kitzelten Sonnenstrahlen ihr Gesicht. Ruckartig fuhr sie hoch und blickte aus dem Fenster. Über dem See lag noch Frühnebel, aber eben brachen die ersten Kinder zur Schule auf. Merkwürdig, dass sie so lange geschlafen hatte! Merkwürdig aber auch, dass Emilia sie nicht geweckt hatte! Und warum war es so still im Haus? Lu und Leo waren wieder mal in den Wäldern, aber Emilia würde doch gewiss Kaffee kochen, und das ging bei ihr niemals ohne Lärm vonstatten, vor allem nicht, seit das Mapuche-Mädchen Rita bei ihnen lebte, mit dem Emilia immer etwas zu tuscheln hatte.

Annelie zog sich die Schlafhaube vom Kopf und kleidete sich rasch an.

»Emilia? Rita?«

Keine Antwort. Ihre Zimmer waren leer. Als sie über die Treppe nach unten stieg, erwartete sie eine kalte Stube. Niemand hatte Feuer gemacht und Kaffee aufgesetzt. Stirnrunzelnd wollte sie es schon selbst tun, als sie irritiert stehen blieb. Vorhin ... als sie beim Vorbeigehen kurz in das Zimmer der Mädchen gespäht hatte ... da war ihr etwas aufgefallen ...

Ihr Geist war lahm, doch dann fiel es ihr wieder ein. Nicht nur, dass die Betten leer waren – obendrein fehlte etwas. Auf der kleinen Kommode neben der Waschschüssel lagen für gewöhnlich ein Kamm aus Elfenbein und ein kleines Döschen Puder. Cornelius hatte Emilia einst beides von einer seiner Handelsreisen mitgebracht. Den Puder verwendete sie nie, den Kamm hingegen schon – und Annelie hätte schwören können, dass dieser Kamm vorhin nicht dort gelegen hatte.

Hastig stieg sie wieder nach oben. Kein Kamm. Kein Puder.

Ein Aufschrei entrang sich ihrer Kehle.

Sie ahnte Schlimmes, als sie eine der Truhen öffnete, erwartete schon, dass sie klaffende Leere erwarten würde. Doch die Truhe war nicht leer – Emilias Hochzeitskleid lag darin, völlig zerrissen und verdreckt.

»Lieber Himmel!«

Sie stürmte wieder nach unten, stolperte beinahe über eine Stufe. »Emilia! Rita!«

Als sie die Stube erreichte, stieß sie beinahe mit Manuel zusammen.

»Manuel, hast du ...«

Die Worte blieben ihr im Hals stecken.

Gestern Abend, als er und Emilia von einem Spaziergang im Wald zurückgekehrt waren, hatten seine Augen geleuchtet,

und seine Wangen waren errötet gewesen. Er hatte noch mehr und noch schneller gesprochen als sonst. Nun aber war er leichenblass, der Blick starr und die Stirn gerunzelt.
Erst jetzt sah sie, was er in den Händen hielt.
Einen Brief.
»Weißt du, was das bedeutet?« Er schrie sie beinahe an.
Mit zitternden Händen griff Annelie nach dem Bogen Papier und überflog die Zeilen. Sie hatte Emilias Handschrift sofort erkannt, spitz und akkurat. Nur wenige Worte hatte sie geschrieben, und für Manuel mussten sie verwirrend klingen, so voller rätselhafter Andeutungen, die Emilia nicht ausführte. Doch Annelie begriff sofort.
Ihre Hand fuhr zu ihrem Herzen, das sich plötzlich hart und kalt wie ein Stein anfühlte. Das Blut sackte in ihre Beine.
»Mein Gott!«, stieß sie aus.
Wie sollte sie das nur Elisa erklären? Und Cornelius?
»Sie kann doch nicht einfach gehen!«, schrie Manuel auf, nicht länger wütend, sondern verzweifelt. Er wirkte wie ein kleines Kind, nicht länger wie ein tatkräftiger Mann. »Warum verlässt sie mich? Warum verlässt sie uns alle? Es ist doch nicht möglich …«
»Das ist … das ist eine lange Geschichte …«, stammelte Annelie hilflos. Dann zog sie ihn an sich, um es ihm zu erklären – und um ihn zu trösten.

6. Kapitel

Als sie in der Nacht die Siedlung verließen, kostete es Rita große Überwindung, aus den schützenden Wänden des Hauses in die Dunkelheit zu treten. Nur mühsam überwand sie ihre Angst, indem sie sich immer wieder sagte, dass sie schließlich zwei Tage allein in der Wildnis herumgeirrt war und auch das überlebt hatte. Anders als sie fürchtete Emilia die Dunkelheit nicht. Wie traumwandlerisch legte sie die erste Wegstrecke zurück, stur Schritt vor Schritt setzend, ohne endlich zu erklären, was sie zu der überhasteten Flucht bewog. Wenn Rita ihr einen vorsichtigen Seitenblick zuwarf, wich die Angst vor der schwarzen Nacht der Sorge um die Freundin. Wie sollte sie ihr nur helfen, so totenbleich und erstarrt, wie sie war? Und wenn sie nun für immer in diesem in sich gekehrten Zustand blieb und nie wieder redete?

Ihr nicht zu folgen wäre allerdings undenkbar gewesen, und so konzentrierte sich Rita darauf, auf den glitschigen Wegen rund um den See nicht auszurutschen und mit Emilia Schritt zu halten. Immer weiter nach Norden ging es, und erst als der Morgen graute, blieb Emilia plötzlich stehen. Ein Ruck ging durch ihren Körper, und sie schien wie aus einem dunklen Alptraum zu erwachen. Doch die nüchtern kalte Stimme, mit der sie endlich wieder zu sprechen begann, vertrieb Ritas Unbehagen nicht – im Gegenteil.

»Wir halten in Nueva Braunau«, verkündete Emilia. »Wir werden dort Pferde kaufen.«

»Hast du … hast du überhaupt Geld?«, fragte Rita.

»Mein Vater hat mir welches gegeben. Damit ich die Hochzeit ausrichten kann«, kurz wurde Emilias Stimme brüchig, aber ihr Blick blieb starr. Ihre Augen schienen im blassen Morgenlicht nicht blau, sondern so farblos wie Eis. »Und wir werden Kleider kaufen«, fügte sie hinzu.
Rita blickte sie verwundert an. »Aber wir tragen doch Kleider!«, rief sie und deutete auch auf die beiden Bündel, in die sie in der Nacht alles Notwendige eingepackt hatten.
»Ja«, meinte Emilia knapp, »aber das sind die falschen.«
Mehr erklärte sie nicht, und Rita wagte nicht, nachzufragen – ebenso wenig wie sie in den nächsten Stunden daran rührte, was Emilia an Schrecklichem widerfahren sein musste. So neugierig sie auch war, insgeheim erleichterte es sie auch, nicht zu viel zu wissen. Was Emilia derart verstörte, würde gewiss auch für sie unerträglich sein, und an dem Willen, mit ihr zu gehen, würde es ohnehin nichts ändern.
In Nueva Braunau, einer Siedlung von Österreichern aus dem Böhmerwald, die sie gegen Mittag erreichten, stellte sich heraus, welche Art von Kleidung Emilia kaufen wollte – nämlich Männerkleidung.
In dem kleinen Ort schienen viele Menschen sie zu kennen, begrüßten sie mit ihrem Namen und sprachen mit respektvoller Stimme von ihrem Vater Cornelius Suckow. Emilia lächelte höflich und erklärte dann fordernd, dass sie neue Hemden und Hosen brauchte – als Überraschung für ihre künftigen Schwäger anlässlich ihrer Hochzeit. Anders als Rita entging den Braunauern der schmerzliche Ausdruck, der ihr Gesicht verzerrte; er währte ohnehin nicht lange, dann hatte sie sich wieder völlig unter Kontrolle.
Warum sie nicht nur Männerkleidung, sondern überdies auch Pferde kaufen wollte, erklärte sie den Menschen hier nicht. Der Mann, der ihr schließlich zwei Gäule anbot, fragte nicht

nach, und Emilia zahlte bereitwillig dafür, ohne zu prüfen, ob die Tiere etwas taugten.
Danach verstaute sie den Geldbeutel – Rita wusste nicht, wie viel wohl übrig geblieben war –, schwang sich auf das eine Pferd und ritt los, ohne sich umzudrehen. Rasch tat Rita es ihr gleich. Sie konnte von klein auf reiten, nur der Sattel war ungewohnt.
Emilia lenkte ihr Pferd vom See weg und tief in den Wald hinein. Erst als weit und breit keine Menschenseele und auch keine Rauchsäule von Häusern zu sehen war, hielt sie an und sprang auf den sumpfigen Boden.
»Hier«, erklärte sie knapp und warf das Bündel mit der Männerkleidung vor ihre Füße, nachdem auch Rita vom Pferd gestiegen war. Rita schüttelte verwirrt den Kopf. Emilia würde doch unmöglich von ihr verlangen, Hosen zu tragen! Allein die Vorstellung, das zu tun, war völlig widersinnig! In den letzten Wochen war es ihr schwergefallen, nicht mehr bloßfüßig, sondern in Schuhen herumzulaufen, aber dieses Ansinnen ging zu weit.
Sie öffnete den Mund und protestierte, doch als sich Emilias kalte Augen in sie bohrten, verstummte sie.
»Ich habe nicht von dir verlangt, dass du mich begleitest«, erklärte Emilia hart, »du hast es freiwillig getan.«
Rita deutete zwar widerwillig, aber zugleich auch schüchtern auf das Bündel mit der Männerkleidung. »Hältst du das wirklich für nötig?«, fragte sie erbebend.
»Wir werden lange unterwegs sein«, gab Emilia knapp zurück. »Das ist für zwei Frauen gefährlich. So ist es … sicherer.«
Zögerlich holte Rita die Hosen aus dem Bündel und befühlte argwöhnisch den rauhen Stoff. Gewiss kratzte er auf der Haut! Doch noch unerträglicher, als diesen Stoff am Leib zu spüren, war ihr die Vorstellung, Emilias Wunsch auszuschla-

gen. Und, genau genommen, hatte diese recht. Es war für Frauen gefährlich, allein zu reisen.

»Also gut«, stimmte sie zu und versuchte, fröhlicher zu klingen, als ihr zumute war.

Langsam, ganz langsam legte sie ihre Kleidung ab, während Emilia an ihrer Bluse riss, als wollte sie diese zerfetzen. Einmal mehr machte Rita die Kälte Angst, die sie verströmte. Wenn sie wenigstens weinen würde, ging ihr durch den Sinn. Allerdings – sie selbst verbot sich auch zu weinen, wusste sie doch ganz genau, dass sie es nicht überleben würde. Manchmal war es unmöglich, zurückzublicken und zu trauern. Manchmal konnte man nicht länger sein, was man war. Sie war keine Mapuche mehr, sondern Spanierin … nein, mit diesen Hosen vielmehr ein Spanier. Und Emilia …

Es war nicht recht klar, wer die neue Emilia war, was alles in ihr steckte – außer dieser kalten Entschlossenheit – und was genau sie wollte.

Erst als sie wieder auf den Pferden saßen, war sie zu mehr Erklärungen bereit. »Ich muss mein Spanisch verbessern«, verkündete sie. »Ab heute sprechen wir kein Deutsch mehr. Du … du kannst doch Spanisch, nicht wahr?«

Rita nickte. »Aber wohin wollen wir überhaupt?«, fragte sie vorsichtig.

»Zu einem Hafen«, erwiderte Emilia knapp.

»Und dann?«

Emilia hatte dem Pferd zunächst die Sporen gegeben, nun drosselte sie das Tempo. Sie warf Rita einen kurzen Blick zu, und zum ersten Mal hatte diese das Gefühl, sie würde sie wahrnehmen. »Überleg dir noch einmal gut, ob du tatsächlich mit mir gehen willst«, sagte sie leise. »Hier ist deine Heimat. Noch könntest du mühelos zu unserer Siedlung zurückkehren.«

Rita schüttelte den Kopf. »Das hier ist ein sicherer Ort, aber meine Heimat ist das nicht«, erwiderte sie schnell. »Ich bleibe bei dir.« Sie antwortete, ohne darüber nachzudenken, und wunderte sich selbst, woher sie diese Entschiedenheit nahm. Vielleicht, weil Emilia das erste Gesicht war, das nach dem Grauen in ihrem Leben aufgetaucht war. Und weil ihr die Vorstellung, ohne Emilia zu leben, noch größere Angst machte, als mit dieser Art von Emilia zu leben.
»Und wenn wir einen Hafen erreichen – wohin wollen wir dann?«, fragte sie.
Emilia blickte sie nicht länger an, sondern stur geradeaus. »Ich hatte immer zwei Wünsche. Manuel zu heiraten … und nach Deutschland zu gehen. Dorthin will ich jetzt. Nach Deutschland.«
»Deutschland«, echote Rita. Sie war mit Geschichten von Siedlern aufgewachsen, die ihre Heimat Deutschland verlassen und sich hier in Chile niedergelassen hatten, doch sie hatte nie darüber nachgedacht, wo dieses Land lag und wie es aussah. Glich seine Landschaft dem Seengebiet? Oder den Hochebenen, von denen sie stammte? War es dort wärmer oder viel kälter? Lag dort Schnee? In ihrem Dorf war so gut wie nie einer gefallen, aber die Spitzen der Anden, die es umgaben, glitzerten stets weiß …
Sie schüttelte den Kopf, um den Gedanken daran zu vertreiben.
»Die Frauen in Deutschland tragen Locken mit Plätteisen gemacht und schöne Kleider, viel schönere als hier«, murmelte Emilia. Es klang nicht begeistert, eher wie auswendig gelernt, und erst als sie schwieg, schlich sich Wehmut in ihr Gesicht.
»Ich bleibe bei dir«, bekräftigte Rita wieder.
Die Wehmut schwand. Emilia biss sich auf die Lippen und nickte schweigend.

»Und ich glaube«, setzte Rita hinzu, weil sie das Schweigen nicht ertrug, »ich glaube, eines der Bücher, die du mir gegeben hast, spielt in Deutschland. Es ist keine Fabel und kein Märchen, es ist …« Sie errötete, dergleichen hatte sie in der Mission nie gelesen, »es geht um eine Frau, die einen Mann liebt, und dieser Mann …« Abermals brach sie ab, diesmal nicht aus Verlegenheit, sondern aus Rücksicht. Wie konnte sie von Liebe sprechen, obwohl Emilia gerade Manuel verlassen hatte!
Emilia kniff die Lippen noch fester aufeinander und nickte schweigend.
»Ich habe es mitgenommen«, brach es aus Rita hervor.
»Was?«
»Das … das Buch. Ich wollte doch wissen, wie es ausgeht.« Rita spürte, wie ihr Röte ins Gesicht stieg.
»Annelie wird es verschmerzen«, meinte Emilia leichtfertig.
Rita seufzte. Durch die Baumstämme schimmerte in der Ferne der See – nur mehr ein schmales blaues Band, das sie zum letzten Mal für lange Zeit, vielleicht für immer sehen würde.
»Wir gehen also nach Deutschland«, bekräftigte Rita, um sich Mut zu machen.
»So leicht ist es nicht«, schränkte Emilia ein. »Um nach Deutschland zu kommen, muss man zwei Ozeane überqueren. Das ist eine lange und gefährliche Reise, und vor allem eine teure. Ich habe nicht so viel Geld. Aber wenn wir erst einmal einen Hafen erreichen, sehen wir weiter. Irgendwie wird es … muss es uns gelingen, genug für die Überfahrt zu verdienen. Ich glaube, der nächste große Hafen ist Corral.«
Unwillkürlich erschauderte Rita. Sie hatte noch nie das Meer gesehen, nur gehört, dass es noch weiter und wilder wäre als der große See. Sie versuchte, es sich vorzustellen, und ver-

säumte darum, noch mehr Fragen zu stellen; irgendwann hatte sie die rechte Gelegenheit dazu verpasst, und Emilia sagte von sich aus in den nächsten Stunden und Tagen kein Wort mehr.

Das Meer war nicht nur so weit und wild, wie es ihr Vater Quidel erzählt hatte – sein Rauschen war obendrein so laut, dass man in der Nähe der brechenden Wellen kaum das eigene Wort verstand. Es war nicht strahlend blau und von weißem Schaum gekrönt, sondern von einem dunklen, dreckigen Grün, das die Gischt gräulich färbte.
Rita starrte ohne rechte Begeisterung auf den Ozean – und hörte Emilia das erste Mal seit Tagen lachen.
»Dir geht's wie mir«, rief sie. »Als ich das erste Mal das Meer sah, hatte ich Angst davor.«
So herzlich und scherzhaft diese Worte geklungen hatten, schon im nächsten Augenblick schien ihr wieder einzufallen, warum sie hier waren. Sie verstummte, das Lächeln schwand von ihren Lippen. Ob sie immer noch Angst vor dem Meer hatte, sagte sie nicht.
Rita wandte sich von der Küste ab. Der Hafen von Corral war von Bergen eingeschlossen – nicht so hoch wie die Anden zwar und auf den Spitzen nicht weiß verschneit, aber trotzdem ein vertrauter Anblick. Die letzten Tage waren warm gewesen, und der Frühling hatte auch hier sein buntes Kleid über Bäume und Wiesen gestülpt. Zwischen den zahlreichen Häusern blühten Apfelbäume und Myrten. Bunte Vögel flatterten in deren Geäst.
So schön dies anzusehen war – die Massen an Menschen machten Rita Angst. Noch nie hatte sie so viele auf einem Fleckchen Erde gesehen, wie sie da hektisch umherliefen – Frauen mit Tuch und Kattun, Kinder mit weißen Hosen, Ar-

beiter mit Lumpen und Beamte mit vornehmer Kleidung. In einem unterschieden sie sich alle von den Deutschen am Llanquihue-See – sie trugen keine Schuhe, und bei ihrem Anblick begannen Rita prompt die Füße zu jucken. Am liebsten hätte sie sich sofort die Stiefel ausgezogen. Allerdings hätte man dann erkannt, dass ihre Füße viel zu klein und zu zart für die eines Mannes waren – und als solchen gab sie sich schließlich aus. Wenigstens trug sie nur Schnürstiefel, nicht auch noch Strümpfe wie vor dem Aufbruch.
»Wie niedrig die Häuser sind!«, rief Emilia aus. »In Valdivia gibt es zweistöckige Häuser – hier jedoch nicht.«
Rita folgte ihrem Blick und fand, dass die Häuser – die meisten nur aus Holz, einige jedoch aus Stein gebaut – dennoch sehr groß waren, viel größer in jedem Fall als ihre Ruca. So sehr ins Staunen versunken, bemerkte sie nicht, dass sich von hinten eine Kutsche näherte. Eben waren sie von ihren Pferden gestiegen, standen nun mitten auf der Straße, und erst im letzten Augenblick sprang Rita, vom Fluchen des Kutschers ebenso alarmiert wie von Emilias entsetztem Aufschrei, zur Seite.
»Kann der denn nicht achtgeben!«, schrie Emilia erbost und hob die Faust. Rita war sich nicht ganz sicher, ob sie sich tatsächlich ärgerte oder ob sie nur ihrer Rolle als Mann gerecht werden wollte.
In jedem Fall achtete sie nun besser auf die Straße, auf der viele Pferdekutschen und Ochsenkarren fuhren. Entweder kamen sie vom Hafen oder waren dorthin unterwegs, um Waren entgegenzunehmen – Waren von großen Dampfschiffen, wie Rita sie zum ersten Mal sah, oder kleinen Schaluppen von Fischern. Im Hafen konnte man das Meer kaum sehen, so verstellt war es von den vielen Holzmasten und Segeln; nur der durchdringende Geruch nach Fisch und Algen verriet die

Nähe des Ozeans – salzig und leicht faulig. Rita gewöhnte sich rasch daran und fand den Gestank erträglicher als das bedrohliche Tosen der Wellen. Doch gerade als sie sich etwas zu entspannen begann, sich mehr und mehr an die Menschenmassen gewöhnte, erblickte sie etwas, was sie erst erstarren, dann ruckartig herumfahren und schließlich panischen Schrittes davonlaufen ließ, ehe sie Emilia sagen konnte, was sie so erschreckte.

Nur weg!, tönte es in ihrem Kopf. Nur weg!

Sie hörte kaum, dass Emilia ihr etwas nachschrie, und merkte erst viel später, dass sie die Zügel ihres Pferdes losgelassen und das Tier, obwohl teuer gekauft, einfach stehen gelassen hatte. Was nutzte ihr auch das Pferd, es würde sie nicht retten, niemand würde sie retten vor diesen …

Nein, sie konnte es nicht denken, nicht aussprechen, konnte einfach nur fliehen – vor diesem Grauen, das sie überwunden geglaubt hatte und das nun wieder hochstieg. Die Schüsse und Schreie in ihren Erinnerungen waren plötzlich viel lauter, als das Meer und das Menschengewirr jemals sein konnten.

»Rita!«

Emilias Stimme war das Einzige, das durch das Grauen drang. Stehen bleiben und sich ihr erklären konnte sie dennoch nicht. Sie rannte weiter, immer weiter, auch dann noch, als Emilia sie einholte und aufzuhalten versuchte. In der Ferne wieherten die Pferde.

»Rita!«

Emilia packte sie schmerzhaft am Arm.

»Was läufst du denn davon, als würdest du vom Teufel gejagt?«

Rita erstarrte. Ja, sie wurde vom Teufel gejagt, von Dämonen in Gestalt von Soldaten – Soldaten mit grauen Uniformen,

verdreckten Stiefeln, braungebrannten und verschorften Gesichtern, die im Hafen von Corral herumlungerten. Sie glichen jenen Männern, die ihre Mission überfallen hatten, bis aufs Haar.
»Sag mir endlich, was los ist!«, herrschte Emilia sie an.
Rita konnte nicht antworten, konnte nur stumm und zitternd in die Richtung der Soldaten deuten.
Emilia folgte ihrem Blick und schien zu begreifen. »Du hast Angst vor diesen … Männern.«
»Getötet … sie haben alle getötet …«
Emilia starrte sie verständnislos an – und da erst begriff Rita, dass sie die Worte nicht in Deutsch oder Spanisch, sondern auf Mapudungun gesagt hatte.
»Das sind keine Soldaten, die das Mapuche-Gebiet erobern«, erklärte Emilia sanft und zog sie an sich. »Sie werden hier rekrutiert und Richtung Norden geschickt. Ich dachte eigentlich, er wäre schon vorbei, aber scheinbar befindet sich Chile immer noch im Krieg mit Peru und Bolivien.«
Rita war sich nicht sicher, ob sie die Namen der Länder jemals gehört hatte.
»Sie wollten auch in unserer Siedlung Soldaten rekrutieren«, fuhr Emilia fort, »aber wir haben das Geld aufgebracht, um die Männer sozusagen freizukaufen. Ich habe von Bauern gehört, die dieses Geld nicht hatten und sich monatelang vor den Soldaten versteckt haben, um nicht mitgenommen zu werden. Und wieder andere haben darum gewürfelt, wer zu Hause bleiben darf und wer mit ihnen gehen muss.«
Ritas Herzschlag beruhigte sich ein wenig. »Du hast gewiss Angst gehabt, dass sie Manuel holen!«, stieß sie aus und biss sich gleich darauf auf die Lippen. Eigentlich wollte sie den Namen von Emilias Verlobten nicht mehr aussprechen, um nicht an ihrem Schmerz zu rühren.

Doch für einen Augenblick lang schien Emilia nicht an ihn zu denken. »Ach was!«, stieß sie aus. »Manuel hat im Krieg wieder einmal ein Geschäft gewittert. Ein gewisser Carlos Klein in Rancagua, der eine eigene Textil- und Schuhfabrik hat, beliefert die Armee mit Uniformen und Stiefeln. Manuel hat gehofft, dass …«
Mitten im Satz hielt sie inne und senkte hastig den Blick. Fragend blickte Rita sie an, wollte sie zum Weiterreden drängen, aber dann begriff sie, was Emilia verstummen hatte lassen, und prompt blieben ihr auch die eigenen Worte im Hals stecken.
»Gütiger Gott!«, stammelte Emilia, während Rita erschauderte.
So eindringlich hatten sie in die Richtung von einer der Truppen gestarrt, dass die Soldaten auf sie aufmerksam geworden waren, nun mit fuchtelnden Bewegungen auf sie deuteten und sich gegenseitig anstießen. Rita glaubte unter den forschen Blicken zu vergehen. Stöhnend griff sie nach Emilias Hand und klammerte sich daran fest.
»Keine Angst«, tröstete Emilia, doch Rita entging das Zittern in ihrer Stimme nicht. »Keine Angst, sie werden uns nichts tun, wir sind doch …«
Erneut blieben ihr die Worte im Hals stecken, und Rita ahnte, was sie hatte sagen wollen, dass sie nämlich bloß Frauen wären. Aber genau das waren sie eben nicht! Sie trugen Männerkleider – und das war auch der Truppe Soldaten nicht entgangen. Zwei der Uniformierten kamen plötzlich auf sie zugelaufen.
»Da!«, schrie einer der beiden. »Da sind sie! Ich habe gesehen, wie die beiden vor uns davongelaufen sind.«
Rita hörte Emilia erschrocken aufschreien. Sie selbst glaubte zu ersticken. In ihren Ohren begann es wieder zu rauschen,

das Bild vor ihren Augen zu flimmern. Sie fühlte sich in einem ihrer dunklen Träume gefangen, von Soldaten mit bösen Gesichtern eingekreist, die spöttisch über sie lachten, nach ihr griffen … nur, dass es diesmal kein Traum war. Sie würde nicht schreiend erwachen und sich sicher in einem weichen Bett wiederfinden. Sie war mit Emilia in der Fremde – allein, schutzlos und als Männer verkleidet.

»Ja, ich hab's auch gesehen, wie sie vor uns davongerannt sind!«, schrie der andere Soldat. »Sie wollten gewiss fliehen!«

Schlimm genug, dass sich immer mehr Blicke in sie bohrten, sich weitere Soldaten erhoben, um den beiden anderen zu Hilfe zu kommen, und einen Kreis um sie zogen, lose erst, dann zunehmend enger – obendrein musste Rita begreifen, dass sie an ihrer Lage selbst schuld war. Nur weil sie so panisch davongelaufen war, hatten sie die Aufmerksamkeit der Soldaten auf sich gezogen. Sie packte Emilias Hand noch fester; kalt wie Stein fühlte sich diese an.

»Wer will denn hier fliehen?«, fragte da einer der Soldaten spöttisch und trat ganz dicht an sie heran. Rita konnte seinen warmen Atem auf ihrem Gesicht fühlen – er roch noch fauliger als das Meer. Verzweifelt schloss sie die Augen, aber nichts zu sehen und nicht zu wissen, was er tun würde, war noch schlimmer, als in sein Gesicht zu starren – und in das der anderen, die nun einen engen Kreis um sie gezogen hatten.

»Ihr jagt die falschen«, stellte einer von ihnen fest. »Das sind sie nicht. Schau dir doch diesen Mann an, er ist viel zu klein. Die beiden Deserteure waren größer.«

Nachlässig streckte er die Hand aus und stupste Rita an. Obwohl die Berührung nur leicht war, hatte sie das Gefühl, einen Schlag zu erhalten, und schrie auf.

»Und er quiekt auch noch wie ein Schwein!«, spottete der Soldat.

»Lassen Sie uns in Ruhe!«, rief Emilia energisch. Rita konnte es nicht fassen, dass ihre Gefährtin ihre Furcht nicht zeigte und ihre Stimme nicht mehr zitterte. Was Emilia jedoch nicht bedacht zu haben schien, war, dass der Akzent ihres Spanischs ungewollt ihre Herkunft verriet.
»O deutsche Bauern«, stellte der Soldat fest, der als Erstes näher gekommen war, »im Zweifelsfall können wir die auch nehmen. Die sind zäh und tüchtig.«
»Aber es sind nicht die Flüchtigen, die wir suchen sollen!«
»Hauptsache junge Männer«, antwortete ein anderer, »in welchem Zustand sie sind, ob klein, groß, dick, dünn, ist das Problem des Offiziers.« Er wandte sich an Rita: »Mitkommen!«, bellte er, und wieder traf sie eine Woge des fauligen Gestanks.
Rita glaubte, sich nie wieder rühren können. Auch wenn sie es gewollt hätte – ihr Körper war viel zu starr, um dem Befehl zu folgen, und sie fragte sich unwillkürlich, ob man vor Schreck sterben könnte.
In Emilia hingegen erwachte die Kampfeslust. Als einer der Männer sie packte, versuchte sie, sich zu entziehen, indem sie erst mit den Händen um sich schlug, dann, als diese festgehalten wurden, mit den Füßen um sich trat.
»Genug Kartoffeln geerntet«, lachte einer. »Jetzt geht's in die Armee.«
»Lassen Sie uns in Ruhe!«, schrie Emilia.
»Ihr hättet euch rechtzeitig verstecken sollen – jetzt ist es zu spät.«
Emilia antwortete mit wilden Flüchen, trat wieder um sich und traf das Schienbein eines der Männer, der mit schmerzverzerrtem Gesicht aufschrie. Nun lachte keiner mehr spöttisch. Mit wütender Miene stürzten sich zwei der Soldaten gleichzeitig auf Emilia, die Fäuste drohend gehoben und of-

fenbar willens, ihr einen Schlag in die Magengrube zu versetzen. Emilia versuchte, ihnen auszuweichen, wurde jedoch unbarmherzig gepackt und konnte zuletzt nichts anderes mehr tun, als wild den Kopf zu schütteln. Zu spät bemerkte sie, dass sich dabei das Tuch löste, das sie sich um die langen Haare gebunden hatte. Prompt fielen die blonden Locken über ihren Rücken.

Die Männer, die eben noch mit Fäusten auf sie losgegangen waren, hielten inne.

»Lieber Himmel«, stieß einer verwirrt aus. »Was hat der Deutsche nur für lange Haare!«

Der andere begriff schneller. »Das liegt daran, dass der Deutsche eine Frau ist«, stellte er mürrisch fest.

Die Blicke, die sie nun trafen, wurden ungläubig. Ehe Rita sich's versah, wurde auch sie gepackt und ihr die Mütze vom Kopf gerissen. Ihr Haar war nicht blond und lockig, sondern schwarz und glatt, aber ebenfalls fast hüftlang.

Ein Soldat lachte auf. Es klang wie das Wiehern eines Pferdes.

»Bis jetzt haben wir immer nur Männer gesehen, die sich als Frauen verkleidet haben, um der Armee zu entgehen!«, rief er. »Dass sich nun auch Frauen als Männer verkleiden, ist neu!«

»Was für ein Reinfall!«, knurrte ein anderer.

»Ach was!«, wurde ihm geantwortet. »Gerne verzichte ich auf einen Kameraden, wenn ich mich stattdessen mit einer Frau vergnügen kann.«

Kurz hatte Rita gehofft, dass die Soldaten von ihnen ablassen würden, sobald die Wahrheit ans Licht gekommen war, doch das Glitzern in den Augen verriet, dass sie sich nun erst recht in Gefahr befanden. Der Zwangsrekrutierung waren sie entgangen – einer anderen Bedrohung jedoch nicht.

Wieder packte sie die Hand eines Mannes, wieder schrie sie panisch auf. Während Emilia sich weiterhin wehrte und erneut mit Händen und Füßen um sich stieß, konnte Rita nichts dagegen tun, während die Männer sie herumschubsten, spielerisch zuerst, dann immer brutaler, während sich mehr und mehr Hände nach ihr ausstreckten, über ihr Haar strichen, über ihren Nacken, nach ihren Brüsten fassten, an ihrem Hemd zerrten.

Dass Emilia fluchte und Rita erbärmlich zitterte, schien sie nur noch mehr anzuheizen. Immer schneller wurde sie von einem zum nächsten gestoßen, immer gieriger wurden die Hände. Jetzt, dachte Rita, jetzt werde ich vor Angst sterben ...

Aber sie starb nicht, wurde nicht einmal ohnmächtig, musste alles ertragen, das Lachen, das Stoßen, das Greifen ...

Unvermittelt fiel ein Schatten auf sie. Die Hände ließen sie so hastig los, dass Rita stolperte und fast auf den Boden fiel. Geistesgegenwärtig griff Emilia nach ihr und hielt sie aufrecht – auch sie war von den Händen der Soldaten befreit.

»Ihr Halunken!« Die fremde Stimme, die ertönte, war so dröhnend und wuchtig, dass Rita vermeinte, die Erde müsste erbeben. »Ihr Halunken, lasst die Mädchen los und haut ab! Sonst werdet ihr mich kennenlernen!«

Der Mann, der sie vor den Soldaten rettete, war ohne Zweifel der größte Mensch, den Emilia jemals gesehen hatte. Sie war alles andere als eine kleine Frau, doch sie musste ihren Kopf in den Nacken legen, um in sein Gesicht sehen zu können. Von diesem allerdings war nicht sonderlich viel zu erkennen, denn es war unter einem dicken roten Bart und krausem Haupthaar, das tief in die Stirn hing, verborgen – beides so verfilzt und schmutzig, dass es wohl schon seit Ewigkeiten kein Wasser und keine Seife mehr gesehen hatte. Emilia woll-

te sich nicht ausmalen, wie viel Läuse und Flöhe darin krochen – Ungeziefer, dass sie gerne in Kauf nahm, solange die Soldaten entsetzt vor diesem Riesen zurückwichen. Der Fremde war nicht nur übermäßig groß, sondern auch breit. Seine Schultern glichen einem Schrank, die Hände den Pranken eines Bären. Wenn dieser Mann ungeduldig durch die Luft wedelte, um eine Fliege zu vertreiben, könnte er jemanden – so er ihn denn zufällig traf – erschlagen. Und wenn er stolperte und auf jemanden fiel, würde dieser Unglückliche gewiss zerquetscht werden.
So breitbeinig, wie er dastand, drohte diese Gefahr allerdings nicht.
»Also, ihr Halunken!« Die tiefe, dröhnende Stimme ging Emilia durch Mark und Bein. »Was wollt ihr von den beiden Mädchen?«
Einer der Uniformierten wagte es, dem Fremden zu trotzen.
»Wir sind Soldaten – wir sollen neue Männer fürs Heer rekrutieren.«
»Ich verstehe«, gab der Riese ungerührt zurück, »und da es auf dieser Welt keine Männer mehr gibt, müssen es jetzt Frauen sein?«
»Wir wussten ja nicht, dass es Frauen sind!«
Der Mann wurde bleich, als der Riese auf ihn zutrat. »Nun, jetzt wisst ihr's und steht immer noch da. Warum wohl?«
Die Soldaten tauschten schweigend Blicke aus, ängstlich und verlegen bei den einen, trotzig bei den anderen. In jedem Fall kamen sie alle zum gleichen Schluss – dass es besser war, zu fliehen. Die Mutigeren schritten hoheitsvoll und langsam von dannen, andere stürzten panisch davon. Am Ende waren sie alle fort.
Der Riese starrte den Soldaten missmutig nach, dann wandte er sich den beiden Frauen zu. So furchterregend jede seiner

Bewegungen aufgrund der ungeheuerlichen Körpermasse auch war – Schnelligkeit schien seine Sache nicht zu sein. Es dauerte Ewigkeiten, bis er sich zu Emilia heruntergebeugt hatte und sie nicht nur die Nasenspitze aus dem Wust an Bart und Haaren hervorragen sah, sondern auch in wache, warme Augen blickte. Rita klammerte sich noch fester an sie – doch Emilia spürte instinktiv, dass sie vor diesem Mann keine Angst haben musste.

»Soso ... zwei Mädchen alleine unterwegs«, stellte er dröhnend fest.

Rita quiekte auf. Unendlich langsam wanderte der Blick des Mannes, der sich eben noch auf Emilia gerichtet hatte, zu ihr und wurde nachdenklich.

»Sehe ich aus, als würde ich euch etwas zuleide tun?«, knurrte er und klang gekränkt.

»Um ehrlich zu sein, ja«, gab Emilia trocken zu.

Der Mann lachte. Das hieß, er lachte nicht einfach nur, sein ganzer Leib schaukelte. »Ich bin Pedro el Ballenero«, rief er stolz, »ein Walfänger – kein Mädchenfänger.«

Ritas Griff wurde nicht lockerer, dennoch wagte sie heiser zu fragen: »Wale?«

»Das sind große Fische im Ozean«, erklärte Emilia rasch.

»So ist es«, bestätigte Pedro. »Tatsächlich sind es sogar riesige Fische. Im Vergleich zu ihnen bin ich ein Mäuschen.«

Emilia konnte sich nicht vorstellen, dass der Mann in irgendeiner Lebenslage klein wirken könnte.

»Ja, ja«, fuhr er fort, »sie sind die gefährlichsten Meeresbewohner überhaupt! Sie können ein ganzes Boot auf einmal schlucken.«

Rita riss die Augen auf, aber Emilia ahnte, dass er gnadenlos übertrieb. Er schien seine Worte auch selbst nicht ganz ernst zu nehmen, denn prompt lachte er wieder dröhnend.

»Und Sie fangen die Wale hier in Corral?«, fragte Emilia nachdenklich.

»Nein, nein«, erwiderte Pedro. »Weiter im Süden. In der Magellanstraße rund um Punta Arenas.«

Er rieb sich den Bart, der daraufhin nur noch dreckiger und zerzauster vom Gesicht abstand. Emilia wusste, dass das gänzlich fehl am Platz war, aber plötzlich wurde das Bedürfnis übermächtig, diesen Bart und das verfilzte Haar mit Schere, Wasser und Seife zu bearbeiten.

»Wo liegt Punta Arenas?«, fragte Rita schüchtern.

»Das ist eine Stadt im Süden von Chile«, antwortete Emilia. »Dahinter kommt nur mehr Feuerland, und dann …

»Jenseits von Feuerland ist das Ende der Welt«, schloss Pedro an ihrer Stelle. »Und wohin wollt ihr, Mädchen? Es ist nicht ungefährlich, ganz allein unterwegs zu sein. Und eure lächerliche Verkleidung ist nicht unbedingt Schutz – im Gegenteil.«

Er schien die ganze Angelegenheit ungeheuer komisch zu finden, denn wieder bebte sein ganzer Körper, als er sich vor Lachen schüttelte.

Eine Idee schoss Emilia durch den Kopf, und noch ehe sie die Möglichkeit hatte, darüber nachzudenken und sie mit Rita zu besprechen, entschied sie zu handeln. Sie hatte keine Beweise dafür, dass man diesem Pedro tatsächlich trauen konnte, aber sie fühlte instinktiv, dass die größte Gefahr, die von diesem Walfänger drohte, seine Flöhe und Läuse waren. Und vielleicht auch, dass man sich das Genick brach, wenn er mit seiner Riesenpranke vermeintlich zärtlich über den Kopf streichelte.

»Wir wollen auch dorthin«, erklärte sie hastig und ignorierte Ritas entgeisterten Blick. »Woher Sie kommen und vielleicht bald wieder fahren … Wir wollen nach Punta Arenas.«

Wenig später waren sie sich handelseinig. Noch während Emilia Pedro fragte, ob sie mit ihm reisen konnten, hatte sie sich überlegt, was sie zu bieten hatte, und eifrig erklärt, sie könnte gut nähen und kochen. Das eine hatte sie von Barbara gelernt, das andere von Annelie – und wenn sie auch die zwei Dinge nicht so gut wie die beiden beherrschte, so war sie gewiss besser darin als ein Mann wie Pedro el Ballenero. Am liebsten hätte sie ihm auch noch vorgeschlagen, ihm die Haare zu waschen und zu kämmen, aber dieses Angebot hätte ihn vielleicht gekränkt.

»Wir haben schon seit langem keinen richtigen Koch mehr an Bord«, meinte Pedro und fuhr sich wieder über den Bart. »Der letzte hat die hohen Wellen nicht überstanden.«

»Ist er von Bord gefegt worden?«, rief Emilia entsetzt, und erst jetzt ging ihr auf, worauf sie sich da womöglich eingelassen hatte: Der Ozean war ihr nicht geheuer, und das, was seinerzeit ihren Traum von Deutschland am stärksten ins Wanken gebracht hatte, war die Angst vor einer Schiffsreise gewesen.

»Nein«, schwächte Pedro da bereits ab, »aber er war ständig seekrank und wollte wieder festen Boden unter seinen Beinen spüren. Also gut, wenn ihr wirklich nach Punta Arenas wollt …«

So leicht es war, ihn zu überzeugen – so schwer war es bei Rita. Diese hatte sie mittlerweile losgelassen und rammte ihr jetzt den Ellbogen in den Leib.

»Bist du verrückt?«, rief sie entsetzt. »Was willst du denn in Punta Arenas?«

Emilia zog sie ein paar Schritte von Pedro fort, um unter vier Augen mit ihr zu reden. »Dort will ich gar nichts. Aber Punta Arenas ist ein großer Hafen, noch größer als Corral. Viele Schiffe aus und von Europa legen dort eine Rast ein. Die Fahrt nach Punta Arenas ist sozusagen die erste Wegstrecke nach Europa – und wir können sie mit Arbeit bezahlen und das Geld sparen.«

Rita wollte schon widersprechen, doch gerade als sie den Mund aufmachte, wurde sie von etwas abgelenkt. Emilia fuhr herum. Pedro war seelenruhig stehen geblieben, hielt nun etwas Silbriges in den Händen, was ebenso spitz wie scharf aussah, und fuhr mit den Händen darüber. Es hatte den Anschein, als würde er sich absichtlich in die Finger schneiden wollen.

Noch ehe Emilia verwirrt fragen konnte, was er da täte, rief Rita – der Angst vor dem riesigen Fremden zum Trotz: »Meine Güte, Sie verletzen sich doch!«

Erneut schaukelte Pedros wuchtiger Leib vor Lachen. »Von wegen!«, rief er und hielt das Spitze hoch. »Das ist eine Ankertrosse, und ein guter Harpunier lässt ständig eine solche durch seine Finger gleiten, um die Fingerkuppen abzuhärten. So heiß oder so kalt kann nichts sein, dass ich es nicht anfassen kann, so eckig und scharf auch nicht. Kommt ihr nun also mit?«, fragte er.

Emilia nickte, bevor Rita ihren Einwand vorbringen konnte, und dann hatte sich Pedro schon in Bewegung gesetzt, und sie mussten rennen – das hieß, Emilia rannte und zog die widerstrebende Rita hinter sich her –, um mitzuhalten. Zwar ging er nicht besonders schnell, aber er machte riesige Schritte.

»Ich weiß nicht, ich weiß nicht …«, murmelte Rita zweifelnd.

»Nun stell dich nicht so an!«, hielt Emilia entgegen und ignorierte Ritas ängstliches Gesicht ebenso wie die eigenen Zweifel.

»So, hier sind wir!«, verkündete Pedro nach einer Weile. »Das ist meine Schaluppe!«

Sie hatten das Wasser erreicht, und Emilia riss die Augen auf, als sie die Schaluppe sah. Schon die Aussicht, auf einem der riesigen Ozeandampfer zu reisen, hatte ihr Angst gemacht – wie sollte sie sich jemals überwinden können, diesen hässlichen Kutter zu besteigen?

Wenn man ihn sehr wohlwollend betrachtete, glich er mit seinem Groß- und Focksegel und dem zusätzlichen Stagfock einem kleinen Segelschiff. Der Bug war hoch, der Achtersteven spitz. Die einstmals rote Farbe war längst abgeblättert, die Nägel, die an manchen Stellen aus den Brettern ragten, rostig. Irgendwann mussten die Segel strahlend weiß gewesen sein, jetzt starrten sie vor Dreck. In der Nähe der Wasserlinie war das Holz von Muscheln und Algen verklebt.

»Nie und nimmer besteige ich dieses Boot«, murmelte Rita.

Emilia musste sich auf die Lippen beißen, um nicht zuzustimmen, aber sie hatte sich in den letzten Tagen keinerlei Gefühle gestattet – und so verbat sie es sich auch jetzt. »Nun stell dich nicht so an«, fuhr sie Rita an.

Pedro war belustigt ihren entsetzten Blicken gefolgt. »Ich weiß, dass mein Freund schon bessere Tage gesehen hat, aber ihr werdet nicht glauben, wie viele Wale ich damit schon gefangen habe!«

Er betrachtete die Schaluppe liebevoll.

»Tatsächlich?«, fragte Emilia skeptisch.

Sie konnte sich nicht vorstellen, dass auf dieser Schaluppe ein ganzer Wal Platz gefunden hätte, doch sie verkniff sich noch mehr zweifelnde Worte, sondern stieß Rita auf das Holzbrett, das die Mole mit der Schaluppe verband.

Als sie ihr folgte, fiel ihr Blick erstmals auf die Männer, die sich an Deck versammelten. Eben noch hatten sie emsig gearbeitet – nun starrten sie den ungewöhnlichen Passagieren entgegen, die ihr Kapitän da mit an Bord brachte: manche freundlich, manche gleichgültig, einer ziemlich finster. Rita versteifte sich, als sie die Fremden sah, und Emilia musste sie erneut anstoßen, obwohl sie ihr Entsetzen nachfühlen konnte. Ihr war klar gewesen, dass selbst ein so riesiger Mann wie Pedro kein Schiff allein segeln konnte, aber sie hatte gehofft, dass es nur zwei, drei Männer waren, die mit ihm reisten, nicht ein halbes Dutzend. Doch abermals schluckte sie den Zweifel an ihrer Entscheidung herunter.

»Hört mir alle gut zu!«, rief Pedro hinter ihnen dröhnend. »Diese beiden Frauen ...« Er hielt inne. »Wie heißt ihr eigentlich?«

»Rita und Emilia«, sagte Emilia leise – über sich selbst verärgert, weil ihre Stimme brach.

»Also, diese beiden Frauen ... Rita und Emilia stehen unter meinem Schutz! Ihr seht sie nicht, ihr hört sie nicht, ihr fasst sie vor allem nicht an! Sie werden kochen, flicken und nähen.«

Der Mann, der am finstersten dreinsah, trat nach vorne und musterte die beiden Frauen ungeachtet Pedros Worten unverhohlen. Er hatte dunkle, verklebte Haare, die ihm so tief in die Stirn fielen, dass sie fast seine schwarzen Augen bedeckten. Seine Haut war zwar gebräunt, aber von Narben übersät, was ihn ungesund aussehen ließ, sein Bart ungleich kürzer als der von Pedro, aber von unregelmäßigem Wuchs. An manchen Stellen klaffte Haut hervor – fast weiße oder rot entzündete.

»Es bringt Unglück, Frauen an Bord zu haben«, stellte er nach einer Weile gedehnt fest.

Pedro holte tief Luft, doch ehe er etwas sagen konnte, gab ein anderer die Antwort.

»Ach was, Esteban! So hübsche Frauen doch nicht!«

Er lachte, und die anderen stimmten ein. Emilia versuchte

herauszuhören, ob das Lachen von Herzen kam oder vielmehr spöttisch klang, konnte es jedoch nicht recht entscheiden. Esteban lachte als Einziger nicht. Er blieb stehen und sah grimmig zu, wie nun Pedro auf das Holzbrett trat – zu Emilias Erstaunen hielt es seinem Gewicht stand – und erst Rita, dann Emilia um die Taille fasste und sie auf das Boot hob. Als seine Pranken sie berührten, hatte Emilia das Gefühl, dass ihr Leib in der Mitte zerquetscht würde, aber wenig später stand sie heil auf der schaukelnden Schaluppe. Zu ihrem Erstaunen verkniff sich Rita einen neuerlichen entsetzten Aufschrei – stattdessen war sie selbst es, die sich plötzlich die Hände vor den Mund schlug.

»Die Pferde!«, rief sie. »Wir haben unsere Pferde vergessen!« Wenn sie nicht längst gestohlen worden oder fortgelaufen waren, mussten sie irgendwo in der Nähe des Hafens stehen.

»Darum kümmere ich mich!«, verkündete Pedro und stapfte wieder an Land. Emilia hätte ihm zugetraut, auch ein Pferd leichtfertig hochzuheben und an Bord zu setzen, doch der Kutter war gewiss viel zu klein für die Tiere. Noch schwerer, als darauf zu vertrauen, dass er ihr später das Geld dafür aushändigen würde, fiel es ihr, das Unbehagen zu schlucken, ganz allein mit den fremden Männern auf dem Kutter zu sein.

Doch zu ihrer Erleichterung gehorchten diese Pedros Befehl, taten so, als würden sie sie nicht länger sehen, und begaben sich wieder an die Arbeit – der eine flickte Netze, ein anderer weidete Fische aus, wieder ein anderer schlug ein Brett über ein Loch. Nur dieser Esteban starrte sie weiterhin an. Er stützte sich an den Mast, rieb nachlässig zwei Muscheln aneinander und verursachte ein kratzendes, unangenehmes Geräusch.

Emilia wäre am liebsten wieder von der Schaluppe geflohen, aber dann straffte sie die Schultern und entschied, sich nicht von ihm einschüchtern zu lassen. Sie trotzte seinem Blick, und diesmal machte er kein finsteres Gesicht, sondern lächelte. Emilia erschien dieses Lächeln so hohl wie die Muscheln, die er aneinanderrieb.

7. Kapitel

Als die Schaluppe ablegte, hatte Emilia keine Zeit für Wehmut, weil sie vertrautes Land nun endgültig zurückließ – sie war viel zu sehr damit beschäftigt, nicht umzufallen, ihre Übelkeit zu unterdrücken und sich auf dem Schiff zurechtzufinden. Zumindest Letzteres fiel nicht sonderlich schwer, so klein, wie es war.

Nachdem er ihre Pferde verkauft und ihnen mit großer Selbstverständlichkeit das Geld überreicht hatte, hatte Pedro sie in die Kombüse gebracht. Als Emilia sich dort umblickte, konnte sie nicht glauben, dass es hier je einen Koch gegeben hatte. Niemand, der zwei gesunde Hände hatte, würde diesen engen Raum und die Blechnäpfe, die sich dort befanden, derart verdreckt hinterlassen! Pfannen waren nicht zu finden, lediglich ein Messer, und das war stumpf, und die Vorräte für die Reise fielen mehr als mager aus. Es gab keine Eier, nur etwas Mehl, Speck, Kartoffeln, Wasser und ein Fass Bier.

Angesichts dessen, dass es kaum etwas gab, was man zu irgendeinem Gericht verarbeiten konnte, fragte sich Emilia, warum man überhaupt einen Koch an Bord brauchte – aber das sagte sie nicht laut.

»Und das soll bis Punta Arenas reichen?«, murmelte sie skeptisch. Sie wusste nicht genau, wie lange sie von hier nach Punta Arenas reisen würden. Nach Valparaíso war man etwa zwei Wochen mit dem Schiff unterwegs – wahrscheinlich dauerte es bis zur südlichsten Stadt Chiles ähnlich lang.

»Ach was!«, rief Pedro leichtfertig. »Unterwegs fangen wir

Fische, außerdem sammeln wir essbare Algen und Muscheln. Davon gibt's immer genug.«

Die Kombüse war so niedrig, dass er nicht aufrecht stehen konnte, sondern den Kopf einziehen musste und dadurch wie eine riesige fleischige Kugel wirkte.

Auch Rita verzog angewidert das Gesicht, als sie sich umsah. Ansonsten – das musste Emilia ihr lassen – hatte sich die Gefährtin als erstaunlich trittfest herausgestellt. Das stete Schaukeln schien bei ihr keine Übelkeit zu verursachen, und zu Emilias Erstaunen wagte sie es nun sogar, Pedro selbst eine Frage zu stellen. Sie habe gesehen, wie einer der Männer Netze flickte, und wolle vorschlagen, es an dessen Stelle zu tun.

Pedro nickte eifrig, kam wenig später mit kaputten Netzen wieder, um Rita zu zeigen, was zu tun war, und diese machte sich gleich an die Arbeit. Sie sah weder hoch, als Pedro wieder nach oben stieg, noch, als sie – durch eine kleine Luke konnten sie nach draußen sehen – den Hafen endgültig hinter sich ließen. Anders als Emilia hatte sie sich auch nicht gescheut, sich auf einen der ebenso winzigen wie morschen, vor allem aber klebrig verdreckten Stühle zu setzen. Emilia hingegen stand breitbeinig da, versuchte, das Gleichgewicht zu halten, und blickte sich suchend nach etwas um, woran sie sich festhalten konnte, ohne schmutzig zu werden. Doch es gab rein gar nichts, was nicht von der klebrigen Schicht überzogen war.

Die dringendste Arbeit war folglich nicht das Kochen, sondern sauber zu machen, entschied sie – und konnte sich dennoch nicht überwinden, damit anzufangen.

Rita ließ das Netz sinken. Emilias Zaudern schien ihr nicht entgangen zu sein. »Aber es war doch deine Idee …«, sagte sie hilflos.

Da presste Emilia ihre Lippen aufeinander, straffte die Schultern und nickte entschieden. »So ist es«, sagte sie mit einer

Stimme, die Wort für Wort fester wurde, »ich habe es entschieden – und jetzt müssen wir das Beste daraus machen.«
Nicht nur Ritas ängstliches Gesicht und die Ahnung, dass sie sich gegenseitig verrückt machen würden, gab sie sich dem Anflug von Schwäche hin, waren ihr Ansporn. Überdies hörte sie plötzlich ganz klar und deutlich Annelies Worte, wenn diese von den ersten Jahren in Chile gesprochen hatte: »Hier galt es aus wenig viel zu machen und aus nichts alles.«
Wenn es der oft so ängstlichen Annelie gelungen war, sich in der Fremde durchzukämpfen, wollte sie ihr in nichts nachstehen. Ja, auch sie würde aus nichts alles machen und aus wenig viel – und sie fing damit an, indem sie sich auf die Suche nach einem Eimer begab und zu ihrer Erleichterung auch einen fand, der durch die kleine Luke passte. Mehrmals ließ sie ihn an einem Strick hinab zum Wasser und befreite damit das karge Mobiliar von der klebrigen Schicht Dreck. Das Meerwasser würde dem ohnehin schon morschen Holz zwar noch mehr zusetzen, und das Salz hinterließ weiße Flecken darauf, doch als sie fertig war, hatte sie wenigstens das Gefühl, sich nicht ständig ducken zu müssen, um nicht irgendwo anzustreifen.
Nachdem sie notdürftig den Boden gewischt hatte, machte sie sich unter Ritas neugierigen Blicken ans Kochen. Sie schnitt Zwiebel und Speck klein, knetete aus Mehl und Wasser einen Teig und fand zu ihrer Erleichterung noch Öl, um in einem der Blechnäpfe Empanadas zu backen. Jetzt verstand sie auch, woher die klebrige Schicht kam – es war eine Mischung aus Ruß und Fett, weil der Rauch aus dem kleinen Herd nicht richtig abzog. Aber sie entschied, sich vorerst nicht darum zu kümmern, sondern blickte nur stolz auf das erste Gericht, das sie an Bord gekocht hatte.
Der herzhafte Geruch der Empanadas zog Pedro an, der we-

nig später in die Kombüse stieg und sich gierig über die Lippen leckte. Er hatte ihnen Decken mitgebracht.
»Am besten, ihr schlaft hier«, verkündete er.
Emilia war das nur recht, und sie war vor allem darüber erleichtert, dass Pedro selbst den Männern das Essen brachte und sie sich dem grimmigen Lächeln des finsteren Esteban kein weiteres Mal aussetzen musste. Nachdem Pedro wieder nach oben gestiegen war, teilte sie sich mit Rita schweigend eine Empanada, und der Tag – aufreibend und lang – ging zu Ende, indem die eine weiter Netze flickte und die andere putzte.
Putzen, kochen und nähen – das bestimmte auch den Rhythmus der nächsten Tage.
Ständig war Emilia übel, aber es wurde nie so schlimm, dass sie sich übergeben musste. Pedro kam immer mal wieder in die Kombüse und berichtete über die erste Etappe auf dem Weg nach Punta Arenas. Diese führte zunächst von Puerto Edén und dann an einer Gruppe von sechs oder sieben Inseln vorbei, die Emilia von der kleinen Luke aus betrachtete. Die Deserteur-Inseln wären das, wusste Pedro zu erzählen, die Ausläufer des Chiloé-Archipels und zugleich die letzten bewohnten Flecken, bevor man in die trostlosen Weiten des Pazifischen Ozeans vordrang.
»Sie liegen am Eingang des Corcovado-Golfs, dessen stürmische Buckel jedes vorbeifahrende Schiff zu Bocksprüngen zwingen«, rief er, und als Emilia erbleichte, lachte er dröhnend.
»Keine Angst!«, rief er wie so oft leichtfertig. »Manche Schaluppe ist hier gekentert, aber mein Schiffchen bring ich heil durch jedes Gewässer.«
Emilia war sich nicht sicher, ob sie ihm Glauben schenken sollte, da er doch stets zum Prahlen neigte. Immerhin – in ei-

ner Sache hatte er nicht übertrieben: Täglich fingen seine Männer Fische und essbare Algen wie Luchen und Cochayuyos.
Emilia briet sie und fand, dass es scheußlich schmeckte, und auch Rita würgte stets nur ein paar Bissen herunter, ehe sie den Napf rasch wieder von sich schob, aber die Männer schienen sich nicht zu beschweren.
Wenn sie sich auch schnell an das Essen und sogar an die stürmische See gewöhnte – die Eintönigkeit der Tage setzte Emilia zu. Früher am See hatten sie und Rita so viel miteinander zu reden gewusst. Zwar hatte Rita meist eisern über ihr Leben in der Mission geschwiegen, aber Emilia hatte immer etwas erzählt, und Rita hatte neugierig gefragt. Nun gab es nichts zu erzählen, ohne dass es schmerzte, und die Flucht in Arbeit war das Einzige, was blieb, um das Schweigen halbwegs zu ertragen.
Während Emilia jede noch so kleine Ritze von Staub und Dreck zu befreien suchte, flickte Rita nicht länger nur Netze, sondern auch manches Kleidungsstück, das Pedro brachte. Mit leicht angewidertem Gesichtsausdruck hielt sie es, so gut es ging, von sich, aber sie tat ihre Arbeit klaglos – und war scheinbar auch ganz froh darüber, dass sie sich von Ängsten und Sorgen ablenken konnte.
Zunächst hatte sich Emilia in der Kombüse sicher gefühlt, und nichts hätte sie dazu bewogen, sie zu verlassen, doch nach einigen Tagen wurden ihr der stetig gleiche Trott und die Enge unerträglich. Das grimmige Lächeln von Esteban schien ihr als das kleinere Übel, gemessen an der Trostlosigkeit, die sie überkam, wenn sie noch länger hier eingesperrt war. Und so begnügte sie sich eines Morgens nicht länger damit, ihren Kopf durch die Luke zu strecken, um frische Luft zu schnappen, sondern stieg rauf aufs Deck. Ritas ängstlichen Warnungen stellte sie sich taub.

Das Meer war heute ruhig, der Himmel bewölkt. Noch waren sie in der Nähe des Landes, und in der Ferne konnte sie Klippen erkennen, die mit Tang und glitschigem Moos bewachsen waren. Seeschwalben- und Möwenschwärme schwammen auf dem dichten Algenteppich in der Nähe der Schaluppe.
Die Männer waren damit beschäftigt, Muscheln zu sammeln – und nun erkannte sie auch, wie sie das anstellten: Während der Ebbe schaukelten die Muschelbänke direkt auf dem Wasser, so dass man nur über Bord langen musste, um sie mit den Händen aufs Deck zu schaufeln. Nicht nur Muscheln waren unter der Ausbeute, sondern auch Seeigel – in diesen Gewässern so zahlreich, dass sie das Wasser schwarz-grün färbten. Anders als die Muscheln durfte man diese jedoch nicht mit der bloßen Hand anfassen, sondern musste sie mit einer dreizackigen Fischgabel fangen.
Pedro knackte die Schale mit bloßen Händen und aß das Fleisch roh.
»Eine Köstlichkeit!«, rief er begeistert, als er Emilia erblickte. Dass sie an Deck gekommen war, schien ihn nicht zu stören. Er erzählte ihr vielmehr bereitwillig alles über Muscheln, deren viele Arten er mühelos auseinanderhalten konnte. Am leckersten waren die Chapes, Locos und Tacas, aber auch die Machas und Choritos, Quilmahues und Piures könne man verzehren. Neben den Seeigeln waren ferner die Seeschnecken eine Delikatesse.
»Ich werde sie kochen«, verkündete Emilia, »dann schmecken sie noch besser.«
Sie blieb nicht lange im Freien, sondern stieg wenig später wieder in die Kombüse hinab, aber seit diesem ersten Mal kam sie immer wieder aufs Deck und scheute es nur in den Tagen, da sie auf dem offenen Pazifik segelten. In dieser stürmischen Zeit blieb sie zusammengekrümmt auf einer der De-

cken liegen, die Pedro ihr gegeben hatte, klammerte sich an ein Stuhlbein fest und war sicher, dass ihr Gesicht grünlich verfärbt sein müsse, so elend, wie sie sich fühlte.

In den seltenen Momenten, da sie sicher war, zugrunde zu gehen – entweder an Seekrankheit oder weil die Schaluppe im Sturm kenterte –, konnte sie sich die Gedanken an Manuel nicht länger verbieten. Während sie ansonsten jede Erinnerung verdrängte, beschwor sie sein Gesicht herauf und tröstete sich an diesem Anblick, und erst als sie zu überlegen begann, wie es ihm wohl erging, ob er in der Zwischenzeit die ganze Wahrheit über ihre Herkunft erfahren und wie er es verkraftet hatte, dass sie ihn einfach verlassen hatte, schob sie die Gedanken an ihn wieder weit von sich.

Als die dritte Woche ihrer Reise anbrach, verließen sie die Weite des Pazifiks und segelten in ruhigeren Gewässern. Emilia genoss es, wieder aufrecht stehen zu können, ohne bedrohlich zu schwanken, und hielt stundenlang ihren Kopf in die frische Seeluft. Manchmal hatte sie das Gefühl, dass diese ihn ganz und gar leer pusten würde. Alle Gedanken an die Vergangenheit wurden ebenso in die luftigen Weiten geschleudert wie die Gedanken an die Zukunft.

In der Ferne sahen sie Land – Berge und Gletscher zunächst, von denen Eis ins Wasser brach und es weiß färbte, später flachere Einöden. Einmal kamen sie an einem ausgedehnten Tuffsteinfeld zwischen Felsenriff und Flutlinie vorbei, wo Tausende von Möwen in die kleinen Aushöhlungen, die Wind und Regen in den Tuffstein gegraben hatten, ihre Nester gebaut und ihre Eier gelegt hatten. Einige der Männer ruderten mit einem kleinen Beiboot dorthin und kamen mit Möweneiern zurück. So groß wie Hühnereier waren sie – und noch größer die von Kormoranen, die sie ebenfalls gefunden hatten.

»Noch kann man die Eier essen«, erklärte Pedro. »Aber je länger die Brutzeit währt, desto ungenießbarer werden sie – und die Möwen immer gefährlicher.« Er lachte, als sei das alles ein Spaß. Für die Männer war es das nicht. Immer musste einer mit dem Knüppel dastehen und Möwen abwehren, während der andere nach den Eiern suchte.

Emilia briet einige Eier mit Kartoffeln und Speck und verwendete die anderen dafür, um Muschelsuppe stocken zu lassen. Erstmals aßen auch sie und Rita mit gutem Appetit, während Pedro ihre Kochkünste zwar lobte, aber zugleich den Aufwand für nicht notwendig befand. Ob roh oder gekocht, ob frisch oder verdorben – mittlerweile wusste Emilia, dass er alles aß, womit er den riesigen Magen füllen konnte, und dass ihm nie auch nur im Geringsten übel wurde.

Nur einmal sah sie ihn erblassen. Dies war, als Rita schüchtern fragte, wann er denn den ersten Wal fangen würde.

»Bis jetzt sind wir nur auf tote Wale gestoßen«, erwiderte er schnell, »man erkennt sie an den Seegeiern, die auf ihnen hocken und sich von ihnen ernähren. Oft müssen sie das Walfleisch später wieder heraufwürgen, weil sie sonst zu schwer sind, um zu fliegen.«

Noch konnte Emilia die ungewohnte Blässe in seinem Gesicht nicht deuten, doch am nächsten Tag begann sie zu ahnen, dass sie Ausdruck von Verlegenheit war.

Als sie an Deck stand, schienen sich nicht weit von der Schaluppe entfernt die Wasserfluten zu öffnen. Buckelwale schossen aus der Tiefe hervor und vollführten in der Luft wilde Sprünge.

»Wale!«, schrie sie aufgeregt. »Hier sind Wale!«

Die Männer hatten sich an ihre Anwesenheit gewöhnt, doch nie hatte einer auch nur versucht, mit ihr zu reden. »Na und?«, wurde jetzt gemurrt.

»Pedro will doch sicher bald einen solchen Wal fangen!«, rief Emilia.
Einer der Männer grinste. »Den hier gewiss nicht und den nächsten, dem wir begegnen, auch nicht.«
»Aber …«
»Seinen letzten Wal hat Pedro vor zwanzig Jahren gefangen. Seit damals verdienen wir unser Geld nur noch, indem wir Muscheln, Seesterne und kleine Fische verkaufen.«
Emilia drehte sich zu Pedro um. Er hielt seinen Kopf gesenkt, aber dennoch sah sie, wie sein Gesicht nunmehr zu glühen begann.
»Ist das wahr?«, fragte sie spöttisch.
Pedro hob den Kopf und entschied offenbar, in die Offensive zu gehen. Stolz schlug er sich auf die Brust. »Ich kann mich noch gut daran erinnern, als wir das letzte Mal Jagd auf einen Wal machten! Mit zwei Schaluppen waren wir unterwegs – eine hat der Wal verschluckt.«
Die Männer grinsten, Emilia zog skeptisch die Stirn kraus.
»Und seitdem hast du Angst vor Walen?«, fragte sie.
Pedro schüttelte stolz den Kopf. »Von wegen – ich habe nur herausgefunden, dass mir Muscheln besser schmecken als Walfleisch.«
Ohne eine weitere Erklärung ließ er sie stehen. Von nun an prahlte er weiterhin oft und gerne – doch nie wieder über den Walfang.

Rita blickte Emilia nach, als diese wieder einmal aus der Kombüse floh, und schüttelte den Kopf. Sie konnte nicht verstehen, warum Emilia freiwillig Zeit auf dem Deck verbrachte. Rita setzte es bereits zu, sie dort zu wissen – ihr zu folgen war undenkbar.
Doch je länger die Reise dauerte, desto mehr Mut bewies

Emilia. Sie strebte nicht mehr nur an den ruhigen, sondern auch an den stürmischen Seetagen nach oben – eine regelrechte Todesverachtung bekundend, als würde es ihr nichts ausmachen, von einer Böe über Bord gefegt zu werden.

Nun, die Angst zu ertrinken hielt Rita nicht davon ab, es ihr gleichzutun – umso mehr aber die Angst vor zudringlichen Blicken. Nur an Pedro hatte sie sich gewöhnt, in seiner Gegenwart fühlte sie sich sogar richtig wohl. Genauso wie sie das Nähen mochte, wenn es ihr nicht gerade von Erinnerungen verleidet wurde – Erinnerungen an die Großmutter, die Wolle aus Schafen und Lamas gesponnen, gewebt und gefärbt hatte. Manchmal war es ihr, als würde die alte Frau mit den dunklen, warmen Augen über ihre Schultern blicken und wohlwollend betrachten, was sie da tat, und energisch musste sie sich immer wieder vorsagen, dass ihre Großmutter tot war – und dass sie keine Mapuche mehr sein durfte, sondern nun eine Spanierin war.

Wenn sie gerade nicht nähte, las sie in dem Buch, das sie heimlich mitgenommen hatte. Meist verschwammen ihr ob des steten Schaukelns die Buchstaben vor den Augen, aber mittlerweile hatte sie so viele Szenen wieder und wieder gelesen, dass sie sie fast auswendig vorsagen konnte: So befremdend sie die Geschichte zunächst gefunden hatte, weil sie nie dergleichen gelesen hatte, so sehr fieberte sie mittlerweile mit dem Schicksal jener Gouvernante mit, die auf einem Gutshof in Deutschland den Mann ihrer Träume fand und, nachdem sie viele Hindernisse und Missverständnisse aus dem Weg hatte räumen können, endlich glücklich wurde. War die Kombüse der Raum, in den sie sich vor aufdringlichen Männerblicken flüchten konnte, so war dieser Roman wie ein lichtes und sauberes Zimmer ihrer Seele. Sie konnte es betreten, die Tür hinter sich zusperren und war ganz allein in einer Welt, in der Soldaten keine Mapuche erschossen und zwei schutzlose Frauen nicht auf einer Schaluppe über den wilden Ozean segelten. In dieser Welt wurden Frauen vielmehr von edlen Kavalieren beschützt, fanden ihr Lebensglück und konnten sich für den Rest ihrer Tage an erlesenen Speisen ergötzen und sich in edelste Gewänder kleiden. Lesen war für Rita träumen, und diese Träume waren nicht finster und unheilvoll, sondern warm und licht.

Selbst wenn sie gerade nicht darin las, zog sie Trost aus dem Roman – so auch jetzt, da Emilia an Deck gegangen war und sie manchen Dialog aus dem Buch vor sich hin murmelte, um die Zeit zu überbrücken, bis die Gefährtin wiederkehrte. So sehr darin vertieft, hörte sie nicht, wie jemand die schiefen Stufen heruntergeschritten kam. Erst als ein Schatten auf sie fiel, verstummte sie. Ihr Blick fiel auf fremde Schuhe, eine fremde Hose und schließlich auf ein Gesicht, in dem ein spöttisches Lächeln stand.

Mit einem Aufschrei fuhr sie hoch.

»So allein, schönes Mädchen?«

Es war Esteban, der vor ihr stand – der Mann mit dem räudigen Bart und den strähnigen Haaren, die fast seine Augen bedeckten. Sie hatte versucht, nicht mehr an ihn zu denken – doch nun erinnerte sie sich wieder daran, wie er erst grimmig geschimpft und sie später böse angelächelt hatte, nachdem Pedro sie an Bord gebracht hatte.

Auch jetzt war Estebans Gesicht verzerrt und hatte nichts mit dem gutmütigen von Pedro gemein.

»Ich hatte unrecht«, stellte er mit einer Stimme fest, die quietschte wie eine ungeölte Tür. »Frauen bringen doch kein Unglück. Noch haben wir keinen echten Sturm erlebt und auch keine tagelange Flaute.«

Rita wollte zurückweichen und stieß dabei ihren Stuhl um,

der laut krachend nach hinten kippte. Sie sprang hastig darüber und presste sich schutzsuchend an die Wand, als Esteban langsam näher trat. Kaum einen Schritt vor ihr blieb er stehen. Er hob seine Hände, ließ sie fast nachlässig, eher so, als wäre es Zufall statt Absicht, über ihren Oberarm streichen. Ein kalter Schauer lief über ihren Rücken. Das Netz, das sie geflickt hatte, hatte sie längst fallen lassen. Um jetzt noch an Esteban vorbeizukommen, müsste sie sich an ihm vorbeidrängen – was bedeutete, dass sie nicht nur seinen Körper zu fühlen bekommen würde, sondern auch den heißen Atem. Sie kämpfte gegen ihre Angst an, kniff die Augen zusammen und duckte sich, um unter seinen Armen durchzuschlüpfen. Kurz sah es so aus, als würde er sie tatsächlich gehen lassen, doch kaum wollte sie über den umgekippten Stuhl steigen, packte er ihren Oberarm – diesmal nicht zufällig, sondern schmerzhaft fest – und zerrte sie zurück.

»Wohin so eilig, mein Mädchen?« Es klang höhnisch.

Rita versuchte, ihren Arm zu befreien, aber sein Griff war unerbittlich.

»Ich muss zu … zu … zu Emilia«, stammelte sie.

»Die kommt sicher auch allein zurecht«, lachte Esteban.

Er war nicht besonders groß, bei weitem nicht so groß wie Pedro, doch in seinen Händen steckte eine ungeheure Kraft. Rita erkannte, dass sie unmöglich den Kampf mit ihm aufnehmen konnte und dass ihr nichts anderes übrigblieb, als auf Emilias baldige Rückkehr zu hoffen. Als sie sich wieder kraftlos an die Wand lehnte, lockerte sich sein Griff. Stattdessen stellte er sich nun breitbeinig vor sie und beugte seinen Kopf zu ihrem Gesicht.

»Emilia ist ein richtiges Mannweib«, sagte er. »Du hingegen bist die Sanftere, nicht wahr? Und du hast so schöne dunkle Haare!«

Wieder hob er langsam die Hand, strich über ihr Haar. Sie ertrug es nur mit Mühe, verbiss sich jeden Aufschrei, denn gewiss würde es ihn noch mehr anstacheln, wenn sie ihm ihre Furcht zeigte. Vielleicht ließ er so schneller von ihr ab, vielleicht verlor er sein Interesse an ihr. Doch die Hand glitt tiefer, streichelte über ihr Gesicht, dann über den Nacken, drohte nun, zu ihren Brüsten zu fahren.

Unbeholfen, aber energisch stieß sie die Hand fort.

»Lassen Sie mich in Ruhe!«, schrie sie auf.

Schlagartig verschwand das Lächeln von seinen Lippen.

»Jetzt gib dich doch nicht störrisch«, murrte er. »Jeder kann sehen, dass du nichts weiter als eine Indianerhure bist.«

Rita erstarrte. Sie spürte kaum, wie er sie an den Schultern packte, gegen die Wand stieß und seinen Körper an ihren presste. Dass er sie wieder befingerte, viel roher und gieriger nun, ging in einem Gedanken unter, der so laut in ihrem Kopf rauschte wie ihr Blut: Er wusste, wer sie war. Er sah in ihr die Mapuche, nicht die Spanierin, die sie sein wollte.

Erst als er an ihrem Hemd zerrte, konnte sie sich aus der Starre lösen und versuchte, seine Hände wegzuschlagen.

»Bitte nicht!«, flehte sie.

»Ach komm schon! Ich will doch nur ein bisschen Spaß mit dir haben. Niemand muss es wissen.«

Kurz gab er ihre Hände frei und machte sich an seinen Hosen zu schaffen. Sie wollte sich erneut an ihm vorbeidrängen, doch da hatte er sie abermals gepackt, diesmal nicht an den Schultern, sondern am Nacken, und warf sie auf den Tisch. Ihre Stirn prallte hart auf die Platte.

»Hilfe!«, wollte sie schreien und wieder: »Bitte nicht!«

Doch da legten sich bereits seine schwieligen Hände über ihren Mund, und sie konnte keinen Laut mehr von sich geben, nur mehr würgen.

»Halt still!«, murrte er. »Dann ist es gleich vorbei!«
Erneut schlug ihr Kopf auf die Tischplatte. Sie spürte, wie er an ihrem Kleid riss, es über ihre Beine hochschob, gewaltsam ihre Schenkel spreizte.
Ich sterbe, dachte sie, ich sterbe …

Sie starb nicht – und sie bedauerte es. Denn so musste sie alles miterleben: Wie ihr die Luft ausging, wie sie erst seine rohen Hände, dann sein hartes, heißes Geschlecht an der Innenseite ihrer Schenkel fühlte, wie er seine Hand von ihrem Mund nahm und in ihr Gesicht schlug, damit sie endlich stillhielt. Als der Schlag sie traf, hatte sie das Gefühl, ihre Haut würde in Flammen stehen. Nun hätte sie den Mund frei gehabt, um zu schreien, aber sie konnte nicht. Ein fremdes Schreien echote stattdessen in ihren Ohren – das Schreien der Frauen ihrer Mission, die von den Soldaten geschändet und ermordet worden waren. Und inmitten aller Panik stieg ein nüchterner Gedanke in ihr hoch: Was immer ihr dieser Esteban antat – vielleicht verdiente sie es, vielleicht durfte sie sich ihrem Schicksal nicht davonstehlen, vielleicht war es ein Fehler gewesen, ein schwerer Fehler, zu glauben, sie könnte einfach eine Spanierin sein, wenn sie es denn nur wollte.
Plötzlich wurde das Schreien in ihrer Erinnerung von einem spitzen Gellen zerrissen. Estebans Hände ließen sie los, und statt seiner hitzigen Haut fühlte sie einen kalten Lufthauch. Noch einmal ertönte dieses spitze Gellen, diesmal von einem Krachen gefolgt. Eine Weile blieb sie wie erstarrt liegen, dann hob sie den Kopf und sah es – sah, dass Esteban nicht nur von ihr zurückgewichen, sondern auf den Boden gekippt war.
Rita starrte ihn an, ohne zu begreifen. Erst als jemand grimmig ausstieß: »Was für ein Mistkerl!«, erblickte sie Emilia – in ihren Händen eine Eisenpfanne, mit der sie auf Esteban ein-

geschlagen hatte und die sie immer noch drohend hoch erhoben hielt.
»Emilia …«, stammelte Rita.
Die Gefährtin ließ die Pfanne sinken, stürzte zu ihr und zog sie hoch. »Mein Gott, Rita! Geht es dir gut? Hat er dir etwas angetan?«
Das Bild vor Ritas Augen zerstob in viele kleine Funken. Sie war so verwirrt, als wäre sie aus einem Alptraum erwacht, einem dunklen Reich voller Schmerzen und Angst und Schande. Erst nach einer Weile hatte sie genügend Kraft, um sich ihren Rock über die nackten Schenkel zu ziehen.
»Nichts … es ist nichts passiert …«
Emilia wirkte sorgenvoll, hob ihre Hand und wollte über ihr Haar streichen.
Doch da schrie Rita auf. Emilias Schlag auf Estebans Schädel war zu schwach gewesen und hatte ihn nur kurz außer Gefecht gesetzt. Schon kam er wieder zu sich, stützte sich mit seinen Händen auf, kam schließlich wieder zum Stehen. Sein Gesicht war wutverzerrt, und da das Haar wirr vom Kopf abstand, konnte Rita erstmals die Haut seiner Stirn sehen. Sie war narbig und weiß wie seine Wangen.
»Verfluchte Weiber!«
Er achtete nicht auf Rita, sein ursprüngliches Opfer, sondern ging mit erhobenen Händen auf Emilia los. Diese drehte sich um und wollte zurückweichen, doch da hatte Esteban sie bereits am Hals gepackt. Erst schüttelte er sie, dann begann er, sie zu würgen. Rita sah, wie Emilia sich zu wehren versuchte und verzweifelt an seinen Händen zerrte, doch sein Griff war stählern, und zuletzt konnte sie nichts anderes als röchelnde Laute ausstoßen. Die Augen quollen aus ihren Höhlen.
Rita schrie, schrie und schrie – und verstummte plötzlich. Auch die Erinnerungen an die Schreie der Frauen, die immer

noch in ihren Ohren echoten, verstummten. Ganz still wurde es in ihrem Kopf, als sie zur Kochstelle hastete und nach dem Erstbesten griff, was ihr in die Hände fiel.

Nicht Emilia!, schoss es ihr durch den Kopf. Nicht Emilia!

Im nächsten Augenblick stand sie neben Esteban – sie wusste nicht, wie sie den Abstand überbrückt hatte –, hob die Hand – und sah plötzlich Blut auf den Boden tropfen. Erst jetzt gewahrte sie, dass sie ein Messer in der Hand hielt, damit auf Esteban eingestochen hatte und dieses, obwohl ziemlich stumpf, einen breiten Schnitt in seinem Gesicht hinterlassen hatte.

Emilia lehnte keuchend an der Wand und griff sich an den schmerzenden Hals. Esteban brüllte auf wie ein wildes Tier. Nun war es Rita, auf die er losging, und obwohl sie verzweifelt mit dem Messer fuchtelte, war sie sich nicht sicher, ob sie es ein zweites Mal gegen ihn erheben konnte. Schon glaubte sie wieder seine Hände zu spüren, grob und erbarmungslos wie vorhin, doch plötzlich hielt Esteban inne.

»Was geht hier vor?«, ertönte eine Stimme.

Als Rita herumfuhr, sah sie Pedro in der Kombüse stehen. Er hatte seine Pranken erhoben, und sein Gesicht war nicht gutmütig wie sonst, sondern dunkel vor Zorn. Prüfend schweifte sein Blick über Rita, und erst jetzt ging ihr auf, dass ihr Hemd zerfetzt und eine ihrer Brüste zu sehen war. Das Messer entglitt ihr, als sie zitternd nach dem Stoff fasste und ihn hochzog.

Immer noch tropfte Blut von Estebans Gesicht. Die Wunde klaffte zwar nicht sonderlich tief, aber der Schnitt war sehr lang und reichte vom Kinn bis zum Auge.

»Diese verdammten Weiber!«, schrie er sich seine Wut aus dem Leib – ohnmächtige Wut. »Ich wusste sofort, dass es nicht gutgehen kann, wenn sie aufs Schiff kommen! Sieh nur, was sie mir angetan haben! Wirf diese Furien von Bord!«

Langsam ließ Pedro seine Pranken sinken. Immer mehr Männer wurden vom Geschrei angelockt und kamen hinunter in die Kombüse gelaufen. Dort hielten sie inne und musterten erst Esteban, dann Rita, zuletzt Emilia.

Trotz der roten Male, die Estebans Hände an ihrem Hals hinterlassen hatten, konnte diese reden. »Du hast uns deinen Schutz versprochen, Pedro«, brachte sie heiser hervor, »doch dieses Ungeheuer wollte sich an meiner Freundin vergreifen.«

»Pah!«, machte Esteban. »Sie ist doch nichts weiter als eine Indianerhure! Eine Rothaut!«

Pedros Blick löste sich von Rita. »Beim nächsten Hafen legen wir an«, verkündete er, erstmals so leise, dass seine Stimme nicht wie üblich dröhnte.

Estebans Gesicht verzerrte sich, diesmal nicht vor Schmerz, sondern weil er grinste. »Gut so«, rief er spöttisch. »Dann sind wir endlich wieder unter uns.«

Eine Weile betrachtete ihn Pedro schweigend. »Nicht sie werden gehen, sondern du«, sprach er dann, erneut bedrohlich leise. »Ich kann keinen auf meiner Schaluppe brauchen, der meine Befehle missachtet.«

Esteban zuckte zusammen und riss seine kleinen Augen auf. So fassungslos war er, dass er den Schmerz seiner Wunde nicht länger zu bemerken schien. »Wie?«, entfuhr es ihm. »Du stellst eine Indianerhure über mich? Wir fahren seit langen Jahren gemeinsam zur See – und eine verfluchte Rothaut ist dir mehr wert als ich?«

Ein Zittern lief über Pedros Körper und bekundete, dass in ihm, gleichwohl er sich beherrscht gab, ähnliche Wut brodelte wie in Esteban. »Das hätte ich schon viel länger tun sollen«, knurrte er. »Du warst von Anfang an ein Unruhestifter. Und du hast immer zu den Faulsten gehört.«

So langsam, wie er sich stets bewegte, wandte er sich ab. Esteban nutzte diesen Augenblick, um auf ihn loszustürmen – so blind vor Wut, dass er nicht daran dachte, um wie viel kleiner und schmächtiger er im Vergleich zu Pedro war. Als er ihn fast erreicht hatte, fuhr Pedro herum und erhob aufs Neue drohend die Pranken. Erst jetzt konnte Esteban seine Wut bezwingen und wich ebenso verwirrt wie ängstlich zurück.
»Noch ein Wort, Esteban!«, dröhnte Pedro. »Noch ein einziges Wort, und du wirst fortan nicht mit einem blutigen Schnitt im Gesicht herumlaufen, sondern mit deren zwei.«

Esteban fluchte, solange er noch auf der Schaluppe war, und noch mehr, nachdem man ihn abgesetzt hatte. Es war das erste Mal seit Corral, dass die Schaluppe an Land angelegt hatte. Zunächst war sie geräuschlos auf ein Tangbett geglitten, dann waren einige der Männer in das hüfthohe Wasser gesprungen, um sie auf den trockenen Sand zu ziehen. Emilia beobachtete alles von Deck aus und sah in der Ferne die Rauchsäulen, die von einem Dorf kündeten.
Pedro folgte ihrem Blick. »Er kann froh sein, dass wir ihn hier zurücklassen und nicht in der Wildnis«, grollte er.
Estebans wilde Beschimpfungen, als man ihn an Land zerrte, ignorierte er. Er brüllte von Geld, das Pedro ihm noch schuldete, von Indianerhuren, die nichts wert wären, und dass er, Pedro, ein Feigling sei, weil er seit Jahren keinen Wal mehr gefangen hätte. In Emilia stieg ein ähnliches Zittern hoch, wie es Rita beutelte, und sie war zutiefst erleichtert, als die Schaluppe wieder ablegte und Estebans Stimme immer leiser wurde, ehe sie ganz verstummte.
Pedro musterte indessen Mann für Mann. »Falls es irgendjemand immer noch nicht begriffen hat«, dröhnte er. »Niemand vergreift sich an den beiden Frauen!«

Schweigend machten sich alle wieder an ihre Arbeit. Emilia trat zu Pedro und zupfte vorsichtig an seinem Ärmel. »Danke«, murmelte sie.
»Hast mir nichts zu danken«, gab er hastig zurück. »Ich habe euch etwas versprochen, daran halte ich mich.«
Seine Stimme klang barsch, doch in seinen Augen glänzte es. Nun, da sein Ärger auf Esteban nachgelassen hatte, gefiel er sich in der Rolle des Beschützers offenbar ganz gut.
Emilia stieg wieder nach unten in der Kombüse, wo Rita zitternd auf dem Boden hockte. Emilia hatte keine Ahnung, wie sie sie beruhigen sollte. Sie setzte sich zu ihr, umarmte und streichelte sie, redete raunend auf sie ein und bekräftigte immer wieder, dass ihr nun nichts Schlimmes mehr passieren könne. Doch Rita sagte kein Wort, sondern starrte mit weit aufgerissenen Augen vor sich hin.
»Er ist weg«, tröstete Emilia sie. »Esteban hat das Schiff verlassen. Er kann dir nun nichts mehr antun, und du musst ihn auch nie wieder sehen.«
Rita erschien ihr noch kleiner und zarter als sonst. »Er wusste, wer ich bin!«, stieß sie hervor. »Er hat erkannt, dass ich eine Mapuche bin!«
»Ach Rita«, seufzte Emilia, »das ist doch nichts, wofür du dich schämen musst.«
Nun endlich ließ das Zittern ein wenig nach. Energisch schüttelte sie den Kopf. »Alle Männer werden die Mapuche in mir sehen! Und keiner wird mich wollen! Kein Mann wird mich jemals lieben … so wie Manuel dich geliebt hat.«
Erst nach einer Weile begriff sie, was sie da gesagt hatte, und biss sich auf die Zunge.
»Es tut mir leid«, stammelte sie und sah nun aus, als würde sie gleich weinen, »ich wollte dich nicht an ihn erinnern, ich wollte nur …«

»Es ist gut«, unterbrach Emilia sie schroff, »du musst dich nicht rechtfertigen.«
Doch der ausgestandene Schrecken bewog Rita eine Frage zu stellen, die sie bis jetzt für sich behalten hatte.
»Ich verstehe es einfach nicht«, setzte sie vorsichtig an, »ich meine, warum du … warum du ihn verlassen hast.«
Emilia ließ sie abrupt los und stand auf. »Manuel hat etwas Besseres verdient als mich.«
»Aber Manuel liebte dich so sehr! Und wer könnte besser sein, wer mutiger, stärker, schöner als du, Emilia!«
»Ruhig jetzt!«, rief Emilia. »Hör mir zu!« Sie beugte sich zu ihr, nahm Ritas Gesicht in ihre Hände und zwang sie, sie anzusehen. »Ich habe mir geschworen, dass ich mich nicht umdrehen werde. Ich … ich könnte keinen Schritt nach vorne machen, wenn ich ständig an die Vergangenheit denken würde. Ich habe mich entschieden fortzugehen, und du hast dich entschieden, mich zu begleiten. Die Gründe dafür zählen nicht mehr. Jetzt zählt nur mehr, dass wir überleben, dass wir uns irgendwie durchbringen – und das geht nicht, wenn wir vor Angst oder Kummer vergehen.«
Ritas dunkle Augen füllten sich mit Tränen. Emilia spürte, wie sie verzweifelt gegen diese anschluckte. »Ich weiß nicht, ob ich stark genug bin«, brachte sie hervor. »Ich würde so gerne vergessen, aber …«
»Wir müssen uns ablenken!«, rief Emilia nun eifrig. »Wir müssen arbeiten und wir müssen irgendwie von Tag zu Tag kommen. Es gibt so viele Herausforderungen. Lass nicht zu, dass ein Schuft wie dieser Esteban Macht über dich gewinnt! Was immer er dir antun wollte – es ist vorbei, es ist Vergangenheit. Genauso wie meine Liebe zu Manuel.«
Ritas Tränen versiegten, ihr Zittern ließ endlich nach. »Vielleicht wird irgendwann doch noch alles gut«, murmelte

sie nach einer Weile, aber sie klang nicht recht davon überzeugt.

»Vielleicht«, murmelte Emilia, und auch aus ihrem Gesicht sprach der Zweifel.

Ja, sie war entschlossen, sich und Rita durchzubringen und an ihrem Kummer nicht zugrunde zu gehen; ganz gleich, wer ihre Eltern waren – sie lebte, und sie wollte weiterleben, und wenn sie mit Kochen oder Putzen beschäftigt war, dann war sie guten Mutes, dass es ihr auch gelingen würde. Doch als sie nun in Ritas verstörtes Gesicht blickte, so war sie sich sicher: Sie konnte vor dem Schmerz, Manuel, ihre Heimat und ihre Familie verloren zu haben, davonlaufen, aber gänzlich abschütteln würde sie ihn nie können. Er würde jeden Tag ihres restlichen Lebens verdunkeln – in gleicher Weise wie Rita ihre Angst, dass man in ihr eine verfluchte Rothaut sah, niemals loswerden würde.

8. Kapitel

Die Fahrt nahm ihren Lauf, und obwohl Rita weder Esteban noch das, was er ihr anzutun versucht hatte, erwähnte, hatte das Ereignis Spuren hinterlassen. Ohnehin schweigsam, sprach sie nun noch weniger, wirkte fahrig und weggetreten, und nachdem sie sich anfangs zielstrebig auf die Näharbeiten gestürzt hatte, ertappte Emilia sie nun oft dabei, diese unfertig liegen zu lassen und stattdessen in ihrem Buch zu lesen. Emilia stellte sie nie zur Rede, sondern überließ Rita dem Reich der Phantasie und ging immer häufiger an Deck, um sich die trüben Gedanken vom heftigen Wind wegwehen zu lassen. Die Männer, die sowieso immer Abstand gehalten hatten, scheuten nach dem Vorfall mit Esteban ihre Nähe noch mehr. Nur Pedro gesellte sich gern zu ihr und berichtete ihr über die Route, die sie nahmen.

Zügig ging es nun auf die Magellanstraße zu, und kurz bevor sie sie erreichten, wurde die See wieder unruhiger. Auf dem Pazifik schien sich jede Welle in Erwartung des Atlantiks aufzubäumen, ehe er sie auf den ersten Meilen des San-Juan-Kanals mit lautem Tosen verabschiedete. Während zunächst noch jede Fuge des Schiffs krachte, folgten in einer der kleinen, verwinkelten Wasserstraßen völlige Flaute und Totenstille. Sosehr sich Emilia nach ruhigeren Gefilden gesehnt hatte – nun war es ihr beinahe unheimlich, wie lautlos das Schiff über das glatte, pechschwarze Wasser glitt, als würde es dieses kaum berühren, sondern sanft darüber hinwegschweben.

Krächzende Raben flogen knapp an ihren Köpfen vorbei, schossen dann und wann in die Tiefe und taten sich an toten Robben gütlich, die im Wasser trieben. Noch lauter als ihr Rufen war das Kreischen eines Möwenschwarms, der sich Sardinen aus dem Meer holte. Von den Nistplätzen der Kormorane wehte Fischgestank.

Nach dem ersten Tag in der Magellanstraße entschied Pedro, einen Landgang einzulegen. Er mochte ein leidlicher Walfänger sein, aber er konnte die Schaluppe mühelos durch die Strömungen navigieren und er erkannte auf den ersten Blick gute Ankerplätze.

»Was gar nicht so einfach ist!«, prahlte er mit dieser Fähigkeit. »Es ist sogar sehr gefährlich, hier zu ankern. Unter dem Seetang verbergen sich so viele Riffe – die Stiele der Pflanzen sind Dutzende Meter lang.«

Wie so oft wusste Emilia nicht, ob er übertrieb oder die Wahrheit sagte.

»Aber wenn man so erfahren ist wie ich«, fuhr er fort, »weiß man, worauf es zu achten gilt. Am besten, man hört auf die Seehunde. Die hocken auf den Felsen, und wenn ihr Heulen zu laut wird, weiß man, dass man gefährlich nahe an einen herangekommen ist.«

Wenig später legten sie in der Nähe eines der sanft ansteigenden Hänge, der in einem Sandstrand auslief, an. Pedros Männer vertrauten dem Anker nicht, sondern suchten nach Bäumen, an denen sie zusätzliche Seile befestigten. Emilia blickte sehnsuchtsvoll auf das Land, blieb jedoch auf der Schaluppe – sie wollte weder durch die hüfthohen Fluten waten, um den Strand zu erreichen, noch Rita allein lassen. Nachdem die Männer die Schaluppe verlassen hatten, überredete sie sie immerhin, einmal an Deck zu kommen – das hieß: Sie überredete sie nicht, sondern zwang sie mit der Drohung,

ihr ansonsten das Buch wegzunehmen und in die Fluten zu werfen.
Ritas Blick blieb ängstlich, doch ihre Wangen begannen sich zu röten, und obwohl sie es nie zugegeben hätte, wie eng auch ihr manchmal die Kombüse wurde, streckte sie sich nun begierig dem Lüftchen entgegen, das sich nach der Flaute regte.
Sie ankerten bis zum nächsten Morgen, dann ging es weiter, jedoch in einem ungleich langsameren Tempo als auf dem Ozean. Auch wenn die Flaute zu Ende war – die vielen Sandbänke und Inselchen erschwerten die Fahrt. Auf manchen war die Vegetation so üppig, dass die langen Zweige des Waldes – Eichen, Magnolien, Zypressen und Oleander wuchsen wild durcheinander – das Meer verdunkelten. Andere Fleckchen Land waren nur von Moos und Flechten oder schwarzem Gesträuch, dem Mata Negra, bedeckt.
»Völlig nutzlos«, murmelte Pedro, als er darauf deutete. »Die Zweige sind entweder hohl oder schwammtrocken, die Rinde porös wie Kork. Mata Negra gedeiht gut, aber brennt schlecht. Lodernde Asche bringst du damit zustande, keine wärmende Flamme.«
Dunkelgrau zeigten sich die einen Inseln und glichen totem, verbranntem Land – auf anderen standen im satten Grün die Südbuchen und Canelos, und an vielen kleinen Schlingpflanzen wuchsen rote Blüten. Pedro schien jede Insel, jede Bucht, jedes Riff zu kennen: Lange bevor sie daran vorbeikamen, wusste er schon zu berichten, was sie hinter der nächsten Biegung erwarten würde, und Emilia ließ sich gerne alles darüber erzählen.
So wuchsen Vertrauen und Nähe zwischen ihnen, und eines Tages konnte Emilia Pedro sogar dazu überreden, sich von ihr den Bart stutzen zu lassen. Er willigte nur unter der Voraus-

setzung ein, dass sie sein verfilztes Haupthaar in Ruhe lassen würde. Kaum hatte er zugestimmt, gab er sich mit üblicher Dramatik seinen Ängsten hin, so dass ein Fremder hätte meinen können, dass mindestens die Amputation eines seiner Gliedmaßen bevorstehen würde. Irgendwann konnte sich Emilia nicht verkneifen, trocken zu erklären: »Keine Angst, du wirst keine Narbe wie Esteban davontragen. Schließlich schneide ich die Haare, nicht Rita.«

Pedro lachte auf, aber Rita zuckte zusammen. Wenn Emilia dieses schmale Mädchen musterte, fragte sie sich, wie es ihr überhaupt je gelungen war, gegen Esteban das Messer zu führen. Mit dem gleichen Messer – Rita blickte sehr ängstlich darauf – begann Emilia, Pedros Bart abzuschaben.

Obwohl er viel und gern redete, schwieg er in dieser Stunde eisern, befürchtete er doch, sie könnte ihn ansonsten schneiden. Danach fuhr er sich nachdenklich über das Gesicht, dessen Züge Emilia zum ersten Mal genauer betrachten konnte – seine Nase glich einer runden Knolle, seine Lippen waren fleischig und breit –, und konnte nicht entscheiden, ob er mit dem Ergebnis der Rasur zufrieden sein sollte oder nicht.

Um sich davon abzulenken, fragte er schließlich: »Was habt ihr eigentlich in Punta Arenas vor?«

Emilia wusste mittlerweile, was er plante – er und seine Männer würden wie immer Muscheln, Seesterne und Fische verkaufen, was gerade mal genug einbrachte, um einen kargen Lohn auszuzahlen, etwas Proviant und vielleicht neue Netze zu kaufen, und dann würden sie wieder zurück nach Corral fahren, von Unrast und Abenteuerlust getrieben, die sie nie lange an ein und demselben Ort verweilen ließ. Bei ihr hingegen traf er einen wunden Punkt. Nach der überstürzten Flucht aus der Heimat hatte sie sich an ihrem Traum von Deutschland aufrechtgehalten und war auch weiterhin entschlossen, dorthin zu reisen, aber sie hatte keine Ahnung, wie sie das Geld dafür zusammenbringen sollte. Sosehr sie sich nach festem Boden unter den Füßen sehnte – insgeheim genoss sie es, auf der Schaluppe wie in einer Art Niemandsland zu leben, wo es nur galt, den jeweils nächsten Tag heil zu überstehen, nicht aber sich über die ferne Zukunft den Kopf zu zerbrechen.

Sie zuckte die Schultern, und als er die Frage wiederholte, lenkte nun auch sie davon ab. »Erzähl mir doch von dieser Stadt! Ja, erzähl mir von Punta Arenas!«

Das ließ sich der geschwätzige Pedro natürlich nicht zweimal sagen, sondern begann bereitwillig und ausufernd zu reden.

Punta Arenas, so erfuhren Emilia und Rita an jenem Nachmittag, war eine junge Stadt: Sie war erst vor vier Jahrzehnten auf dem Grund des ehemaligen Port Famine, einem vorzüglichen Ankerplatz, gegründet worden. In den ersten Jahren hatten nur ein Gouverneur dort gelebt, eine Handvoll Soldaten und die Gefangenen einer Strafkolonie, die man weit entfernt von jeglicher Zivilisation eingesperrt hatte. Erst unter dem Gouverneur José Santos Mardones, der sich dafür eingesetzt hatte, dass die ersten Siedler hierher aufbrachen, war ein bisschen mehr Leben an diesen von Gott und der Welt verlassenen Ort eingekehrt. Das Leben dieser Siedler war hart. Sie hatten mit ähnlichen Anfangsschwierigkeiten zu kämpfen wie einst die deutschen Kolonisten, die sich um den Llanquihue-See niedergelassen hatten: Versprochene Lebensmittellieferungen aus Chile blieben aus; es dauerte Jahre, bis der karge Boden erste Ernten hervorbrachte. Zu allem Übel rotteten sich die Strafgefangenen zu dieser Zeit zu einem Aufstand zusammen, ermordeten nicht nur den Gouverneur, sondern auch alle Geistlichen. Nachdem der Aufstand niedergeschlagen worden war, ging es langsam bergauf. Noch mehr Siedler kamen – vor allem Mestizen von der Insel Chiloé, die erfolgreich Kartoffeln anbauten –, und auch einige freigelassene Sträflinge entschieden sich zu bleiben, errichteten die ersten steinernen Häuser und begannen Schafe zu züchten. Von der Aussicht, damit den Lebensunterhalt zu verdienen, wurden auch Deserteure aus Argentinien angelockt, die sich hier ein freies Leben erhofften, und ihnen folgten Indianer aus der patagonischen Steppe – vor allem vom Stamm der Aónikenk –, die sich in der Nähe der wachsenden Siedlung niederließen und mit den Einwohnern von Punta Arenas Tauschgeschäfte machten. Für eine Flasche Branntwein waren manche von ihnen bereit, alles zu geben, was sie hatten – vor allem ihre Quillangos, Mäntel aus Guanakofell, die während der langen Winter wärmten. Vor fünfzehn Jahren schließlich war Punta Arenas zur freien Hafenstadt erhoben worden, und die Schiffe, die von Europa kamen oder dorthin unterwegs waren, machten fast allesamt hier halt.

»Das hat noch mehr Siedler angelockt«, schloss Pedro, »denn nun brauchte es Gasthäuser, Bars und Herbergen, Schiffsbauer und Reeder. Jedes Mal, wenn ich dorthin komme, ist die Stadt ein wenig größer geworden und die Sprachen, die dort gesprochen werden, zahlreicher. Viele Auswanderer, die aus Nordamerika und Europa gekommen sind und eigentlich nach Kalifornien reisen wollten, um dort nach Gold zu suchen, sind in Punta Arenas geblieben, weil ihnen das Geld zur Weiterreise ausgegangen ist, haben Geschäfte aller Art gegründet und fühlen sich mittlerweile dort heimisch.«

Nachdenklich runzelte Emilia die Stirn und konnte sich der Befürchtung nicht erwehren, dass dieses Schicksal möglicherweise auch ihr und Rita blühen würde.

»Aber wenn sie genügend Geld verdient haben – warum ziehen sie dann nicht weiter?«, fragte sie.

Pedro zuckte die Schultern. »Nun, weil sie sich an das Leben dort gewöhnt haben. Gewiss, an den grauen, nebeligen Tagen fühlt man sich in Punta Arenas wie am Ende der Welt. Doch die Stadt hat ihre Vorzüge: Sie hat keine Vergangenheit – und niemand fragt dort nach der ihrer Bewohner. Genau genommen, weiß auch niemand, was die Zukunft bringen wird. Im Augenblick jedenfalls geht es dort sehr bunt, sehr laut und sehr dreckig zu.«
Er nickte entschlossen, bekräftigend, dass all das Eigenschaften waren, die ihm zusagten und die die Stadt für ihn zu einer liebenswerten machten. Emilia erging es ähnlich. Auf Dreck und Lärm konnte sie verzichten und die Aussicht, länger als nötig hier festzuhängen, war erschreckend – aber was das Fehlen von Vergangenheit und Zukunft anbelangte, passte wohl kein Ort besser zu ihr als Punta Arenas.

In den Nächten, die folgten, schlief Emilia unruhig und erwachte meist schon im frühen Morgengrauen. In der ersten Zeit auf der Schaluppe hatte der harte Boden sie wach gehalten. Nun, da sie sich an ihn gewöhnt hatte und die kräftige Seeluft sie eigentlich todmüde machte, wurde sie von Träumen verfolgt. Sobald sie die Augen aufschlug, verdrängte sie jeden Gedanken daran und wollte gar nicht erst versuchen, sie zu deuten, doch kaum schlief sie ein, kehrten sie zurück. Immer wieder tauchte ihre Mutter Greta darin auf, zwar dünn und weiß wie ein Gespenst, aber höchst lebendig, kaum dass sie ihren Mund aufmachte und lachte – voller Spott, Hohn und Verachtung.
»Ich habe es dir doch schon immer gesagt«, raunte sie auf diese ihr eigentümliche Weise. »Setz nicht auf die anderen Siedler! Am Ende stehst du ganz allein da!«
Emilia wollte widersprechen, ihr vorhalten, dass die anderen

Siedler sie nicht enttäuscht oder vertrieben hatten, sondern dass sie freiwillig gegangen war – und zwar ihretwegen und wegen Viktor. Doch ihre Lippen waren wie zugenäht. Und sie war im Traum nicht nur unfähig zu sprechen – sie konnte auch nicht gehen. Einmal erschien Manuel hinter Greta, hob die Arme und winkte ihr zu. Sie weinte vor Erleichterung, nicht nur, weil sie ihn sah, sondern weil er ihr die Flucht nicht zu zürnen schien, sie vielmehr anlächelte. Doch als sie auf ihn zustürzen wollte, gehorchten ihre Füße nicht, und während sie noch darum kämpfte, Macht über den Körper zu gewinnen, wurde Manuel so durchsichtig wie Greta, ja, wurde irgendwie eins mit ihr. Sein Gesicht war ihr nicht länger vertraut, sein rötlich braunes Haar war plötzlich blond, und zu dem Gefühl von Ohnmacht, nicht zu ihm laufen zu können, gesellte sich Verwirrung, ob dieser Mann denn überhaupt noch Manuel war oder nicht vielmehr ein Fremder.

Als sie an einem Morgen von diesem Traum aufschreckte, brannten Tränen in ihren Augen. Sie blickte sich um und musste sich erst mühsam vergegenwärtigen, wo sie sich befand. Heftig ging ihr Atem, in ihrem Mund schmeckte es säuerlich.

»Hast du schlecht geträumt?«

Sie fuhr herum und sah Rita nicht weit von ihr hocken, scheinbar ebenfalls von dunklen Träumen wach gehalten. Obwohl das Licht noch trübe war, hielt sie ihr Buch auf dem Schoß und strich über die Seiten.

Emilia schüttelte den Kopf und schluckte gegen den üblen Geschmack in ihrem Mund an.

»Es ist nicht so wichtig«, sagte sie, »es …«

Es zählt nicht mehr, wollte sie hinzufügen, obwohl sie wusste, dass sie log und dass es nie aufhören würde, weh zu tun. Doch ehe sie es aussprechen konnte, ertönte laut Pedros Ruf.

»Punta Arenas vor uns!«
Emilia sprang auf und stürzte nach oben. Die frische Morgenluft belebte ihre steifen Glieder und ließ ihre Tränen trocknen. Sie hastete über das Deck, hatte nun Pedro erreicht und starrte in dieselbe Richtung wie er. Zunächst konnte sie keine Stadt ausmachen, nicht einmal eine kleine Siedlung, nur wildes, urwüchsiges Land. Noch in den letzten Tagen hatten sie hohe Berge gesehen. Hier waren sie in wellige, mit schwarzem Gestrüpp, Sauerdorn und Rosmarin überwucherte Hügel zerflossen, die die endlose Weite und flache Steppe hinter Punta Arenas ankündigten.
»Ich ... ich sehe nichts!«
»Warte nur, bis die Flut zurückgeht!«
Wie sie mittlerweile von Pedro wusste, unterlag Punta Arenas dem steten Wechsel von Ebbe und Flut. Schon auf dem bisherigen Weg hatte sie in manchen Buchten beobachtet, wie das Wasser am Abend an die zehn Meter hoch anstieg, um gegen Morgen wieder zu sinken und kreidige, von Dünen und Küstengestrüpp umgebene Strände bloßzulegen. In Punta Arenas, hatte Pedro erzählt, gab es eine Hafenpromenade, die bei Ebbe weit über dem Meeresspiegel lag und bei Flut fast vom Wasser überschwemmt wurde.
»Ich sehe immer noch nichts!«, rief sie, doch Pedro grinste nur, und nach einer Weile glaubte sie ihn endlich auch zu erkennen – diesen schmalen Streifen, den man mit viel gutem Willen als Häuserkette ausmachen konnte. Immer breiter wurde er nun, immer mehr Häuser daraus, Menschen, noch klein wie Ameisen, und eine Unmenge von Schiffen. Schon in Corral hatte sie viele auf einem Fleck gesehen – hier waren es noch mehr: Schaluppen wie die ihre und Fischerkähne, aber auch riesige Hochseedampfer, kleinere Küstendampfer, Wollfrachter und Brückenkähne, die an ihren Schäkeln nebenein-

anderstanden und auf den Wellen sanft schaukelten. Eines der größeren Schiffe hatte so wenig Ballast, dass die Schiffsschraube zur Hälfte aus dem Wasser ragte. Vom Rumpf war längst die einst grüne Farbe abgeblättert. Beides kündete von einer langen Reise, und Emilia konnte eine Weile lang ihre Augen nicht von diesem Schiff lassen. Ob es vielleicht aus Europa, gar aus Deutschland kam und ob sie irgendwann selbst auf einem solchen Schiff reisen würde und nicht auf der Schaluppe? Nun, da sie die Tage auf dem Meer überlebt hatte, machte ihr die Vorstellung der langen Überfahrt keine Angst mehr – umso eindringlicher tat das die Frage, wie sie sie bezahlen sollten.

Eben gab Pedro den Befehl, die Fahne zu hissen – nicht irgendeine Fahne, wie er erklärte, sondern die Signalfahne, mit der jedes Schiff die Hafenmeisterei um Erlaubnis zum Anlegen bat. Auf welche Weise ihnen diese Erlaubnis erteilt wurde, konnte Emilia nicht erkennen, aber wenig später liefen sie im Hafen ein. Die großen Schiffe konnten nicht an der Mole ankern, sondern mussten mit Beibooten verlassen oder bestiegen werden. Doch die Schaluppe war klein genug, um sie an einem der Pfosten festzumachen.

»Rita!«, rief sie, als die Schaluppe nahezu stillstand. »Rita!«

Trotz aller Furcht war Rita bereits lautlos an Deck gekommen und stand nun mit ihren geschnürten Bündeln hinter ihr. Die Aussicht, der Nähe von all den Männern zu entkommen, hatte sie wohl mutig gemacht – wobei die Erleichterung darüber nicht lange währte, angesichts der vielen fremden Menschen hier im Hafen. Pedro streckte die Arme nach den beiden Frauen aus, und ehe Emilia sich's versah, hatte er erst Rita, dann sie auf die hölzerne Plattform gehoben. Nach mehr als drei Wochen hatten sie nun zum ersten Mal wieder festen Boden unter den Füßen, doch Emilia konnte es kaum genießen, hatte vielmehr den Eindruck, ihre Beine würden ihr wie in ihrem Traum nicht gehorchen. Alles schien viel zu schnell gegangen zu sein: Sie hatte gar keinen richtigen Abschied von der Schaluppe nehmen können! So klein und eng, so alt und stinkend sie auch sein mochte – sie war in den letzten Tagen doch ein Stück Heimat inmitten von unwegsamer Fremde gewesen.

Emilia umklammerte ihr Bündel, das Rita ihr gereicht hatte. Möwen kreisten über ihren Köpfen; der gleiche brühige, fischige Gestank wie in Corral breitete sich aus. Verloren blickte sich Emilia um. Im Hafen herrschte unglaubliche Geschäftigkeit, und schon an den wenigen Sätzen, die rund um sie ertönten, erkannte sie, dass Pedro recht gehabt hatte: In Punta Arenas schienen alle Sprachen dieser Welt gesprochen zu werden.

Obwohl sie das eine oder andere Wort verstand, steckte das bunte Treiben sie nicht an, und auch Rita hatte ihre Augen starr aufgerissen – wie immer, wenn sie von etwas überfordert war und sich am liebsten verkrochen hätte.

Doch da legte Pedro erstaunlich sanft seine riesigen Pranken auf ihre Schultern.

»Wenn ihr Geld verdienen wollt, kann ich euch helfen«, meinte er. »Ich habe hier einen Freund – einen Gehilfen des Hafenmeisters. Er weiß nicht nur von jedem Schiff, das kommt und geht, sondern er kennt Punta Arenas wie seine Westentasche. Gewiss kann er euch sagen, wo suchende Hände gebraucht werden. Wenn ihr wollt, kann ich euch gerne zu ihm bringen.«

»Ich … wir sind dir so dankbar …«, stammelte Emilia.

»Von wegen!«, rief Pedro. »So gut wie in den letzten Wochen habe ich nie gegessen! Gib nie das Kochen auf, Emilia, hörst du?«

Und dann plötzlich umfasste er sie wieder um die Taille, noch länger als vorhin, da er sie aus der Schaluppe gehoben hatte. Er hob sie hoch, drückte sie an sich, und sie spürte seine stacheligen Barthaare in ihrem Gesicht. Kurz glaubte sie, er würde sie zerquetschen, aber dann genoss sie diese Ahnung von Nähe und Schutz. Als er sie wieder losließ, fühlte sie sich zwar immer noch ein wenig verloren, und ihre Zähne klapperten, weil sie so fröstelte, aber sie fühlte sich gestärkt genug, sie entschlossen zusammenzubeißen.
Es war ein Segen, die erste Wegstrecke mit Pedro zurückgelegt zu haben – diesem gutmütigen, hilfsbereiten Riesen –, aber nun würden, ja, nun mussten sie es alleine schaffen!

Pedro hatte nicht zu viel versprochen. Jener Gehilfe des Hafenmeisters – mit dem Vornamen hieß er Camillo, den Nachnamen nannte er nicht – war zwar ungemein geschwätzig und musterte sie so unverhohlen, dass Rita wie so oft hilfesuchend nach Emilias Hand griff, aber er hatte jede Menge gute Ratschläge auf Lager.
Wie Pedro bereits berichtet hatte, wurden in der Stadt nicht nur viele Häuser gebaut, es gab auch immer mehr Herbergen, wo sich viele Reisende auf dieser Zwischenstation ausruhten. Nach Wochen auf dem Ozean waren ihre Bedürfnisse denkbar gering und leicht zu erfüllen – es genügten ihnen ein weiches, sauberes Bett, ein Bad und ordentliches Essen.
Eine dieser Herbergen nun wurde von einer gewissen Agustina Ayarza geführt, nicht mehr die Jüngste und darum vom steten Ansturm der Gäste überfordert. Bestimmt könne sie jede Hilfe gut gebrauchen. Wie viel Lohn sich dabei herausschlagen ließ, wüsste er nicht, in jedem Fall gehörte Agustina, hilflos, wie sie war, nicht zu den berechnenden, verschlagenen

Schlangen, die in den kleinen Gässchen lauerten und leichtgläubige Frauen ausbeuteten.

Nachdem Pedro sie zu Camillo gebracht hatte, hatte er sich endgültig von ihnen verabschiedet, so dass sie nun ganz alleine den Weg suchen musste, den Camillo ihnen beschrieben hatte, ehe er selbst wieder Richtung Hafen schlenderte.

Rita fiel es schwer, ihre Schritte in Richtung dieser vielen Häuser – vor allem in Richtung dieser vielen Menschen und des Lärms, den sie machten – zu setzen, aber als Emilia ungeduldig an ihr zerrte, wagte sie es nicht, sich ihr zu widersetzen. Emilia hatte wieder einmal diesen kalten Blick und das starre Gesicht aufgesetzt, vor dem sich Rita noch mehr fürchtete als vor Fremden: Unglaublich entschlossen wirkte sie dann, bereit, es notfalls mit der ganzen Welt aufzunehmen, und zugleich wie … tot. Diese Emilia tat alles, was nötig war, und hielt sämtlichen Gewalten stand – nur lächeln, das konnte sie nicht.

Nun, auch Rita stand nicht der Sinn nach einem Lächeln. Während die Sonne, hinter diesigen Wolken nur bleich, immer höher kroch, wurde das Treiben noch hektischer. Kaum einen Schritt konnten sie gehen, ohne einem Ellbogen ausweichen zu müssen, kaum suchend stehen bleiben, ohne fast über den Haufen gerannt zu werden. Zumindest war es in Hafennähe erstaunlich leicht, sich zurechtzufinden. Die Häuser waren klein und windschief gebaut, aber an geraden, nahezu rechtwinkeligen Straßen. Nach dem Leben auf der kleinen Schaluppe wirkte zunächst alles groß, nahezu riesig, doch nach einer Weile stellte sich Punta Arenas als ziemlich übersichtlich heraus, gab es doch nur eine breite Hauptstraße.

Nicht lange und sie stießen tatsächlich auf ein Schild, dessen Holz völlig verwittert war und auf dem mit verblichener Schrift »Casa Ayarza« stand. Wenn der Zustand des Schildes auf den der Herberge deutete, dann musste diese armselig und heruntergekommen sein, und tatsächlich taten Rita und Emilia gut daran, sich auf das Schlimmste gefasst zu machen. Schon auf der Türschwelle schwappten ihnen übelste Gerüche entgegen: nach Schweiß, Schlamm und verbranntem Essen. Es gab keinen richtigen Fußboden – über den Eingangsbereich war noch notdürftig ein Holzbrett genagelt, dann erwartete sie gestampfte Erde wie in einem Pferdestall –, an den Wänden kroch Schimmel hoch, und in jeder Ecke klafften Rattenlöcher.

Rita wollte zurückweichen, aber Emilia hielt sie fest und ging entschlossen auf die Gaststube zu. Der üble Gestank hing dort wie eine zum Schneiden dicke Wolke. Die Holztische waren krumm, Tischtücher fehlten, Essensreste, die schon halb verfault schienen, waren über dem Boden verstreut. Die Männer, die rund um die Tische saßen, hatten ungepflegtes Haar und Bärte wie Pedro, trugen dreckige Lumpen und grölten ungeniert.

»Hier kehrt offenbar nur übelstes Pack ein«, murmelte Emilia naserümpfend. »Gäste mit nur ein bisschen mehr Geld würden eine bessere Herberge aufsuchen.«

Vor allem eine saubere, dachte Rita nicht minder angewidert. Wenn schon der Speisesaal so verdreckt war, würde man sich gewiss auch in den Unterkünften rasch die Krätze holen. Sie wollte hastig ins Freie fliehen, aber Emilias Griff blieb unerbittlich. »Warte!«, befahl sie mit dieser eisigen Stimme.

Rita gehorchte, doch ihre Ohren schienen zu platzen wegen des lauten Geschreis. Zuerst verstand sie kein Wort, dann aber, dass die Männer allesamt nach Essen und Trinken schrien, auf das man hier scheinbar ewig wartete. Irgendwann kam eine kleine, schmale Frau in die Stube gehuscht, die kaum hochblickte und Emilia und Rita gar nicht wahrnahm. Ihr

Gesicht wirkte verhärmt, die Hände runzelig, der graue, schüttere Haarknoten hatte sich aufgelöst, so dass die Strähnen klebrig über den mageren Schultern hingen.
Das musste Agustina Ayarza sein.
Rita hielt Emilia zurück, als sie auf die Frau zutreten wollte.
»Denkst du wirklich, dass wir hier … arbeiten sollen?«
Sie stand mittlerweile auf Zehenspitzen, um nur so wenig wie möglich mit dem dreckigen Boden in Berührung zu kommen.
»Nun«, meinte Emilia und schluckte energisch – wohl um den eigenen Ekel zu unterdrücken, »ich glaube, in ganz Punta Arenas gibt es keinen Ort, wo es mehr Arbeit gibt als hier.«
Emilia befreite sich aus Ritas Griff und stellte sich Agustina in den Weg. In ihren Händen hielt diese einen Krug, aus dem einen dunkle, ranzig riechende Flüssigkeit schwappte.
»Senyora Ayarza!«
»Gleich … gleich … Ich kann heute Rindfleischeintopf anbieten.«
»Wir wollen nichts essen, wir wollen …«
Agustina drängte sich einfach an Emilia vorbei. »Gleich … gleich …«, murmelte sie wieder, dann war sie schon hinter einer kleinen Tür verschwunden – wahrscheinlich lag die Küche dahinter.
Rita seufzte. Obwohl es noch nicht einmal Mittag war, fühlte sie sich unendlich müde. »Emilia, wir können doch unmöglich …«
Sie verstummte, als Emilia die Hand hob, und sah dann ungläubig zu, wie die Freundin entschlossen auf einen der Tische zutrat, das Geschirr abräumte, das noch von den gestrigen Gästen stehen geblieben war, und die schreienden Männer, die ob ihres Anblicks verwundert hochblickten, einfach ignorierte. Mit einem Stoß dreckiger Teller folgte sie Agustina

zu der kleinen Tür, die offenbar zur Küche führte, und stieß diese energisch mit dem Fuß auf.
Rita lief ihr nach.
»Emilia! Du kannst doch nicht …!«
»Und ob ich kann!«
Die Küche, so man sie denn so nennen wollte, war ein dunkles Loch. Die Wände waren schwarz vor Ruß und fettverklebt, der Boden von noch mehr Unrat bedeckt als die Gaststube. Der Ofen war nichts weiter als eine offene Feuerstelle, über der etwas brutzelte, was längst verkohlt war. Daneben hing ein Topf, aus dem es ähnlich durchdringend stank.
Emilia beugte sich mir gerunzelter Stirn über diesen Topf und schob den Deckel beiseite. »Und das soll Rindfleischeintopf sein?«, fragte sie skeptisch. »Ich würde das Rindfleisch ja mit Speck spicken, dann in Rinderfett braun anbraten und hinterher nur mehr dämpfen, nicht brutzeln lassen. Zuvor könnte man Suppe servieren, als Beilage Kartoffeln und Krautsalat. Und hinterher gibt es Backobst.«
Agustina hatte sich verwundert umgedreht und war so bass erstaunt über das plötzliche Erscheinen dieser fremden Frauen, dass sie kein Wort über die Lippen brachte.
»Lass uns wieder gehen«, stammelte Rita verlegen.
»Warum denn?«
Emilia stellte das schmutzige Geschirr an einer der wenigen freien Stellen ab.
»Einen Eimer!«, befahl sie. »Ich brauche einen Eimer. Hast du auf dem Weg hierher einen Brunnen gesehen, Rita? Und außerdem brauche ich Besen und Tücher.«
Agustina Ayarza hatte ihre Sprache wiedergefunden. »Was … was macht ihr denn hier?«
Rita starrte verlegen auf den Boden, aber Emilia wandte sich mit gestrafften Schultern an sie. »Ihr Eintopf ist leider unge-

nießbar. Das Fleisch, das Sie über dem Ofen braten, ist völlig verbrannt. Der Wein ist sauer, das Bier zu warm, das Wasser schal und faulig. Der Boden ist so dreckig, dass man daran kleben bleibt, und ich bin sicher, dass unter Ihrem Dach mehr Ratten schlafen als zahlende Gäste.«

Rita hob ihren Kopf wieder. Agustina hatte ihre Stirn zunächst misstrauisch gerunzelt, doch je länger Emilia sprach, desto müder und verlorener wirkte sie. Sie hob kraftlos ihre dürren, geröteten Hände. »Ich bin allein«, gab sie zu, »ich habe keinen Mann, nur einen Sohn, und der ist schon vor langer Zeit in den Norden gegangen, um dort in den Kupferminen zu arbeiten. Ich tue wirklich, was ich kann. Aber was ich nicht schaffe, das schaffe ich eben nicht.«

Ihr schien schwindlig zu werden, denn sie griff sich an den Kopf und lehnte sich an die dreckige Wand. Kein Wunder, dass ihre Schürze ebenfalls schwarz vor Ruß war.

»Wenn Sie wollen, sind Sie ab heute nicht mehr alleine«, erklärte Emilia entschlossen. »Für fünfzehn Centavo den Tag arbeite ich hier – mit meiner Freundin. Wir bekommen außerdem ein Zimmer und Essen … wobei ich das besser selbst kochen werde. Wir sind das Geld wert. Die Gäste, die künftig kommen werden, werden mehr bezahlen als bisher.«

Agustina ließ ihre Hand sinken, blickte verwirrt von Emilia zu Rita, dann wieder zurück zu ihr. »Wer … wer seid ihr überhaupt?«, stammelte sie.

»Das tut hier nichts zur Sache.«

»Und ihr wollt tatsächlich hier arbeiten?«

Wieder ging ihr Blick zweifelnd hin und her, dann überwog die Erschöpfung. Agustina schien zu müde und ausgelaugt, um einen klaren Gedanken fassen zu können. Sie seufzte gottergeben. »Du machst nicht den Eindruck, als ließe sich mit dir feilschen«, sagte sie leise.

»Nein«, erwiderte Emilia fest, »mein Angebot steht. Falls Sie uns nicht brauchen, dann können wir auch wieder gehen.« Schweigen senkte sich über die Küche. Von draußen war das Geschrei der Gäste zu hören, das Fleisch brutzelte und wurde immer schwärzer. Als Emilia nach Ritas Hand fasste und sich zur Tür wandte, seufzte Agustina erneut. »Bitte bleibt!«, es klang wie ein Flehen. »Ich könnte tatsächlich Hilfe gebrauchen.«

9. Kapitel

Emilia öffnete das Brett, das den Boden nur lose bedeckte, griff in das erdige Loch darunter und zog einen kleinen Lederbeutel hervor. Eine Weile hielt sie ihn nur fest in Händen, drückte ihn dann gegen ihre Brust und warf zuletzt einen Blick hinein, so vorsichtig, als würde der Inhalt verschwinden, wenn sie zu unverhohlen auf ihn starrte.

Das, was vom Geld ihres Vaters übrig geblieben war, war in dem Säckchen aufbewahrt – vor allem aber das Geld, das sie in den letzten Monaten dazuverdient hatte.

Immer mehr Centavos waren zusammengekommen; vor kurzem hatte sie sie bei einem der wenigen Bankhäuser von Punta Arenas in Pesos gewechselt – und zum ersten Mal in ihrem Leben Papiergeld bekommen. Es war erst neulich eingeführt worden, und viele Menschen mochten es nicht – Manuel hatte stets darüber gelästert –, aber für sie waren die immer dickeren Stöße an Geldnoten ein Beweis dafür, dass sie es schaffte. Es schaffte, zu überleben. Und es schaffte, genug für die Reise nach Deutschland zu sparen.

Nur selten gab es Momente, da sie wie jetzt innehielt und dieses Gefühl genoss. In den letzten vier Monaten hatte sie ständig gearbeitet. Sie hatte geputzt, gekocht und eigenhändig Buchendielen auf dem Boden verlegt. Sie hatte den Schimmel von den Wänden geschabt und sie frisch gekalkt; sie hatte drei Katzen gefangen, die ihrerseits die Ratten vertrieben, und hatte Stoff gekauft, um Tischtücher und Vorhänge zu nähen. Rita half, so gut es ging, und Agustina war zwar nicht beson-

ders schnell, aber fleißig und zäh – und trotzdem hatte sie allein die Verantwortung dafür an sich gerissen, dass die Herberge nicht das Drecksloch blieb, als das sie sie betreten hatten. Sie packte zu, als wäre es ihre eigene – mittlerweile gab sie nicht nur Rita, sondern auch Agustina ungeniert Befehle.
Diese fahrige, bleiche Frau hatte sich keinen Augenblick lang als Herrin aufgespielt, sondern ihr das Wohl des Gasthauses schon nach kurzer Zeit ganz und gar in die Hände gelegt. Ihre Rollen schienen seitdem vertauscht – nicht Emilia wandte sich mit Fragen an sie, sondern umgekehrt, und Agustina heischte bei allem, was sie tat, um Emilias Zustimmung, als wäre sie darauf angewiesen.
Nachdem sie im Inneren der Herberge halbwegs Ordnung geschaffen hatte, hatte Emilia ein neues Holzschild gekauft, es eigenhändig bemalt und aufgehängt. Seitdem kamen, wie von ihr prophezeit, nicht nur mehr Gäste in die Casa Agustina, sondern auch zahlungsfähigere. Im Sommer waren fast sämtliche Zimmer belegt, und während des Weihnachtsfestes quoll das Haus nahezu über. Emilia hatte es auf bewährte Weise gefeiert, indem sie in der Gaststube ein kleines Bäumchen aufstellte und mit Strohsternen behängte. Die Gäste – es waren nur wenig Deutsche darunter, denen dies vertraut war, denn in Punta Arenas stieß sie, ganz anders als in Mittelchile, auf so gut wie keine Landsleute – hatten darüber gespottet, aber insgeheim hatte es ihnen gefallen. Emilia hingegen wurde immer schwermütiger, je öfter sie an dem Weihnachtsbaum vorbeikam. Sie hatte alten Brauch lebendig gehalten, um das neue Zuhause, so es denn überhaupt als eines gelten konnte, behaglicher zu machen – aber sie hatte nicht bedacht, wie viele traurige Erinnerungen ans letzte Weihnachtsfest der Baum auslösen würde, als ihre Welt noch heil gewesen war. Wie immer betäubte sie den Kummer mit Arbeit, und da zu Beginn

des neuen Jahres brütende Hitze über Punta Arenas hing und die Luft zum Schneiden dick war, war sie abends meist so erschöpft, dass sie ins Bett sank und traumlos einschlief, ohne über irgendwas nachzudenken.

Emilia ließ den Lederbeutel mit dem Geld rasch sinken, als sie Schritte hörte. Sie hatte kaum das Brett über das Loch geschoben, das sie schon früh als bestes Versteck auserkoren hatte, als sich die Tür öffnete.

»Ach du bist es«, seufzte sie erleichtert, als sie sah, dass es Rita war, die als Einzige von dem Versteck wusste.

»Selbst wenn Agustina das Geld sehen würde«, murmelte Rita, »sie war immer gerecht zu uns. Sie würde nie dein … unser Geld stehlen.«

»Was heißt gerecht!«, stieß Emilia aus. »Schlichtweg klug war sie, als sie auf uns setzte! Sie hat nun doppelt so viele Gäste wie früher, die Zimmer sind sauber, das Essen ist gut. Kein Wunder«, ihre Stimme wurde etwas schärfer, als sie fortfuhr, »kein Wunder, dass sie darüber hinwegsieht, wenn du wieder einmal faulenzt!«

Kopfschüttelnd blickte sie auf das mittlerweile abgegriffene, zerfledderte Buch, das Rita ähnlich ehrfürchtig an sich nahm wie sie selbst ihren Geldbeutel. Während Emilia sich erhob, legte Rita sich aufs Bett. Eine andere Sitzmöglichkeit gab es nicht. Neben dem Bett, in dem sie zu zweit schliefen, gab es in dem engen Raum nur eine Kommode mit einer Waschschüssel aus Blech. Ungeachtet ihrer strengen Worte, blätterte Rita das Buch auf und versank darin. Wahrscheinlich, so dachte Emilia oft, würde sie gar nichts anderes tun, als hier zu lesen, wenn sie sie nicht ständig aufscheuchte. Heute nutzte es allerdings nicht einmal, dass sie die Augen verdrehte. Während sie Rita ansonsten damit ein schlechtes Gewissen machte, nahm sie es nun gar nicht richtig wahr.

»Ach Rita«, seufzte sie, »es gibt so viel zu tun …«
Zu ihrer Überraschung blickte Rita auf. »Ich weiß«, erklärte sie kleinlaut, »ich sollte dir helfen, immer und überall. Aber diese wenigen Stunden … ich mag dir als faul erscheinen … Doch wenn ich sie nicht habe, dann könnte ich noch weniger Kraft aufbringen … all das zu ertragen …« So klar sie begonnen hatte, so sehr geriet sie jetzt ins Stocken. »Du … du bist stärker, Emilia«, fuhr sie dennoch fort. »Dir macht das alles weniger aus … mit Menschen zusammen zu sein … vor allem mit diesen Männern … für sie zu putzen … zu kochen, aber ich …«
Emilia seufzte. Manchmal sah sie Rita an und glaubte, in einen dunklen Spiegel zu schauen. Nicht, dass sie auf den ersten Blick irgendetwas mit dem Mädchen gemein hatte, das so viel zarter, stiller, zurückhaltender wirkte als sie. Aber die heimlichen Ängste und die stete Trauer über zurückliegende Verluste, dieses Gefühl, dass das Leben kein Leben war, sondern nur Überleben, und die Überzeugung, dass die Vergangenheit etwas war, vor dem man davonlaufen musste, teilte sie mit ihr – nur, dass sie all das besser verbarg. Dass Rita sich regelmäßig von der Wirklichkeit davonstahl, ärgerte sie vor allem darum, weil es für sie selbst eine so verführerische Aussicht war, sie jedoch nicht wusste, wie sie es anstellen sollte.
»Ich verstehe ja, dass du dich in der Gaststube nicht wohl fühlst«, seufzte Emilia. »Und meinetwegen – wir haben im Moment nicht so viele Gäste, ich erledige das heute Abend allein. Aber jetzt brauche ich dich – für den Einkauf. Wir gehen zum Markt!« Emilia versuchte, mitreißend zu klingen, und tatsächlich schloss Rita ergeben das Buch und erhob sich – von der Aussicht auf einen freien Abend zu ungewohnt schnellen Bewegungen angespornt – vom Bett.

Wenig später hatten sie die Casa Ayarza verlassen. Früher war Agustina selbst einkaufen gegangen oder hatte sie begleitet, mittlerweile vertraute sie ihnen das Geld an, das sie für die Besorgungen brauchen würden. Emilia hatte längst herausgefunden, wo es die gewünschten Waren billiger gab als in jenen Geschäften, zu denen Agustina sie schickte, und behielt stets die Differenz ein. Sie ahnte, dass Rita über diesen Betrug entsetzt gewesen wäre, und fühlte sich selbst nicht ganz wohl dabei, doch die Gier, ihre Ersparnisse aufzustocken, war größer als das schlechte Gewissen gegenüber Agustina, die sie schließlich, so versuchte sie sich zumindest einzureden, nicht wirklich schädigte.

Mittlerweile fand sich Emilia in Punta Arenas gut zurecht, und zielstrebig machten sie sich auf den Weg zu einem der *tiendas de abarrotes* – den Lebensmittelgeschäften, die vor allem in den Händen italienischer Einwanderer lagen. Meist waren sie an Gaststätten, Pensionen und Gemischtwarengeschäfte angeschlossen, und Emilia war immer ein wenig neidisch, wenn sie sich vorstellte, wie viel man zusätzlich verdienen konnte, wenn man nicht nur ein Bett und eine Mahlzeit anbot, sondern Reiseproviant für die nächste Etappe verkaufte. Insgeheim träumte sie davon, auch die Casa Ayarza entsprechend zu vergrößern, doch noch war die Zeit nicht gekommen, mit Agustina darüber zu sprechen.

Was man bei den Italienern nicht kaufen konnte, hatten meist die Juden oder Schweizer in ihren Läden vorrätig. Ein Teil von ihnen versuchte sich an den Rändern der Stadt an Ackerbau und Viehzucht – der andere Teil war in den Handel eingestiegen, um deren Erzeugnisse zu verkaufen. Wenn es schnell gehen musste, machte Emilia mit ihnen Geschäfte, doch wenn sie Zeit hatte, mied sie die Händler, sondern ging direkt zu den Bauern, wo sie Kartoffeln, Gemüse, Weizen

und Hühner viel billiger bekam. Die Schweizer hatten sich hinter dem einstigen Gefängnis niedergelassen, und inzwischen kannte sie die Namen der meisten von ihnen.
Fische in bester Qualität bekam man wiederum bei den Portugiesen, die auch den Schiffsbau beherrschten, und Schaffleisch von den Engländern, die zunächst auf den Falklandinseln Schafe gezüchtet hatten, nun aber immer mehr Land um Punta Arenas aufkauften, um Estancias zu errichten. Und dann gab es auch noch die Ureinwohner Patagoniens, die sich – von der Stadt angelockt und vom Schnaps, der hier floss – an deren Ausläufern niedergelassen hatten. Bei ihnen konnte man Reis, Mate, Tabak sowie Zucker und Gewürze kaufen, wenn man ihnen im Gegenzug Perlen und Silber anbot, mit denen sie ihre großen, muskulösen Leiber gerne schmückten. Einige solcher Perlen hatte sie erst kürzlich von Pedro bekommen, als der vor wenigen Tagen nach Punta Arenas gekommen und plötzlich in der Gaststube der Casa Ayarza gestanden war. Camillo hatte ihm den Weg zu ihnen gewiesen, und obwohl er nur kurz geblieben war, weil er festen Boden unter seinen Füßen scheute, hatte sich Emilia sehr gefreut, den einstigen Retter wiederzusehen – so wie sie sich jetzt darauf freute, mit den Perlen zu feilschen.
Anfangs hatte sie sich kaum in die Nähe der Patagonier gewagt, so furchteinflößend wie diese wirkten. Doch dann hatte sie erfahren, dass sie nicht nur allesamt getauft, sondern längst gewohnt waren, wie Weiße zu leben. Während sie ihre Scheu abgelegt hatte, war es Rita zutiefst zuwider, mit den Steppenindianern zusammenzutreffen. Emilia konnte es sich nicht genau erklären und fragte auch nicht nach. Vielleicht erwachte einfach nur ihre altbekannte Angst vor Fremden, die genau besehen mit den Mapuche nicht viel gemein hatten. Vielleicht aber erweckte ihr Anblick traurige Erinnerungen – und wie es

sich anfühlte, vor solchen auf der Hut zu sein, wusste Emilia nur allzu gut.

»Nun beeil dich schon!«, drängte Emilia. »Es ist kalt!«

Nach dem heißen Sommer war dies der erste herbstliche Tag. Noch am Morgen hatte ein dichter Nebelschleier über der Stadt gehangen; nun, am frühen Nachmittag, riss der Wind, der vom Estrecho, der Meerenge, kam, ihn auf und fuhr laut pfeifend und beißend durch die Gassen. Deutlich leerer als sonst waren sie, wenngleich es in Punta Arenas natürlich nie ganz still wurde. Mittlerweile konnte Emilia nicht nur die Nationalitäten unterscheiden, sondern auf den ersten Blick sagen, wer als Bauer oder als Händler arbeitete, wer zu den Straußenjägern gehörte, die ins Landesinnere zogen, wer ein Robbenfänger war, den es auf Expeditionen weit in den Süden verschlug, und wer sich als Strandbeuter verdiente, die von hier aus zu den Wracks in der Magellanstraße oder um das Kap Hoorn fuhren.

Gar sonderlichen Menschen konnte man in dieser Stadt begegnen, und besser man gewöhnte sich ab, sich über irgendeine Eigenart zu wundern – weder über die von Männern, die in der Wildnis ihre Sprache verloren hatten und wie Bären wirkten, noch über exzentrische Engländerinnen, die ihre Männer nach Patagonien begleiteten und hier die Menschen mit seltsamen Angewohnheiten verstörten. Obwohl sie Punta Arenas oder Porty Sand, wie die Engländer die Stadt nannten, schon wieder verlassen hatte, sprach man bis heute über eine gewisse Lady Florence Dixie. Selbst die verhuschte Agustina, die sonst von ihrer Arbeit überfordert war und nichts vom Tratsch anderer Frauen mitbekam, wusste viel von ihr zu erzählen. Nicht nur mit Mann, Kindern und Bruder war sie einst hier angekommen, sondern mit einem eigenen Jaguar, der wie ein Haustier gehalten wurde. Sie war regelmäßig in die Steppe geritten, um dort gemeinsam mit den Indianern Whisky zu trinken, und das – was der noch größere Skandal gewesen war – in Hosen.

Für jemanden wie Agustina war es undenkbar, dass Frauen Hosen trugen, während sich Emilia insgeheim dachte, dass einiges dafür spräche.

Als sie sah, welches Gesicht Rita eben machte – ängstlich, unwillig und verträumt zugleich – begann sie von Florence Dixie zu reden, um sie abzulenken. Doch so interessiert Rita Agustinas Schilderungen über die exzentrische Engländerin gelauscht hatte, heute sagte sie kein Wort dazu.

»Weißt du noch, wie der Jaguar hieß, den sie sich hielt?«, versuchte Emilia, sie aus der Reserve zu locken.

Rita zuckte nur die Schultern.

»Nun stell dich nicht so an! Das Buch, das du liest, kannst du fast auswendig, und trotzdem hörst du nicht zu, was die Menschen dir erzählen?«

»Ich weiß nicht mehr, wie der Jaguar hieß«, gab Rita zu, um sogleich entschlossen hinzuzufügen, »aber alles, was Agustina uns über sich erzählte, habe ich mir gemerkt.«

Tatsächlich hatte Agustina an manchen Abenden auch über das eigene Leben, das sie hierhergeführt hatte, gesprochen.

»Der Jaguar heißt Affums«, sagte Emilia schnell.

Rita hörte gar nicht richtig zu. »Ihr … ihr ist im Leben so viel Schreckliches widerfahren«, murmelte sie und meinte ganz augenscheinlich nicht die Engländerin, sondern Agustina.

Diesmal war es Emilia, die die Schultern zuckte. Die alte Frau hatte ihr durchaus leidgetan, als sie erfahren hatte, wie diese einst in jungen Jahren von ihrem Vater, einem Schafzüchter, verstoßen worden war, weil ein Offizier sie geschwängert und sie einen unehelichen Sohn geboren hatte. Gewiss war es hart gewesen, in einer so unwirtlichen Gegend ganz auf sich allein gestellt zu überleben und ein Kind großzuziehen. Doch all das hatte Agustina mit einer raunzenden Stimme erzählt, die in Emilias Ohren unangenehm klang.

»Der Mann, den sie liebte, hat sie und den Sohn einfach verlassen«, murmelte Rita erschaudernd.

»Nun, ob sie ihn liebte, wissen wir nicht. Nur, dass sie so dumm war, sich von ihm verführen zu lassen, ohne verheiratet zu sein.« Schon im nächsten Augenblick biss sich Emilia auf den Lippen. Sie sollte die Letzte sein, die so vorschnell urteilte! Hatte sie nicht Gleiches getan – sich zwar nicht verführen lassen, aber einen Mann verführt, Manuel nämlich, um ihn schon am nächsten Tag zu verlassen? Diese paar Stunden hatte sie sich vom Schicksal gestohlen – und es hinterher doch mit der Angst zu tun bekommen gehabt, sie könnte schwanger sein. Zwar hatte sich die Angst als unbegründet erwiesen, aber es stand ihr nicht zu, schlecht über Agustina zu reden.

»Nun, zumindest ihren Sohn liebt sie«, meinte Rita.

»Was nicht unbedingt auf Gegenseitigkeit zu beruhen scheint«, meinte Emilia schnodderig, »sonst wäre er hier und würde seiner Mutter helfen, die Herberge zu führen, anstatt zuzulassen, dass sie sich allein zu Tode schuftet.«

»Aber er hat Punta Arenas doch nur verlassen, um im Norden bei den Kupferminen Geld zu verdienen!«

»Und warum schickt er ihr dann nichts von diesem Geld?«, fragte Emilia skeptisch. Insgeheim kam ihr das natürlich ganz zupass. Würde es einen fürsorglichen Sohn geben, dann hätte Agustina sie wohl nicht eingestellt, und selbst wenn, dann würde dieser Sohn sie nicht schalten und walten lassen, wie sie es wollte, sondern sie wie Dienstmädchen behandeln.

»Nun komm, beeil dich!«, drängte sie, weil Ritas Schritte über das Reden immer langsamer geworden waren – wobei das

vielleicht nicht am Reden lag, sondern einfach nur daran, dass sie bald auf die Patagonier treffen würden.
Sie waren noch nicht bei deren Siedlung angekommen, als Emilia plötzlich innehielt. Der Wind pfiff mit hohem Seufzen, doch nun hatte sich ein anderes Geräusch dazugesellt – ein Schrei, nicht tief und dröhnend wie der von sich zankenden und prügelnden Betrunkenen, sondern hoch und grell.
»Hast du das gehört?«
Rita nickte ängstlich, aber anstatt zu lauschen, wie Emilia es nun tat, packte sie sie am Arm. »Komm, lass uns weitergehen!«
»Das sagst ausgerechnet du mir?«, rief Emilia spöttisch, verstummte jedoch im nächsten Augenblick. Eben ertönte dieser spitze Schrei wieder, noch panischer und gequälter nun. Er schien aus dem Mund einer Frau zu kommen.
»Meine Güte!« Rita zitterte, und Emilia sah ihr an, dass sie vor diesem Schrei am liebsten davongelaufen wäre. Kurz war auch sie geneigt, genau das zu tun. Aber sie konnte nicht. Als sie den Schrei ein drittes Mal vernahm, war sie sicher, dass eine Frau nur so schrie, wenn sie in höchster Not war – und dass sie dieser Fremden helfen musste.

Als Emilia losstürzte, wusste Rita nicht, was sie tun sollte. Das verzweifelte Geschrei der Fremden verhieß Gefahr – und die wollte sie um alles in der Welt vermeiden. Emilia nicht zu folgen hätte allerdings bedeutet, allein zurückzubleiben, und das war eine noch furchterregendere Aussicht. Also lief sie ihr schließlich nach – ziemlich erleichtert, dass die Schreie bald wieder aufhörten.
»Willst du nicht doch …«, setzte sie außer Atem an, als sie Emilia erreicht hatte.
Doch in diesem Augenblick kam ein Mann um die Ecke gerannt. Er war so schnell unterwegs, dass er nicht auf den Weg

achtete und erst Emilia fast umrannte, dann Rita seinen Ellbogen in die Seite stieß. Sie hatte sich noch nicht davon erholt, als sie sah, wie ein junges Mädchen dem Mann hinterherjagte. Sie hatte ihren Rock hochgehoben, um schneller laufen zu können, so dass Ritas Blick auf nackte, dürre Beine fiel.

In Emilias Gesicht breitete sich Verwirrung aus. Sie dachte wohl das Gleiche wie Rita – dass eine Frau in Bedrängnis diese verzweifelten Schreie ausgestoßen haben musste, aber dass eine solche ihrem Widersacher nicht nachrennen würde, wenn dieser endlich von ihr abließ!

Noch ehe die beiden um die nächste Ecke verschwunden waren, hatte die Frau den Mann erreicht, einen Zipfel seines Hemds zu fassen bekommen und ihn zurückgerissen. Überrascht davon, dass sie ihn nicht nur eingeholt hatte, sondern tatsächlich auf ihn losging und gar die Fäuste erhob, um auf ihn einzuprügeln, erstarrte er kurz. Doch bevor sie ihn wirklich ernsthaft treffen konnte, stieß er sie weg.

»Lass mich in Ruhe, du dreckige Dirne!«

Rita zuckte zusammen.

Die Stimme … die Stimme des Mannes klang vertraut, so schrecklich vertraut. Und das Gesicht, das sie nun erkennen konnte, war es auch. Rita zitterte so stark, dass sie glaubte, die Welt würde mit ihr erbeben und die Hauswände über ihr zusammenstürzen.

Unter seinem Stoß fiel die Frau fast zu Boden – ihre restliche Statur war so dürr und sehnig wie die Beine –, aber sie fing sich rasch wieder und stürzte sich erneut auf den Mann. Auch wenn sie ihn nicht gewinnen konnte, war sie entschlossen, den ungleichen Kampf aufzunehmen, und diesmal ging sie nicht mit Fäusten auf ihn los, sondern versuchte, seine Haut mit spitzen Nägeln zu zerkratzen. »Du hast dein Vergnügen gehabt, jetzt bist du mir die Bezahlung schuldig!«, schrie sie.

Die Stimme klang eher wütend als verzweifelt. Der Mann fluchte, als sie ihn am Hals erwischte, duckte sich kurz, und eine Weile waren ihre Leiber so ineinander verknäult, dass Rita nicht recht wusste, wo der eine aufhörte und der andere begann. Doch dann hatte der Mann die fremde Frau – ihre Haare waren blond wie Emilias, nur von einem schmutzigen, dunkleren Farbton – an den Handgelenken gepackt, hielt sie erst von sich, damit sie ihn nicht mehr kratzen konnte, und schleuderte sie dann so fest gegen die Hauswand, dass ihr der Atem wegblieb.

»Ach ja?« Er ließ eine Hand los, doch nur, um nun ihren Hals zu umfassen und langsam zuzudrücken. »Und wie willst du diese Bezahlung einfordern, wenn du dich nicht mal rühren kannst?«

Rita glaubte, den unbarmherzigen Griff an ihrem eigenen Hals zu spüren. Als der Mann auch noch zu lachen begann, spöttisch, verächtlich und wieder altvertraut, gaben ihre Knie nach. Ehe sie auf die Gosse sinken konnte, zerrte Emilia sie wieder hoch.

»Reiß dich zusammen!«, bellte sie. Auch ihr Körper zitterte – jedoch nicht vor Angst, wie Rita es an ihrem zornroten Gesicht ablas, sondern vor Wut. Natürlich hatte auch sie den Mann erkannt. Es war Esteban.

Immer erbarmungsloser legte sich seine Hand um den Hals der Fremden – ähnlich, wie er Emilia auf der Schaluppe gewürgt hatte. »Was willst du also nun tun, kleine Dirne? Mich vor Gericht zerren? Damit gibt sich der Gouverneur von Punta Arenas sicher gerne ab! Einer Hure zu ihrem Recht zu verhelfen!«

Endlich ließ er sie los, und die blonde Frau griff sich röchelnd an den Hals, zu geschwächt, um noch einmal auf ihn einzuschlagen. »Selbst schuld«, meinte er grinsend. »Man tut als

Hure gut daran, vorher zu kassieren – hinterher ist es zu spät. Und, genau genommen, warst du nicht so gut, dass du für deine Liebesdienste Geld verdient hättest.«

Er reckte sein Kinn, straffte seinen Rücken und ging weiter – überzeugt davon, dass die junge Frau nun endgültig ihre Lektion gelernt hatte. Doch kaum hatte diese wieder genügend Atem geschöpft, eilte sie ihm nach. Rita konnte es nicht fassen. Sie selbst hielt sich zwar wieder notdürftig auf den Beinen, aber sie war sich sicher, dass sie gestorben wäre, hätte Esteban sie zu erwürgen versucht. Noch fassungsloser machte es sie, dass nicht nur die Fremde ihm nachlief, sondern nun auch Emilia.

Rita stieß einen schrillen Schrei aus. »Bist du wahnsinnig?« Daran, dass sie selbst auf diesen Unhold einst mit einem Messer losgegangen war, konnte sie sich in diesem Augenblick nicht erinnern.

Emilia hörte nicht auf sie, sondern hatte Esteban gemeinsam mit der anderen Frau erreicht. Während Esteban diese hatte kommen sehen und das Bein hob, um nach ihr zu treten, nahm er Emilia nicht wahr. Schon hatte sie sein Hemd erfasst und es entzweigerissen. Wütend fuhr Esteban herum, und seine Augen weiteten sich, als er sie erkannte, doch in dem Augenblick, da er die Fremde kurz außer Acht ließ, sprang diese ihn wie eine wild gewordene Katze an und hämmerte mit beiden Fäusten gleichzeitig auf ihn ein. Er duckte sich – nur, um nun auch von Emilia einen Schlag in den Leib abzubekommen. Für eine Weile war das das Letzte, was Rita sah, denn vor lauter Angst schlug sie sich beide Hände vors Gesicht. Trotzdem lugte sie schließlich vorsichtig zwischen den Fingern hindurch. Esteban war zurückgetaumelt, versuchte, sich zu schützen, und als seine Hände ins Gesicht fuhren, um zu betasten, wo die Fäuste ihn getroffen hatten, schnellte die

Hand der jungen Frau vor und zog ihm irgendetwas aus der Tasche, das wie eine Geldbörse aussah. Ohne auf Emilia und Rita zu achten, rannte sie davon und verschwand hinter der Ecke, von der sie gekommen war.

Dass sie nun ganz allein vor Esteban stand, schien Emilia nicht zu stören.

»Du Mistkerl!«, zischte sie.

Rita presste die Augen rasch wieder zusammen. Doch wenn sie auch nicht sehen konnte, wie Esteban Emilia wütend anstarrte, so hörte sie ihn doch drohend grollen: »Dir Mannweib bin ich einmal zu viel begegnet!«

Gleich wird er sie schlagen!, schoss es ihr durch den Kopf. Ja, gewiss würde er auf Emilia losgehen! Er würde sie würgen wie diese fremde Frau! Vielleicht würde er sie sogar töten! Sie musste ihr irgendwie helfen, aber ... aber sie konnte doch nicht!

Doch Esteban schlug Emilia nicht, hob vielmehr den Kopf, um sich umzusehen.

»Und wo du bist«, fuhr er fort, »kann die schöne Rothaut nicht weit sein!«

Kraftlos ließ Rita ihre Hände sinken und sah, wie sich der dreckige, heruntergekommene Mann, dessen Gesicht ausnahmsweise nicht bleich, sondern von roten Flecken übersät war, an Emilia vorbeidrängte und auf sie zuging, grinsend nun, weil er sich gewiss dachte, dass es mehr Spaß machte, diejenige der Frauen zu bestrafen, die ihn am meisten fürchtete.

Rita drängte sich immer enger an die Hauswand, doch diese bot keinerlei Schutz.

»Lass sie in Ruhe!«, hörte sie Emilia rufen. Sie hastete an Esteban vorbei und stellte sich schützend vor Rita – ein nutzloses Unterfangen, wie diese dachte. Sie waren so viel schwä-

cher als er! Erst würde er Emilia niederschlagen, dann würde er sich ihr zuwenden, um sie …
Sie glaubte, seine Hände bereits zu spüren – so wie damals, auf Pedros Schaluppe, als diese Hände an ihrer Bluse gezerrt, ihren nackten Busen betastet, gewaltsam die Schenkel gespreizt hatten.
»Emilia!«, ertönte da plötzlich eine Stimme. »Gibt es Probleme?«
So auf Esteban fixiert, hatte Rita nicht bemerkt, dass sie nicht länger allein waren. Eine Gruppe Männer war um die Ecke gebogen, und wenn ihre Gesichter Rita auch fremd waren – Emilia schien sie sofort zu erkennen: Es waren Gäste der Herberge, die sie oft bewirtet hatte und die den Namen der Köchin, die so leckeres Rindfleisch briet, nicht vergessen hatten.
Auch Esteban fuhr herum. Der Ausdruck von Spott und Verachtung wich aus seinem Gesicht, als ihm aufging, dass er einer Übermacht gegenüberstand.
»Also«, drängte einer der Männer. »Gibt es Probleme?«
Emilia nahm Rita an der Hand und zog sie zu den Männern. Noch nie hatte sie sich inmitten so vieler fremder Menschen so wohl gefühlt.
»Nein«, sagte Emilia fest und fixierte Esteban, »nein, es gibt keine Probleme.«
Rita blickte nicht auf, als sie mit den Männern mitgingen, bald die Hauptstraße erreichten und dort im Gewühl untertauchen konnten. Ihr Blick war starr auf den Boden gerichtet. Emilia hingegen musste sich noch einmal umgedreht haben, denn plötzlich schimpfte sie: »Dieser Feigling! Hebt die Faust, aber zu folgen wagt er uns natürlich nicht!«
Rita atmete keuchend aus.
Ob feige oder nicht, ging es ihr durch den Kopf, ihnen konnte das nur mehr als recht sein.

Nach einer Weile verabschiedeten sie sich von den Männern und kamen in einer ruhigeren, wenngleich nicht menschenleeren Straße zum Stehen. Emilias Zopf hatte sich im Kampf gelöst, und nun flocht sie ihn rasch wieder neu. Ihre Hände zitterten dabei nicht – ganz anders als die von Rita –, und in ihrem Gesicht stand keinerlei Furcht, nur Empörung. Rita starrte sie verwundert an.
»Wie … wie kommt es nur, dass du keine Angst hast?«, stammelte Rita fassungslos.
»Weil ich so wütend bin! Was für ein scheußlicher Kerl er nur ist!«
Rita nickte betroffen. »Denkst du, dass er nach uns suchen wird?«
Sogleich ertönte die Antwort, doch es war nicht Emilias Stimme, die zu ihr sprach.
»Das glaube ich nicht«, sagte dicht neben ihnen jemand, »dazu ist er nicht nur zu feige, sondern auch zu faul.«
Rita und Emilia fuhren gleichzeitig herum. Wie aus dem Nichts stand die dürre, blonde Frau vor ihnen. Ihre Wangen waren leicht gerötet, ansonsten aber wies sie keinerlei Spuren von Gewalt auf. Die Male an ihrem Hals waren verblasst. »Esteban lauert Frauen gerne auf, wenn sie allein sind, um seine ganze Macht über sie auszuspielen. Aber sobald sie sich entschieden wehren oder gar Hilfe bekommen, zieht er den Schwanz ein.«
Ihre Worte waren ebenso schwer zu verstehen wie die Flüche auf Esteban, die sie nun hinzusetzte: Zum einen sprach sie mit einer tiefen, grollenden Stimme, die nicht zu ihrer dürren Figur passte, zum anderen mit einem starken Akzent, den Rita noch nie gehört hatte.
Auch ihre Kleidung war ungewöhnlich. Schon vorhin war es Rita obszön erschienen, wie hoch sie den Rock gerissen hatte,

um schneller laufen zu können. Nun erkannte sie, dass dieser Rock, selbst wenn er über ihre Beine fiel, ihr kaum über die Knie reichte und Füße und Waden nackt ließ. Spitzen quollen darunter hervor, allerdings dreckig und zerrissen. Oben trug sie ein rotes, tiefausgeschnittenes und engsitzendes Mieder, über das üppige Brüste wohl hervorgequollen wären – doch solche hatte das Mädchen nicht, war vielmehr mager wie ein Knabe. Der Stoff, aus dem das Mieder genäht worden war, glänzte speckig, und an manchen Stellen platzten schlampig gemachte Nähte auf.

Während Rita die Fremde nur unverhohlen anstarrte, fragte Emilia neugierig: »Und wer bist du?«

Die Fremde lächelte halbherzig. »Sieht man das nicht?«, gab sie barsch zurück. »Eine Hure natürlich.«

Rita zuckte zusammen, doch Emilia hielt dem forschen, etwas harten Blick ungerührt stand. »Auch Huren haben Namen. Du klingst überdies nicht so, als stammst du von hier.«

»Das stimmt. Meine Eltern waren Russen, und ich heiße Anastasia, aber da hierzulande keiner diesen Namen ordentlich aussprechen kann, ruft man mich Ana.«

Sie zuckte die Schultern, als täte ihr Name, auch wenn sie ihn aus Höflichkeit genannt hatte, nichts zur Sache.

»Normalerweise arbeite ich nicht auf offener Straße, sondern in einem Bordell«, fuhr sie unverblümt fort, »Ernesta – ihr gehört dieses Bordell – hat dort genügend Männer zu unser aller Sicherheit postiert. Die achten darauf, dass uns kein Betrunkener irrtümlich die Kehle aufschlitzt. Und – was Ernesta noch wichtiger ist – dass keiner das Bordell verlässt, der nicht bezahlt hat. In gewisser Weise hatte Esteban recht. Ich bin selber schuld, dass ich in diese Lage geraten bin. Eine gute Hure lässt sich davor bezahlen. Nicht danach. Und ich hätte mich gar nicht erst mit Esteban einlassen dürfen, da ich doch

bereits so oft gehört habe, dass er zu den Männern gehört, die keinen Funken Ehre im Leib haben.«
Rita hatte sich unwillkürlich geduckt, als von aufgeschlitzten Kehlen die Rede war, und noch mehr, als die junge Frau von Esteban sprach.
Emilia indes nickte grimmig. »Ein Schuft ist er trotzdem«, sagte sie. »Wir begleiten dich … nach Hause.«
Ana grinste. »Nach Hause? Pah! Ein Zuhause habe ich schon lange nicht mehr. Ich habe nur ein Loch gefunden, wo ich nicht verhungern und erfrieren muss.«
Sie ging auf Emilias Angebot, sie zu begleiten, nicht ein, sondern drehte sich wortlos um und schritt davon. Rita hätte es gerne dabei belassen, doch aus Gründen, die sie nicht verstand, folgte Emilia Ana, so dass auch ihr selbst nichts übrigblieb, als mitzugehen.
Erst nach einer Weile drehte sich Ana weiterhin grinsend nach ihnen um. »Ihr müsst nicht auf mich achtgeben«, rief sie aus. »So, wie ihr ausseht«, ihr Blick schweifte bei diesen Worten abfällig über Rita, »braucht ihr weitaus mehr Schutz als ich.«
»Wenn wir … wenn ich vorhin nicht eingegriffen hätte, dann hättest du Esteban das Geld nicht aus der Tasche ziehen können«, hielt Emilia entgegen. »Er könnte immer noch irgendwo lauern, um es dir wieder abzunehmen. Also sei froh, wenn du nicht alleine gehen musst.«
»Das ist wahr«, gab Ana leichtfertig zu. »Und meinetwegen zeige ich euch gerne die verruchteste Straße von Punta Arenas!«
Rita wusste nicht, wo sie hinsehen sollte, als sie genau diese Straße erreichten. Mehrere Saloons, Bordelle und Wirtshäuser waren hier dicht nebeneinander errichtet, allesamt so schief gebaut, dass wohl ein heftiger Windstoß ausgereicht hätte, um sie zum Einstürzen zu bringen. Leichtbekleidete

Frauen lungerten auf der Straße herum oder starrten aus den geöffneten Fenstern, Geruch von Branntwein hing in der Luft, und das Grölen der Männer, das Rita aus der Gaststube der Herberge kannte, klang hier noch lallender und ausgelassener als dort.

»Goldsucher aus Kalifornien behaupten, es sieht hier aus wie im Wilden Westen«, erklärte Ana und vollführte bei einem der Häuser eine einladende Bewegung. Als Einziges sah dieses Haus nicht nur stabil aus – die Wände waren aus Stein errichtet –, sondern auch ziemlich reinlich. Rita hatte sich aufs Schlimmste gefasst gemacht, als Ana vorhin von dem Loch geredet hatte, in dem sie Unterschlupf gefunden hätte, doch als sie vor der Tür dieses Hauses stehen blieben, wagte sie ihren Blick zu heben und es zu mustern.

»Ja, hier lebe ich!«, verkündete Ana spöttisch. »Ernestas Bordell. Einst, das hat sie mir einmal erzählt, stand sie vor der Entscheidung, Mädchen zu verkaufen oder Wein. Sie hat sich für die Mädchen entschieden, denn sie behauptet, sie könnte geile Männer besser um sich ertragen als besoffene.«

»Du sprichst von Ernesta Villan, nicht wahr?«, fragte Emilia und klang irgendwie ehrfürchtig.

Rita war erstaunt, woher sie diesen Namen, der ihr selbst völlig fremd war, kannte. Aber Emilia unterhielt sich schließlich weitaus öfter mit den Gästen als sie – und diese mussten ihr von jener Ernesta Villan erzählt haben.

»So ist es«, antwortete Ana. »Sonst sind es überall Männer, die das Geld der Freier abkassieren. Ernesta ist die einzige Puffmutter in Punta Arenas.«

Sie sprach halb respektvoll, halb verächtlich, und in ihren Augen glänzte es ebenso bewundernd wie hasserfüllt.

Rita zog an Emilias Arm. »Sollen wir nicht wieder …«

Das Entsetzen über die unerwartete Begegnung mit Esteban

hatte sich etwas gelegt, und sie konnte nicht leugnen, dass sich zu dem Unbehagen, hier zu sein, auch ein wenig Neugierde gesellte. Und dennoch – Bruder Franz hätte diese Gasse als Sündenpfuhl bezeichnet, und ob nun gefährlich oder nicht, es war gewiss ratsam, schnell wieder zu fliehen. Emilia ignorierte sie jedoch. Auch in ihrem Gesicht standen sich widerstreitende Gefühle – sie wirkte abgestoßen und fasziniert zugleich.

»Ana!«, ertönte da plötzlich eine heisere Stimme. »Wo bist du so lange gewesen?«

Rita hob den Kopf und sah eine Frau, die von einem der oberen Fenster auf sie herabblickte.

»Tja«, murmelte Ana, »man hört so viele Geschichten über sie, aber man muss Ernesta Villan gesehen haben, um sich ein Bild von ihr machen zu können.«

Trotz ihrer Scheu vor fremden Menschen konnte Rita die Augen nicht von Ernesta lassen. Unter einer Puffmutter hatte sie sich eine junge, tatkräftige Frau vorgestellt. Doch der Kopf, der aus dem Fenster lugte, war schlohweiß, die Haut runzelig und von Altersflecken übersät. Ernestas farblose Augen waren so stechend wie die eines Raubvogels, und dieser Eindruck wurde von einer sehr krummen Nase noch verstärkt. Wenn auch nichts Schönes an dieser Frau zu sehen war – eitel schien sie dennoch zu sein. Nie hatte Rita zuvor einen Menschen gesehen, der so viele Juwelen trug: gleich mehrere Ketten um den Hals, riesige Ohrringe, mit Perlen besetzte Kämme und Armreifen, die so schwer schienen, dass sie vom Gewicht jederzeit nach vorne gezerrt und auf die Straße stürzen könnte. Am auffälligsten aber war der Geruch, den Ernesta Villan verströmte. Obwohl ein paar Meter zwischen ihnen lagen, war Rita innerhalb kürzester Zeit von einer dichten, durchdringenden Parfümwolke eingehüllt. Es roch so stark,

dass Rita das Gefühl hatte, gleichzeitig würgen und niesen zu müssen, und Emilia, das erkannte sie mit einem knappen Seitenblick, erging es nicht anders.
Ana hingegen hatte sich an diesen Geruch wohl längst gewöhnt.
»Es ist viel zu viel«, stellte sie trocken fest. »Ernesta kennt einfach kein Maßhalten. Zu viel Jasmin, zu viel Moschus, zu viel Veilchenduft. In allem übertreibt sie es. Sie trägt zu viel Schmuck und selbst im Sommer Pelze. Und ihr könnt euch nicht vorstellen, wie ihre Räumlichkeiten eingerichtet sind. An nichts wird gespart! Sie hat Tapeten aus Frankreich, einen marmornen Waschtisch aus Italien, lederbezogene Stühle und vergoldete Kamingitter aus Flandern. Nichts, womit sie sich umgibt, darf aus Patagonien stammen, das ist ihr viel zu minder. Stattdessen musste alles über den Atlantik herbeigeschafft werden. Doch glaubt nicht, dass man sich inmitten dieser Schätze wohl fühlt! Es gibt kaum Platz, um zu stehen oder aufrecht zu sitzen. Man hat das Gefühl, jederzeit erschlagen zu werden – von einer der vielen Uhren oder Vasen oder Spiegel.«
Rita hatte Mühe, sich einen solchen Raum vorzustellen, Emilia hingegen klang anerkennend, als sie fragte: »Und sie hat ihr ganzes Geld mit einem Bordell gemacht?«
»Auch, aber nicht nur«, sagte Ana. »Ich weiß nicht, an wie vielen Geschäften genau sie beteiligt ist, aber fest steht, dass in Punta Arenas nichts ohne ihr Wissen geschieht. Sie lebte schon hier, als die Stadt kaum mehr als ein Rattenloch war, und verdiente schon damals den Grundstock ihres Vermögens. Heute vergibt sie viele Kredite – viel schneller als die Banken, aber ungleich höher verzinst.«
»Ana, wo bleibst du?« Ernesta Villan sah nicht nur aus wie ein Raubvogel, sondern hatte auch dessen krächzende Stimme.

Ana verdrehte die Augen. »Ich muss nun gehen. Aber habt Dank … für alles.«
Immer noch konnte Rita die Augen nicht von der sonderlichen Puffmutter lassen. Ohne Zweifel war es unangenehm, diesen stechenden Blick auf sich zu spüren, aber zugleich wirkte sie so grotesk, dass ihr ausnahmsweise eher zum Lachen als zum Weinen zumute war.

Auch als sie Ernesta Villan längst hinter sich gelassen hatten, hing der Geruch des süßlichen Parfüms wie eine Wolke über ihnen. Emilia war sich sicher, es noch über Tage riechen zu können. Rita wiederum schien ein bestimmter Anblick nachhaltig zu beschäftigen.
»Hast du sie gesehen?«, fragte sie ein ums andere Mal aufgeregt. So lebhaft und auch belustigt hatte sie schon lange nicht mehr geklungen.
»Was?«
»Diese riesigen Ohrringe, die Ernesta Villan trug!«, rief Rita.
»Ihre Ohrläppchen sind doppelt so lang wie die einer normalen Frau«, bemerkte Emilia trocken, »irgendwann werden sie wahrscheinlich wegen des Gewichts der Klunker durchreißen.«
Rita kicherte – und das klang noch fremder als ihre aufgeregte Stimme. Emilia versuchte, sich daran zu erinnern, wann sie sie jemals hatte lachen hören, doch ihr fiel keine einzige Gelegenheit ein. Erstaunlich, dass sie es ausgerechnet jetzt konnte, da sie doch dem furchtbaren Esteban begegnet waren.
»Wenn Gäste über Ernesta Villan sprechen«, erzählte sie, »heißt es immer, sie sei die geldgierigste Frau in Punta Arenas. Nun, geizig scheint sie wohl nicht zu sein – zumindest nicht, wenn es darum geht, das Geld für sich selbst auszugeben.«
»Aber wenn wir Ana glauben können, so muss man sich in ihren Wohnräumen schrecklich unwohl fühlen.«

»Man kann von ihr sagen, was man will – um hier reich zu werden, muss man schon geschäftstüchtig sein.«
Sie sprach es nicht aus, aber im kurzen Schweigen, das folgte, galten ihrer beiden Gedanken jenen, die Ernesta den Luxus erst ermöglichten.
»Arme Anastasia«, seufzte Rita.
»Sie macht den Eindruck, als wäre sie eine, die sich durchbringt«, sagte Emilia leise.
Sie konnte dennoch nicht verhindern zu erschaudern. Manchmal war ihr die Schufterei der letzten Monate fast zu viel geworden, aber nun war sie ungemein dankbar, dass sie in einer Herberge arbeiteten. Frauen in ihrer Lage konnte es viel übler treffen. Eine Erinnerung stieg in ihr hoch, die sie schon seit langem vergessen geglaubt hatte – an jene Reise, die sie einst mit Manuel nach Valparaíso unternommen und die vorschnell geendet hatte, als sie überfallen und sie selbst in ein Bordell verschleppt worden war. Sie wurde nicht zuletzt dank Manuels Hilfe gerettet, doch es hätte böse enden können. Aus ihrem Entsetzen wurde Wehmut. Manuel … ach Manuel …
Energisch schüttelte sie den Kopf.
»Wir müssen uns beeilen«, rief sie energisch, »und endlich unsere Einkäufe machen und dann für den Abend kochen.«
Ob sie die Begegnung mit Ernesta beflügelt hatte oder die Vorstellung, dass sie nicht wie Ana geendet war, wusste Emilia nicht, doch Rita beschleunigte tatsächlich ihre Schritte, und wenig später – mittlerweile senkte sich Dämmerlicht über die Stadt – schleppten sie beide schwer an den Einkäufen, ohne dass Rita wie gewöhnlich klagte. Sie hatten Zucker, Reis und Kartoffeln gekauft, frischen Fisch, Muscheln und Kaffee.
Erst als sie in der Herberge ankamen, wurde Emilia bewusst, wie viel Zeit sie verloren hatten, als sie Ana erst vor Esteban

gerettet und ihr dann zu Ernesta Villan gefolgt waren. Es war schon spät, fast Abend. Aus der Gaststube hörte man Gemurmel. Die Hälfte der Tische war bereits besetzt – mit Gästen, die hier nächtigten, oder Menschen, die in Punta Arenas lebten, aber von ihrem mittlerweile vielgerühmten Essen angelockt waren. Nichts davon war nun fertig – sie konnte nur hoffen, dass Agustina schon das eine oder andere vorbereitet hatte.
Hastig eilte sie an den Gästen vorbei in die Küche. Im Herd brannte wie immer ein Feuer, doch die Schüsseln, die darüber hingen, waren leer. Und Agustina putzte auch kein Gemüse oder schnitt Fleisch klein, sondern blickte ihnen mit in die Hüfte gestemmten Händen entgegen.
»Es tut mir leid, dass wir so spät sind, aber …«
Da erst fiel Emilia das freudige Lächeln von Agustina auf. Ihre Augen strahlten glücklich, und die fahle, runzelige Haut schien zu glänzen. Ansonsten stand sie immer leicht gekrümmt, nun hatte sie ihren Rücken durchgestreckt. Das Glück schien sie um Jahre jünger zu machen. Emilia war verwirrt und blickte sich suchend um, um zu erkennen, woher dieses Glück rührte.
Als sie die Gestalt sah, die in der Nähe des Ofens lehnte, rutschte ihr der Korb aus der Hand, und die Kartoffeln kullerten über den Boden.
Rita schrie auf, und Emilia konnte sich nur mühsam den gleichen Laut verkneifen.
»Was … was …«, setzte sie stammelnd an.
Vor ihnen stand niemand anderer als Esteban. In seinem Gesicht zeigte sich ein Lächeln wie bei Agustina – bei ihm jedoch ungleich verzerrter, bösartiger.
»Stellt euch nur vor!«, rief Agustina mit fröhlicher Stimme, noch ehe er etwas sagen konnte. »Mein Sohn ist endlich wieder aus dem Norden zurückgekehrt!«

10. Kapitel

Eine Weile herrschte Schweigen. Rita stieß keinen weiteren Schrei aus, sondern war vor Schreck verstummt, und auch Emilia brachte kein Wort mehr über die Lippen, seit ihr aufgegangen war, dass Esteban Agustina Ayarzas Sohn war. Kurz erfasste sie nicht Entsetzen, sondern Wut – als wäre nicht der Zufall schuld an diesem Zusammentreffen, sondern eine finstere Verschwörung, ja, als hätte Agustina sich aus purer Bösartigkeit unter den Millionen Männern Chiles ausgerechnet jenen zum Nachwuchs erkoren, der ihnen am meisten zugesetzt hatte. Das war natürlich Unsinn, doch auch Agustina merkte nun, dass irgendetwas nicht in Ordnung war. Ihr Lächeln schwand, als sie verwirrt von einem zum anderen blickte. Esteban dagegen grinste weiterhin böse.

»Warum sagt ihr denn nichts?«, fragte Agustina unsicher.

Emilia löste sich aus ihrer Starre. »Das ist also dein Sohn«, stellte sie mit zittriger Stimme fest. Sie überlegte, was Agustina ihr über ihn erzählt hatte – dass er der uneheliche Sohn eines Offiziers war, der sie im Stich gelassen und den sie ganz alleine hatte aufziehen müssen, dass es ihn nach Norden gezogen hatte, um dort in den Kupferminen zu arbeiten, dass er ihr jedoch von dort niemals Geld schickte. Nun verstand sie auch, warum. Er war wohl nie bei den Kupferminen angekommen, sondern hatte unterwegs bei Pedro el Ballenero angeheuert, an dessen Seite man zwar viel von Chile sah, aber gewiss nicht reich wurde. Und dann war er schmählich von dessen Schaluppe gejagt worden – ihretwegen. In den Monaten, die gefolgt waren, hatte er wohl nichts Vernünftiges gearbeitet, sondern bestenfalls genug, um sich regelmäßig zu besaufen. Davon kündete zumindest die Farbe seines Gesichts: Immer noch wirkte die Haut ziemlich fahl, doch kleine rote Äderchen saßen wie Gewürm auf Backen und Nase. Das Haar hing tief wie eh und je über die Augen, aber es verbarg nicht deren gefährliches Glimmen. Am meisten wurde Estebans Gesicht jedoch von der Narbe auf seiner Wange verunstaltet – eine dicke, rötliche Geschwulst, das Andenken an den Messerhieb, den Rita ihm versetzt hatte.

»Soso«, setzte er mit nahezu fröhlich beschwingter Stimme an. »Das Mannweib und die Rothaut machen es sich hier gemütlich.«

Agustina zuckte kaum merklich zusammen. »Ihr kennt euch bereits?«

Esteban blickte sich vermeintlich wohlwollend um. »Ihr beiden habt hübsch sauber gemacht«, stellte er fest. »Beim letzten Mal war das hier ein stinkendes Drecksloch.« Mit dem Kinn deutete er auf Mehl und Eier. »Vielleicht kannst du mir wieder einmal eine Empanada backen ... so wie auf der Schaluppe. In Erinnerung an gute alte Zeiten sozusagen.«

»Ich denke nicht daran«, rutschte es Emilia kaum lauter als ein Zischen heraus. Eine Gänsehaut überzog ihre Arme.

»Wenn ihr hier Geld verdienen wollt«, fuhr er seelenruhig fort, »kann ich mir ein paar zusätzliche Pflichten vorstellen, die ihr übernehmen könnt.«

Angelegentlich machte er einen Schritt in die Mitte der Küche. Emilia glaubte schon, er wollte zu ihr treten, und wich unwillkürlich zurück, doch stattdessen hatte er es auf Rita abgesehen.

Auch diese war zurückgezuckt, doch nicht weit genug, um seiner Hand zu entgehen. Er tat nichts weiter, als ihr sachte über die Wange zu streicheln, doch sie schrie verzweifelt auf, als hätte er auf sie eingeprügelt.

Emilia stellte sich schützend vor sie und schlug Estebans Hand weg.

»Fass sie nicht an, du Hurensohn!«

»Was ist denn?«, rief Agustina kläglich. »Was ist denn los?«

Estebans böses Lächeln verschwand von seinen Lippen. »Ich fürchte, ich muss deine Mädchen vor die Tür setzen, so aufrührerisch, wie sie sich gebärden«, rief er grimmig.

»Von wegen!«, schrie Emilia und drängte Rita Richtung Gaststube. »Du musst gar nichts! Wir gehen freiwillig!«

Sie antwortete nicht auf Agustinas verzweifelte Fragen und ignorierte Estebans Auflachen. Stattdessen zog sie Rita an den verwunderten Gästen vorbei, die hungrig Essen forderten, und stürmte die Treppe hoch zu ihrem Zimmer. Rita stand zunächst tatenlos im Türrahmen. Erst als Emilia begann, ihre Habseligkeiten zu packen, trat auch sie in den Raum, um ihr geliebtes Buch unter einem der Kissen hervorzuziehen und es an sich zu pressen.

Von unten ertönten Stimmen. Agustina stellte scheue Fragen, auf die Esteban nicht mehr mit diesem kalten Lächeln antwortete, sondern mit ungehaltenem Murren. Anstatt ihr zu erklären, woher er die beiden Frauen kannte, warf er ihr bitter vor, sie überhaupt eingestellt zu haben.

»Das ist also der verlorene Sohn!«, stieß Emilia aus. »Er schert sich nicht darum, dass seine Mutter sich zu Tode schuftet, macht ihr stattdessen Vorwürfe, dass sie Hilfe braucht, und …«

Ihre Worte rissen ab.

Eben hatte sie das Holzbrett zur Seite geschoben, um das ersparte Geld an sich zu bringen, doch darunter klaffte nur Leere. »Mein Gott!«, schrie sie. »Unser Geld ist weg! Hast du …«

Rita starrte ratlos auf sie. »Nein, ich habe nichts davon genommen.«

»Es war doch am Nachmittag noch da, und …«

Eine dunkle Ahnung stieg in ihr hoch – und wurde allzu bald bestätigt. Agustinas Stimme war mittlerweile verstummt, und die von Esteban klang erstaunlich nah an ihrem Ohr, als er – nunmehr nicht länger murrend, sondern mit ausgesuchter Höflichkeit – fragte: »Sucht ihr vielleicht das hier? Ich habe es zufällig gefunden.«

Emilia fuhr herum und sah ihn am Türrahmen lehnen. Er hielt den Geldbeutel hoch und schwenkte ihn hin und her.

»Du verfluchter …«

Besinnungslos vor Wut stürzte Emilia auf ihn zu, und einen Augenblick schien es, dass er nicht zurückzucken, sondern ihr den Geldbeutel vielmehr wiedergeben würde. Doch kaum griff sie nach ihm, zog er ihn ihr nicht nur vor der Nase weg, sondern ballte die andere Hand zur Faust und schlug ihr ins Gesicht. Emilia sah zwar, wie ein dunkler Schatten auf sie zukam, konnte sich jedoch nicht ausreichend gegen den Schlag wappnen. Sie hatte das Gefühl, ihre Haut müsste reißen, als die Faust sie traf, und unter ihrer Wucht wurde sie durch den halben Raum geschleudert. Wenn sie sich nicht am Bettpfosten festgeklammert hätte, sie wäre zu Boden gegangen. Vor ihren Augen stoben Funken.

»Du verfluchter …«, setzte sie wieder heiser an.

»Macht, dass ihr rauskommt!«, befahl er kalt und drückte den Geldbeutel an seine Brust.

Emilia befühlte die heiße Haut ihrer schmerzenden Wange. Trotz aller Wut – blind machte diese sie nicht mehr. Sie ahnte, dass sie ihn unmöglich überwältigen könnte.

»Das kannst du nicht machen!«, rief sie. »Das ist unser Geld! Wir haben es verdient!«

»Meiner Mutter gestohlen habt ihr es!«

»Wir haben aus diesem Rattenloch eine anständige Herberge gemacht!«

»Und wer soll euch das glauben? Wer würde sich für euch starkmachen? Ihr seid doch nur zwei Weiber …«

Ehe Emilia etwas sagen konnte, erschien Agustina hinter ihm. Ihr Gesicht war von roten Flecken übersät. Hatte er etwa auch sie geschlagen – die eigene Mutter?

»Esteban, diese Frauen haben ihr Geld redlich …«

»Hör auf, mir die Ohren vollzujammern«, fiel er ihr scharf ins Wort. »Ich hätte dir Geld mitgebracht, viel Geld. Aber anstatt mich zu bezahlen, hat mich der Walfänger, für den ich monatelang geschuftet habe, von Bord gejagt. Und zwar wegen dieser hysterischen Weiber! Dieses Geld steht mir darum zu, und du solltest dankbar dafür sein, wenn ich dir einen Teil abgebe!«

»Aber ich will dieses Geld nicht. Nicht, wenn du es den Frauen …«

»Nicht?«, unterbrach er sie wieder und klang diesmal voller Überdruss. »Seit wann verzichtest du aufs Geld? Du warst doch todunglücklich, dass man mich seinerzeit aus der Armee geworfen hat. Ich wusste genau, worauf du spekuliert hast – auf meinen Heldentod nämlich. Für einen verstorbenen Soldaten bekommt seine Mutter schließlich drei Pesos im Monat, und …«

»Esteban!«, reif sie gequält. »Sag so etwas nicht! Als du in die Armee gingst, habe ich gehofft, du würdest Halt finden, nicht …«

»Ach, halt's Maul! Ich ertrag dich nicht!«

Agustina rang hilflos mit den Händen. Als sie ihm den Weg nicht freigeben wollte, stieß er sie unsanft beiseite und lief die Treppe hinunter. Noch im Gehen wandelte sich seine Laune schlagartig. Das Letzte, was Emilia hörte, war nicht finsteres Grollen, sondern Lachen. Vielleicht ging ihm auf, was er sich mit dem Geld alles kaufen könnte – unter anderem willige Huren.

Emilia lauschte ohnmächtig, indes Rita in Tränen ausbrach und auch Agustina nun weinte.

»Es tut mir so leid, es tut mir so leid«, schluchzte sie. »Er wäre gewiss ein guter Junge geworden, wenn er nur einen Vater gehabt hätte. Es ist meine Schuld. Es ist alles meine Schuld.«

Emilia wusste, dass ihre Reue ehrlich war, aber sie wusste auch, dass Agustina sich niemals gegen den eigenen Sohn stellen und ihnen nicht helfen würde, das Geld zurückzubekommen. Und ihr eigener Stolz war zu groß, um weiterhin darum zu betteln.

Sie versuchte, das schmerzhafte Pochen in ihrer Wange zu ignorieren, nahm Ritas Hand und zog sie mit sich. »Komm, Rita, wir gehen. Wir haben hier nichts mehr verloren.«

Sie standen im Finstern auf der Straße, und mit jeder Stunde schien der Wind, der vom Meer kam, noch kälter zu wehen. Emilia hatte Rita ein paar Ecken weitergezogen, denn sie wollte nicht im Blickfeld von Esteban … Esteban Ayarza stehen, der sie vielleicht hinter dem Fenster beobachtete. Zugleich mied sie den Hafen, obwohl dort am meisten Menschen unterwegs waren. Der Hafen war für sie stets ein Ort der Zukunft und der Hoffnung gewesen, der Ort, von dem irgendwann ein Schiff ablegen und sie nach Deutschland bringen würde. Doch jetzt fühlte sie sich so hoffnungslos wie seit Ewigkeiten nicht mehr, und der Anblick der Ozeandampfer würde sie nicht ermutigen, sondern ihr nur vor Augen halten, dass sie ihrem Traum trotz aller Schufterei keinen Schritt näher gekommen war.

So verharrten sie im schmalen, windgeschützten Gang zwischen zwei Holzhäusern. Emilias Wange schmerzte nicht mehr, sondern fühlte sich wie taub an. Sie war nicht einfach nur müde, sondern völlig erschöpft, und ihre Zähne klapperten vor Kälte. Sie konnte nichts sagen, konnte nicht einmal fluchen, war unfähig, ihre Fassungslosigkeit in Worte zu kleiden.

Aus Rita hingegen brach die ganze Verzweiflung heraus. Sie weinte immer lauter und hilfloser: »Wo sollen wir denn jetzt nur hin?«

Emilia knirschte mit den Zähnen. »Hör zu heulen auf, das hilft uns nicht!«

»Aber was sollen wir tun?«

Emilia gestand es sich nur ungern ein, aber sie hatte keine Ahnung. All die Monate hatte sie ihre Sehnsucht unterdrückt – die Sehnsucht nach ihrer Heimat am Llanquihue-See, nach der Geborgenheit von Annelies Stube, nach Manuel mit seiner Abenteuerlust und seiner Freude, Geschäfte abzuschließen. Aber jetzt konnte sie es nicht mehr. Jetzt wollte sie einfach nur nach Hause, wollte, dass andere für sie kochten und putzten, für sie sorgten und für sie entschieden.

Warum wurde ihr das angetan? Sie hatte dergleichen nicht verdient! War sie nicht bereit gewesen, mit der Schande ihrer Herkunft zu leben? Hatte sie nicht auf ihr Glück verzichtet, um ihre Liebsten davor zu bewahren? Und hatte sie nicht bewiesen, wie tüchtig sie war, wie entschlossen, wenn auch nicht glücklich zu werden, so doch zu überleben? Rita schluchzte und schluchzte, und als Emilia im schwachen Schein der Straßenlaternen die vielen Tränen sah, die ihr über die Wangen perlten, hätte sie am liebsten in das Geheule eingestimmt. Hätte sich die Haare gerauft, wäre auf den Boden gesunken, hätte in der Erde gewühlt und Staub geschluckt.

Am Ende. Wieder einmal war sie am Ende, war die reiche, bunte, schöne Welt auf ein winziges Fleckchen geschrumpft, an dessen Rändern dunkle Abgründe lauerten.
Emilia knirschte weiterhin mit den Zähnen und verkniff sich die Tränen.
»Wir gehen zu Ernesta Villan«, entschied sie schließlich knapp.
Sie kannte manche Gesichter in Punta Arenas, doch das war der erste Name, der ihr einfiel.
Rita hörte vor lauter Schreck zu weinen auf.
»Ernesta Villan?«, schrie sie entsetzt. Es war das eine, über deren Ohrringe zu spotten, etwas anderes, mitten in der Nacht bei ihr Schutz suchen zu wollen. »Denkst du etwa, wir sollen für sie arbeiten?«
Der Schreck, den sie ihr versetzt hatte, hatte immerhin sein Gutes. Rita hörte zu schluchzen auf.
»Ja«, sagte Emilia barsch, um dann etwas freundlicher hinzuzufügen: »Aber keine Angst. Wir werden nicht als Huren für sie arbeiten. Ganz gewiss nicht. Ich habe eine bessere Idee.«
Sie zog Rita zurück zur Hauptstraße und dann in die Richtung, in der sie Ernestas Bordell vermutete. Nun kamen sie doch noch an den Hafen, wo die Schiffsmasten wie ein schwarzer Wald vor ihr aufragten. Sie versuchte, nicht an ihren Traum von Deutschland zu denken, nicht an Manuel oder Annelies gemütliche Stube, aber plötzlich sah sie das Geld ganz deutlich vor sich – das viele Papiergeld, das sie so mühsam erarbeitet und zusammengespart hatte.
Alles war umsonst gewesen.
Sie schluchzte trocken auf, ballte die Hand zur Faust, so dass ihr die Nägel spitz ins Fleisch stachen, und hob sie drohend ins bleiche Mondlicht.

»Verflucht sollst du sein, Esteban Ayarza!«, verkündete sie heiser vor Ärger. »Verflucht, verflucht, verflucht! Du Dieb, du elender Dieb!«

Sie grub die Nägel ins Fleisch, bis sie warmes Blut spürte, dann entspannte sie sich etwas und ließ die Faust wieder sinken. »Aber denke nicht, dass ich mich unterkriegen lasse«, murmelte sie. »Nicht von dir. Ganz gewiss nicht von einem Schuft wie dir. Wir werden uns auch weiterhin durchbringen … irgendwie.«

Zweites Buch

Casa Emilia

1884–1885

11. Kapitel

Hamburg

Arthur Hoffmann versuchte, sich langsam aufzurichten, ohne die Frau zu wecken, die auf seiner Brust eingeschlafen war.

Im Halbschlaf stöhnte sie matt. Eben noch hatte sie schrille Lustschreie ausgestoßen, doch er war sich nicht sicher, ob sie tatsächlich aus tiefstem Herzen gekommen oder einfach nur Theater gewesen waren.

Arthur wusste, wie man Frauen verführte, aber er hatte noch nicht herausgefunden, wann sie logen oder nicht. Koketterie, Schwärmerei, Necken und Locken – das war ein Labyrinth, das ihn magisch anzog und in dem er sich immer wieder verirrte.

Er strich ihr eine Locke aus dem Gesicht und stellte fest, dass ihr Haar nicht braun war, wie er eben noch gedacht hatte, sondern rot.

»Ach Pauline …«, raunte er ihr ins Ohr.

Ruckartig fuhr sie hoch. War es etwa auch gelogen, dass sie tief und fest schlief? »Pauline?«, wetterte sie wie ein Rohrspatz. »Ich heiße Martha!«

Er lächelte beschwichtigend. »Natürlich heißt du Martha«, sagte er schnell. »Aber für mich bist du Pauline. Der Name passt besser zu dir.«

Skeptisch runzelte sie ihre Stirn und wirkte gleich viel älter.

»Und wie viele Paulines hattest du schon im Bett?«, fragte sie nunmehr schmollend.
Arthur verstärkte sein spitzbübisches Lächeln. »Zumindest bist du die erste Martha.«
Sie löste sich endgültig von ihm und erhob sich. Hastig griff sie nach dem Morgenmantel und verhüllte ihren üppigen, etwas aufgedunsenen Körper. »Alphons kommt bald wieder«, sagte sie, ohne ihm ins Gesicht zu sehen.
Wer war Alphons?, wollte er schon fragen, ehe es ihm wieder einfiel.
Alphons war der Ehemann. Pauline … nein, Martha war nämlich verheiratet. Verheiratete Frauen boten viele Vorteile. Sie waren nicht ganz so romantisch wie junge Mädchen, leichter zu verführen, anschließend diskreter und was das Wichtigste war: Sie kündeten nicht gleich ihren Selbstmord an, wenn man sie verließ. Dafür drohte Gefahr von eifersüchtigen Ehemännern, die ihre Ehre gerne mit der Pistole verteidigten. Genau genommen, wären Witwen die beste Wahl gewesen – hatten sie doch die Vorzüge verheirateter Frauen, aber keine lästigen Gatten zu bieten –, doch die waren meist alt oder trugen Schwarz oder beides.
»Ach, meine Süße …«, setzte er an. Behaglich wollte er sich ausstrecken. Eigentlich hatte er gehofft, die Nacht hier zu verbringen und sich erst am Morgen mit einem Kuss zu verabschieden – natürlich für immer. Doch nicht nur Paulines, nein Marthas ängstliches Gesicht alarmierte ihn – auch das Steinchen, das plötzlich gegen das Fenster prallte.
Er konnte sich denken, wer es geworfen hatte und warum: Balthasar, sein treuer, guter Freund Balthasar, der in solchen Nächten häufig Wache stand, ihn rechtzeitig warnte und der ihn schon so oft aus brenzligen Situationen gerettet hatte, dass er es ihm sein Leben lang nicht ausreichend würde danken können.

»Kann sein, dass ich dich wirklich verlassen muss«, meinte er bedauernd und suchte nach seiner Kleidung, die auf dem ganzen Schlafzimmerboden verstreut war. Nachdem er sich angekleidet hatte, stand in Pauline-Marthas Gesicht kein Abschiedsschmerz, sondern Sorge.

Sie lauschte konzentriert, die Falten auf ihrer Stirn wurden tiefer. Genau genommen, hatte sie auch viele Falten um den Mund, was sie nicht nur alt, sondern streng aussehen ließ. »Ich habe etwas gehört.«

Nun lauschte auch Arthur. Tatsächlich – die Haustür wurde zugeworfen, dann ertönten Schritte, die langsam die Treppe hochkamen.

Verdammt! Hatte Balthasar draußen vor dem Haus geschlafen, weil er ihn erst jetzt warnte – viel zu spät nämlich?

Wenige Augenblicke, dann würde der werte Gatte im Schlafzimmer stehen!

»Versteck dich im Boudoir!«, rief Pauline-Martha panisch.

Das fehlte ihm noch, eine ganze Nacht inmitten von Damenunterwäsche verbringen zu müssen!

Rasch beugte er sich zu ihr und küsste sie. Es gefiel ihm, sich widerstreitende Gefühle auszulösen – einerseits Begierde und andererseits den Wunsch, ihn hastig zurückzustoßen.

Dann stürzte er zum Fenster und öffnete es.

»Arthur, du kannst doch nicht …«, setzte sie an, als sie erkannte, was er vorhatte.

»Wenn du wüsstest, wo ich schon heruntergeklettert bin, ohne mir den Hals zu brechen.«

Ihr ängstliches Gesicht wurde missmutig. »Ja«, meinte sie illusionslos, »wahrscheinlich, als du aus dem Ehebett der letzten Pauline geflohen bist.«

»Adieu!«

Er trat auf den Fenstersims, balancierte bis zur Dachrinne,

umklammerte diese mit Händen und Füßen zugleich und rutschte langsam hinunter. Das hieß, er wollte es langsam tun – in Wahrheit beschleunigte sich sein Tempo jedoch ungewollt, und als er auf dem Boden ankam, war die Wucht des Aufpralls so stark, dass er über seine eigenen Beine stolperte und fast in den Straßengraben fiel.

Er hörte ein Kichern. Balthasar war freundlich genug, Wache zu stehen, aber er verspottete ihn oft, und Arthur ahnte, dass er es insgeheim sehr gerne sah, wenn er wieder einmal in den Dreck fiel. Erst kürzlich war er während einer übereilten Flucht in einen Nachttopf gestiegen, und Arthur glaubte sich zu erinnern, dass Balthasar drei Tage lang nicht mehr aufgehört hatte zu lachen.

Ein Schatten erschien am Fenster. »Wer da?«

»Hör zu lachen auf und lauf!«, schrie Arthur seinen Freund an. Dass genau das angeraten war, war diesem mittlerweile selbst aufgegangen. Er rannte los und Arthur hinterher, wütende Fragen und Flüche von Alphons im Rücken.

»Arme Pauline«, keuchte Arthur nach einer Weile, als das Gebrüll leiser wurde und er das Tempo drosseln konnte. Längst hatte er Balthasar überholt, denn der hatte ein verkrümmtes Bein und konnte nicht so schnell laufen. »Arme Pauline«, wiederholte Arthur. »Sie wird es schwer haben, ihren Göttergatten zu beschwichtigen.«

»Sie heißt nicht Pauline, sondern Martha«, stellte Balthasar richtig.

»Wie kommt es, dass du meine Frauen besser kennst als ich?«

»Nun«, grinste der Freund, »das ist, weil ich mein Gehirn im Kopf habe und zum Denken benutze, während du deines in der Hose trägst ...« Er machte eine anzügliche Geste.

»Ich fürchte, ich habe Martha zum letzten Mal gesehen«, meinte Arthur, doch er klang nicht wirklich bedauernd. »Nun, da ihr Mann misstrauisch geworden ist, kann ich mich hier nicht mehr blicken lassen.«

»Du willst die Schöne aufgeben?«, ging Balthasar auf die Heuchelei ein, obwohl er in Wahrheit wusste, dass Arthur ungern mehr als eine Nacht bei ein und derselben Frau verbrachte.

»Ach, es gibt unendlich viele schöne Frauen in Hamburg!«, rief Arthur aus. »Das nächste Mal suche ich mir allerdings eine, die im Erdgeschoss lebt, damit ich nicht so lang auf der Dachrinne rutschen muss.«

Balthasar schüttelte grinsend den Kopf. »Und jetzt geht's nach Hause?«, fragte er.

»Wo denkst du hin? Diese ganze Aufregung hat mich durstig gemacht.« Und schon blickte sich Arthur Hoffmann suchend nach der nächsten Kneipe um, wo er seinen Durst stillen konnte.

Längst ergraute morgendlich die Nacht, als Arthur sich auf den Weg nach Hause machte. Weder hätte er jetzt noch die Zahl der Kneipen nennen können, die er aufgesucht hatte, noch die Anzahl von Wein- und Schnapsgläsern, die er geleert hatte. Er konnte sich kaum aufrecht halten, Balthasar musste ihn stützen.

Abseits der breiten Hauptstraßen waren die Straßen dreckig und voller Unrat. Eine klebrige Masse wucherte zwischen den Pflastersteinen, die nicht einmal der Regen wegspülen konnte. Für gewöhnlich ekelte sich Arthur vor diesem Schmutz, doch nun war er viel zu betrunken, um zu beachten, worauf er lief – Hauptsache, er schaffte es irgendwie nach Hause. Einer der viele Hunde der Stadt – räudige Streuner allesamt – kläffte sie an; in der Luft hing wie immer um diese Tageszeit Gestank, übler und durchdringender noch als der säuerliche Atem, der Arthurs Mund entströmte. Seit Jahrzehnten gab es ein Kanalisationssystem, das das Sielwasser von Binnen-Alster, kleiner Alster und Bleichenfleth hätte abfließen lassen sollen. Doch wenn es wie so oft nicht funktionierte, glich Hamburg einer riesigen Kloake. Der Gestank war nicht das Einzige, was das Atmen erschwerte. Dort, wo die Bewohner es sich nicht leisten konnten, ihre Straßen mit Wasser besprengen zu lassen, wurde die Asche aus den Höfen vom Wind verweht, verpestete die Luft und machte die Kleidung dreckig.

Auch darüber führte Arthur im nüchternen Zustand Klagereden, doch jetzt war ihm zu übel, um sich darüber zu erregen. Nur mühsam kamen sie weiter.

»Dass du dich nicht schämst!«, spottete Balthasar. »Jetzt brauchst du ausgerechnet einen Krüppel wie mich, um aufrecht gehen zu können!«

Balthasar bezeichnete sich oft und gerne als Krüppel und noch lieber als hässlichsten Mann von ganz Hamburg. Seit er in frühen Lebensjahren an Kinderlähmung gelitten hatte, war das rechte Bein deutlich verkürzt. Wenig später war das Wohnhaus, in dem er gelebt hatte, abgebrannt, und er hatte als Einziger überlebt – allerdings von Brandwunden gezeichnet, die seine Hände und sein Gesicht für immer verunstalteten. Auch ohne Brandnarben wäre sein Gesicht nicht sonderlich ansehnlich gewesen: Seine Nase war ebenso schief gewachsen wie seine Augen und seine Backenknochen, die Zähne waren zwar weiß und gerade, aber das Kinn darunter absonderlich spitz. Er lästerte oft, dass der liebe Gott bei ihm wahllos zwei Hälften genommen und einfach zusammengestückelt hätte.

Und Balthasar war nicht nur hässlich. Ohne Scheu gab er zu, ebenso arm zu sein und dass ihn einzig die Verwandtschaft mit den wohlhabenden Hoffmanns vor der Gosse rettete. Damals, als er beim Brand seine ganze Familie verloren hatte, hatten ihn diese aufgenommen. Für Arthur war Balthasar seitdem wie ein Bruder, von dem er einerseits erwartete, dass er ihm immer wieder aus der Patsche half, mit dem er andererseits aber auch bedenkenlos das Geld teilte, das ihm selbst von der Familie zugedacht wurde. Da Balthasar stets offenherzig darüber sprach, entstand nie falsche Scham. Von niemandem als von ihm konnte man besser lernen, dass man mit Schwächen am besten lebte, indem man sie frei benannte, anstatt sie mit aller Macht zu verbergen. Nur manchmal – wenn er nicht zu betrunken dazu war – fragte sich Arthur, ob Balthasar es ihm nicht doch manchmal neidete, dass er schöner und reicher war, bei den Frauen beliebter und dass er ohne Hinkebein durchs Leben ging.

Eins hatte ihm Balthasar bei allem Fehlen von Schönheit und Reichtum allerdings voraus – das Talent zu zeichnen. Eigentlich schleppte er ständig den Skizzenblock mit sich, um Szenen des Lebens festzuhalten. Nur heute hatte er ihn nicht dabei – gottlob, wie sie wohl beide insgeheim dachten, denn dann hätte er seine Hände nicht frei gehabt, um Arthur zu stützen.

Arthur röchelte.

»Sag mir rechtzeitig, wenn du dich übergeben musst«, meinte Balthasar trocken. »Ich will nicht alles abbekommen wie beim letzten Mal.«

»Was regst du dich auf?«, hielt Arthur ihm entgegen. In seinem Mund schmeckte es gallig. »Schließlich bin ich es doch, der all deine Kleidung bezahlt.«

»Genau genommen, bist es nicht du, sondern dein Vater.«

Die Rede war von Arthur Hoffmann senior, der einst die Apotheke Hoffmann & Kompagnons gegründet, sich jedoch vor vielen Jahren nach einem Herzanfall aus dem Geschäft zurückgezogen hatte und nun in einem Gartenhaus in der Wohlersallee von Altona lebte. Die Apotheke wurde seitdem von Arthurs Onkel Gustav geführt, der die Verantwortung längst an Arthur hätte abgeben wollen, der aber vom Neffen immer mit irgendeinem Grund abgespeist wurde, warum das zum jetzigen Zeitpunkt einfach unmöglich war.

Erst hatte er in der Armee als »Einjähriger« gedient, später folgte das Pharmaziestudium an der »hohen philosophischen Facultät« der Universität Zürich. Balthasar hatte ihn dorthin begleitet und darauf geachtet, dass sich Vergnügungen und Pflichten des Studentenlebens halbwegs die Waage hielten. Dennoch hatte es Jahre gedauert, bis Arthur mit Müh und Not all seine Prüfungen absolviert und obendrein seine Dissertation geschrieben hatte – über »die bacteriologisch-chemischen Ursachen beim Aufgehen des Brotteigs«. Zurück in Hamburg, hatte der Onkel ihn gedrängt, die Geschäfte zu übernehmen, aber nun, so hatte Arthur behauptet, müsse er sich von der Anstrengung des Studiums erst einmal erholen.

Niemand wagte, ihm eine Grenze aufzuzeigen. Arthur senior, der in den letzten Jahren nicht mehr am schwachen Herzen litt, sondern stattdessen von einem Magenleiden fast täglich ins Bett gezwungen wurde, war zu schwach, um ihn zur Rede stellen. An des Onkels Nörgeln hatte er sich gewöhnt. Und auch Balthasar schien die Nächte lieber in rauchigen Etablissements zu verbringen als die Tage hinter dem Apothekertisch. Er betrank sich zwar nie so hemmungslos wie Arthur, aber er fand dort viel mehr Motive zum Zeichnen vor.

»Sind wir bald da?«, stöhnte Arthur. »Ich könnte hundert Jahre schlafen.«

Balthasar drängte ihn von der Straße ab. Ehe sich's Arthur versah, hatte ihm der Freund den Kopf unter den Strahl eines

Springbrunnens getaucht. Arthur war so verdattert, dass er sich nicht wehrte. »Bist du verrückt geworden?«, prustete er.
»Das muss sein! Du erschreckst sonst alle zu Tode mit deiner Fahne! Denk an die Frauen, die dich lieben!«
Balthasar verdrehte die Augen. Er fragte Arthur oft danach, wie er es anstellte, aber der konnte sich selbst nicht recht erklären, warum ihm die Frauenherzen so leicht zuflogen. Er genoss es einfach, dass es so war. Frau Christa, die Haushälterin, behandelte ihn bis zum heutigen Tag wie ein Kleinkind, dem man die größte Freude bereitet, wenn man ihm Süßigkeiten zusteckt – und Arthur ging stets auf dieses Spiel ein. Für Tante Minna war es der Lichtblick des Tages, wenn er nachmittags mit ihr Tee trank. Seine vielen Cousinen begannen neckisch zu kichern, wenn sie ihn bereits nur sahen. Und dann gab es all diese zahlreichen Frauen Hamburgs, verheiratet oder nicht, bürgerlich oder adelig, reich oder arm, die ihm, von seinem blonden Lockenkopf und seinem aufreizenden Lächeln bezirzt, das Herz vor die Füße legten – und meist noch mehr.
»So!«, Balthasar stöhnte nach weiteren Schritten unter dem Gewicht. »Jetzt sind wir da.«
Arthur hob den Blick. Von seinen Haaren tropfte es nass; das Wasser verschleierte seinen Blick auf das Haus, in dem sich die Verkaufsräume der Apotheke befanden wie auch das Lager und die Wohnräume. Eine Seite lag direkt am Wasser, die andere zur Straße hin, so dass sowohl Boote als auch Sackkarren und Pferdewagen die Waren anliefern konnten.
»Nein, nicht!«, rief Arthur, als Balthasar den Haupteingang ansteuerte. In diesem Zustand wollte er lieber die große Diele meiden. Eine breite Treppe führte von dort nach oben, und die Säulen und Kapitellen waren mit aufwendigen Schnitzereien versehen, die diverse Köpfe und Gestalten aus der grie-

chischen Mythologie darstellten. Wenn Arthur an ihnen vorbeiging, hatte er immer das Gefühl, von neugierigen Gaffern beglotzt zu werden.

Lieber nutzte er den Eingang direkt neben der Küche.

In dieser Küche stießen sie auf Frau Christa, die die Hände über ihren Kopf zusammenschlug, kaum dass sie Arthur erblickte.

»Herr Arthur, Herr Arthur!«, rief sie entsetzt.

Arthur grinste. Er wusste, dass er von Frau Christa keine Standpauke erwarten musste – höchstens ein paar Naschereien, die seinem unruhigen Magen allerdings den Rest geben würden. Ein Gläschen Likör würde er eher vertragen, wobei: Die Kopfschmerzen, die seinen Blick verdunkelten, drohten schon jetzt unerträglich zu werden.

»Herr Arthur, Herr Arthur ...«

»Nicht jetzt, Frau Christa! Wenn Sie einen Rollmops für mich haben, den nehme ich gerne. Aber böse Worte ertrage ich nicht.«

Als ob Frau Christa jemals böse Worte zu ihm gesagt hätte!

»Den Rollmops behältst du nie bei dir«, warf Balthasar trocken ein.

Arthur setzte sich rasch auf den erstbesten Schemel, den er fand. Balthasar wirkte erleichtert, dass er ihn nicht mehr stützen musste.

»Herr Arthur!«, rief Frau Christa und schlug wieder die Hände zusammen. Erst jetzt bemerkte Arthur, dass ihre Stimme zitterte und ihr Gesicht ungewohnt bleich war.

»Was ...«, setzte er an.

»Sie müssen sofort zu Ihrem Onkel gehen. Er wartet schon seit Stunden auf Sie.« Frau Christa seufzte, ehe sie mit tief bekümmerter Miene hinzusetzte: »Es ist etwas sehr ... Trauriges passiert.«

Onkel Gustav hatte im Kamin des Salons ein Feuer machen lassen, was zu dieser frühen Tageszeit mehr als ungewöhnlich war. Noch hatte sich die Wärme nicht im ganzen Raum ausgebreitet, aber Arthur brach dennoch der Schweiß aus. Onkel Gustav saß in einem Stuhl – wie immer so steif und ausdruckslos, dass man ihm seine Gefühle nicht ansehen konnte. Er trug einen Morgenmantel, was bedeutete, dass ihn die Nachricht, die er Arthur mitzuteilen hatte, im Schlaf überrascht hatte. Dennoch war er frisiert, sein Backenbart sorgfältig gestutzt, und sein Monokel klemmte wie stets vor dem rechten Auge.

Bei seinem gepflegten Anblick bekam Arthur ein schlechtes Gewissen, weil er ihm selbst so verlottert gegenübertrat: Er roch nach Schnaps, sein Gesicht war aufgedunsen, und von seinen Haaren tropfte es immer noch nass. Zwar hatte ihn Balthasars Maßnahme halbwegs nüchtern gemacht, doch für lange Schelten fühlte er sich zu müde, und eine solche erwartete er instinktiv. Ganz gleich, was Frau Christa von einer traurigen Nachricht geschwafelt hatte – dass des Onkels Miene so düster war, bezog er auf sein spätes Nachhausekommen und die Tatsache, dass er sich betrunken hatte.

»Onkel … können wir nicht einfach morgen …«

Er starrte ihn an. »Was meinst du mit morgen? Der neue Tag ist sechs Stunden alt.«

»Ich meine, wenn ich erst ausgeschlafen habe und …«

»Du hast keine Zeit mehr fürs Schlafen, Arthur. Und keine Zeit mehr fürs Saufen und für Frauen.«

Onkel Gustav trat mit steifem Rücken auf ihn zu, als hätte er einen Stock verschluckt. »Ich würde es dir gerne schonend beibringen«, fuhr er mit nunmehr gesenktem Blick und leicht belegter Stimme fort, »aber ich glaube ohnehin nicht, dass es dich besonders erschüttern wird. Dein Vater ist tot.«

Die Worte verklangen im dämmrigen Raum. Hilflos wartete Arthur darauf, dass Gustav Hoffmann ihn wieder ansehen und ihm ein Zeichen geben würde, was er von ihm erwartete: Dass er die Fassung wahrte, so wie er es selbst immer tat? Oder dass er – entgegen seiner Erwartung – heftigen Kummer zeigte?

Arthur fühlte nichts dergleichen. Der Vater war immer irgendwie da gewesen, aber er hatte sich aus seinem Leben zurückgezogen, nachdem Arthurs Mutter gestorben war, und die Erziehung des Sohnes seinem Bruder und dessen Frau Minna überlassen. Wenn überhaupt von ihm gesprochen worden war, dann wurde Arthur eingebleut, er müsse seinem Vater unendlich dankbar sein – schließlich habe jener die Apotheke aufgebaut, die dereinst ihm gehören würde. Doch der Einzige, dem Arthur dankbar war, war sein Onkel, denn dieser führte diese Apotheke schließlich und könnte es seinetwegen gerne weit über die eigene Volljährigkeit hinaus tun. Der Wohlstand, den er dem Familienunternehmen verdankte, war ihm angenehm, die zukünftige Pflicht hingegen schon jetzt eine Last. Nicht das Pharmaziestudium war ihm eine Qual gewesen, umso mehr aber die Borniertheit von Vater und Onkel. Andere seiner Zunft, so hatte er in Zürich gelernt, betrieben ein reges, praktisches Studium der Mikroorganismen, kamen zu Unmengen von neuen naturwissenschaftlichen Erkenntnissen und nutzten sie für das Geschäft. Arthur senior und Onkel Gustav taten nichts dergleichen. Wieder andere verdienten viel Geld, indem sie ihre Apotheken zu regelrechten Fabriken erweiterten, die ihre Produkte in Massen herstellten, doch Arthur senior und Onkel Gustav hatten immer nach dem Motto »klein, aber fein« gewirtschaftet.

Letztlich konnte Arthur damit gut leben. Im Zweifelsfall war es ihm lieber, dass Onkel Gustav die Apotheke gegen seine

Vorstellungen führte, als dass er es allein tun und die ganze Verantwortung tragen müsste.
Onkel Gustav hob den Kopf und blickte ihn prüfend an. Zu viele Augenblicke waren verstrichen, um sich jetzt noch ehrlich bestürzt zu zeigen.
»Wann?«, fragte Arthur nur.
»Am Ende war es nicht einmal sein Herz, das ihn tötete, obwohl alle genau das erwartet haben, sondern sein Magenleiden. Offenbar hatte er plötzlich Blutungen bekommen. Gestern Abend wollte er dich unbedingt noch einmal sehen, aber du warst nirgendwo zu erreichen.«
»Konnte ich wissen, dass …«
»Ich will dir kein schlechtes Gewissen machen«, unterbrach Onkel Gustav ihn rasch. »Aber du hast gefragt, wann er gestorben ist, und ich habe darauf geantwortet.«
Arthur überlegte, was er nun tun sollte. Ob er vorgeben könnte, jetzt allein sein zu wollen, um dann einfach zu gehen und sich auszuschlafen?
»Du weißt gar nicht, was du deinem Vater alles zu verdanken hast«, erklärte Gustav unvermittelt.
Natürlich!, dachte Arthur verdrießlich. Natürlich muss diese alte Leier wieder kommen!
Obwohl er nichts sagte, schien der Onkel zu ahnen, was in seinem Kopf vorging, denn ungewohnt streng fuhr er ihn an: »Nein, du weißt es nicht. Wenn es nach mir gegangen wäre, hätte ich längst andere Saiten aufgezogen. Ich hätte dir die Wahrheit nicht so lange verschwiegen.«
Arthur fühlte, wie nagende Kopfschmerzen von seinem Nacken über den Hinterkopf bis zur Stirn krochen. Außerdem war ihm schwindlig. »Die Wahrheit?«, fragte er mäßig interessiert, um gleich darauf zu flehen: »Onkel Gustav, wenn du so viel Wert darauf legst, verspreche ich es dir hier und jetzt:

Ich werde etwas mehr in der Apotheke arbeiten und etwas weniger trinken.«

Noch während er es aussprach, überlegte er, wie er sich diesem Versprechen wieder entziehen konnte, doch der Onkel ging ohnehin nicht darauf ein.

»Ich fürchte, das reicht nicht«, erklärte er düster. »Unser Unternehmen steht kurz vor dem Bankrott.«

Die Worte verklangen, ohne dass Arthur sie begriff. Onkel Gustav hätte sie in einer fremden Sprache sagen können und sie hätten ihm nicht weniger eingeleuchtet. Was hieß bankrott? Sie lebten doch in diesem großen Haus mit all den Dienstboten, und die Apotheke …

Nun, er wusste nicht viel über die Apotheke, außer dass sich sein Vater und sein Onkel immer vor Veränderungen gescheut hatten. Er hatte es schon seit Ewigkeiten vor sich hergeschoben, einmal in die Geschäftsbücher zu sehen.

Seine Kopfschmerzen wurden stärker.

»Ba… ba… bankrott?«, stotterte er. »Davon höre ich zum ersten Mal.«

»Weil du dich nicht dafür interessiert hast! Weil dein Vater es dir gönnen wollte, unbeschwert deine Jugend zu verbringen, wie er sich ausdrückte! Ich war nie dieser Meinung. Du warst der Erste in unserer Familie, der studieren durfte – und bis jetzt hast du dich nicht dafür erkenntlich gezeigt.«

Wie immer, wenn die Stimme des Onkels diesen nörgelnden Tonfall annahm, erwachte in Arthur Trotz. »Ich habe nicht darum gebeten. Mir hätte es durchaus gereicht, so wie ihr nur einzelne Vorlesungen an den Pharmazieschulen zu besuchen.«

»Ach«, kam es ungewohnt bissig, »und dass die Damen dich schwärmerisch Herr Doktor nennen – hast du darum etwa auch nicht gebeten? Arthur, du lebst in den Tag hinein, über-

nimmst keine Verantwortung, wartest, was das Leben dir bringt, und packst es nicht an.«
»Was willst du eigentlich? Ich habe doch schon gesagt, dass ich künftig eben mehr arbeiten werde. Ich werde …«
Onkel Gustav schüttelte vehement den Kopf. »Das wird nicht genügen. Ich habe es deinem Vater erspart, aber dir erspare ich es nicht. Um unser Unternehmen zu retten, müssen wir einen weiteren Gesellschafter aufnehmen. Und ich habe bereits einen gefunden.«
Arthur blickte zu Boden, um seine Erleichterung zu verbergen. Also hatte ihm der Onkel nur tüchtig Angst einjagen wollen und in Wahrheit schon eine Lösung ausgeheckt. Ein weiterer Gesellschafter, warum nicht, ihm war alles recht, wenn das Unternehmen nur florierte und er dafür nichts tun musste … Er sah, wie sich zu seinen Füßen eine Pfütze bildete. Als er wieder hochblickte, bemerkte er, dass sein Onkel angewidert darauf starrte.
»Dann kommt doch alles in Ordnung«, sagte Arthur leise.
»Das kommt es nur, wenn du deinen Beitrag leistest. Der Gesellschafter, von dem ich spreche, ist Doktor van Sweeten. Er ist nicht nur sehr wohlhabend, sondern auch sehr innovativ, und er steigt nur ein, wenn er die Mehrheit der Apotheke erhält.«
Meinetwegen, wollte Arthur sagen, wenn es weiter nichts war …
Doch da fuhr der Onkel fort: »Doktor van Sweeten hat keinen Sohn, nur zwei Töchter. Die eine, Clarissa, ist bereits verheiratet, die andere, Nora, hingegen ist noch ledig. Es gäbe also eine Möglichkeit, damit das Unternehmen doch in der Familie bleibt.«
Er machte eine vielsagende Pause.
Arthur begriff nicht, warum der Onkel ausgerechnet von den

Töchtern des Doktors sprach. Überhaupt glaubte er, keinen Augenblick länger aufrecht stehen zu können.
»Bitte, Onkel ... ich muss das alles erst irgendwie verdauen ... Ich will mich ein wenig ausruhen, und hinterher können wir immer noch darüber sprechen ... und ...«
Doch Onkel Gustav schonte ihn nicht. Er packte ihn ungewohnt fest an den Schultern und sah ihm streng in sein Gesicht. »Doktor van Sweeten erwartet, dass das Geschäft besiegelt wird, indem du Nora heiratest.« Er machte eine kurze Pause, ehe er hinzufügte: »Und ich, Arthur, ich erwarte das auch.«

Die Plätzchen waren zuckersüß, die Gespräche holprig und sämtliche Gesten verkrampft.
Nur Balthasar hatte seine Freude – Balthasar, der in den letzten Tagen noch mehr zeichnete als sonst. Schon nach dem ersten Besuch der van Sweetens hatte er Porträts von allen Familienmitgliedern gemacht. Auch das Begräbnis von Arthur Hoffmann senior, bei dem die van Sweetens natürlich anwesend waren, hatte er ausführlich dokumentiert. Und bei ihrem nunmehr dritten Besuch prägte er sich mit flinken Augen alle Feinheiten ein, um seine künftigen Porträts noch subtiler und wahrheitsgetreuer anzufertigen.
Doktor August van Sweeten war auf Balthasars Bildern ein großer, dünner, in Schwarz gekleideter Mann mit schmalem Gesicht und ausdruckslosem Blick. Arthur meinte, er käme viel zu gut darauf weg. Noch nie in seinem Leben hatte er einen derart reglosen Menschen gesehen. Seiner Meinung nach hatte August van Sweeten seinen Kopf noch nie nach rechts oder links verdreht – undenkbar, wie er mit dieser Körperhaltung jemals Patienten untersucht hätte. Nun, vielleicht war das der Grund, warum er in ihre Apotheke investieren wollte – weil er sich dann nie wieder über Kranke beugen müsste.

Seine Gattin Eleonore hatte einen kleinen Mops, dem sie überaus ähnlich sah. Zumindest traten ihnen beiden Kulleraugen aus dem runden Gesicht, und diese wirkten bei beiden zugleich dümmlich und arrogant. Der größte Unterschied war, dass dem Mops ständig die Zunge aus dem Maul hing, Eleonore jedoch nicht.

Und dann gab es Clarissa, Noras Schwester und damit seine künftige Schwägerin, die keinen Schritt ging, ohne sich bei ihrem Gatten einzuhaken. Balthasar zeichnete sie mit rosiger, glatter Haut, wohingegen Arthur meinte, das sei viel zu schmeichelhaft – die Haut war zwar tatsächlich prall, die Kleidung allerdings so eng, dass an vielen Stellen des Körpers fette, kleine Würstchen hervorquollen. Immerhin war sie gewandter als ihr Gatte, redete gerne und lächelte viel, wobei besagter Rudi so steif wie sein Schwiegervater war und man ihn, nicht sie, für einen Blutsverwandten von Doktor van Sweeten hätte halten können. Ob steif und schweigsam oder nicht – Clarissa schien den Gatten zu lieben oder tat zumindest so. Sie bezeichnete ihn ungeniert vor allen Leuten als ihren Herzbuben, und das mit einer schrillen, affektierten Stimme, die Arthur schon nach dem ersten Treffen unerträglich fand. »Ach was!«, hatte Balthasar gemeint. »Genau genommen, ist Clarissa dein Beuteschema. Würde sie nicht deine Schwägerin werden, hättest du längst begonnen, sie zu umwerben.«

Arthur gestand es dem Freund gegenüber nicht ein, gab ihm jedoch insgeheim recht. Clarissa war etwas üppig, aber ihre Züge sehr fein, ihr lockiges Haar weizenblond, und der schrillen Stimme konnte man ja entgehen, indem man sie zum Schweigen brachte – Arthur wäre da durchaus die eine oder andere Maßnahme eingefallen. Ja, Clarissa war halbwegs hübsch anzusehen, was wiederum der Grund war, warum sie

schon in jungen Jahren geheiratet hatte – ihre Schwester Nora hingegen nicht.
Wirklich hässlich war Nora nicht. Balthasar fand sie sogar ausgesprochen ansehnlich, aber so wie Clarissa nach der Mutter kam, kam Nora nach dem Vater. Sie war unnahbar, ernst und wirkte neben der rosigen Schwester wie eine Krähe. Sie trug ihre dunklen Haare stets zu einem festen Knoten gebunden, der sie um Jahre älter machte. Das einzige verspielte Element an ihrer Erscheinung war eine Schleife, die die Haare aus der Stirn hielt, aber diese schien irgendwie lächerlich. So schwarz wie ihr Haar war stets ihr Kleid – ausgenommen der Kragen um den Hals: Der war weiß und so eng, dass Arthur sich fragte, wie sie damit atmen, geschweige denn, Plätzchen essen und Tee trinken konnte. Der Kragen wurde von einer rubinroten Brosche zusammengehalten, die ihr Gesicht allerdings nicht zum Leuchten brachte, sondern blässlich wirken ließ.
Wie eine Nonne sieht sie aus, befand er, als er ihr zum ersten Mal gegenübergestanden war, und dieses Urteil hatte sich seitdem nicht geändert. Und nicht nur ihr Aussehen glich einer Nonne – sie schien ebenso rechtschaffen und keusch wie eine solche! Sie blickte ihn ohne Scheu mit ausdruckslosem Blick an, und wenn hinter dieser glatten Stirn noch etwas anderes rumorte als Pflichtbewusstsein, dann war es – er glaube es förmlich zu fühlen – Verachtung für ihn.
Dabei hatte er sich bei ihrem ersten Treffen sogar Mühe gegeben! Er hatte sie angelächelt und mit ihr zu reden versucht, aber ihre knappen Antworten hatten ihn so befremdet, dass er sich lieber an Clarissa wandte und deren Stimme ertrug. Er überlegte sich insgeheim, wie er diese verführen könnte – bei Nora hingegen verdrängte er jede Vorstellung von Intimität. Grauenhaft müsste es sein, mit ihr in einem Bett zu liegen!

Wie sollte er sie nur heiraten und sein ganzes Leben mit ihr verbringen? Nein, das konnte er unmöglich tun – und nie war ihm das so klar gewesen wie heute, da sie sich zum dritten Mal nach der gemeinsamen Teestunde verabschiedeten. Auch nachdem sich alle erhoben hatten, blieb Arthurs Blick starr auf die Tafel gerichtet.

Frau Christa hatte gemeint, zu dem besonderen Anlass das Mobiliar im Salon umstellen zu müssen, damit die Seidentapete aus Lyon besser zur Geltung kam. Rund um den Kaffeetisch hatte sie mehrere Guéridons – kleine Tischchen mit Lämpchen – drapiert, und sowohl Eleonore als auch Clarissa hatten deutliche Mühe, ihre wuchtigen Leiber nun daran vorbeizuzwängen. Der hechelnde Mops wickelte seine Leine um eines der Tischbeine, was beinahe zu zwei Katastrophen geführte hätte: Um ein Haar wäre der Tisch mitsamt Lampe umgefallen und hätte den Mops erdrosselt. Wobei Letzteres in Arthurs Augen keine Katastrophe gewesen wäre und Ersteres eigentlich auch nicht. Noch nie war er so durstig auf Schnaps gewesen.

Er merkte gar nicht, dass Nora zu ihm trat, und sein Onkel musste ihn anstoßen, damit er geistesabwesend ihre Hand hob und die Andeutung eines Kusses darauf hauchte. Auch der werten Frau Mama küsste er die Hand, woraufhin die Töle, die auf den Namen Theodor hörte, ihn anbellte. Wahrscheinlich hatte der Köter übel Lust, nicht nur zu bellen, sondern auch zuzubeißen, und als er auf das kläffende Tier stierte, überkam ihn das Gefühl, dass auch Nora ihn irgendwann anfallen und beißen würde, wenn auch nicht heute, so spätestens nach der Hochzeit.

Nein, er konnte unmöglich sein ganzes Leben mit ihr teilen! Genau betrachtet, war er noch nie einer Frau begegnet, mit der er sein Leben teilen wollte, aber mit Nora schon gar nicht.

Nachdem die Gäste den Salon verlassen und die Dienstmädchen den Teetisch abgeräumt hatten – er hatte sogar vergessen, mit ihnen zu kokettieren –, ging er unruhig auf und ab. Seine Miene war mürrisch, die des Onkels dagegen strahlend.
»Es ist hervorragend gelaufen!«, verkündete er, als er auf ihn zutrat.
Arthur hatte zunächst keine Ahnung, was er meinte, und brauchte eine Weile, um zu begreifen, dass Onkel Gustav heute mit August van Sweeten die Mitgift ausgehandelt hatte.
»Vierzigtausend Reichstaler«, berichtete er nun stolz. »Das entschädigt uns dafür, dass wir die Mehrheit der Apotheke verlieren.«
Arthur fühlte sich wie eine Kuh, die gewinnbringend auf dem Markt verkauft werden sollte.
»Die Stimme von Clarissa ist unerträglich«, stieß er missmutig aus. Bis jetzt hatte er nur mit Balthasar, der sich mittlerweile zurückgezogen hatte und wohl wieder zeichnete, offen über die van Sweetens gesprochen.
»Die musst du ja auch nicht heiraten«, meinte der Onkel aufmunternd. »Und Noras Stimme ist gut auszuhalten!«
»Weil sie erst gar nichts sagt! Weil sie steif wie ein Stock ist, wie der Herr Papa! Ich kann sie nicht heiraten.«
Die Nachsicht schwand aus Onkel Gustavs Miene. »Natürlich kannst du sie heiraten. Du willst es nur nicht. Das ist ein Unterschied.«
»Ich will mich nicht binden!«, rief Arthur energisch. »Ich will die Welt entdecken!«
»So?«, hielt der Onkel skeptisch dagegen. »Deine Welt bestand bislang aus finsteren Spelunken. Willst du so dein Leben verbringen? Ständig betrunken? Indem du ehrbare Frauen verführst? Und stets die Nacht zum Tag machst?«

Noch nie hatte Gustav diesen Lebensstil so offen angesprochen und kritisiert.

»Das habe ich nicht behauptet«, murrte Arthur und begann wieder, unruhig auf und ab zu gehen. Fieberhaft überlegte er, was er dem Onkel entgegensetzen konnte. Ehrlich gesagt, hatte er noch nie viel darüber nachgedacht, was er sich von seiner Zukunft erwartete. Doch dann fiel ihm ein Gespräch, nein, vielmehr ein Streit ein, den er einst mit Onkel Gustav ausgefochten hatte. Es war kurz vor seinem Studienbeginn gewesen, sein Vater hatte ihm damals ein Prälegat in Höhe von zehntausend Mark vermacht, und Arthur hatte genaue Vorstellungen darüber gehabt, wie er diese ausgeben wollte. Er hatte verkündet, eine lange Reise machen zu wollen, was ihm der Onkel strikt verboten hatte.

»Ich … ich wollte immer so gerne die Welt sehen!«, rief er nun. »Reisen machen, fremde Länder erforschen! Das wollte ich schon damals mit dem Geld meines Vaters tun, erinnerst du dich? Aber ihr habt alle auf mich eingeredet, dass ich erst mein Studium abschließen müsste, was ich auch erfolgreich getan habe. Steht mir nun nicht eine Belohnung dafür zu?«

Der Onkel deutete auf die Decke. Arthur begriff nicht, was er mit dieser Geste bezweckte, bis er erkannte, dass dort neben stuckierten Rosetten das Wappenschild der Hoffmanns abgebildet war. »Du lebst nicht für dich allein, Arthur. Du bist der Spross einer alten Familie.«

»Und diese Familie ist nun scheinbar mehr auf mich angewiesen als ich auf sie!«

Onkel Gustav runzelte die Stirn. »Bei unsereins hätten Pflicht und Anstand ausgereicht, um zu gehorchen. Warum muss man dich, Arthur, kaufen?«

Er antwortete nicht.

»Meinetwegen«, gab Gustav nörgelnd nach. »Ich schlage dir einen Kompromiss vor.«
Arthurs Hoffnung stieg. »Ich muss Nora nicht heiraten?«, fragte er erleichtert.
»Doch, doch«, erwiderte der Onkel. »Du wirst sie heiraten, aber danach … danach kannst du meinetwegen eine Reise antreten.«
»Welche Reise?«
Er hatte es ernst gemeint, als er verkündet hatte, dass er die Welt erforschen wollte, doch er hatte nur eine vage Vorstellung von dieser Welt. Er kannte Hamburg, er kannte Zürich, außerdem hatte er einige Ausflüge in die Alpen und an die Nord- und Ostsee unternommen. Ansonsten hatte er nicht viel gesehen.
»Du sprichst doch Spanisch?«, fragte sein Onkel.
Arthur blickte ihn verwirrt an, antwortete dann aber bereitwillig: »Zumindest verstehe ich es ganz gut. Vater hat seinerzeit Wert darauf gelegt, dass ich auf die Schule gehe, wo man Englisch und Spanisch statt Griechisch lernt.«
Nachdenklich nickte der Onkel.
»Aus gutem Grund«, setzte er an. »In Valparaíso hat der Genuese Antonio Puccio 1837 eine kleine Drogerie gegründet. Später hat er sie an die Herren Mongiardini verkauft, und schließlich wurde der Deutsche Georg Fabian Teilhaber. Mittlerweile hat sein Sohn Carl die Anteile geerbt. Fabian & Compania heißt das Unternehmen, und es gibt viele Hamburger Apotheken, die mittlerweile Geschäfte mit ihm machen – Daube und Kahler zum Beispiel, die eigens eine Firma gegründet haben, die Arznei- und Drogeriewaren importiert, und auch ein gewisser Heinrich Schmitzke, der in Valparaíso eine eigene Apotheke und ein großangelegtes Import- und Exportgeschäft von pharmazeutischer Ware gegründet hat.

Ich kenne ihn noch von der Zeit, als er in Hamburg lebte.« Onkel Gustav seufzte und begann, nachdenklich auf und ab zu gehen, ehe er nach einer Weile fortfuhr: »Ich habe mich der Möglichkeit, Geschäfte in Übersee zu machen, stets verschlossen, aber Heinrich Schmitzke hat immer wieder darauf insistiert, dass wir expandieren sollten. Nun gut, jetzt, da wieder genügend Geld da ist, ist es vielleicht gar nicht das Schlechteste, den Geschäftskontakt mit Heinrich Schmitzke zu intensivieren.« Er machte wieder eine längere Pause. »Und zu diesem Zweck könntest du nach Valparaíso reisen«, fügte er endlich hinzu.

Stille legte sich über den Salon, nachdem er geendet hatte. Nur das Ticken einer Uhr war zu hören. Arthur war erstaunt – nicht nur, dass der Onkel ihm entgegenkam, sondern dass er sich bereits so ausführliche Gedanken über seine Zukunft gemacht hatte. Er war nicht sicher, was er davon halten sollte.

»Wo liegt überhaupt Valparaíso?«

Er hatte den Namen dieser Stadt noch nie gehört, wobei ihm, genau genommen, jeder Ort recht war, wenn er nur ohne Nora dorthin reisen konnte.

Onkel wirkte zufrieden. »In Chile«, sagte er mit dem Anflug eines nachsichtigen Lächelns.

»Aber Balthasar kommt mit«, bestand Arthur.

»Wenn er es denn will«, meinte Gustav. »Dein Vater fühlte sich über seinen Tod hinaus für ihn verantwortlich und hat ihn in seinem Testament bedacht. Er könnte hier in Hamburg ein geruhsames Leben führen. Du weigerst dich also nicht länger, Nora van Sweeten zu heiraten?«

Arthur ging nicht auf die letzte Frage ein.

»Balthasar kommt mit«, beharrte er. »Schon allein darum, weil er viel mehr Motive zum Zeichnen findet, solange er an meiner Seite lebt.«

Seit sie sich in das gemeinsame Schlafzimmer zurückgezogen hatten, hielt Nora ihren Blick gesenkt. Arthur sah in ihrer Gegenwart eigentlich immer verdrießlich drein, aber noch nie hatte er so ernst gewirkt wie jetzt. Ihre Mutter behauptete, er sei ein schöner Mann. Und Clarissa hatte wiederum gemeint, ihr Herzbube sei zunächst auch sehr zurückhaltend gewesen. Der Anfang einer Ehe sei nun mal immer schwer; es gehöre Zeit und Geduld dazu – vor allem, um sich an das zu gewöhnen, was in den Nächten geschah. Das wäre anfangs ohne Zweifel das Unerträglichste und später immer noch eine Last für jede Frau, doch wenn man es geschickt anstellte, wäre es immerhin ein probates Mittel, um den Gatten zu lenken.
Nun, Nora wollte Arthur nicht lenken, sondern es einfach hinter sich bringen, so wie sie alles nur möglichst schnell hinter sich hatte bringen wollen. Die Verlobungszeit mit den steifen Teerunden, die heutige Hochzeitszeremonie, bei der ihre Mutter als Einzige rührselig geweint hatte, das anschließende Festmahl, bei dem auf das junge, glückliche Paar launige Reden gehalten worden waren.
Sie hatte die ganze Zeit über das Gefühl gehabt, man würde von zwei Fremden sprechen. Unmöglich konnten sie beide gemeint sein! Arthur war alles andere als glücklich, sondern trank zu viel; sie selbst hockte wie schreckerstarrt neben ihm. Nicht nur Angst vor dem, was sie im Ehebett erwartete, hatte ihr Gesicht versteinern lassen. Vielmehr saß ihr immer noch der Schock in allen Knochen, wie schnell ihr Leben sich verändert hatte.
Sie hatte gedacht, dass sie viel zu alt sei, um noch zu heiraten – hatte das aber nie als tragisch empfunden wie Clarissa, sondern als großes Glück. Schließlich war sie nicht nur alt, sondern zudem überaus wohlhabend, und wenn sie auch nicht so viel Geld für Hüte und Mode brauchte wie ihre

Schwester, so verdankte sie dem Vermögen ein Leben mit Büchern.

Ihre Mutter hatte immer geklagt, dass sie für eine Frau viel zu viel Verstand hätte, ihr Vater hingegen hatte ihr Talent gefördert und sie in die Höhere Mädchenschule geschickt – nicht nur die üblichen neun Jahre, sondern auch in die 10. Klasse, die Selecta. Er war stolz auf die Tochter, die in allen Fächern die Beste gewesen war – in Englisch, Französisch und Geographie, auch in Kalligraphie. Ihre größte Leidenschaft war jedoch die Naturwissenschaft. Nach der Schule hatte sie dem Vater oft in der Praxis geholfen, und einer der Patienten hatte einmal gesagt, dass in ihr ein ebenso guter Doktor steckte wie in ihm. Obwohl andere Frauen es bereits wagten, war es für sie undenkbar, Medizin zu studieren, aber sie stöberte liebend gerne in der Bibliothek, und der Vater hatte es ihr nie verboten. Und so also hatte sie sich ihr künftiges Leben vorgestellt: Sie würde ab und zu in seiner Praxis aushelfen, die Nachmittage lesend verbringen und hin und wieder Clarissas Geschwätz ertragen.

Nun aber lag sie in einem Ehebett, die Decke bis zum Kinn hochgezogen, und starrte auf ihren Gatten, der für sie ein Fremder war. Obwohl er angesichts der Unmengen, die er während der Hochzeitstafel in sich hineingeschüttet hatte, ziemlich betrunken sein musste, ging Arthur auf und ab, ohne zu wanken. Bis jetzt hatte er kein einziges Mal auch nur in ihre Richtung gesehen, geschweige denn, sie berührt.

Aber er würde sie berühren, hatte Clarissa ihr prophezeit – und sie müsse es zulassen, auch wenn sie sich zutiefst dafür schämen würde. In der Ehe sei schließlich alles erlaubt.

Nora versuchte sich abzulenken, indem sie das Zimmer musterte. Von den finanziellen Nöten, in welche die Familie Hoffmann geraten war, war hier noch nichts zu spüren: Kostbare

Holzvertäfelungen bedeckten die eine Wand, auf der gegenüberliegenden gab es feine Seidentapeten. Im Fensterpfeiler war ein großer Spiegel eingelassen worden, in den beiden Ecken daneben standen zwei kleine Keramiköfen. Sämtliche Truhen, Schatullen, Stühle und Bettpfosten waren mit aufwendigen Schnitzereien versehen. Der Teppich war weich und rot wie die schweren Portieren, die Kronleuchter waren aus Messing.

Plötzlich trat Arthur auf das Bett zu. Sie hatte nicht bemerkt, dass er erstmals seine Aufmerksamkeit auf sie richtete, zuckte nun zusammen und zog die Decke noch höher. Ihr Körper versteifte sich, als sie seiner Berührung harrte, doch er blieb neben dem Bett stehen, ohne sich zu ihr zu beugen, und machte keine Anstalten, sich zu ihr zu legen.

»Ich verreise«, erklärte er knapp – die ersten Worte, die er seit ihrer Eheschließung überhaupt zu ihr gesagt hatte.

Nora nickte mit trockenem Hals.

»Ich habe Geschäfte zu erledigen … in Valparaíso.«

Sie nickte wieder.

»Das ist eine Stadt in Chile«, ergänzte er.

Sie erinnerte sich vage, von diesem Land gelesen zu haben, doch sie wusste nicht viel davon, nur, dass es am anderen Ende der Welt lag. Das bedeutete wiederum, dass die Reise dorthin monatelang dauern würde – und der Weg zurück ebenfalls. So lange wäre sie alleine hier. Nun ja, nicht ganz alleine. Es gab schließlich Arthurs Onkel, seine Frau Minna und die vielen Bediensteten. Und vielleicht gab es in einem so teuer eingerichteten Haus auch eine Bibliothek mit Büchern. Sie entspannte sich ein wenig.

»Du kannst nicht mitkommen«, sagte er knapp.

»Natürlich nicht.«

Sie hielt den Atem an, als Arthur einen weiteren Schritt auf

das Bett zutrat. Doch er berührte sie immer noch nicht, und nach Augenblicken, die ihr ewig schienen, sagte er: »Wir haben … das doch beide nicht gewollt.«
Sprach's, wandte sich ab und ging ins Ankleidezimmer. Nora schob die Decke zurück, erhob sich und lauschte. Wieder hörte sie, wie er erst auf und ab ging, sich dann entkleidete und wenig später schnarchte.
Sie war erleichtert, als sie ihren Kopf wieder aufs Kissen sinken ließ, doch als sie die Augen schloss und zu schlafen versuchte, musste sie an ihre Mutter und an Clarissa denken. Wenn sie wüssten, was sich hier zutrug, würden beide wohl voller Entrüstung darüber schimpfen, dass Arthur sie schmählich zurückgewiesen und dadurch die ganze Familie beschämt hätte.
Nora seufzte.
Es hätte gar nicht besser kommen können, redete sie sich ein, aber so dankbar sie auch war, allein in diesem Bett zu liegen – sogleich begann ein Gefühl von Demütigung und Verbitterung an ihr zu nagen.
Als der Morgen dämmerte, Arthur immer noch schnarchte und sie keinen Augenblick lang geschlafen hatte, war er nicht länger ein Fremder, dessen Nähe sie scheute, sondern der Mann, der sie überaus respektlos behandelte – nämlich nicht wie eine Ehefrau, eher wie ein unliebsames Möbelstück.

12. Kapitel

Drei Monate später, Punta Arenas

Emilia strich sich die Haare aus der Stirn. In der heißen Luft der Küche waren sie feucht und gekräuselt. Wie immer kochte sie mehrere Gerichte gleichzeitig – in dem einen Topf schmorte ein Rinderbraten, in einem anderen dünstete sie Reis. Sie röstete Zwiebeln für einen Eintopf und knetete zwischendurch Teig für Empanadas oder Obstkuchen. Ein Huhn war auszunehmen, ein anderes zu rupfen, Kartoffeln zu schälen und Maisbrei zu rühren. Manchmal arbeitete sie so schnell, dass es schien, sie hätte ein halbes Dutzend Paar Hände und nicht nur eins. Als ob es in der Küche nicht genug zu tun gegeben hätte, lief sie immer wieder in die Wirtsstube, um dort Wein oder Mistela – ein beliebtes Gebräu aus Branntwein, Zimt und Zucker – nachzuschenken, oder hoch in die Gästezimmer, um die Betten frisch zu beziehen und den Boden zu fegen.

Manchmal wusste sie nicht, wo ihr vor lauter Arbeit der Kopf stand. Wenn nicht nur die Gaststube voll besetzt, sondern auch alle zehn Zimmer belegt waren, hatte sie nicht einmal Zeit, sich darüber zu freuen, wie gut das Geschäft in ihrer eigenen Herberge, der »Casa Emilia«, nach nunmehr zwei Jahren lief.

Als sie wieder einmal in die Gaststube eilte – in jeder Hand einen Krug –, stolperte sie fast über Ana. »Die beiden Herren

dort hinten wollen noch etwas von dem Rinderbraten«, rief die ihr zu. »Und sie werden langsam ungeduldig.«
Emilia verdrehte gereizt die Augen. »Wenn sie kein steinhartes Fleisch essen wollen, müssen sie noch ein bisschen warten. Und wo, zum Teufel, ist Rita?« Sie stöhnte. »Bestimmt hat sie sich wieder irgendwo verkrochen, um in ihrem Buch zu lesen und von einem Prinzen zu schwärmen!«, gab sie sich selbst die Antwort. »Hier gibt es aber keine Prinzen, sondern nur jede Menge hungrige Mäuler.«
Emilia schenkte rasch den Wein aus und lief schnell zurück in die Küche, wo sie weiter schnitt, wendete, rührte, stampfte, würzte und briet.
Am Anfang hatte Rita noch tatkräftig geholfen – weniger vom Arbeitseifer getrieben als von der Furcht, doch noch im Bordell zu landen. Die saß ihr lange in den Knochen, nachdem sie von Esteban aus Agustinas Herberge vertrieben worden waren und Emilia entschieden hatte, zu Ernesta Villan zu gehen. Dass Emilia dort nicht als Hure arbeiten wollte, hatte Rita kaum beschwichtigt – zumal Ernesta, als sie die Mädchen in jener Nacht aus kalten Augen gemustert hatte, offenbar genau das erwartet hatte.
»Eine dunkle und eine blonde – das ist eine gute Mischung«, hatte sie festgestellt. »Es würde Männer geben, die hätten euch gerne beide zusammen. Was doppelt so viel Geld einbringen würde.«
Rita hatte geweint, aber Emilia stolz erklärt: »Ich kann alles: nähen, kochen, putzen, aber ich bin keines deiner käuflichen Mädchen.«
»Und was willst du dann hier?«
»Ich weiß, dass du Kredite vergibst. Und einen solchen brauche ich. Ich habe aus Agustinas Ayarzas Rattenloch binnen weniger Wochen eine beliebte Herberge gemacht, deren Gast-

stube immer voll ist. Gib mir Geld, damit ich ein eigenes Haus kaufen kann – und bald wird man es nicht nur in Punta Arenas kennen, sondern in der ganzen Umgebung.«
Ernestas graue Augen waren kalt und stechend geblieben, aber am Ende hatte sie schmallippig gelächelt. Emilia hatte geglaubt, sie müsste am durchdringenden Parfümgeruch ersticken. Aus der Nähe hatte sie gesehen, wie unglaublich grotesk Ernesta geschminkt war: Sie hatte keine Augenbrauen mehr, sondern mit Kohlestift zwei dicke Linien gezogen; Puder und Rouge hatten sich in den Falten gesammelt, und die Augenlider waren mit irgendetwas Blauem angestrichen. Doch am Ende hatte nicht gezählt, wie Ernesta aussah, sondern dass sie geschäftstüchtig und geldgierig genug war, um auf Emilias Vorschlag einzugehen.
Ana stürmte in die Küche: »Die beiden Herren werden nun wirklich ungeduldig! Kannst du ihnen nicht wenigstens ein paar Empanadas backen, bis der Rinderbraten fertig ist?«
Immer noch waren diese das beliebteste Gericht. Emilia füllte sie mit allem Möglichen, mit Hühner- und Schweinefleisch, Schinken oder Speck, Käse, Eiern und Kartoffeln, manchmal sogar mit Fisch. Obwohl sie sie sehr billig verkaufte, hatten ihre Einnahmen schon nach wenigen Wochen alle Erwartungen übertroffen. Viele Gäste, die vorher bei Agustina eingekehrt waren, suchten nun die Casa Emilia auf. Es gab also viele Gründe, sich zu freuen – aber ebenso viele, zu hadern, denn beim Anblick der Einnahmen ging Emilia stets durch den Kopf, dass sie die Hälfte davon an Ernesta abgeben musste. In jener Nacht war sie – wie sie rückblickend befand – viel zu schnell auf deren Bedingungen eingegangen. Derart erleichtert, dass sie ihnen nicht nur einen Kredit gegeben, sondern ihnen auch ein freistehendes Haus, das nicht weit von ihrem Bordell entfernt lag, zur Verfügung

gestellt hatte, hatte sie nicht lange gefeilscht, sondern sich das Geschäft von Ernesta diktieren lassen. Erst hinterher bemerkte sie, dass die Abgaben, die sie zu zahlen hatte, viel zu hoch waren – zumal Ernesta doch keinen Finger krummmachen musste. »Was ist jetzt mit den Empanadas?«, fragte Ana.

»Und was ist mit Rita? Warum ist sie nicht hier? Sie sollte hier arbeiten – nicht du!«

»Aber ich helfe doch gerne!«, gab Ana zurück.

Emilia war für Anas Hilfe dankbar, aber zugleich hatte sie immer ein schlechtes Gewissen, weil sie sie für diese Hilfe nicht ausreichend bezahlen konnte. Die blonde Russin gab sich meist nicht minder schroff wie sie selbst, fluchte laut und oft, und ihr Blick auf die Welt war von so viel Spott, Härte und Kälte verschleiert, dass es sogar Emilia manchmal gruselte – aber davon abgesehen gab es keine treuere Seele als Ana. Dass sie sie damals vor Esteban gerettet hatte, rechnete Ana Emilia immer noch hoch an, auch wenn sie nie darüber gesprochen oder gar Dankesworte hervorgebracht hatte. Und dass nicht zuletzt dies ein Grund war, warum sie aus Agustinas Herberge verjagt worden waren, bewog Ana später, regelmäßig zur Casa Emilia zu kommen und dort tagsüber auszuhelfen, während sie des Nachts weiterhin im Bordell arbeitete. Sie erzählte nie, was sie dort durchmachte, nur manchmal verrieten die blauen Ringe unter den Augen ihre Erschöpfung und ihren Widerwillen.

»Wann schläfst du eigentlich?«, hatte Emilia einmal gefragt.

»Besser ich schlafe nicht«, hatte Ana knapp erklärt. »Wenn ich schlafe, werde ich doch nur von finsteren Träumen geplagt.«

Die Empanadas, die Emilia hastig buk, wurden im Fett erst gelb, dann goldig-braun, schließlich knusprig. Emilia nahm sie mit einer Gabel heraus und legte sie auf einen Teller – einem aus Blech, denn Porzellan konnten sie sich noch nicht leisten.

Dass die Gäste so ungeduldig waren, war eigentlich das größte Kompliment, das man ihr als Wirtin machen konnte. Und doch bedauerte sie es, wie die Zeit verrann, ohne dass sie zum Nachdenken kam, ihre Ersparnisse zählte oder Pläne machte, ob, wie und wann sie doch noch nach Deutschland reisen würde. So lange, wie sie nun schon in Punta Arenas lebte und so vertraut ihr die Stadt geworden war, war sie manchmal nicht mehr sicher, ob sie das überhaupt noch wollte. Allerdings: Wie sollte sie eine endgültige Entscheidung treffen können, wenn sie ständig mit Kochen, Putzen, Wäschewaschen und Gästebedienen abgelenkt war?

Zumindest für eines blieb Zeit genug: sich stolz zu sagen, dass sie Agustina längst ausgestochen hatte. Nicht, dass sie die alte Frau als Rivalin empfand. Genau genommen, hatte sie sogar Mitleid mit ihr, so sehr wie diese sich – nun wieder ganz auf sich allein gestellt – abrackern musste. Aber die wenigen Male, die sie Esteban Ayarza über den Weg gelaufen war, hatte sie ihn triumphierend angelächelt, und er hatte rasch den Kopf eingezogen. Gewiss hatte er gehört, wie gut die Casa Emilia lief, und ärgerte sich wohl insgeheim, so tüchtige Dienstmädchen aus dem eigenen, nunmehr wieder verdreckten Haus verjagt zu haben. Seit mehreren Monaten hatte sie ihn nun nicht mehr gesehen, und sie hoffte, er würde sich irgendwo als Fischer oder Robbenfänger verdingen und so schnell nicht wieder nach Punta Arenas zurückkehren. Auch wenn er weder ihr noch Rita oder Ana jemals wieder zu nahegetreten war – sie fühlte sich sicherer, musste sie nicht jeden Augenblick damit rechnen, ihm auf der Straße zu begegnen.

Sie wollte mit den fertigen Empanadas gerade in die Gaststube gehen, als Rita endlich in der Küche erschien. Emilia runzelte die Stirn, doch noch ehe sie zur Standpauke ansetzen konnte, begann Rita sich eilig zu rechtfertigen.
»Ich habe nicht gelesen!«, rief sie. »Ich war auf dem Markt einkaufen!«
Emilia schloss den Mund wieder und lugte in den Korb, den Rita bei sich trug. Immerhin war frischer Fisch darin und ein Eimer Milch. Doch auch wenn Rita nicht dem gefrönt hatte, was in Emilias Augen das schlimmste Laster war – diese absonderliche Liebe zu Büchern nämlich, die sie alles vergessen ließ –, ärgerte sie sich über deren Langsamkeit.
»So lange?«, knurrte sie. »Ich habe dich seit Stunden nicht gesehen. Du kannst mir nicht erklären, dass es so lange dauert, Fisch und Milch zu kaufen.«
Rita senkte verlegen den Blick. Ana indes kicherte. »Vielleicht hatte sie ein Rendezvous mit einem Mann«, schlug sie spottend vor.
Emilia schüttelte ärgerlich den Kopf. »Es ist schlimm genug, dass du Zeit mit Büchern verschwendest. Wenn du sie auch an Männern verscherbeln willst, dann hättest du gleich bei Ernesta im Bordell arbeiten können.«
Ihre Stimme klang bissig, doch in Wahrheit machte sie sich häufig Sorgen um Rita. Sie schien nie ganz in diesem neuen Leben, das Emilia so tatkräftig angepackt hatte, angekommen zu sein. Meist wirkte sie abwesend und wurde nur lebendig und fröhlich, wenn sie von ihren Träumen von der Zukunft sprach – ihrer Zukunft als Spanierin, die von einem Mann so sehr geliebt wurde wie Emilia einst von Manuel.
Eben färbten sich ihre Wangen rot, doch Emilia hatte keine Zeit zu überlegen, ob in Anas Worten nicht nur Spott, sondern tatsächlich auch ein Fünkchen Wahrheit steckte.

»Kümmere dich um den Rinderbraten!«, herrschte sie Rita an, dann eilte sie in die Gaststube, um den hungrigen Männern die Empanadas zu servieren.

Zwischen den Tischen war nur schwer durchzukommen, weil Emilia so vielen Gästen wie nur möglich Platz bieten wollte. An mühseligen Tagen wie heute fragte sie sich, ob das nicht vielleicht ein Fehler gewesen war – die Gäste hingegen beschwerten sich nie über Enge und Lärm; in Punta Arenas war man schließlich beides gewohnt. Es waren fast nur Männer, die ihre Gaststätte besuchten – in diesen Tagen auffällig viele Argentinier. Lange Zeit hatte es zwischen Chile und Argentinien Zwistigkeiten darüber gegeben, wem die Macht über die Magellanstraße zustünde, doch vor einigen Jahren war endlich ein Friedensvertrag geschlossen worden, und seitdem kamen viele Argentinier über die Grenze, um Handel zu treiben. Die Chilenen behandelten sie höflich, aber nicht herzlich – und Emilia tat es ihnen gleich, wobei sie, genau betrachtet, überhaupt niemanden herzlich behandelte.

An einem der Tische saßen Männer mit sehr auffälliger Kleidung: Die Felle des dunkelbraunen Fuchses hatten sie mit denen von Otter und Robbe zu einem Quillango, einem großen Mantel, zusammengestückelt. Wahrscheinlich waren es Robbenjäger, die bis in die Antarktis vordrangen. Sie hatten ihr Mahl bereits beendet und spielten nun Karten – entweder Tresillo oder Rocambor.

Wenigstens machen sie für heute keine Arbeit mehr, dachte Emilia und überließ ihnen ausnahmsweise den Tisch, anstatt sie zu verscheuchen.

Als Nächstes kam sie an einem Mann vorbei, der kein Wort gesprochen hatte, seitdem er die Wirtsstube betreten hatte, und der nun starr vor sich hin blickte. Emilia schenkte ihm etwas Wein nach, ohne dass er darauf reagierte. Gewiss war er einer der Holzfäller, die regelmäßig von den Versorgungsschiffen in den abgelegensten Buchten abgesetzt wurden, um dort für einige Monate zu arbeiten. Wenn sie zurückkehrten, konnten sie sich nur schwer an Lärm und Gerüche der belebten Welt gewöhnen und schienen wie erstarrt. Ungleich lebhafter gebärdeten sich die aufgeregten Goldsucher von der Ostküste Amerikas, denen die Reise durch das Landesinnere zu gefährlich war und die nun über die südlichste Stadt der Welt nach Kalifornien reisten, oder die grobschlächtigen Walfänger mit ihren abgehärteten Händen. Jedes Mal, wenn Emilia einem von ihnen begegnete, musste sie an Pedro denken, an seine Prahlerei und seine geheimen Ängste vor dem Walfang. Auch er war schon mehrere Mal hier Gast gewesen und hatte sie jedes Mal, wie damals beim Abschied, um die Taille gefasst, hochgehoben und an sich gepresst. Sie war glücklich, dass es jemanden gab, der sich freute, sie wiederzusehen. Wenn sie auch keine Familie mehr hatte – wenigstens gab es Rita, Ana und eben Pedro.

Die Männer, die die nächsten drei Tische besetzt hatten, sprachen eine höchst eigenartige Sprache. Auch wenn sie sich am Spanischen versuchten, klang es höchst merkwürdig. Wie Emilia mittlerweile wusste, waren es walisische Schafzüchter. Die meisten ihrer Landsleute hatten sich am Unterlauf des Rio Chubut niedergelassen, andere hatten Land rund um Punta Arenas erworben. Derart in einen Streit vertieft, merkten sie gar nicht, dass Emilia mit Empanadas an ihnen vorbeihuschte, obwohl sie ansonsten zu den hungrigsten Gästen gehörten. Endlich hatte sie sich zum letzten Tisch vorgekämpft, wo die zwei ungeduldigen Männer saßen, von denen Ana gesprochen hatte. Sie musterte sie flüchtig, nahm einen großgewachsenen, blonden Mann wahr und einen viel kleineren, dunkleren, der unglaublich hässlich war. Sie überlegte kurz, welcher Nationalität sie wohl waren, als sie hörte, wie sie Deutsch sprachen.

»Jetzt hab doch noch ein wenig Geduld, Arthur! Du hast drei Monate lang die Fische gefüttert – jetzt muss sich der Magen ohnehin erst wieder daran gewöhnen, etwas bei sich zu behalten«, erklärte der Hässliche.

»Von wegen, ich habe immer die Fische gefüttert! Das ist nur zwei Mal passiert! Du warst genauso oft grün im Gesicht.«

»Aber bei meinen Brandnarben fällt es nicht so auf«, gab der andere grinsend zurück.

Emilia konnte sich nicht daran erinnern, wann sie das letzte Mal Deutsch gesprochen hatte. Hin und wieder waren deutsche Gäste hier, und bei ihnen nutzte sie die Sprache der Kindheit, doch ansonsten hielt sie sich strikt ans Spanische. Manchmal stieg Wehmut auf, wenn sie Deutsch hörte, manchmal fühlte sie sich bei diesem Klang geborgen – nur heute fühlte sie weder das eine noch das andere, sondern war müde und gereizt. Sie stellte wortlos die Empanadas auf den Tisch und strich sich wieder ihre Haare aus der Stirn. Zweimal hatte sie heute schon ihren Zopf neu gebunden, und doch lösten sich immer wieder Strähnen daraus und lockten sich in der feuchten, heißen Luft. Sie trug schlichte, graue Kleidung, die vor allem bequem sein sollte, zugleich jedoch tief ausgeschnitten war, so dass der blonde Mann ihr ungeniert aufs Dekolleté starren konnte. Normalerweise machten ihr Anzüglichkeiten nichts aus, denn Männer, denen sie gefiel, zahlten ihrer Erfahrung nach lieber und mehr. Aber in diesem Augenblick war sie darüber nicht minder verärgert wie über Rita, die immer noch nicht hier in der Gaststube war und schmutziges Geschirr abräumte. Wo steckte sie nur? Sie selbst konnte sich schließlich kein zweites Paar Hände wachsen lassen, um all die Arbeit zu erledigen!

»Der Rinderbraten ist auch gleich fertig, wenn Sie ihn dann noch wollen«, erklärte sie knapp.
Der Blick des Blonden glitt höher. Nachdem er erst ausführlich ihre Brüste angestarrt hatte, musterte er ihr Gesicht – und schien von dem Anblick angetan. »Guten Tag, schöne Frau!«, rief er begeistert. »Nicht nur, dass Sie einen so reizenden Anblick bieten – Sie sind auch eine Landsfrau!« Er sprach grinsend, und alsbald saugten sich seine Augen wieder an ihrem Dekolleté fest.
Emilia unterdrückte ein entnervtes Stöhnen. Ohne Zweifel war dieser Mann einer von der gönnerhaften Sorte, die glaubte, sie würde ob des Kompliments nun schamhaft erröten und mindestens drei Nächte von ihm träumen. »Wollen Sie nun Rinderbraten oder nicht?«, herrschte sie ihn an. Ihre schroffen Worte bewirkten nur, dass sich sein Grinsen verstärkte.
»Tja, bis vor kurzem hatte ich eigentlich gar keinen Appetit«, berichtete der blonde Deutsche ungefragt. »Mehrere Monate waren wir unterwegs. Heute haben wir das erste Mal seit langem wieder Land betreten. Was bin ich froh, dass der Boden nicht mehr unter meinen Füßen wackelt und schaukelt! Wobei wir in Punta Arenas nur Zwischenstation machen und es bald weitergeht, nach Val…«
»Ich glaube nicht, dass das die Senyora interessiert, Arthur!«, unterbrach der andere.
Auch er lächelte Emilia an, und ja, er war auch auf den zweiten Blick der hässlichste Mann, den Emilia je gesehen hat, aber seine Augen blickten warm und nicht anzüglich.
»Statt Rinderbraten könnten Sie auch noch mehr Empanadas haben«, murmelte Emilia.
»Wir kosten die Empanadas«, erklärte der Blonde, der offenbar Arthur hieß, »und außerdem brauche ich unbedingt einen Krug Wein. Einen großen Krug, wenn möglich.«

Er zwinkerte ihr vertraulich zu, was sie einfach nur überheblich empfand. Wortlos machte sie kehrt und eilte zurück in die Küche – von einem Stimmenchor begleitet, der wie der Deutsche Wein forderte.
Als sie Wein in einen Krug schüttete, gingen einige Tropfen daneben. »Ach verdammt!«, fluchte sie.
Aus den Augenwinkeln sah sie, wie Rita nun doch endlich die Küche verließ, um einige Gäste zu bedienen, aber sich dabei langsam wie eine Traumwandlerin anstellte. Ana wiederum war in der Küche viel zu sehr beschäftigt, um Geschirr abräumen zu können.
Sie sollte jemanden anstellen, überlegte Emilia wie so oft. Am besten jemanden wie Ana. Ach, wenn Ernesta sie ihr nur ganz als Dienstmädchen überlassen würde! Wobei Ana nicht mehr arbeiten konnte, als sie es ohnehin schon tat, und es kaum zu glauben war, was die Russin alles aushielt. Sie selbst hatte sich in den letzten Jahren eigentlich auch als ungemein zäh erwiesen – war mit wenig Schlaf ausgekommen, hatte die viele Arbeit ertragen, war stundenlang auf ihren Beinen, nur heute war es so heiß und schwül und …
Sie wischte sich zum wiederholten Male den Schweiß von der Stirn und eilte mit dem Weinkrug zum Tisch der Deutschen.
»Die schöne Frau ist zurück!«, erwartete der blonde Arthur sie mit diesem anbiedernden Lächeln.
Dieser Idiot dachte tatsächlich, er könnte sie mit seinem kecken Augenaufschlag freundlich stimmen!
Sie beugte sich vor, wollte den Krug Wein auf den Tisch knallen und zurück zur Küche hasten, doch in diesem Augenblick umfasste er ihre Taille – nicht richtig fest, eher spielerisch, so dass sie wankte, das Gleichgewicht verlor und auf seinem Schoß landete.
Jetzt reichte es!

Anstatt den Wein hinzustellen, hielt sie den Krug absichtlich schräg und ließ einige rote Tropfen auf das weiße Hemd des Deutschen laufen. Der bemerkte es erst gar nicht, zuckte dann aber zusammen und betrachtete irritiert den Fleck, der sich auf dem Stoff ausgebreitet hatte. Ungerührt ließ sie noch weiteren Wein auf sein Hemd laufen. »He!«, rief er pikiert, doch als der hässliche Gefährte auflachte, setzte er wieder sein Lächeln auf.

»Keine Sorge«, meinte er gutmütig. »So ein kleines Missgeschick kann jedem passieren.«

Emilia riss sich ärgerlich von ihm los und knallte den Krug Wein auf den Tisch.

»Das war kein Missgeschick, das war Absicht«, knurrte sie. »Und wenn Sie mich das nächste Mal ungefragt anfassen, schütte ich Ihnen nicht nur Wein aufs Hemd, sondern zertrümmere den Krug auf Ihrem Schädel, verstanden?«

Mit weit aufgerissenen Augen starrte dieser Arthur sie an. Emilia wandte sich wortlos ab und eilte wieder in die Küche. Trotz der schlechten Laune musste sie in der nächsten Stunde mehrmals lächeln – immer dann nämlich, wenn sie sich an seinen verdatterten Gesichtsausdruck erinnerte.

Balthasar streckte sich wohlig im Bett. Sie hatten nunmehr die dritte Nacht in Punta Arenas verbracht, und immer noch hatte er sich nicht an das Gefühl gewöhnt, wieder festen Boden unter den Füßen zu haben. Obwohl ihm die lange Seereise nicht so zugesetzt hatte wie Arthur, war sie ihm am Ende ziemlich öde geworden: Er hatte nämlich schlichtweg nichts mehr zu zeichnen gefunden.

In den ersten Wochen hatte er nach und nach alle Passagiere festgehalten. Sein liebstes Motiv war hierbei die Gattin eines deutschen Kaufmanns gewesen, die mit ihrer zahlreichen

Kinderschar nach Chile reiste – eine richtige Matrone, die es mit der Hygiene nicht so genau nahm. Es ging das Gerücht, dass sie sich in all den Wochen nie ordentlich gewaschen, sondern lediglich allmorgendlich ihr Gesicht mit einem feuchten Lappen abgerieben und danach gepudert hätte. Damit sie den eigenen Gestank aushielt, schlief sie auf einem parfümierten Kissen.
Mehrmals hatte er auch einen jungen Matrosen gemalt, ihn sogar einmal gebeten, ihm eigens Modell zu sitzen, was Arthur überhaupt nicht verstanden hatte: »Der stinkt nach Knoblauch!«, hatte er angewidert verkündet. »Aber den kaut er doch nur, um sich die Zähne weiß zu halten!«, hatte Balthasar daraufhin erklärt.
Neben Passagieren und Besatzung hatte er auch sämtliche Details vom Schiff gezeichnet. Er verstand nicht viel von Technik und interessierte sich eigentlich nicht dafür, aber die riesige Dampfmaschine und der Schraubenpropeller, dank derer das Schiff den Flauten in der Höhe des Äquators entging, hatten ihn ebenso fasziniert wie die Tatsache, dass es – wie viele der großen Hochseeschiffe – fast ausschließlich aus Eisen gebaut war. Tausende Nieten verbanden unzählig viele Platten zu einem festen Schiffskörper, der den Naturkräften standhielt – wobei Balthasar sich im Stillen fragte, wie dieses enorme Gewicht nur über Wasser gehalten werden konnte.
Nachdem dies alles weitgehend erforscht und gezeichnet worden war, wurde die Reise schrecklich langweilig. Der letzte Landgang hatte auf Las Palmas stattgefunden. Zu diesem Anlass hatten sich die Männer ihre Bärte abgeschabt und sich die Frauen – mit Ausnahme der Kaufmannsgattin – ihre Haare gewaschen und mit Plätteisen in Locken gelegt, eigentlich ein unnötiger Aufwand, wie Balthasar befand, denn Las

Palmas war ein verschlafenes Nest, in dem zur Mittagszeit nur die streunenden Hunde wach waren und die ungewohnten Fremden argwöhnisch beobachteten. Vergebens hatte Arthur nach einer Kneipe und hübschen Eingeborenen Ausschau gehalten und war enttäuscht und schlecht gelaunt aufs Schiff zurückgekehrt.

Danach hatten die endlose Weite des Atlantiks und brennende Sonne auf sie gewartet. Fast täglich entstand nun Gedränge unter dem Sonnensegel des Oberdecks, in dessen Schatten sich die Passagiere flüchteten. Wenigstens hatte Balthasars Koje nicht nur ein Seitenfenster, sondern auch eine Wachlampe, so dass er auch nachts zeichnen konnte – während Arthur trotz oder vielleicht gerade wegen Seekrankheit immer sehr tief schlief und schnarchte.

Auch in dieser dritten Nacht in Punta Arenas hatte er scheinbar gut und fest geschlafen, denn eben streckte er sich genüsslich und rief begeistert: »Ein richtiges Bett! Gott sei Dank! Endlich wieder ein richtiges Bett! Das Leben ist herrlich!«

Balthasar unterließ es, ihn daran zu erinnern, dass seine Laune erst gestern noch ziemlich getrübt gewesen war. Sie hatten Punta Arenas besichtigt, und Arthur hatte ständig den Dreck der engen Gassen beklagt. Überall wurde gebaut, nicht nur kleine Holzhäuser, sondern auch größere aus Stein, die, wie sie erfuhren, den reichen Schafzüchtern gehörten. Am lautesten schimpfte Arthur über den starken Wind, wobei Balthasar den Verdacht hegte, dass er mit Dreck und Enge und Wind ganz gut leben könnte, sich jedoch über die schöne Wirtin ärgerte, an der Arthur sich nun schon seit drei Tagen die Zähne ausbiss – bislang ohne nennenswerten Erfolg.

Heute Morgen schien er offenbar keinen Gedanken an sie zu verschwenden, denn sein Lächeln wirkte befreit.

»Wir sollten uns irgendwo Pferde ausleihen, damit wir das Land rund um Punta Arenas erkunden können«, sagte Arthur. Balthasar blickte ihn nachdenklich an. Das Reiten fiel ihm wegen seines kurzen Beines schwer – auf der anderen Seite sehnte auch er sich danach, mehr von diesem fremden Land zu sehen.

»Vielleicht ist das gar keine so schlechte Idee«, meinte er. »Heute ist schließlich die letzte Gelegenheit dazu. Schon morgen geht es weiter nach Valparaíso!«

»Ich denke gar nicht daran!«, rief Arthur mit entrüstetem Unterton. »Jetzt haben wir endlich wieder Boden unter den Füßen und ich soll gleich das nächste Schiff besteigen? Nie und nimmer!«

Balthasar riss erstaunt die Augen auf. »Aber wir müssen doch weiter nach Valparaíso, um dort …«

»Wir werden noch mindestens einen Monat dorthin unterwegs sein«, unterbrach Arthur ihn rüde. »Das wird eine anstrengende Fahrt sein, für die wir Kräfte sammeln sollten. So schlecht lässt es sich hier doch nicht leben. Und ob ich ein paar Wochen früher oder später dort ankomme …«

Balthasar zuckte die Schultern und verzichtete darauf, zu fragen, was der ferne Onkel wohl davon hielte. Er hatte Gustav Hoffmann selten erwähnt – und schon gar nicht Noras Namen ausgesprochen. Seit sie Hamburg verlassen hatten, schien Arthur keinen einzigen Gedanken an sie verschwendet zu haben. Vielleicht hatte er sich lange genug eingeredet, keine Ehefrau zu haben, so dass er mittlerweile daran glaubte.

»Und was willst du hier machen, außer auszureiten?«, fragte Balthasar und konnte sich nicht verkneifen, grinsend zu sticheln: »Hier sind die Frauen zu störrisch, um deinen Verführungskünsten zu erliegen. Und das ist doch dein liebster Zeitvertreib.«

Arthur runzelte die Stirn. »Ich hab's ja noch nicht bei jeder probiert«, erklärte er trotzig.
»Es soll hier mehr als nur ein Bordell geben«, stichelte Balthasar weiter.
»Pah!«, rief Arthur entrüstet. »Habe ich jemals für Frauen zahlen müssen?«
Balthasar brach in Gelächter aus. »Für unsere störrische Wirtin könntest du gar nicht genug zahlen, um sie für dich einzunehmen!«
Gekränkter Stolz verdunkelte Arthurs Züge, und wieder kicherte Balthasar. Arthur war so leicht zu reizen und seine Miene so gut zu lesen! Man sah ihm stets an, wenn er glücklich war, und ebenso, wenn er sich ärgerte.
»Ach was!«, rief er erbost. »Ich will dir was sagen, mein Freund: Frauen, die sich spröde geben, sind eigentlich am leichtesten zu knacken. Man muss nur die richtige Stelle in ihrem Panzer finden.«
»Bei der blonden Wirtin hast du aber noch keine Schwachstelle gefunden.«
»Weil ich es noch nicht richtig versucht habe!«, verteidigte sich Arthur.
Balthasar lachte vor sich hin, ersparte sich allerdings eine Entgegnung und griff nach seinem Skizzenblock. In den letzten Tagen hatte er vor allem Motive aus Punta Arenas gezeichnet, am liebsten den Hafen. Das Licht wandelte sich hier von Stunde zu Stunde. Manchmal war der Himmel düster und feindlich, manchmal die Luft so klar, dass man Feuerland mit seinen vielen kleinen Archipelen sehen konnte. Punta Arenas, so fand Balthasar, passte zu ihm, denn es war nicht im mindesten schön und hatte doch einen eigenwilligen Charme. Nun malte er jedoch nicht die Stadt, sondern das Gesicht einer Frau. Arthur erhob sich aus seinem Bett und beugte sich über den Skizzenblock.

»Wer soll denn das schon wieder sein?«

»Das ist die Frau, die außer der blonden Wirtin in der Herberge arbeitet. Insgesamt sind sie drei, wobei die dritte nicht immer da ist, vor allem nicht in der Nacht. Ana heißt sie, und die, die ich gerade zeichne, Rita. Und der Name unserer Wirtin ist Emilia. Ich frage mich, ob sie miteinander verwandt sind – ähnlich sehen sie sich zumindest nicht. Am meisten arbeitet Emilia, Ana ist auch ziemlich tüchtig und Rita sehr verträumt. Sie hat so schöne samtig dunkle Augen, aber meist scheint sie gar nicht zu sehen, was um sie herum vorgeht.«

Konzentriert machte Balthasar ein paar weitere Striche mit seinem Kohlestift. Seit zwei Tagen kämpfte er nun schon darum, diesen Gesichtsausdruck festzuhalten und das Sehnsüchtige, etwas Verschämte ebenso darzustellen wie das Melancholische.

»Wie hast du denn das alles herausgefunden?«, fragte Arthur verwirrt.

»Ich halte einfach die Augen offen«, meinte Balthasar spöttisch, »im Gegensatz zu dir, der du dich ausschließlich auf die Oberweite von Emilia konzentrierst.«

»Pah!«, machte Arthur wieder. »Was glaubst du, was ich alles über diese Emilia erfahren hätte, wenn ich mich *wirklich* bemüht hätte.«

Balthasar schüttelte den Kopf. »Glaub mir«, höhnte er, »das ist keine, die auf dich hereinfällt. Lebenstüchtig ist sie vielmehr, emsig und praktisch. Wenn sie dir sagt, dass sie dir den Krug auf den Schädel schlägt, falls du sie noch einmal anfasst, dann meint sie es auch so.«

»Willst du damit sagen, ich hätte bei ihr keine Chance?«, rief Arthur entrüstet.

»Wenn du unbedingt störrische Frauen umwerben und für dich gewinnen willst – warum bist du dann nicht gleich bei

Nora geblieben?« Diesmal konnte sich Balthasar die Erwähnung ihres Namens nicht verkneifen.

Arthur knirschte mit den Zähnen.

»Die ist nicht störrisch, sondern steif wie ein Stock und eiskalt. Wenn ich mir nur vorstelle, sie zu berühren! Wahrscheinlich wären sofort meine Finger erfroren! Aber diese Wirtin …«

»Emilia …«

»Was für ein klangvoller Name! Und ihre Brüste! So groß und fest wie Äpfel, schön mit der Hand zu umfassen, glatt und wohlgeformt.« Er schmatzte, als redete er von einem besonders leckeren Gericht.

»Du kannst schwärmen, soviel du willst«, lästerte Balthasar, »ich glaube nicht, dass du diese vollkommenen Brüste jemals berühren wirst, ohne dass sie dich hinterher totschlägt.«

Er kicherte zum wiederholten Mal, und offenbar war es dieser Laut, der Arthur den Rest gab. Seine Augen wurden schmal, während er den Freund nachdenklich anstarrte, und blitzten auf, als er schließlich vorschlug: »Wollen wir wetten?«

»Ob du sie verführen kannst?«, lachte Balthasar. »Aber das versuchst du doch schon seit drei Tagen! Und zwar vergebens!«

»Wie ich schon sagte: Ich habe mir bis jetzt nicht wirklich Mühe gegeben. Ich schlage dir also Folgendes vor: Wir bleiben noch einige Wochen hier und fahren dann erst weiter nach Valparaíso. Und in dieser Zeitspanne kriege ich sie ins Bett. Wenn ich es bis dahin nicht schaffe, hast du gewonnen.«

Balthasar zögerte kurz. Es erschien ihm als schäbig, eine Wette auf eine Frau wie Emilia abzuschließen – auf der anderen Seite würde es ein diebisches Vergnügen sein, Arthur schei-

tern zu sehen. »Und worauf wetten wir?«, fragte er schließlich.
Arthur überlegte eine Weile. »Wenn ich verliere, bleibe ich einen Monat nüchtern.«
»Ha! Was hätte ich denn davon? Dann wärst du ständig schlechter Laune und würdest sie an mir auslassen.«
»Also gut. Dann machen wir es so: Falls du gewinnst, zahle ich dir auf der Fahrt nach Valparaíso eine Kabine in der ersten Klasse und nehme selbst einen Platz im Zwischendeck.«
Kein schlechter Vorschlag, befand Balthasar. Das Zwischendeck würde eine gerechte Strafe für Arthurs Selbstgefälligkeit sein.
»Gut«, sagte er laut, »und das Geld, das du sparst, geht an die Frauen der Casa Emilia.«
»Einverstanden!«, rief Arthur und reichte ihm die Hand.
»Die Wette gilt!«, entgegnete Balthasar. Er mochte Arthur wirklich gerne, und nie hätte er ihm etwas Böses gewünscht. Aber oft haderte er ein wenig damit, dass dieser so leicht durchs Leben kam, vermeintlich gedankenlos ein Herz nach dem anderen brach und sich nie nach den Menschen umsah, die er zurückließ. Ja, er gönnte es ihm von Herzen, sich mal so richtig die Zähne auszubeißen. Und bei Emilia, da war sich Balthasar sicher, würde genau das geschehen.

»Ich glaube es ja nicht!«
Emilia wusch gerade Wäsche, als Ana ihr die Neuigkeiten erzählte. Es war eine mühsame Tätigkeit, an deren Ende meist rote Hände und ein schmerzender Rücken warteten. Zu Hause war es immer nur ein kurzer Weg zum See gewesen – hier musste man vom öffentlichen Brunnen Wasser holen und einige Straßen weit schleppen, was vor allem an den besonders heißen oder kalten Tagen eine mühselige Arbeit war. Den-

noch erlaubte sich Emilia nicht auch nur die geringste Nachlässigkeit. Dass es in ihrer Herberge immer sauber war und die Bettwäsche frisch, war eisernes Gesetz. Wenn die Gäste Läuse und Wanzen mitbrachten, konnte sie das nicht verhindern. Aber sie würde nie zulassen, dass man sich das Ungeziefer bei ihr einfing! Am besten zum Waschen eignete sich eine Lauge aus Panamarinde. Noch gestern Abend hatte sie die Lauge angesetzt und die Wäsche darin eingeweicht – nun steckte sie bis zu ihren Ellbogen im Zuber, um sie durchzukneten. Später musste sie dann gespült, zum Trocknen aufgehängt und gebügelt werden.

»Ich glaube es ja nicht!«, stieß Emilia wieder aus.

Mit einer Mischung aus Ungläubigkeit, Wut und Spott hatte sie sich angehört, was Ana zu berichten hatte. Nicht zum ersten Mal zeigte sich, dass Ana ihre Augen und Ohren überall hatte – ganz anders als Rita, deren Kopf, wie Emilia oft spöttisch sagte, zwischen zwei Buchdeckel festzustecken schien.

Ob Ana absichtlich gelauscht oder nur zufällig das Gespräch mitbekommen hatte, sagte sie nicht, und Emilia fragte auch nicht nach – fest stand, dass die beiden Deutschen eine Wette darauf abgeschlossen hatten, ob dieser Arthur sie verführen könnte oder nicht.

»Was für eine Unverschämtheit!«, rief Emilia.

»Willst du sie hinausschmeißen?«, fragte Ana und schien von dieser Vorstellung sehr angetan zu sein. So energisch, wie sie ihre Hände in die Hüften stemmte, war sie sichtlich bereit, sofort selbst zur Tat zu schreiten.

»Von wegen! So leicht kommt der mir nicht davon!«

Eine Weile rieb Emilia die Wäsche am Waschbrett, dann zog sie die vom warmen Wasser und der scharfen Lauge aufgequollenen Hände aus dem Zuber, trocknete sie an ihrer Schür-

ze ab und drehte sich um, um aus einem der Schränke einen Stoß frischer Bettwäsche zu nehmen.
»Hol mir aus der Küche ein paar Scheiben Schinken«, befahl sie Ana.
»Was willst du denn damit?«, fragte diese verwundert.
Emilia lächelte verschwörerisch. »Nur ein kleines Geschenk des Hauses«, sagte sie amüsiert. »Eine kleine Stärkung zwischen den Mahlzeiten, sozusagen. Gäste, die sich mehrere Tage bei uns einquartieren, werden schließlich bevorzugt behandelt.«
Ana verzog skeptisch das Gesicht und deutete mit dem Kinn auf den Stoß, den Emilia trug. »Und was willst du mit der Bettwäsche?«, fragte sie.
»Ich werde ihnen nicht nur Schinken bringen, sondern auch ihre Betten frisch beziehen!«, verkündete Emilia. »Die beiden Herren sollen das Gefühl bekommen, dass Gäste hier noch nie so zuvorkommend behandelt worden sind wie sie.«
»Und dann?«
»Dann wird der eitle Blonde vor seinem hässlichen Freund prahlen, dass er die Wette schon fast gewonnen hat.«
»Und dann?«, fragte Ana wieder und grinste.
Emilia nickte entschlossen. »Dann wird er sein blaues Wunder erleben.«

13. Kapitel

Rita blickte mehrmals zur Tür. Obwohl sie sich eigentlich sicher sein konnte, dass sie zu dieser Tageszeit niemand im Zimmer stören würde, das sie mit Emilia teilte, fühlte sie sich beobachtet.

Das Zimmer war nicht viel größer als die Kammer, die sie einst bei Agustina bewohnt hatten, aber immerhin hatte sie eine eigene Kommode, wo sie ihre Schätze aufbewahrte – unter anderem ihren längst zerfledderten Roman. In der letzten Zeit las sie allerdings kaum mehr darin. Ihr eigenes Leben erschien ihr im Moment viel aufregender als jede erfundene Geschichte.

Sie lauschte angestrengt, vernahm jedoch keine Schritte auf der Treppe und entschied sich schließlich doch, aus der Kommode das hervorzuziehen, was neben dem Roman ihr teuerster Besitz war: Es war ein Kapotthütchen aus weißem Filz, mit einem kleinen Schleier aus Tüll und angenähten Seidenblumen. Ehrfürchtig strich sie darüber. Bis jetzt hatte sie den Hut noch nie getragen, denn Emilia durfte ihn keinesfalls sehen. Emilia hätte sofort gefragt, woher sie ihn hatte, und wenn sie ihr die Wahrheit gesagt hätte, so hätte sie ihr gewiss entgegnet, dass man solche Geschenke niemals von einem Mann annehmen dürfe.

Auch ihr selbst war das fast ein wenig zu großzügig erschienen. Allerdings hatte *er* sie so lieb angesehen, als er ihr das Hütchen überreichte, dass es ihr wie eine schwere Beleidigung erschienen wäre, das Geschenk auszuschlagen.

Vorsichtig setzte sie die Kapotte nun auf und trat vor den runden Spiegel. Er war so klein, dass man nicht sein ganzes Gesicht darin sehen konnte, sondern sich für Augen- oder Mundpartie entscheiden musste. Noch nie hatte Rita das so sehr bedauert wie in diesem Moment, da sie doch so gerne herausgefunden hätte, wie ihr das Hütchen stand!
Leider befand Emilia, dass Spiegel unnötig seien, und sie gewiss keinen größeren kaufen würde. Rita war nicht sicher, warum sie das so sah: Weil sie Geld für Deutschland sparte? Oder weil sie sich selbst nicht im Spiegel sehen wollte, um nicht festzustellen, wie ihre Züge immer härter wurden, die Schatten um die Augen dunkler?
Auch wenn Rita nicht ihr ganzes Gesicht betrachten konnte – das wenige, was sie erkennen konnte, gefiel ihr gut, vor allem, dass ihre Haut eine Spur heller geworden zu sein schien, seit sie diese regelmäßig mit Milch einrieb. Nun gut, ihre Haare waren und blieben schwarz wie Kohle, ihre Augen auch, und sie war immer noch neidisch, wenn sie Emilias Locken betrachtete, aber *er* sagte, dass sie hübsch war. Und *ihm* glaubte sie es. *Er* hatte auch nie daran gezweifelt, dass sie eine Spanierin war.
Nach einer Weile nahm sie den Hut wieder vorsichtig vom Kopf und legte ihn in die Kommode. Wahrscheinlich hätte *er* gerne gesehen, dass sie ihn bei ihrem Treffen trug, aber das hätte bedeutet, damit durchs Haus zu gehen und von Emilia womöglich ertappt zu werden. Schlimm genug, dass sie Emilia wieder einmal mit der ganzen Arbeit im Stich ließ!
Allerdings – Emilia hatte auch einmal einen Mann geliebt und würde darum gewiss irgendwann die Heimlichtuerei verstehen.
Leise verließ Rita die Herberge und huschte mit gesenkten Augen durch die Straßen von Punta Arenas. In den letzten

zwei Jahren hatte sich die Einwohnerzahl verdoppelt, wenn nicht sogar verdreifacht – und obwohl das eigentlich nichts war, was in Ritas Augen den Ort liebenswerter machte, war Punta Arenas nicht länger die fremde, beängstigende Stadt wie anfangs. Nun war Punta Arenas *seine* und ihre Stadt.

Sie trafen sich dort, wo sie sich zum ersten Mal über den Weg gelaufen waren – in der Nähe eines Marktstandes, an dem einige der Aonikenk Guanakofelle und Mäntel aus Straußenfeder verkauften. Eigentlich war sie ungern in der Nähe der Aonikenk. Auch wenn diese nur wenig mit den Mapuche gemein hatten – die Weißen sahen in beiden Völkern verfluchte Rothäute, und früher hatte sie immer Angst gehabt, dass man Ähnlichkeiten erkennen könnte.

Doch *er* sah nicht die Mapuche in ihr. Und *er* hatte auch keine Augen für die Aonikenk, sondern nur für sie.

Ihr Herz tat einen freudigen Satz, als sie in der Ferne seine Gestalt erblickte.

Jerónimo Callisto.

Bis er in ihr Leben getreten war, hatte sie Emilias Verlobten Manuel für den schönsten Mann auf der Welt gehalten. Aber Jerónimo war ohne Zweifel noch schöner – so groß gewachsen, wie er war, schlank und sehnig, mit heller Haut und dunklem Haar, einem spitzen Schnurrbart und zwei dünnen Bartstreifen, die über die Backen gingen und sich am Kinn trafen. Sein Kinn war stets entschlossen gereckt, seine Augen von einem klaren Graublau, die Kleidung immer ausgesprochen fein, elegant und sauber – obwohl Punta Arenas eine so staubige Stadt war.

Er war ihr sofort aufgefallen, als sich ihre Wege das erste Mal gekreuzt hatten. Natürlich hatte sie nicht gewagt, ihn offen anzustarren, aber sie hatte ihn aus den Augenwinkeln beobachtet und seine Schönheit und Eleganz bewundert. Und dann war er – es fühlte sich wie ein Traum an, wie ein glücklicher, lichter Traum, keiner ihrer dunklen – zu ihr getreten und hatte sie angesprochen. Hatte ganz selbstverständlich gefragt, wo man frischen Fisch kaufen und ob sie ihn dorthin begleiten könne. Sie hatte das Gefühl gehabt, sie würde schweben, als sie mit ihm zu einem der Stände gegangen war, wo Königsfisch und Meeraal angepriesen wurden. Bis zu diesem Zeitpunkt hatte sie den Gestank von Fisch gehasst. Seither gab es jedoch keinen köstlicheren Geruch – erinnerte er sie doch nun immer an ihn.

Die Tage, die auf die erste Begegnung gefolgt waren, hatte sie fast nur auf dem Fischmarkt zugebracht – und das Glück war ihr tatsächlich hold gewesen: Jeden Tag hatte sie ihn wiedergesehen, jeden Tag hatten sie kurz gesprochen. Und irgendwann waren ihre Treffen nicht mehr dem Zufall zu verdanken, sondern verabredet.

Als er nun zu ihr trat, sah sie eine riesige Schachtel mit Konfekt in seinen Händen.

»Für mich?«, fragte sie atemlos.

Eine Weile starrte er sie nur hingerissen an, ehe er mit samtiger Stimme fragte: »Für wen denn sonst? Ich sehe keine anderen Menschen mehr als dich, Margarita!«

Ja, für ihn war sie Margarita. Er nannte sie nie anders als mit dem ganzen Namen, den sie sich einst gegeben hatte, und sie liebte es.

Rita – das war das ängstliche Mädchen, das an Emilias Seite schuftete und vor Angst verging, dass man in ihr die Mapuche sah.

Margarita hingegen war der Name der Spanierin, die Jerónimo Callisto liebte. Und von ihm geliebt wurde.

Rita nahm das Konfekt an sich und drückte die Schachtel gegen ihre Brust. Sie wusste zwar nicht, wie sie diese später vor Emilia verbergen würde, aber das zählte nicht. Schon wieder hatte er ihr etwas geschenkt – so wie er es eigentlich jedes Mal getan hatte: einmal das Hütchen, ein anderes Mal Blumen, dann ein mit Spitzen besetztes Seidentaschentuch.

»Lass uns ein bisschen gehen«, schlug er vor.

Sie nickte hastig, und alsbald schritten sie gemeinsam die Hafenpromenade ab. Eigentlich war diese alles andere als ein schöner Ort. Immer rannten dort geschäftige Leute umher, die einem auf die Zehen traten oder die Ellbogen in den Leib rammten. Ohne Unterlass tönten missmutige Stimmen durcheinander, die Befehle schrien oder miteinander stritten. Und stets hing nicht nur der Geruch nach Fisch, sondern nach ungewaschenen Männern in der Luft.

Aber an Jerónimo Callistos Seite wäre Rita überall hingegangen.

Ein kühler Wind schnitt ihr ins Gesicht, doch sie merkte ihn kaum.

»Ist dir auch nicht kalt?«, fragte er besorgt.

Beinahe musste sie lachen. Hitze, Kälte – was zählte es in seiner Gegenwart?

»Nein, nein«, antwortete sie hastig.

Schweigend gingen sie nebeneinander her, und sie störte sich nicht daran, dass er kaum Worte machte. Am liebsten hätte sie ihn einfach nur angeschaut, jedes Detail aufgesogen, um es später wieder heraufzubeschwören und sich damit zu trösten, wenn sie wieder einmal in der stinkenden Küche stand und von Emilia gescholten wurde. Schön … er war so schön. Fast zu schön.

Wie war es möglich, dass ein Mann wie er wie aus dem Nichts erschien und um sie warb? Und keine Fragen nach ihrer Vergangenheit stellte?

Das hieß, einmal hatte er durchaus Fragen gestellt. Wer ihre Eltern gewesen seien und woher sie stamme, hatte er wissen wollen. Etwas verlegen hatte sie geantwortet, dass sie aus dem Norden käme und Waise wäre – was, genau genommen, keine Lüge war. »Du Arme«, hatte er gesagt und nicht nachgebohrt. Seitdem war ihre Herkunft nie wieder ein Thema gewesen. Umgekehrt wusste auch sie nicht sonderlich viel mehr über ihn. Der Sohn eines Reeders sei er, hatte er ihr erzählt, doch nicht hinzugefügt, ob dieser noch lebte und ob er an dessen Seite arbeitete.
Nach einer Weile konnte Rita ihr Zittern kaum noch verbergen. Aber es war nicht die Kälte, die sie schließlich dazu trieb, von ihm Abschied zu nehmen, sondern der Gedanke an Emilia. So lange durfte sie sie nicht alleine lassen.
»Ich muss zurück«, bekannte sie kleinlaut.
Jerónimo verzog schmerzlich sein Gesicht. »Und wie soll ich ohne dich leben, süße Margarita!«
»Aber du musst nicht ohne mich leben«, sprudelte es aus ihr heraus.
Sie biss sich auf die Lippen, hatte kurz Angst, zu weit gegangen zu sein. In ihrem Roman wurden Frauen oft belehrt, dass sie sich gegenüber Männern etwas zieren müssten, um für diese reizvoll zu sein. Doch entgegen ihrer Ängste schien er sie weder für übereifrig noch für stümperhaft zu halten.
»Wir reden morgen darüber«, sagte er mit seiner samtigen Stimme.
Er nahm ihre Hand und hauchte einen Kuss darauf. Trotz des kühlen Windes erglühte ihre Hand.
»Ja«, stammelte sie mit geröteten Wangen. »Morgen …«

Emilia klopfte an der Tür, nicht laut, sondern äußerst vorsichtig – als wäre sie zu schüchtern, um ihn mit forderndem Pochen zu stören.

Als Arthur ihr öffnete, senkte sie schamhaft den Blick.
»Emilia!«
Er klang begeistert und irgendwie gönnerhaft. An alles andere hatte sie sich in den letzten Tagen gewöhnt – an sein stolzes Lächeln, das irgendwie immer auch herablassend war, seinen anzüglichen Blick, der meist bei ihrem Dekolleté hängenblieb, die eitle Geste, wenn er über sein lockiges blondes Haar strich – aber bei dem satten, siegesgewissen Klang seiner Stimme musste sie sich stets aufs Neue beherrschen, um ihm nicht sein Gesicht zu zerkratzen.
Sie unterdrückte ihren Ärger und setzte ihr allerliebstes Lächeln auf, so wie sie ihn während der letzten Tage stets angelächelt hatte. Sie hatte ihn nicht nur zuvorkommend bedient, ihm den besten Wein und das beste Essen serviert, sondern auch mit ihm gescherzt und gar Karten gespielt. Sie hatte schallend über seine Witze gelacht, hatte sich für das schroffe Verhalten am ersten Tag entschuldigt und Wiedergutmachung dafür in Aussicht gestellt – die er natürlich selbstgefällig ausschlug. All das war eine Überwindung gewesen und nur darum erträglich, weil er ihr immerhin viel von Hamburg erzählte – der Stadt mit den großen, breiten Straßen und den ebenso großen Häusern.
Sie hob zögernd den Blick.
»Ich möchte heute Abend gerne Fisch servieren – und werde darum angeln gehen. Vielleicht haben Sie … vielleicht hast du«, erst vorgestern Abend waren sie dazu übergegangen, sich zu duzen, und diese Vertraulichkeit fiel ihr immer noch schwer, »vielleicht hast du Lust, mich zu begleiten?«
Er blickte überrascht, und kurz befürchtete sie, es zu weit getrieben zu haben. Aber seine Unsicherheit rührte nicht vom Vorschlag, ihn zu begleiten. »Fische?«, fragte er irritiert. »Du willst selber Fische fangen? Etwa im Meer?«

Sie schüttelte den Kopf. »Es gibt kleine Lagunen rund um Punta Arenas, und dort gibt es herrliche Fische. Es wäre eine Abwechslung zur üblichen Kost.« Als sie sah, dass er nach wie vor zögerte, setzte sie hinzu: »Sobald man die Stadt verlässt, ist das Land sehr einsam. Ich … ich … ich hätte gerne männliche Begleitung.«

Sie stammelte mit Absicht. Ganz am Anfang hatte sie noch befürchtet, es wäre zu übertrieben und er würde sie durchschauen. Unmöglich konnte er so dumm sein, den plötzlichen Wandel von der schrillen, strengen Wirtin zum zaghaften, scheuen Mädchen hinzunehmen!

Doch auf seine Eitelkeit und seinen männlichen Stolz war Verlass, und beides bewog ihn auch jetzt, sein gönnerhaftes Lächeln aufzusetzen. »Aber natürlich kann ich dich begleiten, wenn du es so gerne möchtest. Ich werde mich rasch ankleiden.«

Emilia nickte dankbar und schloss die Tür. Kaum stand sie allein im Flur, musste sie grinsen. Sein dreistes Lächeln würde ihm schon noch vergehen! Wahrscheinlich prahlte er nun vor seinem hässlichen Freund damit, dass er sie spätestens heute Nacht kriegen würde, aber da hatte er sich gründlich geirrt!

Eine Stunde später ließen sie Punta Arenas hinter sich. Er hatte gefragt, welche Richtung sie nehmen würden und wie weit sie reiten müssten, doch sie hatte nur knapp bekundet: »Lass dich einfach überraschen.« Damit hatte er sich zufriedengegeben und folgte ihr nun mit siegesgewissem Blick.

Sie hatte vorgegeben, dass die beiden Pferde, auf denen sie ritten, ihr gehörten – in Wahrheit hatte sie sie von einem der Gäste ausgeliehen. Lange hatte ihr Plan an ebendiesem Detail zu scheitern gedroht, denn sie hatte nicht gewusst, wie sie Arthur am besten aus der Stadt locken sollte. Doch das scheue Lächeln, das sie bei ihm aufsetzte, hatte bei besagtem Gast

Gleiches bewirkt: gönnerhafte Hilfsbereitschaft. Das Einzige, was sie jetzt noch zu befürchten hatte, war, dass Arthur ihr ansah, wie lange sie nicht mehr geritten war – nämlich seit dem Tag, da sie im Hafen von Corral angekommen waren. Doch er war wohl zu sehr mit der Überlegung beschäftigt, wie er sie verführen konnte, dass ihm entging, wie ängstlich sie sich an die Zügel klammerte und wie unwohl sie sich auf dem Pferderücken fühlte. Nach einer Weile wuchs ihr Vertrauen, sich im Sattel halten zu können, und nachdem sie die letzten Häuser der Stadt hinter sich gelassen hatten, betrachtete sie neugierig das Land, das ihr weitgehend fremd geblieben war.

Es war völlig flach, der Blick auf die endlose Weite des Horizonts nur dann und wann von kargen Baumgruppen verstellt. Sie ritten über gekrümmte Sträucher hinweg, Sand, gelbliches Gras und dorniges Unkraut – jedoch nichts, was auch nur annähernd an die saftigen Wiesen rund um den Llanquihue-See erinnerte. Nur die Wälder versprachen eine Ahnung von Grün, doch die Bäume waren niedrig und dürr und hatten nichts mit den duftenden Araukarien ihrer Heimat gemein. In einen dieser Wälder leitete sie ihr Pferd. Noch in ihrem ersten Jahr in Punta Arenas hatte sie herausgefunden, dass es dort viele salzhaltige Lagunen gab und regelmäßig Händler dorthin aufbrachen, um das Salz zu gewinnen. Zweimal hatte sie selbst mit Ana den wegen Wind und Sonne beschwerlichen Fußweg zurückgelegt, um das Salz billiger zu bekommen als in Punta Arenas, doch am Ende hatte sie befunden, dass dies denn doch zu viel Mühe für die wenigen ersparten Centavos sei.

Nun, heute war sie nicht wegen des Salzes hier, heute hatte sie andere Pläne.

Sie verbiss sich ein Lächeln und drehte sich zu Arthur um.

»So karg diese Einöde auf den ersten Blick auch ist«, stellte er fest, »sie ist nicht ohne Leben.«

Sie folgte seinem Blick und nahm sie nun ebenfalls wahr – die rosa Flamingos und die grauen Enten, die die Lagunen bevölkerten, die Trappen und Guanotölpel, die über ihren Köpfen kreischten und die aus dem Norden kamen, um auf Feuerland zu brüten. Geier und Raubvögel kreisten am Himmel, Sperlinge und Rebhühner raschelten im Gebüsch. Einzig von Kormoranen und Schwarzhalsschwänen war nichts zu sehen – diese brüteten näher am Meer.

Emilia deutete auf einen Schwarm dunkler Vögel, der über sie hinwegflog. »Die Vögel, so heißt es, haben eine eigene Sprache, in der sie sich unterhalten. Sie tauschen sich aus, um den Weg nach Feuerland und wieder zurück zu finden.«

»Gleicht die Sprache mehr dem Deutschen oder dem Spanischen?«, fragte Arthur vermeintlich ernsthaft.

Sie zuckte die Schultern. »Vielleicht sprechen sie so merkwürdig wie die Waliser«, schlug sie lächelnd vor und konzentrierte sich wieder auf den Weg.

Auch wenn er vor allem dem Zweck diente, Arthur zu bestrafen, begann sie Gefallen an dem Ausritt zu finden. Das Land im südlichsten Teil Chiles hatte sie bis jetzt immer nur als wild und weit befunden, als vorübergehenden Stützpunkt, der ihr nie Heimat werden konnte. Doch nun erkannte sie den Reiz, der in dieser Einöde lag. Hier gab es nichts bis auf die kargen Pflanzen, die endlose Weite und die kreischenden Vögel – auch keine Vergangenheit, keinen Schmerz, keine unerfüllte Liebe. In diesem riesigen Land war sie nur ein winziger Punkt, und es schien kein Gewicht zu haben, wer sie war, woher sie kam und dass sie aus Blutschande und Gewalt hervorgegangen war. All das wehte der Steppenwind fort, dieser wilde, ungebärdige Wind, dessen Stöhnen manchmal spöttisch klang und manchmal lockend, manchmal zornig und manchmal traurig, manchmal peitschend und manchmal zärtlich.

»Woran denkst du?«

Emilia schreckte hoch und schalt sich, dass sie für einen Moment keine Kontrolle über ihre Gesichtszüge gehabt hatte. Womöglich hatte er sie aufflackern gesehen – diese Sehnsucht, alles, was sie bedrückte, einfach mit dem Wind fahren zu lassen.

»Ich dachte an die ersten Menschen, die nach Patagonien kamen und hier lebten«, sagte sie schnell. »Ich glaube, vor vierhundert Jahren haben einige Spanier eine Kolonie in der Nähe gegründet. Doch als kein Transportschiff mit frischen Lebensmitteln kam, sind sie kläglich verhungert. Der dortige Hafen heißt bis heute Puerto del Hambre, Hungerhafen. Nach ihnen kamen zweihundert Jahre lang überhaupt keine neuen Siedler mehr.«

»Und dann?«, fragte er und schien tatsächlich interessiert.

Emilia zuckte die Schultern. »Im achtzehnten Jahrhundert gab es einige Expeditionen von Buenos Aires aus – zuvörderst, um Salz aus den Lagunen zu holen. Und dann kamen Robbenjäger, um die Tiere an den Küsten Feuerlands und auf den Falklandinseln zu jagen.«

Er nickte. »Bist du hier aufgewachsen?«, fragte er unwillkürlich. »Stammst du von hier? Du sprichst sehr gut Deutsch, aber hast du nicht auch erwähnt, dass du in Chile geboren wurdest?«

Die vielen Fragen überraschten sie – zum einen, weil in einer so jungen, wilden Stadt wie Punta Arenas für gewöhnlich niemand nach der Vergangenheit fragte, sondern für jeden nur das Jetzt zählte, zum anderen weil er kein Mann zu sein schien, der sich ernsthaft für eine Frau interessierte. Aber wahrscheinlich tat er das auch gar nicht – möglicherweise war das nur seine Taktik, um ihr Vertrauen zu gewinnen. Sie überlegte kurz, ob sie ihm Lügen auftischen oder einfach die Wahrheit sagen sollte, entschied dann jedoch, geheimnisvoll darüber hinwegzugehen.

»Dort!«, erklärte sie rasch. »Dort müssen wir hin.«

Sie hatte ihm eine Lagune versprochen, doch der armselige Tümpel, auf den sie zusteuerten, wirkte eher wie eine große Pfütze, die von der Schneeschmelze oder vom letzten Regen zurückgeblieben war. Nicht einmal die üblichen Vogelscharen stakten darin.

Arthur schaute entsprechend skeptisch auf die schmutzigbraune Brühe. »Und hier soll es Fische geben?«, fragte er verwirrt.

Sie überlegte hastig, wie sie sein Misstrauen zerstreuen konnte. Dann aber fiel ihr ein, dass sie das gar nicht musste.

»Ach weißt du«, setzte sie mit kokettem Unterton an, »vielleicht will ich gar keine Fische fangen.«

»Sondern?«, fragte er überrascht.

Sie machte Anstalten, vom Pferd zu steigen, doch er war schon vor ihr auf den Boden gesprungen und bot ihr seine Hand, um ihr zu helfen. Sie ergriff sie nur ungern, unterdrückte aber den Widerwillen und lachte vielmehr girrend auf, als er ihre Taille umfasste und sie sachte absetzte. Er hielt sie länger fest als nötig, und sie musste alle Selbstbeherrschung zusammennehmen, um ihm keinen Klaps zu versetzen.

»Ich … ich wollte einfach nur mit dir alleine sein«, gab sie schließlich kleinmütig zu. »Um in Ruhe mit dir zu reden …«

Sein Lächeln konnte nicht noch breiter sein. Für Momente schien er kein erwachsener Mann zu sein, sondern ein kleiner Lausejunge, der sich sicher war, dass sein Streich gelang. Nicht nur der übliche Stolz lag in seinen Zügen, auch so viel Unbekümmertheit. Er konnte sich wohl gar nicht vorstellen, dass ihm irgendjemand Böses wollte, war so vertrauensselig und weltoffen, als hätte ihm das Leben noch nie einen groben Brocken zu schlucken gegeben.

Vielleicht war das auch so, und als sie ihn betrachtete, fühlte sie nicht nur Ärger und Rachsucht in sich aufsteigen, sondern Neid. Irgendwann, schoss es ihr durch den Kopf, war ich auch einmal so. Nein, gewiss nicht so dreist zu glauben, ich könnte jedes Herz brechen. Aber so unbeschwert, so hoffnungsvoll, so arglos – überzeugt davon, dass man etwas nur wollen muss, um es zu kriegen. Ob man seiner auch würdig ist – das zählte nicht.

»Worüber wolltest du mit mir reden?«, fragte er raunend. Er hatte ihre Hand nicht wieder losgelassen, seit er ihr vom Pferd geholfen hatte.

Emilia senkte vermeintlich beschämt ihren Blick. »Weißt du«, setzte sie an, »an diesem ersten Tag … in der Gaststube … da war ich sehr, sehr unfreundlich zu dir.«

»Ach was!«, rief er leichtfertig. »Das ist doch nicht der Rede wert! Du hast dich doch bereits dafür entschuldigt, und ich habe es längst vergessen!«

»Aber so einfach ist das nicht«, beharrte sie. »Ihr beide, du und dein Freund, hattet diese lange Reise hinter euch, und ich keife euch derart an. Ich will meine Herberge doch gut führen!«

»Das tust du doch, Emilia, das tust du!«

»Und besonders leid tut es mir, dass ich mich ausgerechnet gegenüber meinen Landsleuten so schäbig verhalten habe …«

Sie verstummte, als er einen Schritt auf sie zumachte und sein Körper nun dicht an ihren gepresst stand. Dass er ein schöner Mann war, hochgewachsen und schlank, war bis jetzt eher ein Grund gewesen, ihn noch mehr zu verachten – imponiert hat-

te es ihr keineswegs. Nun ging ihr auf, wie fest und warm die Hand war, mit der er sie hielt. Sie spürte seinen Atem, roch seine Haut. Der letzte Mann, der sie umarmt hatte, war Pedro gewesen, aber der zählte trotz seiner Leibesfülle irgendwie nicht als Mann, glich vielmehr einem großen Kind. Und davor … vor Pedro … war es Manuel gewesen, der sie berührt, gestreichelt, gehalten hatte.
Sie schluckte trocken – verwirrt, dass die Erinnerungen an die gemeinsame Nacht ausgerechnet jetzt hochstiegen, das Beben, die Sehnsucht, der Schmerz und die Ahnung von Lust.
Vorsichtig löste sie sich aus Arthurs Griff und trat zum Tümpel. Die Oberfläche war so schmutzig, dass sie ihre Gestalt nicht reflektierte.
»Mach dir keine Gedanken«, tröstete er sie, »ich nehme es dir wirklich nicht übel, und …«
Er hielt inne, als ihr plötzlich ein lauter Aufschrei entfuhr. »O mein Gott!«, rief sie.
»Emilia, was hast du?« Prompt eilte er an ihre Seite.
Sie blickte starr auf den Tümpel. Eben noch sumpfig, kräuselte sich nun seine Oberfläche sanft.
»Ich habe es verloren!«, rief sie mit jämmerlichem Tonfall, den sie lange mit Ana geübt hatte. »Oh, ich habe es verloren!«
»Was denn?«
Er beugte sich tiefer über den Tümpel. Das Wasser war viel zu trüb, um etwas zu erkennen, und gerade das machte sie sich zunutze. Schließlich hatte sie nichts weiter hineinfallen lassen als einen winzigen Stein.
»Mein Gott!«, stieß sie wieder aus. »Das Armband! Das Armband meiner Großmutter!«
Sie schickte ein kleines Stoßgebet zum Himmel und hoffte, dass ihre Verzweiflung in seinen Ohren nicht so verlogen klang wie in ihren.

»Welches Armband?«, fragte Arthur verständnislos.
»Ich trage es immer bei mir! Seit ich ein kleines Mädchen war! Es war ein Geschenk zu meiner Taufe. O mein Gott! Es muss sich irgendwie von meiner Hand gelöst haben und ist in den Tümpel gefallen. O Gott, o mein Gott!«
Jetzt klang sie nicht einfach nur verzweifelt, sondern hysterisch. Hoffentlich verhielten sich die Fräulein, mit denen Arthur sonst kokettierte, genauso – blutleere Geschöpfe wahrscheinlich, die immer gleich in Ohnmacht fielen.
Sie griff sich an ihr Herz, verkrampfte die Hand zur Faust und überlegte, ob sie entweder schluchzen oder gegen seine Brust sinken sollte. Doch zu ihrer Erleichterung musste sie sich so viel Mühe gar nicht mehr machen.
»Der Tümpel ist nicht sonderlich tief«, stellte Arthur fest. »Man könnte nach deinem Armband tauchen.«
Sie wollte gerade einwenden, dass sie nicht schwimmen konnte, als er prompt aus seinen Stiefeln schlüpfte und danach sein Hemd ablegte. Sie verbiss sich ein Grinsen. Alles war noch viel leichter, als sie gedacht hatte.
»Du musst nicht …«, setzte sie an, aber da watete er schon trotzig entschlossen in den Tümpel. Das schmutzige Wasser reichte ihm selbst an der tiefsten Stelle gerade mal bis zur Hüfte.
»Wo genau hast du es verloren?«
»Gerade dort, wo du stehst!« Sie deutete auf eine Stelle in Ufernähe und sah mit Freuden zu, wie er untertauchte. Als er sich nach einer Weile wieder prustend erhob, war sein Haar nicht länger blond, sondern dreckig und sein schönes Gesicht schlammverschmiert. Er rieb sich die Augen.
»Ich sehe gar nichts, aber ich kann den Grund ertasten«, verkündete er stolz. »Du wirst sehen, ich finde dein Armband.«
»Gewiss!«, rief sie hoffnungsfroh und dachte im Stillen: Und

danach erwartest du wohl, dass ich dir die Mühen mit einem Kuss, ja gar einer Liebesnacht entlohne …

Wieder verschwand er in der bräunlichen Brühe, doch diesmal wartete sie nicht ab, bis er prustend wieder auftauchte, sondern nahm rasch sein Hemd an sich. Kurz überlegte sie, ihm auch die Stiefel zu rauben, entschied sich jedoch dagegen – so böse wollte sie denn doch nicht sein. Hastig lief sie auf ihr Pferd zu, schwang sich darauf und packte auch seines bei den Zügeln.

Als er diesmal auftauchte, klebte noch mehr Schlamm auf seinem Körper; schwarz tropfte es von seinen Haaren, und er rieb sich wieder die Augen.

»Emilia! Emilia?«

Verwirrt drehte er sich mehrmals um die eigene Achse, blickte dann erst hoch und sah sie auf dem Pferd sitzen. Er kniff die Augen fest zusammen, riss sie dann weit auf. Seine Miene wurde ungläubig. »Was machst du denn da?«

Sie lächelte ihn zuckersüß an. Am liebsten hätte sie es ihm wütend und ungeduldig ins Gesicht geschrien, doch sie riss sich zusammen und erklärte ebenso freundlich wie gedehnt: »Dich zum Narren halten, was sonst?«

»Emilia …«

Das Lächeln schwand von ihren Lippen, ihre Stimme wurde hart und kalt. »Vielleicht lassen es sich die Frauen in Hamburg bieten, wenn man Wetten auf sie abschließt – aber ich ganz sicher nicht.«

»Du wusstest …?«, hauchte er fassungslos.

»Dachtest du wirklich, es täte mir leid, wie ich dich behandelt habe? Ha! Besser wär's gewesen, nicht nur zu drohen, den Weinkrug auf dem Schädel zu zerschellen, sondern es sofort zu tun.«

Nun endlich löste er sich aus der Starre, watete durch den

Tümpel und rannte, kaum hatte er das Ufer erreicht, auf sie zu. Noch ehe er hektisch nach den Zügeln der Pferde fassen konnte, hatte sie die Tiere schon angetrieben, und er griff nur mehr in die Luft.

»Du kannst mich doch nicht einfach hier zurücklassen!«, schrie er erbost.

»Große, starke Männer wie du schaffen es gewiss auch zu Fuß bis nach Hause!«, rief sie über ihre Schultern und hieb dem Pferd die Fersen in die Flanke. Als sie sich ein letztes Mal zu ihm umdrehte, sah sie, wie er ihr schlammverkrustet nachblickte und drohend die Faust hob, doch sie lachte aus ganzer Seele und konzentrierte sich dann wieder aufs Reiten. Wenn sie nicht achtgab, würde sie vielleicht vom Pferd fallen und er könnte sie einholen.

Schon beim Hinritt hatte sie den Wind genossen, jetzt wehte er noch stärker, wirbelte ihre Haare in die Lüfte, blähte ihr Kleid. Sie lachte und lachte, lachte so schallend laut, dass ihr ganzer Körper bebte. Sie konnte sich nicht erinnern, wann sie das letzte Mal so gelacht und an etwas so großen Spaß gefunden hatte. Und dann, als ihr Lachen verstummte, genoss sie es, keinen Menschenlaut mehr zu hören, nur das Trampeln der Hufe, das Röhren des Windes und die Vögel, die den Himmel zerschnitten.

Als sie bei der Herberge ankam, war ihr Haar völlig zerzaust und ihr Gesicht gerötet.

Arthurs hässlicher Freund hockte auf einer schmalen Bank auf der Straße und blickte ihr verwundert entgegen. Er hielt ein Stück weißes Papier auf seinem Schoß und fuhr mit einem Kohlestift darüber. Schon in den letzten Tagen war ihr aufgefallen, dass er beides fast ständig bei sich hatte und immer etwas zeichnete – doch sie hatte sich noch nie angesehen, was es war.

Wendig sprang sie vom Pferd.
»Wo ist Arthur?«, fragte er überrascht.
»Schwimmen«, erklärte sie ernsthaft.
Er hob die Braue, und da konnte sie gar nicht anders, als wieder loszuprusten.
»Vielleicht sollten Sie ihm entgegenreiten«, schlug sie vor und reichte ihm den Zügel ihres Pferdes. »Ich glaube, er hat solch einen Freundschaftsdienst im Augenblick bitter nötig …«
Wieder lachte sie auf, doch noch ehe Balthasar eine Frage stellen konnte, huschte sie in die Herberge. Währenddessen bändigte sie ihre Haare und lief dann in die Küche.
Die übliche Arbeit wartete auf sie, so dass sie ihren Triumph kaum auskosten konnte, doch was sie sich bei aller Schufterei nicht nehmen ließ, war, immer wieder auf die Straße zu lugen und nach Arthur Ausschau zu halten. Dämmerlicht hatte sich schon über Punta Arenas gesenkt, als sie ihn von weitem fluchen hörte. Hastig eilte sie ins Freie und blickte ihm entgegen. Der Schlamm war getrocknet, und seine Haare sahen wie ein grauer Helm aus. Der Dreck, der auf seinem nackten Oberkörper klebte, schützte ihn freilich nicht vor Kälte. Er zitterte, weil er so fror – und Balthasar bebte, weil er so lachte.
Mit vor der Brust verschränkten Armen empfing Emilia die beiden. Sie ignorierte Arthur und trat stattdessen stolz auf Balthasar zu.
»Ich habe dafür gesorgt, dass Sie Ihre Wette gewinnen«, erklärte sie mit fordernder Stimme. »Nun sind Sie mir eigentlich einen Gefallen schuldig.«
Balthasar hörte kurz zu lachen auf und nickte anerkennend. »Eine geschäftstüchtige Frau sind Sie – das muss man Ihnen lassen.«
»Sie hat von der Wette gewusst«, knurrte Arthur. »Also gilt mein Einsatz nicht mehr.«

Da erst wandte sie sich ihm zu, beugte sich zu seinem Gesicht und küsste ihn spielerisch auf die Wangen. Dass dabei getrockneter Schlamm auf sie bröselte, machte ihr nichts aus. »So viel Einsatz kannst du gar nicht bringen, um am Ende gegen mich zu gewinnen«, spottete sie und ließ ihn einfach stehen.

Sie spürte seinen verdutzten Blick auf ihrem Rücken, und wieder lachte sie leicht und befreit.

14. Kapitel

»Was willst du mir zeigen, was?«

Zunächst hatte Rita ihre Neugierde bezwingen können, doch als Jerónimo keine einzige ihrer Fragen beantwortete, sondern nur vielsagend lächelte, war sie zunehmend verwirrt. Der Nachmittag hatte wie immer begonnen. Sie hatte heimlich und mit schlechtem Gewissen, aber doch von ihrer Sehnsucht nach ihm bezwungen, die Herberge verlassen und sich in der Nähe des Hafens mit ihm getroffen. Dort waren sie eine Weile spazieren gegangen, und ihre Wangen hatten rot geglüht, als er beschwor, dass kein Mädchen lieblicher sein könne als seine Margarita. Noch hatte er ihr heute nichts geschenkt, doch als sie erklärte, wieder nach Hause gehen zu müssen, hatte er sie aufgehalten und gesagt, er wolle ihr unbedingt etwas zeigen.

Sie war ihm erst willig gefolgt, drängte später aber auf eine Erklärung. Er sagte weiterhin nichts, beschleunigte seine Schritte nur, und am Ende blieben sie vor einem großen steinernen Haus in der Nähe der Hauptstraße stehen. Rita konnte sich nicht erinnern, hier jemals vorbeigekommen zu sein. Sie kannte die meisten Herbergen, Gasthäuser, ja selbst die Bordelle; sie wusste, wo man den Markt fand, die Straßen, wo die Indianer Handel trieben und wo die Hauptstraße in die Felder der ersten Siedler mündete. Aber sie war sich sicher, niemals vor einem solch hohen, mehrstöckigen Haus mit riesigen, ebenfalls steinernen Säulen gestanden zu haben. Ehrfürchtig blickte sie die Fassade hoch, doch als Jerónimo sie sanft Richtung Eingang zog, versteifte sie sich.

Fragend blickte sie ihn an. »Befindet sich das, was du mir zeigen wolltest, darin?«

Er lächelte weiterhin vielsagend. »Vertrau mir!«, forderte er sie mit seiner sanften Stimme auf.

Rita zögerte immer noch. Es war das eine, sich mit Jerónimo am Hafen zu treffen und Geschenke von ihm anzunehmen – etwas anderes, allein mit ihm ein Haus zu betreten, das sie nicht kannte. Die Frauen in ihrem Roman, so ahnte sie, würden das gewiss nicht tun. Allerdings wären diese wohl auch standhaft geblieben, wenn es darum ging, ein Hütchen als Geschenk auszuschlagen.

»Ich weiß nicht ...«, murmelte sie unsicher.

Emilia war mit Manuel oft zusammen gewesen, überlegte sie. Sie hatte gewiss auch Zeit allein mit ihm in einem Haus verbracht – wobei deren Haus bei weitem nicht so groß und robust wie dieses war und die beiden schließlich miteinander aufgewachsen waren.

»Ich weiß nicht ...«, stammelte sie wieder.

»Du vertraust mir doch, oder etwa nicht?«

Sein Blick, eben noch strahlend, wurde traurig, das Graublau seiner Augen dunkler. Am wenigsten konnte sie ertragen, wie sich seine Mundwinkel nach unten zogen.

»Aber natürlich vertraue ich dir!«, stieß sie aus.

Sie erbebte, als er ihre Hand nahm und sie nicht mehr losließ. Langsam schritten sie auf das Portal zu, er öffnete es und führte sie über die Schwelle.

»Lebst du hier?« Ihre Frage war kaum lauter als ein Hauch, doch er gab keine Antwort darauf.

Unsicher und zugleich neugierig blickte sie sich um. Die Halle, die sie betraten, war so riesig, dass die Gaststube ihrer Herberge gewiss mehrmals hineingepasst hätte. Ihre Schritte hallten auf dem glatten, sauberen Stein. Von der Halle führte eine Treppe nach oben, die mindestens so breit wie die ganze Casa Emilia war. Als Rita die ersten Stufen hinaufging, wuchs ihr Unbehagen. Sie erwartete in einem solch großen Haus jede Menge Dienstboten, doch weit und breit war niemand zu sehen; die einzigen Geräusche, die sie vernahm, waren ihr und Jerónimos Atem, das Pochen ihres Herzens und die Schritte, die nicht mehr so laut hallten wie in der Halle, sondern von einem Teppich gedämpft wurden.

»Sind wir … sind wir ganz allein?« Sie ärgerte sich, dass ihre Stimme zitterte.

»Oh, ich weiß, es mag unschicklich sein!«, rief Jerónimo aus, um sogleich verschwörerisch raunend fortzufahren: »Aber ich dachte mir … wenn wir doch bald Mann und Frau sind …«

Er drückte ihre Hand.

Rita glaubte, ihr Herzschlag müsste aussetzen. Hatte er ihr eben einen Antrag gemacht? Sprach er davon, dass er sie heiraten würde?

Heiß stieg es ihr ins Gesicht. Er wollte sie tatsächlich. Er wollte sie zur Frau. Auch wenn sie darauf gehofft hatte, dass all ihre Treffen, all seine Komplimente darauf hinausliefen, hatte sie nie die Sorge losgelassen, er würde ausführlicher nach ihrer Vergangenheit fragen. Und auch wenn sie ihm ihre Herkunft verschweigen konnte – so gewiss nicht die Tatsache, dass sie ein nahezu besitzloses Mädchen ohne Eltern war, das nicht hierher passte, nicht in diese riesige Halle, diese steinernen Wände, diese breite Treppe.

Wenn wir doch bald Mann und Frau sind …

»Mann und Frau?«, echote sie.

»Du heiratest mich doch, oder?«, beschwor er sie.

Sie konnte nichts sagen, konnte nicht einmal mehr einen Schritt machen. Da hob er sie einfach hoch, trug sie in Windeseile über die nächsten Stufen, und auch als sie in der ersten Etage angekommen waren, ließ er sie nicht los. Mit seinem rechten Fuß stieß er eine Tür auf. Das Zimmer dahinter war kleiner als die Halle, im Vergleich zu ihr sogar nahezu winzig, aber die Wände waren frisch gekalkt, der Holzboden duftete harzig, und das Bett, zu dem Jerónimo sie brachte, war weich. Als er sie dort hinlegte, versteifte sie sich. Warum war nichts weiter als ein Bett in diesem Raum? »Natürlich!«, stotterte sie. »Natürlich … heirate … ich … dich!«

Sie wollte sich aufrichten und aus dem Bett steigen, doch er setzte sich zu ihr und küsste sie, zuerst auf die Stirn, dann auf die Wangen, zuletzt auf den Mund. Sein dünner Bart kitzelte sie, die schmalen Lippen hingegen fühlte sie kaum; sie fühlte nur die Wärme seines Körpers, die ihr Denken aushöhlte. Rita wurde schwindlig, schloss die Augen.

»Margarita … meine Margarita!«

Oft hatte sie sich gefragt, warum ausgerechnet sie das Massaker der Mission überlebt hatte. Jetzt wusste sie es. Sie hatte für ihn weiterleben müssen – für diesen Mann, der sie liebte, für diesen Mann, der sie für eine Spanierin hielt.

»Komm, lass uns darauf anstoßen!«

Sie hatte kaum bemerkt, dass er sich von ihr gelöst hatte und sich nun zu einem kleinen Tischchen wandte; das Bett war also doch nicht das einzige Mobiliar, wie sie auf den ersten Blick gedacht hatte. Eine Flasche stand dort und zwei Gläser. In eines schenkte er eine sämige, dunkle Flüssigkeit.

»Was ist das?«, fragte sie, nachdem er ihr das Glas gereicht hatte.

»Etwas Zuckerrohrschnaps. Er ist sehr süß, er wird dir schmecken.«

Sie verzog das Gesicht, als sie daran roch. »Ich bin mir nicht sicher …«
»Ich bitte dich! Mach mir die Freude!«
Er lächelte sie strahlend an, seine Augen funkelten.
Da setzte sie rasch das Glas an ihre Lippen und schüttete es hinunter. Das Gesöff schmeckte tatsächlich so süß, wie er gesagt hatte, aber hinterher schien ihre Kehle zu brennen.
Sie wollte das Glas abstellen, aber rasch füllte er es ein zweites Mal.
»Trink! Du bist ja ganz aufgeregt! Das wird dich beruhigen.«
»Aber …«
»Ach, ich bitte dich! Trink doch! Ich will, dass wir feiern …«
Sie trank, er schenkte ihr ein, sie trank wieder, und er küsste sie, sein Bart kitzelte, seine Lippen wurden fordernder, und wieder trank sie, der Schwindel verstärkte sich. Nun spürte sie seinen Bart nicht länger. Wie taub war ihr Gesicht, während es in der Kehle weiterhin brannte, sich ihr Magen plötzlich schmerzhaft zusammenzog. In ihrem Mund schmeckte es nicht länger süß, sondern gallig, und als sie den üblen Geschmack zu schlucken versuchte, musste sie würgen. Sie geriet in Panik. Was, wenn sie sich übergeben musste? Vor Jerónimos Augen? Sie, das liebliche Geschöpf, das er Margarita nannte und das er heiraten wollte?
Sie brauchte frische Luft, unbedingt und sofort, sie wollte hektisch aufspringen. Doch seine Hand hielt sie fest und drückte sie zurück. Sie hörte nicht, was er sagte, fühlte nur, wie sie im nächsten Augenblick nicht länger auf dem Bett saß, sondern darauf lag. Doch es schien nicht stillzustehen, sondern drehte sich, nein, schwankte vielmehr wie die Schaluppe von Pedro el Ballenero. Ihr Magen verkrampfte sich noch mehr, Speichel trat über ihre Mundwinkel, und sie war zu kraftlos, die Hand zu heben und ihn wegzuwischen.

»Jerónimo …«
War er noch an ihrer Seite? Streichelte er sie, küsste er sie? Das Gefühl kehrte in ihre Haut zurück, doch dieses Kribbeln war nicht angenehm, eher so, als würden Ameisen darüber laufen. Sie öffnete die Augen, schloss sie, öffnete sie wieder.
»Jerónimo …«
Sein Bild schien zu verschwimmen; kurz war sein Gesicht unendlich weit weg, dann, als er sich wieder über sie beugte, plötzlich riesengroß. Sie presste ihren Kopf tief ins Kissen.
»Kleine Margarita«, sagte er, »kleine Margarita.«
Ja, so nannte er sie, so hatte er sie immer genannt. Doch es war nicht seine Stimme, mit der er sprach. Nicht zärtlich klang sie, nicht freudig erregt, samtig und verführerisch, sondern so hart, kalt, verächtlich. Und dann lachte er, lachte laut und durchdringend, und es klang so, als würde Emilia in der Küche Blechnäpfe übereinanderstapeln.
»Jerónimo …«
Abermals versuchte sie, sich zu erheben, aber ihre Glieder waren so schwer, und das Bett drehte sich in einem fort. Er hörte zu lachen auf, sagte wieder etwas, doch sie verstand ihn nicht. Seine Stimme kam wie durch einen langen, schwarzen Tunnel, und dann war da plötzlich noch eine andere Stimme.
»Nun, ist sie so weit?«
Schritte. Sie hörte Schritte, die näher kamen.
Aus Jerónimos Gesicht schienen zwei zu werden … seines und das eines Fremden … wobei dieser andere Mann nicht wirklich ein Fremder war …
»Jeró…«
Sein Name blieb ihr im Hals stecken.
»Es ging alles viel leichter, als ich dachte. Sie ist so strohdumm.« Wieder klang Jerónimos Stimme nicht samtig, sondern blechern.

»Sie ist ja auch bloß eine Rothaut.«

Ihr ganzer Körper war erstarrt, dennoch spürte sie die Hände – Hände, die über ihre Haare fuhren, über ihr Gesicht, über ihre Kehle, selbst über ihre Brust. Sie wollte schreien, aber es kam kein Laut über ihre Lippen. Sie mühte sich ab, die Hände wegzuschlagen, aber traf sie nicht, weil sich das Bett immer schneller zu drehen schien.

Esteban. Über sie gebeugt stand Esteban Ayarza. Wie aus dem Nichts war er aufgetaucht.

»Nein … nein!« Endlich konnte sie etwas sagen, wenn auch nicht lauter als ein Wimmern. »Bitte nicht … lass mich in Ruhe! Jerónimo, hilf mir!«

Und wieder ertönte sein Gelächter, so schrill, dass ihre Ohren zu platzen schienen. Auch als der Laut abriss, verfolgte er sie weiter, würde er sie ihr Leben lang verfolgen, einem immerwährenden Echo gleich, das wie ein Fluch an ihr klebte.

Esteban beugte sich noch tiefer über sie, sie spürte seinen heißen, nach Fisch stinkenden Atem.

»Wer soll sie zuerst haben? Wollen wir Holzstäbe ziehen?«

»Ich lass dir gerne den Vortritt«, erwiderte Jerónimo.

»Nein, bitte … du willst mich doch heiraten … Jerónimo.« Ihre Zunge war so groß, nahezu riesig. Sie konnte sie kaum bewegen.

»Denkst du tatsächlich, dass ich eine Rothaut heirate?«, spottete er. »Eine, die obendrein nach Bratenfett stinkt?«

Sein Gesicht geriet nun etwas klarer. Sie sah, wie seine graublauen Augen sie musterten, flink und gierig. Wie hatte sie diesen Blick jemals für warm und liebevoll befinden können? Das Bild verschwamm in Tränen.

»Und jetzt heult sie auch noch wie ein Säugling!«, rief Esteban verächtlich.

Mit aller Gewalt hob sie ihre Hand, doch sie war nicht stark

genug, Esteban wegzustoßen. Kraftlos sank die Hand wieder neben ihren Leib. Nun konnte sie nichts anderes mehr, als die Augen zuzupressen, während er an ihren Kleidern riss und sich auf sie legte.
»Bitte … bitte nicht …«, keuchte sie.
»Halt den Mund!«, schrie er sie an. »Wenn du auf der Schaluppe nicht diesen Aufstand gemacht hättest, hättest du's längst hinter dir. Du und deine dreiste Gefährtin – ihr hättet einfach verschwinden sollen, als ich euch hinausgeworfen hab. Und was macht ihr? Eröffnet eine eigene Herberge! Meine Mutter hat seitdem kaum noch Gäste!«
Sie wusste, dass es keinen Sinn hatte, dennoch strampelte sie mit den Beinen, als er ihren Rock höher schob. Prompt gruben sich rauhe Hände in ihre nackte Haut, nicht die von Esteban, sondern die von Jerónimo. Er packte sie an den Fesseln und zog ihre Schenkel gewaltsam auseinander. Esteban dagegen nahm ihre Hände und hielt sie über dem Kopf zusammen. Vollkommen bewegungslos war sie jetzt, konnte nur mehr den Kopf hin und her wälzen … konnte den Mund öffnen und ihn anspucken. Ob sie ihn getroffen hatte, wusste sie nicht. Im nächsten Augenblick sauste Estebans freie Hand auf sie herab und schien ihr den Kopf zu spalten. Sie heulte auf, doch dieser Schmerz, gleißend wie ein Blitz, war unbedeutend im Vergleich zu jenem, als er seine Hosen öffnete, seinen Körper auf ihren fallen ließ, sein hartes Geschlecht in sie rammte. Rita war sich sicher – sie würde diese Stunde nicht überleben.
Doch sie starb nicht, wurde nicht einmal ohnmächtig. Sie spürte es … spürte alles: Wie Esteban sich wieder und wieder in sie schraubte, sich in ihr ergoss, wie er kurz von ihr abließ, aber nur, um mit Jerónimo die Position zu tauschen. Dann war der an der Reihe, sich ihrer zu bemächtigen, genauso roh, genauso brutal.

Ihr Wimmern war längst verstummt, und sie ließen immer noch nicht von ihr ab. Ihre Lippen waren blutig gebissen, warm tropfte es bis zu ihrem Kinn, verkrustete dort. Hinter ihren zusammengepressten Augen nahm sie nur mehr Schatten wahr. Sie war nicht mehr fähig, die beiden zu unterscheiden, musste sie nur wieder und wieder auf ihr und in sich erdulden, aller Hoffnung bar, dass sie endlich genug hätten und sie freigaben.
Irgendwann war es doch vorüber. Sie fühlte, wie sie sie aus dem Haus schleiften, einige Straßen weitertrugen, sie schließlich blutend in der Gosse liegen ließen. Erst als sie gegangen waren, höhnend und lachend, verlor sie das Bewusstsein.

Balthasar hielt sein Gesicht ins Abendlicht; die Sonne war zwar blass und nicht mehr warm, aber sie zeichnete ein rötliches Wolkenspiel auf den Himmel, dessen Weite mit der des Meeres verschmolz. Er genoss den wunderschönen Anblick still und ehrfürchtig. Das Einzige, was er bedauerte, war, dass man im diesigen Licht nichts mehr von Feuerland sah. Den nunmehr dritten Abend in Folge ging er die Hafenpromenade auf und ab, suchte sich dort ein halbwegs stilles Plätzchen, um einfach nur zu schauen oder zu zeichnen, eine Ahnung von der Kargheit und der Grenzenlosigkeit auf das Papier zu bannen, diese uneitle Natur festzuhalten, die ohne Liebreiz, Zärtlichkeit auskam und die ihm – so entblößt, wie sie sich zeigte – so ehrlich erschien. Es gab hier nur Himmel und Wasser, Sonne und Wolken, dann und wann einen fernen Schneeberg oder schroffe Klippen. Mehr nicht.
Er wusste nicht, was ihn in Valparaíso erwarten würde, aber er war sich sicher, dass keine Landschaft so an seiner Seele rühren konnte wie diese wildumtoste am Ende der Welt.
Balthasar war immer schon gern allein gewesen, doch es fiel ihm

meist schwer, sich von Arthur loszumachen. Seit Emilias Streich vor ein paar Tagen war es allerdings mit dessen Laune dahin, und obendrein vergrub er sich schmollend im Zimmer ihrer Herberge. Nicht nur gegen Emilia, die ihm das alles angetan hatte, wetterte er – auch Balthasar beschimpfte er, wenn der sich wieder einmal nicht beherrschen konnte und laut losprustete. »Geh nur!«, schrie er ihm nach, wenn Balthasar vor seinen Verwünschungen aus dem gemeinsamen Zimmer floh. »Geh nur!« Und Balthasar ging jedes Mal gerne und genoss die Sonnenuntergänge.

Eben spürte er, wie der Wind seine Haare zerzauste, die ohnehin meist wirr von seinem Kopf abstanden – da er hässlich war, empfand er es als Zeitverschwendung, Sorge auf seine Frisur zu verwenden –, und lächelte in sich hinein. Arthur wusste gar nicht, was ihm entging, wenn er da Stunde um Stunde in der Herberge hockte. Wobei – selbst wenn er hier im Abendlicht gestanden wäre, hätte er sich wahrscheinlich für die unaufdringliche Schönheit der Magellanstraße als blind erwiesen und sich stattdessen über den scharfen Wind beklagt. Manchmal beneidete Balthasar ihn um seine Leichtigkeit – wobei Arthur in diesen Tagen alles andere als diese Leichtigkeit versprühte. Und manchmal hätte er gerne von dieser unbeschwerten Hoffnung gekostet, dass man alles kriegt, was man will – wobei Arthur Emilia ja nicht gekriegt hatte. Aber insgeheim war er glücklich und dankbar für die Art und Weise, wie er selbst die Welt sehen konnte. Er konnte die Menschen beobachten und zeichnen, ohne bei Männern mögliche Rivalen zu fürchten oder Frauen danach zu mustern, ob sie verführbar waren. Und er konnte in diesen Anblick von Meer und Himmel versinken, ohne es als Zeitverschwendung anzusehen und ganz ohne den Drang, die Sinne bald mit Schnaps zu betäuben.

Arthur bemitleidete ihn oft wegen seines kurzen Beins und der Brandwunden. Aber Balthasar dachte sich manchmal, dass seine Hässlichkeit nicht nur ein Fluch, sondern auch ein Geschenk war. Da es ein solches Missvergnügen war, sein eigenes Spiegelbild zu sehen, kam er gar nicht in Versuchung, sich darin zu verlieren und um sich selbst zu kreisen. Stattdessen konnte er die Welt betrachten und sich an der Weite des Horizonts erfreuen.

Das Licht schwand, und mit einem wehmütigen Seufzer drehte sich Balthasar wieder der Stadt zu, um sich auf den Heimweg zu machen. Er bedauerte es, dass sie schon bald nach Valparaíso aufbrechen würden. Nach dem Debakel mit Emilia hatte Arthur darauf gedrängt, das nächste Schiff zu nehmen, und sich geärgert, dass nicht schon in der Stunde seiner Schmach eines für ihn bereitstand. Obwohl Balthasar nicht an Seekrankheit litt und das Reisen liebte, hätte er es gerne so lange wie möglich hinausgezögert, in Richtung Norden zu fahren. Wenn er die Wahl gehabt hätte, wäre er vielmehr liebend gerne noch weiter in den Süden vorgedrungen, hätte das Ende der Welt erforscht, hätte in der Einöde von Feuerland gelebt oder auf der Wachais-Insel beim Kap Hoorn, wo zwei Ozeane aufeinanderprallten, hätte das Kap Froward erkundet – den letzten Festlandfelsen des südamerikanischen Kontinents – oder das weites Ödland des Páramo. Auch San Julián hätte er gerne gesehen, eine Stadt wie Punta Arenas, nur noch armseliger. Auf dem Sandboden versanken oft die Häuser. Kaum Straßen gab es, keine Bäume, und beständig wehte kalter Wind.

Nun gut – darauf, zu frieren, konnte er am ehesten verzichten. Auch jetzt beschleunigte er seine Schritte. Die Nächte im Frühsommer wurden zwar immer kürzer, waren aber extrem dunkel und kalt.

Vielen, mit denen er über Patagonien und Feuerland gesprochen hatte, war nicht klar gewesen, woher seine Neugierde rührte und was ihn derart faszinierte, wenn sie von der Einsamkeit und Kargheit sprachen. Er konnte ihre Verwirrung gut verstehen, war er doch selbst mit einem Zitat von Charles Darwin im Ohr hierhergereist, der da sagte, dass ein Blick auf Feuerland genügen würde, um einen Menschen eine Woche lang von Schiffbrüchen, Gefahr und Tod träumen zu lassen. Und dennoch – er fühlte sich hier am Ende der Welt nicht abgeschnitten von allem Leben, sondern lebendig wie nie. Diese Grenzenlosigkeit, sobald man die Gässchen von Punta Arenas zurückließ, verhieß für ihn nicht Langeweile, sondern Abenteuer, nicht Gefahr, sondern Sicherheit, nicht Ende, sondern Aufbruch. Wie gerne wäre er geritten – oder auf einem kleinen Schiffchen durch die Magellanstraße gesegelt, so wie ihr einstiger Entdecker, Ferdinand de Magellan, der von hier aus flackernde Lichter auf Feuerland gesehen hatte und ihm deswegen diesen Namen gegeben hatte!

Nun, von diesen flackernden Lichtern hatte er bis jetzt noch keines gesehen, und im Schatten der Häuser zerflossen alle Konturen in Grau oder Schwarz. Kaum mehr seine eigene Hand sah er, als er sie hochhielt, und er verlangsamte den Schritt, um nicht irgendwo auszurutschen und liegen zu bleiben. Wenigstens kannte er den Weg, wusste, dass es nicht weit bis zur Casa Emilia war, und konnte sich notfalls an den Hauswänden entlangtasten. Doch so vorsichtig er auch ging – am Ende konnte er nicht verhindern, dass er fast über ein Hindernis stolperte. Wäre er schneller darauf zugeschritten, er wäre gewiss gefallen.

Etwas Dunkles, Schweres lag vor ihm. Er beugte sich darüber, hielt es für ein totes Tier und wollte rasch weitergehen, als er plötzlich ein Stöhnen vernahm, das irgendwie menschlich klang.

War es ein Betrunkener?

In der Luft hing der Geruch nach Zuckerrohrschnaps, aber dazu der metallische Geschmack nach Blut.

Wieder erklang das Stöhnen.

Balthasar beugte sich tiefer, tastete nach dem dunklen Leib, fühlte eine Flut glatter schwarzer Haare. Darunter lugte ein Gesichtchen hervor, und als Mondlicht darauf fiel, erkannte er, dass es nicht nur bleich, sondern mit etwas Dunklem verkrustet war.

»Mein Gott!«

Ein weiteres Stöhnen löste sich aus der Kehle dieses geschundenen Geschöpfes, und er glaubte auch, erstmals den Namen zu hören, den es stammelte: »Jerónimo … bitte nicht …«

Obwohl so gequält, kam ihm die Stimme bekannt vor, und als noch mehr Mondlicht auf die Züge fiel, erkannte er, dass vor ihm die junge Frau lag, die in Emilias Herberge lebte und arbeitete.

»Rita! Mein Gott, was ist passiert?«

Er umfasste vorsichtig ihre Schultern, um sie aufzurichten, doch da schrie sie gepeinigt auf und begann, wild um sich zu schlagen. Offenbar hatte sie schreckliche Angst vor ihm. Er hatte keine Ahnung, was genau ihr zugestoßen war – nur, dass es etwas Schreckliches gewesen sein musste.

»Rita, ich bin es! Balthasar Hoffmann! Ich will dir doch nur helfen.«

Sie verstummte. Vielleicht war sie auch ohnmächtig geworden. Hilflos blickte er auf sie herab und wusste nicht, wie er sie zur Herberge schaffen sollte. Mit seinem hinkenden Bein kam er zwar gut voran, aber er war sich nicht sicher, ob er stark genug war, sie zu tragen. Er blickte in alle Richtun-

gen, doch ausgerechnet heute war die Stadt wie ausgestorben.
Kurz spielte er mit dem Gedanken, sie liegen zu lassen und Hilfe zu holen, doch er brachte es nicht übers Herz. Irgendwie musste er es schaffen, sie nach Hause zu bringen. Er biss sich auf die Zähne, als er sie hochstemmte und ein stechender Schmerz in sein Bein fuhr. Obwohl er nur unendlich langsam vorankam, gelang es ihm irgendwie, Schritt vor Schritt zu setzen und sie halb tragend, halb schleifend bis zur Casa Emilia zu schleppen.

Als Arthur die Gaststube betrat, waren sämtliche Tische bereits leer. Emilia konnte sich bei seinem Anblick das Grinsen nicht verkneifen. Sie hatte keine Ahnung, wo er die letzten Tage seinen Hunger gestillt hatte – bei ihr ganz sicher nicht. Doch nun war der Durst nach einem Glas Wein scheinbar größer als Stolz und Trotz. Sein Blick war ausdruckslos, sein Mund jedoch verdrießlich verzogen.
»Und?«, fragte Emilia keck. »Ein Krug Mistela gefällig, um die schlechte Laune wieder zu heben?«
Sie konnte es sich nicht genau erklären, aber sie war immer noch belustigt. Seit Arthurs unfreiwilligem Bad in dem Tümpel waren mehrere Tage vergangen, in denen sie immer wieder schallend loslachen musste.
»Du hast deinen Spaß gehabt«, knurrte er und setzte sich an einen der Tische, »können wir es einfach dabei belassen?«
»Aber natürlich!« Sie stellte sich herausfordernd neben ihn, stützte die Arme in die Hüften und beugte sich angelegentlich über den Tisch. Vor drei Tagen hätte er nun gierig ihre Brüste beglotzt, nun versuchte er, hoheitsvoll daran vorbeizustarren. »Wir wollen dein nettes Bad im Tümpel vergessen – vorausgesetzt, du fasst mich nicht wieder an, starrst

nicht auf meinen Busen und schließt keine Wetten mehr auf mich ab.«

»Pah!«, meinte er. »Warum sollte ich? Ich beiße mir an dir gewiss nicht die Zähne aus. Es gibt schönere Frauen auf dieser Welt.«

»Und meinetwegen kannst du sie alle haben. Nur mich nicht, denn …«

Ihre Worte rissen ab, und das belustigte Kichern erstarb in ihrer Kehle. Polternd wurde die Tür aufgestoßen, und während nun auch Arthur erschrocken auffuhr, kam Balthasar keuchend und schweißüberströmt in die Gaststube gehinkt. Er schleppte etwas mit sich, nein, zog es vielmehr. Als er es auf den Boden sinken ließ, glaubte Emilia angesichts all des Bluts, das in die Holzdielen sickerte, es sei ein verendetes Tier. Doch dann schrie sie auf.

Es war kein Tier … es war Rita!

Oder nein, nicht Rita, nur das, was von ihr übrig geblieben war.

Balthasar war neben ihr auf den Boden gegangen, um sie vorsichtig auf den Rücken zu drehen. Ihr Gesicht war bleich, voller Kratzer, Schrammen und blauer Flecke, die Lippen blutig gebissen, die Kleider zerrissen. Die nackte Haut, die darunter hervorschien, war ebenso voller Wunden und blauer Flecke. Zwischen ihren Beinen tropfte frisches Blut auf schon schwarz verkrustetes. Es hatte ihre Schenkel verklebt, die weniger Menschenbeinen als einer rohen Fleischmasse glich.

Emilia stand wie erstarrt.

»Um Gottes willen!«, stieß sie aus und schlug sich die Hand vor den Mund.

»Schnell!«, befahl Balthasar. »Wir brauchen einen Arzt! Vorhin hat sie noch etwas zu sagen versucht, aber nun hat sie das Bewusstsein verloren. Sie rührt sich nicht mehr!«

Die Beine schienen unter Emilia nachzugeben. Sie wäre gefallen, hätte Arthur nicht geistesgegenwärtig zugepackt und sie gestützt. Hastig riss sie sich wieder von ihm los, lehnte sich kraftlos gegen einen der Tische. »Um Gottes willen!«, stieß sie wieder aus. Sie wollte noch etwas sagen, wollte Fragen stellen, konnte es jedoch nicht, konnte sich auch nicht von der Tischplatte lösen, um zu Rita zu treten.

»Was ist denn bloß geschehen?«, schrie Arthur an ihrer statt. Voller Entsetzen starrte er auf Rita. Kurz vermeinte Emilia, in seinem Blick Ekel aufflackern zu sehen, aber schon im nächsten Augenblick wich er grimmiger Entschlossenheit. Er trat zu einem der anderen Tische und fegte sämtliches Geschirr davon. Krachend fiel es auf den Boden, Gläser zersplitterten, Blechnäpfe kullerten über die Holzdielen. Dann schlüpfte er aus seiner Jacke und breitete sie auf dem Tisch aus. Balthasar war aufgestanden, und auf Arthurs Zeichen hin hoben sie Rita auf den Tisch, sehr langsam, sehr behutsam. Arthur stützte ihren Kopf, damit er nicht nach hinten kippte. Emilia sah weiterhin erstarrt zu, wollte helfen, war jedoch nach wie vor nicht dazu in der Lage.

»Also, was ist passiert?«, fragte Arthur.

Balthasar zuckte hilflos die Schultern. »Ich weiß es nicht genau. Ich fand sie ein paar Straßen von hier entfernt. Sie lag auf dem Boden, und ich bin zufällig über sie gestolpert.«

Wie gelähmt hatten sich Emilias Glieder eben noch gefühlt, nun endlich ging ein Ruck durch sie. Mit einem Aufschrei stürzte sie auf Rita zu, streichelte über ihre Haare, die verklebt und schmutzig waren, streichelte auch über das Gesicht – zumindest über die Stellen, wo ihre Haut noch heil geblieben war.

Erinnerungen an jenen Frühlingstag am Llanquihue-See stiegen hoch, als sie Rita in ähnlichem Zustand gefunden hatte –

ähnlich, aber nicht gleich. Auch damals hatte sie einen grauenhaften Anblick geboten, aber ihr Körper war nicht von so viel Blut bedeckt gewesen.
Wenigstens atmete sie noch, wenn auch flach: Kaum wahrnehmbar hob und senkte sich ihre Brust. Schließlich begannen auch die Lider zu flackern, dann öffnete Rita die Augen. Schwarzen Löchern glichen sie, tief, aber leer. Es war der Blick einer Toten.
»Rita ... Rita, was ist mit dir?«
Kein Verstehen leuchtete in dem Blick auf. Eine Weile kaute Rita nur auf den blutigen Lippen. »Esteban ... Jerónimo ... ich dachte, er liebt mich ...«
Emilia war sich nicht sicher, ob sie sämtliche Worte richtig verstanden hatte, doch daran, dass Rita Estebans Name ausgesprochen hatte, gab es keinen Zweifel.
»Esteban Ayaraza?«, rief sie entsetzt. »Er hat dir das angetan?«
Rita nickte schwach.
Wieder tauchten Erinnerungen auf, diesmal von Pedros Schaluppe – wie Esteban Rita dort fast überwältigt hatte, wie sie sie in letzter Minute hatte retten können, wie Pedro Esteban vom Schiff geworfen hatte.
»Ich bringe ihn um!«, schrie Emilia.
»Wenn Sie ein wenig damit warten könnten«, sagte Balthasar leise. »Fürs Erste brauchen wir einen Arzt.«
Wut schien das Einzige zu sein, was ihr Kraft gab – die Sorge hingegen machte sie kopflos. »Ja ... einen Arzt ...«, stammelte sie. Sie hatte keine Ahnung, wo sie einen finden sollte. Bis jetzt waren sie nie so krank gewesen, um einen konsultieren zu müssen. Sie trat von Rita zurück, lief einige Male ziellos durch die Stube und kam erst zum Stehen, als Arthur sie aufhielt, sie an den Schultern packte und sie zwang, ihn anzuschauen.

»Emilia! Du musst dich beruhigen! Wenn du willst, dann hole ich einen Arzt.«
Das Bild vor ihren Augen zerstob kurz in viele kleine Funken, dann klärte es sich. Sie nickte, fühlte kaum, wie er sie wieder losließ, sondern hörte nur, dass er mit energischen Schritten die Stube durchquerte und die Herberge verließ.
Hilflos blickte Balthasar indes auf Rita herab. Auch Emilia trat wieder zu ihr und sah, wie Blut in Arthurs Jacke gesickert war.
»Esteban!«, fluchte sie. »Dieser … dieser …« Ihr fiel kein Schimpfwort ein, das schlimm genug für ihn gewesen wäre.
Ritas Blick blieb leer, doch sie versuchte erneut, etwas zu sagen. »Esteban und Jerónimo … zu zweit … keine Möglichkeit … so stark … immer wieder …«
Wie sie biss sich nun auch Emilia auf ihre Lippen.
»Es wird alles gut«, murmelte sie. »Hörst du, Rita? Du musst nichts sagen! Streng dich besser nicht an! Es wird alles gut, es wird doch alles gut.«
Keinen Augenblick lang glaubte sie selbst daran.
»Ich dachte, er liebt mich … Ich dachte, er will mich heiraten.«
Ein Zittern durchlief Ritas Körper, rauhe Laute entwichen der Kehle, doch sie war nicht stark genug, um zu weinen.
Emilia wich nicht von ihrer Seite, obwohl es fast unerträglich war, den Blick von Ritas toten Augen auf sich zu spüren. Sie hatte geglaubt, alles Schmerzliche, Leidvolle, Peinigende hinter der Schufterei der letzten Jahre zurückgelassen oder es zumindest vom Wissen betäubt zu haben, dass sie auf dieser Welt bestehen konnte. Nun schien es über ihr zusammenzubrechen wie eine dunkle, kalte Welle. Ihre Knie zitterten so heftig, das sie laut aneinanderschlugen. Sie glaubte zu fallen, nicht nur auf den Boden, sondern noch tiefer – in einen mod-

rigen Brunnen, wo es keine Luft zum Atmen gab und sämtliches Licht erloschen war. Doch dann spürte sie eine Hand, die ihre nahm, spürte neben Ritas toten Augen noch einen anderen Blick auf sich ruhen, warm und mitleidig.
Sie starrte Balthasar an und sah weder seine schiefen Züge, seine Brandwunden und sein kurzes Bein – sah nur diese warmen Augen, die ihr Kraft gaben, Rita zu streicheln und immer wieder zu murmeln: »Es wird alles gut.«
Nach einer Weile wurde die Tür polternd aufgestoßen. Arthur stürmte sichtlich gehetzt in die Gaststube, während der Mann, den er im Schlepptau hatte, nur träge Schritt vor Schritt setzte. Seine Lider hingen halb über seine Augen, was den Eindruck vermittelte, er würde gleich stehend einnicken. Gleichgültig betrachtete er die verwundete Rita, und anstatt näher zu kommen, blieb er im Türrahmen stehen. Arthur winkte ihn ungeduldig heran – offenbar hatte er den Mann schon mehrmals mit dieser Geste weitertreiben müssen –, doch nichts drängte diesen zur Eile. Sein Blick war nicht länger nur gleichgültig, sondern irgendwie verächtlich.
Emilia lagen böse Worte auf den Lippen, doch es war Arthur, der ihn an ihrer Stelle anfuhr: »Was stehen Sie hier rum?«
»Ich tue gar nichts, ehe wir nicht die Bezahlung geregelt haben.«
Wieder wollte Emilia etwas sagen – dass sie nämlich genügend Geld hätte, er solle einfach seinen Preis nennen –, doch abermals kam Arthur ihr zuvor: »Daran soll's nicht scheitern! Sie haben mein Wort auf ausreichende Entlohnung.«
Endlich trat der Arzt näher, und Emilia erkannte, dass er einen Lederbeutel mit sich trug. Jener wirkte sehr schmutzig, und sie konnte sich nicht vorstellen, dass das, was sich darin befand, sauber war. Aber sie ließ ihn gewähren, als er den Beutel neben Rita abstellte und darin zu wühlen begann. Im-

mer noch blutete sie zwischen den Beinen; wahrscheinlich musste sie genäht werden, und Emilia hatte keine Ahnung, wer das sonst tun sollte.

Sie trat zu Ritas Kopf, strich ihr über die Haare und bemühte sich, allen Zweifel an diesem Arzt zu unterdrücken. Doch wenn sie ihn auch gewähren ließ, als er nun seine Hände ausstreckte, um den Stoff von Ritas zerfetzter Kleidung etwas hochzuschieben – ein anderer erlaubte es ihm nicht. Arthur riss den Arzt zurück, noch ehe er Rita berühren konnte. »Desinfizieren Sie sich gefälligst Ihre Hände!«, bellte er.

Die Lider des Arztes hoben sich erstmals ein bisschen. Der Blick darunter war mürrisch. »Sie holen mich spätabends her und sind dann nicht zufrieden, wenn ich Ihre Patientin behandle?«

»Das werden Sie nur mit sauberen Händen tun!«, befahl Arthur.

Der Arzt schien widersprechen zu wollen, gab jedoch unter Arthurs finsterem Blick schließlich nach. Umständlich kramte er eine längliche Flasche aus seinem Lederbeutel. »Acetum Antisepticum«, glaubte Emilia auf dem Etikett zu lesen. Als er die Flasche öffnete, roch es augenblicklich durchdringend nach Minze, Lavendelblüten, Salbei und Knoblauch. Der Arzt ließ etwas von der dunklen Flüssigkeit auf seine Hände tropfen und verrieb sie.

»Damit glauben Sie, sich ausreichend zu desinfizieren?«, rief Arthur entsetzt. »Dieses Mittel ist vor allem zur Stärkung des Herzens gedacht! Wobei ich keine Ahnung hatte, dass es überhaupt noch in Verwendung ist!«

»Was anderes habe ich nicht«, grummelte der Arzt.

Arthurs Hand schnellte vor und entriss ihm die Flasche. »Sie rühren diese Frau nicht an! Warten Sie!«, befahl er, dann drehte er sich um und stürmte nach oben.

Emilia warf Balthasar einen fragenden Blick zu.
»Arthur ist Apotheker«, sagte dieser leise. »Wenn er von einer Sache etwas versteht – dann davon.«
Schweigen breitete sich aus. Rita hatte schon lange nichts mehr zu sagen versucht, hielt die leeren Augen nun geschlossen, und Emilia wünschte ihr, sie könnte sich in die gnädige Schwärze einer Ohnmacht flüchten.
Wenig später hörten sie Arthurs Schritte wieder über die Treppe poltern. Er trug eine schmale schwarze Tasche mit sich, stellte sie auf einem der Tische ab und zog ihren Inhalt hervor – kleine Döschen, Ampullen und Fläschchen.
»Die Bordapotheke«, erklärte er rasch, »Wismut, Phenacetin, Laudanum, Kampferwasser, Perubalsam. Und vor allem Karbol. Das hilft gegen so gut wie alles. Und hier … waschen Sie sich damit die Hände!«
Emilia hatte gar nicht bemerkt, dass Balthasar in die Küche gegangen war und von dort mit einem Eimer Wasser wiederkehrte. Sie warf ihm die Eigenmächtigkeit nicht vor, sondern war ihm für die Hilfe von Herzen dankbar. Arthur ließ etwas aus einem Fläschchen in das Wasser tropfen.
»Nun machen Sie schon!«, forderte Arthur. »Das ist eine Lösung aus Kali, Sublimat und Karbolsäure, darin waschen Sie sich die Hände! Und die Wunden desinfizieren Sie am besten damit.«
Er schwenkte eine Ampulle vor den Augen des Arztes. Diese weiteten sich noch mehr. »Was ist das?«
»Eine simple Jodtinktur. Eigentlich sollten Sie die selbst dabeihaben. Und hier … Ich gebe Ihnen Chinin, eigens aus Paris importiert.«
Emilia ließ den Kopf sinken. Sie sah nicht zu, wie der Arzt sich die Hände wusch, sich schließlich an Ritas geschundenem Leib zu schaffen machte. Sie streichelte fortwährend über den Kopf,

froh, dass sie nichts mehr entscheiden musste. Wie aus weiter Ferne hörte sie, dass Balthasar etwas zu Arthur sagte, aber sie konnte ihn nicht verstehen. Vielleicht berichtete er ihm, was Rita erzählt hatte und was sich von diesen Worten schließen ließ: dass sie von zwei Männern in die Falle gelockt worden war, geschlagen, festgehalten, brutal vergewaltigt.
»Was für Dreckskerle!«, fluchte Arthur.
Emilia hob den Blick. Kurz schien es ihr widersinnig, dieses Wort ausgerechnet aus seinem Mund zu hören. Vor kurzem noch hatte sie ihn selbst für einen solchen Dreckskerl gehalten, herzlos und gemein. Doch alles erschien ihr plötzlich so lächerlich – der Ärger, weil er aufdringlich auf ihre Brüste gestarrt hatte, die Wette, die er auf sie abgeschlossen hatte, ihre Rache. All das schien sich in einer anderen Welt zugetragen zu haben, einer Welt, in der gespottet und gestichelt, gehöhnt und getrickst wurde, das schon, aber in der es keine bösartigen, finsteren Kreaturen wie Esteban und diesen Jerónimo gab.
Sie ballte ihre Hände zu Fäusten. »Ich bring sie um!«, brach es wieder aus ihr hervor. Erst als sie Arthurs erstaunten Blick auf sich spürte, merkte sie, dass sie geschrien hatte.
»Versuch es lieber nicht«, sagte er leise. »Am Ende stößt dir selbst etwas zu. Besser, du zeigst sie an.«
Emilia zuckte die Schultern und fühlte sich hilflos wie einst, als Esteban ihr das Geld gestohlen hatte. Viehdiebe wurden in Punta Arenas streng bestraft – aber gewiss keine weißen Männer, die sich an einer Mapuche vergriffen hatten …
Sie schüttelte den Kopf. Sie würde wahnsinnig werden, wenn sie jetzt darüber nachdachte.
»Du musst den Arzt nicht bezahlen«, sagte sie, nunmehr leiser und beherrschter, zu Arthur. »Du hast mit dieser Sache hier nichts zu tun.«

»Aber es war Balthasar, der deine Freundin gefunden hat. Und du solltest jetzt andere Sorgen haben als Geld.«
Eine Weile musterten sie sich schweigend. Die Empörung und das Entsetzen, die in seinem Gesicht standen, erschienen ihr ehrlich. Oberflächlich und gönnerhaft mochte er sein, stolz auf seine Verführungskünste und gedankenlos, wenn es darum ging, Folgen des eigenen Tuns zu bedenken. Aber zugleich gab es diese arglose, unschuldige Seite seines Wesens, die einzig darauf bedacht war, sich des Lebens zu erfreuen und mit den Menschen gut auszukommen, und die nun fassungslos war, dass man einem Mädchen wie Rita derart viel Gewalt zufügen konnte. Gewalt, die ihm selbst zuwider schien. Ganz gleich, wie schändlich die Wette gewesen war, die er auf sie abgeschlossen hatte – in diesem Augenblick war Emilia nicht nur dankbar für seine Hilfe, sondern dafür, dass er ein Mensch war, der zum ersten Mal in die Abgründe der Welt zu starren schien, der nicht abgebrüht darüber hinwegblickte, sondern tief erschüttert war.
Der Arzt trat von Rita zurück. »Alles halb so schlimm«, erklärte er. »Ein paar Tage nur, und alle Wunden werden heilen.«
»Halb so schlimm?«, rief Arthur so empört, als verberge sich hinter dieser Wortwahl schlimmste Beleidigung.
»Wenn ich nun mein Geld haben dürfte«, bestand der Arzt.
Wieder schien Arthur eine grimmige Entgegnung auf den Lippen zu liegen, aber Emilia sah, wie Balthasar ihm ein Zeichen gab, er sich daraufhin beruhigte und den Arzt bezahlte. Sie ließ es zu und wehrte später auch Arthurs Ansinnen nicht ab, Rita nach oben zu tragen. Sie wies ihm die Tür zu ihrer beider Kammer und sah zu, wie Arthur sie behutsam auf das Bett legte.
»Danke«, murmelte sie knapp. Zu mehr Worten war sie nicht fähig, nur zu diesem heiseren, trostlosen, fassungslosen »Danke …«.

15. Kapitel

Später, viel später, als nach einer durchwachten Nacht graues Morgenlicht durch die Fensterbalken brach, schlug Rita endlich wieder die Augen auf. Emilia war an ihrem Bett gesessen, hatte ihre Hand gehalten, ihr Haar und ihr Gesicht gestreichelt. Als Rita erwachte, ruckartig hochfuhr und dann mit leerem, starrem Blick zurück aufs Kissen sank, wich sie jedoch instinktiv zurück.

»Rita …«, brachte sie stimmlos hervor. Sie räusperte sich, wollte noch etwas sagen, wurde aber von einem Klopfen an der Tür unterbrochen. Rita schien es nicht gehört zu haben. Sie war nicht einmal zusammengezuckt und rührte sich auch dann nicht, als sich die Tür öffnete und jemand eintrat. Emilia dachte, dass es Arthur wäre, doch an den schleifenden Schritten erkannte sie Balthasar.

Er kam näher, hielt den Kopf jedoch gesenkt.

»Ich wollte sehen, wie es ihr geht …«

Langsam, vorsichtig hob er sein Gesicht, und wie gestern Abend fühlte sich Emilia vom Blick dieser braunen, warmen Augen irgendwie getröstet.

»Ich weiß nicht«, murmelte sie hilflos, »ich weiß nicht, wie es ihr geht …«

Vom Bett her nahm sie eine Bewegung wahr. Als sie zu Rita herumfuhr, war deren Blick immer noch leer, aber zumindest sah sie nicht mehr auf das Bettlaken, sondern hatte den Kopf gehoben und starrte Balthasar an.

»Das ist Balthasar Hoffmann«, rief Emilia schnell und setzte

sich wieder an ihre Seite. »Er … er hat dich gestern Abend gefunden.«
Sie spürte, dass sich Rita versteifte und kaum merklich von ihr abrückte, als wäre ihr die Nähe ihres Körpers zuwider. Zunächst dachte Emilia auch, ihre Worte hätten die Freundin nicht erreicht, doch nach einer Weile nickte sie mechanisch. Voller Scheu kam Balthasar noch etwas näher, und zu Emilias Überraschung tat Rita nun sogar den Mund auf, um etwas zu sagen. Sosehr Emilia die Freundin auch schonen wollte – insgeheim wünschte sie sich, sie würde sich das Grauen von der Seele reden, würde Gefühle zeigen und weinen, würde berichten, was genau geschehen war, obwohl sich Emilia längst das meiste zusammenreimen konnte. Wer immer dieser Jerónimo war – seine Seele musste so dunkel und verkommen wie die von Esteban sein, vielleicht sogar noch grausamer. Doch die Worte, die Rita flüsterte, hatten nichts mit dem zu tun, was ihr widerfahren war.
Sie deutete auf Balthasars kurzes Bein und fragte unwillkürlich: »Tut es weh, wenn Sie hinken?«
Emilia starrte sie verwundert an, aber Balthasar gab sich gleichmütig, als wäre es das Normalste der Welt, ausgerechnet in diesem Moment diese Frage zu hören.
»Nein, nein«, sagte er rasch, »ich kann mich nicht erinnern, jemals auf gleich langen Beinen gegangen zu sein. Ich litt als Kind an Kinderlähmung, und seitdem ist es nun mal so, wie es ist, und ich muss zusehen, dass ich irgendwie damit zurechtkomme.« Seine Stimme klang heiter und fröhlich, doch als seine Augen über Rita huschten, waren sie voller Mitleid und auch Abscheu. Abscheu, dass man einer so zarten, verletzlichen Frau so Schlimmes antun konnte.
»Ach so …«, sagte Rita leise.
Ihr Blick wurde wieder abwesend. Emilia befürchtete schon,

sie würde sie nicht mehr erreichen können, weder mit guten Worten noch mit liebevollen Gesten. Doch da hob Balthasar plötzlich die Hand und fuhr sich über sein vernarbtes Gesicht.

»Und die Narben – die habe ich von einem Brand«, erklärte er ungefragt. »Bei ihnen gilt das Gleiche wie bei meinem Bein. Ich werde sie nicht los, aber ... aber ich habe irgendwie gelernt, damit zu leben.«

Dort, wo die Haut nicht entstellt war, rötete sie sich leicht. Verlegen senkte er den Blick. »Es tut mir leid«, setzte er rasch hinzu. »Ich wollte gewiss keine Vergleiche anstellen oder damit sagen, dass ... dass ...« Hilflos brach er ab, aber Rita hörte ihm ohnehin nicht mehr zu, sondern starrte nun wieder blicklos auf das Laken.

Emilia erhob sich und trat auf Balthasar zu. »Danke«, sagte sie leise, »danke für alles. Und auch, dass Sie jetzt hier sind.«

Balthasar seufzte. »Wie gesagt: Ich wollte nur sehen, wie es ihr geht ... und ihr etwas schenken.«

Erst jetzt bemerkte Emilia, dass er eine Rolle Papier in seinen Händen hielt. Er reichte sie ihr, und obwohl das Geschenk für Rita bestimmt war, rollte sie das Papier auf. Er hatte mit dem Kohlestift Rita gezeichnet – das Bild einer hübschen, etwas scheuen Frau, zart und verträumt, mit dunklen Augen und glattem, glänzendem Haar. Nichts hatte diese junge Frau mit dem Wesen gemein, das gestern blutend und dreckig in der Gosse gelegen hatte. Emilia stiegen Tränen auf.

»Wir werden nicht mehr lange hierbleiben. Bald geht es weiter nach Valparaíso. Doch wenn ich an die Zeit in Punta Arenas denken werde«, Balthasar deutete mit dem Kinn auf das Bild, »dann werde ich an dieses Mädchen denken ... und hoffen und beten, dass sie wieder so werden kann.«

Es war eine knappe Woche später.
Ana erwartete Emilia wie immer auf dem Gang, als diese Ritas Zimmer verließ, und wie immer stellte sie die gleiche Frage: »Geht es ihr besser?«
Emilia hob hilflos die Arme. »Ich weiß einfach nicht, was ich machen soll. Sie isst und trinkt und schläft – aber sie spricht nicht und starrt mit diesen toten Augen an die Decke ... Es ist wie damals.«
Sie hatte Ana erzählt, wie sie Rita einst am See gefunden hatte, und auch, dass sie damals wieder zurück ins Leben gefunden hatte. Nun aber ...
»Ich habe Angst, dass sie den Verstand verliert«, bekannte sie.
»So schnell verliert man nicht den Verstand.« Anas Stimme klang hart, obwohl sie – das wusste Emilia – genauso viel Mitleid mit Rita hatte wie sie selbst. Noch nie hatte Ana so laut geflucht wie in der Stunde, da sie erfahren hatte, was Rita zugestoßen war.
»Dann versuch doch du mit ihr zu reden«, murmelte Emilia hilflos.
Ana zuckte nur die Schultern. In den letzten Tagen hatte sie noch mehr Zeit als sonst in der Casa Emilia verbracht, um zu helfen, aber bis jetzt hatte sie Ritas Gegenwart meist gemieden. Erst als Emilia sie ebenso verzweifelt wie hilfesuchend anstarrte, ging ein Ruck durch ihren Körper, und sie zwang sich dazu, das Zimmer zu betreten.
Emilia folgte Ana, blieb jedoch im Türrahmen stehen, während diese sich auf Ritas Bett niederließ. Rita reagierte kein bisschen. Ihr Blick war weiterhin starr zur Decke gerichtet.
»Glaub nicht, ich würde versuchen, dich zu trösten«, setzte Ana nach einer Weile grußlos und heiser an. »Das kann ich nicht. Ich will dir nur etwas erzählen. Und ich will, dass du zuhörst. Dass du meiner Geschichte zuhörst.«

Ihre Stimme klang kühl, ihr Gesicht war ausdruckslos. Dieses Trachten, sich die wahren Gefühle nicht anmerken zu lassen, war Emilia vertraut, und doch brachte es sie darin nicht so weit wie Ana. Manchmal glaubte sie, sie müsste an ihrer Wut auf Esteban Ayarza und diesen Jerónimo – Jerónimo Callisto, wie Ana herausgefunden hatte – ersticken, und sie fragte sich, wie Ana nach ihren Flüchen wieder die Beherrschung gefunden hatte. Auch Ritas erbärmlicher Zustand schien nun an ihr abzuprallen – ein Vermögen, um das Emilia sie ein wenig beneidete, vor allem, als Ana nun fortfuhr, viel mehr als bisher über sich verriet und Emilia zu ahnen begann, woher dieses Vermögen rührte.

»Ich habe euch erzählt, dass ich von russischen Einwanderern abstamme«, sagte Ana leise. »Doch ich habe nie berichtet, was damals genau passiert ist, als wir in Punta Arenas einliefen.« Sie zögerte kurz, doch sie erschauderte nicht wie Emilia. »Ich habe keine Erinnerungen an Russland, nur, dass es dort kalt und eng war. Auf dem Schiff war es später noch kälter und noch enger. Ich hatte mehrere Geschwister, ich weiß gar nicht mehr, wie viele. Ich weiß nur, dass eins nach dem anderen gestorben ist. Eines am Husten, eines am Hunger, ein anderes fiel vom Schiff. Meine Mutter zeigte keinen Kummer – dafür war sie längst viel zu geschwächt. Und mein Vater auch nicht. Sie starben beide, als wir in Punta Arenas ankamen, ob an Ruhr oder an der Lungenkrankheit – ich habe keine Ahnung. Ich erinnere mich nur daran, dass ich bei ihnen hockte, als das Schiff sich langsam leerte. Wahrscheinlich wäre ich ewig dort sitzen geblieben, wenn nicht einer der Matrosen mich gefunden und weggetragen hätte. Was dann geschah, sehe ich bis heute noch ganz deutlich von mir. Jener Matrose stank erbärmlich, aber das störte mich nicht, denn zugleich war sein Körper warm und weich. Ich fasste Vertrauen zu ihm und wusste noch nicht, dass er es sein würde, der mich geradewegs in die Hölle brachte. Ich glaube, ich war damals knapp zwölf Jahre alt, aber weil ich mein Leben lang so viel gehungert hatte, sah ich aus wie acht. Ich hatte weder wohlgeformte Brüste noch Hüften, hatte nichts, was Liebreiz versprach. Das stellte im Übrigen auch der Fremde mürrisch fest, vor dem mich der Matrose schließlich abstellte. Nein, Ernestas Bordell war nicht das erste, in dem ich als Hure gearbeitet habe, sondern das dieses Mannes. Ernesta ist mitleidslos, hart und geldgierig, aber sie ist nicht ohne Moral. Nicht, dass ihr diese viele Grenzen setzt, aber ein paar eben schon. Und dazu gehört, dass sie kein Kind verschachert. Dieser Mann jedoch, an den der Matrose mich übergab, war zwar erst darüber erbost, dass mir das pralle Fleisch fehlte, meinte dann aber nachdenklich, dass ich vielleicht gerade darum Geld einbringen könnte. Ich hätte so gar nichts von einer Frau, gewiss wäre ich zwischen den Beinen noch haarlos, doch manchem gefiele genau das. Er kaufte mich also dem Matrosen ab. Tja, und dann …«

Ana machte eine kurze Pause. Sie runzelte ihre Stirn, offenbarte aber ansonsten keine Gefühle. »Und dann … dann ist es passiert. Was soll ich darüber erzählen, was ihr nicht selbst erahnen könnt? Es war schrecklich, grauenhaft, peinvoll, schmerzvoll. Aber ich überlebte es. Und als es vorüber war, war es das, was zählte. Es ist das Einzige, was zählt – zu überleben. Irgendwann konnte ich mich von diesem Mann befreien. Nein, meinem Geschick davonlaufen konnte ich nicht, aber es zumindest in eine etwas andere Richtung lenken. Ich ging zu Ernesta. Und Ernesta verlangte dasselbe von mir, was ich auch bisher tun musste – wahllos vielen Männern zu Diensten zu sein –, aber das Bett bei Ernesta ist bequemer und das Essen etwas besser. Sie will uns Mädchen verkaufen, sie will uns nicht zerstören. Bei ihr überleben die Huren ungewohnt lange – anderswo verrecken sie viel früher an Syphilis oder hängen sich auf.«

Als sie zum Ende ihrer Geschichte gekommen war, starrte Ana nicht länger auf Rita, sondern auf ihre Hände. Erst nach einem Augenblick der Stille, da sich ihre gerunzelte Stirn wieder glättete, blickte sie auf.

»Ich erzähle dir das nicht, um dein Leid kleinzureden«, sagte sie leise. »Was hilft es einem zu wissen, dass es immer noch schlimmer kommen kann? Dass im Schlechten stets eine Steigerung möglich ist – während sie im Guten so selten geschieht? Nein, ich will dich nicht trösten, das maße ich mir nicht an, aber ich will dir eines raten: Du darfst ihnen nicht die Macht über dich geben. Esteban und Jerónimo haben dir schreckliche Pein zugefügt und dir so vieles genommen – deine Würde, deine Ehre, deine Vertrauensseligkeit. Aber dein Leben ist deins, und du entscheidest, was du daraus machst, nicht sie. Sie haben mit deinem Körper gemacht, was sie wollten – aber du gehörst ihnen nicht. Dies ist die erste Lektion, die ich auf dieser Welt gelernt habe, und ich will sie nie vergessen: Was immer all die Männer mit mir machen – es ist nur mein Körper, den sie kaufen können, ich hingegen gehöre ihnen nicht. Ich gehöre nur mir selbst.«

Ein trotziger Zug lag um die Lippen, und Emilia hatte keine Ahnung, was dahinter lauerte: War sie überzeugt von dem, was sie sagte, und stolz darauf? Oder balancierte sie doch nur haarscharf an Verzweiflung, Angst und Abscheu vorbei?

Emilia hielt den Atem an, als Rita sich plötzlich etwas regte. Kaum merklich wandte sie den Kopf zur Seite, starrte nicht länger zur Decke, sondern suchte Anas Blick.

»Aber … aber ich habe es verdient.«

Emilia stürzte zu ihr und griff nach ihrer Hand. Sie war so

froh, überhaupt ihre Stimme zu hören, dass sie zunächst nicht darauf achtete, was Rita da sagte.
Doch dann wiederholte sie es immer wieder: »Ich habe es verdient. Ich habe es doch verdient.«
»Was redest du da?«, rief Emilia entsetzt.
Rita erwiderte den Druck ihrer Hand nicht. Nach den Worten kam ein sonderlicher Laut aus ihrem Mund – halb Lachen, halb Schluchzen. »Weißt du, wie er mich genannt hat?«, stieß sie aus, und die dunklen Augen füllten sich mit Tränen. »Jerónimo, die Liebe meines Lebens? Er hat mich Rothaut genannt. Indianerhure. Er hat mit mir nur gespielt – genauso wie ich gespielt habe. Ich habe gespielt, dass ich eine Spanierin bin, keine Mapuche. Ich habe mit den Lügen begonnen. Und deswegen habe ich es verdient.«
Emilia blieben alle beschwichtigenden Worte in der Kehle stecken.
»Unsinn!«, fuhr Ana an ihrer statt auf. »Was zählt deine Herkunft? Es spielt keine Rolle, woher du kommst und wer du bist. Niemand hat das Recht, dir Gewalt anzutun!«
Rita schloss ihre Augen, so dass die Tränen nicht über ihre Wangen flossen. Als sie die Augen wieder öffnete, war der Blick starr und dunkel, und sie sah an Emilia und Ana vorbei.
»Ich bin Teil eines Volkes, das die Soldaten vom Erdboden tilgen wollen«, murmelte sie. »Ich hätte ihnen nicht entkommen dürfen. Ich bin nichts wert. Ich habe es nicht verdient, zu überleben.«
Ehe Ritas Züge wieder erstarrten, blitzte etwas in ihnen auf, das Emilia tief verstörte: Es war blanker Hass – doch nicht etwa Hass auf Jerónimo oder Esteban, vielmehr Hass auf sich selbst.
Emilia nahm kaum wahr, wie Ana weiterhin auf Rita einredete, sie zu beschwören versuchte, sich nicht aufzugeben und

sich nicht ihr Leben stehlen zu lassen. Sie ließ ihre Hand los, stand auf und wankte zur Tür. Sie konnte sich nur schwer vorstellen, was Rita durchgemacht hatte, diese Ängste, diese Schmerzen, diese Schande – aber eins war so vertraut: Abscheu vor sich selbst. Das Gefühl, man sei es nicht wert, man habe es nicht verdient – ob nun das Glück oder einfach nur das Leben.

Emilia stürzte auf den Gang hinaus. Es war ihr unerträglich, noch einen Augenblick länger in diesem Raum zu bleiben. Sie wusste, sie sollte versuchen, Rita zu trösten, ihr Mut machen, genauso wie Ana es tat, aber sie konnte es nicht.

Ihre Beine drohten nachzugeben, sie lehnte sich an die Wand und fühlte, wie ihr Körper sich vor Übelkeit verkrampfte. Irgendwie war es ihr gelungen, es in den letzten Tagen zu verdrängen – doch nun ließ sich dieser Gedanke nicht mehr in Schach halten.

Hatte ihre Mutter damals ebenso hoffnungslos ausgesehen wie heute Rita? Ihre Mutter Greta, die von ihrem eigenen Bruder Viktor vergewaltigt worden war? Hatte sie sich auch die Schuld an dem gegeben, was ihr zugestoßen war? Hatte sie sich selbst gehasst wie Rita?

Solange Greta gelebt hatte, war es Emilia stets schwergefallen, sie zu verstehen und es mit ihr auszuhalten. Und auch als sie die Wahrheit über ihre Herkunft erfahren hatte, hatte sie sich kaum Gedanken über die Mutter gemacht, sondern lediglich darüber, was die Wahrheit für ihr eigenes Leben bedeutete. Nun aber ahnte sie, wie viel Schmerz und Ekel Greta durchlitten haben musste, ahnte, woher deren Zerrissenheit kam, wann immer sie sie, Emilia, angeblickt hatte. Vielleicht hatte sie es zu bekämpfen versucht, aber es musste da gewesen sein: dieses tiefe Grauen, das der eigene Körper, das eigene Fleisch und Blut in ihr beschworen – gleiches Grauen, das nun auch

Emilia überkam, als sie an die rohe Gewalt dachte, aus der sie hervorgegangen war.
Sie schrie, um nicht zu weinen, und weinte schließlich doch. Sie konnte auch dann nicht aufhören, als eine Stimme sie traf.
»Emilia?«
Sie hatte nicht bemerkt, dass sie nicht länger allein war, dass jemand – von ihrem Schluchzen angelockt – sein Zimmer verlassen hatte und nun vorsichtig zu ihr trat. Sie fuhr herum und erkannte Arthur. Hastig wischte sie sich die Tränen aus dem Gesicht, konnte jedoch nicht verhindern, dass neue aus ihren Augen rannen und dass ihre Schultern bebten.
»Was ist passiert?«, fragte er leise.
»Was passiert ist?«, schrie sie. »Das weißt du doch! Diese herzlosen, widerwärtigen, gemeinen Kreaturen haben meine Rita zerstört und gebrochen! Sie haben sie …«
Sie brach ab. Er trat noch näher an sie heran, blieb kurz starr vor ihr stehen. Sein Gesicht war mitleidig, hilflos. Dann beugte er sich vor und schien sie umarmen zu wollen. Seine Hände berührten sie noch nicht, als sie sie schon von sich stieß und begann, auf seine Brust zu trommeln. »Diese Hurensöhne! Diese Bastarde! Verflucht seien sie bis ans Ende ihrer Tage! Mögen ihre Zungen verfaulen, mit denen sie meine Rita belogen haben, mögen ihre Hände verbrennen, mit denen sie sie angegriffen haben, mögen ihre …«
Sie hielt inne. Mit jedem Wort, das sie schrie, hatte sie Arthur einen weiteren schmerzhaften Hieb versetzt, doch er ließ es stoisch über sich ergehen und wich keinen Schritt zurück.
»Warum wehrst du dich nicht?«, fuhr sie ihn an. »Hast du etwa ein schlechtes Gewissen, weil du wie sie bist?«
Erst jetzt machte er einen Schritt zurück und starrte sie fassungslos an.

Sein Gesicht erbleichte.
»Nein!«, rief er entsetzt. »So wie diese … Bastarde bin ich nicht. War ich nie! Will ich nie sein!«
Langsam wichen Ohnmacht, Schmerz und Hass tiefer Erschöpfung. Sie wollte schlafen, am besten stundenlang, tagelang, wollte in dieses schwarze, tiefe Loch sinken ohne Träume, wollte einfach nur vergessen. »Ja, ja«, murmelte sie kraftlos. »Du musst ja auch nicht so sein. Weil die Frauen dir schließlich freiwillig zu Füßen liegen.«
»Du nicht«, erklärte er schlicht.
»Nein, ich nicht.«
Sie seufzte, ließ sich wieder gegen die Wand sinken, und erneut trat er auf sie zu. Diesmal verpasste sie die Gelegenheit, ihn zurückzustoßen, erlaubte ihm sogar, sie zu berühren. Zuerst nahm er ihr Gesicht in seine Hände, dann presste er es an seine breite Brust, schließlich streichelte er über ihren Rücken. Erst ließ sie es über sich ergehen, dann genoss sie es sogar. Ja, ohne Zweifel war er ein Schuft, aber in diesem Augenblick zählte nur, dass jemand da war, warm und groß, jemand, der sie tröstete, der ihr das Gefühl gab, nicht allein zu sein. Schließlich löste sie sich von ihm und blickte in sein Gesicht. Er erschien ihr fremd ob der Sorge und des Mitgefühls, das in seinen Zügen stand. Vielleicht war es ihm selbst fremd.
»Warum bist du überhaupt noch hier?«, fragte sie. »Wolltet ihr nicht längst nach Valparaíso aufbrechen?«
»Das Schiff legt heute Abend ab. Ich … ich wollte mich nur verabschieden.«
»Ich verstehe.«
Sie senkte ihren Blick, ihre Tränen waren versiegt.
»Ich weiß nicht, wie lange ich dort bleiben werde«, sagte er. »Vielleicht sehen wir uns wieder, wenn ich auf dem Rückweg nach Deutschland bin …«

Er ließ es offen, ob er es sich wünschte, und sie auch.
»Ja, vielleicht«, sagte sie barscher als beabsichtigt. Dann wandte sie sich ab und eilte die Treppe hinunter, um die Gäste zu bedienen und für sie zu kochen.

Es war einige Wochen später, als Rita das Bett verließ und schweigend begann, Arbeiten zu verrichten. Emilia erklärte, sie müsse es nicht tun, solle sich vielmehr schonen. Doch Rita schüttelte nur den Kopf, setzte traumwandlerisch Fuß vor Fuß und sagte kein Wort. Emilia ließ sie keinen Augenblick lang allein, hatte Angst, dass sie sich etwas antun könnte, und verhinderte stets, dass sie mit scharfen Messern Fleisch oder Gemüse schnitt. Stattdessen gab sie Rita Wäsche zu waschen – was diese unglaublich langsam, aber doch entschlossen tat. Früher hätte sich Emilia über diesen Fleiß gefreut – nun zermürbte sie das stete Schweigen. Immer wieder versuchte sie, die Freundin zum Reden zu bringen, erreichte mit allem Flehen und Schimpfen und Klagen jedoch nichts. Erst viele Wochen später machte sie erstmals den Mund auf. Mit bleichem Gesicht trat sie zu Emilia und vertraute ihr an, dass sie glaube, schwanger zu sein. Ihre Züge waren ausdruckslos. Da waren kein Zittern, kein Schluchzen, keine Verzweiflung, nur dieser trostlose, leere Blick.
Emilia kämpfte an ihrer statt mit Tränen. Wieder holten sie Erinnerungen an ihre Mutter ein.
Wie hatte die sich damals gefühlt, als sie herausfand, dass sie schwanger war? Hatte sie je versucht, das Kind – sie – loszuwerden?
Dies war zumindest die erste Lösung, die ihr nun selbst einfiel. Unmöglich, dass Rita dieses Kind bekommen könnte! Ernesta musste ihnen helfen – Ernesta, die gewiss Frauen kannte, die Abtreibungen vornahmen! Allerdings – wenn sie

an den Arzt dachte, den Arthur erst dazu hatte zwingen müssen, sich die Hände zu desinfizieren – um wie viel sorgloser und brutaler würde eine Kurpfuscherin vorgehen?
Rita könnte daran sterben.
Und das Kind ... Ja, sie konnte nicht anders: Sie musste auch an das Kind denken. Nicht an ein feindliches Wesen, das Zerstörung brachte. Sondern an ein Kind, wie sie selbst es gewesen war – schutzlos und unschuldig. Und doch dazu verdammt, sein Leben lang mit dieser Last zu leben, einer Last, die sie gezwungen hatte, die Heimat aufzugeben – und Manuel.
Immer mehr Tränen strömten aus ihren Augen. Kaum konnte sie sich aufrecht halten, so sehr wurde sie von Schluchzern geschüttelt. Vor der stummen, steifen Rita war es ihr unangenehm, sich so gehenzulassen, zumal diese keine Reaktion zeigte, sondern ungerührt vor ihr stand, als ginge sie das Ganze nichts an.
Mit aller Macht riss Emilia sich zusammen und wischte sich die Tränen von den Wangen.
»Es wird alles gut«, sagte sie heiser.
Sie glaubte nicht daran. Und Rita – das verrieten ihre toten Augen – auch nicht.

16. Kapitel

Jeder Schritt, den Esteban machte, geriet noch torkelnder als der zuvor. Ohne Zweifel – er hatte zu viel getrunken. Stundenlang war er in der Bar Hamburgo gesessen, hatte einen doppelten Gin nach dem anderen gekippt und sich vom Qualm der Pfeifen und Virginias benebeln lassen. Unscharf erinnerte er sich daran, selbst eine dicke Zigarre der Marke »Avanti« geraucht zu haben. Eigentlich waren ihm diese zu stark, und er kam sich auch lächerlich vor, wenn er sie sich zwischen seine Lippen klemmte. Jerónimo hingegen genoss sie aufs höchste und sah beim Rauchen äußerst elegant aus. Jerónimo stand schließlich auch Kleidung wie Frack und Zylinder, und neuerdings trug er sogar manchmal einen Spazierstock. Oft musste Esteban grinsen, wenn er ihn anblickte. Bei ihm selbst witterte man sie so rasch, Jerónimo dagegen konnte sie prächtig verbergen – seine schmutzige Seele nämlich. Nur dieser graue, stahlkalte Blick ließ selbst Esteban manchmal gruseln. Rätselhaft blieb, was dahinter lauerte; niemals war bis ins Letzte zu ergründen, was Jerónimo eigentlich bezweckte und was ihn antrieb. Esteban wusste auch nicht, was ihn dazu bewogen hatte, mit ihm Freundschaft geschlossen zu haben – nur, dass ihm diese Freundschaft viele Vorteile einbrachte, so wohlhabend und genusssüchtig, wie Jerónimo war.

»Nicht so schnell!«, rief Esteban ihm nun nach.

Anders als die seinen, fielen Jerónimos Schritte fest und bestimmt aus. Auch wenn er gerne trank – Esteban hatte ihn noch nie hemmungslos betrunken erlebt. Genauso wenig, wie er ihn je mit dreckiger Kleidung gesehen hatte. Ein bisschen neidete er ihm diese Beherrschung, und noch mehr neidete er ihm, dass es Jerónimo so viel leichter in seinem Leben hatte als er. Jerónimo war kein Offiziersbastard mit einer faulen Mutter, sondern Sohn von Felipe Callisto, einem der ersten Reeder, die sich hier in Punta Arenas niedergelassen hatten. Als sein Vater gestorben war, hatte er ihm ein großes Vermögen hinterlassen, und Jerónimo musste keinen Finger krummmachen, um es nicht nur zu bewahren, sondern sogar noch zu vergrößern. Das tat vielmehr ein gewitzter Geschäftsführer für ihn. Nur einen Vormittag in der Woche verbrachte Jerónimo damit, die Geschäftsunterlagen durchzusehen, ansonsten widmete er sich seiner edlen Kleidung, seinem Vergnügen – und seiner Bösartigkeit.

Manchmal war es für Esteban beschämend, dass immer Jerónimo für ihn den Gin und Whisky und auch die Huren bezahlte. Manchmal war es sogar beängstigend – denn welches Interesse hatte ein reicher, edler Mann an einer Kreatur wie ihm? Allerdings – er bot ihm im Gegenzug für diese Gefälligkeiten auch nicht wenig: zwar nichts, was man kaufen und anfassen konnte, aber jede Menge Spaß, zum Beispiel die Rache an der Rothaut, mit der er auch das Mannweib hatte treffen können.

Als er Jerónimo das erste Mal von der Demütigung berichtet hatte, die ihm diese beiden Weiber zugefügt hatten, hatten dessen Augen gefunkelt. Tagelang hatte er einen Plan ausgeheckt, wie man ihnen am besten schaden konnte. So gut Esteban diesen Plan auch fand – er selbst hätte nicht so viel Geduld aufgebracht, der Rothaut etwas vorzuspielen. Unerträglich war es ihm manchmal gewesen, aus der Ferne zusehen zu müssen, wie Jerónimo sich so unendlich viel Zeit nahm, sie zu umgarnen. Wäre es nach Esteban gegangen, so hätte er sie viel früher in das Haus geschleift. Immerhin war er am Ende ganz und gar auf seine Rechnung gekommen, und vielleicht hatte Jerónimo doch nicht so unrecht, wenn er behauptete, dass man für den wahren Genuss warten können müsse.

Danach, so schien es Esteban, hatte Jerónimo wieder gewartet. Darauf nämlich, dass er ihm weitere Schandtaten vorschlug. Nun, eine Rothaut, über die sie herfielen, konnte er ihm kein zweites Mal bieten, stattdessen initiierte er kleinere Trickserelen beim Glücksspiel und Zechprellerei. Er selbst war vor allem froh über das Geld, das sie ergaunerten – Jerónimo über etwas anderes. Was genau das war, konnte Esteban allerdings nicht sagen, nur, dass es den Mann mit den graublauen Augen tief befriedigte, wenn er andere manipulieren, übers Ohr hauen, ausnützen und in die Enge treiben konnte.

»Jetzt stell dich nicht so an!«, rief Jerónimo ihm eben über die Schultern zu. »Man könnte meinen, du verträgst nicht mehr Gin als ein Kleinkind!«

Das wollte sich Esteban nicht zweimal sagen lassen. Er gab sich Mühe, ihm rasch zu folgen, ohne zu schwanken, und erkannte alsbald, was Jerónimo dazu bewogen hatte, seinen Schritt zu beschleunigen.

Zwei Frauen standen nicht weit von ihnen vor einer Spelunke beisammen, rochen nach Parfüm und nach Schweiß zugleich, trugen die Haare offen, und die Gesichter waren stark geschminkt. Wahrscheinlich krochen in diesen Haaren Läuse, und wahrscheinlich war die Haut unter der Schminke bleich und faltig. Aber nett anzusehen waren sie dennoch – mit diesen viel zu engen, kurzen Kleidern in leuchtendem Rot.

Die beiden hatten die Männer nicht kommen sehen, und als Jerónimo die eine unerwartet an sich riss, fuhr diese erschrocken zusammen. So abgenützt sie auch aussah – offenbar war sie noch nicht lange in dem Gewerbe tätig. Genau das aber zog Jerónimo magisch an. Er mochte es, wenn eine Frau Angst hatte.

Die andere schien diese Angst nicht zu kennen: »Nun, schöne Männer«, säuselte sie mit kokettem Augenaufschlag. »So ganz alleine unterwegs?«

Auch die Schreckhafte rang sich nun ein Lächeln ab, und Esteban konnte förmlich spüren, wie Jerónimo die Lust verging. Esteban hingegen fühlte, wie sich der Nebel um seinen Kopf etwas lichtete und Gier erwachte – die Gier, diese festen Brüste zu umfassen, sie zu drücken, sie zu quetschen.

»Wie heißt ihr denn?«, fragte er.

»Titia und Seraphina«, gab die eine zurück und lehnte sich angelegentlich an die Wand, so dass ihre Brüste prall vom Leib wegstanden. »Es ist etwas kalt heute, nicht wahr?«

Esteban grinste. »Ich wüsste, wie ich euch aufwärmen könnte«, meinte er.

Jerónimo runzelte die Stirn, doch noch ehe er einen Einwand hervorbringen konnte, verstand die Frau auch sein Interesse zu wecken: »Meine Gefährtin könnte die harte Hand eines Lehrers gut gebrauchen … Sie hat noch einiges zu lernen.«

Esteban sah, wie das Mädchen erbebte – und Jerónimos Blick wieder wacher wurde.

Wenig später hatten sie ein schwülstiges Etablissement betreten, in dem überall Kerzen loderten und dessen Boden hart von all dem Wachs war, das auf die Holzbalken getropft war. Obwohl das Licht weich war, schmerzte es in Estebans Augen. Er kniff sie zusammen und zögerte eine Weile, bis er sie wieder öffnete. Die Kecke presste indes ihren Leib an seinen, und prompt fühlte er, wie er hart wurde. Die Tapeten waren so rot wie das Bettlaken, auf dem er wenig später lag. Es war

weich, jedoch auch klebrig. Besser, er überlegte nicht, wer sich hier schon gewälzt und seinen Samen vergossen hatte.
Die Hure hockte sich mit gespreizten Beinen auf ihn.
»Bist du nun Titia oder Seraphina?«, fragte er mit belegter Stimme.
Sie setzte ihm ein Glas an den Mund. Liegend fiel es ihm schwer zu schlucken, aber er versuchte es dennoch, und wenn auch etliche Tropfen danebengingen, brannte ihm alsbald Rum durch die Kehle.
»Das tut doch nichts zur Sache, oder?«, fragte sie kichernd.
Er hob den Kopf, suchte Jerónimos Blick. Auch der war mittlerweile in die Horizontale befördert worden und immer noch erstaunlich gut gelaunt. Kalter Glanz stand in seinen graublauen Augen, und Esteban glaubte zu wissen, warum es ihm hier gefiel: nicht nur, weil sich seine Hure so viel scheuer gab, sondern weil die Frauen sie zu liebkosen begonnen hatten, ohne mit ihnen die Bezahlung vereinbart zu haben. Gewiss hatte Jerónimo im Sinn, sie hinterher einfach ohne Geld stehen zu lassen.
Esteban trank noch einen Schluck Rum und schloss die Augen, weil er das Licht nicht ertrug. Die Hure kicherte, flößte ihm den Rum nun nicht mehr gemächlich ein, sondern schüttete ihm das Glas einfach ins Gesicht.
»Was zum Teu…«
Die Worte blieben ihm im Hals stecken. Seine Lider waren so schwer, unmöglich konnte er sie öffnen! Die Hure begann, an seinem Hemd zu zerren, seine Brust zu zerkratzen; er fühlte wie tief ihre Nägel gingen, jedoch keinen Schmerz. Warum nicht? Etwas war nicht in Ordnung, ganz und gar nicht in Ordnung …
»Jeróni…«
Er konnte den Namen nicht aussprechen – denn schon um-

fing ihn Schwärze, als hätte man ihn in einen dunklen Kerker gesperrt.
Als er die Augen wieder aufschlug, hatte er keine Ahnung, wie lange er geschlafen hatte, ob nur wenige Augenblicke oder gar Stunden. Das Licht erschien ihm matter. Vielleicht vertrug er es aber einfach nur besser. Als er sich aufrichtete, fuhr ihm ein spitzer Schmerz durch den Kopf. »Aaaah …«
Er konnte wieder sprechen – und brachte im nächsten Augenblick doch keinen Ton mehr hervor. Nicht die Kopfschmerzen waren es, die ihn panisch stimmten. Vielmehr, dass er sich nicht rühren konnte – nicht, weil er betrunken war, sondern weil man ihn festgebunden hatte, an den Händen ebenso wie an den Beinen. Letztere waren weit gespreizt.
»Was, zum Teufel!«, knurrte er. Er bäumte sich auf, riss an den Fesseln, erreichte jedoch nur, dass sich das Hanfseil in seine Haut schnitt. Unerträglich war dieser Schmerz – und schien sich sogar noch zu verstärken, als er die Stimme hörte.
»Er kommt zu sich!«
»Na endlich!«
»Drei Schluck Rum und er ist hinüber, was für eine Memme!«
Er konnte sich immer noch nicht aufrichten, aber immerhin den Kopf etwas wenden; er blickte direkt in Jerónimos Gesicht, alabastern und schön wie immer – mit panischem Ausdruck. Stets hatte Esteban ihn selbstbeherrscht erlebt, nun schlotterte er vor Angst.
»Nun, wie fühlt ihr euch?«
Diese Stimme klang anders als die von Titia und Seraphina, und vor allem ihr Dialekt kam Esteban bekannt vor. Er drehte seinen Kopf mühsam auf die andere Seite, und dann sah er sie – die blonde Russin, deren Namen er nicht kannte, aber

mit der er einmal zusammengeraten war, weil er sie nicht bezahlen wollte. Damals war ihr das Mannweib zu Hilfe gekommen, und wenn er sich recht erinnerte, hatte er sie seitdem manchmal in der Casa Emilia gesehen. »Nun«, fragte sie grinsend, »erkennst du mich?«
Seine Kehle wurde trocken, als er das Messer sah, das sie in Händen hielt.
»Was hast du vor?«, flüsterte er.

Die Russin zuckte angelegentlich die Schultern. Ganz langsam hob sie ihre Finger, fuhr erst über den Knauf, dann über die Klinge des Messers, sehr vorsichtig, um sich nicht zu verletzen. Er zweifelte nicht daran, dass es scharf war, sehr scharf.
»Ich halte nicht viel von Männern, die unschuldige Mädchen schänden«, begann sie gedehnt. »Die Welt wäre eine bessere, nähme man ihnen das Vermögen, es noch einmal zu tun.«
Grinsend trat sie an ihn heran und beugte sich über ihn. Er fühlte, wie sie an seiner Hose nestelte, sie öffnete, sein bloßes Fleisch kratzte. Als die Klinge über ihm aufblitzte, spürte Esteban, wie es zwischen seinen Beinen nass wurde. Er hatte vor Schreck seine Blase geleert.
»Neeeiiiiin!«, kreischte er entsetzt, als die blonde Russin mit dem Messer ganz langsam den Oberschenkel entlangfuhr, höher, immer höher, bis die Klingel sein gekräuseltes Schamhaar erreichte. »Neeeiiiiin!«

Wenig später wurde Esteban auf die Straße geworfen. Er glaubte, dass alle Knochen brachen, als er auf dem harten Boden aufprallte, doch er hatte keine Kraft, schützend die Hände auszustrecken. Eben war ein Pferdekarren vorbeigekommen, und er war direkt neben einem dampfenden Haufen

Pferdeäpfel zu liegen gekommen. Doch Gestank und Hitze, die diesem entströmten, waren nicht schlimm.
Nicht so schlimm wie das, was er in den letzten Stunden durchgemacht hatte. Stöhnend rollte er sich zur Seite und sah, dass Jerónimo neben ihm lag. Als der sich aufrappelte, griff er mitten in den Pferdemist, doch das übliche Fluchen blieb aus. Selbst Jerónimo, der so großen Wert auf saubere Kleidung legte und den Dreck und Gestank der Straßen hasste, war einzig froh, der Hölle entkommen zu sein.
Während Jerónimo längst wieder aufrecht stand, blieb Esteban liegen. Die Erinnerungen lähmten ihn – Erinnerungen, die wie Blitze in seinen Kopf einschlugen und mit grellem Licht entblößten, wie er da wehrlos vor den Frauen gelegen hatte, wie sie ihm die Hosen vom Leib gezerrt hatten, wie das Messer langsam die Oberschenkel hinaufgefahren war, schließlich sein Geschlecht umspielt hatte.
Er glaubte, die Frauen jetzt noch kichern zu hören.
»Da wird der stolze Esteban ganz klein«, hatte Titia gespottet.
»Selbst wenn du es wolltest«, hatte die Russin gehöhnt, »nun könntest du über keine wehrlose, unschuldige Frau herfallen. Oder wie wolltest du das anstellen – mit diesem armseligen, schrumpeligen Gemächt?«
Das Messer hatte seine Haut aufgeritzt, und er hatte gebrüllt wie am Spieß. Wenn er sich nicht schon längst in die Hosen gemacht hätte, so hätte er spätestens jetzt die Kontrolle über seine Blase verloren.
Doch dann war die Hand, die das Messer führte, zurückgezuckt, ohne tiefer zu schneiden. Die Erleichterung darüber ließ ihn selbst jetzt noch beben.
Breitbeinig hatte sich die blonde Russin über ihn gestellt. »Dass ihr heil bleibt, habt ihr nicht mir zu verdanken, son-

dern Emilia«, hatte sie erklärt. »Sie war der Meinung, dass der Schrecken genügen würde.«
Besagter Schreck hatte ihn völlig gelähmt. Als sie ihn losbanden, konnte er gar nicht um sich schlagen. Und selbst jetzt, da er sich endlich langsam erhob, fühlte er sich wie betäubt. Ihm war so übel, dass er glaubte, sich gleich übergeben zu müssen, doch als er zu würgen begann, brodelte vor allem Wut in ihm hoch. Sein Blick ging zu Jerónimo, der in diesem Moment auf die Russin zustürzte. Sie hatte es tatsächlich gewagt, einfach auf der Straße stehen zu bleiben, so breitbeinig wie vorhin, die Arme vor der Brust verschränkt.
»Ich bring dich um, du Hure!«, brüllte Jerónimo, wie Esteban ihn noch nie hatte brüllen hören. »Ich bring dich um, verdammtes Weib!«
Esteban beobachtete ihn erst wie erstarrt, dann ballte auch er die Hände zu Fäusten. Doch ehe er Jerónimo zu Hilfe eilen konnte, ehe der die Russin packen und auf sie einschlagen konnte, standen plötzlich zwei Männer vor ihnen, groß und breit. Einer hob die Hand und boxte so stark in Jerónimos Bauch, dass der taumelte.
»Fass sie nicht an!«, verkündete der Fremde kalt.
Esteban sah, wie Jerónimos Gesicht hochrot anlief und nicht nur blanke Wut seine Züge verzerrte, sondern auch Hilflosigkeit. Woher, zum Teufel, kamen nur diese Männer, die die russische Hure beschützten?
Estebans Gedanken waren so gelähmt wie seine Beine, doch dann sah er, wie die kleine, bucklige Ernesta Villan hinter Ana die Straße betrat.
Diese parfümierte Kröte!, schimpfte er innerlich.
Jeder kannte sie, jeder hatte zumindest von ihr gehört, aber man sah sie so gut wie nie auf offener Straße. Meist verkroch sie sich in ihrer Wohnung über dem Bordell, die gerüchtewei-

se mit allen Kostbarkeiten dieser Welt zugestellt war. Nun nickte sie den beiden Hünen zu, die weiterhin schützend neben Ana standen.
Anklagend deutete Jerónimo auf die Russin: »Deine Huren sollen doch Geld für dich verdienen, oder? Weißt du, was sie stattdessen treiben?«
Ernesta Villans stechend blaue Augen – die Esteban nun weniger an eine Kröte erinnerten als an ein Insekt – richteten sich zuerst auf Jerónimo, dann auf ihn. Eben noch hatte es ihn nicht gestört, war ihm vielmehr als Zeichen erschienen, dass sie das Schlimmste überstanden hatten – nun hingegen war es ihm unerträglich, dass Pferdemist auf ihm klebte.
»Meine Huren lassen sich nicht alles gefallen, und das ist gut so«, begann Ernesta kalt. »Ihr gehört zu den Bastarden, die meist nicht zahlen wollen. Was immer sie mit euch angestellt haben – die Falschen wird es nicht getroffen haben.«
Nahezu hoheitsvoll drehte sie sich um und trippelte auf ihren kleinen Füßen wieder hinein. Die beiden Männer blieben mit drohender Miene stehen. Esteban hörte nicht nur Ana kichern, sondern auch die beiden anderen: die rothaarige Sirene Seraphina und die verlogene Schlampe mit den grünen Augen, Titia.
Schließlich verstummte Anas Lachen. »Und nun haut ab!«, zischte sie. »Und glaubt nicht, dass ich euch ein zweites Mal heil davonkommen lasse.«
Jerónimo stand wie erstarrt, der Rotton seines Gesichts hatte sich noch verdunkelt, aber Esteban lief, lief einfach los und so weit wie möglich davon. Gewiss war das feige, später würde er sich dafür verachten, aber nun konnte er nicht anders, als zu laufen, laufen, laufen.
Die Luft ging ihm aus, die Kehle schmerzte, aber er rannte und rannte. Als er nicht mehr weiter konnte, hob er die Faust

zum Himmel. Er konnte sich nicht erinnern, sich jemals so erbärmlich gefühlt zu haben, jemals so beschämt.
Aber dafür, seine Faust verkrampfte sich, dafür würden sie büßen! Die russische Hure, das Mannweib und auch die Rothaut! Ja, für die Qualen, die er hatte durchstehen müssen, würden sie büßen!

17. Kapitel

Sechs Monate später

Als Arthur im Hafen von Punta Arenas umherschlenderte, fühlte er sich verloren. Er schob es darauf zurück, dass er diesmal ohne Balthasar unterwegs war, der in Valparaíso geblieben war. Die zurückliegende Reise über die Anden wäre für ihn und sein kurzes Bein viel zu anstrengend gewesen. Obwohl Arthur selbst dieses Abenteuer genossen hatte, war er nun froh, dass ihm der gleiche Rückweg erspart blieb. Von Buenos Aires, wohin er pharmazeutische Waren geliefert und damit seine erste Feuerprobe bestanden hatte, würde es zur See zurück nach Valparaíso gehen, was bedeutete, dass er wieder einen Zwischenstopp in Punta Arenas einlegte.
Wäre Balthasar hier, würde der gewiss lästern, dass ihn in Buenos Aires nicht nur die Bequemlichkeit auf ein Schiff getrieben hatte, sondern vor allem die Aussicht, in der südlichen Hafenstadt Emilia wiederzusehen. Doch bis jetzt hatte er eisern vermieden, auch nur in die Nähe der Casa Emilia zu kommen – und er war gewillt, dass es dabei bleiben würde. Ja, schon morgen würde er weiterreisen, ein so kurzes Wiedersehen lohnte sich also gar nicht, und überhaupt war es besser, sich darauf zu konzentrieren, was er in Valparaíso erreicht hatte, und nach vorne zu blicken.
Selten hatte er in den letzten Monaten Emilias Namen ausge-

sprochen – nur Balthasar erwähnte ihn dann und wann und musterte ihn dabei lauernd von der Seite. Arthur gab sich dabei stets gleichmütig. Nie hätte er dem Freund, geschweige denn sich selbst eingestanden, wie oft seine Gedanken zu ihr eilten, obwohl eigentlich kaum Zeit blieb, an irgendetwas zu denken – angesichts der vielen Eindrücke, die in Valparaíso auf ihn eingeprasselt waren, und der vielen Herausforderungen, mit denen es fertig zu werden galt.
Wieder schüttelte er den Kopf, um die Erinnerungen an Emilia zu vertreiben, die in dieser Stadt, *ihrer* Stadt, so lebendig wie nie zuvor waren, und rief sich stattdessen das letzte halbe Jahr vor Augen, das auf ihre Begegnung gefolgt war, die Zeit, da sie nach Valparaíso weitergereist und schließlich in dieser »Perle des Pazifiks« angekommen waren. Sonderlich schön schien ihm diese auf vielen Hügeln gelegene Stadt nicht, als dass sie diesen Namen verdiente. Ganz ansehnlich dagegen war Rosa Schmitzke – die Gattin des Apothekers Heinrich Schmitzke, die er noch am Tag der Ankunft umschwärmt hatte und die halb kokett, halb schüchtern darauf eingegangen war. Die Firma der Schmitzkes lag im Paseo Atkinson, die Privatwohnung gleich darüber. Anders als seine Frau hatte ihn Herr Schmitzke sehr schroff behandelt, als Arthur bei ihm vorstellig geworden war und im Auftrag seines Onkels Gustav gemeinsame Geschäfte vorgeschlagen hatte.
»Es ist wahr«, hatte Heinrich Schmitzke erklärt, »wir haben lange Zeit in Hamburg nach einem Einkaufshaus gesucht, das die Zulieferung der Waren besorgt und außerdem überwacht, dass die Fracht unbeschädigt hierher transportiert wird – in der ganzen Welt haben wir solche Kontakte, doch die Beteiligung von Hamburger Apotheken war uns besonders wichtig. Deutsche Waren, Sie verstehen, haben einen guten Ruf.«

»Aber?«, fragte Arthur, dem der ablehnende Tonfall nicht entgangen war.

»Ihr Onkel oder Ihr Vater – nun wer immer es auch war, der die Geschäfte führte – hat zu oft unser Angebot zur Zusammenarbeit abgelehnt. Mittlerweile haben wir genügend andere Partner.«

Ausufernd hatte er nun erklärt, wie verlässlich diese seien und dass sie nicht nur chemisch-pharmazeutische Produkte lieferten, sondern auch kosmetische Artikel – von der Nähnadel bis zum Lindenblütentee. Nachdem er geendet hatte, erwartete er offenbar, dass Arthur wieder ging.

Der war völlig ratlos. Während der Reise hatte er nie darüber nachgedacht, was genau ihn in Valparaíso erwarten würde, doch er hatte sich darauf eingestellt, dass es zu einer wie auch immer gearteten Geschäftsbeziehung mit den Schmitzkes kommen und er einige Monate in der Stadt verweilen würde. Der Gedanke, hier gleich nach der Ankunft zu scheitern und sofort wieder nach Deutschland, folglich zu Nora, zurückkehren zu müssen, war ihm unerträglich. Obwohl ihm beruflicher Ehrgeiz bisher fremd gewesen war, erwachte dieser nun mit einer unglaublichen Entschiedenheit. Anstatt den Kopf einzuziehen und sich zu verabschieden, blieb er einfach und ließ sich und Balthasar von Heinrich Schmitzkes Gattin Rosa zum Nachmittagstee einladen. Es gäbe nicht nur Kuchen, verkündete sie mit verschwörerischem Grinsen, sondern auch herzhafte Brötchen mit Gurken – eine Gewohnheit, die sie von den ansässigen Briten übernommen hätten. Arthur erwiderte Rosas Lächeln von ganzem Herzen. Sie war ihm ein wenig zu gedrungen und ihre Augen zu wässrig, aber die apfelroten Backen mit den lieblichen Grübchen nahmen ihn sofort für sie ein. Allein weil er Deutscher war, behandelte sie ihn wie ein verlorenes Familienmitglied, und er war dankbar für die Herzlichkeit und das Gefühl von Heimat, das sie ihm in der fremden Stadt schenkte.

Frau Rosa lächelte nicht nur viel, sondern wusste auch eine Menge zu erzählen. Nichts, was im Geschäft ihres Mannes vorging, schien ihr zu entgehen, und dass Arthur das Gespräch vor allem auf diese Dinge lenkte, anstatt ihr von Hamburg zu erzählen, was sie sich eigentlich wünschte, schien sie ihm nicht übelzunehmen.

Ja, sie hätten ein eigenes Laboratorium, nicht sonderlich groß zwar, man könne sich nur einmal darin umdrehen, aber Destillierapparat, Presse und Mühle stünden dort. Nach Vorbild der »Drogueria Alemana« von Johannes Daube wollten sie es sogar noch vergrößern. Und ja, sie seien für viele Krankheitsfälle ausgerüstet. Manchmal helfe sie selbst im Laden mit und erkläre, wie sich Frauen mit Unterleibsentzündungen Eingießungen mit Wasser und Ichthyol geben sollten oder einem Säugling mit Fieber ein Klistier von Salicilabo mit Soda. Sie sprach so freimütig über intime Themen, dass keine Verlegenheit aufkam, obwohl Arthur an den zusammengepressten Lippen von Herrn Schmitzke erkannte, dass es diesem weder recht war, mit Arthur und Balthasar beim Tee zu sitzen, noch dass seine Frau nun so viel und schnell redete.

»Und welches Verbandszeug haben Sie in Verwendung?«, nutzte Arthur schließlich die erste Gelegenheit, eine Frage zu stellen.

Wieder war es nicht der Apotheker, sondern Rosa, die antwortete. »Gossypium depuratum!«, rief sie aus. »Entfettete Baumwolle!«

»Und sehen Sie!«, rief Arthur aus, und Hoffnung keimte auf, dass er doch noch irgendwie mit Herrn Schmitzke ins Geschäft kommen könnte. »Diese ist in Europa längst nicht mehr gebräuchlich.« Rasch fuhr er fort: »Die Merkur-Apotheke in Hamburg von Paul Carl Beiersdorf, die seit geraumer Zeit Salbenmulle herstellt, hat kürzlich etwas aus Amerika importiert, was einen ganz erstaunlichen Fortschritt gegenüber den bisher gebräuchlichen Verbänden darstellt: Kautschukpflaster nämlich. Diese bleiben auch im kalten Zustand haften, während bisherige Pflaster immer nur erwärmt kleben. Beiersdorf will weiter daran forschen und eine ganz besondere Art von Heilpflastern herstellen.«

Er spürte Balthasars verwunderten Blick auf sich ruhen. Offenbar fiel es dem Freund schwer zu glauben, dass er sich mit diesem Thema eingehend beschäftigt hatte – doch das hatte er tatsächlich. Von allen Wissensgebieten, die er mühsam hatte pauken müssen, war ihm die Desinfektion von Wunden stets als interessantestes erschienen – und dazu gehört auch die Frage, wie man diese Wunden nach der Behandlung am besten sauber hielt.

Nicht nur Balthasar blickte auf, auch Heinrich Schmitzke. »Wie gut kennen Sie Paul Carl Beiersdorf?«, fragte er gedehnt.

Die Wahrheit war – persönlich gar nicht, zumal Paul Carl Beiersdorf der größte Konkurrent der Hoffmanns war. Aber er sagte eifrig: »Ich könnte den Kontakt gerne herstellen – vorausgesetzt, dass Sie unsere Apotheke Hoffmann an Ihrem Unternehmen beteiligen.«

Rosa lächelte offen und freundlich – ihr Mann blickte ihn nur stirnrunzelnd an. »Sie müssten mir noch Ihr Können beweisen.«

»Ich bin studierter Pharmazeut! Aber wenn Sie wollen – ich kann mich gerne bei Ihnen in den Laden stellen!« Er erwiderte Rosas Lächeln, wenngleich nicht ganz so kokett, wie er es vielleicht getan hätte, wenn er mit ihr allein gewesen wäre.

Herr Schmitzke erhob sich. »Ich werde Sie meine Entscheidung wissen lassen ...«
Zum Abschied küsste Arthur Frau Rosa die Hand – und sie dankte es ihm damit, dass sie ihn am nächsten Tag wieder zum Tee einlud. Ihr Mann blieb diesmal fern – nicht jedoch eine Menge Freundinnen aus der deutschen Gemeinschaft, die ihn begeistert in Empfang nahmen.
Zunächst bezauberte er die Frauen mit seinem Charme, später flocht er in Komplimente Fragen ein, um mehr über die Tätigkeit ihrer Ehemänner zu erfahren – deutsche Kaufleute allesamt, die sich in Valparaíso, Santiago und Concepción angesiedelt und einen Vertrag mit einem deutschen Handelshaus oder einer der englischen Firmen abgeschlossen hatten. Meist waren diese Verträge nur zeitlich begrenzt, und wenn sie ausliefen, machten sich viele in Chile selbständig und holten sich als mögliche Geschäftspartner Freunde und Verwandte aus Deutschland. Man half sich gegenseitig mit Geld und Informationen – und blieb unter sich, um auch fern der Heimat die eigene Kultur zu pflegen. Obwohl Arthur die letzten Monate, die er in der Heimatstadt zugebracht hatte, lieber Kneipen als Opernhäuser besucht hatte, erzählte er nun ausführlich von den Aufführungen Letzterer. Das meiste war entweder übertrieben und gelogen, aber es gefiel den Damen, und Balthasar, der verschmitzt lächelnd zuhörte, ließ ihn nie auffliegen, sondern prägte sich stattdessen die Gesichter der deutschen Kaufmannsfrauen ein, um sie später zu zeichnen.
Ohne Zweifel – ein paar hübsche waren dabei, doch Arthur ertappte sich während der Teegesellschaften immer öfter dabei, dass er diese geschwätzigen, sorglosen Frauen, zu deren Pflichten einzig gehörte, die Haushaltsführung zu überwachen, sie jedoch weiß Gott nicht selbst zu übernehmen, mit

Emilia zu vergleichen. So dankbar er für jede Hilfe war – das oberflächliche Geplauder beschwor unliebsame Erinnerungen an die Teestunden mit den van Sweetens, und er verdrängte sie, indem er sich vorstellte, wieder mit Emilia durch die Steppe zu reiten, frei und ungebunden.
Wenn er jedoch an das unrühmliche Ende dieses Ausflugs dachte, dann versuchte er auch diesen zu verdrängen – an den Abenden am liebsten damit, dass er die Hafenkneipen von Valparaíso erforschte, schmutzige Orte gemessen an den deutschen Häusern, brutaler und irgendwie auch furchteinflößend. Einmal erschlug unmittelbar neben ihm ein Mann einen anderen, weil der ihm offenbar Geld schuldete – wieder woanders brach eine Hure, schon von Krankheit gezeichnet, mit hohem Fieber zusammen und starb noch in der gleichen Nacht. Seitdem mied er, der ansonsten so gerne mit ihnen lachte und kokettierte, diese Frauen. Die Gattinnen der Deutschen wiederum wagte er auch nicht zu verführen – war er doch auf ihr Wohlwollen angewiesen.
So verging Woche um Woche, ohne dass er eine Frau hatte, wie Balthasar ihm ebenso genüsslich wie spöttisch vor Augen hielt, und nicht nur diese Tatsache, sondern vor allem, dass er es nicht sonderlich vermisste, brachte ihn ins Grübeln.
Eines Tages schließlich bat Herr Schmitzke ihn wieder zu sich und machte ihm ein Angebot: Arthur müsse ihm weniger zeigen, wie viel er von der Pharmazie verstand, als dass er fähig war, Waren unbeschadet ans Ziel zu bringen. Wenn er wolle, könne er nun ebendiesen Beweis erbringen. Er stünde nämlich in enger Beziehung mit einer Firma in Buenos Aires, die Apothekerwaren in die ganze Welt lieferte, und dorthin gelte es einige Kisten mit Medikamenten und Verbänden zu transportieren.
Zu diesem Zeitpunkt war Arthur Valparaíso schon langweilig

geworden. Begierig harrte er der Abwechslung und nahm das Angebot dankbar an – noch nicht ahnend, dass Herrn Schmitzke die Schiffsreise nach Buenos Aires zu lange und zu teuer war und er stattdessen von Arthur forderte, den Landweg zu nehmen – eine der mühseligsten Strecken, die es in Südamerika zu überwinden galt und bei der Balthasar ihn unmöglich begleiten würde können.

Ob der Aussicht, ganz auf sich allein gestellt zu sein, bekam es Arthur ein wenig mit der Angst zu tun, aber er zeigte keine Schwäche. Er war jung, er war gesund, er würde es schaffen. Und er wollte es schaffen – mehr denn je. Immer wieder hielt er sich vor Augen, dass ihn ein ödes Leben in Hamburg erwartete, wenn er scheiterte, wohingegen hier neue Abenteuer winkten, wenn er erst dieses eine bestand.

So verabschiedete er sich eines Morgens von seinem Vetter, dessen Bedauern, den Freund für einige Wochen, vielleicht Monate, nicht wiederzusehen, sich in Grenzen zu halten schien: Dank der kleinen Apanage, die ihm Arthur Hoffmann senior vererbt hatte, würde ihm bei seinem weiteren Aufenthalt in Valparaíso nichts fehlen – vor allem nicht genügend Papier, um durch die Gassen streunend alles zu zeichnen, was ihm in den Sinn kam. Arthur war fast ein wenig neidisch, als er daran dachte, dass das, was ihm bevorstand, ungleich beschwerlicher war. Immerhin musste er die Reise nicht allein antreten, sondern mit einem Zug anderer Kaufleute, die zwar keine medizinische Ware, jedoch Salpeter transportierten – Chiles wichtigstes Exportgut, wie er erfuhr. Er spielte sogar mit dem Gedanken, dort einzusteigen, falls es mit der Teilhaberschaft an der Apotheke nicht klappen würde. Was der Onkel davon hielt, konnte er zwar nicht prophezeien – doch wahrscheinlich war der überhaupt erleichtert, wenn der Neffe an irgendeiner Geschäftsidee Interesse zeigte.

Die Reise nach Argentinien wurde auf der ersten Wegstrecke mit dem Zug zurückgelegt, der von Santiago die Anden hinauffuhr. Dann folgte die mühseligste Etappe über den Andenpass bis zur Stadt Mendoza in Argentinien, die mit einer Muli-Karawane bestritten wurde. In Mendoza hieß es wieder, in einen ruckelnden, staubigen Zug einzusteigen, ehe man viele Tage später Buenos Aires erreichte. Dort galt es zu überwachen, ob die Waren auch sicher auf das Schiff nach Europa geladen wurden.

Arthur war jeden Tag so erschöpft, dass es beinahe weh tat. Bedacht darauf, die Waren heil zu transportieren und über die Männer, die sie schleppten, ein strenges Regiment auszuüben, ging ihm erst hinterher auf, dass er die wilde Berglandschaft kaum wahrgenommen hatte. Rückblickend hätte er nicht einmal zu sagen gewusst, ob er mehr Zeit gefroren oder geschwitzt hatte. Erst in Buenos Aires fiel ihm auch auf, dass er wochenlang keine einzige Frau gesehen und kaum getrunken hatte. Nun drängte ihn nichts dazu, das Versäumte rasch wieder wettzumachen. Die zwei Tage, bis sein Schiff ablegte, verbrachte er lieber in einem Hotel – um zu schlafen und wieder zu Kräften zu kommen. Noch auf der Wegstrecke nach Punta Arenas fühlte er sich müde, aber er litt kaum mehr an der Seekrankheit, und das erfüllte ihn mit Stolz. Sein Körper hielt nun mehr aus, hatte etwas an Gewicht verloren und war sehniger geworden.

Anders als während der Reise über die Anden, hatte er viel Zeit nachzudenken. Erinnerungen an das letzte Mal, da er die Magellanstraße durchquert hatte, suchten ihn heim. Er konnte Balthasars Stimme förmlich im Ohr hören, wie der ihn neckte. *Nicht mehr lange … dann siehst du sie wieder.*

Aber er würde sie ja nicht wiedersehen! Er wollte es nicht! Was würde es ihm auch anderes bringen, als dass sie ihm dann wieder monatelang durch den Sinn ging – diese herrische Frau, die ihm angedroht hatte, einen Weinkrug auf seinem Kopf zu zertrümmern. Deren blondes Haar wilder und lockiger als das aller Frauen war, die er kannte, und das im Steppenwind tanzte. Die prustend lachte, während er schlammverkrustet im Tümpel stand. Und nicht nur an das Lachen hatte er immer wieder denken müssen, auch an ihre Tränen. Die Tränen, die sie vergossen hatte, als die arme Rita …

Diese Gedanken mussten aufhören – und würden aufhören. Wenn er morgen weiterreiste, ohne sie gesehen zu haben, dann konnte er die Erinnerungen gewiss endgültig abschütteln. Sie würden von anderen Eindrücken überlagert werden, und er würde nicht länger zulassen, dass Balthasar über ihn spottete und ihm Gefühle einredete, die es nicht gab.

Entschlossen entfernte Arthur sich vom Hafen und tauchte in das Gewirr kleiner Gässchen ein – weiterhin sorgsam darauf bedacht, nicht in die Nähe der Casa Emilia zu kommen. Suchend blickte er sich nach einer anderen Herberge um. Je weiter er sich vom Hafen entfernte, desto mehr ließ der übliche Trubel nach. Wie schon bei seinem ersten Aufenthalt in Punta Arenas faszinierten ihn die vielen Sprachen, die man hier hörte, Portugiesisch und Walisisch, Spanisch und Schweizerdeutsch, Russisch und die Dialekte der Indianer. Doch nun, da es – wenn auch noch nicht Winter – viel kälter war als bei seinem letzten Aufenthalt, war das Stimmengewirr unaufdringlicher. Die meisten Worte konnte er gut hören, wenngleich nicht verstehen – nur den Sinn von einem Satz verstand er allzu genau.

Arthur kam gerade um die Ecke, als er einen Mann knurren hörte: »So, liebste Ana. Jetzt haben wir endlich mal wieder ein Stündchen für uns. Wie dumm von dir, ganz alleine unterwegs zu sein. Dachtest du wirklich, wir wären quitt?«

»Lass mich los, Esteban, oder …«
Arthur sah die Frau nur von hinten, aber die Stimme kam ihm bekannt vor. Er beschleunigte seinen Schritt, sah nun ganz deutlich, wie der Mann die Frau gegen eine Hauswand presste. Er war nicht allein – ein zweiter stand mit kaltem Blick und schiefem Grinsen daneben, noch untätig, aber gewiss willens, sie auch zu packen, wenn sie sich wehrte.
»Lass mich los, Esteban! Und du hau auch ab, Jerónimo!«
Arthur hielt unwillkürlich den Atem an.
Esteban. Jerónimo.
»Glaubst du wirklich, du könntest unserer Rache entgehen?«, höhnte der andere Mann.
»Pah!«, stieß das Mädchen aus. »Was wollt ihr mir denn antun? Mich vergewaltigen wie Rita? Glaubt mir – ich habe so viele Männer gehabt, ich spüre das gar nicht mehr. Oder wollt ihr mich töten? Ihr denkt doch nicht etwa, dass ich am Hurenleben hänge. Tut, was ihr nicht lassen könnt!«
Als Arthur näher trat, konnte er das Profil des Mädchens erkennen. Jetzt war er sich wieder ganz sicher, wer sie war – die blonde Russin, die in Emilias und Ritas Herberge arbeitete. Die beiden Männer hatte er noch nie gesehen, aber an ihre Namen konnte er sich nur allzu gut erinnern, und die Wut, die unwillkürlich in ihm zu brodeln begann, war ebenso hitzig wie zerstörerisch.
»Nein«, höhnte da Esteban. »Wir töten dich ganz gewiss nicht. Ich habe eine viel bessere Idee …«
Kurz ließ er sie los und fuhr sich über das Gesicht. Arthur begriff nicht, was diese Geste bedeutet, bis er sah, dass es eine Narbe war, über die die dreckigen Finger strichen. »Diese Narbe hier hat mir die kleine Rothaut zugefügt. Hat verdammt weh getan. Und genau den gleichen Schmerz sollst du jetzt auch spüren. Zumal du so gerne mit Messern spielst …«

Ana wollte sich wehren, aber dieser Esteban hielt ihre Hände unerbittlich fest, und als sie versuchte, mit den Füßen nach ihm zu treten, wurde sie auch noch von Jerónimo gepackt.
»Du hast über mich gelacht und mich verspottet«, schrie der Narbige. »Nun wirst du dich für den Rest deines Lebens daran erinnern, dass man über einen Esteban Ayarza nicht lachen darf.«

Obwohl er die Drohung von Esteban genau verstanden hatte, brauchte Arthur eine Weile, um zu begreifen, dass er der jungen Frau mit dem Messer, das er gemächlich hervorzog, tatsächlich das Gesicht zerschneiden wollte. Zunächst fuchtelte er nur drohend durch die Luft – dann kam er ihren Wangen bedrohlich nah.
Anas Gesicht blieb starr und ausdruckslos, doch Arthur ahnte, wie schwer es ihr fiel, ihre Furcht nicht zu zeigen.
»So tu doch, was du nicht lassen kannst, Esteban Ayarza!«, forderte sie erst den einen auf und wandte sich dann auch an den anderen: »Mich zu verletzen fühlt sich für dich sogar noch besser an, als mit mir zu huren, nicht wahr, Jerónimo Callisto? Das bereitet dir doch am meisten Lust – Menschen zu quälen und zu foltern! Was bist du nur für ein krankes Schwein!«
Arthur konnte den Gesichtsausdruck von diesem Jerónimo Callisto nicht erkennen, aber er konnte sich denken, dass dieser lächelte – genauso schäbig lächelte wie in der Stunde, da diese beiden Männer über die arme Rita hergefallen waren. Und er sah nun auch die Waffe, die an Jerónimos Gürtel hing: eine Pistole.
Wieder fühlte Arthur, wie Wut in ihm aufstieg, blinde, heiße Wut, aber er bezähmte sie mühsam. Er würde weder die eine rächen noch der anderen helfen können, wenn er jetzt seinen Kopf verlor. Also biss er die Zähne zusammen, setzte sein

freundlichstes Lächeln auf und kam auf die Männer zugeschlendert.

»Entschuldigung meine Herren!«, rief er, deutete eine höfliche Verbeugung an und gab vor, für Anas Notsituation blind zu sein. »Ich bin fremd in der Stadt und eben erst am Hafen angekommen. Vielleicht könntet ihr mir einen Saloon empfehlen, wo man …«

Esteban Ayarza starrte ihn erst irritiert, dann wütend an. Jerónimo Callisto dagegen blieb beherrscht. Als er sich zu Arthur umdrehte, waren seine graublauen Augen kalt, aber ausdruckslos. Arthur tat so, als würde er weiterhin weder Ana noch das Messer, mit dem Esteban vor ihrem Gesicht fuchtelte, bemerken.

»Ich wollte euch nicht stören, wirklich nicht, aber …«

Schon nützte Ana den Moment der Unachtsamkeit ihrer beiden Angreifer. Zwar konnte sie sich nicht befreien – zu unbarmherzig war sowohl Jerónimos als auch Estebans Griff –, doch ihr Kopf schnellte vor, und sie hatte genügend Bewegungsfreiheit, um Jerónimo in die Schulter zu beißen.

Ein Schmerzenslaut entfuhr ihm, und er ließ sie los. Estebans Griff blieb jedoch fest. Trotz seines Ärgers war er geistesgegenwärtig genug, um Ana von seinem Kumpanen erst wegzuzerren und dann auf sie einzuschlagen, gottlob, wie es Arthur durchfuhr, nicht mit dem Messer, sondern mit der Faust. Ana konnte sich nicht dagegen wehren, sondern schrie auf, als Estebans Faust wieder und wieder ihr Gesicht traf, schließlich auch ihre Brust, ihren Magen. Derart in Rage achtete dieser jedoch nicht mehr auf Arthur, und auch Jerónimo war davon abgelenkt, den Biss auf seiner Schulter zu betrachten. Diese wenigen Augenblicke genügten Arthur, um einen Satz auf Jerónimo zuzumachen und blitzschnell die Pistole aus dem Gürtel zu ziehen.

Erbost heulte Jerónimo auf, als er den Diebstahl bemerkte, und alarmiert ließ Esteban die Faust sinken.

»Lass sie los!«, befahl Arthur, die Pistole fest umklammert.

Eine Weile starrte Esteban ihn nur verständnislos an, dann lockerte sich sein Griff. Hastig drängte sich Ana an ihm vorbei, stürzte auf Arthur zu und versteckte sich hinter seinem Rücken. Er hörte sie keuchen, doch ansonsten schien sie Estebans brutale Schläge gut weggesteckt zu haben.

Arthur richtete die Pistole erst auf Esteban, dann auf Jerónimo.

»Nun«, fragte er höhnisch, »habt ihr immer noch Lust, dieser jungen Frau hier das Gesicht zu verletzen?«

Emilia blickte hoch.

»Hast du das auch gehört?«

In Ritas Miene tat sich nichts. Sie war nicht einmal zusammengezuckt, als plötzlich der Schuss ertönt war. Es schien, als sei sie taub und blind und stumm zugleich.

Immerhin war sie heute nach der Arbeit bei ihnen in der Gaststube sitzen geblieben, anstatt sich in ihrem Zimmer zu verkriechen – in Emilias Augen ein deutlicher Fortschritt.

»Du musst es doch gehört haben!« Sie klang ungeduldiger, als sie es wollte, und kämpfte mühsam um Beherrschung. Trotz allen Mitleids überkam sie manchmal das Gefühl, sie müsste Rita bei den Schultern packen und sie rütteln, bis wieder Leben in sie gekehrt wäre.

»Irgendwer hat geschossen!«, rief sie.

Weiterhin kam keine Regung.

Emilia seufzte. Hoffentlich war Ana gut heimgekommen. Viele Monate waren mittlerweile vergangen, seit sie Esteban und Jerónimo diesen bösen Streich gespielt hatte, und obwohl sich diese bislang noch nicht gerächt hatten, machte sich Emi-

lia ständig Sorgen um sie. Eigentlich bestand ihr Leben aus nichts anderem als Arbeit und Sorgen, und wenn diese gerade nicht Ana galten, so bot Rita genügend Anlass dafür.
Deren Leib hatte sich nach und nach verändert und war nun, da die Geburt des Kindes bevorstand, sehr behäbig; nur der Gesichtsausdruck war gleich geblieben: düster, verschlossen, leer. In den ersten Monaten hatte Emilia Angst gehabt, Rita würde sich etwas antun, doch selbst dazu war sie viel zu erstarrt, und Emilia waren die Ideen ausgegangen, sie aus dieser Starre zu locken. Sie war selbst völlig damit überfordert, die fehlende Arbeitskraft wettzumachen. Rita war zwar nie besonders schnell und fleißig gewesen – aber nun, da sie sich die meiste Zeit in ihrem Bett verkroch, wurde augenscheinlich, wie wichtig die vielen kleinen Dienste, die sie erledigt hatte, eben doch gewesen waren. Und Ana konnte bei all ihrem Fleiß auch nicht noch mehr tun.
Trotz aller Lasten – als eines Tages Agustina Ayarza gekommen war und ihre Hilfe angeboten hatte, hatte Emilia abgelehnt. Emilia hatte keine Ahnung, wie viel Agustina von Estebans Machenschaften wusste und ob diese erfahren hatte, dass Rita ein Kind erwartete – auf jeden Fall hatte sie nicht nur ausgezehrt und schwächlich gewirkt, sondern voll schlechtem Gewissen. Sie hatte nicht gewagt, Emilia in die Augen zu sehen, nur genuschelt, dass sie für sie da wäre, wenn sie sie brauchte … und dass ihr alles so unendlich leidtäte.
Nachdem sie sie das erste Mal fortgeschickt hatte, war sie mehrmals wiedergekommen, doch Emilia hatte sich nicht erweichen lassen. Ganz gleich, wie verstört Agustina jetzt darüber sein mochte, dass der Sohn so grob und brutal war – sie konnte sich noch gut daran erinnern, dass sie einst mit leuchtenden Augen und voller Liebe über ihn gesprochen hatte. Sie lastete ihr diese Liebe nicht an, schließlich war sie seine Mut-

ter, aber ihre Nähe schien ihr unerträglich, und schon gar nicht wollte sie sie Rita zumuten.
Verspätet ging nun ein Ruck durch deren Körper. Der Schuss, der eben ertönt war, ließ sie weiterhin kalt, aber sie machte Anstalten, sich schwerfällig zu erheben und wieder nach oben zu gehen. Emilia seufzte, als sie ihr dabei zusah. Jeder Schritt fiel unendlich langsam aus – Ritas Bauch schien mittlerweile viel zu groß für die dürren Beine –, aber Emilia wusste, dass es sinnlos war, ihr Hilfe anzubieten und sie zu stützen, denn Rita verweigerte jede Berührung.
Wortlos musste Emilia zusehen, wie sie ihren Leib erst durch die Gaststube wuchtete und dann die Treppe hochwankte. Sie hörte ein ersticktes Ächzen, doch das blieb der einzige Laut, den Rita von sich gab. Emilia seufzte wieder. Sie wusste, sie sollte aufstehen, die Küche putzen, einige Gästebetten frisch beziehen, den Boden kehren, aber sie fühlte sich zu müde, einfach nur müde. Sie stützte ihre Ellbogen auf den Tisch und vergrub ihr Gesicht in den Händen. Für gewöhnlich verbat sie sich diese Gedanken, doch nun fragte sie sich düster, wann sie sich das letzte Mal halbwegs ausgeruht gefühlt hatte und wie lange sie dieses Leben noch ertragen konnte.
Auch damals, als sie die Heimat verlassen hatte, war sie durch düstere Stunden gegangen, Stunden voller Kummer und Wehmut, doch es waren auch Stunden des Aufbruchs, der Veränderung gewesen. Neugierde war in ihr erwacht, Abenteuerlust und die Hoffnung, dass sie irgendwo ein einigermaßen passables Leben führen könnte. Nun aber fühlte sie sich einfach nur getrieben. Die Wochen auf Pedros Schaluppe erschienen wie ein Paradies verglichen mit diesen grauen Tagen, und auch die ersten arbeitsreichen Jahre in der Casa Emilia waren so viel besser gewesen, denn damals hatte Rita noch lächeln können und sie selbst sich an der Gewissheit laben,

ihr Leben und ihren Schmerz im Griff zu haben. Ein wehmütiges Lächeln erschien auf ihrem Mund, als sie sich an den Tag erinnerte, da sie durch die Pampa geritten war – gemeinsam mit Arthur, dem stolzen, eitlen, charmanten Deutschen, der sie verführen wollte und zur Strafe in einem dreckigen Tümpel gelandet war. Ihr Lächeln verstärkte sich, als sie sich sein empörtes Gesicht vor Augen rief. Wie sie gelacht hatte! Aus voller Seele! Es musste das letzte Mal gewesen sein, dass sie gelacht, dass sie sich so frei gefühlt hatte!
Und nicht nur an das Lachen erinnerte sie sich, auch an jenen Moment vor Ritas Zimmer. Als die Verzweiflung sie übermannt hatte und Arthur da gewesen war, um ihr, wenn auch hilflos, Trost zu spenden, um sich energisch gegen den Verdacht zu wehren, er könne nur das Geringste mit Esteban und Jerónimo gemein haben, und um sie schließlich zu umarmen ...
Emilia zuckte zusammen. Laut krachend flog die Tür auf, und als sie den Blick hob, hatte sie das Gefühl, sie würde träumen. Hatte sie nicht eben noch an Arthur gedacht, und jetzt stand er ganz plötzlich leibhaftig vor ihr? Unmöglich, das konnte nicht sein! Sie musste ihn sich einbilden!
Aber dann sah sie Ana an seiner Seite. Ana, das wusste sie, konnte so schnell nichts aus der Bahn werfen, aber jetzt war sie leichenblass und zitterte am ganzen Leib.
Emilia sprang so abrupt auf, dass der Stuhl polternd auf den Boden fiel. »Gütiger Himmel, was ist denn passiert?«
Anas Lippen formten tonlos den Namen Esteban.
»Hat er dir ...?«
Die Angst hämmerte wie eine kalte Hand gegen ihre Brust.
»Nein, er ...«, setzte Ana an. Sie hatte ihre Stimme wiedergefunden, brachte den Satz jedoch nicht zu Ende, sondern deutete auf Arthur.
»Ich bin gerade noch rechtzeitig gekommen«, sagte dieser.

Nachdem die beiden ihr alles erzählt hatten, versuchte Emilia, Ana zu überreden, die Nacht bei ihr zu verbringen, aber Ana pochte darauf, in Ernestas Bordell zurückkehren zu müssen. »Wenn ich meine … Arbeit dort vernachlässige, lässt sie mich nie wieder hierherkommen. Und nach dem, was geschehen ist, werde ich zumindest heute Nacht vor Jerónimo und Esteban meinen Frieden haben.«

Emilia war skeptisch, musste aber unwillkürlich grinsen, als Ana bei ihren letzten Worten triumphierend auf den Revolver deutete – Jerónimos Waffe, die Arthur ihm nicht nur einfach entwendet hatte, sondern aus der er obendrein einen Warnschuss abgegeben hatte. Die Kugel war so dicht an Esteban vorbeigeschossen, dass dessen Haare auf der Stirn erzittert waren, woraufhin dieser Schuft davongelaufen war, als gäbe es kein Halten mehr – nicht nur von Anas Hohngelächter, sondern auch von Jerónimos Flüchen verfolgt. Der hatte ungleich beherrschter auf die Rückgabe der Waffe gepocht, aber Arthur hatte sich geweigert. Stattdessen übergab er sie nun Ana. »Du kannst sie besser brauchen als ich«, erklärte er. »Falls sie dir noch einmal zu nahe kommen, dann weißt du, was du tun musst.«

Ana hielt die Waffe prüfend in den Händen – und Emilia war erleichtert, dass die Freundin nun nicht mehr schutzlos durch Punta Arenas laufen musste. »Glaubt mir, ich werde nicht zögern, notfalls zu schießen!«, erklärte Ana, ehe sie – wie immer grußlos – in die Nacht huschte.

Eine Weile blieben Emilia und Arthur steif nebeneinander stehen, etwas verlegen und nach den vielen eifrigen Worten, mit denen Arthur und Ana berichtet hatten, was geschehen war, schweigend. Erst als Arthur sich ebenfalls unschlüssig zum Gehen wandte, erklärte Emilia, dass er doch gewiss eine Unterkunft für die Nacht brauchte. Und noch ehe sie ihm die Gelegenheit gab, ihr zu antworten, eilte sie schon die Treppe hoch, um frische Bettwäsche zu holen und ein Gästezimmer vorzubereiten. Nur aus den Augenwinkeln nahm sie wahr, dass er ihr zögernd folgte, an der Tür des Zimmers stehen blieb und ihr zusah, wie sie rasch ein Bett für ihn überzog.

Emilias Gedanken gingen zurück zu Ana. Insgeheim hatte sie sich all die Monate davor gefürchtet, dass die Männer Rache nehmen würden – und sie ahnte, dass sie es nicht bei diesem einen Versuch bewenden lassen würden. Allerdings – nachdem Esteban so feige davongelaufen war, würde Jerónimos Wut zunächst ihm gelten, nicht den Frauen.

Nachdem sie das Bett fertig bezogen hatte, blickte sie unsicher hoch. Sie konnte sich die Scheu nicht recht erklären, aber es fiel ihr schwer, Arthur, der so unerwartet und plötzlich wieder in ihrem Leben aufgetaucht war, ins Gesicht zu sehen oder gar mit ihm zu reden, obwohl ihr manche Frage auf den Lippen lag: Wie es ihm wohl die letzten Monate ergangen war? Was er getan hatte, ehe er Ana zu Hilfe geeilt war? Und was trieb ihn eigentlich wieder hierher nach Punta Arenas?

Ihr ging auf, dass sie fast gar nichts von ihm wusste – nur, dass er Hamburger und Apotheker war und eigentlich nach Valparaíso hatte reisen wollen.

Ihr Blick huschte unauffällig über seine Gestalt. Er wirkte etwas schlanker, braungebrannt, und um den Mund hatten sich Falten eingegraben, die sie beim letzten Mal noch nicht an ihm gesehen hatte. Sie ließen ihn etwas erwachsener wirken und auch ernsthafter. Die Lippen hielt er fest aufeinandergepresst. Etwa trotzig? Weil er sich immer noch darüber ärgerte, dass sie ihm damals diesen Streich gespielt hatte?

Unsinn!, schalt sie sich. Nach der Nacht, da Balthasar Rita gefunden hatte, war das gewiss vergessen.

Warum aber wirkte er so steif und sah an ihr vorbei, als wäre sie eine Fremde? Vorhin hatte sie sich ehrlich gefreut, ihn wiederzusehen, doch nun bereute sie das – wollte sie doch nicht diejenige sein, die ein Zusammentreffen genoss, während es ihm offenbar zuwider war.

Doch als sie nun selbst stur die Lippen aufeinanderpresste und entschied, wortlos zu gehen, da murmelte er plötzlich ein »Danke!«.

Sie war so überrascht, dass ihr beinahe das schmutzige Laken entglitt, das sie in den Händen hielt.

»Warum bedankst du dich bei mir?«, fragte sie schroff. »Du hast Ana gerettet … nicht umgekehrt.«

Er zuckte die Schultern. »Wenn du es so siehst … Ich meinte nur das Bett.« Er deutete mit dem Kinn darauf.

»Das ist keine Gefälligkeit, sondern meine Art, Geld zu verdienen«, erklärte sie eine Spur rüder, als sie wollte. Schon im nächsten Augenblick tat es ihr leid, und etwas versöhnlicher fügte sie hinzu: »Eins muss man dir lassen. Du bist immer dann zufällig zugegen, wenn es gilt, meinen Freundinnen zu helfen.«

Er sah hoch, und erstmals trafen sich ihre Blicke für länger als die Dauer eines Wimpernschlags.

»Nur dir habe ich bis jetzt nicht helfen können«, sagte er leise. Etwas blitzte in seinen Augen auf, was sie nicht zu deuten wusste, etwas Lebendiges, Starkes, das sie dazu brachte, ihre Lippen zu einem Lächeln zu verziehen, auch wenn sie nicht wusste, was an seinen Worten so lustig sein sollte.

»Bei was auch!«, rief sie aus. »Ich habe mich bis jetzt gut selbst durchgeschlagen.«

Das Funkeln in seinen Augen verschwand. Nachdenklich blickte er sie an. »Ich habe noch nie eine Frau gesehen, die sich so stark gibt wie du und …«

Er brach ab, und sie wollte schon zu einer selbstbewussten Entgegnung ansetzen, doch plötzlich musste sie an ihre letzte Begegnung denken – als er sie umarmt hatte, nachdem er sah, wie sie Tränen vergossen hatte. Tränen um ihre Mutter, um Rita, um sich selbst.

Damals hatte sie sich alles andere als stark gefühlt, und die Erinnerung daran und auch an seinen festen Griff ließ ihr Röte ins Gesicht steigen. Sie hoffte, er würde es nicht bemerken, und straffte die Schultern.

»Man ist so stark, wie man sein muss«, erklärte sie kühl.

Er löste sich vom Türrahmen und trat zögernd ins Zimmer. Wie alle Gästezimmer war es ein einfach eingerichteter Raum: Ein Bett und ein Stuhl befanden sich darin, eine Kommode, auf der die Waschschüssel stand, und auf dem Boden lag ein Fell anstelle eines Teppichs. Sie dachte schon, er würde nichts mehr sagen, doch plötzlich stellte er eine Frage: »Und warum musstest du stark sein? Was ist das Geheimnis der Emilia?«

Sie zuckte zusammen, obwohl sie sich bemühte, sich nicht anmerken zu lassen, woran seine Frage rührte. Das Bild ihrer Mutter stieg vor ihr auf, das sich in letzter Zeit so häufig mit Ritas ausdruckslosem Gesicht vermischte. Die beiden Frauen hatten bis auf die zarte Statur eigentlich nichts gemein, trotzdem überlegte sie oft, ob auch Gretas Blick so starr und tot gewesen war, als sie das Kind trug, das sie gewaltsam von ihrem eigenen Bruder empfangen hatte. Sie würde die Wahrheit nie herausfinden, aber das eine tat so weh wie das andere – Ritas Anblick ebenso wie die Frage, ob Greta sie insgeheim gehasst hatte.

»Das geht dich nichts an!«, entfuhr es ihr heftig. Unruhig rieb sie die Lippen aufeinander und bereute sogleich, sich nicht besser im Griff zu haben, zumal Arthur nur neugierig geklungen hatte – nicht aufdringlich.

Entschuldigend hob er seine Hände: »Ich wollte dir nicht zu nahetreten. Ich … ich würde nur gerne schlau aus dir werden.« Er ließ die Hände wieder sinken, blickte verlegen darauf. »Ich bin noch nicht so vielen Frauen wie dir begegnet.«
Die Erinnerung an ihre Mutter verblasste, der Schmerz ließ etwas nach. »Frauen, die dich in einem Tümpel haben baden lassen?«, rief sie, und dann entfuhr ihr ein kurzes Auflachen, das sie befremdete, weil es so hell, so klar tönte. Sie hatte nicht geglaubt, noch lachen zu können, und schnell schloss sie den Mund wieder. »Reden wir nicht über mich«, wechselte sie rasch das Thema, »was hast du in den letzten Monaten erlebt? Warum bist du wieder hier?«
Er hob den Kopf, wirkte nicht länger verlegen, sondern stolz und aufgeregt – und das mit jedem Wort, das er nun erzählte, ein wenig mehr. »Eine lange Reise liegt hinter mir!«, rief er aus. »Eine lange, gefährliche, zermürbende Reise!«
Daher kamen also die gegerbte Haut und die Zeichen der Erschöpfung in seinem Gesicht. Eifrig berichtete er ihr von seinem Aufenthalt in Valparaíso, seinen Verhandlungen mit einem gewissen Apotheker Heinrich Schmitzke und dem Auftrag, pharmazeutische Ware heil über die Anden zu bringen. Er schmückte die Mühsal wortgewaltig aus – von schlammigen Wegen war die Rede, von brütender Sonne und eisigen Winden, von spitzen Felsen, von gebrochenen Rädern der Maultier-Karawane, vom ruckelnden Zug, der oft stundenlang anhielt, wenn Lamas die Gleise verstellten. Doch anstatt damit die unmenschliche Anstrengung heraufzubeschwören, klang vor allem Begeisterung über dieses größte Abenteuer seines bisherigen Lebens durch. Emilia prägte sich nicht jedes Wort ein, aber sie glaubte förmlich zu schmecken, was sein Gesicht so zum Strahlen brachte: das Gefühl von Freiheit und Lebendigkeit, der Stolz, über sich selbst hinausgewachsen zu

sein, der Triumph, trotz aller Qualen geschafft zu haben, was man sich vorgenommen hatte.
»Ich hätte nicht geahnt, dass etwas, das so mühselig ist, so erfüllend sein kann«, schloss er.
Sie nickte. Der Zauber seiner Worte war so mächtig, dass sie ihr eigenes Leben kurz in einem anderen Licht sah: Dass sie die Heimat verlassen hatte, erschien ihr plötzlich nicht als Flucht vor der Schande ihrer Herkunft, sondern als Aufbruch in ein großes Abenteuer; die Fahrt auf Pedros Schaluppe ließ sie nicht an Enge, Armseligkeit und Dreck denken, sondern an die wilde Landschaft der Küste. Und das Leben in Punta Arenas, in dem sie sich eben noch so getrieben gefühlt hatte – von der Rachsucht ihrer Feinde, von der vielen Arbeit, von der Sorge um Rita –, machte sie für wenige Augenblicke lang stolz: weil es ihr Leben war. Weil sie es förmlich aus dem Nichts aufgebaut hatte. Weil ihr eins niemand nehmen konnte – die Gewissheit, sich selbst ernähren, kleiden und sich ein Dach über dem Kopf schaffen zu können. Doch der Zauber währte nicht lange. Als er sich von ihr abwandte, zum Bett trat, schien er müde – und sie war es auch.
»Du willst dich gewiss ausruhen«, sagte sie leise, »ich lass dich allein.«
Zögernd ging sie zur Tür. Sie wusste nicht, was sie von ihm erwartete, nur, dass sie es bedauerte, das Zimmer zu verlassen, in dem die Last des Lebens kurz von ihr abgefallen war, und wieder in das eigene zu gehen, wo es trotz Ritas Anwesenheit so einsam war und so trostlos.
»Emilia?« Er hielt sie erst auf, als sie schon auf den Gang getreten war.
»Ja?«, fragte sie und kam zurück.
Er sah sie nicht an, sondern betrachtete wieder seine Hände. »Was ich noch nicht gesagt habe … nicht ausreichend zumin-

dest: Es war dumm, sehr dumm von mir, mit Balthasar zu wetten, dass ich dich verführen könnte.«

Sie schüttelte den Kopf und machte eine abwehrende Bewegung. »Ach was! Du hast deine Zeche bezahlt …«

»Aber du sollst wissen, dass ich dir nicht deine Ehre nehmen wollte! Nicht so wie diese beiden Bastarde, die deine Freundin …«

Wieder hob sie abwehrend die Hand. »Wir vergessen es einfach, ja? Ab morgen tun wir einfach so, als würden wir uns zum ersten Mal begegnen.«

Er lächelte zuerst, seufzte dann. »Es wird aber viel zu wenig Zeit bleiben, um uns kennenzulernen. Denn ich fahre morgen schon wieder zurück nach Valparaíso.«

»Ach so …«

Sie konnte das Bedauern in ihrer Stimme nicht verbergen, und plötzlich trat ein verschmitztes Lächeln auf sein Gesicht. Es erinnerte an den Arthur, wie sie ihn zum ersten Mal gesehen hatte, voller Leichtigkeit und Lebenslust, ein wenig oberflächlich und anmaßend, eitel und arglos. »Traurig?«, fragte er neckend.

»Pah!«, stieß sie verächtlich aus.

Er grinste wieder. Und plötzlich konnte sie nicht anders, sie musste sein Lächeln erwidern, und als er lachte, lachte sie auch. Noch schwerer fiel es ihr jetzt, den Raum zu verlassen, nicht einfach nur ein Gästezimmer, sondern ein winziges Fleckchen, wo sie tun konnte, was sie sonst nie tat: sich amüsieren, sich sorglos in ein Wortgefecht stürzen.

Sie wandte sich erneut zur Tür, jedoch nicht, um ihn zu verlassen, sondern um sie zu schließen. Als sie dann zu ihm trat, war sie sich nicht sicher, was genau sie da ritt; sie genoss einfach nur, wie schwungvoll plötzlich ihre Schritte ausfielen.

»Sag, Arthur«, fragte sie raunend, »wie verführst du eigentlich die Frauen?«
Das Lachen schwand aus seinem Gesicht; sein kecker Ausdruck verwandelte sich in Unsicherheit. »Das kann man so nicht sagen ... Es ... es gibt kein Rezept dafür ...«, stammelte er – sichtlich überrumpelt.
»Aber Balthasar meinte, du seist es gewohnt, Herzen zu gewinnen. Wie machst du das genau? Wie öffnest du sie?«
Verlegen zuckte er die Schultern. »Ich weiß nicht. Es ... es ... passiert einfach.«
»Wie passiert es?«, fragte sie begierig und trat noch näher auf ihn zu. »Ist es dein Lächeln, das die Frauen besticht? Sind es neckische Worte? Ist es dein gieriger Blick? Oder ist es einfach das?« Ein einziger Schritt trennte sie noch, und ihr Körper hätte sich an seinen gepresst. Langsam hob sie die Hand und fuhr über sein Gesicht – fuhr erst über die Wangen, dann über das Kinn. Die Haut war von der vielen Sonne und dem Wind gegerbt worden. Arthur schien der Atem zu stocken, und auch ihr wurde die Brust eng, als ihr aufging, dass sie seit Ewigkeiten niemanden mehr so berührt hatte, dass ihr seit so langer Zeit keine Bartstoppeln mehr in die Haut gestochen hatten. Manuel ... Manuel war der Letzte gewesen, doch der Gedanke an ihn beschwor nicht den üblichen Schmerz, sondern steigerte die Erregung. So nah war Arthur ... so warm ... Sie konnte seinen Atem fühlen, konnte nun, da ihre Hand tiefer glitt und über seine Brust streichelte, seinen Herzschlag spüren. Kurz war ihr, als würde ihr ein Schlag versetzt, ebenso schmerz- wie lustvoll.
Er starrte sie reglos an, schien den Atem anzuhalten. Wahrscheinlich spürte er sie auch – diese flirrende Spannung, die zwischen ihnen und der übrigen Welt einen unsichtbaren Bannkreis zu ziehen schien.

Endlich ließ sie die Hand wieder sinken, doch zurücktreten mochte sie nicht. Wortlos standen sie voreinander. Lange schien keiner gewillt, sich als Erster aus der Starre zu lösen, und als sie es schließlich doch taten – ganz so, als hätte jemand ihnen einen lautlosen Befehl gegeben –, beugten sie sich so voller Hast nach vorne, dass ihre Köpfe heftig zusammenstießen. Beide achteten sie nicht darauf, und dann hatten sich ihre Lippen schon getroffen, weniger zu einem zärtlichen Kuss als zu einem Kampf ihrer Münder. Die Bartstoppeln, die sie eben betastet hatte, rieben ihre Wangen wund. Das Brennen ließ sie nicht zurückzucken, sondern stachelte sie noch mehr an, an seinen Lippen zu saugen, an seiner Zunge, seinen Speichel zu schmecken, ihn zu riechen. Ihre Nägel bohrten sich in seinen Nacken, als sie ihn zu sich zog. Alles, alles wollte sie von ihm haben; alles wollte sie spüren, vor allem sich selbst, als diese Hitze jede Faser ihres Körpers durchströmte, als dieses Verlangen jede Verspannung löste und jede Härte erweichte. Sie löste ihre Hände von seinem Nacken, zog ihn zum Bett.

Ehe sie auf die Laken sanken, löste er sich kurz von ihr. »Emilia …«, sagte er heiser. »Willst du wirklich …«

»Schscht«, machte sie. »Ich weiß, was ich tue …«

Kurz wurde ihr Blick kalt, fast verächtlich. »Glaub nicht, dass du mich eben verführst«, murmelte sie. »Ich verführe dich. Ich bestimme über mein Leben.«

Er neigte sich vor, küsste sie wieder, etwas langsamer nun, nicht ganz so kämpferisch. Ihr kam in den Sinn, dass sie eben gelogen hatte – ihr Leben konnte sie bestimmen, doch nicht die Regungen ihres Körpers. Diese waren so viel stärker als ihr Wille; sie schalteten ihn einfach aus, diktierten ihm, was zu tun war. Kaum lagen sie auf dem Bett, begannen sie, an ihren Kleidern zu zerren. Ihre Haut rieb auf seiner, schien mit ihr zu verschmelzen. Vorhin war jede Regung wie ein Kampf gewesen – nun fanden sie ganz selbstverständlich einen gemeinsamen Rhythmus, ohne darum ringen zu müssen. Da gab es kein Zögern mehr, kein Necken, keine Scharmützel, nur Verlangen. Das Ächzen aus seinem Mund vereinte sich mit ihrem, als er in sie drang. Sie schlang ihre Beine um seine, um ihn noch tiefer zu spüren, um auf kein bisschen seines warmen, harten Fleisches zu verzichten. Mehr wollte sie, immer mehr, bis sämtliches Zittern und Schaudern ihrer Glieder auf jenen Punkt zwischen ihren Beinen zulief und sich dort zu einem Strudel vereinte. In ein gleißendes Licht zog er sie, das schließlich in viele kleine Funken zersprang. Erst viel, viel später, als sie noch atemlos und schweißüberströmt aufeinanderlagen, ging ihr auf, dass sie kein einziges Mal an die Nacht im Wald mit Manuel gedacht hatte.

18. Kapitel

Der Wind blies ihr ins Gesicht, Emilia streckte sich ihm wohlig entgegen. Sie ahnte, dass es nur ein schöner Traum war, der sie gefangen hielt, denn der Wind war viel zu warm, und das Pferd – jetzt erst merkte sie, dass sie vermeintlich auf einem ritt – viel zu schnell. Sie spürte ihren Körper kaum, glaubte zu fliegen. Was für ein herrliches Gefühl! Ob Traum oder nicht – sie hoffte, der Schlaf würde sie ewig gefangen halten, ihr noch länger diese Reise in eine andere Welt gestatten, wobei es keine andere, fremde Welt war, sondern das weite, flache Ödland rund um Punta Arenas, nur etwas schöner und bunter als in Wirklichkeit. Sie ritt nicht, um ein Ziel zu erreichen oder vor etwas zu fliehen, sondern weil es Spaß machte und Freiheit verhieß. Und obwohl sie unterwegs war, fühlte sie sich geborgen und verwurzelt. Sie musste nicht ums Überleben kämpfen, sie musste keine schweren Entscheidungen treffen, es gab keine Feinde und deren Durst nach Rache, sie durfte einfach nur fliegen – und das nicht allein, sondern mit jemandem an ihrer Seite. Mit Arthur …ja, Arthur war bei ihr …

»Emilia!«

Der Klang der Stimme ließ sie zusammenzucken. Nicht liebevoll raunend und heiser vor Lust wie in der letzten Nacht klang sie, sondern streng. Als Emilia die Augen aufschlug, erkannte sie, dass nicht Arthur über sie gebeugt stand, sondern Ana.

Ruckartig fuhr sie hoch. »Was machst du hier?«

»Das Gleiche könnte ich dich fragen«, entgegnete Ana spöttisch. »Das ist eines der Gästezimmer.«
Verlegen blickte Emilia an sich herunter. Ihr Leib unter der Decke war nackt. Rasch zog sie diese bis übers Kinn.
»Wo ist Arthur?«, fragte sie.
»In der Gaststube«, antwortete Ana. »Und er ist hungrig für drei. Hat offenbar eine anstrengende Nacht hinter sich.« Anzüglich ließ sie ihren Blick über Emilia streifen, und kurz glaubte diese, einen Anflug von Herablassung aufblitzen zu sehen. Doch dann wurde Anas Miene wieder ausdruckslos.
»Er hat vor allem eine anstrengende Reise hinter sich«, erklärte Emilia knapp und blickte an Ana vorbei. »Und dann musste er dich obendrein vor Jerónimo und Esteban retten.«
»Wie auch immer.« Ana lächelte schmal. »Er wollte dich auf jeden Fall nicht wecken. Ich hingegen dachte, es wäre dir peinlich, den Mittag zu verschlafen.«
Emilia blickte zum Fenster, durch das Sonnenlicht fiel, zwar herbstlich blass und nicht mehr warm, aber doch ziemlich hoch vom Himmel. »Es ist wirklich schon Mittag?«, rief sie entsetzt.
Ana verdrehte die Augen. »Nein, eben nicht! Weil ich dich doch rechtzeitig geweckt habe!«
Sie ließ noch einmal ihren Blick vielsagend über Emilia schweifen und verließ dann den Raum.
Rasch erhob sich Emilia aus dem Bett, schlüpfte in ihre Kleidung – und hatte das Gefühl, wieder in ihr altes Leben zurückzukehren, ein Leben ohne diese berauschende Freiheit, den Steppenwind, ohne Lust, Wärme, Nähe … Ihr Körper fühlte sich plötzlich klamm an.
War es ein Fehler gewesen, ausgerechnet mit Arthur …?
Aber nein, hielt sie selbst entschieden dagegen, es war ihre Entscheidung gewesen, nur die ihre. Sie hatte sich nicht ver-

führen lassen, sondern freiwillig seine Nähe eingefordert. Und trotz allen Unbehagens, sich nach dem wilden Flug wieder im Alltag wiederzufinden, waren ihre Schritte beschwingt, als sie die Treppe hinunterlief und die Gaststube betrat. Sie errötete, als sie Arthur sah, und tat dennoch so, als hätte sie ihn nicht gesehen. Fast alle Tische waren besetzt, und sie räumte sie rasch leer. Erst als sie das Geschirr in die Küche gebracht hatte und wieder zurück in die Gaststube kehrte, nickte sie ihm zu und ließ sich schließlich auch dazu herab, sich hoheitsvoll an seinen Tisch zu setzen.

Er hatte sie wohl die ganze Zeit beobachtet und grinste nun. Sie konnte seinen Blick nicht recht deuten: War er unsicher, belustigt, liebevoll, stolz?

Als er nach ihrer Hand griff, zog sie sie rasch zurück. »Ich bin keine Trophäe, die man herumzeigt«, fuhr sie ihn an.

Er seufzte. »Ich ahnte, dass du es bereuen würdest – aber ich ahnte nicht, dass das so schnell geschehen würde.«

»Bereuen, von wegen!«, rief sie. »Ich wollte es!«

»Und was willst du jetzt?«

Genau genommen, wusste sie das nicht so recht, aber das wollte sie sich nicht eingestehen.

Arthurs Grinsen verstärkte sich. »Also – falls du zufällig willst, dass ich noch etwas länger in Punta Arenas bleibe, dann verschiebe ich meine Weiterreise. Eigentlich legt mein Schiff noch heute ab, aber ich könnte auf ein späteres warten.«

»Wenn du meinst«, murmelte sie knapp und unterdrückte ein Lächeln. Was sie nicht unterdrücken konnte, war das Gefühl von Wärme, das in ihr hochstieg.

Er wollte bleiben … bei ihr … Er wollte noch weitere Nächte mit ihr verbringen … Nächte voller Begehren und Lust und Beben und Glühen. Nächte voller Träume von Freiheit und Weite und Geborgenheit.

»Sehr begeistert klingst du nicht«, meinte er nachdenklich.
»Erwartest du, dass ich dir um den Hals falle?«, zischte sie.
Wieder seufzte er. »Machen wir es doch einfach so: Ich warte später am Hafen auf dich. Und dann können wir in Ruhe …«
Er brachte Satz nicht zu Ende, sah sie nur vielsagend an, und sie wusste nicht, was er meinte. In Ruhe reden, sich in Ruhe anblicken, oder wieder …?
Plötzlich stieg es ihr heiß ins Gesicht. »Ja«, sagte sie heiser, »ich komme bald nach zum Hafen. Aber nun … nun muss ich mich um die Gäste kümmern.«
Sie erhob sich rasch, trug wieder Geschirr in die Küche, und als sie zurück in die Gaststube kam, war er schon gegangen. Sie kämpfte gegen die Regung, zur Tür zu laufen und ihm nachzublicken. Ich sehe ihn ja bald wieder, sagte sie sich, unterdrückte das plötzliche Gefühl von Sehnsucht und eilte hastig in die Küche. Während der ganzen Mittagszeit war sie dort beschäftigt, Zwiebel zu schneiden, Eier zu braten, frischen Kaffee zu brühen und Schinken zu kochen.
Sie war dankbar, dass die Gäste ständig nach etwas Neuem forderten und sie nicht über Arthur nachdenken musste, über das, was geschehen war … geschehen würde. Wobei sie sich gar nicht sicher war, ob noch einmal etwas geschehen sollte.
Als sich die Gaststube langsam leerte, fiel ihr auf, dass Rita sich heute noch nicht hatte blicken lassen. Zwar mied diese die Gaststube, wenn sie voll war, und ihr Körper war zu schwerfällig, um oft hinunter in die Küche zu kommen – aber für gewöhnlich tauchte sie dort einmal auf, um etwas zu essen. Gewiss musste sie hungrig sein!
Emilia häufte Bohnen, Eier und Reis auf einen Teller und trug ihn nach oben. Noch bevor sie das Zimmer betrat, war ihr, als würde sie von dort ein Geräusch vernehmen. Sie spitzte hoff-

nungsvoll die Ohren. Seit Wochen hatte Rita kaum ein Wort gesagt – würde sie nun endlich wieder zu reden beginnen? Doch als sie Tür öffnete, erkannte sie, dass Rita nicht gesprochen, sondern gestöhnt hatte. Ihre schmalen Hände umkrampften das Bettgestell, ihr Gesicht war verschwitzt. Sie hatte die Decke zurückgeschlagen, und unter dem dünnen Hemdchen schimmerten die dunklen Adern ihres aufgequollenen Leibes hervor. Zwischen ihren Beinen breitete sich Nässe aus.

»Mein Gott, Rita!« Emilia ließ den Teller fallen und achtete nicht darauf, dass das Essen auf den Boden kullerte.

Wieder erklang ein Stöhnen.

»Du hast Wehen, nicht wahr?«, rief Emilia aufgeregt.

Sie hatte nie berechnet, wann genau die Geburt zu erwarten war, doch nun drängte das Kind wohl mit aller Macht auf die Welt.

Ritas Stöhnen riss ab. Sie blickte sie aus leeren Augen an, aber immerhin nickte sie.

»Seit wann …«

Eine neuerliche Wehe überrollte Rita. Aus dem Stöhnen wurde ein Wimmern, ihre Füße strampelten ins Leere.

Emilia wusste nicht viel über Geburten – nur, dass sie bereits fortgeschritten sein musste, wenn die Wehen so kurz hintereinander kamen.

»Du hast schon seit mehreren Stunden Wehen«, stellte sie fest.

Wieder sagte Rita nichts, sondern nickte nur schwach. Panik überkam Emilia. Sie hatte keine Ahnung, was sie tun sollte. Trotzdem bezähmte sie die eigene Aufregung und trat zu Ritas Bett, um beruhigend über ihr Gesicht zu streicheln.

»Hab keine Angst«, tröstete sie sie mit einer viel sorgloseren Stimme, als ihr zumute war, »hab keine Angst. Ich schicke Ana zur Hebamme.«

Die Hebamme war eine vierschrötige Frau mit Händen so groß und kräftig wie die eines Fleischers. Ihr Blick war kalt, über ihrem Mund wuchs ein Schnurrbart – und Emilia fragte sich insgeheim, ob sie nicht mehr Kinder getötet als auf die Welt gebracht hatte.

Dennoch war sie unheimlich erleichtert, dass sie nun nicht mehr alleine mit Rita war.

Am Anfang hatte es noch Momente gegeben, da sie sich gleichgültig gab – so, als hätte sie mit diesem rumorenden Schmerz im Leib nichts zu tun. Irgendwann jedoch war er so stark, dass die Klagelaute immer erbärmlicher und lauter wurden und gar nicht mehr abrissen. Nicht nur körperliche Schmerzen schienen sie zu quälen, wie das verzweifelte Gesicht bekundete, sondern auch böse Erinnerungen.

Monatelang hatte Emilia sich gewünscht, dass Rita ihre Gefühle zeigen und nicht alles unterdrücken würde – doch nun, da sie weinte, sich wand, keuchte und schrie, glaubte sie, noch nie einen so gepeinigten Menschen gesehen zu haben. Unwillkürlich fragte sie sich, wie Rita nicht nur die Geburt, sondern auch all die dunklen Gedanken, die diese heraufbeschwor, überleben konnte.

»Gott sei Dank!«, rief sie, als Hebamme endlich kam. »Gott sei Dank!«

Diese blickte mit kalten Augen auf Rita hinab. »Das dauert noch«, stellte sie mitleidslos fest. »Machen Sie mir erst einmal einen starken Kaffee.«

Emilia war eigentlich entschlossen gewesen, Rita keinen Augenblick mehr allein zu lassen, doch nun, da sie dem Wunsch der Hebamme Folge leisten musste, war sie froh, kurz dem Ganzen zu entkommen. Die Luft war heiß und stickig, Fliegen surrten um ihren Kopf. Als sie in die Küche hastete, brach ihr der Schweiß aus. In der Gaststube erwarteten sie ungeduldige Gäste, doch anstatt sich auch nur zu einem Mindestmaß an Höflichkeit durchzuringen, stellte sich Emilia in die Mitte des Raums und verkündete mit knurrender Stimme, dass heute die Küche kalt bliebe. Auf den Ärger und die Beschimpfungen der Gäste reagierte sie gleichgültig, und bald hatte sich die Stube geleert. Sie hatte keine Zeit, sich zu überlegen, ob sie manchen Gast für immer vergrault hatte, sondern brühte Kaffee auf. Als sie die Treppe später hochhastete, verschüttete sie etliche Tropfen, die heiß über ihre Hände liefen.

»Der Kaffee könnte stärker sein«, stellte die Hebamme streng fest.

Ana saß mittlerweile neben Ritas Bett und kühlte ihr aufgedunsenes, rotes Gesichtchen mit feuchten Tüchern. Emilia hatte keine Ahnung, wie sie sie beschwichtigt hatte – aber Rita schien etwas ruhiger.

An die Stunden, die folgten, konnte sie sich später kaum mehr erinnern. Sie wusste nur, dass es immer heißer wurde und die Fliegen immer lästiger, dass die Hebamme so gut wie nichts zum Fortgang der Geburt sagte, sondern seelenruhig ihren Kaffee schlürfte und dass Rita sich die Seele aus dem Leib schrie. Irgendwann wurde ihre Stimme schwächer, doch nicht, weil die Schmerzen erträglicher und die Verzweiflung kleiner geworden war, sondern weil ihre Kräfte schwanden.

Selbst die sonst so beherrschte Ana machte ein sorgenvolles Gesicht, und die Hebamme stellte endlich die Kaffeetasse zur Seite, um zwischen Ritas Beinen herumzutasten. Erstmals wirkte sie nicht gleichgültig, sondern ratlos.

»Es geht ihr doch gut?«, rief Emilia besorgt.

Die Hebamme zuckte mit den Schultern. »Es macht die Sache nicht leichter, dass sie so gar nicht mithilft.« Zum ersten Mal

wandte sie sich direkt an die Gebärende und fuhr diese schroff an: »Wenn du nicht krepieren willst, Mädchen, dann gib dir Mühe!«
Rita schien die Worte gar nicht gehört zu haben, aber Emilia stimmten sie wütend: »Sprechen Sie nicht so mit ihr! Sie haben ja keine Ahnung!«
Das Gesicht der Hebamme verfinsterte sich, doch ehe Emilia fortfahren konnte, ging Ana dazwischen. »Sie hat gar nicht so unrecht«, beschwor sie Emilia, »Rita darf sich nicht aufgeben.«
Bei der nächsten Wehe nahm Ana Ritas Hand, ertrug tonlos, dass sich deren Nägel schmerzhaft in ihr Fleisch krallten, und rief eindringlich: »Es ist dein Leben! Es ist dein Kind! Nicht ihres!«
Hilflos stand Emilia daneben; ihr Ärger auf die Hebamme war inzwischen wieder erloschen. Als diese abermals frischen Kaffee verlangte, zögerte sie zwar kurz, eilte dann jedoch in die Küche.
In der Gaststube traf sie auf zwei Gestalten. Sie hielt sie schon für Gäste, und sofort lagen schroffe Worte auf ihren Lippen, um sie fortzuschicken. Doch dann sah sie, dass es keine Männer waren, sondern Agustina und ein schwächliches Mädchen.
»Was willst du hier?« Es war ihr immer unangenehm gewesen, Estebans Mutter zu begegnen und ihr in die Augen zu sehen, doch nie war sie ihr so lästig gewesen wie in diesem Moment.
»Ich habe gehört, dass es … dass es so weit ist«, stammelte Agustina. »Kann … kann ich euch irgendwie helfen?«
Eine Weile maßen sie sich schweigend. Emilia war nicht sicher, was in Agustina vorging. Trieb sie das schlechte Gewissen hierher, weil sie ihren Sohn zu solch einem Unhold erzo-

gen hatte? Oder vielmehr der Verdacht, dass Ritas Kind ihr Enkelkind sein könnte?

»Wir kommen ohne dich zurecht«, erklärte sie knapp.

Agustina trat zu ihr und legte ihre Hand auf Emilias Unterarm. Ihr sonst so schwacher, zögernder Griff war erstaunlich fest. »Bitte, du musst mir glauben, ich würde es so gerne ... gutmachen.«

»Aber das kannst du nicht!«, fuhr Emilia sie an, obwohl ihr die Alte insgeheim leidtat. »Das ist unmöglich!«

»Trotzdem ... wenn du irgendetwas brauchst. Mein Mädchen hier ...« Sie deutete auf das dürre Geschöpf, »sie arbeitet in meiner Herberge. Sie kann dir helfen, kann dir alles besorgen. Und ich würde so gerne nach Rita sehen. Ich möchte doch nur wissen, ob es ihr gutgeht.«

Emilia überlegte kurz. Ihre erste Reaktion war, das Angebot scharf zurückzuweisen, aber Agustinas flehentlicher Blick stimmte sie milder.

»Einen Gefallen könntest du mir tatsächlich tun«, sie wandte sich an das Mädchen. »Geh für mich zum Hafen ... ein Herr wartet dort auf mich, sein Name ist Arthur Hoffmann. Du wirst ihn sofort erkennen, denn er ist sehr groß und hat blonde Haare. Ich bin mit ihm verabredet, doch nun komme ich unmöglich von hier fort. Sag ihm, dass Rita ihr Kind bekommt, dass ich jetzt nicht mit ihm sprechen kann, aber dass er unbedingt in Punta Arenas bleiben soll. Am besten, er kommt hierher. Hast du das verstanden?«

Das Mädchen nickte und machte sich schnell auf den Weg.

»Und was dich betrifft«, sie wandte sich wieder an Agustina, »ich glaube nicht, dass Rita deinen Anblick erträgt. Aber meinetwegen kannst du vor dem Zimmer warten, bis das Kind geboren ist.«

Agustina nickte schweigend.

Als Emilia wieder hoch ins Zimmer eilte, rührte die Hebamme den Kaffee nicht an. Mit konzentrierter Miene hockte sie über Rita gebeugt, das Bett knirschte unter ihrem Gewicht. »Du musst pressen, Mädchen, verdammt noch mal!«, schimpfte sie. »Es ist, als würdest du deinem Kind verbieten wollen, auf die Welt zu kommen.«
Ihr Tonfall war dunkel und irgendwie zornig – als wäre es eine persönliche Beleidigung, dass die Geburt so schwer vonstattenging. Rita wand sich, stöhnte, presste die Augen zu Schlitzen zusammen. Ana hielt immer noch die eine Hand, Emilia griff nach der anderen.
»Es ist dein Leben«, sprach Ana wieder auf sie ein, »es ist dein Kind! Nicht ihres! Gib dich nicht auf!«
Das Stöhnen wurde schwächer, der Atem schien flacher zu werden. Trotz ihrer dunklen Haut war Rita erschreckend blass, und der Puls, den Emilia am Handgelenk fühlen konnte, wurde immer ungleichmäßiger.
»Sie verliert zu viel Blut«, stellte die Hebamme mürrisch fest und schüttelte den Kopf.
»Rita!«, rief Emilia verzweifelt. »Rita, du kannst mich doch nicht allein lassen. Wir beide sind doch wie … Schwestern.«
Sie strich ihr über die nasse Stirn, und kurz öffnete Rita die Augen. So viel Qual und Kummer standen in dem dunklen Blick, dass es Emilia das Herz brach, doch immerhin war er nicht leer und tot wie in den letzten Wochen.
»Rita …«
Da bäumte sich ihr Körper auf, wurde von neuen Wehen geschüttelt.
»Rita!«
»Na endlich«, hörte sie die Hebamme knurren.
Emilia fuhr herum und sah einen Ausdruck von Befriedigung in ihrem grobschlächtigen Gesicht, als sie sich wieder zwi-

schen Ritas Beinen zu schaffen machte. Offenbar war das Köpfchen zu sehen, wie sie nun verkündete, aber Emilia nahm nichts weiter wahr als Unmengen von Blut. Ihr schwindelte; Fliegen krabbelten über ihr Gesicht, doch sie hatte keine Hand frei, um sie zu vertreiben.

»Du schaffst es!«, beschwor sie Rita. »Du bist stark genug.«

Ein letztes Mal bäumte sich ihr Körper auf, dann fiel ihr Kopf kraftlos zurück, und etwas quiekte wie eine Maus. Schweiß tropfte in Emilias Augen und ließ das Bild vor ihr verschwimmen, als die Hebamme einen roten Klumpen hochhielt. Unmöglich hätte sie sagen können, wo bei diesem Klumpen oben und unten war. Ana schien es früher zu erkennen.

»Ein Mädchen«, stellte sie fest. »Und es lebt.«

Emilia hatte sich bisher keine Gedanken über das Geschlecht des Kindes gemacht – und war nun doch unerwartet erleichtert. Wenigstens kein Sohn mit Jerónimos oder Estebans Gesicht, schoss es ihr durch den Kopf.

Das Quäken wurde lauter, als die Hebamme die Nabelschnur abklemmte.

»Rita … Rita, du hast eine Tochter«, Emilia beugte sich zu ihr, doch Rita rührte sich nicht. Ihr Atem war immer noch flach, aber etwas regelmäßiger.

Die Hebamme legte ihr das Kind einfach auf den nackten Bauch, woraufhin das Quäken verstummte. Das dunkle Haar, das das Köpfchen bedeckte, war von Blut und gelbem Schleim verklebt, die Augen waren etwas verquollen, aber aufgerissen. Blau waren sie, tiefblau.

Rita dagegen presste die Augen immer noch zusammen.

»Willst du … willst du es dir nicht wenigstens ansehen?«, fragte Emilia vorsichtig.

»Nimm es weg!« Ritas Stimme war kaum kräftiger als ein Hauch. Trotzdem ließ sie keinen Zweifel offen, was sie wollte.

Zögernd ließ Emilia ihre Hand los und wickelte das Kind in ein Tuch, um Rita davon zu befreien. Doch als sie es erst mal hielt, konnte sie es nicht mehr loslassen, sondern betrachtete das Kleine eingehender.

Die blauen Augen waren auf sie gerichtet, aus dem Mund kamen glucksende Geräusche. Die winzigen Finger ballten sich zu roten Fäusten.

Emilia hatte sich während Ritas Schwangerschaft fest vorgenommen, dem Kind nicht die Schuld an dem zu geben, was geschehen war, es nicht zu hassen oder sich vor ihm zu ekeln, aber sie war sich nicht sicher gewesen, ob sie es tatsächlich zustande bringen würde. Beim Anblick dieses kleinen, zarten Geschöpfs war es nun jedoch ganz leicht, sich der Wärme hinzugeben, die in ihr hochstieg – dem Bedürfnis, es zu schützen, und auch der Trauer. Viel zu klein schien ihr das Kind für eine Welt, die so kalt und grausam sein konnte, viel zu hilflos und schwach.

Sie presste es an sich und fühlte sich kurz selbst so – hilflos, schwach, ausgeliefert. Doch so schwer erträglich dies auch war – wenigstens war sie nicht zornig, nicht hasserfüllt.

»Du armes Kleines«, murmelte sie und presste das Kind noch fester an sich, »du armes, armes Kleines.«

Abermals ertönten die glucksenden Geräusche – der lieblichste Ton, den sie jemals zu hören geglaubt hatte und der sie trotz ihrer Verzagtheit zu einem Lächeln brachte.

»Wir werden es schon schaffen, dich großzuziehen«, murmelte sie, »irgendwie …«

Sie hob den Blick und sah, dass Ana ebenso auf das Kind starrte, wenngleich viel distanzierter und skeptischer. Sie machte keine Anstalten, es auch einmal nehmen zu wollen, sondern deutete auf Rita, die ihren Kopf abgewandt hat. »Sie wird es ganz gewiss nicht großziehen. Wenn das Kind überleben soll, wirst du eine Amme brauchen.«

Emilia wollte nicht so schnell aufgeben. Mit dem Kind im Arm hockte sie sich auf Ritas Bett. »Rita!«, rief sie eindringlich. »Deine Tochter braucht einen Namen.«
Wenn sie es nur ansehen würde! Wenn sie nur diese kleinen Finger, diese Nase, das dunkle Haar betrachten und sich ein klein wenig selbst darin erkennen würde!
Rita hielt die Augen nach wie vor geschlossen. »Such du einen aus«, erklärte sie knapp.
Emilia zögerte, sah dann jedoch ein, dass ihr keine andere Wahl blieb. »Wenn ich Manuel geheiratet und eine Tochter bekommen hätte, hätte ich sie nach Annelie benannt. Annelie von Graberg. Ihr war es verwehrt geblieben, Kinder zu haben – aber für mich war sie immer wie eine Mutter. Eigentlich hieß sie nicht Annelie, sondern Anna Aurelia.«
»Ruf sie lieber nicht Anna!«, warf Ana trocken ein. »Das wäre ein böses Omen – sie soll doch ein besseres Schicksal haben als ich.«
»Dann eben nur Aurelia«, murmelte Emilia und wiederholte den Namen mehrmals ehrfürchtig: »Aurelia.«
Rita schien gar nicht zugehört zu haben. Wenig später war sie eingeschlafen und bekam nicht mehr mit, dass Agustina – vom Quäken des Kindes angelockt – den Raum betrat. Ana runzelte die Stirn, aber Emilia verbot es ihr nicht, näher zu kommen. Als sie den Blick der fahrigen, alten Frau wahrnahm, der sehnsüchtig auf das Kind gerichtet war, fühlte sie einen Augenblick lang keinen Hader, keine Wut, keine Hilflosigkeit – nur Hoffnung. Hoffnung darauf, dass das Kind weder eine Bürde sein würde noch eine Erinnerung an Jerónimo und Esteban, sondern vielmehr ein Zeichen dafür, dass Versöhnung nicht unmöglich war, dass das Leben die Macht hatte, zu verändern, zu erneuern und die Spuren der Zeit zu verwischen. Als Agustina die Hände ausstreckte, um das Kind zu halten, verweigerte sie es ihr nicht.

Unruhig ging Arthur am Hafen auf und ab. Selten hatte er sich derart wohlig und ausgeruht gefühlt wie an diesem Morgen, doch nun, da er schon so lange auf Emilia warten musste, wuchs seine Anspannung. Vorhin hatte er sich noch nach Balthasar gesehnt und danach, mit ihm reden zu können, aber mittlerweile war er insgeheim froh, dass der Freund nicht Zeuge seiner Unruhe wurde. Balthasars entblößendem Blick entging so gut wie nichts, vor allem dann nicht, wenn Arthur etwas vor ihm zu verbergen versuchte. Gewiss würde er auf seine gutmütige und doch auch etwas beißende Art spotten, dass er wie ein nervöser Schuljunge Emilias Eintreffen herbeisehnte.

Wo ist nur die Selbstsicherheit geblieben, mit der du sonst Frauen neckst, verführst und wieder verlässt?, würde Balthasar wohl höhnen.

Arthur konnte sich nicht erinnern, überhaupt jemals auf eine Frau gewartet zu haben – stets waren diese lange vor ihm da gewesen. Er hatte sich nie Mühe geben müssen, sich nie viele Gedanken machen. Jetzt hingegen war er tief verwirrt – nicht nur darüber, dass Emilia ihn verführt hatte und nicht umgekehrt, sondern vor allem, dass er sie so sehr begehrte.

Bei allen anderen Frauen hatte eine Nacht gereicht, um seinen Appetit zu stillen – nun hatte er das Gefühl, er müsse sterben, könnte er Emilia nicht bald wieder in die Arme nehmen. Wie werde ich sie los?, war ansonsten meist der erste Gedanke gewesen, wenn seine Lust befriedigt war, nun fragte er sich: Wie kann ich sie nur halten?

Er hatte keine Ahnung, wie es weitergehen sollte. Er wusste nicht einmal, was er sich wünschen würde. Tatsächlich eine Zukunft mit ihr? Oder einfach nur einen weiteren Tag, um sie zu sehen, zu küssen und sie zu lieben, um ihr Mienenspiel zu beobachten, das ihm immer ein wenig zerrissen schien: So viel

Stärke gab es da und so viel Verletzlichkeit, so viel Stolz, Härte und Kälte und zugleich etwas Melancholisches, Sehnsuchtsvolles. Ja, sie ging ihm einfach nicht aus dem Kopf – ständig musste er daran denken, wie sie roch, wie sie sich anfühlte, wie sie lächelte, wie sie die Haare, die wilden Haare zurückwarf.

Seine Ungeduld wuchs. Immer wieder hatte er die gleiche Runde gedreht, stets in sämtliche Richtungen geblickt, doch weit und breit war nichts von ihr zu sehen. Er überlegte, nicht länger zu warten, seinen Stolz zu schlucken und ihr stattdessen entgegenzugehen, notfalls bis zur Casa Emilia, doch da trat plötzlich ein farbloses Mädchen auf ihn zu.

»Arthur Hoffmann?«, fragte sie. So akzentreich, wie sie den Namen aussprach, erkannte er ihn fast nicht wieder.

»Der bin ich!«, rief er dennoch.

»Emilia schickt mich … mit einer Nachricht.« Danach schwieg sie. Er war sich nicht sicher, ob er sie richtig verstanden hatte, denn wieder waren ihre Worte von dem starken Akzent verzerrt gewesen. Vielleicht klangen sie aber auch nur so schief in seinen Ohren, weil sie stark nuschelte.

»Ja?«, fragte er, als nichts mehr kam. »Warum ist sie nicht hier? Soll ich zu ihr …?«

»Nein«, unterbrach das Mädchen ihn knapp – mehr sagte es nicht.

Er seufzte. Warum musste er diesem farblosen Geschöpf nur alles aus der Nase ziehen? Er musterte das Mädchen genauer. Es wirkte unglaublich träge, und er konnte sich nicht recht vorstellen, dass Emilia eine solche Person freiwillig in ihrer Herberge arbeiten ließ.

»Nun sag schon!«, bedrängte er sie, doch als sie das endlich tat, wäre ihm lieber gewesen, sie hätte gar nicht erst zu reden begonnen.

»Emilia lässt Ihnen sagen, dass sie Sie nicht wieder sehen will und dass sie Ihre Hilfe nicht braucht«, sprach das Mädchen mit starr auf den Boden gerichtetem Blick. »Sie meint, dass es besser wäre, wenn Sie Punta Arenas so schnell wie möglich wieder verlassen.«

»Wie bitte?«

Das Mädchen hob den Blick und glotzte ihn ausdruckslos an.

Arthur glaubte, an seinem eigenen Atem ersticken zu müssen. Die erste Reaktion war nicht Enttäuschung, Kränkung, Ärger, sondern Entsetzen, so, als schlüge eine harte, eiskalte Faust in seinen Magen.

»*Das* hat sie gesagt?«, fragte er.

Das Mädchen zuckte mit den Schultern. »Kann man es irgendwie falsch verstehen?«, gab es etwas schnippisch zurück.

Nun war er es, der einfach nur glotzte. Unmöglich, dass Emilia ihm genau das hatte ausrichten wollen! Doch unter dem nunmehr lauernden Blick des Mädchens stieg eine Erinnerung in ihm auf – die Erinnerung an jenen Tag, da sie durch das Flachland geritten war, er im Tümpel nach Emilias Kette getaucht hatte, die diese vermeintlich verloren hatte, und sie lachend und spottend davongeritten war, kaum dass er prustend wieder auftauchte. Ein Streich, schoss es ihm durch den Kopf, es war alles nur ein Streich. Damals, um sich für die Wette zu rächen. Heute, um …

Nein, er konnte sich keinen Grund denken, warum Emilia ihn derart täuschen würde! Er war sich sicher gewesen, dass diese Spielereien vorbei waren, dass sie ehrlich zu ihm war und ihn nicht wieder an der Nase herumführen würde! Und wenn sie ihn nun doch hereingelegt hatte, so dass er am Ende als der Dumme dastand?

Er ballte die Hände zusammen, denn Wut war das Einzige, was ihn von der kalten Faust beschützte, die wieder und wieder auf ihn einschlug. Er kämpfte darum, vor dem Mädchen die Fassung zu bewahren, doch er hatte seine Gesichtszüge nicht unter Kontrolle, die alles verrieten: die Ohnmacht, die Enttäuschung, vor allem aber die Scham. Emilia war es keinen Augenblick lang ernst mit ihm gewesen. Nicht so ernst wie ihm.

Kurz wollte er das Mädchen schütteln, bis es gestand, ihn belogen zu haben, dann überkam ihn ein anderer Drang: zur Herberge zu rennen, Emilia zur Rede zu stellen. Doch da ging ihm auf, dass es jämmerlich genug war, hier auf sie zu warten wie ein liebeskranker Tor – die Blöße, ihr nachzulaufen, würde er sich nicht auch noch geben!

»Du kannst ihr gern auch etwas ausrichten«, fuhr er das Mädchen an. Seine Stimme war kalt und heiser. »Ja, richte ihr aus, dass mir das gerade recht kommt! Dass ich unendlich froh bin, sie los zu sein! Und dass mir eine Nacht mit ihr mehr als genug ist! Es gibt schönere und strahlendere und lustigere Frauen. Ja, sag ihr das! Sag ihr genau das!«

Esteban versteckte sich im Schatten eines Hauses. Nahezu übermächtig war der Drang, sich mit eigenen Augen davon zu überzeugen, ob das Mädchen alles richtig machte, aber wenn er nicht auffallen wollte, musste er hier warten.

Hoffentlich stellte es sich nicht gar zu dumm an – dieses dumme, blinde Huhn!

Seine Mutter hatte ihm vor einiger Zeit Arbeit in der Herberge gegeben, und seitdem war er nicht sicher, worüber er sich mehr ärgerte: dass die Alte so langsam war und überhaupt Hilfe brauchte. Dass sie zu allem Überdruss das unfähigste Mädchen von allen ausgewählt hatte. Oder dass sie womöglich zu arm war, um ein besseres zu bekommen.

Schon bevor sie das Mädchen eingestellt hatte, konnte er sich nicht erinnern, seine Mutter jemals ohne diesen Ärger betrachtet zu haben. Wie Feuer fühlte er sich an, das die Kehle hochkroch – ganz anders als das Brennen, wenn er Schnaps trank. Mit Schnaps konnte man alles kurzfristig betäuben – die Verbitterung, den Neid, die Unzufriedenheit. Doch der Hass auf seine Mutter ließ all das nur noch glühender auflodern. Manchmal hatte er das Gefühl, es gäbe nur ein winzig kleines Fleckchen, wo ihm das Leben halbwegs erträglich war, ein Fleckchen, an dessen Rändern die Misere lauerte und das in Agustinas Nähe auf einen winzigen Punkt schrumpfte.

Nun, Agustina war nicht hier, und das bedeutete, dass er etwas befreiter Atem schöpfen konnte.

Jerónimo trat auf ihn zu.

Manchmal fühlte er sich diesem verwandt und glaubte, ähnlichen Hass in ihm zu wittern, der sein Leben vergiftete. Manchmal war er ihm fremd, weil er nie so missmutig, so unzufrieden wirkte wie er, vielmehr stets ein schales Lächeln auf den Lippen trug.

Gestern Abend war ihm dieses Lächeln gründlich vergangen. Dieser Arthur Hoffmann hatte auf sie geschossen und Jerónimo sich noch Stunden später geärgert, weil er nicht nur seine Pistole verloren hatte, sondern Esteban einfach davongelaufen war. Der schämte sich selbst unendlich dafür, doch immerhin hatte ihm der Zufall heute die Möglichkeit zugespielt, sich für diese Schmach zu rächen. Er war dem Mädchen hier im Hafen über den Weg gelaufen, und ehe er ihm eine Maulschelle verpasst hatte, weil es nicht arbeitete, sondern sich hier herumtrieb, hatte es sich schon gerechtfertigt, dass Agustina sie hierhergeschickt hatte oder genauer gesagt: Emilia. Und zwar mit einer Botschaft an Arthur Hoffmann.

Noch war Jerónimos Gesicht grimmig, doch als Esteban ihm

erzählte, welchen Befehl er dem Mädchen gegeben hatte, lachte er schallend los.
Esteban rieb befriedigt die Hände aneinander. »Ich weiß nicht, was das Mannweib und der Deutsche miteinander zu schaffen haben. Aber offenbar glaubt der blonde Tölpel, die Weiber beschützen zu müssen. Pah! Der soll nie wieder mit einer Pistole vor meiner Nase rumfuchteln! Der soll ein für alle Mal aus Punta Arenas verschwinden!«
»Gar keine so schlechte Idee«, setzte Jerónimo lobend an.
»Warte!«, unterbrach Esteban ihn.
Eben entfernte sich dieses dumme Huhn von Arthur Hoffmann und bewegte sich wieder in Richtung Herberge. Er stürzte auf das Mädchen zu und stellte sich ihm in den Weg. »Und?«, fragte er begierig. »Hast du ihm alles ausgerichtet?«
Das Mädchen wagte nicht, ihm in die Augen zu sehen. Gut so. Er hasste es, wenn man ihn aufdringlich anstarrte, vor allem, wenn es ein verfluchtes Frauenzimmer tat. »Hab gesagt, was Sie wollten«, antwortete das Mädchen.
»Und du weißt, was du jetzt zu tun hast?«
Er hörte Jerónimo leise hinter sich kichern – ein Zeichen, dass Esteban sein gestriges Versagen tatsächlich hatte ausbügeln können.
»Ja«, nickte das Mädchen. »Ich gehe jetzt zu Emilia.«
»Und weißt du noch, was du ihr sagen sollst?«
»Ich soll ihr doch gar nichts sagen.«
Esteban verdrehte ungeduldig die Augen. »Natürlich musst du ihr etwas sagen!«
»Aber Sie haben mir doch befohlen …«
»Du sollst ihr nichts von Arthur sagen! Lediglich beschwören, dass du ihn am Hafen nicht gefunden hast. Und dass man dir erzählt hätte, er wäre schon längst auf sein Schiff gegangen.«

Das Mädchen nickte nachdenklich. Esteban war sich nicht sicher, ob es alles verstanden hatte, und war kurz geneigt, es rüde zu beschimpfen, aber dann fiel ihm ein Rat von Jerónimo ein: dass man mit Schmeicheleien oft viel weiter käme als mit Strenge. Bei Rita hatte er bewiesen, dass dies tatsächlich ein brauchbarer Weg war.

»Du wirst es schon richtig machen«, meinte er aufmunternd.

Jetzt wagte dieses dumme Huhn, ihn doch noch anzublicken, gar, scheu zu lächeln!

Er unterdrückte seinen Grimm, nickte ihr zu und sah, wie es in der Menge entschwand.

Wieder kicherte Jerónimo. »Ich würde sagen, der Deutsche kommt uns nicht mehr in die Quere.« Sein Grinsen verflüchtigte sich. »Und das bedeutet, dass wir nun endlich an den Weibern Rache nehmen können.«

Esteban nickte verdrossen. »Und ich habe auch schon eine Idee«, sagte er schnell.

Die ganze Nacht hatte er darüber nachgedacht, wie er den Frauen schaden konnte, und sich lange darüber geärgert, dass das von der Tatsache erschwert wurde, dass Ana nun eine Waffe hatte. Doch dann war ihm der rettende Einfall gekommen, und er berichtete Jerónimo, was er vorhatte.

Wieder hatte er das Gefühl, dass seine Kehle brannte, aber nachdem er geendigt hatte und Jerónimo begeistert nickte, vermeinte er, er könnte sich regen, ja könnte laut auflachen, ohne übliche Furcht, an seiner Verbitterung ersticken zu müssen.

19. Kapitel

Emilia wusste nicht, was in den nächsten Wochen überwog – Trauer oder Wut, weil Arthur ohne Erklärung aus ihrem Leben verschwunden war, Erschöpfung, weil es so viel Arbeit gab, oder Glück, wenn sie die kleine Aurelia herumtrug und in den Schlaf sang. Es war ein sachtes Glück, eigentlich wagte sie kaum, es so zu benennen, und es war stets von tiefer Sorge um Rita begleitet, die das Kind nicht annehmen konnte.

Und dennoch: Aurelia gab allem einen Sinn. Arthur mochte sie verlassen und damit bewiesen haben, dass er doch der Schuft war, für den sie ihn von Anfang an gehalten hatte – aber sie war nicht allein. Sie trug Verantwortung für die Kleine; für sie lohnte sich die Schufterei – und sie hatte Ana und die Amme Juanita, die ihr dabei halfen.

Letztere war eine geschwätzige Chilenin mit riesigem Busen, die ihr zwar manchmal lästig war, aber so viel Milch hatte, dass das Kind prächtig gedieh. Rita sah es kaum an und berührte es kein einziges Mal – zumindest, und dies gab Emilia ein wenig Hoffnung, schlief sie nicht mehr ganz so viel wie während der Schwangerschaft, kam sogar manchmal in die Gaststube und in die Küche und bot dort ihre Hilfe an. Sie war so langsam, dass sie Emilia mehr schadete als nützte, doch wenn diese ihr sagte, sie könnte sich ruhig ausruhen, erklärte Rita mit starrem, ausdruckslosem Gesicht: »Du hast viel für mich getan. Jetzt bin ich an der Reihe.«

Ihr aufgedunsener Körper fand die Form wieder, die Haut

war nicht mehr ganz so blass, und ihr Haar glänzte etwas mehr. Nur der Blick blieb stumpf und leer.
Als der Herbst dem Ende zuging und schließlich der Winter mit heftigen Stürmen und Schnee kam, gab es kaum mehr etwas zu tun. Es war nicht der erste Winter, den sie hier in Punta Arenas verbrachten, aber keiner war so kalt gewesen. Die wenigen Robbenjäger, die zu Gast waren, erzählten, dass die Flamingos im Eis festfrieren würden. Kormorane wiederum schliefen im Winter so tief, dass man ihnen problemlos den Hals umdrehen oder – wie es die Indianer taten – sie mit einem Biss in den Hals töten konnte. Meist kamen diese Männer nur zum Essen – die Zimmer hingegen blieben leer.
Kurz und trübe waren die Tage, die Nächte endlos. Nichts zu tun zu haben war für Emilia so ungewohnt, dass sie sich sogar auf die unliebsame Näharbeit stürzte und damit bis nach Mitternacht vor dem Ofen in der Küche saß. Manchmal unterbrach sie das Nähen, starrte in die zuckenden Flammen und fragte sich, wie es weitergehen würde. Der Traum von Deutschland war in den letzten Jahren immer weiter in die Ferne gerückt, trotzdem hatte sie ihn manchmal heraufbeschworen, um sich daran aufzurichten. Nun schien es ihr undenkbar, Punta Arenas jemals wieder zu verlassen. Weder konnte sie Ana hier zurücklassen noch Rita in ihrem Zustand auf eine weite Reise mitnehmen und schon gar nicht ein kleines Kind. Und außerdem – wenn sie an Deutschland dachte, dachte sie unweigerlich auch an Arthur und dass es ein schlimmer Fehler gewesen war, ihm zu trauen. Hatte sie sich nicht damals, als sie Manuel verlassen musste, aus gutem Grund geschworen, nie wieder einen Mann zu lieben? Wobei sie Arthur natürlich gar nicht liebte, wie sie sich nun stur vorsagte. Was sie in seine Arme getrieben hatte, war etwas anderes gewesen, Begehren und Lust, die Sehnsucht nach Freiheit, nach

Leichtigkeit und der Wunsch, nicht allein zu sein, aber nicht Liebe. Und dennoch: Manchmal konnte sie nicht anders, als die Augen zu schließen, die Erinnerungen an diese Nacht hervorzurufen und sich daran zu laben, auch wenn sie sich hinterher darüber ärgerte, dass sie sich das Gesicht eines Schufts wie Arthur so viel leichter vergegenwärtigen konnte als das von Manuel und dass sie jede Berührung von ihm immer noch auf ihrer Haut zu spüren glaubte, während die Stunden, die sie damals mit Manuel im Wald verbracht hatte, verblasst schienen. Sie ärgerte sich nicht nur – sie hatte auch ein schlechtes Gewissen. Nachdem Arthur ohne Erklärungen einfach sein Schiff bestiegen hatte, konnte sie sich noch besser vorstellen, wie Manuel sich damals gefühlt haben musste, als sie ihn verlassen hatte – verwirrt und wütend zugleich, ohnmächtig und traurig. Vielleicht hatte er sich trotzig eingeredet, dass sie es nicht wert sei, auch nur an sie zu denken – und war dann doch von verräterischer Sehnsucht überwältigt worden, sie wenigstens einmal noch wiederzusehen.

Nun, beschwor sie sich selbst immer wieder, sie konnte gut und gerne darauf verzichten, Arthur wiederzusehen. Sie brauchte ihn nicht! Es lebte sich so viel leichter ohne treulose Männer! Nie wieder wollte sie sich auf einen einlassen!

Das schwor sie sich inbrünstig – und wurde so unachtsam beim Nähen, dass sie sich mit der Nadel in den Finger stach und ihn noch lauter verfluchte.

Es war leichter, nicht an Arthur zu denken, wenn Ana bei ihr war. Wie die Herberge blieb auch das Bordell häufig leer, so dass sie die Abende in der Casa Emilia verbrachte, und wenn Rita und das Kind oben schliefen, setzte sich manchmal auch die Amme Juanita zu ihnen. Ihre Stimme war Emilia unangenehm, aber sie wusste jede Menge Tratsch zu erzählen, der Emilia und Ana bislang entgangen war.

In diesen Tagen gab es vor allem ein Thema, über das ständig gesprochen wurde und das Juanita nachhaltig beschäftigte – so auch an einem dieser Abende Mitte August. Um den Präsidenten Santa Maria ging es und um dessen großen Streit mit dem Papst. Ausgebrochen war dieser, weil der liberale Francisco de Paulo Taforó nach Wunsch des Präsidenten neuer Erzbischof von Valdivieso werden sollte. Papst Leo XIII. lehnte diesen ab, Santa Maria bestand jedoch darauf – und so kam es zum Abbruch sämtlicher diplomatischer Beziehungen zwischen Chile und dem Heiligen Stuhl. Santa Maria kam das nur eben recht. Die Kirche war ihm längst zu mächtig; schon lange hatte er im Sinn, deren Monopol über Eheschließungen und Geburts- und Todesregistrierung zu brechen.

»Stellt euch das nur vor!«, rief Juanita aufgeregt.

Was gläubige Chilenen am meisten erboste, war, dass Santa Maria im Zuge der Säkularisierung auch sämtliche Friedhöfe verstaatlichen ließ.

»Im ganzen Land wird dagegen protestiert!«, erklärte die Amme aufgeregt. »Doch er achtet nicht auf den Willen des Volkes, stellt sich seinen Bedürfnissen blind.«

»Ich habe gehört, dass mancherorts Särge aus den staatlichen Friedhöfen ausgegraben werden«, warf Ana trocken ein. »Man verscharrt die Leichname heimlich neben den Kirchen und füllt die Särge stattdessen mit Steinen.«

Sie lachte auf, als fände sie das komisch, und auch Emilia musste unwillkürlich grinsen.

Die Amme hingegen rief empört: »Viele fromme Katholikinnen weigern sich dieser Tage, den Rosenkranz zu sprechen. Weil der doch Santa Marias Namen beinhaltet!«

Sie nickte bekräftigend, als hielte sie das für eine gute Maßnahme, während Emilia laut losprustete.

Es war ein heller, befreiter Ton, und sie wunderte sich selbst darüber, dass sie dazu noch fähig war, doch schon im nächsten Augenblick blieb er ihr in der Kehle stecken.
Ein lautes Krachen ertönte, das sie alle gleichzeitig aufspringen ließ. Es kam von der Gaststube, und Emilia stürzte dorthin und drehte sich verwirrt in sämtliche Richtungen. Im ersten Moment konnte sie unmöglich sagen, was den Lärm verursacht hatte. Doch dann sah sie ein zerborstenes Fenster. Die meisten Fenster waren Sommer wie Winter mit Leder abgedeckt – nur eines war aus Glas, und in diesem klaffte ein riesiges Loch. Während sie noch entsetzt darauf starrte, schrie Ana plötzlich auf, stürzte an ihr vorbei und warf sich auf etwas, das auf dem Boden lag. Da erst erkannte Emilia, dass es kein Stein war, den man durch das Fenster geworfen hatte, sondern ein Holzstück – ein großes, lichterloh brennendes Holzstück. Offenbar war es zuvor in Teer getaucht worden, so dass es sich kaum löschen ließ. Ana hatte ihre Schürze gelöst, schlug mit dem Stoff darauf ein, aber die Flammen loderten munter weiter. Funken sprangen und erfassten die hölzernen Möbel; schon kroch Feuer einige Tischbeine hoch.
Hastig tat Emilia es Ana gleich, schlug erst mit ihrer Schürze, dann mit bloßen Händen auf das Feuer ein, ohne darauf zu achten, dass sie sich verbrannte. Juanita kreischte und schluchzte hinter ihnen, doch noch ehe Emilia sie anschrie, ihnen zu helfen, flogen weitere brennende Scheite durch das Fenster, schossen haarscharf an ihrem Kopf vorbei und trafen Tische und Stühle, die alsbald in Flammen standen. Sosehr sie auch auf das Feuer schlug und trat – irgendwann konnte Emilia nur mehr ohnmächtig zusehen, wie es sich verbreitete, in nur wenigen Augenblicken wie ein heißes Meer Stühle und Tische überzog, erst den Boden entlangkroch und dann die Wände erfasste – Wände, die aus Holz gebaut waren.

»Wasser!«, schrie Emilia und trat wild auf die Flammen. »Wir brauchen Wasser!«

Der Rauch war so dicht, dass sie Ana und Juanita kaum mehr sehen konnte. Er drang in ihre Nase, in ihren Mund, verätzte ihre Haut und ließ ihre Augen tränen. So laut wurde das Knistern der gefräßigen Flammen, dass sie auch kaum mehr etwas hören konnte. Die Amme heulte nicht mehr, sondern stürzte zur Tür und floh eilig vor den Flammen, und auch Ana ließ hilflos ihre Hände sinken, packte Emilia, anstatt auf die Flammen einzuschlagen, und wollte sie ins Freie ziehen.

»Komm!«, schrie sie. »Wir schaffen es nicht!«

Emilia wehrte sich verbissen, aber als die Flammen schließlich an ihren Kleidern leckten, gab sie Anas festem Griff nach. Doch der Weg zur Tür war ihnen längst versperrt: Der Türbalken hatte Feuer gefasst, brannte gleißend und würde gewiss gleich einstürzen. Geistesgegenwärtig riss Emilia Ana zurück und kämpfte sich durch den dichten Rauch Richtung Küche. Das Fenster war hier von einem Balken geschlossen und als sie sich dagegenwarf, klemmte er kurz. Doch als sie sich mit vereinten Kräften dagegen stemmten, sprang er endlich auf.

»Beeil dich!«, schrie Ana.

Emilia hustete, stürzte dann kopfüber durch das Fenster. Hart prallte sie auf der Straße auf, drehte sich mehrmals um die eigene Achse. Als sie endlich zum Liegen kam, versteifte sie sich kurz, so schmerzhaft, wie das Eis unter ihren Händen in die eben noch glühende Haut schnitt, dann rappelte sie sich ächzend auf. Die Lungen schienen ob der so kalten Luft zu bersten.

Mehrere Menschen waren aus den umliegenden Häusern herbeigeströmt und deuteten angsterfüllt auf die brennende Herberge.

Emilia nahm sie kaum wahr. »Mein Gott!«, schrie sie, als auch Ana aus dem Fenster geklettert kam. »Wir haben Rita zurückgelassen! Rita und das Kind!«

Das Feuer hatte das ganze Erdgeschoss erfasst und kroch nun langsam auf den Dachbalken zu.

Eben noch hatte sie geglaubt, sie könnte sich vor Schreck nicht mehr rühren, nun stürzte sie auf die Eingangstür zu.

Ana stellte sich ihr in den Weg. »Nicht!«, rief sie. »Nicht! Es ist zu spät. Du kannst nichts mehr für sie tun!«

»Aber …«, stammelte Emilia ebenso fassungs- wie hilflos.

Ana zerrte sie von der brennenden Herberge zurück, ehe sich ein Balken lösen und unter sie begraben konnte. Immer mehr Leute liefen auf der Straße zusammen, die einen sensationsgierig, die anderen voller Angst, dass das Feuer auf ihre eigenen Häuser übergreifen könnte. Ihre Stimmen verkamen zu einem Rauschen. Nur mehr Anas Worte konnte Emilia verstehen, als diese dicht an ihrem Ohr murmelte: »Nun kann Rita sich nur mehr selbst retten.«

Rita roch den Rauch und hörte das Kind schreien. Sie wälzte sich zur Seite und drückte das Kissen auf ihre Ohren. Beides war ihr einfach nur lästig.

Eine Weile versuchte sie, wieder einzuschlafen, aber sie konnte nicht. Der Rauch hing immer dichter – ob etwas in der Küche angebrannt war? Und warum schrie das Kind? War die Amme nicht in seiner Nähe?

Je durchdringender der Säugling brüllte, desto mehr schmerzten die eigenen Brüste. Sie seufzte gequält und wälzte sich wieder auf den Rücken. Seit der Geburt spottete ihr Körper über sie: Obwohl sie das Kind nicht wollte, hätte sie es – so prall, wie ihre Brüste waren – wahrscheinlich noch besser nähren können als die Amme. Ständig tropfte Milch aus ihnen, und manchmal wurde der Druck so unerträglich, dass sie sich vorstellte, das Kind einfach hochzuheben und anzulegen. Die Sehnsucht nach dieser Erleichterung wurde dann so stark, dass sie dieses brüllende Wesen für wenige Augenblicke nicht als Feind betrachtete.

Aurelia.

Nein, sie wollte nicht an diesen Namen denken. Sie wollte überhaupt nicht an das Kind denken. Sie wollte schlafen!

Wieder presste sie die Augen fest zusammen – es nützte nichts. Das Schreien des Kindes wurde regelrecht panisch, und auch in ihrem Magen verkrampfte sich etwas. Ihr Geist war zwar träge, aber ihr Körper witterte Gefahr. Unwillig setzte Rita sich auf und hatte beim nächsten Atemzug das Gefühl, ihre Nase würde von diesem beißenden Gestank förmlich verätzt werden. Und es war so heiß unter ihrer Decke! Als sie sie zurückschlug, sah sie unter dem Türschlitz nicht nur Rauch ins Zimmer wabern, sondern außerdem einen dunkelroten Lichtschein.

Wieder reagierte ihr Körper schneller als ihr Geist. Sie sprang auf – seit Wochen, vielleicht sogar Monaten die erste abrupte Bewegung. Der Holzboden war warm, nahezu heiß – und jetzt hörte sie es auch: das Knistern, Krachen, Fauchen des Feuers. Sie stürzte zur Tür, öffnete sie – die Klinke war so heiß, dass sie sich die Hand verbrannte – und war prompt in einer noch dichteren Rauchwolke gefangen. Hustend presste sie sich die Hände vor den Mund, und sie spürte, wie ihre Augen tränten. Doch war sie nun auch blind, so nicht taub: Sie hörte genau, wie das Flammenmeer die Treppe hochkletterte und wie es die Wände des Gangs erfasste, in dem sie stand.

Die Gäste, schoss es ihr durch den Kopf, die Gäste werden alle verbrennen …

Dann erst fiel ihr ein, dass sie gerade keine Gäste hatten, weil es so kalt war und kaum ein Schiff anlegte.
Sie vermeinte, der Kopf müsste ihr zerspringen, als sie den Gang entlanglief.
»Emilia!«, schrie sie. »Emilia!«
Sie versuchte, sich zu erinnern, wo sie sie das letzte Mal gesehen hatte. Ana, kam ihr in den Sinn, Ana hatte mit Emilia geredet ... unten in der Küche ... sie waren mit Juanita zusammengesessen ... hatten geplaudert. Gewiss hatten sie sich vor dem Feuer in Sicherheit bringen können.
Sie lief auf das Fenster am Ende des Gangs zu. Bei jedem Schritt wuchs die Angst, dass der heiße Boden unter ihr nachgeben und sie direkt in das Flammenmeer fallen würde. Schon die heiße Luft schmerzte unerträglich. Wie würde es sich erst anfühlen, wenn die Haut verbrannte?
»Emilia!«
Sie riss das Fenster auf, prallte kurz vor der Kälte zurück, aber labte sich sodann an der frischen Luft, die ihr entgegenströmte. Ihre Augen tränten immer noch, aber nun konnte sie sie verschwommen sehen – Ana, die dort unten im Freien stand, und Emilia, die ihr verzweifelt zuschrie: »Rita! Sieh zu, dass du hier rauskommst! Und Aurelia ... nimm Aurelia ...«
Die letzten Worte gingen in einem lauten Krachen unter. Irgendwo hatte sich ein Balken von der Decke gelöst und war auf den Boden gestürzt – nicht mehr lange, und das Dach würde sie unter sich begraben.
Rita drehte sich um, doch nichts drängte zur Eile. Anstatt zu tun, was Emilia ihr zugeschrien hatte, stand sie wie starr da. Das Greinen des Kindes erschien ihr etwas leiser. Eben noch waren die Töne spitz und hoch gewesen, jetzt klangen sie heiser. Wahrscheinlich war seine Kehle ebenso vom Rauch verätzt wie ihre.

Immer noch rührte Rita sich nicht. Nur mehr eine kurze Weile müsste sie warten und einfach nichts tun, dachte sie, dann wären sie beide tot. Sie und das Kind. Vom Feuer verschluckt, weil sie nicht das Recht hatten, hier zu leben. Sie nicht, weil sie zu einem untergehenden Volk gehörte. Das Kind nicht, weil es aus Hass und Rache und Gewalt hervorgegangen war.

Ja, dachte sie, wir werden sterben.

Dieser Gedanke fühlte sich tröstlich an – trotz der Furcht, die ihren Magen weiterhin verkrampfte, trotz Emilias Stimme, die ihr immer noch etwas zuschrie. Anstatt auf sie zu hören, schloss Rita einfach das Fenster, und die Stimme verstummte. Dann war da nur mehr das Weinen des Kindes, das Prasseln des Feuers, ihr eigener erstickter Atem und …

Eine andere Stimme erklang nun, nicht die von Emilia, aber nicht minder fordernd und eindringlich. Rita fuhr herum und bemerkte erst beim Anblick des brennenden, leeren Gangs, dass diese Stimme nicht aus der Wirklichkeit kam, sondern aus der Erinnerung.

Es war Anas Stimme, Ana, die immer wieder zu ihr gesagt hatte: Es ist dein Kind. Dein Leben. Nicht ihres.

Sie wollte es nicht hören, hob die Hände, um sich die Ohren zuzuhalten, und konnte doch nicht anders, als sich aus der Starre zu lösen, über den heißen Gang zu huschen. Sie war sich nicht sicher, was sie da eigentlich tat – floh sie vor dem Feuer oder rannte sie nicht vielmehr in seine heißen Arme?

Sie war schon beim Zimmer angekommen, als ihr aufging, dass sie dem Schreien des Kindes gefolgt war, das mittlerweile zu einem schwachen Röcheln verkommen war. Und weiterhin trieb eine Stimme sie an, nicht länger die von Ana, sondern eine andere. Sie hieb die Hände noch fester auf ihre Ohren, um ihrem Befehl zu entgehen, doch als sie die Stimme

erkannte, konnte sie nichts anderes tun, als die Hände sinken zu lassen und ihr fassungslos zu lauschen.
Ihr Vater … ihr Vater sprach zu ihr. Sprach zu ihr wie damals, als sie sich über seinen sterbenden Leib gebeugt hatte und er ihr befohlen hatte: »Du musst weiterleben!«
Danach hatte er ihren Mapuche-Namen gesagt, und obwohl sie sich an diesen nicht erinnern konnte – seinem Befehl konnte sie sich nicht widersetzen.
Du musst weiterleben!
Weiterhin blind öffnete sie die Tür zum Zimmer, in dem die Amme für gewöhnlich mit dem Kind schlief, und trat auf Zehenspitzen über die heiße Schwelle. Kaum merkte sie, wie sie die nächsten Schritte zurücklegte, nur, dass sie plötzlich an der Wiege stand. Das Kind gab nicht mehr von sich als ein paar heisere Laute.
Kurz senkte sich wieder Starre über sie.
Bald, dachte sie, bald …
Bald würden sie im Rauch ohnmächtig werden und die Flammen sie verschlingen. Bald würde nichts mehr von ihnen beiden bleiben als Asche, würden nicht nur ihrer beider Leben ausgelöscht sein, sondern der Schmerz, die Qualen, die Todesangst, die Enttäuschung … und auch die Liebe zu Jerónimo, die von allem am unerträglichsten war. Wie ein dreckiges Kleid klebte sie auf ihrem Körper, das sie nicht ablegen konnte.
Bald …
Doch abermals ertönte der strenge Befehl ihres Vaters: *Du musst weiterleben!*
Jener Befehl hatte sie einst durch die Wildnis zum Llanquihue-See geleitet. Jetzt brachte er sie dazu, die Arme auszustrecken, das Kind hochzuheben und diesen kleinen, weichen, warmen Körper an sich zu pressen. Danach war es nicht mehr die Stimme, die ihr Befehle erteilte, sondern dieses arme

Würmchen selbst. Sie musste es halten, musste es tragen, musste es beschützen – vor dem Rauch, vor der Hitze, vor dem Feuer ... Sie musste es auch vor der Rohheit der Welt beschützen, vor Estebans und Jerónimos Gewalttätigkeit, vor dem eigenen Hass und dem Ekel. Sie presste es an sich, spürte, wie die feinen Härchen ihr Kinn kitzelten, konnte nicht anders, als das Köpfchen zu küssen.

»Es wird gut, es wird alles gut ...«

Dann sagte sie nichts mehr, dachte auch nichts, folgte nur blind ihren Instinkten. Hinaus aus diesem Raum ... den Gang entlang ...

Die Treppe brannte lichterloh – dieser Weg war ihr verwehrt –, aber es gab noch das Fenster ...

Noch im Gehen zog sie ihren Umhang von den Schultern und wickelte das Kind ein. Dann riss sie ihr Kleid in Fetzen und band einen Strick daraus, öffnete das Fenster, schlang den Strick um das Bündel mit dem Kind. Vorsichtig ließ sie es zu Emilia herunter. Ana stand dicht neben ihr und nicht weit von ihr viele Schaulustige mit offenen Mündern und fassungslosen Blicken. Eben kamen Männer in die Straße gelaufen – nicht, um zu glotzen, sondern um das Feuer mit Eimern voller Wasser einzudämmen. Wahrscheinlich waren sie Mitglieder jenes Feuerwehrvereins, den einst ein Deutscher in Punta Arenas gegründet hatte. Emilia hatte früher so oft gespottet, dass die Deutschen immer Vereine gründen müssten ...

Langsam ließ Rita den Strick durch ihre Hände gleiten – dann war das Kind sicher in Emilias Armen angekommen. Emilia schien ihr etwas zuzurufen, aber das Knistern und Krachen hinter ihr übertönte jeden Laut. Die Hitze wurde unerträglich. Rita konnte ihre Glieder kaum spüren, als sie aus dem Fenster stieg, sich am Rahmen festhielt, sich erst langsam hinunterließ und dann sprang. Als sie aufprallte, biss ein spitzer Schmerz in ihre Beine, aber er verebbte sofort, und sie konnte sich zur Seite rollen – keinen Augenblick zu früh, denn eben brach hinter ihr eine der Hauswände ein. Sie konnte nichts mehr sehen, sondern war in einer Wolke aus Rauch und Hitze und Funken und Staub gefangen, spürte nur die Arme, die sie packten und wegzogen. Im nächsten Augenblick beugte sich Emilia über sie. Sie öffnete den Mund, brachte jedoch keinen Laut hervor, stieß Emilias Hand beiseite und tastete nach dem Bündel mit dem Kind. Nein, es war nicht mehr *das Kind*. Es war Aurelia. Es war ihre Tochter.

Sie wusste nicht, wie lange sie – ihre Tochter in den Armen wiegend – dort auf der Straße hockte. Sie drehte sich kein einziges Mal zu dem brennenden Haus um, presste nur das Bündel an sich.

Irgendwann hörte sie wieder Stimmen, hörte Emilia, die da verzweifelt rief: »Mein Gott! Ich dachte, du würdest es nicht schaffen!«, hörte nun auch wieder Aurelia weinen, immer noch heiser, aber etwas kräftiger. Sie lebte. Genauso wie sie selbst lebte. Weil der Vater es ihr befohlen hatte.

Emilia streckte die Hand aus und wollte ihr die Kleine abnehmen.

Rita gab sie nicht her. Aurelia war nicht nur ihre Tochter, sondern das Kindeskind ihres Vaters und ihrer Großmutter.

»Nein«, sagte sie erstickt, ihre Zunge war geschwollen, jedes Wort tat ihr in der Kehle weh. »Nein, ich halte sie selbst.«

Wortlos brachte Ana sie zu Ernesta Villans Bordell. Als Emilia erkannte, wohin ihre Schritte führten, wäre sie am liebsten stehen geblieben und hätte eine andere Richtung eingeschlagen. Allerdings fiel ihr kein anderer Ort ein, wo sie nun mitten in der Nacht Unterschlupf finden konnten.

Eben noch hatte die Erleichterung überwogen, weil sie alle überlebt hatten. Nun fühlte sie tiefe Trostlosigkeit in sich aufsteigen.
Verloren. Wieder einmal hatte sie alles verloren.
Obwohl es Nacht war, schlief Ernesta Villan nicht, sondern empfing sie mit einem bodenlangen, glänzenden Kleid und einem Cape aus Nerz. Als Emilia in ihrem kostbar geschmückten Salon auf sie traf, hatte sie das Gefühl, ihr Leben würde sich im Kreis drehen und immer wieder an den Ausgangspunkt zurückkehren – ohne Hoffnung, dass es je anders, je besser werden würde. Hier war sie schon einmal mitten in der Nacht gestanden, damals, als Esteban nach Punta Arenas zurückgekehrt und sie aus der Herberge der Mutter geworfen hatte.
Ernesta war wie immer stark geschminkt und parfümiert. Wann schlief sie? Oder schlief sie womöglich mitsamt der kostbaren Kleidung, der Schminke und dem Parfüm?
Nun, verschlafen oder müde wirkte sie nicht. Ihr Blick war stechend und kalt wie immer. Emilia hob kraftlos die Hände, doch ihr fiel nichts zu sagen ein. Ana indes ging unruhig im Zimmer auf und ab – so sie denn zwischen den vielen Möbelstücken überhaupt Platz für ihre Schritte fand.
»Es waren Esteban und Jerónimo!«, schimpfte sie. »Ich bin mir ganz sicher! Sie haben das Haus angezündet und wohl gehofft, dass wir alle verbrennen.«
Emilia nickte schweigend. Es war auch ihr erster Verdacht gewesen, und je länger sie darüber nachdachte, desto überzeugter war sie, damit richtig zu liegen. Aber Ärger und Wut auf diese beiden Schufte blieben aus. Nur Leere und Kälte breitete sich in ihr aus.
Wieder hatten sie alles verloren. Wieder standen sie vor dem Nichts …

»Und selbst wenn es so gewesen ist?«, schaltete sich Ernesta ein. »Ihr könnt es ja doch nicht beweisen!«
»Er wird dafür büßen!«, rief Ana erbost.
Emilia warf einen Blick auf Rita, die ihr Kind weiterhin in den Armen wiegte. Die kleine Aurelia machte glucksende Geräusche; Rita hatte die Lippen fest aufeinandergepresst.
Bei ihrem Anblick wurde Emilia noch mutloser. Wie sollte sie das Kind durch die nächsten Jahre, ja nur durch die nächsten Wochen bringen?
»Sie sollen büßen!«, rief Ana wieder und hieb ihre Ferse auf den Boden – ein Laut, der von einem purpurfarbenen Teppich gedämpft wurde.
»Ach was«, murmelte Emilia und war über die eigene Stimme entsetzt. Kraftlos klang sie, wie die einer Greisin, die jeden Lebensmut verloren hat. »Ich habe diesen ständigen Krieg so satt!«
»Willst du denn lieber …«, setzte Ana an, doch da hob Ernesta die Hand und fiel ihr barsch ins Wort: »Es ist mir gleich, wer das Haus angezündet hat. Was zählt, ist, dass es mir gehört. Wie wollt ihr mir das Geld zurückzahlen, das ihr mir schuldet?«
Emilia hob langsam den Blick und hielt nur mühsam den stechend grauen Augen stand. Sie hatte geahnt, dass Ernesta das fragen würde, aber insgeheim doch darauf gehofft, dass die berechnende Frau etwas mehr Gnade zeigen würde: »Es ist doch nicht unsere Schuld!«, stammelte sie.
»Das behauptest du!«, rief Ernesta. »Doch wer sagt mir, dass ihr nicht einfach nur unachtsam ward und in der Küche etwas brennen habt lassen?«
»Aber Jerónimo und Esteban …«, setzte Ana an.
Ernesta schüttelte den Kopf. »Ich will nichts davon hören. Ich will lediglich wissen, wie ihr meinen Kredit zurückzahlen wollt.«

Emilia rang nach Worten, aber es fielen ihr keine ein. »Das Geld«, gab sie schließlich zu, »das ganze Geld ist mit der Herberge verbrannt.«

Mehrmals hatte sie in den letzten Jahren überlegt, ihre Ersparnisse zu einer der Banken zu bringen, aber wegen der vielen Überfälle, von denen aufgeregt erzählt wurde, war ihr das zu unsicher erschienen, und obendrein hatte sie sich stets am Anblick der Papiernoten erfreut. Es war ein Fehler gewesen, das Geld zu behalten, ein schwerer Fehler.

Drei Jahre Schufterei, dachte sie, für nichts …

Ernesta maß sie mit kaltem Blick: »Ich wüsste schon eine Möglichkeit, wie du wieder zu Geld kommen kannst«, erklärte sie.

Sie ließ ihren Blick erst über ihren Körper wandern, dann über Ritas. Diese presste ihr Kind noch fester an sich.

Emilia fielen die Worte ein, die Ernesta damals schon, vor drei Jahren, gesagt hatte – dass sie beide als Huren taugen würden und dass manche Männer viel bezahlen würden, wenn sie sie zusammen kriegen könnten.

Das Atmen schmerzte, ihre Augen brannten, ihr fiel nichts ein, was sie Ernesta entgegensetzen konnte.

Eben noch hatte sie das Gefühl gehabt, nicht tiefer sinken zu können – nun bekam sie langsam eine Ahnung davon, dass es in der Hölle viele dunkle Kammern gab, die sie noch nicht kannte.

20. Kapitel

»Was hast du getan? Was hast du nur getan?«, rief Agustina.
Esteban hob sichtlich irritiert den Kopf. Für gewöhnlich reagierte er nicht auf ihre Fragen, doch ihr Tonfall schien ihm fremd zu sein. Er war ihr selber fremd. Wenn sie mit Esteban sprach, versagte ihr meist die Stimme, und selbst wenn sie das Zittern manchmal unterdrücken konnte, hatte sie ihm noch nie Vorwürfe gemacht.
Heute aber konnte sie nicht anders, konnte unmöglich das Entsetzen unterdrücken, das sie bei seinem Anblick befiel, konnte sich nicht einreden, dass er ein guter Junge war – trotz allem und irgendwie.
Nein, sie konnte nur immer wieder rufen: »Was hast du getan?«
Sobald sie vom Brand gehört hatte, war sie zur Casa Emilia geeilt, doch dort hatte sie nichts weiter tun können, als auf das völlig abgebrannte Gebäude zu starren, von dem beißende Rauchsäulen hochstiegen und sich im farblosen Himmel verflüchtigten. Stundenlang war sie dort stehen geblieben, und als sie nun frierend in die eigene Herberge zurückkehrte, saß Esteban seelenruhig in der leeren Gaststube und aß mit gutem Appetit Bohneneintopf.
»Was hast du nur getan?«
Diese Frage war ihr oft auf den Lippen gelegen – als sie gehört hatte, was der armen Rita zugestoßen war und dass diese ein Kind bekam –, aber sie hatte sie sich immer verbissen. Jetzt

konnten die übliche Furcht vor dem Sohn und das schlechte Gewissen, weil sie ihm nie etwas hatte bieten können, das Entsetzen nicht drosseln.
Esteban starrte sie an. Seine Augen waren rötlich unterlaufen, seine Haut noch bleicher. Er war nicht rasiert, und seine Haare hingen wie üblich tief und strähnig über die Stirn. Die Überraschung über den ungewohnten Tonfall der Mutter erstarb. »Halt's Maul!«, schrie er. »Ich ertrage deine Stimme nicht!«
Agustina zuckte zusammen, doch es waren nicht so sehr seine wütenden Worte, die sie bestürzten, sondern das, woran diese sie erinnerten. So hatte schon einmal jemand mit ihr gesprochen: Estebans Vater. Der schmucke Offizier, der einst Gast auf ihrer Farm gewesen war und säuselnd beschworen hatte, wie sehr er weibliche Gesellschaft vermisse, da er doch nur von mürrischen Soldaten oder Verbrechern umgeben sei. Später, nachdem er sie verführt und geschwängert hatte und sie von ihrem Vater verjagt worden war, hatte er nicht mehr gesäuselt. »Halt's Maul!«, hatte er gesagt und sie fortgeschickt.
Agustina trat zu Esteban und blickte kopfschüttelnd auf ihn herab. »Warum?«, stammelte sie. »Warum nur?«
Da sprang er auf, so schnell und wütend, dass das Glas umkippte. Wein floss auf den ohnehin schon dreckigen Tisch und erinnerte sie an Blut. Viel Blut.
»Du hast kein Recht, mir irgendwelche Vorwürfe zu machen! Du nicht!«
Er sprach es nicht aus, aber sie konnte es hören – all das Gezeter darüber, dass er ein Bastard war, dass sie nichts besaßen und warum sie ihn in diese elende Welt geworfen hatte.
Ich wollte doch immer nur dein Bestes, wollte sie sagen, konnte es jedoch nicht. Erneut stieg das Bild von seinem Vater, dem Offizier, vor ihr auf, der Blick seiner kalten und mit-

leidlosen Augen, der Griff seiner Hände, als er sie brutal zurückstieß. Agustina erschauderte.

Sie hatte schon lange nicht mehr an ihn gedacht, auch nicht an ihren Vater, der ihr vorgeworfen hatte, eine schamlose Hure zu sein. Dass sie es nun tat, lag nicht nur am Brand der Casa Emilia. Die Vergangenheit, die Esteban mit seinen wütenden Worten heraufbeschwor, hatte schon eher angeklopft – vor drei Tagen, genau genommen. Was sie damals erfahren hatte, hatte sie Esteban eigentlich schon lange sagen wollen, hatte es nur darum aufgeschoben, weil er ständig betrunken gewesen war. Sie hatte so sehr gehofft, es würde ihn freuen, würde ihn ein wenig mit ihr und der Welt versöhnen. Doch als er sie nun so hasserfüllt anstarrte, war sie sich nicht mehr sicher, ob sie es ihm überhaupt sagen sollte.

»Als du die Herberge angezündet hast«, sagte sie mit krächzender Stimme, »hast du nicht daran gedacht, dass das Kind deines sein könnte?«

Er stierte sie durch die dunklen Haare an. »Na und? Hab dem Rothautbastard doch nur ein sinnloses Leben erspart.«

Er gab es also zu. Er hatte es tatsächlich getan.

Agustina ballte ihre Hände zu Fäusten. Sie fühlte nicht das übliche Mitleid, die Schuld und die Scham über ihr eigenes Versagen, nur Überdruss stieg in ihr hoch. Sie konnte es nicht mehr hören, wie er alles Übel dieser Welt darauf zurückführte, dass er ein Bastard war.

»Das hast du nicht«, sagte sie leise. »Ich habe erfahren, dass die Frauen leben und das Kind auch.« Sie machte eine kurze Pause. »Gott sei Dank«, fügte sie dann hinzu.

»Was geht's mich an?«, rief er unwirsch.

Er wollte sich abwenden, doch da packte sie ihn an den Schultern. Schon seit langem hatte sie nicht gewagt, ihn zu berühren. »Es ist doch nicht möglich, dass du so gar kein Mitleid hast!«

Kurz wähnte sie etwas in seinen Augen aufflackern – einen Funken Schmerz, wenn auch mit Zorn gepaart. Genau genommen, war all sein Schmerz stets mit Zorn gepaart und vielleicht gerade darum so unerträglich, so unkontrollierbar, ähnlich hitzig, bitter, ätzend wie der Rauch, der über der abgebrannten Casa Emilia hing. Er hob die Hand, und noch ehe sie zurückweichen konnte, schlug er ihr ins Gesicht. Agustina taumelte.

»Lass mich in Ruhe, Mutter!«

Sie schmeckte Blut in ihrem Mund, schluckte es herunter und leckte sich auch über die Lippen, damit es nicht über ihr Kinn perlte. Sie fühlte nichts mehr, keinen Überdruss und keinen Schmerz. Sie wusste nur plötzlich, was sie zu tun hatte.

Am nächsten Morgen machte sie sich auf den Weg zu Ernesta Villans Bordell. Sie hatte große Angst, aber sie ließ sich nicht von dieser Angst bezwingen. Angst war ein stetiger und darum altvertrauter Begleiter ihres Lebens. Immer hatte sie Angst gehabt. Angst vor dem Vater, Angst vor der Gosse, Angst vor dem eigenen Sohn. Nun hatte sie Angst vor Emilia, fast noch mehr als vor Ernesta Villans stechendem Blick, dennoch setzte sie Schritt vor Schritt und kam dem verruchten Ort immer näher. Erst als sie unmittelbar davorstand, jenem mehrstöckigen Gebäude, das Saloon, Bordell und Ernestas private Räume beherbergte, geriet sie ins Zögern.

Wie sollte sie Emilia gegenübertreten? Wie die richtigen Worte finden, um zu erklären, was sie sich ausgedacht hatte?

Kurz schwankte sie in ihrem Entschluss, aber da hatte eine von Ernestas Frauen sie bereits erblickt und erzählte es rasch weiter. Wenig später trat Ana auf der Straße zu ihr und fragte barsch, was sie hier wollte.

»Emilia«, murmelte Agustina. »Ich muss mit Emilia reden.«

Sie hielt den Blick gesenkt, als sie nach oben stiegen. Auch als sie Ernestas Räume betraten, wagte sie den Kopf nicht zu heben. Nur aus den Augenwinkeln nahm sie wahr, dass Emilia zu ihr trat – Rita hingegen sah sie nicht. Wie es ihr wohl ging, ihr und dem Kind, diesem winzigen Kind, das sie schon einmal in den Armen gehalten hatte? Halb liebevoll, halb ängstlich hatte sie es gemustert und hatte nicht gewusst, ob sie darauf hoffen sollte, Estebans Züge in ihm zu erkennen oder nicht.

»Was machst du hier?«

Langsam hob Agustina den Kopf. Emilia sah mitgenommen aus, aber wollte es sich wie so oft nicht anmerken lassen. Sie presste ihre Lippen trotzig zusammen und hielt das Kinn stolz vorgereckt.

Woher nahm sie nur diese Stärke?, durchfuhr es Agustina. Stärke, die sie selbst nie auch nur annähernd besessen hatte? Nun, vielleicht hatte sie doch ein bisschen davon, sonst wäre sie schließlich nicht hier.

»Es … es tut mir so leid.«

»Spar's dir«, fuhr Emilia sie an, um – als Agustina zusammenzuckte – gemäßigter hinzuzusetzen: »Ich glaube dir sogar, dass es dir leidtut. Aber er ist dein Sohn. Wie oft wird er mein Leben noch zerstören? Bis ich endlich tot bin?«

Agustina war, als würde ein Lederband um ihren Hals gezogen werden, immer fester, immer enger, bis ihr sämtliche Luft wegblieb. Verzweifelt atmete sie dagegen an.

»Das darf nicht geschehen«, presste sie schließlich hervor und fügte nach einer Pause hinzu: »Ihr müsst Punta Arenas verlassen.«

Emilia lachte bitter auf. Der Ton fuhr Agustina durch Mark und Bein. »Und wohin sollen wir gehen?«, rief sie. »Wir sind zwei Frauen ohne Geld, aber mit einem Säugling.«

Wieder atmete Agustina tief durch. »Geht es … geht es den beiden auch gut nach dem Brand?«

»Noch, ja«, erklärte Emilia. »Aber ich weiß nicht, wie wir uns durchbringen sollen.«
Agustina konnte wieder freier atmen, aber ihre Hände zitterten, als sie in ihrer Ledertasche kramte, schließlich eine Schriftrolle hervorzog und sie vor Emilias Gesicht hielt. »Damit«, sagte sie leise, »damit werdet ihr euch durchbringen.«
Emilia starrte verwirrt auf die Rolle, doch als Agustina sie ihr überreichen wollte, hob sie abwehrend die Hand.
»Was ist das?«, fragte sie.
»Das ist die Urkunde, die beglaubigt, dass ich dreihundert Hektar Land gut drei Stunden nordöstlich von Punta Arenas besitze. Und die Estancia, die sich darauf befindet. Und etwa dreihundert Schafe.« Ihre Stimme zitterte nun so wie ihre Hände. Sie hoffte, dass Emilia es nicht hörte – nicht nur ihre Aufregung, sondern auch den Zweifel, das schlechte Gewissen, weil alles, was sie sagte, ein Verrat war. Ein Verrat an Esteban, der trotz allem ihr Sohn war.
»Mein Vater ist gestorben«, fuhr sie hastig fort. »Ich wusste gar nicht, dass er noch lebt. Nachdem er mich von der Farm verjagt hatte, habe ich nie wieder etwas von ihm gehört. Offenbar war er sehr lange krank. Wenn ich es gewusst hätte, ich hätte ihm so gerne geholfen, aber wahrscheinlich hätte er mich gar nicht erst empfangen.«
Weil er mich hasste, fügte sie im Stillen hinzu. So wie mein Sohn mich hasst. So wie du, Emilia, mich vielleicht hasst.
Doch Emilia wirkte plötzlich nicht mehr grimmig. Der trotzige Zug schwand von ihrem Gesicht, sie wirkte unendlich erschöpft.
»Ich bin zu müde für Familiengeschichten«, murmelte sie.
»Diese spielen auch keine Rolle mehr«, sagte Agustina. »Es zählt nicht mehr, dass er mich verstoßen hat, dass er nie wieder etwas mit mir zu tun haben wollte. Ich war sein einziges

Kind – und so bin ich vor dem Gesetz die rechtmäßige Erbin des Landes, der Estancia und der Schafe. Eigentlich wollte ich Esteban diesen ganzen Besitz übergeben. Aber … aber …«

Verwunderung breitete sich in Emilias Gesicht aus. »Und stattdessen trägst du ihn mir an? Mir und Rita?«

Agustina seufzte. »Esteban würde das Land ja doch nur verkommen lassen«, sagte sie mit weiterhin zittriger Stimme. »Er würde sich nicht darüber freuen. ›Was soll ich in der Pampa?‹, würde er mich erbost fragen. Und ich … ich bin viel zu alt und zu schwach, um die Estancia selbst zu übernehmen.« Sie räusperte sich trocken. »Du und Rita hingegen – ihr könnt etwas daraus machen. Ihr habt den Willen, den Mut und die Stärke dazu.«

Das schlechte Gewissen schwand, das Entsetzen über den eigenen Verrat verflüchtigte sich, nur mehr Trauer blieb – weil sie nichts davon je selbst besessen hatte und, was noch schlimmer war, weil sie es nie für sich gefordert hatte, nie wirklich zugepackt, nie dem Leben getrotzt.

»Und was willst du dafür?«, fragte Emilia und starrte nachdenklich auf die Rolle.

Agustina ließ ihren Blick wieder sinken.

»Ich will, dass es euch gutgeht … euch beiden und dem Kind. Ich will, dass Esteban euch nie wieder etwas antun kann.«

Ihre Kehle wurde eng vor unterdrückten Tränen. Sie wartete Emilias Entscheidung nicht ab, sondern legte die Urkunde auf eine der edlen Mahagonikommoden von Ernesta Villan ab und hastete nach draußen.

Immer kleiner wurde der Hafen von Punta Arenas, am Ende war nur mehr ein kleiner schwarzer Punkt zu sehen. Die Luft war klar, der Wind kalt, Eisschollen trieben auf dem Wasser.

Einst hatte Pedro ihnen erzählt, dass nach Punta Arenas nur Feuerland kam, hinter Feuerland das Ende der Welt, und dass es dort nur Eis, Kälte und Tod gab, und obwohl sie eine andere Route nahmen, hatte Emilia das Gefühl, geradewegs in dieses unbelebte Niemandsland zu segeln.

Rita trat neben sie: »Bist du froh, hier wegzukommen?«, fragte sie leise und fügte rasch hinzu: »Ich schon.«

»Ich auch«, sagte Emilia, obwohl sie wusste, dass das nicht stimmte. Sie war froh, Esteban und Jerónimo künftig aus dem Weg gehen zu können, und erleichtert, nicht als Hure in Ernestas Bordell arbeiten zu müssen, aber sie wusste, dass der Verlust der Herberge noch über Monate, wenn nicht gar Jahre ihre Stimmung verdüstern würde. Und hatte sie in Punta Arenas nicht auch glückliche Stunden erlebt? Stunden voller Leidenschaft, Stunden voller Lachen, Stunden mit Arthur ... wobei: An den wollte sie nicht denken. Die große Liebe ihres Lebens war Manuel, nicht dieser herzlose Schuft, der sie einfach zurückgelassen hatte.

Der Boden des Schiffs wankte – nicht wegen eines aufziehenden Schneesturms, wie Emilia zunächst befürchtete, sondern von kräftigen Schritten.

»Na, schon seekrank?«, spottete Pedro dröhnend.

Emilia drehte sich um und musste unwillkürlich lächeln.

Wenn auch sonst so viel fehlgeschlagen war – Pedro war ein Geschenk des Himmels. Seit vielen Monaten hatten sie ihn nicht zu sehen bekommen, doch ausgerechnet an dem Tag, da Agustina ihnen das Land ihres Vaters geschenkt hatte, war er wieder einmal in Punta Arenas aufgetaucht. Er hatte vom Brand in der Casa Emilia gehört, war daraufhin sorgenvoll durch die Stadt gerannt und hatte laut dröhnend ihren Namen gerufen. Irgendjemand hatte ihm den Weg zu Ernesta Villan gewiesen, und dort hatte er erst Emilia, dann Rita an sich gepresst – ob der Erleichterung, sie lebend vorzufinden, noch fester als sonst.

Emilia hatte sich etwas weniger verloren und einsam gefühlt und war vor allem dankbar darüber, mit jemandem über Agustinas Angebot reden zu können.

»Schafe zu züchten ist eine gute Idee!«, hatte Pedro voller Inbrunst ausgerufen. »Schon jetzt gibt es viele, die in den Handel mit Fleisch und Wolle eingestiegen sind. Und es werden noch viel mehr werden, glaub mir! Darin liegt die Zukunft!«

Wie so oft hatte er wortgewaltig zu erzählen begonnen und gar nicht mehr damit aufgehört. Dass er nämlich schon seit Monaten kaum mehr Muscheln fing und verkaufte, sondern davon lebte, Wolle zu transportieren. Dass vor allem die Engländer in diesem Geschäft aktiv seien, so auch ein gewisser Reynard, der vor mehr als zehn Jahren nach Punta Arenas gekommen war und erkannt hatte, dass im umliegenden Land nicht nur Guanakos, Strauße und Pumas gut leben konnten, sondern auch Schafe. Dass dieser dreihundert von den Tieren gekauft hatte, die sich schnell vermehrten und ihm viel Geld einbrachten, und dass bald viele Landsleute seinem Beispiel gefolgt waren und das Land zu Schleuderpreisen erwarben.

Auch die Chilenen hatten alsbald diese Chance erkannt, reich zu werden. Don Diego Dublé Almeyda, der Gouverneur von Punta Arenas, war vor Jahren selbst auf die Falklandinseln gereist, um dort Zuchtschafe zu kaufen.

»Wenn Agustina dir tatsächlich das Land schenkt und auch die Tiere – dann darfst du das nicht ablehnen!«

Die Erwähnung von Reichtum und Geld minderte Emilias Skepsis etwas, und sie dachte auch an die vielen Häuser in Punta Arenas, die in den letzten Jahren gebaut worden waren – große Häuser aus Stein, die fast allesamt Schafzüchtern gehörten. Auf der anderen Seite – um nach Punta Arenas zurückzukehren, musste man es weit gebracht haben. Zunächst galt es in der braunen, kargen Pampa zu überleben, und sie hatte keine Ahnung, wie sie überhaupt dorthin kommen sollte.

»Es ist Winter!«, hatte sie ausgerufen. »Ich habe dann und wann Estancieros gesehen, wenn sie in die Stadt kamen, um einzukaufen, und die dann wieder mit ihren Packpferden losritten. Aber wie soll ich den Weg in dieser Jahreszeit zurücklegen?«

Sie wusste ja nicht einmal genau, wo Agustinas Land überhaupt lag. Diese hatte behauptet, dass ein kleiner See in der Nähe war, so dass es genügend Wasser gab, und dass die Estancia obendrein inmitten kleiner Hügel lag, die sie vor dem Steppenwind schützte. Nun, dieser Steppenwind machte ihr noch die geringste Sorge – er hatte ihr immer das Gefühl von Freiheit vermittelt, so wie damals, als sie mit Arthur ausgeritten war ... wobei: An Arthur wollte sie ja nicht denken ... Manuel war die große Liebe ihres Lebens, nicht dieser herzlose Schuft ...

Wie auch immer: Wind würde sie ertragen, aber nicht Schnee und Kälte!

Doch Pedro hatte ihr einen Vorschlag unterbreitet. »Ich bringe euch zu der Estancia«, hatte er erklärt, »den ersten Teil der Strecke legen wir mit der Schaluppe zurück, den Rest schaffen wir auch über Land. Und später überwache ich den Wolltransport – gegen eine Beteiligung natürlich.«

Emilia war erleichtert – weniger über die konkrete Hilfe als für das Gefühl, dass es jemanden gab, auf den sie bauen konnte und der ihr bei Schwierigkeiten helfen würde.

Auch jetzt verhieß sein massiger Leib inmitten dieses Niemandslandes Heimat. Ja, bekräftigte sie den Anflug von Hoffnung, sie hatten viel verloren, aber nicht alles. Sie hatten den

Brand heil überstanden, Rita war ins Reich der Lebenden zurückgekehrt, der Kleinen ging es gut, und Rita trug sie nun fast ständig bei sich.

Und außerdem – ein Lächeln erschien auf ihrem steifgefrorenen Gesicht –, außerdem hatten sie Ana dabei.

Es war hart gewesen, Ernesta davon zu überzeugen, aber am Ende hatte sie in alles eingewilligt: Emilia würde sie am Ertrag der Estancia beteiligen und so ihre Schulden abzahlen – was, wie Ernesta nach einigen Momenten des Zögerns widerwillig feststellte, wahrscheinlich schneller geschehen würde, als wenn sie als Huren arbeiteten. Und Ana, die jeden noch so starken Mann mühelos ersetzen konnte, würde sie begleiten.

»Vielleicht ist es gar nicht so dumm«, hatte Ernesta zugegeben, obwohl sie diese Forderung von Emilia zunächst heftig zurückgewiesen hatte, »sie wird ohnehin zu alt, zu hässlich und zu spitzzüngig, um noch Männer zu erfreuen. Aber zupacken und schuften, das kann sie tatsächlich.«

Emilia betrachtete die Russin, die auf der Schaluppe sichtlich fror, aber dennoch die Reise zu genießen schien. Die sonst so farblose Haut hatte sich gerötet – und egal, was Ernesta über sie sagen mochte, nie war diese dürre, zähe Frau Emilia so schön vorgekommen. Keine Kleider, keine Frisur, kein Parfüm hätten ihr so viel Anmut schenken können wie diese Freiheit, nach der sie sich wohl all die Jahre gesehnt und die sie dank Emilias Hilfe nun endlich erlangt hatte.

Ja, sagte sie sich wieder, nicht nur auf Pedro konnte sie sich verlassen, sondern auch auf Ana. Selbst mit ihrer Hilfe würde es schwer sein, die Estancia zu bewirtschaften – aber sie würde nicht aufgeben, auch diesmal nicht. Sie würde sämtliche Kräfte, sämtlichen Willen aufbringen, in der Fremde zu überleben.

21. Kapitel

Hamburg

Nora schreckte hoch. Ein Rumpeln hatte sie geweckt, und als sie schlaftrunken zum Fenster spähte und nur graues Morgenlicht sah, das durch die Ritzen strömte, konnte sie sich nicht erklären, wer so einen Lärm veranstaltete. Niemand machte im Haus der Hoffmanns Lärm – weder Gustav oder Minna noch die vielen Dienstboten. Ein jeder schien wie auf Zehenspitzen durch die Gänge zu schleichen, und sie genoss diese Ruhe, diesen Frieden.

Doch da war es wieder! Ein Rumpeln, gefolgt vom Knallen einer Tür und einem quietschenden Geräusch, als würde ein schwerer Gegenstand über den Boden gezogen werden.

Nora sprang so abrupt auf, dass ihr die Schlafhaube vom Kopf rutschte. Während sie auf den Gang stürzte, fuhr sie sich mit den Fingern durch die Haare und hielt sie im Nacken umfasst, damit sie nicht wirr vom Kopf abstanden. So hektisch sie auch nach draußen stürmte – so steif wurden ihre Bewegungen, als sie erkannte, wer da frühmorgens heimgekehrt war und keine Rücksicht auf die anderen Bewohner nahm.

Fast ein ganzes Jahr war seit ihrer Hochzeit vergangen – und eigentlich hatte sie sich in ihrem neuen Leben gut eingefunden. Tief in ihr wucherte zwar die Bitterkeit, die sie in der Hochzeitsnacht zum ersten Mal geschmeckt hatte, weil Arthur sich ihr gegenüber so kalt verhielt. Doch sie hatte sich davon abzulenken vermocht, indem sie die Haushaltsführung übernahm und sich, wenn auch nicht den Respekt des Ehemanns, doch den der Dienstboten, allen voran Frau Christa, errungen hatte. Man schätzte ihre besonnene, ruhige Art, dass sie, auch wenn sie tadelte, stets höflich blieb und dass sie sich nicht in jede Kleinigkeit einmischte, sondern jedem seinen Verantwortungsbereich überließ. Überdies hatte sie ein umfangreiches ehrenamtliches Engagement aufgenommen, das sie mehr erfüllte, als sie erwartet hatte. Ja, alles war irgendwie besser geworden als erwartet. Und am besten war, dass sie Arthur nicht ertragen musste.

Zumindest dachte sie das manchmal.

In diesem Augenblick wusste sie nicht, was sie denken sollte. Eben wankte Arthur die Treppe hinauf, nicht allein, sondern in Begleitung zweier schrill bemalter und leichtbekleideter Frauen, die ihn rechts und links stützten. Ohne ihre Hilfe wäre er längst auf der Treppe gestolpert und gefallen – so betrunken, wie er war: Seine Weinfahne traf Nora wie ein Schlag, sein Gesicht war ungesund gerötet, seine Kleidung besudelt.

Der erste Weg nach seiner Rückkehr musste ihn direkt in eine Hafenkneipe geführt haben, wo er nicht nur jede Menge Branntwein getrunken, sondern auch die Bekanntschaft der Animierdamen gemacht hatte. Obwohl nichts an seinem erbärmlichen Zustand zum Lachen war, kicherten diese in einem fort.

Nora ließ die Hand sinken. »Arthur …«, stieß sie aus.

Er war ihr fremder als je zuvor – nicht nur, dass er seiner Sinne und Regungen nicht Herr war, überdies wirkte er so verloren, der Blick so leer … und irgendwie traurig.

Wie ein Kind erschien er ihr, ein Kind, das nicht recht weiß, wo es ist und was es tun soll.

»Ihr kö-kö-kö-könnt nun ge-ge-gehen«, lallte er in Richtung der Animierdamen, obwohl er ihre Arme noch fester umkrampfte.

Nora seufzte. Morgen früh würde er sich vor lauter Kopfschmerzen krümmen und Tageslicht nicht vertragen – ein Gedanke, der sie eher mit Mitleid als mit Schadenfreude erfüllte. Schon wollte sie nach Frau Christa rufen, damit sie ihm einen starken Kaffee braute und eine Wanne einließ. Doch als sie sich abwandte, sah sie, dass Gustav Hoffmann neben ihr stand. Er musste schon eine geraume Weile zugesehen haben, wie sein Neffe sich die Treppe hochkämpfte. In seinem Gesicht stand nicht auch nur das geringste Mitleid oder Amüsement – sondern einfach nur Verachtung.

»Du wagst es, so zurückzukommen?«, presste er hervor.

Obwohl er die Worte nur leise gesagt hatte, kaum lauter als ein Flüstern, gingen sie Nora durch Mark und Bein. Gustav Hoffmanns Lippen zitterten vor Entrüstung, und diese Entrüstung, diese tiefe Empörung schwappte jäh auf sie über wie eine schwarze Welle.

Wie konnte er nur?, durchfuhr es sie. Wie konnte er sie nur mit diesen zwei halbnackten Mädchen so bloßstellen? Wie konnte er dem ganzen Haus offen zeigen, dass er nichts von ihr hielt? Wie konnte er sie hier einfach unberührt zurückgelassen haben, um auf diese lange Reise zu gehen?

Kein einziges Mal hatte er ihr geschrieben. Wenn Gustav Hoffmann ihr nicht dann und wann davon berichtet hätte, was er in Chile trieb, sie hätte sich nicht einmal sicher sein können, ob er überhaupt noch lebte.

Sie kniff die Lippen aufeinander. Ihr Leben, das sie eben noch als so geruhsam, friedlich, erfüllend empfunden hatte, war plötzlich nur noch eins: ein Leben in Schande.

Mittlerweile hatte Arthur das Ende der Treppe erreicht und

konnte nun aufrecht stehen, ohne sich auf die Mädchen zu stützen.
»Macht, dass hier rauskommt!«, fauchte Gustav in ihre Richtung, ohne sie eingehender zu mustern.
Arthur hatte ihnen wohl schon ihren Lohn bezahlt, denn sie folgten dem Befehl augenblicklich. Es dauerte allerdings eine gefühlte Ewigkeit, bis sie endlich das Haus verlassen hatten.
Erst als das Kichern endgültig verstummt war, wandte sich Gustav an Arthur. »Ich dachte, du wärst in Chile endlich erwachsen geworden«, sagte er – nicht länger streng, sondern müde, nahezu ausgelaugt.
Arthur griff sich an die Schläfen. »Was willst du denn?«, murrte er. »Ich habe alles getan, was du wolltest. Meinetwegen verfügst du über eine stolze Mitgift – und nun auch über beste Geschäftskontakte nach Übersee. So lass mir doch wenigstens ein bisschen Spaß.«
Er klang trotzig wie ein kleines Kind, und kurz erwachte in Nora gleiches Mitleid wie vorhin, die Einsicht auch, dass er wie sie ein Getriebener war, dass sie beide zu etwas gezwungen worden waren, was sie nicht wollten, beide sich zu schwach erwiesen hatten, sich dem zu widersetzen, aber beide immerhin genügend Willenskraft aufbrachten, um sich ein eigenes Leben aufzubauen und das Beste daraus zu machen.
Doch dann spürte sie Gustavs Blick auf sich ruhen. Er war voller Scham. Und das wiederum beschämte sie.
Arthur wankte ein paar Schritte auf sie zu, starrte sie an wie eine Fremde. Übelkeit stieg in ihr hoch, als eine neue Woge des Branntweingestanks sie traf.
»Du bist also wieder hier«, stellte sie tonlos fest.
»Keine Angst«, murmelte er, »ich bleibe nicht lange. Ich werde bald nach Chile zurückkehren – es gibt dort vieles zu tun für mich. Und dann seid ihr mich wieder los.«

Es war mit Abstand die längste Rede, die er jemals an sie gerichtet hatte, doch mit jedem Wort, das er sagte, fühlte sie sich mehr vor den Kopf gestoßen.

»Das ist gut«, murmelte sie. »Wie erbärmlich musst du sein, in solchem Zustand heimzukehren? Dein Anblick ist mir unerträglich!«

Abrupt wandte sie sich ab.

Solange sie in sein Gesicht geblickt hatte, hatte sie jedes Wort, das sie sagte, gemeint. Ja, sie fand es gut, dass er nicht bleiben würde. Ja, sie verachtete ihn.

Doch kaum hatte sie sich abgewandt, erschienen ihr die Worte als zu heftig, die Gefühle, die er in ihr entfachte, viel zu groß und zu stark. Er war doch ein Fremder für sie, und im Grunde wollte sie genau das, was er ihr anbot: dass er ihr fernblieb.

Aber dann sah sie, wie Gustav ihr zunickte, als Zeichen, dass er auf ihrer Seite stand.

»Und außerdem stinkst du wie ein Straßenköter«, schimpfte sie da plötzlich los, »wag es nicht, heute bei mir zu schlafen!«

Wieder erschien es ihr augenblicklich lächerlich, was sie da sagte. Die Rolle der zeternden Ehefrau war fehl am Platz. Und außerdem machte er ohnehin nicht auch nur die geringsten Anstalten, ihr zu folgen und die Nacht im gemeinsamen Bett zu verbringen.

Das erleichterte sie ungemein. Und verärgerte sie zugleich noch mehr.

Drittes Buch

Weißes Gold

1891–1892

22. Kapitel

Punta Arenas glich einem riesigen Stall.

Obwohl Rita der Geruch mittlerweile zutiefst vertraut war, scheute sie die Enge inmitten der Menschenmassen und hielt Abstand, als die ersten Schiffe eintrafen und die Schafe an Land gebracht wurden.

Das Blöken war so laut, dass Emilia schreien musste, um mit ihr zu reden. »Siehst du«, erklärte sie mit einem vorwurfsvollen Tonfall, »von dem Mann dort hinten würde ich kein einziges Schaf kaufen.«

Rita folgte ihrem Blick, konnte jedoch nicht erkennen, was Emilia derart empörte. »Warum nicht?«

»Schau doch nur, wie er seine Tiere transportiert! Die Ladeklappen sollten nicht so steil sein – und immer mit Querlatten ausgerüstet, damit die Tiere auf und ab steigen können. Doch der Dummkopf beachtet beides nicht. Einige Schafe werden ausrutschen und sich alle Knochen brechen.«

Rita nickte verständig. Wenn sie auch nicht so viel über Schafzucht gelernt hatte wie Emilia, wusste sie zumindest, wie schnell die Tiere in Panik geraten und sie sich gegenseitig verletzen, gar töten konnten, wenn einige zu Fall kamen und andere einfach über sie hinwegtrampelten.

»Und der«, Emilia deutete stirnrunzelnd auf einen anderen Händler, der eben seine – für den Transport an drei Beinen gefesselten – Schafe entlud, »von dem würde ich auch keines nehmen. Sieh nur, wie wund gebissen sie sind. Sie haben bestimmt die Krätze.«

Wieder nickte Rita verständig, wusste aber nichts hinzuzufügen. Auf der Estancia versuchte sie, Emilia so gut wie möglich zu unterstützen, aber wenn sie nach Punta Arenas kamen – entweder um neue Zuchtböcke zu kaufen oder Schaffleisch und Schaffett zu verkaufen –, überließ sie ihr das Zepter. Und wie so oft trug Emilia es gerne. In den letzten sechs Jahren hatte sie sich nicht nur ein umfangreiches Wissen über Schafe und über den Handel mit Fleisch und Wolle angeeignet, sondern auch ein wenig Englisch gelernt, weil es vor allem Engländer waren, die die Tiere züchteten.

Als Rita schutzsuchend zurücktrat, verdrehte Emilia ungeduldig die Augen. Etwas hoffnungsfroher wurde ihr Blick, als er Aurelia traf, die Rita an der Hand führte. Sie war zu einem wissbegierigen Mädchen herangewachsen, das sich von Emilia gern belehren ließ.

»Also, Aurelia«, fragte sie streng, »worauf hat man beim Schafkauf zu achten?«

Das Mädchen reckte stolz den Kopf. Sie hatte von Rita die schwarzen Haare, die bei ihr allerdings nicht glatt, sondern leicht gekräuselt waren, und die dunklen Augen, die weltoffener und nicht ganz so melancholisch in die Welt blickten. Die Haut war heller und um die Nasenspitze von Sommersprossen übersät. Ihr Körper war klein und zart wie der ihrer Mutter, doch anders als diese konnte Aurelia kaum still stehen bleiben, liebte es, sich wie Emilia ins Treiben zu stürzen, und bestaunte fremde Menschen, anstatt vor diesen Scheu zu haben.

»Man muss beachten, ob es ein sauberes, gepflegtes Tier ist, ob sein Blick normal und die Zahnstellung in Ordnung ist«, erklärte sie folgsam.

»So ist es«, lobte Emilia. »Was noch?«

Aurelia schien kurz zu zögern, aber dann fuhr sie selbstbewusst fort: »Man muss das Fell darauf prüfen, ob es vielleicht einen Wollfehler wie Gelbschweiß gibt, und außerdem, ob das Tier gute Muskeln hat. Bei den Böcken muss man achtgeben, dass sie nicht bösartig sind – das kommt manchmal vor – oder gar blind.«

»So ist es, was noch?«

Aurelia zuckte nunmehr etwas hilflos die Schultern.

»Man muss prüfen, ob die Euter auch keine Verhärtungen haben, und beim Bock, ob beide Hoden normal entwickelt sind«, belehrte Emilia sie.

»Mein Gott, Emilia!«, schaltete sich Rita ein. »Sie ist ein sechsjähriges Kind! Solche Dinge muss sie noch nicht wissen!«

»Warum nicht? Unser Leben dreht sich nun mal um die Schafzucht.«

Rita seufzte ergeben. In Emilias Augen leuchtete etwas auf, dem sie nichts entgegensetzen konnte. Damals, als die Herberge niedergebrannt war, sie Punta Arenas verlassen hatten und ins Ungewisse aufgebrochen waren, hatte sich Emilia wohl ebenso verloren und verwirrt gefühlt wie sie, und der erste Blick auf die Estancia hatte sie nicht sonderlich hoffnungsvoller gestimmt. Da der Besitz völlig eingeschneit war, konnte man nicht viel erkennen, außer wie dreckig und ungepflegt er war und dass in den letzten Wochen jede Menge Tiere erfroren oder verhungert waren, weil sich die Dienerschaft von Agustinas Vater nicht ausreichend um sie gekümmert hatte. Doch während Rita sich am liebsten verkrochen hätte, bis endlich der Frühling anbrach, war Emilias Sturheit erwacht. Nahezu trotzig hatte sie sich auf die Herausforderungen gestürzt, und seitdem konnte sich Rita an keinen Augenblick erinnern, da sie still stand und von einem anderen Thema sprach als der Schafzucht. Und die Energie, die sie darauf

verwendete, hatte sich gelohnt: In kürzester Zeit hatte sie den Tierbestand nicht nur verdoppelt, sondern verdreifacht.
Rita war sich nicht ganz sicher, woher dieser Eifer und die enorme Tatkraft rührten. Vielleicht war Emilia tatsächlich einfach nur geschäftstüchtig und hatte erkannt, dass man hierzulande auf keine Weise mehr Reichtum anhäufen konnte als mit dem »Weißen Gold«, wie die Schafe genannt wurden. Vielleicht aber suchte sie Vergessen und wollte nicht an das denken, was zurücklag – weder an Manuel, die erste große Liebe, noch an Arthur Hoffmann. Rita hatte nie herausgefunden, was genau zwischen den beiden vorgefallen war, als er vor sechs Jahren das letzte Mal in Punta Arenas weilte – sie wusste nur, dass sich Emilias Blick, kaum dass sein Name fiel, erst umwölkte und dann eiskalt wurde.
Rita bohrte nicht nach und konnte Emilias Wunsch, zu vergessen, nur allzu gut verstehen. Sie selbst verschloss sich ihren schlimmen Erinnerungen schließlich mit gleicher Hartnäckigkeit, auch wenn ihr das besonders an Tagen wie diesem, da sie in Punta Arenas waren, ungleich schwerer fiel. Bei jedem Abstecher in die Stadt musste sie gegen die Panik ankämpfen, dass sie Jerónimo und Esteban begegnen könnten. Und auch wenn das bisher nie geschehen war, war die Furcht davor noch gewachsen. Dass Aurelia sie in den letzten Jahren begleitete – Emilia bestand darauf, die Kleine von Kindesbeinen an auf künftige Pflichten vorzubereiten –, machte es nicht leichter. Eben zerrte sie ungeduldig an ihren Händen, aber Rita mied weiterhin die Menge, zog das Kind zurück und streichelte ihm beschwichtigend, aber zugleich etwas abweisend über die Haare.
Sosehr sie das Vergessen suchte – allein wegen Aurelia konnte sie sich doch nie von dem freimachen, was geschehen war, konnte sich nur damit trösten, dass diese weit mehr heraufbe-

schwor als einstige Qualen. Seit dem Brand sah Rita ein Zeichen in ihr, dass selbst aus der dunkelsten Stunde ihres Lebens etwas Gutes hervorgegangen war. Dieses Gute würde ihre Ohnmacht und den Hass auf Esteban, ihre Furcht und ihre Enttäuschung über Jerónimo zwar nie ausmerzen können, aber wenn sie Aurelia ansah, kam zu diesen Gefühlen noch etwas anderes hinzu, etwas, das ihnen die letztgültige Macht nahm. Der Stolz zu sagen: Es ist mein Leben, mein Kind.

Aurelia zappelte. Ihr waren weitere Dinge eingefallen, auf die man beim Schafkauf achten musste, und selbstbewusst trug sie diese vor: »Oft werden angeblich trächtige Mutterschafe verkauft, die dann doch nicht lammen. Man muss deren Euter genau betasten, um die Trächtigkeit zu überprüfen.«

Emilia nickte bestätigend. »Und man muss feststellen, ob sie vielleicht von Schafräude oder Moderhinke befallen sind. Was macht das so schwierig?«

Rita selbst hätte es nicht sagen können.

»Ihr Befall wird erst oft nach zehn Tagen sichtbar«, erklärte Aurelia dagegen eifrig.

»So ist es«, lobte Emilia. »Wobei nicht jedes hinkende Schaf die Moderhinke hat. Was genau ist das?«

»Das ist eine Entzündung der Klauen, an der ein Schaf nach dreißig Tagen stirbt.«

»Und wie findet man heraus, dass ein Schaf daran leidet?«

»Ein wichtiger Hinweis ist der üble Geruch. Wenn man auf die Klaue drückt, tritt eine schmierige Flüssigkeit aus. Allerdings kann das auch darauf hindeuten, dass sich das Schaf einen Erdklumpen oder einen Dorn eingetreten hat. Und …«

Aurelia wollte noch etwas hinzufügen, aber da hatte sich Emilias Blick bereits starr auf etwas gerichtet. Sie achtete nicht länger auf die Kleine, sondern stürzte darauf zu. Rita konnte nur erahnen, was ihre Aufmerksamkeit so in Bann gezogen

hatte. Wahrscheinlich hatte sie endlich einen guten Schafhändler entdeckt, mit dem sich Geschäfte lohnten.
Die besten Zuchtschafe, das wusste mittlerweile auch sie, kamen von den Falklandinseln, die vor einigen Jahrzehnten von England in Besitz genommen worden waren und wohin die Einwanderer verschiedene Rassen ihres Landes mitgenommen hatten: Cheviot- und Merino-, Leicester- und Romney-, Marsh- und Linkolnschafe. Die Rassen hatten sich untereinander gekreuzt, die weniger lebenstüchtigen Schafe waren gestorben, und so waren nach und nach die Falklandschafe gezüchtet worden, die sich den rauhen Lebensbedingungen gut angepasst hatten. Mittlerweile lebten eine halbe Million Schafe auf den Inseln, und einige von ihnen wurden regelmäßig von Port Stanley, dem wichtigsten Hafen dort, in Ozeandampfern oder kleinen Schaluppen zum Verkauf nach Punta Arenas gebracht. Diese Schafe waren begehrt – lockten aber auch Betrüger an, nicht zuletzt Argentinier, die an ihrer statt Schafe aus Buenos Aires verkauften. Diese glichen zwar auf den ersten Blick den Falklandschafen, waren aber bei weitem nicht so robust und gingen in der patagonischen Pampa oft zugrunde. Rita hätte die guten Schafe nicht von den schlechten unterscheiden können – aber Emilia trat nun eben mit Kennerblick auf einen der Händler zu und begann, grußlos mit ihm zu reden. Ihr Gesicht glühte – wie immer, wenn sie feilschte.
Über den Lärm des Hafens hinweg vernahm Rita einzelne Wortfetzen, als der Händler einen Zuchtbock anpries. Mit seinen zehn Jahren befand ihn Emilia als zu alt, während der Händler sie zu überzeugen versuchte, dass er noch gute Dienste leisten könne.
»Man muss auch auf Läuse achten!«, plapperte Aurelia indessen weiter. »Und auf die Räudemilben! Sie leben auf der Haut

des Schafs, und die fängt dann zu jucken an, und wenn sie sich zu oft scheuern, verlieren sie die Wolle.«
Rita nickte geistesabwesend. »Komm! Lass uns ein wenig beiseitetreten! Sonst stehen wir im Weg!«
Zuerst folgte das Kind nur widerstrebend, wurde dann aber rasch von den vielen Eindrücken des Treibens im Hafen abgelenkt.
In den letzten Jahren waren viele neue Läden gebaut worden, für Lebensmittel, Kleidung und Werkzeuge, und außerdem jede Menge Wollbaracken, in denen Wolle gestapelt und entweder nach England oder nach Rio Gallegos in Argentinien verschifft wurde. Außerdem war Punta Arenas zum wichtigsten Umschlagplatz für Wellblech geworden, für Draht und Zaunpfosten, Baumaterial und Sattelzeug. Auf den Straßen standen dichtgedrängt die Ochsenkarren, die den Transport dieser Waren über Land bestellten – an der Mole reihte sich Küstenschiff an Küstenschiff, welche die Lasten über See zum Bestimmungsort fahren würden. An manchen Tagen war auch das von Pedro darunter, der – als immer noch treuer, wenngleich unsteter Gefährte – wie versprochen ihr Fleisch und ihre Wolle verkaufte und manchmal auch dabei war, wenn Emilia bei den großen Auktionen neue Schafe erwarb. Sonderlich nützlich war er dabei jedoch nicht. Er gab zwar vor, mittlerweile genauso viel über Tiere zu wissen wie Emilia, doch vom Feilschen hatte er keine Ahnung, und sich an vorgegebene Termine zu halten fiel ihm schwer. Auch heute war er nicht nach Punta Arenas gekommen, obwohl er es eigentlich versprochen hatte – vielleicht hatte er in irgendeiner Bucht der Magellanstraße geankert, Muscheln gesammelt und verschmaust und darüber die Zeit vergessen.
Während Rita ihre Augen gesenkt hielt, drehte sich Aurelia aufgeregt im Kreis und deutete auf die vielen Menschen, die

schrien und fluchten, schimpften oder lachten, prahlten oder mürrisch schwiegen. Nur eines hatten sie gemeinsam, die Makler und Arbeiter, Fuhrleute und Händler – sie stanken erbärmlich. Rita zog ihre Tochter noch ein paar Schritte weiter. Der Geruch nach Schweiß wurde schwächer, durchdringend dagegen der nach frisch gebratenem Fleisch. Nicht nur die Anzahl von Werften, Werkstätten und Handelshäusern mit Kontakten bis nach London hatte sich verdoppelt – auch die Tavernen, Gasthöfe und Herbergen.
Als Rita in der Ferne einige dieser Häuser sah, stieg unwillkürlich Agustinas Gesicht vor ihr auf. Energisch schüttelte sie den Kopf, um es zu vertreiben. Emilia hatte einmal laut überlegt, ob sie sie besuchen sollten – schließlich verdankten sie ihr die Estancia –, doch allein die Möglichkeit, Esteban über den Weg zu laufen, hatte Rita zutiefst entsetzt, und schließlich hatte Emilia darauf verzichtet.
Rita stellte sich auf die Zehenspitzen, um noch einen Blick auf die Gefährtin zu erhaschen. Diese diskutierte mittlerweile mit dem Händler über Wolle, und das mit äußerst grimmigem Gesicht. Man dürfe, so hatte sie Rita oft erklärt, niemals Begeisterung für die Ware erkennen lassen, denn diese würde deren Preis nur in die Höhe treiben. Emilia konnte mittlerweile nicht nur feilschen wie ein Mann, sondern ebenso böse fluchen, und wenn sie sich damit auch den Respekt der Händler verschafft hatte – Rita machte sie oft Angst. Sie liebte Emilia wie eine Schwester und wusste, dass sie ihr bedingungslos das eigene Leben und das ihres Kindes anvertrauen konnte, aber mit der zunehmend schroffen Art war nicht leicht zu leben, vor allem dann nicht, wenn sie in demselben strengen Tonfall, den sie gegenüber Männern verwendete, auch mit ihr oder Aurelia sprach.
»Mama, wer ist das?«, riss Aurelia sie plötzlich aus den Gedanken.

So auf Emilia konzentriert, hatte sie nicht bemerkt, dass Aurelia inzwischen einen ganz bestimmten Mann beobachtete.
»Wer ist dieser Mann?«, wiederholte sie.
Rita folgte ihrem Blick, aber am Hafen waren viel zu viele Männer unterwegs, um zu wissen, wen Aurelia meinte.
»Welcher Mann?«
»Er starrt die ganze Zeit zu uns. Und grinst dabei.«
Kurz war es Rita, als griffe eine kalte Hand nach ihr. Die wenigen Worte – ein Mann … starrt auf uns … grinst dabei … – ließen sie sofort an Esteban denken. Oder an Jerónimo. Doch als Aurelia nun heftig in eine bestimmte Richtung deutete und Rita endlich erkannte, wer ihre Aufmerksamkeit auf sich gezogen hatte, stieß sie vor Erleichterung einen hellen Pfiff aus. Jahrelang hatte sie ihn nicht gesehen, aber sie erkannte ihn sofort. Damals hatte sie keine Möglichkeit gehabt, ihm zu danken, dabei war ihr viel später aufgegangen, dass sie ihm wahrscheinlich ihr Leben verdankte.
»Das glaube ich ja nicht!«, stieß sie aus. Der Mann erhob sich, kam auf sie zu.
»Er hinkt ja wie ein krankes Schaf!«, stellte Aurelia fest.
»Das ist Balthasar!«, rief Rita freudig erregt. »Balthasar Hoffmann!«

Als er sie erreichte, sah Rita, dass Balthasar wie früher einen Skizzenblock in der Hand hielt. Noch ehe Rita einen Blick darauf werfen konnte, hatte Aurelia bereits das Bild gesehen, das Balthasar eben gezeichnet hatte, und das Motiv erkannt: »Das bin ja ich!«, rief sie ebenso verdutzt wie begeistert.
Balthasar hob den Block mit stolzem, warmem Lächeln. »So ist es«, bestätigte er, nachdem er Rita begrüßt hatte. »Das bist du mit deiner Mutter! Wobei ich von eurer Schönheit eigentlich so geblendet bin, dass ich zu blind zum Malen sein müsste.«

Aurelia kicherte, Rita fühlte sich hingegen jäh verlegen. Eben noch hatte sie sich darüber gefreut, den Mann wiederzusehen, der sie einst in dunkelster Stunde nach Hause und in Sicherheit gebracht hatte. Nun wusste sie nicht, worüber sie mit ihm reden sollte. Es machte die Sache nicht leichter, dass sie sich fragte, was er sich wohl bei Aurelias Anblick dachte. Ahnte er, wessen Tochter sie war? Und hatte er noch ihren Anblick von damals vor Augen, als sie auf der Straße lag – blutig und zerstört?

Doch sein Blick war arglos und freundlich. Er überreichte Aurelia das Bild.

»Malst du auch ein Bild nur von mir alleine?«, fragte sie ohne Scheu vor Fremden, die sie nach der einsamen Kindheit auf der abgeschiedenen Estancia trotz aller Neugierde meist an den Tag legte.

»Willst du etwa niemanden neben dir dulden?«, gab Balthasar schmunzelnd zurück.

Die Kleine runzelte die Stirn. »Nun, vielleicht eines unserer Lämmer«, schlug sie vor.

Balthasar hatte sich zu ihr herabgebeugt, so dass sie auf Augenhöhe mit ihm reden konnte. Das machte es auch Rita leichter, ihre Verlegenheit zu überwinden.

»Was … was machen Sie in Punta Arenas?«, fragte sie neugierig. »Ich dachte, Sie und Ihr Freund wären längst zurück in Hamburg.«

Er richtete sich wieder auf und stützte sich an einem Zaun ab, damit sein verkürztes Bein nicht zu viel Gewicht tragen musste.

»Nun, ich habe tatsächlich …«, setzte er an.

»Woher hast du all diese Narben im Gesicht?«, fragte Aurelia dazwischen. »Und warum humpelst du?«

»Aurelia!«, rief Rita streng. »Du bist sehr unhöflich!«

Balthasar nickte ihr jedoch aufmunternd zu, und seine braunen Augen strahlten. »Ach was!«, meinte er leichtfertig. »Natürlich darfst du das fragen. Früher habe ich immer damit geprahlt, der hässlichste Mann von ganz Hamburg zu sein. Vielleicht schaffe ich es jetzt sogar, der hässlichste Mann von Punta Arenas zu sein.«

Aurelia kicherte wieder.

»Aber warum ich hier bin«, richtete er die Worte erneut an Rita, »nun, das ist eine lange Geschichte: Nach unserer ersten Reise über den Ozean ist Arthur Hamburg rasch zu klein geworden, und wenn ich ehrlich bin: mir auch. Bald sind wir wieder nach Chile aufgebrochen – er mit dem Vorwand, dass er nun Teilhaber an einer Apotheke in Valparaíso wäre ... ich, weil ich das Reisen liebe.«

»Aber wenn Arthur in Valparaíso ist, warum sind Sie dann hier in Punta Arenas?«

»Können wir auf die Förmlichkeiten verzichten? Arthur und Emilia duzen sich meines Wissens auch ...« Er lachte auf, und Rita ahnte, woran er dachte – an jene Wette und an den Streich, den Emilia Arthur gespielt hatte.

Sie errötete sanft. »Warum bist du dann hier?«, fragte sie mit niedergeschlagenen Augen.

»Nun«, Balthasar wandte sich nun wieder an Aurelia, als er antwortete. »In Valparaíso gibt es so viele hässliche Menschen – da bin ich nicht der hässlichste ... Hier hingegen habe ich weniger Konkurrenz.« Er grinste, wurde dann wieder ernst. »Auf jeder weiteren Reise haben wir hier Zwischenstation gemacht, und ich muss gestehen: Ich habe mich in dieses Land verliebt, vor allem in sein Licht. Ich mag den Wind, ich mag die Weite, ich mag die Einsamkeit. Darum habe ich beschlossen, Arthur mal ein paar Monate allein in Valparaíso zu lassen – wollen wir hoffen, dass er nichts anstellt«, er zwinkerte vertraulich, »um stattdessen hier zu leben. Am liebsten würde ich Feuerland bereisen und dort zu Fuß jedes Fleckchen erforschen. Aber das ist nicht möglich mit meinem krummen Bein.«

»Tut es weh, wenn du auftrittst?«, fragte Aurelia voller Mitleid.

»Ein bisschen. Aber ich bin so daran gewöhnt, dass ich eigentlich gar nichts mehr spüre. Und ihr? Warum lebt ihr nicht mehr in Punta Arenas? Ich habe euch die letzten Male gesucht, weil ich euch wiedersehen wollte. Arthur war davon gar nicht begeistert – die finsteren Blicke, die er mir zuwarf, sobald ich Emilias Namen aussprach – oh, sie hätten töten können …« Er lachte auf. »In jedem Fall sagte man mir, dass es eure Herberge nicht mehr gebe.«

»Sie ist abgebrannt«, erklärte Rita mit belegter Stimme. Balthasar riss erschrocken die Augen auf, aber sie wollte das Thema nicht vertiefen, sondern fügte rasch hinzu: »Vielleicht hatte das sein Gutes! Mittlerweile leben wir nicht mehr in Punta Arenas, sondern auf einer Estancia und züchten Schafe.«

Balthasar nickte nachdenklich. »Ein gutes Geschäft, wie ich hörte.«

»Emilia kann dir viel mehr darüber erzählen als ich. Sie war immer die Geschäftstüchtigere.« Rita zögerte kurz, aber der Blick seiner warmen Augen gab ihr Mut, es auszusprechen: »Wenn du hier bist und mehr vom Land sehen willst, dann komm uns doch besuchen! Sieh dir an, wie wir leben und arbeiten. Der Steppenwind ist sehr stark, aber der scheint dir ja nichts auszumachen, und das Licht …«

Sie brach ab und biss sich auf die Zunge. Vielleicht war diese Einladung doch ein wenig vorschnell ausgesprochen. Nicht nur, dass sie hinter Emilias Rücken handelte – obendrein

wusste sie doch fast gar nichts von diesem Balthasar, so vertraut er ihr auch schien.
Aber als seine Augen aufleuchteten, bereute sie es nicht länger, der plötzlichen Eingebung gefolgt zu sein. »Das würde ich sehr gerne tun«, sagte er.
»Und woher hast du nun deine Narben?«, krähte Aurelia dazwischen.
Balthasar beugte sich zu ihr, um es ihr zu erklären, und er hatte erst wenige Worte gesprochen, als Rita sah, wie Emilia auf sie zukam, das Gesicht hochrot wie immer, wenn sie wütend war. Zunächst hoffte sie, es hätte mit einem vereitelten Schafkauf zu tun, aber dann merkte sie, wie Emilias Blick starr auf Balthasar gerichtet war.
Anstatt ein schlechtes Gewissen zu haben, musste Rita plötzlich lächeln. Es war nahezu unmöglich, Emilia von den Schafen abzulenken – aber offenbar war ihr das nach langer Zeit endlich wieder einmal gelungen.

»Warum, zum Teufel, hast du ihn bloß eingeladen, auf die Estancia zu kommen?«
Emilia funkelte Rita wütend an. Bis eben hatte sie sich noch beherrschen können und die Lippen trotzig aufeinandergepresst, denn vor Balthasar wollte sie sich keine Blöße geben und eingestehen, wie sehr Rita sie überrumpelt hatte, doch kaum war der aus ihrer Hörweite verschwunden, brach die Frage aus ihr hervor.
Schlimm genug, dass Rita Balthasar überhaupt ihre Estancia zeigen wollte! Obendrein hatte der mit seinem Besuch nicht warten wollen, sondern verkündet, dass er noch heute mit ihnen aufbrechen könnte – was Rita sogar mit einem begeisterten Nicken quittiert hatte!
»Also, warum hast du ihn eingeladen?«

»Weil er ein alter Freund ist«, erklärte Rita knapp. »Willst du mir etwa verbieten, mit ihm zu reden?«
»Reden kannst du mit ihm, soviel du willst, aber du musst ihm nicht gleich Tür und Hof öffnen.« Emilia schüttelte den Kopf umso entrüsteter, als Rita kurz auflachte.
»Warum eigentlich nicht?«, fragte sie. »Ich dachte, dass du lediglich Arthur zürnst – doch nicht Balthasar.«
»Ich zürne Arthur nicht«, erklärte Emilia störrisch. »Ich will nur nicht seinen Namen hören.«
»Kein Mensch redet hier von Arthur. Ich habe nicht ihn, sondern Balthasar eingeladen.«
Emilias Blick verdunkelte sich noch mehr. »Dennoch, wo er ist – ist Arthur nicht weit.«
»Also, Arthur ist …«
»Sprich nicht weiter!«, unterbrach Emilia sie streng. »Ich will es gar nicht wissen!«
»Also gut«, räumte Rita vermeintlich ernsthaft ein, obwohl Emilia ihr Schmunzeln nicht entging. »Ich spreche nicht über Arthur, vorausgesetzt, dass du Balthasar höflich behandelst.«
»Wenn das so ist, muss ich mir wohl Mühe geben«, zischte Emilia zwischen zusammengepressten Lippen.
Aurelia kicherte, und dieser unschuldige Ton machte es für Emilia nicht leichter, ihren Zorn zu drosseln. Balthasar hatte das Vertrauen des Kindes so schnell gewonnen! Als sie vorhin fassungslos auf ihn gestarrt hatte und sämtlicher Triumph über die gekauften Schafböcke verschwunden war, hatte die Kleine so begeistert berichtet, wie gut Balthasar zeichnen konnte, als wäre er ein alter Bekannter. Obwohl das nichts Verwerfliches war, konnte sie sich des Eindrucks nicht erwehren, dass ihm das nicht zustand – nicht, da er doch Arthurs Freund war!

Nun gut, auch sie selbst war bei seinem Anblick kurz aufgeregt, nahezu nostalgisch gewesen. Nicht die traurigen Erinnerungen waren in ihr hochgestiegen, sondern die ungemein lustige an den Tag, wie Balthasar und sie nach Arthurs Bad im Tümpel gemeinsam über ihn gespottet hatten. Aber dann hatte Rita sie mit dieser absurden Einladung überrumpelt. Für gewöhnlich war sie es, die alles plante und entschied, doch nun lag es zwar in ihrer Macht, das Zeichen zum Aufbruch zu geben, nicht aber zu bestimmen, wer sich ihnen anschließen würde.

Im Frühling und Sommer reisten sie nicht mit einer Schaluppe nach Punta Arenas, sondern über Land – mit einem Tross aus mehreren Packpferden und Männern, die dann und wann für sie arbeiteten. Die meisten hatte Pedro ihnen vermittelt, und ein Großteil war tüchtig. Nur hin und wieder galt es mit ähnlichen Prahlhänsen fertig zu werden, wie er einer war – Männern, die mit ihren Worten weitaus flinker waren als mit ihren Händen.

Nachdem sie Punta Arenas hinter sich gelassen hatten, kamen sie gut voran, doch der Anflug an Zufriedenheit darüber währte nicht lange, als Balthasar zu ihr aufschloss. Sie hatte sich bei Rita beschwert, dass er wegen seines Beines unmöglich mit ihnen mithalten könnte, sie darum alle aufhalten würde und Zeit ein kostbares Gut war, das es nicht zu verschenken galt. Ganz offensichtlich hatte sie falschgelegen, und dass sie ihm nichts vorwerfen konnte, ließ Rita triumphierend lächeln – und verärgerte sie selbst noch mehr.

»Was für ein schönes Land!«, schwärmte Balthasar. »Solch Größe und Wucht und Weite gibt es sonst nur auf dem Meer.«

»Warte nur, bis ein Sandsturm aufzieht«, knurrte Emilia. »Dann prasseln kleine Steine in dein Gesicht wie Fäuste.«

Balthasar hörte nicht auf sie. »Und diese Bäume! Wie geduckte Menschen sehen sie aus.«

»Ach was! Das sind einfach nur knorrige Chacaybäume. Sie spenden kaum Schatten, und wenn man nicht wenigstens Zäune aus ihrem Holz machen könnte, hätten sie gar keinen Nutzen. Und die Calafatebäume erst! Wenn du unter einem solchen ruhst, ist dein Gesicht hinterher voller Stacheln.«

Wieder ging Balthasar nicht auf ihre Worte ein. »Nur ein Blinder würde meinen, hier sehe alles gleich aus. Das mag auf den ersten Blick so scheinen, aber wenn man das Land genau betrachtet ... Die Wiesen sind mal sumpfig feucht, mal trocken. Das Gras wächst oft niedrig, dann wieder buschig wie Kraut. Die Sträucher treiben Dornen und zugleich so prächtige Blüten.«

»Von unserer Estancia aus«, rief Rita dazwischen, »kann man in der Ferne die Berge sehen. Und es gibt ein kleines Flusstal gleich in der Nähe. Das Gras wächst dort saftig grün, und die Calafaten sind viel größer als hier.«

Emilia runzelte die Stirn. Seit wann interessierte sich Rita für die Calafaten rund um ihre Estancia?

Trotz der lästigen Stacheln gehörten sie immerhin zu den Pflanzen der Pampa, die Früchte trugen: kleine, hartschalige Beeren, die ein wenig wie Blaubeeren schmeckten, nur säuerlicher.

»Dieser Strauch dort«, meinte nun Aurelia, »heißt Polsterpflanze – weil er das Land bedeckt wie ein Kopfkissen.«

Emilias Stirnfalte wurde noch tiefer. Scheinbar waren alle über den unerwarteten Begleiter glücklich – nur sie nicht.

»Und die vielen Vögel!«, rief Balthasar. »Wildgänse, Flamingos, Sittiche, Kolibris.«

»Manchmal sieht man auch Kondore kreisen«, warf Rita ein.

»Der Kondor frisst tote Tiere, wusstest du das?«, fragte Aurelia mit deutlicher Faszination.

»Pah!«, machte Emilia. »Als ich mit Arthur einst durch die Pampa geritten bin, hat er auch wortreich die Vogelschar bewundert. Wenig später tauchte er halbnackt in einem dreckigen Tümpel.«

Bei der Erinnerung daran konnte sie sich ein Lachen nicht verkneifen. Auch Balthasar grinste, während Aurelia fragte, wer Arthur sei. Rita hingegen blickte sie verwundert an. »Eben hieß es noch, man dürfe Arthurs Namen in deiner Gegenwart nicht aussprechen.«

Emilia biss sich auf die Lippen, um die Wut zu verbergen, dass es ausgerechnet die eigene Gedankenlosigkeit war, die sie in die Enge trieb. »Darf man auch nicht«, sagte sie herrisch. Dann gab sie dem Pferd die Sporen, um vorauszureiten und mit niemandem mehr sprechen zu müssen.

Als sie auf der Estancia ankamen, trat Ana ihnen entgegen und verkündete, gerade frischen Mate-Tee aufgesetzt zu haben. Als ihr Blick auf Balthasar fiel, wurde er kurz misstrauisch, doch kaum erkannte sie ihn, musste sie lächeln. »Der hässlichste Mann Hamburgs!«, rief sie aus.

Balthasar nickte und gab sich geschmeichelt, als hätte sie ihm ein Kompliment gemacht. »Schön, dass du dich an mich erinnern kannst! Umgekehrt fällt mir natürlich kein Satz ein, in dem das Wort hässlich und dein Name gleichzeitig fallen könnten. Du siehst ... gut aus – und das ist eine Untertreibung.«

Emilia verdrehte ungeduldig die Augen. »Ich dachte, Arthur sei der Charmeur, nicht du.« Sie biss sich auf die Lippen, weil sie schon wieder seinen Namen ausgesprochen hatte.

»Ich sage nur die Wahrheit«, meinte Balthasar, »und ich würde dich gerne zeichnen, Ana.«

Abermals verdrehte Emilia die Augen – wobei sie ihm insgeheim recht geben musste: Ana war in den letzten Jahren trotz der harten Arbeit aufgeblüht. Ihr Leib war immer noch sehnig und dürr, aber die blasse Haut von der Sonne gebräunt, das Lächeln befreiter, der Ausdruck in den blauen Augen weicher.

»Aber du hast doch gesagt, dass du ein Bild von mir malst!«, rief Aurelia dazwischen.

»Gemach, gemach«, beschwichtigte Rita sie. »Bevor Balthasar irgendetwas zeichnet, müssen wir ihm doch erst die Estancia zeigen.«

»Ich will das tun!«, bot Aurelia sich eifrig an, ehe sie sich mit ernstem Gesicht an Balthasar wandte. »Also …«, begann sie und vollführte eine einladende Bewegung. »Hier stehen wir auf dem Hofplatz, den nennt man Patio. Dort hinten ist das Haus, in dem wir wohnen, daneben das Haus, in dem wir waschen, und dann kommt der Pferdestall, der Räucherschuppen und das Haus, in dem die Knechte schlafen, wenn sie zur Schur kommen.«

Bei jedem Wort nickte sie bekräftigend. Emilia wusste, dass Aurelia großen Respekt vor besagten Schafscherern hatte. Stets hielt sie Abstand zu ihnen, wobei das nicht bedeutete, dass sie diese nicht aufmerksam beobachtete und ganz genau wusste, was sie taten.

»Und weiter hinten, aber den sieht man von hier nicht, ist der Geflügelstall.«

Balthasar war kaum mit dem Schauen nachgekommen.

Voller Anerkennung hatte er das Haupthaus gemustert – aus Holz errichtet und mit einem Schindeldach bedeckt, ein Stockwerk hoch und mit einer Mansarde versehen. Rot wie das Dach war auch das Gatter, das die Schafkoppel abgrenzte, denn es hieß, dass diese Farbe die gefräßigen Guanakos davon abhalten würde, sie niederzutrampeln.

»Geflügelstall?«, fragte er nun verwundert. »Ich dachte, ihr würdet Schafe züchten.«

»Aber genau deswegen braucht man doch Enten!«, rief Aurelia ungeduldig. »Weil sonst das Gras nicht ordentlich wächst!«
Bis jetzt war ihr Blick stets sehr respektvoll auf Balthasar gerichtet gewesen, nun wurde er etwas herablassend, weil er die selbstverständlichsten Dinge nicht wusste.
Er hob entschuldigend die Arme, woraufhin Rita ihm zu Hilfe kam. »Wie soll er denn das wissen?«, fragte sie und erklärte schnell: »Enten drehen den Schafkot auf der Suche nach Weichtieren um, und auf diese Weise wird er regelmäßig verstreut und lagert nicht an einer Stelle ab, die die Schafe dann meiden würden. Im Übrigen halten wir nicht nur Enten, sondern auch ein paar Rinder.«
Zum wiederholten Mal verdrehte Emilia die Augen und dachte sich: Seit wann interessierte sich Rita für solche Dinge?
Aber deren Eifer schien keine Grenzen zu kennen – eben zeigten sie und Aurelia gleichzeitig auf die Trockenkoppel, wo die Schafe inmitten eines Meers von Margeriten grasten. Daneben war der Schurpferch, in dem die dicken Wollballen gelagert wurden. Und dahinter, wenngleich kaum zu erkennen, lag ein kleines Magnolienwäldchen, über das häufig Papageien kreisten. Dieses gehörte zwar nicht zum Besitz der Estancia, aber Aurelia und Rita führten es dennoch stolz vor.
»Und was ihr für einen üppigen Garten habt!«, stellte Balthasar fest und deutete auf die Fläche vor dem Haus.
»Mittlerweile können wir uns gut davon ernähren«, erklärte Rita. »Wir bauen Kohl, Steckrüben und Kartoffeln, Rote Bete und Rhabarber an – und wir haben herausgefunden, dass Champignons hervorragend auf dem Schafmist wachsen.«
Nicht wir, dachte Emilia grimmig, sondern ich.
Sie konnte ihre schlechte Laune einfach nicht abschütteln, ob-

wohl sie nicht genau wusste, woher diese rührte. Immerhin hatten sie einen neuen Schafbock gekauft, obendrein einen von den Falklandinseln!

»Wie viele Estancias gibt es in dieser Gegend?«, fragte Balthasar.

»Immer mehr«, erklärte Rita, »wobei manche keine wirklichen Farmen sind, eher Schafstationen. Die Schafe werden frei in der Steppe gehalten und von berittenen Hirten beaufsichtigt. Und dann gibt es natürlich viele Engländer, die hier ihre großen Betriebe errichtet haben. Sie haben am liebsten schottische Aufseher – zur Zeit der Schafschur stellen wir auch immer einen an.«

»Die sprechen ganz merkwürdig«, warf Aurelia ein. »Aber sie haben die besten Hunde! Sie gehorchen aufs Wort … ihnen zumindest. Uns nicht.«

»Vielleicht müsst ihr mit ihnen schottisch reden«, schlug Balthasar grinsend vor.

»Vielleicht«, erwiderte Rita und lächelte ebenfalls.

Emilia traute ihren Augen nicht. Rita zeigte doch sonst so große Furcht vor allen Männern, verkrampfte sich, wenn einer auch nur in ihre Nähe kam – und Balthasar lächelte sie nun sogar an? Sie wusste, sie sollte froh darüber sein und ihr diese Leichtigkeit von Herzen gönnen, aber sie konnte es einfach nicht. Rita, Ana und Aurelia – das war doch ihre Familie, während Balthasar zu Arthur gehörte!

»Wollt ihr noch ewig hier herumstehen und plaudern oder können wir endlich ins Haus gehen und Mate-Tee trinken?«, fragte sie ärgerlich.

»Gewiss!«, rief Aurelia strahlend. »Wir müssen dir noch zeigen, wie wir wohnen.«

Sie trat vor und nahm Balthasars Hand, um ihn ins Haus zu ziehen. Wieder traute Emilia ihren Augen nicht. Für gewöhnlich mied Aurelia, ähnlich wie ihre Mutter, jede Berührung. Auch wenn Rita ihr Kind angenommen hatte – eine zärtliche Mutter, die es ständig liebkoste und streichelte, war sie keinesfalls, und von Ana und ihr selbst hatte Aurelia vor allem gelernt, wie man auf Abstand ging, nicht, wie man Nähe suchte. Doch dass sie nun Balthasars Hand hielt, schien ihr ganz selbstverständlich.

»Bevor wir reingehen, nehmen wir Wasser mit!«, sagte Emilia streng.

Sie hatten weder eine Wasserleitung noch eine Pumpe, sondern mussten das Wasser aus einem Loch in der Wiese schöpfen. Deswegen hatten sie es sich zur Gewohnheit gemacht, bei jedem Gang nach drinnen Wasser mitzunehmen.

Als Aurelia Balthasar das erklärte, klang es, als wäre es ein großes Abenteuer.

»Das Leben hier ist einfach und hart«, knurrte Emilia, als sie sah, wie fasziniert er war. »Wir haben nicht viel. Eine Schüssel muss für alles reichen: um das Geschirr, die Wäsche und das Kind zu waschen.«

Balthasar schien davon nicht sonderlich erschüttert, und Aurelia kicherte gar.

Mürrisch stapfte Emilia auf das Haus zu. Im Inneren war es dunkel, nachdem sie in der ungewohnt grellen Sonne gestanden waren.

»Das ist die Wohnstube mit der Küche«, erklärte Aurelia, nachdem sie ihr über die Schwelle gefolgt war. »Dort hinten ist das Schlafzimmer von Emilia und Ana, und daneben wohne ich mit meiner Mutter. Pedro schläft am liebsten in der Küche, wenn er hier ist.«

Auf einem schlichten Steinherd kochte der Mate-Tee, und Ana war eben dabei, ihn in Blechnäpfe zu gießen. Balthasar blickte sich um und bewunderte ausführlich den Esstisch mit vier Stühlen sowie den großen Lehnstuhl mit einem Schaffell.

»Glaub nicht, dass wir es von Anfang an so bequem hatten«, meinte Emilia schroff. »Erst letztes Jahr haben wir dieses Mobiliar von Punta Arenas hierherbringen lassen.«

Balthasar sagte nichts, sondern nahm erst die Felle von Puma, Fuchs und Wildkatzen in Augenschein, die auf dem Boden lagen, und dann das Geweih von einem Huemulhirsch, das an der Wand hing.

»Ihr habt euch wirklich schön eingerichtet«, meinte er anerkennend.

»Von wegen!«, entgegnete Emilia. »Überall staubt es! Es gibt so viele Ritzen, und die Fenster schließen nicht richtig. Der Fußboden besteht nur aus rohen Brettern mit jeder Menge Astlöchern darin, und darunter ist gleich der Erdboden.«

»Aber darum haben wir ja die Felle«, meinte Rita. »Sie schützen vor dem vielen Staub. In meinem Zimmer dient eine Decke aus Guanakofell als Teppich.«

»Am Anfang hatten wir nichts, rein gar nichts«, sagte Emilia missmutig. »Kein einziges richtiges Möbelstück.«

»Das stimmt«, gab Rita zu. »Wir haben einfach nur Holzkisten übereinandergestellt und eine Decke darübergelegt. Das waren dann unsere Kommoden für Schuhe, Geschirr und Wäsche. Aber mittlerweile haben wir sogar einen eigenen Waschtisch, Betten in allen Schlafzimmern – und eine Truhe für die Kleidung.«

»Als ob wir so viel Kleidung gehabt hätten!«

»Nun, mittlerweile webe ich viel aus Schafwolle«, wandte Rita ein.

Dem konnte Emilia nicht widersprechen. Während sie selbst keine Arbeit gerne tat, bei der man lange stillsitzen musste, war Rita sehr emsig, wenn es ums Spinnen, Nähen und We-

ben ging. Vor allem in den langen Wintern war sie ständig damit beschäftigt.
Balthasar hatte sich auf einem der Stühle niedergelassen und rieb sich das kurze Bein, das ihm scheinbar Schmerzen bereitete. Ana servierte den Tee.
»Wirst du lange bei uns bleiben?«, fragte Aurelia.
»Vorausgesetzt, dass deine Tante Emilia mich nicht fortjagt?«, gab er spöttisch zurück.
»Unsinn«, zischte Emilia. Wie immer hatte sie selbst an der Stirnseite des Tisches ihren Platz eingenommen – wie ein Hausherr. Ein solcher war sie für alle, und selbst bei den Schafscherern, die den Frauen anfangs misstraut hatten, hatte sie Respekt erworben. »Du bist unser Gast. Du kannst bleiben, solange du willst.«
Jedes Wort klang so kalt und abweisend, als würde sie genau das Gegenteil sagen. Sie wartete seine Antwort nicht ab, sondern schlürfte den Tee – und dann war es für einige Augenblicke erstmals still.

23. Kapitel

Ana streifte durch die Dunkelheit. In der ersten Zeit, in der sie auf der Estancia gelebt hatte, war sie bei diesen nächtlichen Spaziergängen oft schmerzlich gegen irgendwelche Hindernisse gestoßen, doch mittlerweile konnte sie sich gut orientieren, so dass sie sich auch ohne Fackel zurechtfand.

Emilia erklärte sie diese nächtlichen Runden damit, dass sie nur kontrollieren wolle, ob mit den Schafen alles in Ordnung sei. In Wahrheit wussten sie beide, dass es den Schafen gutging, sich Ana selbst aber erst dann wohl fühlte, wenn sie ein paar Stunden für sich allein sein konnte.

Bei Finsternis kehrten regelmäßig die Erinnerungen zurück – an die Jahre bei Ernesta und an die noch grauenhafteren Jahre davor. Zu diesem Zeitpunkt allein über das Land der Estancia zu streifen verhieß darum einen noch größeren Triumph als bei Tage. Die Freiheit, zu entscheiden, wohin sie ihre Schritte führten, war der Beweis, dass sie keine unglückselige Kreatur der Nacht mehr war, die einzig dafür lebte, anderer Gier zu befriedigen.

Nein, sie lebte für sich selbst. Und natürlich auch für Emilia. Sie mochte Rita, sie mochte Aurelia, aber nur für Emilia wäre sie auch durchs Feuer gegangen – Emilia, die sie von Ernesta befreit und ihr dieses Leben ermöglicht hatte.

Ana hielt inne, in der Ferne bellten die Hunde. Kubahunde wurden sie genannt – diese Kreuzung zwischen Dogge und jamaikanischem Brackhund, eine ziemlich gefährliche, weil blutrünstige Mischung, die die Engländer einst gezüchtet hatten, um sie gegen Wildschweine und Stiere kämpfen zu lassen, und die sich, wie sich herausgestellt hatte, hervorragend als Hütehunde für die Schafe eigneten.

Ana mochte sie nicht, nicht nur, weil sie wild und ungebärdig waren und auf ihre Befehle meist nicht hörten, sondern weil selbst die Hündinnen sie irgendwie an Männer erinnerten. Und Ana mochte auch keine Männer – was ein weiterer Grund war, warum sie heute lieber hier draußen herumstreunte, als drinnen zu sitzen.

Gewiss, Balthasar war nicht gefährlich, er gehörte zu den Guten, irgendwie mochte sie ihn sogar und hörte gerne seine Komplimente – und dennoch: Anders als Rita wusste sie nicht, was sie an Unterhaltsamem aus seiner Gesellschaft ziehen sollte. Wenn sie die Wahl gehabt hätte, so hätte sie am liebsten nur Frauen auf die Estancia gelassen.

Zumindest während der Schafschur war das leider ganz und gar unmöglich. Ana schlug jedes Mal drei Kreuze – obwohl sie ihren Glauben an Gott längst verloren hatte –, wenn die vorüber war. Während die Frauen zwischendurch, so wie jetzt, ganz allein auf der Estancia lebten, zog die Aussicht auf Arbeit und Lohn zu dieser Zeit fast ein Dutzend Männer an – meist waren viele Schotten darunter und Waliser, kaum Spanier. Nicht nur, dass Letztere oft nach Lust und Laune und nicht nach Notwendigkeit arbeiteten, obendrein konnten sie sich nicht daran gewöhnen, dass die Schafe zu festen Zeiten zu scheren waren. Stattdessen taten sie es ohne Rücksicht auf die Jahreszeiten und den Fellwuchs der Tiere, schlichtweg, wenn ihnen der Sinn danach stand. Die Schotten und Waliser hätten sich solche Gedankenlosigkeit nie erlaubt – doch rohe, schlichte Männer waren sie trotzdem. Ana hielt ihnen zugute, dass sie schnell und gründlich arbeiteten. Aber sie hasste es aus ganzem Herzen, wenn die Verschneider die Lämmer mit den Zähnen kastrierten. Sie hatte von sich geglaubt, dass ihr nichts Menschliches fremd wäre – und sich dennoch beinahe übergeben, als sie es das erst Mal erlebt hatte, wie einer der Männer einen Schnitt in den Hodensack des jämmerlich mähenden Lammes machte, mit einem Ruck die Hoden nach unten zerrte, die Samenstränge an der dünnsten Stelle durchbiss und die Hoden schluckte, als wäre es eine Delikatesse.

»Wie können sie nur!«, hatte sie angewidert ausgerufen.

Emilia hatte nur die Schultern gezuckt. »Dann brauchen sie weniger zu essen«, hatte sie versucht, das Gute an der Sache zu sehen.

Ana machte ein paar Schritte, blieb stehen, lauschte wieder. Die Hunde hatten aufgehört zu bellen, aber plötzlich ertönte ein anderes Geräusch, dessen Ursache sie nicht genau einschätzen konnte. Es war ein Krachen, das vom Stöhnen des Windes etwas gedämpft wurde – vielleicht ein morscher Ast, der sich vom Baumstamm löste, oder eine zufallende Tür. Je öfter es ertönte, desto unruhiger wurde Ana. Wenn es tatsächlich eine Tür war, musste sie verschlossen werden. Sie beschleunigte ihre Schritte. Hoffentlich kam das Krachen nur von einem der Schuppen!, schoss es ihr durch den Kopf. Eine wahre Katastrophe wäre es, wenn das Gatter von jenem Stall offen stand, der die Herdbuchherde von den übrigen Schafen trennte – die reinrassigen und darum teuersten Tiere, die nicht mit denen niedrigerer Qualität vermischt werden durften.

Atemlos erreichte Ana den Stall, doch dort fand sie nichts Ungewöhnliches vor. Alle Gatter und Tore waren verschlossen. Dennoch sträubten sich plötzlich ihre Haare, und Gänsehaut breitete sich über die Unterarme aus. Das Krachen war etwas leiser geworden, aber ihre Unruhe wuchs. Irgendetwas

war nicht in Ordnung, das spürte sie. Ihr Blick wanderte zum Haupthaus, das schwach beleuchtet war, dann zurück zu den Ställen, in denen die Tiere schliefen, und schließlich zu den Schuppen, die in völliger Dunkelheit lagen. Sie konnte es sich nicht erklären, aber ihr untrüglicher Instinkt sagte ihr, dass sie nicht alleine war, dass sich irgendjemand hinter einer der Holzwände versteckte und sie beobachtete.
Sie hielt den Atem an, hörte nun nichts mehr außer dem Wind. Entschlossen marschierte sie auf einen der Schuppen zu. Die Tür war verschlossen, aber das hatte nichts zu bedeuten. Wenn sie tatsächlich beobachtet wurde, hatte dieser Jemand vielleicht die Tür eilig hinter sich zugezogen, nachdem sie dieses Krachen gezeugt hatte. Ehe sie die Tür aufstieß, überlegte sie kurz, ob sie zum Haupthaus gehen und jemanden zu Hilfe holen sollte. Aber dann straffte sie den Rücken. Hier draußen in der Wildnis war sie noch mit jeder Herausforderung fertig geworden. Ärgerlich nur, dass sie keine Waffe bei sich hatte – die beiden Gewehre, die sich am besten jeder zulegte, der hier draußen in der Pampa lebte, waren in einem anderen Schuppen verschlossen.
Immerhin – gleich hinter dem Eingang, das wusste sie, lagen ein paar Schaufeln. Kaum hatte sie die Tür aufgestoßen, griff sie nach einer. Notfalls konnte sie sich damit schützen. Mit beiden Händen hielt sie den Stiel gepackt. Obwohl sie nichts sehen konnte, fuchtelte sie damit drohend durch die Luft. Wieder konnte sie sich nicht erklären, woher die Unruhe rührte, aber ihr Frösteln verstärkte sich, in ihrem Magen grummelte es.
»Ist da jemand?«
Keine Antwort.
In der Nähe der Tür konnte man noch Konturen erkennen, der hintere Teil des Schuppens lag in vollkommener Dunkel-

heit. Dennoch machte sie einen Schritt dorthin, zögerte wieder, lauschte.
»Wer ist da?«, bellte sie.
Kurz glaubte sie ein Ächzen zu hören, doch es war bereits wieder verklungen, noch ehe sie einschätzen konnte, aus welcher Richtung es kam.
Sie drehte sich einmal im Kreis, und als sie wieder stillstand, spendete der Mond, der eben noch von Wolken verhangen war, sein silbriges Licht. In seinem fahlen Schein sah sie an der hinteren Wand des Schuppens eine gekrümmte Gestalt hocken.
Entsetzt schrie sie auf, doch die Gestalt rührte sich nicht. Wieder erklang ein Ächzen, aber das hatte wenig mit einem menschlichen Laut gemein. Wer immer hier Zuflucht gesucht hatte, war viel zu schwer verletzt, um ihr gefährlich zu werden.

Ana kniete vor dem Fremden und versuchte, seinen Kopf zu stützen. Sie war ihrem ersten Reflex gefolgt und auf ihn zugestürzt und überlegte erst jetzt, ob das klug gewesen war. Auch wenn diese gekrümmte Gestalt zu schwach war, um ihr ein Leid zuzufügen, wäre es gewiss besser, Hilfe zu holen. Sie wollte den Kopf schon sinken lassen, als erneut das Ächzen ertönte.
»Bitte … Bitte … Hilfe …«
Im schwachen Schein des Mondlichts erkannte sie, dass dieser Mann, der hier kauerte, der größte war, den sie je gesehen hatte – nun gut, vielleicht war Pedros Leib insgesamt voluminöser, weil dicker, aber gewiss nicht so riesig.
Über zwei Meter musste er groß sein, und alles an ihm war lang: seine Füße, seine Hände, seine Gliedmaßen. Allein der Kopf war so schwer, dass sie ihn kaum halten konnte, und

seine Schulter gewiss doppelt so breit wie die eines schmächtigeren Zeitgenossen. Diese Schultern waren ebenso nackt wie seine Beine. Nur um Bauch und Hüften war ein Fell gewickelt, und dieses Fell war kalt und starr: Blut musste hineingesickert sein und es durchtränkt haben, Blut, das zum Teil längst getrocknet war und zum Teil frisch aus einer Wunde strömte.

Seine Größe und seine Kleidung verrieten Ana, wer dieser Mann war – ein Tehuelche, einer jener Ureinwohner Patagoniens, von denen der Missionar berichtet hatte, der manchmal bei ihnen zu Gast war. Ana hörte dessen Ausführungen meist nicht zu, aber sie konnte sich erinnern, wie er vom Erstaunen der ersten Weißen berichtet hatte, als diese hier regelrechte Riesen angetroffen, sie zunächst für Fabelwesen gehalten und das Land schließlich nach diesen »Großfüßlern« benannt hatten: Das spanische Wort für Beine lautet Pata – und daraus wurde Patagonien.

Aus der Ferne hatten sie schon mehrmals einige dieser Tehuelche gesehen. Emilia war vor ihnen auf der Hut, obwohl der Missionar stets beteuerte, sie seien nicht gefährlich, zwar ein ungemein stolzes, aber zugleich friedliches Volk. Sie lebten vom Handel und von der Jagd, wobei diese von den Zäunen erschwert wurde, die die weißen Estancieros errichtet hatten. Deswegen hätten sich einige Abgesandte von ihren Stämmen schon mehrfach beim Gouverneur beschwert – doch niedergerissen hatte man die Zäune natürlich nicht.

Wieder ein Ächzen. Und wieder ein flehentliches »Bitte!«.

Was sollte sie nur tun?

Vorsichtig tastete sie den riesigen Körper ab. Er war ziemlich warm – ein Zeichen, dass er nicht gleich verbluten würde. Sie glaubte nun auch, die Wunde auszumachen – einen Einschuss in der Leistengegend. Das Ächzen wurde jämmerlicher, als sie die Haut darum berührte, doch wenigstens troff das Blut nur mehr wie ein dünner Faden daraus hervor. Sie musste unbedingt Licht holen.

Vorsichtig legte sie den Kopf auf den Boden zurück, und diesmal hielt der Tehuelche sie nicht auf.

»Ich bin gleich zurück …«, stammelte sie.

Auf dem Weg zum Haus überlegte sie abermals, ob es nicht besser wäre, die anderen zu alarmieren, aber dann entschied sie sich dagegen. Dieser Mann hier war nicht einfach nur verletzt – er war angeschossen worden. Solange sie nicht wusste, wie das geschehen war und wer es getan hatte, war es besser, dieses Geheimnis für sich zu behalten.

Als sie mit einer Fackel zurück in den Schuppen kam, sah sie, dass es dem Mann trotz Verletzung und Schmerzen gelungen war, ein Stückchen weiter nach hinten zu robben. Er saß gegen eine der Holzwände gelehnt und starrte ihr mit glasigen Augen entgegen.

Ana sog scharf den Atem ein. Im Licht der Fackel wirkte er noch riesiger. Wäre sie ihm stehend begegnet, wäre sie wahrscheinlich vor Angst gestorben. Allerdings war er nicht nur riesig, sondern auch wunderschön – mit dieser überaus muskulösen, sehnigen Statur und der dunklen, glatten Haut. Sie verstand, warum der Missionar die Tehuelche als die Aristokraten Patagoniens bezeichnet hatte. Selten hatte sie so feine Gesichtszüge gesehen, aus denen eine Adlernase stolz hervorstach. Die Haut war nicht nur glatt, sondern schien zu glänzen wie das Haar. Dieses wurde mit einem Stirnband aus Leder gebändigt – mehrere Straußenfedern steckten darin. Als er den Mund öffnete, blitzten die Zähne weiß hervor.

»Niemand …«, setzte er an, konnte jedoch nicht weiterreden.

Ana hockte sich neben ihn und steckte die Fackel in die Erde. Das blutdurchtränkte Fell – es war das eines Guanakos – war etwas verrutscht, und sie erkannte einen Lederschurz, den er darunter trug. Wieder tastete sie vorsichtig seinen Bauch ab, dessen Muskeln hart wie Stahl waren. Der Missionar hatte einmal behauptet, dass die Tehuelches schnell wie Pferde wären – und obwohl dieser Mann so geschwächt war, konnte sie sich das gut vorstellen.

Als sie die Wunde untersuchte, zuckte er wieder zusammen.

»Niemand …«, begann er erneut, und diesmal gelang es ihm, den Satz zu beenden: »Niemand darf wissen, dass ich hier bin.« Sein Spanisch klang kehlig, aber er sprach es fließend und ohne starken Akzent.

»Hast du Schafe gestohlen?«, fragte Ana streng. »Hat man dich deswegen angeschossen?«

Sie hatte nicht nur eine Fackel mitgebracht, sondern auch ein Stück Leinen und presste dieses nun auf die Wunde.

»Haben … auf mich geschossen … auf alle geschossen … plötzlich da …«

Er beherrschte zwar ihre Sprache, aber die Schmerzen schienen seinen Geist zu trüben, so dass er nicht in ganzen Sätzen sprechen konnte. Das Leinen hatte sich indessen mit Blut vollgesogen. Gerne hätte sie nachgesehen, ob die Kugel am Rücken den Körper verlassen hatte oder noch in ihm steckte und ihn vergiften würde, doch sie war nicht stark genug, diesen riesigen Körper nach vorne zu ziehen.

»Woher kommst du?«, fragte sie. »Wer bist du?«

Er schien sie nicht gehört zu haben. »Argentinier … Es waren Männer aus Argentinien. Auch einige Chilenen waren dabei … Sie haben gesagt, dass sie uns töten würden … alle. Und das haben sie dann auch getan.«

Kalte Schauder rannen jäh über ihren Rücken. Obwohl sie nicht mehr verstand, was er nun nuschelnd hinzufügte, ahnte sie, dass er kein Schafdieb war. Sie erinnerte sich an das, was

Emilia über Rita erzählt hatte und worüber diese selbst niemals gesprochen hatte – dass einst ihr ganzer Stamm ausgerottet worden war und nur sie überlebt hatte.
Auch hierzulande hörte man immer wieder davon, dass insbesondere die Argentinier Jagd auf die Indianer machten, manchmal sogar über die Grenze nach Chile kamen und deren kleine Zeltstädte überfielen.
Ana nahm ein frisches Stück Leinen und drückte auch dieses auf die Wunde. Sie sah Schweißtropfen auf der Stirn des Tehuelches stehen, wahrscheinlich hatte er Fieber. Seine Augen kippten ins Weiße, und sie hoffte, es wäre ein Zeichen, dass er in gnädige Ohnmacht gefallen war und die Schmerzen nicht mehr fühlen musste. Doch bald fuhr er wieder mit einem Aufschrei hoch.
»Ich muss ... ich muss gehen ... werden mich suchen ... vielleicht auch hier ...«
»Den Teufel wirst du tun!«, zischte Ana. »Du kannst keinen Schritt gehen mit deiner Verletzung. Du bleibst hier, bis die Wunde geheilt ist ... wenn sie denn heilt.«
»Niemand ... niemand darf wissen ...«
»Ja, ich verstehe. Niemand darf wissen, dass du hier bist. Nur ich. Ich ... ich werde dir helfen.«
Sie erhob sich. »Ich hole Wasser, um die Wunde zu reinigen. Vielleicht finde ich noch etwas anderes, um sie zu versorgen.«
Wenn sich Schafe verletzt hatten, rieben sie die Wunden mit Jodtinkturen ein – vielleicht konnte sie dasselbe bei dem Tehuelche machen. Nachdem sie den Schuppen verlassen hatte, blickte sie sich um, musterte insbesondere den Boden. Der Tehuelche hatte keine Spuren hinterlassen, und selbst wenn, waren sie längst vom Wind fortgewischt worden. Dennoch – was würde geschehen, wenn die Argentinier ihn bis hierher verfolgten?

Sie presste die Lippen zusammen. Vielleicht würde er die Nacht ohnehin nicht überleben und sich das Problem von selbst lösen. So oder so – sie hatte versprochen, ihm zu helfen, und sie würde sich daran halten.

Emilia hätte es niemals offen zugegeben, aber seit Balthasar zu Besuch auf der Estancia war, waren die Abende geselliger und unterhaltsamer geworden – und sie genoss es.
Früher waren sie mit dem Sonnenuntergang schlafen gegangen – nur Ana nicht, die so gut wie nie schlief –, nun saßen sie oft noch lang nach Einbruch der Dunkelheit zusammen. Manchmal leistete ihnen Don Andrea Gesellschaft, einer der Salesianer, die vor über zehn Jahren von ihrem Ordensoberen Don Bosco nach Patagonien geschickt worden waren – zunächst, um sich um die dorthin ausgewanderten Italiener zu kümmern, später, um Indianer zu missionieren.
Während andere Mitglieder seines Ordens unermüdlich tätig waren – ein gewisser Don Fagnano, der in der Nähe des Rio Negro eine Mädchen- und Jungenschule gegründet und dort auch Indianerkinder aufgenommen hatte –, zählte Don Andrea zu den großen Zauderern, die lieber umständlich darüber sprachen, wie man sich den heidnischen Wilden zu nähern hatte, anstatt es tatsächlich zu tun.
Obwohl die Mission, in der er lebte, unmittelbar an die Estancia grenzte, hatte er bis jetzt meist auch Emilia, Ana und Rita gemieden. Es schien ihm nicht recht klar zu sein, wie die Frauen zusammengehörten, und er empfand es als obszön, dass die einzigen Männer, die ihnen zwischendurch beim Bewirtschaften des Besitzes halfen, ihre Angestellten waren, nicht etwa ihre Väter oder Ehegatten. Doch Balthasars Ankunft hatte vieles verändert. Zwar war auch dieser hinkende Hamburger mit keiner der Frauen verwandt, aber er erwies

sich als freundlicher Mann, der neugierig Fragen stellte und Don Andrea reden ließ – was dieser überaus gerne und wortgewaltig tat. Der Spott, der manchmal in Balthasars Augen funkelte, entging Don Andrea offenbar.
Obwohl schlank genug, um heucheln zu können, ein Asket zu sein, wurde Don Andrea noch von etwas anderem verführt – nämlich von Emilias Kochkünsten. Nachdem sie einst die Gäste der Herberge mit ihren leckeren Gerichten glücklich gemacht hatte, war sie auf der Estancia etwas nachlässiger geworden. Sie selbst aß nur, um satt zu werden, und Rita und Ana begnügten sich mit den Portionen von Vögelchen. Doch Balthasar bewies einen guten Appetit – und wenn sie sich auch sonst so verhielt, als würde sie über ihn hinwegsehen oder als wäre er ihr lästig, war sie eifrig darauf bedacht, ihn gut zu bewirten, und sehr zufrieden, wenn es ihm schmeckte.
Schon das Frühstück fiel nun üppiger aus – es gab Porridge mit Milch und Zucker, Brot, Butter, Marmelade und kaltes Fleisch. Zu Mittag setzte sie oft einen große Topf Olla mit Puchero auf – eine dicke Suppe mit großen Fleischstücken und Gemüse. Manchmal hatten sie frische Butter für das Brot, das sie dazu reichte, dann wiederum nur solche aus Konserven. Bei einem der Nachbarn hatten sie Schinken, Speck und Würste gekauft – und Emilia hatte sich dieses Jahr fest vorgenommen, im Herbst selbst zwei Schweine zu kaufen und sie zu schlachten. Zum Abendessen servierte sie entweder kalten Fleischsalat, Ragout oder Braten, dazu Kartoffeln oder Reis.
Nachdem der Tisch längst leer geräumt war, saßen sie entweder bei Kerzenlicht oder im Schein einer Petroleumlampe beisammen und redeten. Das hieß, Balthasar stellte Fragen und Don Andrea antwortete, und obwohl Emilia vieles schon gehört hatte, lauschte sie ebenso interessiert wie Rita. In Patagonien gab es viele seltsame Käuze, die durch die lange Einsam-

keit wunderlich geworden sind, wie manche Geschichten bekundeten – es hatte wahrscheinlich sein Gutes, nicht immer nur allein zu leben.
Aurelia weigerte sich an diesen Abenden, früh zu Bett zu gehen, und schlief irgendwann auf Ritas Schoß ein. Meist reichte sie sie wenig später unter irgendeinem Vorwand an Emilia weiter, und die tat so, als würde sie nicht bemerken, dass die körperliche Nähe zu ihrem Kind Rita eine Last war und dass sie sie nur kurz, nicht über Stunden, ertragen konnte. Was Rita ebenso unangenehm zu sein schien, wenngleich sie auch dieses Unbehagen nicht zeigte, war, dass Don Andrea ausufernd über seinen Missionierungsauftrag und über die Indianerstämme Patagoniens sprach. Emilia ahnte, was in ihr vorging: Rita selbst war zwar getauft und in einer Mission aufgewachsen, aber wahrscheinlich wäre Don Andrea dennoch entsetzt, wüsste er eine Indianerin mit ihm am Tisch sitzen.
Emilia selbst hingegen fand es durchaus faszinierend, was er von den Völkern der Pampa zu erzählen hatte.
»Sie sind stolz und wild«, berichtete er, »und mit guten Worten allein erreicht man sie nicht. Die ersten Jesuiten, die hierherkamen, mussten ihnen Rosinen und Zwieback schenken, damit sie sie überhaupt in ihre Nähe ließen. Nach und nach lernten die Jesuiten ihre Sprache, um sie zu bekehren, doch die Indianer ließen sich nur taufen, um Ponchos und Schnaps einzutauschen. Sobald sie genug davon hatten, waren sie nie wieder in den Missionen gesehen.«
»Und wie viel haben Sie bereits getauft?«, fragte Balthasar.
Emilia konnte sich nicht vorstellen, dass es sonderlich viele waren – vor allem dann nicht, wenn Don Andrea so viel Zeit auf ihrer Estancia verbrachte wie in diesen Wochen. In der Tat gab er zu, dass es lediglich vier gewesen seien, um sich sogleich zu verteidigen: »Was nützt es aber auch, die Anzahl der

Neugetauften in die Höhe zu treiben, wenn dieses heilige Sakrament für die Beteiligten nur ein Spiel ist. Eine ernsthafte Bekehrung ist notwendig!«
Er fuchtelte mit den Händen, um die Worte zu unterstreichen.
»Ich habe gehört«, schaltete sich Emilia ein, »dass sich die Indianer von Feuerland nur taufen lassen, damit sie ein Schreiben der Mission erhalten. Das wiederum erklärt, dass sie keine Wilden seien, sondern freundlich – und bewahrt sie davor, als Schafdiebe am nächsten Baum gehängt zu werden.«
»Auch das ist nicht recht, wenngleich verständlich«, meinte der Missionar kopfschüttelnd. »Auf diese Weise wird das Bekenntnis zu Christus erzwungen und kommt nicht von Herzen. Viele meiner Brüder begnügen sich damit – ich hingegen nicht.«
Don Andrea sprach ein merkwürdiges Spanisch. Manche Sätze klangen eher so, als würde er sie singen, und ständig warf er italienische Worte ein. Nun straffte er stolz den Nacken. Emilia hatte den Verdacht, dass es ihm herzlich egal war, ob das Bekenntnis der Indianer nun freiwillig ausfiel oder nicht – Hauptsache, sie kamen ihm nicht zu nahe. Wenn sie um seine Mission schlichen und ihn neugierig betrachteten, zwang er sich zwar dazu, sie zum Mate-Tee einzuladen, aber umgekehrt – so war aus seinen Worten herauszulesen – suchte er nie die Nähe der kleinen Zeltstädte.
»Warum auch?«, meinte er, als Balthasar nachfragte. »Sie haben keinen festen Wohnort, ziehen als Nomaden durch die Pampa. Was hilft es, sich mühsam ihr Vertrauen zu erarbeiten, wenn sie doch über Nacht wieder verschwunden sind?«
Etwas Mühevolles zu tun lag Don Andrea ganz und gar nicht. Immerhin war er den Tehuelche sehr dankbar dafür, dass diese Missionare wie ihn niemals feindselig behandelten.

»Sie haben großen Respekt vor unsereins«, beantwortete er eine weitere Frage. »Sie betrachten uns als so etwas wie ein übernatürliches Wesen – was allerdings nichts nützt, um ihre Herzen zu erreichen. Sie respektieren unsere Traditionen – und halten an den eigenen Bräuchen fest.«

Ausufernd begann er nun, über diese Bräuche zu erzählen, doch Emilia hörte nicht länger zu. Hinter ihr erklang das Quietschen der Tür, und als sie herumfuhr, sah sie, wie Ana unauffällig ins Haus huschte. Meist blieb sie den abendlichen Zusammenkünften fern, und ihre Meinung von Don Andrea war denkbar gering – was weniger an ihm persönlich lag als an den vielen Priestern, die sie einst in Ernestas Bordell empfangen hatte. Sie schloss von einigen auf alle, hieß die Mitglieder dieser Zunft Heuchler und ließ kein gutes Haar an ihnen. Nun blieb sie dennoch auf der Schwelle zur Stube stehen und gab vor, Don Andrea aufmerksam zu lauschen. Emilia beobachtete sie misstrauisch, denn seit einigen Tagen kam sie ihr verändert vor: Eigenbrötlerisch war sie immer gewesen, und dass sie Einsamkeit suchte und genoss, war nichts Neues, doch wenn sie nun von den nächtlichen Streifzügen über die Estancia ins Haus kam, wirkte sie abwesend und wich Emilias Blick aus. Bis jetzt schob sie es auf die Anwesenheit von Balthasar und Don Andrea, aber nun verstand sie nicht, warum sie überhaupt ins Haus gekommen war, wenn sie die beiden doch meiden wollte. Wenn Emilia es recht überlegte, verbrachte sie seit etwa einer Woche ungleich mehr Nächte im Haus als sonst.

Sie erwog, ob sie nachbohren sollte, entschied sich jedoch dagegen. Wenn Ana mit ihr über etwas hätte reden wollen, dann hätte sie es getan – gab es hingegen etwas, was sie verschweigen wollte, dann würde weder gutes Zureden noch strenge Forderungen sie dazu bewegen, den Mund aufzutun.

So unterdrückte Emilia ein Seufzen, wandte sich wieder Don Andrea zu und lauschte, wie er nun über die verschiedenen Stämme der Pampa erzählte. Neben den großen Tehuelche und Aonikenk gäbe es die Onas auf Feuerland oder die Yamanas rund um den Beagle-Kanal. Letztere wären fast ausgestorben, nämlich an Krankheiten zugrunde gegangen, die die Weißen gebracht hätten. Die wenigen Überlebenden fingen Fische, jagten Robben und …

Don Andrea riss ab und blickte irritiert hoch.

Im gleichen Moment hörte es Emilia, und sie sah, wie auch Rita ob des zu dieser Tageszeit ungewohnten Lauts zusammenzuckte: Pferdegetrampel, so laut, dass es nicht nur von einem Tier stammte. Ana hatte es als Erste vernommen, denn schon war sie zur Tür getreten und lugte durch die Spalten des morschen Holzes.

»Ihr bekommt jetzt noch Gäste?«, fragte Balthasar verwundert.

»Keine, von denen ich wüsste«, meinte Emilia. Sie wollte die schlafende Aurelia an Rita übergeben, doch als diese keine Anstalten machte, sie ihr abzunehmen, stand Balthasar auf und nahm das Kind in die Arme.

»Es … es könnte Pedro sein«, sagte Ana. Ihr Gesicht war vermeintlich gleichmütig wie immer, doch Emilia entging nicht, dass ihre Stimme etwas zitterte.

Das Getrampel schwoll an und vermischte sich mit Stimmen. Schon hörten sie Männer von ihren Pferden springen und Schritte, die den Patio überquerten.

»Pedro würde nicht im Dunkeln unterwegs sein«, sagte Emilia und ließ unausgesprochen, was alle wussten: dass Pedro für gewöhnlich die Dunkelheit fürchtete und all seine Erledigungen am liebsten bei Tageslicht ausführte.

Als ein lautes Klopfen ertönte, machte sich Rita unwillkürlich noch kleiner, und auch Don Andrea schien sich am liebsten hinter dem Tisch verstecken zu wollen. Emilia hingegen trat energisch auf die Tür zu, schob Ana zur Seite, als die keine Anstalten machte, sie zu öffnen, und tat es selbst.

Im nächsten Augenblick traf sie das Licht von Fackeln so grell, dass sie kurz nichts anderes erkennen konnte als riesige Schatten. Erst als endlich die Fackeln gesenkt wurden, sah sie, dass vier hochgewachsene Männern vor ihr standen.

»Was wollt ihr?«, fragte sie grußlos und versuchte, dabei herrisch zu klingen. Im Umgang mit Angestellten und Nachbarn erlaubte sie sich hier in der Wildnis nie auch nur die leiseste Unsicherheit.

Einer der Männer scharrte mit dem Fuß in der Erde.

»Von euch wollen wir gar nichts«, erklärte er knapp und ebenfalls grußlos. »Aber wir suchen eine Gruppe Rothäute. Schafdiebe allesamt. Sie müssen irgendwo hier in der Nähe sein.«

Emilia atmete erleichtert aus. Der unerwartete Besuch hatte nichts mit ihnen zu tun, würde keine Probleme bringen.

»Wir haben nichts Ungewöhnliches beobachtet«, erklärte sie. »Und uns sind auch keine Schafe gestohlen worden.«

Sie wollte schon die Tür schließen, als einer der vier auf die Schwelle trat. »Würde es euch etwas ausmachen, wenn wir uns selbst ein wenig … umsehen?«

Der Geruch von Branntwein hüllte Emilia ein. Als sie das Gesicht des Mannes musterte – verquollen und rotadrig –, kam sie zum Schluss, dass er einer war, dem man besser nicht widersprach. Sie wollte schon zur Antwort ansetzen, ihnen sagen, dass sie eben tun sollten, was sie nicht lassen könnten, um danach schleunigst abzuhauen, als sie plötzlich Anas Griff fühlte. Sie berührte sie nur leicht an den Schultern, sagte nichts und atmete nicht lauter als sonst, doch als Emilia sich zu ihr umdrehte, waren ihre Augen weit aufgerissen und schreckerfüllt. Sie zwinkerte kaum merklich – und was immer das auch zu bedeuten hatte, Emilia wusste sofort, dass sie ihr ein Zeichen geben wollte.

»Hab's doch schon gesagt«, fuhr sie die Männer ungleich herrischer an, als ihr zumute war, »hier fehlen keine Schafe – hier gibt's also auch keine Diebe, und falls doch, dann kümmere ich mich selbst darum. Es ist mein Grund und Boden, ihr habt hier nichts verloren.«

Kurz senkte sich Schweigen über sie. Der eine verharrte auf der Schwelle, ein anderer scharrte weiterhin in der Erde, ein weiterer hielt ihr wieder die Fackel ins Gesicht. Emilias Backen röteten sich unter der Hitze des Feuers, und der ätzende Rauch brannte in der Kehle, aber sie zuckte nicht zurück, sondern blieb breitbeinig stehen, die Arme vor der Brust verschränkt. Weiter hinten im Patio glaubte sie eine Bewegung auszumachen. Vielleicht waren es nicht nur vier Männer, sondern viel mehr, die sie heimsuchten – noch von der Dunkelheit verborgen, aber bereit, die Estancia zu stürmen.

»Und wenn ihr denkt, ihr könnt zwei schutzlose Frauen notfalls euren Willen aufzwingen, habt ihr euch geirrt«, bellte Emilia schrill, noch ehe sich einer regte. »Meine ganze Wohnstube ist voller Männer. Der schottische Aufseher schläft mit seinen Hunden nebenan.« Das war gelogen, aber das konnten die Männer nicht wissen.

Sie vermeinte, die Anspannung fast körperlich zu spüren, die über ihnen allen lag. Dann endlich wurde die Fackel gesenkt, und der Mann nahm seinen Fuß von der Schwelle.

»Ist ja schon gut.« Es klang gereizt, doch er gab den anderen das Signal zum Rückzug.

Wenig später saßen sie alle wieder in ihrem Sattel und zogen zwar mit verdrießlichem Gesicht, aber ohne zu zögern, ab.

Emilia stieß Anas Hand weg, packte sie nun ihrerseits und zog sie in den Gang: »Du sagst mir jetzt sofort, was los ist«, herrschte sie sie ohne Umschweife an.
Ana wich ihrem Blick aus. Nachdem die Männer fortgeritten waren, hatte sie hörbar ausgeatmet, doch seitdem war ihr kein weiterer Ton über die Lippen gekommen.
Emilia schüttelte sie ungeduldig: »Du weißt, dass du mir vertrauen kannst. Doch ich will dir auch vertrauen können.«
Ana kaute verlegen auf ihren Lippen herum, ehe sie schließlich hervorpresste: »Ich habe es euch nur verheimlicht, um euch zu schützen.«
»Was verheimlicht?«
»Ich ... ich dachte, wenn seine Verletzungen geheilt sind, dann verschwindet er wieder, und ihr hättet nichts bemerkt. Und die Verletzungen sind ja auch schnell geheilt. Er wollte nur mehr bis morgen ...«
»Wer?«, fragte Emilia, obwohl sie es ahnte.
Ana senkte den Blick. »Ich wollte euch wirklich nicht in Schwierigkeiten bringen.«
»Du hast einem Schafdieb Unterschlupf geboten«, stellte Emilia fest und unterdrückte die Angst, die ihr kalt die Kehle hochstieg.
»Er ist kein Schafdieb!«, rief Ana energisch. »Er ist einer der Indianer, von denen Don Andrea erzählt hat. Ein Tehuelche. Man hat ... man hat offenbar versucht, seinen ganzen Stamm auszurotten, und er hat als Einziger überlebt. Man hat auf ihn geschossen, aber die Kugel hat ihn nur gestreift. Emilia, du glaubst doch nicht ernsthaft, dass diese Männer hinter Schafdieben her sind! Das wäre unser Problem – nicht ihres. Nein, sie wollen die Indianer ausrotten, um deren Land zu bekommen!«
Emilias Miene blieb abweisend, obwohl dieses Vorgehen sie

tief empörte. Trotzdem wollte sie nicht darüber nachdenken, warum sich jemand auf ihrer Estancia versteckte und wie berechtigt das war – sie wollte keine Probleme bekommen.

»Hast du nicht erzählt, was einst Rita und ihrer Familie widerfahren ist?«, drängte Ana.

»Ich will ihn sehen, sofort«, erklärte Emilia schroff und ließ sich ihre Gefühle nicht anmerken. »Und dann entscheide ich, was zu tun ist.«

Mit gerecktem Kinn folgte sie Ana nach draußen und wollte weder zugeben, dass sie sich nicht als Herrin der Lage fühlte, noch dass es ihr bereits jetzt als absolut unmöglich erschien, diesen Fremden auszuliefern. Ganz gleich, wer er war – sie würde es niemals über das Herz bringen, selbst wenn sie eine Katastrophe riskierte: ein Tehuelche, der sich auf ihrer Farm versteckte ... diese Truppe Männer, denen sie nur Lügen entgegensetzen konnte und von denen sie nicht wusste, ob sie wirklich so schnell aufgeben würden.

Sie kamen zum Geräteschuppen.

»Maril?«, rief Ana. »Maril?«

Erklärend wandte sie sich an Emilia: »Das ist sein Name. Er hat ihn mir erst gestern gesagt.«

Eine Erinnerung stieg in Emilia hoch – an die schreckerstarrte Rita, die nach dem Grauen nicht mehr gewusst hatte, wie sie hieß, es bis heute nicht wusste. »Mir ist völlig gleich, wie er heißt«, sagte sie barsch, »ich will nur nicht, dass er mir Schwierigkeiten macht.«

Ana öffnete die quietschende Tür. Als Emilia über die Schwelle trat, nahm sie zunächst nur die dunklen Schatten von Gerätschaften wahr, keine menschliche Gestalt. Doch plötzlich fiel etwas krachend um: Dieser Tehuelche musste voller Panik aufgesprungen sein, als er nicht nur die vertraute Ana, sondern auch sie gesehen hatte.

»Keine Angst!«, rief Ana schnell. »Da ist Emilia ... Sie weiß Bescheid ... Sie tut dir nichts.«
Schon im nächsten Augenblick kamen Emilia diese Worte unglaublich lächerlich vor. Wie sollte sie diesem Mann auch etwas antun? Nun, da er auf sie zu und ins Licht trat, sah sie, dass er die Statur eines Riesen hatte. Sie konnte sich nicht daran erinnern, jemals einen so großen Mann gesehen zu haben. Neben ihm würde wohl selbst Pedro wie ein Kind wirken.
»Du lieber Himmel!«, stieß sie aus und wich unwillkürlich zurück.
»Seine Verletzung ist gut verheilt. Er ist nur noch ein bisschen schwach.«
Emilia starrte in dunkle Augen – und trotz der Furcht, die sie beim Anblick dieses Hünen befiel, erwachte wieder die Erinnerung an den Tag, da sie Rita gefunden hatte und diese sie mit traurigen, leeren Augen angestarrt hatte.
»Ich gehe«, entschied der Hüne. »Wenn ihr wollt, dann verlasse ich die Estancia sofort.«
Emilia wollte bereits zustimmend nicken – sie hätte ihn niemals von sich aus verjagt, aber dass er selbst gehen wollte, erschien ihr als gute Lösung, doch da erklärte Ana streng: »Die Männer, die dich suchen, sind noch in unmittelbarer Nähe. Wenn du jetzt gehst, läufst du ihnen direkt in die Arme!«
Der Tehuelche öffnete den Mund, um etwas zu sagen – und auch Emilia lag Protest auf den Lippen: Viel besser, er verschwand jetzt bei Dunkelheit als morgen im Tageslicht.
Doch ehe einer von ihnen beiden etwas einwenden konnte, hörten sie hastige Schritte hinter sich. Maril duckte sich, Emilia fuhr herum. Schon von weitem vernahm sie Ritas trockenes Schluchzen und Balthasars Stimme, der beschwichtigend auf sie einredete: »Rita ... Rita, schau mich an! Ich bin doch hier. Ich werde nicht zulassen, dass dir etwas geschieht!«

»Was …?«, setzte Emilia an und fühlte förmlich die Bedrohung, die in der Luft lag. Der Wind schien innerhalb weniger Augenblicke noch kälter zu wehen, der Nachthimmel in noch abgründigerem Schwarz zu stehen.
Sie wollte Maril ein Zeichen geben, damit er sich versteckte, doch im nächsten Augenblick erfasste sie, dass es nunmehr ihr geringstes Problem war, Rita und Balthasar könnten den Tehuelche entdecken. Die beiden schienen ihn gar nicht zu bemerken; stattdessen stürzte Rita auf Emilia zu und klammerte sich an sie.
»Sie sind zurückgekommen«, stammelte sie ein ums andere Mal, »sie sind zurückgekommen.«
Emilia wusste sofort, wen sie meinte, und fragte dennoch gedehnt: »Wer?«
»Die Männer, die die Schafdiebe suchten«, stellte Ana fest, ehe Rita antworten konnte.
Emilia runzelte die Stirn. Schlimm genug, dass es so war. Aber warum war Rita so dermaßen entsetzt? Dass sie sich angesichts der vielen fremden Männer fürchtete, war verständlich, aber warum schlotterte sie am ganzen Leib?
»Und … und sie haben Verstärkung mitgebracht«, stammelte sie mühsam.
Emilia machte sich von ihren Händen los, sah noch, wie sie sich nun an Balthasar klammerte und stürmte, gefolgt von Ana, zum Patio.
Emilia erstarrte, als ihr Blick auf die Männer fiel, die dort warteten – viel mehr als vorhin. Ein Teil war abgestiegen, der Rest saß noch auf den Pferden. Sie erkannte nicht nur das Gesicht des Mannes wieder, mit dem sie eben noch gesprochen hatte, sondern auch das von zwei anderen. Der eine sah mürrisch drein, der andere grinste schmallippig. Als sich ihre Blicke trafen, konnte sie Ritas Furcht nachfühlen, denn unwillkürlich

griff auch sie schutzsuchend nach Anas Hand. Die beiden Männer waren Esteban Ayarza und Jerónimo Callisto.
»Wir dachten, wir sind gründlich«, sagte der Mann, mit dem sie zuvor gesprochen hatte, »und fragen lieber noch einmal nach, ob ihr nicht doch ein paar Schafdiebe gesehen habt.«

Rita hatte das Gefühl, in einem dunklen Traum gefangen zu sein. Sie hörte Balthasars beruhigende Stimme von weit her, aber seine Worte drangen nicht zu ihr durch. Sie spürte, dass er ihre Hand hielt, aber es war ihr kein Trost. Nichts war ihr Trost, nun, da sie glaubte, tiefer, immer tiefer zu fallen, bis sie im dunkelsten Seelenkerker angekommen war. Schonungslos prasselten die Erinnerungen an die schlimmste Zeit ihres Lebens auf sie ein.
Esteban und Jerónimo.
Wie aus dem Nichts waren sie auf der Estancia aufgetaucht. Sie war sich nicht sicher, ob die beiden sie bereits entdeckt hatten – in jedem Fall hatte Rita sie sofort erkannt.
»Beruhige dich!«, rief Balthasar immer wieder. »Bitte beruhige dich! Sie können dir nichts antun.«
»Aber warum sind sie bloß hier?«, fragte Rita verzweifelt.
Die Antwort kam aus unerwarteter Richtung. »Weil sie … mich suchen.«
Aus dem Schuppen trat eine dunkle Gestalt. Für gewöhnlich hätte Rita vor Schreck aufgeschrien, aber sie blieb stumm. Alles Entsetzen war schon verbraucht, als sie vorhin in Jerónimos und Estebans Gesichter gesehen hatte.
»Sie sind meinetwegen hier«, sagte der größte Mann, den Rita jemals gesehen hatte.
In Ritas Ohren rauschte es. Nur undeutlich hörte sie, wie Balthasar nach dem Namen des Mannes fragte und dieser antwortete. Er hieße Maril, sagte er.

Aber was zählte schon sein Name?, ging es Rita durch den Kopf.
Jerónimo und Esteban würden ihn schlicht und einfach als Rothaut beschimpfen. So wie sie sie als Indianerhure bezeichnet und ihre Lüge enttarnt hatten, Spanierin zu sein.
»Viele junge Männer, die kein Geld haben, schließen sich zu Banden zusammen«, hörte sie Maril erklären. »Ihr Ziel ist es, möglichst viele Indianer zu töten und ein Kopfgeld zu kassieren.«
»Ein Kopfgeld?«, fragte Balthasar verwirrt.
»Es hat in Argentinien begonnen. Vor zehn Jahren hat General Roca zum Wüstenkrieg aufgerufen. Ihm ging es darum, so viele meiner Brüder wie nur möglich zu vertreiben oder auszurotten. Alle Soldaten, die an dem Feldzug teilnahmen, bekamen ein Zertifikat über viele Hektar Land und ließen sich dort als Viehzüchter nieder. Manch einer von ihnen zahlt jedem dahergelaufenen Halunken ein Pfund Sterling, wenn er ihm ein Paar Indianerohren bringt.«
Rita erschauerte.
»Wie grauenhaft!«, murmelte Balthasar.
»Auch hier gibt es Siedler, die einen Spaß daran finden, sich Sattel und Zaumzeuge aus der Haut von Indianern zu machen. Sie sind so dreist! Wenn ein Weißer einen Indianer erschießt, geht er oft freiwillig nach Punta Arenas, um sich beim Gouverneur anzuzeigen – mit der Ausrede, dass er sich nur gegen einen Angriff verteidigen musste. Sie alle bleiben straffrei.«
Trostlos und leer klang die Stimme. Rita schluckte, glaubte zu ersticken – kurz nicht nur von der Erinnerung an Jerónimo und Esteban gepeinigt, sondern von einer anderen. Der Erinnerung an Schreie, Schüsse, an Tod, an die letzten Worte ihres Vaters und an ihre Flucht …

Wie war es möglich, dass sämtliche Dämonen ihres Lebens auf einmal losgelassen worden waren und auf sie einhackten wie Aasgeier?

Der Boden schien unter ihr zu schwanken. Sie würde fallen, wenn Balthasar sie nicht gehalten hätte.

»Versteck dich wieder in dem Schuppen«, sagte dieser eben zu Maril. »Und du«, er wandte sich an sie, »du darfst keine Furcht zeigen – sie würden sie wittern wie hungrige Löwen das Blut. Und wir müssen Emilia beistehen. Es ist eure Estancia – Emilia hat jedes Recht der Welt, sie von hier zu verjagen.«

Rita war zu schwach, um Widerstand zu leisten, als er sie mit sich zog. Sich von ihm loszureißen hätte sie davor gefeit, Jerónimo und Esteban unter die Augen treten zu müssen – doch allein hierzubleiben, das konnte sie nicht!

Balthasars Worte echoten in ihren Ohren. Emilia hat jedes Recht der Welt, sie von hier zu verjagen ...

War das wirklich so?

Agustina hatte Emilia damals die Besitzurkunde überreicht, doch hier in der Einöde hatte ein Fetzen Papier womöglich nicht sonderlich großen Wert. Es wäre für Esteban ein Leichtes zu behaupten, dass die Frauen den Besitz Agustina unrechtmäßig abgeschwatzt hatten – zumal sie nie etwas dafür bezahlt hatten. Emilia hatte zwar immer wieder versucht, Agustina Geld zukommen zu lassen, weil sie ihr nichts schuldig bleiben wollte, doch Agustina hatte stets abgelehnt und darauf verwiesen, dass die Estancia eine – wenn auch nur geringe – Entschädigung für das sei, was Esteban ihnen angetan hatte.

Doch auch wenn Agustina es so sah – Esteban würde es bestimmt nicht so sehen.

Noch ehe sie das Haupthaus erreichten, vernahm Rita klar

und deutlich seine Stimme. Obwohl sie sich dagegen gewappnet hatte, war ihr diese noch unerträglicher als sein Anblick.
Rothaut ... hatte diese Stimme sie geheißen ... Indianerhure ... Ihr Zittern verstärkte sich, woraufhin Balthasar sie noch fester an sich zog. Mühsam konnte sie so wenigstens Schritt vor Schritt setzen – hochsehen konnte sie jedoch nicht.
Längst forderten die Männer nicht mehr die Herausgabe von Schafdieben. Vielmehr stellte Esteban die Frage, die Emilia wohl am meisten gefürchtet hatte: »Woher habt ihr überhaupt dieses Land?«
Rita hatte keine Ahnung, woher Emilia die Kraft dazu nahm, aber als sie antwortete, zeigte sie keine Scheu und Furcht, nur tiefen Groll: »Hau ab, Esteban Ayarza! Du hast hier nichts verloren!«
»Ich gehe nicht, ehe ich nicht weiß, woher du das Land hast! Deine Herberge ist abgebrannt. Unmöglich, dass du so schnell zu Geld gekommen bist, um es zu kaufen!«
Rita biss sich auf die Lippe. Wenn sie bis dahin geglaubt hatte, diesen Tonfall nicht länger ertragen zu können, wurde sie nun belehrt, dass es noch schlimmer werden konnte. Jerónimo schaltete sich ein – der schöne Jerónimo mit der samtigen Stimme, Jerónimo, der gesagt hatte, er würde sie lieben und heiraten wollen, Jerónimo, den sie aus ganzem Herzen hasste – und den sie noch mehr fürchtete.
»Stammt deine Mutter nicht von einem der frühen Siedler ab?«, fragte er Esteban.
Erstmals wagte Rita ihren Blick zu heben und in Estebans Gesicht zu sehen. Er hatte wegen der blassen Haut und der Narbe, die sie ihm zugefügt hatte, immer etwas kränklich gewirkt, und dieser Eindruck wurde nun von einem aufgedunsenen Leib verstärkt. Schlaff und grau hing die Haut unter

seinem Kinn. Er schien sich seit Ewigkeiten nicht mehr rasiert zu haben, und unter dem zotteligen Bart traten an mancher Stelle rote Geschwüre, die Würmer glichen, hervor. Das Haar hing strähnig wie eh und je über seine Augen, doch am Hinterkopf war es schütter geworden und gab eine kreisrunde Stelle der Kopfhaut frei. Langsam schien ihm aufzugehen, was Jerónimos Worte verhießen, doch ehe sich ein wütendes Knurren aus seiner Kehle entlud, sagte dieser raunend: »Ach, und sieh an! Auch unsere kleine Rothaut ist hier!«

Ritas Blick traf seine graublauen Augen. Wie hatte sie diese Augen nur jemals als warm befinden und darin versinken können? Wie hatte sie übersehen konnte, dass sie hart und kalt wie Stein waren?

Ihr Zittern verstärkte sich, und alles in ihr drängte, rasch den Blick zu senken, gar davonzulaufen, aber dann dachte sie an Balthasars Worte: *Sie riechen die Angst wie hungrige Löwen das Blut.*

Nein, entschied sie plötzlich, diesen Triumph soll er nicht haben!

Sie versteifte sich, spürte, wie Balthasar aufmunternd ihre Hand drückte, und trotzte Jerónimos Blick.

»Das ist gar nicht euer Land«, stellte Esteban grimmig fest, »das ist das Land meiner Mutter.«

Rita sah, wie Emilias Kiefer aufeinanderrieben. Doch nicht sie, sondern Ana war es, die vortrat. »Sie hat es uns geschenkt. Also ist es jetzt unseres. Und glaub mir, du Bastard, wir werden unseren Besitz verteidigen.«

Erst jetzt sah Rita, was sie in ihren Händen hielt, und entspannte sich etwas. Sie hatte ein Gewehr bei sich – und offenbar war es genau das, was Esteban bis jetzt davon abgehalten hatte, sich auf die beiden Frauen zu stürzen. Auch die anderen Männer, die ihn und Jerónimo begleiteten, blieben auf Di-

stanz. Gemurmel regte sich unter ihnen. »Wir sind hier, um Indianer zu jagen – keine Frauen«, schaltete sich einer ein.
In Estebans Kopf schien es zu arbeiten. Unruhig fuhr seine Hand zu einer Pistole, die er an seinem Gürtel trug. Gewiss hätte er sie gerne gezogen, hätte den Kampf mit den verhassten Frauen aufgenommen, aber Jerónimos kalter Blick schien ihn zu mäßigen, und bevor er noch etwas sagen oder tun konnte, öffnete sich die Haustür, und es ertönten trippelnde Schritte. Don Andrea war sichtlich blass im Türrahmen erschienen, und an ihm vorbei drängte sich eine kleine Gestalt ins Freie und lief auf Rita zu.
»Mama, Mama! Was ist geschehen?«
Bis zu diesem Augenblick hatte Rita geglaubt, sie könne sich nie wieder bewegen, gar einen Schritt gehen, wenn nicht Balthasar an ihrer Seite war und sie stützte. Doch als sie Aurelia sah, löste sie sich abrupt von ihm, stürzte auf das Kind zu und zog es an sich. Oft war es ihr unangenehm, die Tochter so zu halten und ihren Körper zu spüren. Doch jetzt hätte sie sich am liebsten jedes Fetzchen Haut vom Leib gerissen, um Aurelia zu schützen – vor Estebans wütendem Blick und Jerónimos spöttischem.
»Sieh an«, meinte der grinsend. »Das Indianerbalg. Wollen wir Wetten abschließen, wer von uns beiden den Bankert gezeugt hat? Allerdings – wer kann das schon jemals entscheiden?«
In jedem anderen Augenblick hätte Esteban mit ihm gespottet, doch sein Blick blieb nur kurz auf Aurelia gerichtet, wandte sich stattdessen wieder Emilia zu. »Du hast sie gestohlen!«, zischte er. »Du hast mir mein Land und meine Estancia gestohlen!«
»Haut ab!« Diesmal war es nicht Ana, die den Männern den entschlossenen Befehl entgegenschleuderte, sondern Baltha-

sar. »Ihr habt hier nichts verloren! Und wir sind allesamt bewaffnet!«
Ana hob abermals drohend das Gewehr. Die Männer hinter Jerónimo und Esteban murrten.
»Wie gesagt: Wir sollen Rothäute töten, keine Frauen.«
Esteban schien zu einer wütenden Entgegnung ansetzen zu wollen, aber Jerónimo hob beschwichtigend die Hand.
»Er hat recht«, erklärte er einlenkend. »Am besten, wir verschwinden.« Er machte eine kunstvolle Pause, ehe er weiterhin grinsend hinzufügte: »Zumindest für heute Nacht.«
Rita umklammerte Aurelia noch fester – ungeachtet der wütenden Proteste ihre Tochter, die behauptete, gleich ersticken zu müssen. Sie versenkte ihr Gesicht in Aurelias Haar, presste die Augen zusammen. Nach schieren Ewigkeiten hörte sie das Getrampel von Hufen, die Männer schienen tatsächlich wegzureiten.
Doch keinen Augenblick erlag sie der Versuchung zu glauben, dass die Gefahr damit ausgestanden war.
»Wenn ihr denkt, dass ihr mich so einfach vertreiben könnt, habt ihr euch geirrt«, rief Esteban ihnen prompt über die Schultern zu. »Ihr werdet für das Land zahlen! Ihr werdet mich bezahlen! Und wenn nicht, werdet ihr keinen einzigen friedlichen Tag mehr erleben.«
Als die Reiter in der tiefschwarzen Nacht verschwanden, ließ Ana das Gewehr sinken.
»Sie werden wiederkommen«, sagte Emilia, und Rita hörte, wie ihre Stimme nun doch zitterte, »ich bin mir sicher: Schon morgen kommen sie wieder.«

24. Kapitel

Einige Tage später befanden sie sich förmlich in einem Belagerungszustand.

Nur schleichend hatte er begonnen. Immer wieder waren sie vom Hufgetrampel an der Grundstücksgrenze aufgeschreckt worden, um entweder Esteban oder Jerónimo, mal allein oder in Begleitung von Männern, entlangreiten zu sehen. Nie überwanden sie einen der langen Zäune, und kein zweites Mal betraten sie den Patio – doch man konnte ihr herausforderndes Lachen hören und alsbald ihre Taktik verstehen: Zum einen wollten sie die Frauen zermürben, zum anderen prüfen, wie viele Menschen tatsächlich auf der Farm lebten, wie viele Männer darunter waren und wie viele Waffen sie besaßen.

Emilia gab sich kampfeslustig, hätte sich jedoch manches Mal am liebsten der Verzweiflung hingegeben wie Rita. Nach außen hin hielt diese sich zwar gut und verkniff es sich, zu weinen und zu klagen, aber in unbeobachteten Momenten hockte sie mit starrem, bleichem Gesicht da, blickte ins Leere und schien sich ganz und gar der Macht dunkelster Erinnerungen anheimzugeben. Sie verbat Aurelia, ins Freie zu gehen, und als das Kind daraufhin jammerte, fuhr sie es so schroff und kalt an, dass Emilia sie kaum wiedererkannte. Während Aurelia regelrecht darum bettelte, brachte Don Andrea nichts und niemand dazu, das Haupthaus zu verlassen. Er weigerte sich, in die Mission zurückzukehren, und wenn er auch vorgab, er könne gute Nachbarn nicht im Stich lassen, wusste Emilia, dass ihn in Wahrheit allein die Angst hier hielt. Schon mancher Missionar wäre gemeinsam mit Indianern niedergemetzelt worden, erzählte er, und er war sich sicher, dass ihm das Gleiche blühe, gab er die Sicherheit des Hauses auf.

Leider war die Angst nicht groß genug, dass er sich dazu bereit erklärte, sich notfalls mit Gewalt zu verteidigen. Emilia wollte ihm den Gebrauch eines ihrer beiden Gewehre zeigen, doch er lehnte ab, es auch nur anzufassen. Später verlangte Emilia, dass er wenigstens in unterschiedlicher Kleidung über die Estancia laufen möge, um vorzugaukeln, dass mehrere Männer hier arbeiteten – doch auch dazu war er nicht bereit und faselte hilflos etwas von Lüge und Betrug, deren er sich nicht schuldig machen dürfte.

Balthasar hätte alles liebend gerne getan, was Don Andrea verweigerte – doch er hinkte zu offensichtlich, als dass ihm die Täuschung abgenommen werden würde. Maril wiederum war zu groß und seine Haut zu dunkel, um dafür zu taugen.

Seine Wunde war mittlerweile fast ganz verheilt, und nur dass er manchmal die Stirn runzelte, verriet seine Schmerzen. Noch am ersten Tag, nachdem Esteban und Jerónimo aufgetaucht waren, erklärte er, er würde sich freiwillig den Männern ausliefern, um sie nicht in Schwierigkeiten zu bringen.

»Bist du verrückt geworden?«, herrschte Ana ihn an.

Emilia war mit ihren Beteuerungen, er könne bleiben, nicht ganz so schnell. Tatsächlich dachte sie kurz, ob nicht alle Probleme gelöst wären, wären sie den Tehuelche los: Doch am Ende kam sie zur Einsicht, dass ihnen das keineswegs helfen würde.

»Das hat keinen Sinn«, erklärte sie. »Esteban und Jerónimo werden wir nicht so einfach los. Ihnen geht es längst nicht mehr nur darum, eine verhasste Rothaut zu meucheln.«

Maril wollte weiterhin im Schuppen wohnen, aber sie holte ihn ins Haus, so dass alle Bewohner im Falle eines Angriffs zusammen waren. Don Andrea beglotzte ihn fasziniert, neugierig und abgestoßen zugleich. Tagelang wagte er kein Wort mit ihm zu reden, und als er schließlich doch allen Mut zusammennahm und den Mund öffnete, fuhr Emilia ihn an: »Wenn Sie jetzt anfangen, ihm irgendetwas über Gott und Jesus Christus zu erzählen, jage ich Sie auf der Stelle fort. Das kann ich jetzt unmöglich ertragen.«

Der Mund des Missionars klappte wieder zu, während Emilia ein schwaches Lächeln auf Marils Gesicht zu sehen glaubte. Vielleicht irrte sie sich aber auch.

In jedem Fall setzte sie bald großes Vertrauen auf Maril. Er schlief ebenso wenig wie Ana, und ihm entging nichts – weder ein ungewohntes Geräusch noch ein fremdes Gesicht. Emilia wechselte sich nicht länger nur mit Ana, sondern auch mit ihm bei ihren Kontrollgängen über die Estancia ab. Sie selbst und Ana trugen dabei stets eines der Gewehre – Maril hingegen verweigerte diese Waffe ebenso wie Don Andrea, allerdings nicht aus Abscheu vor Gewalt, sondern weil er eine bessere hatte. Normalerweise würde er auch Pfeil und Bogen besitzen, hatte er erklärt, doch beides hatte er auf seiner Flucht verloren. Was er sich jedoch aus einem Stück Leder mühelos selbst basteln konnte, war eine Steinschleuder oder eine Boleadora, wie er sie nannte. Noch im Inneren des Hauses führte er vor, wie zielgenau er damit treffen konnte. Obwohl Emilia kurz befürchtete, er würde das wenige Geschirr zerschlagen, das sie besaßen, musste sie alsbald anerkennen, dass er die Waffe tatsächlich perfekt beherrschte.

Auch Aurelia war davon begeistert. Anfangs quengelig, ständig im Haus hocken zu müssen, wich sie Maril nun nicht mehr von der Seite und konnte nur dann nicht bei ihm sein, wenn er einen seiner Erkundungsgänge durchführte.

Emilia war erstaunt, dass Rita Aurelia den Umgang mit dem

Tehuelche erlaubte – so skeptisch, wie sie sich gegenüber allen Männern zeigte, die nicht hinkten wie Balthasar oder Priester waren wie Don Andrea. Vielleicht hatte sie ob ihrer Schreckensstarre gar nicht bemerkt, was um sie vorging. Oder sie hatte instinktiv zu Maril Vertrauen gefasst, weil er ein Verwandter ihres Volkes war.

Danach fragen wollte sie sie nicht. Sie konnte nicht in Ritas verängstigtes Gesicht sehen, ohne sich selbst in dunklen Phantasien zu ergehen, was ihnen womöglich allen bevorstand.

Ana dagegen glaubte, Maril vor Aurelia schützen zu müssen. »Sag offen, wenn sie dir lästig ist«, forderte sie ihn auf. Wenn es notwendig war, kümmerte sie sich zwar um Aurelia genauso fürsorglich wie Emilia und Rita – doch von ihnen dreien war sie mit dem Kind am strengsten und konnte nicht verbergen, dass sie sich oft von ihm belästigt fühlte.

»Ich mag Kinder«, erklärte Maril mit seiner rauhen, kehligen Stimme. »Sie reden nie mit zwei Herzen.«

Ana hob überrascht eine Braue.

»Er meint: Sie rede nie mit zwei Zungen«, übersetzte Don Andrea. »Sie lügen nicht.«

Er war sichtlich stolz auf sein Wissen, und kurz hob er so eitel, wie sich sonst nur Pedro el Ballenero gebarte, den Kopf, doch alsbald schlotterte er wieder vor Furcht.

Wenn er wenigstens eine kleine Hilfe wäre, da wir ihn doch durchfüttern!, ging es Emilia durch den Kopf. Ach, und wenn Pedro nur bald mit ein paar seiner Männer zurückkehren würde!

Jeden Tag hielt sie Ausschau nach ihm, doch die einzigen Männer, die wie hungrige Aasgeier um die Estancia kreisten, waren Esteban, Jerónimo und ihre Begleiter.

Emilia war gewiss, was sie planten: Wenn sie erst genügend über die Bewohner der Estancia herausgefunden hatten, würden sie den Überfall wagen und sie alle töten – die Frauen wahrscheinlich erst dann, nachdem sie sich ausreichend mit ihnen amüsiert hatten. Folgen hatten sie wohl keine zu befürchten, denn hier draußen in der Wildnis würde der Vorfall nahezu unbemerkt bleiben. Wären Engländer betroffen, so würden Nachbarn zu Hilfe eilen, und wenn sie Spanier wären, vielleicht auch. Doch sie wurden von den anderen Estancieros ohnehin misstrauisch beäugt – nicht nur, weil sie Fremde waren, sondern obendrein Frauen. Wenn sie also überleben wollten, mussten sie sich selbst schützen.

Als erste Maßnahme, so entschied sie, musste sie lernen, besser mit dem Gewehr umzugehen. Bis jetzt hatte sie nie gedacht, dass sie mit dieser Waffe eines Tages auf Menschen schießen müsste – nun richtete sie im Garten kleine Steinberge auf und zielte darauf.

Wortlos tat es ihr Ana gleich und traf ohne Mühen. Emilias Hände jedoch zitterten plötzlich so stark, dass alle Steine stehen blieben. Sie fluchte laut, verstummte jedoch augenblicklich, als eine Stimme hinter ihr ertönte und verkündete: »Ich … ich will es auch versuchen.«

Sie fuhr herum und traute ihren Augen nicht: Rita hatte sich erstmals aus der Starre gelöst und war ins Freie getreten. Sie wirkte noch kleiner und zarter als sonst.

»Du willst schießen?«, fragte Emilia verwirrt. Don Andrea wollte sie schon die ganze Zeit zur Waffe drängen – bei Rita wäre sie nie auf die Idee gekommen, es auch nur zu versuchen. Doch diese nahm ihr schweigend das Gewehr aus der Hand. Kurz zitterten ihre Hände so stark wie die von Emilia, und diese dachte schon, Rita wäre viel zu schwach, die Waffe zu halten, aber dann hob sie sie ohne Schwierigkeiten hoch. Ihre Augen waren schwarz und leer – nicht vor Grauen, sondern vor tiefster Konzentration.

Im nächsten Augenblick ertönte ein Schuss – und alle Steine lagen auf dem Boden.

»Das glaube ich ja nicht!«, stieß Emilia aus – halb bewundernd, halb neidisch, weil sie selbst versagt hatte.

Ana grinste, Maril, der von den Schüssen ins Freie gelockt worden war, nickte anerkennend.

»Ich bring sie um.« Ritas Stimme war nicht lauter als ein Hauch. »Wenn sie mir oder meinem Kind etwas antun wollen, dann bringe ich sie um.«

Auch Don Andrea lugte aus dem Fenster und schüttelte verzweifelt den Kopf. »Wer die Gewalt sucht, wird darin umkommen«, klagte er.

»Pah!«, machte Emilia. »Auch einige Missionare haben die Indianer lieber getötet, als sie zu bekehren.«

Als sie nach den Schießübungen wieder ins Hau zurückkehrten, blickte sich Emilia suchend nach Balthasar um. Eigentlich hatte sie erwartet, dass auch er sich an den Übungen beteiligen würde, sich dann jedoch, als er nicht aufgetaucht war, gedacht, dass er bei Aurelia bleiben wollte. Doch Aurelia saß ganz alleine in der Wohnstube. Vor ihr aufgeschlagen lag Balthasars Skizzenblock, und erstmals versuchte sie, selbst mit dem Kohlestift etwas zu zeichnen.

»Wo ist Balthasar?«, fragte Emilia.

Auch Rita schien besorgt. »Ja«, bekräftigte sie, »wo ist er?«

»Fort«, meine Aurelia knapp.

»Wie – fort? Wollte er nach den … Männern Ausschau halten?« Seit einigen Stunden hatten Emilia nichts von Esteban und Jerónimo gesehen, aber sie traute dem Frieden nicht, hielt ihn eher für die Ruhe vor dem Sturm.

»Nein«, sagte Aurelia gleichmütig. »Er ist ganz fort. Mit dem Pferd.« Sie deutete in Richtung Westen.

Ana schien eher als die anderen zu begreifen, was die Worte

bedeuteten. »Was für ein Narr, ausgerechnet jetzt fliehen zu wollen!«, schimpfte sie. »Wenn sie ihn abfangen, ist er so gut wie tot.«

Rita hatte keine Ähnlichkeiten mehr mit der Frau, die eben zielgenau geschossen hatte. Blass stammelte sie: »Er ist nicht geflohen. Gewiss will er Hilfe holen! Und er hat gewartet, bis wir so abgelenkt sind, damit wir ihn nicht aufhalten und es ihm ausreden!«

»Von wegen!«, schrie Emilia und stampfte heftig auf dem Boden auf. Ihre Selbstbeherrschung zeigte Risse, und mit jedem wütenden Wort wurde ihre unermessliche Anspannung deutlich. »Er hat sich aus dem Staub gemacht!«, tobte sie. »So wie sich einst Arthur aus dem Staub gemacht hat. Die beiden sehen sich zwar nicht ähnlich und könnten doch Brüder sein.«

Eine Weile fluchte sie so laut wie vorhin, als sie danebengeschossen hatte, und stampfte mehrmals auf. Dann erst bemerkte sie, dass alle sie anstarrten – Rita entsetzt, Aurelia neugierig, Ana grinsend und Maril ausdruckslos. Don Andrea faselte wieder etwas von Gewalt und dass sie darin umkommen würden.

Wortlos wandte sie sich ab und stürmte nach draußen. Sie schichtete erneut die Steine übereinander und schoss darauf. Diesmal zitterten ihre Hände nicht: Sie traf alle mühelos.

Drei Tage später warteten sie immer noch auf den Angriff der Männer – angespannt, sorgenvoll, aber entschlossen, zurückzuschlagen.

Es war Abend, als Ana und Emilia wieder einmal gemeinsam ums Haus gingen. Aurelia schlief bereits. Don Andrea las mit verzweifeltem Gesicht in der Bibel, Maril starrte ausdruckslos vor sich hin.

Rita hatte versucht zu schlafen, aber sie konnte einfach keine

Ruhe finden und beschäftigte sich schließlich mit dem, was ihr in den letzten Jahren die meiste Kraft gegeben hatte: dem Weben. Schon im ersten Winter hatte sie damit begonnen, als heftige Schneestürme sie alle im Haus gefangen gehalten und zur Untätigkeit gezwungen hatten. Damals hatte Rita das Haus durchstöbert und war auf einen Webstuhl gestoßen – ein sehr simples Gerät, bestehend aus zwei Kisten und zwei horizontalen Stangen, an deren Enden Ketten gebunden worden waren, die beim Weben dafür sorgten, dass die Ränder des Stoffes gerade blieben. Mit einer glatten Nadel oder einem Stab ließen sich die Ketten trennen, um den Faden durchzuziehen.
Anfangs war Rita sehr langsam vorangekommen, nun konnte sie fast blind mit der Straußenfeder, die als Weberschiff diente, und einem Stab, durch den man das Garn schoss, arbeiten. Sie bemerkte kaum, dass Maril aufgestanden, zu ihr getreten war und sich an ihrer Seite niederließ. Vor einigen Tagen noch hätte sie sich vor ihm zu Tode gefürchtet – doch nun galten ihre Ängste zwei ganz anderen, die irgendwo da draußen in der Finsternis darauf warteten, ihr zuzusetzen.
»Guanako- oder Schafwolle?«, fragte er knapp.
Sie glaubte sich daran zu erinnern, dass Don Andrea, als er von den Tehuelche erzählt hatte, behauptet hatte, sie würden vor allem von Guanakos leben.
»Schafwolle«, sagte sie leise.
Schweigend sah ihr Maril eine Weile über die Schultern. »Unsere Frauen zwirnen die Wolle mit Hilfe eines Schilfsrohrs«, erzählte er. »Das könntest du auch versuchen. Und wie färbst du sie eigentlich – die Wolle, meine ich, und später den Stoff?«
Rita blickte verwirrt hoch.
»Ich färbe die Wolle gar nicht – und den Stoff auch nicht«, antwortete sie.

Wieder schoss der Stab hin und her.
»Unsere Frauen stellen Erdfarben her«, sagte Maril. »Sie werden mit dem Mark des Straußes vermischt, und später werden die Quillangos damit bemalt. Manchmal mischen sie auch Kohle oder Ton mit Blut und Fett, um daraus Farben zu machen.«
Don Andrea blickte von der Bibel hoch. »Ihr bemalt auch eure Gesichter, nicht wahr?«, fragte er.
Maril nickte. »Meist rot. Und die Augen werden gelb umkreist, die Backen ebenfalls. Und manchmal bemalen wir uns mit schwarzer Farbe. Die schützt am besten vor Kälte und Wind. Ja, auf Farben verstehen wir uns gut. Und das Weben haben wir von den Mapuche gelernt.«
Rita war kaum merklich zusammengezuckt. War es Zufall, dass er von ihrem Volk sprach? Wusste er oder ahnte er zumindest, dass sie eine Rothaut war? Vielleicht hatte er gehört, wie Jerónimo und Esteban über sie gesprochen hatten, und wollte nun mehr herausfinden. Rita ließ das Weberschiff sinken.
»Du machst das wirklich gut«, sagte er leise, die dunklen Augen starr auf sie gerichtet.
Sie wusste, dass er es gut meinte, doch in ihren Ohren klangen die Worte nicht wie ein Kompliment, sondern wie eine Beleidigung, und sie fühlte sich entlarvt.
»Ach was«, sagte sie hastig, »das ist doch gar nichts.«
»Woher kannst du es?«
»Ich … ich …« Sie geriet ins Stocken. Ich habe es mir selbst beigebracht, wollte sie sagen, aber sie wusste insgeheim, dass das nicht so war. Auch Emilia oder Ana hätten den Webstuhl finden und ihn in Gebrauch nehmen können, doch das hatten sie nicht getan. Und obwohl Rita sich einzureden versucht hatte, dass es daran lag, weil weder die eine noch die andere so

lange stillsitzen konnte wie sie, war stets klar gewesen, warum ausgerechnet sie webte. Sie hatte es einst von der Großmutter gelernt. Der Großmutter mit dem gefurchten Gesicht, den warmen, rauhen Händen und dem Geruch nach Erde.
»Ich kann es eben«, sagte sie.
Sie sah, dass Maril den Mund wieder öffnete, zu einer neuen Frage ansetzte, und sie überlegte schon, wie sie ihn dazu bringen konnte, sie in Ruhe zu lassen, ohne unhöflich zu sein, als plötzlich die Tür aufgerissen wurde und Ana hereingestürzt kam. Emilia folgte ihr, die Haare vom Wind zerzaust, das Gesicht gerötet. Beide umklammerten sie ihre Gewehre.
»Was … was …«, begann Rita.
Die Augen der beiden Frau waren schreckgeweitet. Im nächsten Augenblick hörte sie es selbst: das Getrampel von Pferden, vielen Pferden, die Rufe und das Gelächter von Männern und plötzlich einen Schuss.
Emilia schloss die Tür hinter sich und schob den Riegel vor, stürzte dann zum Fenster, um zunächst zwischen den Balken ins Freie zu lugen und dann zwischen einem Spalt das Gewehr hindurchzuschieben.
»Sie sind zurück«, stellte Rita tonlos fest.
Don Andrea schlug ein Kreuzzeichen, Marils Züge erstarrten. Emilia nickte düster. »Esteban und Jerónimo haben Verstärkung mitgebracht«, sagte sie. »Gewiss ein Dutzend Männer. Sie scheinen von allen Seiten zu kommen und kreisen das Haus ein!«

Vor diesem Augenblick hatte sich Emilia am meisten gefürchtet, der Augenblick, da es losbrach, da die Horde Männer nicht länger wartete, sondern das Feuer eröffnete. Doch nun, da es geschah, da dieser ohrenbetäubende Lärm einsetzte, Schüsse und Schreie, hatte sie keine Angst mehr. Nichts war da mehr, keine Sorgen, keine Panik, nicht einmal Wut. Ihr Kopf wurde von einem Rauschen erfüllt, und der einzige Gedanke, den dieses Rauschen nicht zum Verstummen brachte, war der Befehl: Ich muss die Meinen schützen.

Als sie hinter dem Fenster stand, mit dem Gewehr nach draußen zielte, schien ihre ganze Welt geschrumpft zu sein: Es gab nur sie und die Feinde. Und Ana, die dicht neben ihr ebenfalls auf die Männer zielte – und als Erste schoss. Sie jubelte auf, als einer fiel, und Emilia, die sich die letzten Tage noch gefragt hatte, ob es ihr gelingen würde, auf einen Menschen zu schießen, fand nichts Verwerfliches daran, fühlte nur tiefen, heißen Triumph und dass sie es auch wollte – jemanden erschießen. Ihn ein für alle Mal von dem Land zu verjagen, das ihnen Agustina geschenkt hatte. Ihm die Macht zu nehmen, sie zu ängstigen.

Sie suchte sich ein Ziel und drückte ab. Ob sie getroffen hatte, wusste sie nicht. Nicht nur, dass die aufziehende Nacht das letzte Licht vom Himmel scheuchte – in der Luft hing überdies eine dicke Sandwolke.

»Wir haben den Vorteil auf unserer Seite!«, jubelte Ana. »Sie haben nicht geglaubt, dass wir zurückschießen werden. Sieh nur! Sie fliehen! Sie …«

Die Worte blieben ihr im Hals stecken. Kurz, ganz kurz war ihre Erleichterung auf Emilia übergeschwappt, aber dann erkannte sie, dass die Gefahr noch lange nicht vorbei war, im Gegenteil. Die Männer liefen oder ritten zwar fort, doch sie entfernten sich nur vom Patio, wo sie den Schüssen der Frauen ausgeliefert waren, und fielen stattdessen an anderen Stellen in die Estancia ein, wie das laute Kläffen der Hütehunde, das angstvolle Blöken der Schafe, das Knirschen von Holz bekundete.

Emilia begriff. Der Angriff auf ihr Haus war erst der Anfang gewesen, um sie zu erschrecken. In Wahrheit hatten sie es auf

die Schafe abgesehen, von denen ihre ganze Existenz abhing. Zuerst zerstörten sie die Zäune aus Ciprésholz – eigentlich ein festes, gut haltbares Holz –, deren Pfeiler jedoch unter Äxten und Sägen krachend nachgab; als Nächstes trampelten sie mit den Pferden die Tranquera, das breite Zauntor, nieder. Emilia biss sich auf die Lippen. Es war so mühsam gewesen, das alles aufzubauen – nicht nur die Außenzäune, sondern auch die niedrigeren, die die Koppeln in vierzehn große, elf mittlere und acht kleinere unterteilten. Sie glaubte, noch die Rückenschmerzen zu fühlen, weil sie so viel Holz geschleppt hatte, die Blasen an ihren Händen, die vom Hämmern kamen.
Abermals ertönten Schüsse – diesmal nicht auf das Haus gerichtet, sondern auf … die Schafe. Das Blöken wurde erst noch panischer, dann dünner.
»Mein Gott, sie schießen die Schafe tot!«, schrie sie auf.
Ana fluchte auf Russisch.
Erst jetzt sah Emilia, dass auch Rita nicht weit von ihr entfernt stand und durch das Fenster lugte. Sie ließ sich von Ana deren Gewehr reichen, doch anders als beim Üben zitterten ihre Hände so stark, dass sie es nicht halten konnte und es schnell wieder an sie zurückgab. »Was sollen wir nur tun?«, rief sie verzweifelt.
Emilia rang die Hände. »Wir müssen sie aufhalten!«
Sprach's und wollte schon zur Tür laufen, um nach draußen zu stürzen. Ana erhaschte ihre Schürze und hielt sie daran fest. »Bist du verrückt geworden? Genau das ist doch ihr Plan! Sie erschießen die Tiere, um uns aus dem Haus zu locken!«
»Aber wenn wir keine Schafe mehr haben …«, setzte Rita an.
»… dann haben wir gar nichts mehr«, beendete Emilia den Satz, riss sich von Ana los und lief zur Tür.

»Nicht!« Diesmal war es Rita, deren Schrei sie aufhielt. »Besser wir verlieren die Tiere – als unser aller Leben.«
Emilia zögerte. Kurz hörte sie nichts mehr, weder Schüsse noch Geschrei, noch das stete Rauschen. Sie sah, wie Aurelia, die vom Lärm wach geworden war, weinte, aber sie vernahm es nicht. Sie sah auch, dass sich Don Andrea unter dem Tisch verkrochen hatte, aber sie hörte das Gebet nicht, das er murmelte. Für einen Augenblick lang konnte sie nichts anderes denken, als was für einen lächerlichen Anblick er bot – ganz anders als Maril, dessen Hand fest seine Boleadora umklammerte.
Er nickte Emilia zu. Mach nur, schien ihr sein stolzer Blick zu sagen, lass sie nur kommen – ich werde mit euch kämpfen.
Emilia griff nach dem Riegel, mit dem sie die Tür verschlossen hatte.
»Nicht!«, schrie Rita wieder. »Wenn du öffnest, dann können sie das Haus stürmen.«
»Soll ich hier warten, bis sie alle Schafe getötet haben?«, entgegnete Emilia aufgebracht. »Nie und nimmer! Ich lasse mir von diesen Schuften meinen Besitz nicht nehmen.«
Ana trat zu ihr, das Gewehr fest umklammert. Jeglicher Zweifel war aus ihrem Gesicht geschwunden. So kalt und hart wie in diesem Augenblick war ihr Blick schon lange nicht gewesen. »Ich auch nicht.«
»Ich helfe euch«, erklärte Maril und schwang bedrohlich die Boleadora.
»Wenn ich die Tür öffne, müsst ihr mir Rückendeckung geben und …«, sagte Emilia.
Rita packte sie am Arm: »Emilia! Wir sind zu wenige, viel zu wenige! Wenn wir das Haus verlassen, werden wir umkommen.«
Emilia hielt ihrem verzweifelten Blick stand. »Du musst dich mit Aurelia irgendwo verstecken. Am besten in einer der Vor-

ratskammern. Ich glaube nicht, dass sie euch dort suchen werden.«

Rita schüttelte energisch den Kopf. »Wie soll ich uns beide durchbringen, wenn dir etwas zustößt?«, rief sie. »Und wenn wir doch Esteban und Jerónimo in die Hände fallen ... oh, lieber wäre ich tot.«

»Verdammt!« Emilia hätte viel gegeben, einige von Anas russischen Flüchen zu kennen, deren Wirkung ihr stets vernichtender erschienen waren als ihre eigene. Zitternd klammerte sich Rita an ihr fest; zugleich wurde das Bellen der Hütehunde immer verzweifelter, knallten Schüsse durch die Nacht, knirschte immer noch Holz. Wahrscheinlich zerstörten sie nicht mehr nur Zäune, sondern auch die Scheune und die Ställe. Und sie lachten. Ja, die Männer schrien nicht nur, sondern lachten laut und triumphierend.

»Verdammt!«, rief Emilia wieder und umkrampfte den Riegel fester. Sie wusste, dass Rita recht hatte. Wenn sie ins Freie trat, könnte sie sterben.

Doch sie konnte nicht anders, schob den Riegel zur Seite, schüttelte erst Rita ab und öffnete dann die Tür. Als sie über die Schwelle auf den Patio trat, steckte sie augenblicklich in einer Wolke aus Sand und Staub fest, doch sie ließ sich nicht davon abhalten, einen zweiten Schritt zu tun.

Kurz herrschte wieder Stille in ihrem Kopf, ehe der Lärm über sie hereinbrach, noch lauter, noch wilder, noch ohrenbetäubender. Sie zuckte zusammen. Dieser Lärm kam nicht nur von den Angreifern, sondern von weiteren Männern, die nun in den Hof geritten kamen. Sie konnte nicht genau erkennen, wie viele es waren, denn die Hufe ihrer Pferde wirbelten noch mehr Staub auf. Doch es mussten mehr als ein Dutzend sein, und die Schüsse, die sie abgaben, kamen aus allen Richtungen.

»Sag, hat Esteban ganz Punta Arenas zusammengetrieben, um uns zu überfallen?«, schrie Emilia. Alles in ihr pochte darauf, dass sie sich duckte und schnell wieder im Haus versteckte, bevor sie eine Kugel abbekam. Stattdessen hob sie das Gewehr, umklammerte es und wollte in die Menge schießen. Gewiss, gegen diese Übermacht hatten sie keine Chance – aber wenn sie sterben musste, würde sie so viele wie möglich mit in den Tod reißen.

Ehe sie den ersten Schuss abfeuern konnte, riss Ana ihr das Gewehr aus der Hand. »Tu das nicht!« Sie schüttelte heftig den Kopf.

»Was, zum Teufel …«

»Das sind nicht …«, schrie Ana, aber das Hufgetrampel wurde so laut, dass Emilia nicht hörte, wie Anas Satz endete. Nur Aurelias Weinen drang zu ihr. Und Ritas Stimme, wie sie ganz nah an ihrem Ohr sagte: »Es sind zu viele.«

Das wusste sie doch selbst! Und gerade deswegen wollte sie …

Da warf Ana den Kopf zurück und lachte schallend: »Ja, es sind zu viele! Viel zu viele, die gegen Esteban und Jerónimo kämpfen.«

Emilia fuhr herum und starrte verständnislos die lachende Ana an. Sie musste ihren Verstand verloren haben. Doch dann sah sie, dass auch in Ritas Zügen kein Entsetzen mehr stand, nur Erleichterung, und endlich begriff auch sie: Die Männer, die eben in den Hof geritten kamen und wild um sich schossen, waren keine Feinde. Pedro war darunter, der wuchtige Pedro, der laut brüllte, niemand dürfe seinen Mädchen ein Haar krümmen. Er selbst schoss nicht, wahrscheinlich konnte er nicht richtig zielen, aber er gab seinen Männern Anweisungen. Manch einer hielt nicht nur ein Gewehr in der einen Hand, sondern obendrein eine Pistole in der anderen.

»Balthasar!«, hörte Emilia Rita rufen, und dann hatte sie ihn selbst erblickt – trotz kurzem Bein wacker auf einem Pferd sitzend und ebenfalls in beiden Händen Waffen. Rauch stieg aus der Pistole, doch er drückte kein weiteres Mal ab – musste es schlichtweg nicht. Einige von Estebans und Jerónimos Männern waren vorhin, als sie die Zäune zerstören wollten, vom Pferd gestiegen. Nachdem ihre Tiere verschreckt davongaloppiert waren, standen sie nunmehr schutzlos einer Übermacht gegenüber. Kurz waren sie völlig erstarrt, dann ließen sie ihre Äxte und Sägen fallen, rannten los und verschmolzen alsbald mit der Dunkelheit der Pampa. Einer trug einen Mann auf dem Rücken und schleppte schwer an ihm – offenbar einem Verwundeten. Emilia konnte nicht erkennen, ob es Esteban oder Jerónimo war, aber sie hoffte, dass einer von den beiden eine Kugel aus ihrem Gewehr abbekommen hatte.

»Wer«, brüllte Pedro, »wer wagt es, meinen Mädchen etwas anzutun?«

Seine Stimme ging im Kläffen der Hunde unter, die erst in den Patio stürzten, dann, auf den Befehl eines der Männer hin, die überlebenden Schafe zusammentrieben, die über die kaputten Zäune in die Wildnis geflüchtet waren. Manch eines würde wohl einem hungrigen Puma zum Opfer fallen, andere hatten sich an den zerstörten Zäunen verletzt, doch für die Verluste, die ihnen dieser Überfall gekostet hatte, hatte Emilia in diesem Augenblick keinen Kopf.

Ana lachte immer noch spöttisch und befreit, und Emilia konnte nicht anders, als es ihr gleichzutun. »Wir sind gerettet!«, schrie sie triumphierend. »Wir sind gerettet!«

»Balthasar hat tatsächlich Hilfe geholt!«, rief nun auch Rita viel lauter, als sie sonst die Stimme erhob.

Emilia blieb indes das Lachen jäh im Hals stecken – nicht weil Rita von Balthasar sprach, sondern weil sie jetzt erst sah, wer unter den Männern war, die ihnen zu Hilfe geeilt waren: nicht nur der hinkende Balthasar, nicht nur der dicke Pedro, sondern auch Arthur mit gerötetem, vom Kampf verzerrtem Gesicht und wildem blonden Haar, das im Wind der Steppe wehte.

Wie erstarrt blickte Emilia auf ihn und konnte eine Weile nichts anderes tun, als ihn anzusehen. Schließlich zwang sie sich, den Blick zu senken, und nahm nur aus den Augenwinkeln wahr, dass auch er sie nun entdeckt hatte und seine Augen über ihre Gestalt huschten. Sie verweilten nicht. Alsbald gab er genau wie sie vor, dass er sie nicht gesehen hatte oder dass es, selbst wenn er es getan hätte, nicht wichtig wäre. Wendig sprang er vom Pferderücken, klopfte Balthasar mit aufgesetztem Lachen auf den Rücken und bückte sich dann, um seinen Hut aufzuheben, der ihm im Eifer des Kampfes vom Kopf geflogen war. Danach sah Emilia erst einmal gar nichts mehr von ihm, sondern nur mehr Pedros massigen Leib. Mit einem lauten Schrei, in dem gleichermaßen Triumph und Erleichterung durchklangen, hob er sie hoch und presste sie an sich. Schon früher hatte sie oft geglaubt, dass sie irgendwann in seinen Armen ersticken würde, doch noch nie hatte er ihr die Luft so stark abgepresst. Er ließ sie erst los, als sie mit beiden Fäusten auf seine Brust trommelte.
»Diese Mistkerle!«, fluchte er, um dann – ernsthaft wie einen Schwur – hinzuzufügen: »Ich lasse euch nie wieder allein.«
»Das würdest du ja doch nicht ertragen«, gab Emilia trocken zurück. »Du kannst nie lange an ein und demselben Ort bleiben. Versprich also nichts, was du nicht halten kannst!«
Ihre Stimme war eigentümlich belegt. Sie wusste nicht, ob das vom Angriff rührte oder von dem Schock, Arthur wiederzusehen.

Eben hatte er sich seinen staubigen Hut wieder aufgesetzt und blickte erstmals offen in ihre Richtung, doch weder sie noch er machten Anstalten, einander zu begrüßen. Stattdessen breitete Balthasar die Arme aus, als Rita auf ihn zugelaufen kam und ihm um den Hals fiel.

»Ich wusste es!«, rief sie atemlos. »Ich wusste, dass du uns nicht im Stich lässt und dass du nur fortgeritten bist, um Hilfe zu holen!«

Emilia zog die Stirn in Falten. Bis vor wenigen Augenblicken hätte sie nicht geglaubt, dass Rita jemals wieder freiwillig einen Mann umarmen würde, doch nun legten sich ihre zarten Hände ganz selbstverständlich um Balthasars Nacken. »Nicht wahr, Emilia, wir beide wussten es?«

Emilia kämpfte um ein höfliches Lächeln, aber es geriet frostig. Nun endlich gab Arthur doch seine Distanz auf und kam leise auf sie zugeschritten.

»Was ist schlimmer?«, setzte er angelegentlich an. »Mich wiederzusehen oder die Schaffarm zu verlieren? Ich wette, du hättest Letzteres auf dich genommen, um Ersteres zu vermeiden.«

Sie stemmte ihre Hände in die Hüften. Trotz der Dunkelheit entging ihr der harte Zug um seinen Mund nicht. Kerben furchten sein Gesicht, die es früher nicht gegeben hatte. Er schien älter, erwachsener: Das blonde Haar war von Sonne und Wind noch mehr gebleicht worden, wirkte jedoch nicht mehr lockig-weich, sondern hart wie Stroh; seine Haut war rauh und tiefbraun. In den blauen Augen lag nicht mehr diese Mischung aus Koketterie, Selbstherrlichkeit und einer Spur Naivität, sondern Nachdenklichkeit.

Er trotzte ihrem Blick, und kurz fragte sie sich, was er seinerseits wahrnahm und ob sie sich ebenso stark verändert hatte. Die Zeit, die seit ihrer letzten Begegnung – ganze sechs Jahre –

vergangen war, erschien ihr plötzlich wie eine Ewigkeit. Zwar waren die einzelnen Stunden wie im Flug vergangen, aber aneinandergereiht ergaben sie eine schier endlose Kette, die das Leben, das davor lag, verblassen ließ und die sie vielleicht zu einer verhärmten, hässlichen Frau gemacht hatten. Ihre Gedanken waren stets um die Arbeit gekreist, nicht um die eigene Schönheit, doch unter seinem prüfenden Blick konnte sie nicht anders, als sich ängstlich zu fragen, ob die Blüte ihrer Jugend längst vorbei war. Unwillkürlich griff sie sich ans Gesicht. Ihre Haut fühlte sich glatt an, noch nicht von Runzeln übersät. Ihre Haare hatten sich aus ihrem Knoten gelöst und fielen borstig wie eh und je über ihre Schultern. Ihre Gestalt war gewiss noch sehniger und muskulöser geworden, aber immerhin waren ihre Brüste noch groß und weich.

»Was ist?«, fragte er knurrend. »Hat es dir die Sprache verschlagen, weil du mich wiedersiehst?«

»Rede keinen Unsinn!«, bellte sie. »Und natürlich ertrage ich lieber deinen Anblick, als die Estancia zu verlieren.«

Er öffnete den Mund, doch das, was er sagen wollte, ging im Stimmengewirr unter. Eben kam Don Andrea ins Freie geeilt, fiel zu Boden und dankte Gott für die wundersame Rettung. Aurelia folgte ihm und versuchte, tapfer zu lächeln, obwohl ihr Gesicht tränenüberströmt war. Als Balthasar sie erst auf den Arm nahm und später in die Luft warf, war der Schrecken allerdings schnell vergessen, und sie kreischte freudig auf. Rita dagegen fragte angstvoll, ob sein Bein unter dem Gewicht nicht schmerzen würde. Als Letzter erschien Maril im Hauseingang, und Pedro, der eben noch dröhnend damit geprahlt hatte, wie er all diese Mistkerle verjagt hatte, kam ins Stocken und fragte mit zusammengekniffenen Augen, wer diese Rothaut sei. Rita und Ana fielen sich gegenseitig ins Wort, als sie es ihm erklärten, während Maril selbst hoheitsvoll schwieg.

Emilia wandte sich wieder an Arthur. »Wenn du die ganze Strecke von Punta Arenas bis hierher geritten bist, dann bist du sicher müde, hungrig und durstig«, sagte sie und versuchte, so gleichgültig wie möglich zu klingen. »Also komm herein und sei mein Gast.«

Ebenso hoheitsvoll wie Maril Pedros neugierige Blicke über sich ergehen ließ, wandte sie sich ab. Es entging ihr jedoch nicht, dass sich seine Lippen ob ihrer Einladung zu einem Schmunzeln verzogen hatten, und kurz, ganz kurz, glich er dem jungen, abenteuerlustigen, lebenshungrigen Arthur von einst, für den das Leben ein großer Spaß ist und jede Hürde nur ein Spiel.

Esteban ächzte. Noch nie in seinem Leben hatte er solche Schmerzen gelitten. Vorhin hatte Jerónimo ihn noch aufrichtig besorgt gemustert, doch nachdem er festgestellt hatte, dass die Kugel ihn nur gestreift, nicht getroffen hatte, war sein Mitleid rasch verschwunden. Verächtlich blickte er nun auf ihn herab, doch sosehr er sich auch darum mühte, Esteban konnte sich nicht beherrschen und das Jammern unterdrücken. Ob getroffen oder nur gestreift – er blutete wie ein Schwein am rechten Bein, und jeder Schritt tat höllisch weh.

»Nun sei doch nicht so eine Memme!«, schimpfte Jerónimo.

Esteban wusste, dass es nur eins gab, was Jerónimo noch lästiger war als Langeweile: wenn er Schwäche zeigte. Bei Frauen mochte er es, provozierte es sogar – bei Männern duldete er es nicht. Vielleicht hatte es mit seinem Vater zu tun, Felipe Callisto, der sein Vermögen als Reeder gemacht hatte und der nach dem Tod von Jerónimos Mutter den Sohn entweder eingesperrt oder an einem Tischpfosten angebunden hatte, um in Ruhe seinen Geschäften nachzugehen. Zu essen und frische Kleidung hatte er ihm nur gegeben, wenn er nicht weinte.

Esteban stöhnte wieder. Er war zu kraftlos, um an Jerónimos Kindheit zu denken. Er war sogar zu kraftlos, um auf die verfluchten Weiber zu schimpfen. Er hoffte nur, dass der Schuss, der ihn getroffen hatte, nicht aus Emilias Gewehr stammte, sondern aus dem einer der plötzlich aufgetauchten Männer. Allzu schmählich wäre es, von einer Frau angeschossen zu werden. Schlimm genug, dass ihm die Rothaut einst diese Wunde im Gesicht zugefügt hatte!

»Ich habe mich von dir zu diesem voreiligen Angriff hinreißen lassen«, murrte Jerónimo. »Aber ich ahnte gleich, dass es ein Fehler war. Wir hätten alles besser vorbereiten müssen.«

»Die Estancia gehört mir!«, zischte Esteban.

Angewidert schüttelte Jerónimo den Kopf. »Wenn du wüsstest, wie gleichgültig mir das ist …«

In ausreichender Entfernung zu der Estancia hatten sie kurz haltgemacht und gerastet. Nun, da das Morgenlicht an den Rändern der Nacht zerrte, erhob sich Jerónimo, um so schnell wie möglich nach Punta Arenas zurückzukommen. Ob Esteban ihm mit seiner Verletzung folgen konnte, war ihm gleich.

Eigentlich bin ich ihm immer gleich, fuhr es Esteban durch den Kopf. Nur, wenn ich ihm einen Vorschlag mache, wie sich Menschen töten oder quälen lassen, bin ich von Wert für ihn …

Er war es auch gewesen, der Jerónimo kürzlich davon berichtet hatte, wie viel Schafzüchter für tote Indianer zahlten, und Jerónimo hatte sich mit sichtlicher Begeisterung auf die Jagd nach ihnen gestürzt. Doch im Augenblick schien ihm die Lust darauf gründlich vergangen zu sein, desgleichen wie er nicht länger davon sprach, den Frauen die Estancia wegzunehmen.

Trotzdem gehört sie mir, dachte Esteban.

Er wagte nicht länger, es laut zu sagen. Weder wollte er Jerónimo noch mehr erzürnen noch an seinen ohnehin nur spärlichen Kräfte mit sinnlosen Flüchen zehren.

25. Kapitel

Die letzten Jahre war Arthur stets so beschäftigt gewesen, dass ihm die Tage auf der Estancia zunächst als willkommene Erholung erschienen. Nun, da er in Ruhe darüber nachdachte, konnte er sich kaum erinnern, wann er nicht nur wenige Tage, sondern gar Wochen an ein und demselben Ort verbracht hatte. Stets war einer Reise die nächste gefolgt.

Am mühsamsten und längsten waren die Fahrten von Chile nach Hamburg gewesen. Jedes Mal, bevor er in Deutschland eintraf, schwor er sich, diesmal länger zu bleiben und das alte Leben zu genießen, in dem keine Geschäfte zählten, nur hübsche Damen und guter Whisky. Doch jedes Mal war er bald wieder geflohen – nicht zuletzt vor seinem Onkel, der nach dem Tod von Tante Minna um Jahre gealtert schien, dessen Blick auf die Welt so trostlos war und der sich alles erzählen ließ, was Arthur erlebt hatte, allerdings nicht nur einmal, sondern immer wieder, weil er es zwischendurch vergaß. Noch schlimmer als mit der Vergesslichkeit seines Onkels umzugehen war es, mit Nora zusammen zu sein. Sie verbreitete mehr Düsterkeit als Gustav Hoffmann. Wenn sie auf diese steife Art durch die Halle oder das Esszimmer schritt, hatte Arthur das Gefühl, dass alle Lampen ausgehen würden und das ohnehin spärliche Sonnenlicht von dunklen Wolken abgeschnitten wäre. Vielleicht tat er ihr Unrecht, und dieses stete Grau, in dem das Haus festzustecken schien, wurde nicht von ihrer Anwesenheit, sondern vom Hamburger Regen bedingt. In jedem Fall wurde er das Gefühl nicht los, eine lächerliche Posse aufzuführen, die ohnehin jeder, wirklich jeder, längst durchschaut hatte. Er glaubte zu fühlen, dass sie ihn hasste, verstand nicht, warum, und stellte sich das Leben in Chile alsbald viel lichter, fröhlicher und abwechslungsreicher vor, als es in Wahrheit war. Auch die lange Reise über zwei Ozeane war im Rückblick stets ein lustiges Abenteuer, keine Tortur, und wenn überdies die vagen Erinnerungen an das Übel der Seekrankheit verblasst waren, drängte es ihn bald wieder auf ein Schiff. Dort ging ihm rasch auf, wie anstrengend die Reise war und welche Qualen die Seekrankheit mit sich brachte, doch dann war es zu spät. Erst mal in Valparaíso angekommen, entschied er, auch hier für längere Zeit zu bleiben, die deutsche Gemeinde zu besuchen, wo er einige liebgewonnene Freunde gefunden hatte und diverse Frauen ihn anbeteten, die leider allesamt mit Geschäftspartnern verheiratet waren, so dass er die Finger von ihnen lassen musste. Doch Besuche in den Hafenkneipen wie früher mussten entfallen, denn wo immer er auftauchte, wurde er mit Arbeit überschüttet.

Nicht nur, dass er wie versprochen Teilhaber von Heinrich Schmitzke geworden war, ihm zwölfeinhalb Prozent von dessen Nettoeinkünften zustanden – vor drei Jahren hatte er vor dem öffentlichen Notar der Stadt, Julio Cesar Escala, einen entsprechenden Vertrag unterzeichnet – und er seitdem den Export und Import von dessen Ware überwachte. Obendrein hatte er einen gewissen Henry Sloman kennengelernt, kein Engländer, wie sein Name verhieß, sondern ein Reeder aus Hamburg, der seit Jahrzehnten in Salpeter investierte und dabei reich geworden war. Mittlerweile besaß er mehrere Salpeterlager in der großen Wüste im Norden Chiles, von wo aus Dünger in die ganze Welt verfrachtet wurde. Von Sloman dazu angespornt, hatte Arthur nach seinem Vorbild ebenfalls in ein solches Salpeterlager investiert und war nun häufig dort, um die Verladung des Düngers auf die Schiffe zu kontrollieren. Die anfängliche Faszination für das öde Land hatte längst nachgelassen. Wann immer er in die Atacama-Wüste kam, verfluchte er die Hitze und die Trockenheit nicht minder wie den Hamburger Nieselregen. Doch wie so viele andere, die es – nicht nur auf der Suche nach Salpeter, sondern auch nach Guano und Silber – hierherzog, war er gerne bereit zu schwitzen. Jahrzehntelang hatte die Wüste als verwunschener Ort gegolten, nun machte sie viele geschäftstüchtige Männer Chiles reich – auch ihn.

Je mehr Geld er verdiente, desto weniger Zeit hatte er, darüber nachzudenken, wie er es ausgeben sollte. Vor allem hatte er keine Zeit zu überlegen, ob er wirklich das Leben führte, das er sich gewünscht hatte, oder ob ihn nur sein Onkel und die ungewollte Heirat mit Nora dazu getrieben hatten. Wirklich unzufrieden war er nicht – mit den Jahren wuchs jedoch die Rastlosigkeit, die ihm alsbald jeden Ort verleidete.

Hier auf der Estancia fühlte er diese Rastlosigkeit zunächst nicht. Schon am ersten Morgen, als er sich wohlig streckte, schien der Tag wie blankgescheuert vor ihm zu liegen. Es fiel ihm keine einzige Aufgabe ein, die er unbedingt und sofort verrichten musste, und das war ein ebenso ungewohntes wie behagliches Gefühl. Natürlich hätte er nach Punta Arenas zurückkehren können, wo er sich zufällig aufgehalten hatte, als Balthasar verzweifelt nach Hilfe suchte, und von wo aus er schon am nächsten Tag nach Valparaíso hatte weiterreisen wollen, doch nun entschied er fürs Erste zu bleiben. Dass es etwas mit Emilia zu tun haben könnte, leugnete er jedoch entschieden, als Balthasar ihn darauf ansprach.

»Du bist froh, sie wiederzusehen«, stellte der alte Freund, den

er im letzten Jahr nur sporadisch zu Gesicht bekommen hatte, schon am ersten Morgen fest.
»Von wegen!« Arthur plusterte sich auf. »Sie hat mir damals genau zu verstehen gegeben, was sie von mir hält. Glaubst du wirklich, ich habe danach noch einen Gedanken an sie verschwendet?«
Tatsächlich hatte er das meist vermieden, hatte jede Erinnerung, die aufstieg, sofort verdrängt. Nur manchmal war Emilia in seinen Träumen aufgetaucht, und wenn er am Morgen voller Verlangen und zugleich voller Trauer erwacht war, hatte er sich geschämt. Als Zeichen von Schwäche wertete er diese Träume, und sie waren ihm ebenso lästig wie die Sehnsucht, die ihn danach für Tage nicht losließ: Nicht nur Emilia galt sie, sondern einer Zeit, da er, ohne nachzudenken, durchs Leben gelaufen war, ohne Verantwortung, ohne Pflichten. Natürlich wäre es ihm freigestanden, dieses Leben wieder aufzunehmen – doch aus irgendeinem Grund konnte er das nicht, und in schwachen, sehr schwachen Stunden, kam ihm der Verdacht, ob das nicht zuletzt mit Emilia zu tun hatte und ob die Begegnung mit ihr seine Sicht auf das Leben für immer verändert hatte. Nicht nur rastloser war er, sondern verantwortungsbewusster und ehrgeiziger – und manchmal erschienen ihm dies keine guten Eigenschaften zu sein, sondern eine Krankheit, mit der ihn Emilia angesteckt hatte.
»Gib's zu«, lachte Balthasar. »Du genießt es doch, ihr Retter in der Not zu sein.«
»Wofür sie mir im Übrigen noch nicht gedankt hat!«, sagte er mit einem trotzigen Tonfall, der ihm fremd geworden war.
»Sie hat dich eingeladen, ihr Gast zu sein – das ist ihre Art, dir zu danken.«
Arthur musste plötzlich grinsen. Ja, diesmal konnte sie ihn nicht so einfach fortschicken; diesmal konnte sie nicht offen

zugeben, wie lästig er ihr war – schließlich hatte er sein Leben für sie eingesetzt.
Seine Befriedigung währte jedoch nicht sonderlich lange. Gegenüber Balthasar hatte er geleugnet, irgendetwas von Emilia zu erwarten, doch als er sich am ersten Tag zum Frühstück setzte, machte er sich insgeheim auf das übliche Geplänkel, das schnell in ein Scharmützel ausarten würde, gefasst und freute sich insgeheim darauf. Doch Emilia war gar nicht da, sondern seit den frühen Morgenstunden unterwegs, um die zerstörten Zäune zu reparieren. Das behauptete zumindest ein gewisser Don Andrea, dem der Schrecken von der letzten Nacht noch in allen Gliedern saß und der davon offenbar so gelähmt war, dass er nicht zurück in seine Mission kehren konnte.
Arthur nahm sich vom Porridge, der auf dem Herd stand, würgte ihn schnell hinunter und ging dann nach draußen, um nach Emilia Ausschau zu halten. Im hellen Morgenlicht waren alle Spuren des Kampfes deutlich sichtbar: Mehrere Kugeln waren gegen die Hauswand geprallt und hatten dort kleine Löcher hinterlassen. Nicht nur Zäune waren niedergerissen worden, sondern auch ein Teil des Stalls und ein Schuppen. Eben wurden im Patio die toten Schafe zusammengetragen.
Schon aus der Ferne hörte er, wie Emilia laute Befehle erteilte – offenbar an die Männer, die mit Pedro gekommen waren, während Pedro selbst wie ein fetter Kloß an ihrer Seite stand und nichts tat, außer immer wieder seine Großtat von gestern Abend zu beschwören. Aus seinem Mund klang es so, als hätte er allein ein Dutzend mordlüsterner Wilder vertrieben. Nicht minder eifrig wie Emilia arbeiteten auch Ana und dieser Tehuelche daran, die toten Tiere beiseitezuschaffen, das zerstörte Holz zu sammeln, umgekippte Futtertröge wieder aufzurichten und Zaunpfähle in den Boden zu schlagen. Rita

machte sich gerade an der Wolle zu schaffen, Balthasar an einem Wassertrog, der eine Kugel abbekommen hatte und leckte.

Angelegentlich trat Arthur zu Emilia. »Kann ich etwas für dich tun?«, fragte er gönnerhaft.

Sie tat ihm nicht einmal den Gefallen, ihn ausführlicher zu mustern. »Gar nichts«, erklärte sie knapp. »Ich hab in den letzten Jahren immer alles allein geschafft.«

»Soso«, murmelte er, und seine Stimme wurde bissig. »Du hast es allein geschafft. So wie du gestern Abend ganz allein die Angreifer vertrieben hast?«

Ihre Kiefer mahlten. »Ich hätte mich zu verteidigen gewusst.«

»Und was, wenn euch die Gewehrkugeln ausgegangen wären?«

Er schien einen wunden Punkt zu berühren, denn sanfte Röte überzog ihr Gesicht, doch anstatt den Triumph auszukosten, senkte er verlegen den Blick. Gestern in der Finsternis war es nicht so offenkundig gewesen, aber nun ging ihm – obwohl er sich dagegen wehrte – unvermittelt durch den Kopf, was für eine unglaublich schöne Frau sie war. Beim letzten Mal hatten ihre Züge noch etwas Rundlich-Kindliches gehabt. Nun waren sie härter geworden, aber auch ebenmäßiger. Ihre blonden Haare waren länger gewachsen, reichten ihr bis zu den Hüften, ein Meer an Locken, das Zöpfe und Bänder kaum zu bändigen wussten. Manch Strohhalm und Ästchen hatten sich in die Fluten dieses Haars verirrt und riefen in ihm das Verlangen hervor, darüber zu streichen und es sachte zu entwirren.

»Es hätte gereicht, wenn Pedro mit seinen Männern gekommen wäre«, sagte sie stur. »Dich hätten wir nicht unbedingt gebraucht.«

»Das heißt, ich soll wieder gehen?«, fragte er gedehnt.

Genauso wie ich damals gehen musste, fügte er innerlich hinzu, aber er sprach es nicht aus.
»Balthasar ist unser Gast – du bist es auch«, erwiderte sie frostig. »Aber stör mich nicht beim Arbeiten.«
Sie wandte sich ab, beachtete ihn nicht länger – und zwang ihn damit zur Untätigkeit. Zwar ließ er es sich nicht nehmen, doch den einen oder anderen Zaunpfosten zurechtzuschlagen und in die Erde zu rammen oder beim Aufbau der Scheunen zu helfen, doch sobald Emilia in der Nähe war, ließ er die Arbeit mit trotzigem Gesichtsausdruck ruhen, verschränkte seine Arme und starrte reglos in die Weite.
So hatte er in den nächsten Tagen viel Zeit, nicht nur über sich nachzudenken, sondern auch über Balthasar, der sich hier sichtlich wohl zu fühlen schien. Ihre Wege hatten sich in den letzten Jahren immer wieder gekreuzt, doch ebenso oft getrennt – anfangs, weil Balthasar auf manch beschwerliche Reise von Arthur nicht mitkommen konnte, später, weil es ihn in andere Regionen zog als die heißen, trockenen des Nordens. Dass Arthurs verstorbener Vater Balthasar in seinem Testament bedacht hatte, gab ihm die Freiheit, selbst über die nächsten Schritte zu entscheiden, und obwohl Arthur sie ihm von Herzen gönnte, vermisste er doch den Freund, der wie ein steter Schatten einfach zu seinem Leben gehört hatte und immer da gewesen war, wenn er ihn brauchte. Allerdings war er in den letzten Jahren kaum mehr betrunken gewesen, so dass niemand seinen Kopf halten musste, wenn er sich in den Straßengraben übergab.
Was ihn stets etwas befremdet hatte, war Balthasars Begeisterung für die Natur, insbesondere die karge Landschaft Patagoniens. Wenn er davon sprach, konnte man meinen, es gebe kein schöneres Fleckchen auf der Erde, höchstens Feuerland, das zu erforschen ein unmöglicher Traum für Balthasar war,

doch während Arthur nun mit dem steten Wind kämpfte und den einen oder anderen Spaziergang in der Einöde machte, begriff er nicht, was daran besonders sehenswert war. Nun gut, auch er lernte gerne Neues kennen, und angenehmer als in der Hitze der Atacama-Wüste war es hier bestimmt zu leben. Dennoch: Nach den ersten beiden Tagen hatte er sich an der kargen Landschaft abgesehen.

Er erwartete, dass nun seine übliche Unrast erwachte, und war erstaunt, dass ihn eher Trägheit übermannte als der Wunsch, rasch wieder aufzubrechen. So blieb er weitere Tage, die ebenso langweilig wie eintönig waren, ohne eine rechte Erklärung zu finden, warum er das tat.

Als die erste Woche zur Neige ging, waren immer noch alle Bewohner der Estancia zu sehr damit beschäftigt, die Schäden des Überfalls zu reparieren, als dass sie viele Worte machten. Anstatt sich mit ihm zu unterhalten, wie er es jedes Mal aufs Neue wünschte, waren sie am Abend zu müde und gingen früh ins Bett, und so musste er sich mit den zweien begnügen, die als Einzige Zeit für ihn hatten – unter anderem die kleine Aurelia, die ihn lange danach befragte, woher er käme und was er mache, und die insbesondere aufgeregt seinen Schilderungen von seinen Reisen über die Anden neugierig lauschte. Wenn er ausufernd die vielen Gefahren beschwor, die er dann zu meistern gehabt hätte, traf ihn mehrmals Emilias Blick – so skeptisch, als würde er Lügengeschichten erzählen. Er ärgerte sich insgeheim darüber, gab sich jedoch gleichmütig.

Der andere, der über seine Gesellschaft froh zu sein schien, war Don Andrea. Eigentlich interessierte es Arthur mitnichten, was diesen Missionar hierhertrieb und was er eigentlich den lieben Tag lang tat, aber in Emilias Nähe vertiefte er sich nur allzu gerne in Gespräche und gab sich wissbegierig.

Er merkte sich immer nur die Hälfte dessen, was Don Andrea erzählte – und wusste am Ende doch eine Menge über die Missionierung der Tehuelche. So erfuhr er, dass einer der ersten Weißen, die den Kontakt mit den Ureinwohnern Patagoniens aufgenommen hatten, ein Pastor und Sprachenforscher mit Namen Theophilus Schmid gewesen war. Im Jahr 1859 schloss dieser sich einer Tehuelche-Gruppe unter dem Kaziken Ascaik an, um eine Weile bei ihnen zu leben. Als Dank, dass sie ihm Einblick in ihre Kultur gewährten, versprach er ihnen Tabak, Zucker und Brot. Immer wieder kehrte er später zu diesem Stamm zurück, wurde von einem anderen Kaziken sogar gebeten, seine Söhne zu unterrichten, doch wenn er ihnen auch viel beibrachte – seinen protestantischen Glauben brachte er ihnen nicht näher. Jeden Morgen hielt er in seinem Zelt einen Gottesdienst ab, und die Tehuelche kamen zu ihm und sahen ihm dabei zu, aber keiner war bereit, sich taufen zu lassen. Vor allem auf ein Problem stieß Theophilus Schmid, das es später auch den Missionaren so schwermachte, ihren Glauben zu verkünden. In der Sprache der Tehuelche durften die Wörter Vater und Sohn nicht ausgesprochen werden, zu große Ehrfurcht empfinde man gegenüber den familiären Banden, und das, so erklärte Don Andrea verzweifelt, mache es unmöglich, ihnen die Dreifaltigkeit zu erklären.

Arthur hatte keine Probleme, die Wörter Vater und Sohn auszusprechen, aber was es mit der Dreifaltigkeit genau auf sich hatte, hatte er noch nie begriffen, und ob die Tehuelche daran glaubten oder nicht, war ihm auch ziemlich egal. Doch als ihn wieder einmal Emilias skeptischer Blick traf – seit wann interessierst du dich für Missionare anstatt für Frauen?, schien er zu fragen –, gab er sich äußerst gespannt, nickte mehrmals bekräftigend und hielt dem Blick funkelnd stand.

Hier ist es mit den Missionaren nun mal so viel leichter auszukommen als mit den Frauen, gab er ihr im Stillen Antwort.
Tatsächlich war er chancenlos, irgendein Herz außer dem der kleinen Aurelia zu erobern. Rita war zwar stets höflich zu ihm, und er freute sich, dass es ihr gutzugehen schien – bis auf das zeitweise Aufflackern von Melancholie hatte sie nichts mit der verzweifelten, zerstörten Frau gemein, die er zuletzt gesehen hatte –, doch Rita hatte nur Augen für Balthasar. Die wundersame Rettung vor Esteban und Jerónimo schien sie offenbar vor allem ihm zu verdanken – und Arthur musste widerstrebend eingestehen, dass sie nicht ganz unrecht hatte: Hinkendes Bein hin oder her – wenn er die Männer nicht aus Punta Arenas geholt hätte, wären sie den Angreifern hilflos ausgeliefert gewesen. Während Rita Arthur also kaum wahrnahm, hatte Ana manchmal ein sprödes Lächeln für ihn übrig, das man mit gutem Willen für ein Zeichen der Dankbarkeit halten konnte, weil er sie damals vor Estebans Messer bewahrt hatte. Ansonsten gab sie sich unnahbar und wortkarg und sprach, wenn überhaupt, nur mit diesem Tehuelche. Auch dann überanstrengte sie sich gewiss nicht am Reden. Sie fragte lediglich, ob seine Wunde noch schmerzte, und nickte zufrieden, wenn dieser die Frage hoheitsvoll verneinte.
Doch keine machte es ihm so schwer wie Emilia.
Eines Abends – sie hatten eben ihr Mahl beendet –, erhob er sich mit ihr, um ihr zu helfen, das Geschirr abzuräumen. Anstatt ihm zu danken, riss sie ihm die Teller förmlich aus der Hand und zischte ihn an: »Warum tust du das? Ich habe doch gesagt, dass ich deine Hilfe nicht brauche. Hast du womöglich wieder mal eine Wette verloren und musst zur Strafe mit mir Geschirr abwaschen?«

»Ich wette schon lange nicht mehr«, gab Arthur verärgert zurück. »Aber bezeichnend ist es doch, dass du es als Strafe ansiehst, mit mir Zeit zu verbringen.«
Sie atmete heftig ein und aus. Kurz kämpfte sie sichtlich um Beherrschung, doch dann brach es auch ihr heraus: »Gib's doch zu, dass dir sanfte, leichtgläubige Mädchen lieber sind als die Frauen, die ihren Mann stehen.«
»Sanft und leichtgläubig oder nicht«, rief er erbost, »jede Gesellschaft ist angenehmer zu ertragen als die einer Furie.«
»Wenn du mich für eine solche hältst – warum gehst du dann nicht einfach?«
»Willst du mich loswerden? Obwohl ich dich gerettet habe?«
»Tu nicht so, als hättest du es ganz allein getan!«
»Wärst du hingegen ganz allein gewesen, wärst du vielleicht schon tot!«
Sie starrten sich mit roten Gesichtern an – und gewahrten erst jetzt, dass alle Anwesenden Zeugen dieses Streits geworden waren. Rasch senkte Emilia den Blick und eilte mit dem Vorwand, frisches Wasser zu holen, hinaus. Auch er ertrug es nicht länger, in der Stube zu bleiben, und lief ins Freie, wo er tief nach Luft rang. Mittlerweile hatte die Dämmerung eingesetzt. Nur mehr ein ferner, gräulicher Lichtstreifen, von einigen roten Sonnenstrahlen durchwebt, kündete vom schwindenden Tag. Und immer noch wehte der Wind, so heftig, dass er vermeinte, er könnte sich fallen lassen und würde dennoch – von diesem unsichtbaren Gefährten der Steppe gestützt – aufrecht stehen bleiben. Staub und Sand regneten auf sein Gesicht.
Wütend hieb er seine Füße in die Erde. Was tue ich nur hier?, fragte er sich – und dass er es nicht wusste, erzürnte ihn noch mehr als Emilias schroffe Worte.

Unruhig ging er auf und ab. Das Keuchen des Windes übertönte nicht nur seine eigenen Schritte, sondern auch jene, die sich ihm plötzlich näherten. Er zuckte zusammen, als sich eine Hand auf seine Schultern legte, und er fuhr hastig herum. Es war nicht Emilia, die sich bei ihm entschuldigen wollte, wie er im ersten Augenblick dachte, ja hoffte, sondern Balthasar.
Natürlich würde sie sich niemals entschuldigen!, dachte er griesgrämig.
Balthasar kicherte.
»Was gibt's da zu lachen?«
»Ich lache über deine sauertöpfische Miene. Ich habe sie schon lange nicht mehr an dir gesehen.«
»Du dummer …«
»Nicht, nicht!«, Balthasar hob abwehrend die Arme. »Lass deine schlechte Laune nicht an mir aus.«
»Ich bin nicht schlecht gelaunt!«, rief er energisch.
»Ach ja?«
»Ich bin nicht …«, setzte Arthur wieder an, diesmal eindringlich und mit geballter Faust.
»Du musst dich nicht rechtfertigen«, fiel Balthasar ihm ins Wort. »Ich will mich auch gar nicht mit dir streiten, sondern dir vielmehr etwas zeigen.«
»Was?«
»Komm mit!«
Balthasar kicherte in einem fort, als er ihm den Weg wies. Arthur hatte keine Ahnung, wohin er ihn führte. In der Dunkelheit konnte er nicht erkennen, welches der vielen kleinen Gebäude auf der Estancia welchem Zweck diente. Nur der durchdringende Geruch nach Schafmist deutete ihm an, dass Balthasar ihn zu einem der Ställe brachte.
Nachdem Arthur die Schwelle übertreten hatte, sah er sich

suchend um. »Was willst du mir ausgerechnet in einem Stall zeigen?«

Noch ehe er irgendetwas erkennen konnte, huschte Balthasar an ihm vorbei. Obwohl Arthur eigentlich viel wendiger war als sein hinkender Freund, war er viel zu überrumpelt, um zu durchschauen, was dieser vorhatte. Prompt fiel die Holztür zu, und einen Augenblick später hörte Arthur, wie ein Riegel vorgeschoben wurde.

»He!«, schrie er überrascht. »Was soll das? Sperrst du mich etwa ein? Das ist nicht lustig!«

Er stürzte zur Tür und wollte daran hämmern, ließ aber seine Hand jäh sinken, als sich etwas im hinteren Teil des Schafstalls regte. Jemand hielt eine Petroleumlampe hoch.

»Emilia?«, rief er erstaunt.

Sie stellte die Lampe wieder auf den Boden, nachdem sie ihn erkannt hatte. »Du warst also auch so dumm, auf sie hereinzufallen?«

Eine Weile konnte sich Arthur keinen Reim auf ihre Worte machen – dann hörte er vor der Tür Gekicher, diesmal nicht nur das von Balthasar, sondern auch das von Rita. Er ahnte, was die beiden bezweckten.

»Ihr bleibt so lange drinnen, bis ihr euch ausgesprochen habt!«, rief Rita.

»Es ist ja nicht auszuhalten, wie viel Gift ihr aneinander versprüht«, bekräftigte Balthasar.

Arthur ballte seine Hände wieder zu Fäusten und hämmerte gegen die hölzerne Wand. »Macht gefälligst die Tür auf!«, murrte er, doch das Gekicher entfernte sich bereits.

»Na großartig!«, schimpfte Emilia und trat zurück in die Ecke. Wenn sie schon im selben Raum mit ihm sein musste, dann wollte sie wohl so viel Distanz wie möglichen zwischen ihn und sich bringen.

Eine Weile blieben Balthasar und Rita in der Nähe des Stalls stehen und schüttelten sich vor Lachen, doch als der Wind bissiger wehte, stapften sie wieder in Richtung Haupthaus.

»Das haben wir gut gemacht!«, meinte Balthasar stolz.

Rita konnte sich nicht erinnern, wann sie das letzte Mal so gelacht hatte. »Es war unerträglich, wie sich die beiden verhielten!«, stimmte sie zu.

Sie hatten die Türschwelle erreicht, doch keiner machte Anstalten, sie zu übertreten.

»Ich frage mich oft, was damals geschehen ist«, murmelte Balthasar nachdenklich, »und warum sie einander so spinnefeind sind. Weißt du vielleicht …?«

Unter seinem fragenden Blick erstarb Ritas Lachen. »Nein«, sagte sie knapp, »nein, ich weiß nichts Genaues.«

Sie wusste, dass er es nicht mit Absicht getan hatte – doch ungewollt hatte Balthasar mit seiner Frage nicht nur an die Zeit gerührt, da Arthur und Emilia über irgendetwas in Streit geraten waren, sondern auch an die Zeit, da ihr eigenes Leben in einer dunklen Wolke festzustecken schien ohne Aussicht auf Glück oder wenigstens simple Zufriedenheit.

Ein Ruck ging durch Ritas Körper, als könnte sie die Erinnerungen mit einem Schulterzucken abschütteln, dann betrat sie das Haupthaus. Aurelia hatte sie vorhin schon ins Bett gebracht, Pedro lag schnarchend auf einer Bank in der Wohnstube. Von Maril war weit und breit nichts zu sehen.

Noch heute Morgen hatte sie Ana danach gefragt, ob der Tehuelche nun länger auf der Estancia bleiben oder nach Überlebenden seines Stammes suchen würde, aber die hatte sie nur fragend angesehen. »Was habe ich mit seinen Plänen zu schaffen?«, hatte sie so verständnislos geantwortet, als wäre nicht

sie es gewesen, die ihn heimlich versteckt und seine Wunde verpflegt hatte, sondern jemand anderes. Don Andrea hatte sich erstmals seit langem wieder zu seiner Mission begeben, um endlich in seinem eigenen Bett zu schlafen.
Auch Rita überlegte, schlafen zu gehen, doch dann sah sie, dass Balthasar, der am großen Esstisch Platz genommen hatte, seinen Notizblock nahm und zu zeichnen anfing, und sie beugte sich neugierig über seine Schultern. Abermals musste sie kichern, als sie das Motiv erkannte. Das Bild zeigte, wie Emilia und Arthur miteinander stritten, nur, dass beider Zorn viel übertriebener dargestellt war, als er in Wirklichkeit ausfiel: Emilias Stirnrunzeln waren so tief, als wäre ihr Kopf gespalten, und Arthur blickte so empört, als würden seine Augen aus den Höhlen quellen. Doch gerade wegen dieser Übertreibung vermeinte Rita, förmlich die Spannung zu spüren, die stets zwischen den beiden lag, diese unbändige Energie und Kraft, die sanfteren Gemütern beinahe Angst machte. Es fehlte nur noch, dass Funken sprühten und Flammen aufloderten.
»Du hast es wunderbar getroffen!«, rief sie begeistert. »Du kannst so gut zeichnen.«
Balthasar winkte ab. »Ach was. Jeder hat seine Talente und macht das Beste daraus. Du selbst kannst wunderbar weben.«
Verlegen zuckte sie die Schultern und wollte nicht darauf eingehen. »Du zeichnest eigentlich immer mit einem Kohlestift. Hast du auch schon mal mit Farben gemalt?«
»Früher in Hamburg«, antwortete er. »Aber ich bin gerne unabhängig. Block und Kohlestift kann ich überall hin mitnehmen – bei Ölfarben und Leinwänden ist das schon schwieriger.«
Rita setzte sich neben ihn auf die Bank. So ins Bild vertieft, bemerkte sie kaum, dass ihre Schultern seine streiften, doch

rasch brachte sie wieder ausreichend Distanz zwischen ihnen.

»Maril hat mir erzählt, dass sein Stamm die Wolle mit vielen verschiedenen Farben färbt. Farben, die sie aus Erde herstellen oder aus seltenen Pflanzen.«

Balthasar blickte sie mit warmem Lächeln an. »Du klingst ganz so, als würdest du es auch gerne einmal probieren.«

Erneut zuckte sie die Schultern und gab Gleichmut vor.

»Hast du früher …«, setzte er an, »hast du früher in deiner Kindheit auch Wolle oder Stoffe gefärbt?«

Wie vorhin, da er von der Vergangenheit geredet hatte, versteinerte ihre Miene. Sie wusste, dass sie vor Balthasar nicht auf der Hut sein musste: Es gab viel zu wenig, was sie vor ihm verbergen könnte, weil er ohnehin fast alles erahnen konnte, dennoch war es ihr unerträglich, dass er an ihrer Herkunft rührte.

»Ich will nicht darüber reden«, sagte sie kurz angebunden und fragte sich zugleich beschämt, ob er sie wohl für launenhaft halten würde. In einem Augenblick konnte sie herzhaft lachen, im nächsten erstarrte sie.

Doch ihn schien das nicht zu stören. Sein Blick wurde eher mitleidig.

»Wer du bist, Rita, und woher du kommst, ist nichts, dessen du dich schämen sollst«, sagte er eindringlich.

»Ach ja?«, fuhr sie auf. Plötzlich hatte sie die höhnische Stimme ganz deutlich im Ohr – Jerónimos Stimme. Wie er sie damals vor vielen Jahren beschimpft hatte. Und erst vor wenigen Tagen wieder. »Du hast doch gehört, wie sie … wie sie …«, unmöglich konnte sie seinen Namen aussprechen, »nun, du hast doch gehört, wie sie mich nannten. Eine Rothaut! Eine Indianerhure!«

Ihre Lippen bebten.

Er senkte seinen Blick, schwieg eine Weile. »Mir ist es völlig egal, wie Jerónimo und Esteban dich nennen«, sagte er schließlich leise. »Für mich bist du die schönste Frau der Welt.« Er achtete nicht darauf, wie sie seine Worte aufnahm, sondern blätterte durch seinen Skizzenblock und ließ sie alle Zeichnungen der letzten Tage sehen. Sie zeigten die Bewohner der Estancia, und vor allem sie. Mit Aurelia, mit Emilia, vor dem Webstuhl, mit den Schafen. Mal blickte sie ernsthaft konzentriert, mal unendlich traurig. Auf einem Bild lächelte sie.

Fremd und vertraut zugleich war ihr das eigene Gesicht. Und Balthasar hatte recht: Sie war tatsächlich eine wunderschöne Frau, wenn auch nur auf diesem Bild. Wahrscheinlich hatte er genauso übertrieben wie vorhin, da er Emilia und Arthur im Zorn zeichnete.

Ohne aufzublicken, begann er jetzt, auf einer leeren Seite ein Porträt von ihr zu skizzieren. Zuerst waren nur ihre Augen zu sehen, dann Nase und Mund, zuletzt ihr dunkles Haar.

»Doch«, beharrte er, als er fast fertig war. Obwohl sie ihm nicht laut widersprochen hatte, schien er ihre Gedanken gelesen zu haben. »Du bist die schönste Frau der Welt. Ein hässlicher Mann wie ich ist es nicht wert, dich so aufdringlich anzustarren, wie ich es oft tue.«

Rita spürte, wie ihr Gesicht glühend rot wurde, doch während ihr Hitze ins Gesicht stieg, hatte sie zugleich das Gefühl, ihr restlicher Körper würde erkalten. Sie wollte etwas sagen, brachte jedoch nichts hervor. Schließlich räusperte sie sich, und es tat in ihrer Kehle so weh, als würde sie eine Glasscherbe schlucken. »Ich bin nicht schön …«, presste sie hervor, »ich bin … zerstört.«

Laut fuhr der Kohlestift über das Papier, als er ihr Kleid zeichnete. Immer noch blickte er nicht hoch. »Hör auf, dich für etwas zu schämen, was nicht deine Schuld ist!«, sagte er eindringlich.

»Aber es ist meine Schuld«, brach es aus ihr hervor. »Wenn ich nicht so leichtgläubig gewesen wäre … nicht so verträumt … wenn ich nicht geglaubt hätte, dass das Leben so einfach ist wie in meinem Buch … und wenn ich mir nicht angemaßt hätte, eine Spanierin zu sein …«

»Es ist nicht deine Schuld«, wiederholte er. »Vielleicht warst du tatsächlich ein argloses, leichtgläubiges Mädchen. Aber niemand hatte das Recht, es schamlos auszunützen. Niemand durfte …«

Sie hob die Hand, um ihn zum Schweigen zu bringen, und als es nicht nützte, er immer noch etwas sagen wollte, legte sie ihre Finger auf seine. Nach ihrer Rettung hatte sie ihn umarmt, aber seitdem hatte sie es nie wieder gewagt, ihn zu berühren. Nun kostete es sie Überwindung, die Hand liegen zu lassen und sie nicht gleich wieder zurückzunehmen, als hätte sie sich verbrannt. Sie spürte die Brandnarben auf seiner Hand; sie fühlten sich an, als hätte man zwei Stofflappen übereinandergenäht. Vorsichtig streichelte sie darüber, erschauderte wieder, diesmal nicht vor Kälte, die sich in ihr ausbreitete, sondern vor etwas anderem, was sie nicht benennen konnte. So schnell jagte es durch ihre Adern, dass es fast unangenehm war.

Rasch ließ sie ihn los und stand auf. »Ich muss nach Aurelia sehen.«

Er machte keine Anstalten, sie aufzuhalten oder ihr zu folgen, sondern zeichnete ungerührt weiter. Erst als sie die Wohnstube schon fast verlassen hatte, murmelte er: »Siehst du – die Zeit verändert alles. Sie ist wie ein weicher Schleier, der sich über unsere Erinnerungen legt. Von meinen Brandwunden blieben Narben, und die tun nicht mehr so weh. Und Aurelia ist doch das beste Beispiel, dass aus etwas Bösem auch etwas Gutes entstehen kann.«

Sie antwortete nicht, sondern ging weiter, als hätte sie ihn nicht gehört. Doch draußen im Gang blieb sie stehen und konnte plötzlich nicht anders, als zu nicken.

»Du hast recht«, murmelte sie, obwohl er es nicht hören konnte. »Ich hoffe so sehr, du hast recht.«

26. Kapitel

Die erste Stunde, die sie gemeinsam im Schafstall verbrachten, schwiegen sie sich an. Emilia verharrte steif in der einen Ecke, Arthur in der anderen. Immer dicker und schwüler stand die Luft, und Emilia musste ein Stöhnen unterdrücken. Zu arbeiten war sie gewohnt, herumzustehen nicht, und irgendwann taten ihr alle Glieder weh. Schließlich ging sie die Reihe der Schafe auf und ab. All jene waren hier versammelt, die sich beim Überfall leicht verletzt hatten, als sie über die zerstörten Zäune flüchten wollten.
Sie spürte Arthurs Blick auf sich ruhen, erwiderte ihn aber nicht, auch dann nicht, als er das Schweigen nicht länger ertrug, sondern endlich zu reden anfing.
»Vielleicht sollten wir uns tatsächlich aussprechen«, schlug er vor. »Sie werden uns früher rauslassen, wenn sie das Gefühl haben, dass wir wie Erwachsene miteinander umgehen.«
Emilia grummelte etwas Undeutliches, ehe sie schließlich erwiderte: »Aber das tun wir doch, oder nicht? Und worüber sollen wir uns schon aussprechen!« Sie verdrehte ungeduldig die Augen und fügte wütend hinzu: »Rita und Balthasar sind verrückt!«
Er zuckte die Schultern. »Vielleicht sollten wir über das reden, was geschehen ist«, meinte er.
Sie war sich nicht im Klaren, ob seine Stimme verlegen, verärgert oder spöttisch klang. Nun sah sie ihn doch an und konnte das grimmige Funkeln in den Augen nicht unterdrücken.
»Was meinst du?«, herrschte sie ihn an. »Etwa das, was da-

mals in Punta Arenas geschehen ist? Das ist Jahre her! Du denkst doch nicht ernsthaft, dass ich auch nur einen Gedanken daran verschwende.«

»Ja, glaubst du, ich etwa?«, rief er.

Nun klang er eindeutig gekränkt, und das befriedigte sie. Hastig wandte sie sich ab und musste unwillkürlich grinsen, doch ihr Lächeln erstarb schnell.

Eins der Schafe verhielt sich schon länger unruhig. Es hatte sich von den anderen abgesondert, hatte sich mehrmals niedergelegt und war wieder aufgestanden. Seine Beinwunde konnte die Unruhe nicht verursachen, denn die war gut verheilt. Nun trat das Tier ganz dicht an Emilia heran. Sie strich ihm über den Kopf – und wurde für diese Zärtlichkeit damit belohnt, dass sie im nächsten Augenblick ein heißer, scharfer Strahl traf, der einen beißenden Geruch verbreitete.

Arthur lachte auf, als sie angewidert zurücksprang.

»Hör auf!«, zischte sie. »Das ist nicht lustig!«

»Ist es nicht?«, fragte er angelegentlich.

»Du hast keine Ahnung von Schafen. Wenn sie häufig urinieren, dann kann das nur bedeuten ...« Sie kniete sich nieder und befühlte die Euter des Schafs. Diese waren prall gefüllt. »Auch das noch!«, stieß sie aus und fügte ein paar Flüche hinzu.

Arthur war näher getreten.

»Was ist los?«, fragte er.

»So wie es aussieht, wird das Tier gleich lammen.«

Im nächsten Augenblick stieß das Schaf ein erbärmliches Mähen aus, und wieder ergoss sich ein gelber Strahl. Nun, da sie gewarnt war, konnte Emilia rechtzeitig ausweichen. Beinahe stolperte sie gegen Arthur, der nun dicht neben ihr stand, doch sie zuckten beide voreinander zurück.

»Müssen wir dem Vieh irgendwie helfen?«, fragte er nachdenklich.

»Wir?«, rief sie auf. »Als ob du wüsstest, was zu tun ist!«
»Nun, du könntest es mir erklären.«
Sie stemmte die Hände in ihre Hüften und musterte ihn stolz. »Weißt du, wie viele Schafe ich ohne deine Hilfe auf die Welt gebracht habe? Lass mich einfach in Ruhe!«
»Dann eben nicht«, gab er trotzig zurück.
Schulterzuckend verzog er sich wieder in die Ecke. Emilia krempelte indes die Ärmel hoch und nahm in Augenschein, welche Geräte sich hier im Stall befanden: Sie entdeckte ein Schäfermesser, eine Klauenschere und die Spannzange zum Kupieren, außerdem Deckgeschirr, eine Kerbzange und den Viehzeichenstift. Nichts davon konnte sie gebrauchen.
»Du könntest vielleicht doch etwas tun«, erklärte sie schließlich kleinlaut.
»Ach ja?«, stieß Arthur höhnend aus. »Obwohl du schon soooo vielen Lämmern auf die Welt geholfen hast?«
»Das schaffe ich in der Tat allein«, gab sie mürrisch zurück. »Aber achte darauf, dass die anderen Tiere fernbleiben. Siehst du die Heuraufe dort? Nimm etwas daraus und gib es in den Futtertrog, dann sind sie erst mal mit Fressen beschäftigt.«
Sie überprüfte nicht, ob er tatsächlich tat, was sie von ihm verlangte, sondern wandte sich dem Schaf zu. Ausdruckslos glotzte es sie an, zwischendurch blökte es leise. Schafe waren, wie sie längst wusste, phlegmatische Tiere, die nur manchmal zur Hysterie neigten. Sie hoffte, dieses würde seinen Gleichmut bewahren. Die meisten Mutterschafe brachten ihre Lämmer ganz ohne Hilfe zur Welt, doch sie hatte schon das ein oder andere Mal erlebt, dass beide verendet waren, weil das Lamm falsch lag und mit dem Kopf zuerst herausdrängte. Dann war menschliche Hilfe unverzichtbar. Man musste den Kopf zurückdrücken und das Lamm stattdessen an den Vorderbeinen herausziehen.

Abermals streichelte sie über den Kopf des Schafs, befühlte noch einmal die Euter und wandte sich dann seinem Hinterteil zu.
»Gott sei Dank!«, stieß sie nach einer Weile aus.
»Was ist?«, fragte Arthur – die Heugabel in der Hand.
»Das Lamm kommt in Hinterendlage«, stellte sie fest.
»Das heißt?«
»Die Klauenstellung verrät, ob das Lamm entweder mit den Vorderbeinen oder mit den Hinterbeinen zuerst kommt. Oh, du machst das sehr gut …«
»Redest du mit mir?«
»Natürlich nicht! Ich rede mit dem Schaf.«
Er stützte einen Fuß auf die Heugabel auf. »Stimmt, etwas, das ich tue, könntest du ja nicht für gut befinden«, spottete er.
Eine heftige Entgegnung lag ihr auf den Lippen, doch dann erschien ihr die Situation so grotesk – sie mit Arthur und einem lammenden Schaf in einem Stall eingesperrt –, dass sie ungewollt grinsen musste. Er trat zu ihr, beugte sich über das Schaf, und diesmal schickte sie ihn nicht weg.
»Und jetzt?«, fragte er und klang ehrlich neugierig.
»Mit jeder Presswehe muss man nun abwechselnd an den beiden Beinchen ziehen«, erklärte sie, »aber nie an beiden zugleich!«
Die Wehen kamen in immer kürzeren Abständen, das Mähen des Schafes blieb jedoch matt. Schweigend und konzentriert half Emilia dem Lamm auf die Welt und störte sich nicht daran, dass Arthur sie neugierig beobachtete. In diesem Augenblick war er ihr nicht lästig, und vergangener Hader spielte kurz keine Rolle mehr. Wie immer, wenn ein Lamm auf die Welt kam, stieg Triumphgefühl in ihr auf. Wie ein kleiner Sieg erschien ihr eine solche Geburt, als sichtbares Zeichen, dass es

mit der Estancia aufwärtsging – heute noch mehr als sonst, da sie während Estebans und Jerónimos Überfall so viele Tiere verloren hatten. Dieses Lamm, dieses zittrige, hilflose, feuchte Wesen bewies, dass diese beiden Schufte ihr nichts anhaben konnten, dass sie es schaffen würde, immer und immer wieder, dass sie sich und die Ihren durchbrachte und alle Bedrohungen irgendwie zu überwinden wusste.

»Na also!«, rief sie stolz.

Arthur blickte fasziniert auf dieses blut- und schleimverschmierte Bündel, das alsbald auf dem Stallboden lag. Irgendwann waren die Glieder entwirrt, so dass man ein Köpfchen und vier Beine erkennen konnte, Letztere freilich so dünn, dass man ihnen kaum zutraute, dem Gewicht des Leibes standzuhalten.

»Wie winzig!«, rief Arthur ehrfürchtig. Kurz streiften sich ihre Blicke, und sie las in seinem nicht die geringste Feindseligkeit – nur das Staunen eines kleinen, frechen, neugierigen Jungen. Rasch wandte sie sich ab und beobachtete, wie das Schaf wenig später einen blutigen Klumpen hervorpresste – die Nachgeburt.

»Wir bräuchten …«, setzte sie an, überlegte es sich dann aber anders. Anstatt nach einem Stück Leinen erst mühsam zu suchen, hob sie einfach ihr Kleid, riss ein Stück Stoff von ihrem Unterrock ab und hüllte den blutigen Klumpen ein.

»Du musst das irgendwo vergraben!«, befahl sie.

Das neugierige Leuchten schwand aus Arthurs Blick; angewidert starrte er auf das Bündel. »Warum ich?«, fragte er trotzig.

»Die Nachgeburt muss unbedingt entfernt werden – sonst fressen die Schafe sie auf, und das kann zu Verdauungsproblemen führen. Nun mach schon! Ich habe anderes zu tun!«

Nur widerwillig leistete er ihrem Befehl Folge und ergriff das

Bündel. Wenig später hörte sie, wie er ein Loch in der Ecke grub und das Bündel darin verscharrte.
In der Zwischenzeit hatte sie sich wieder neben das Schaf gekniet und machte sich an den Eutern zu schaffen. Behutsam molk sie beide Striche an, um mögliche Zitzenpfropfen zu entfernen. Danach galt es, das Lamm zu versorgen: Sie überprüfte den Mund-Rachen-Raum und zog einen Strohhalm heraus, der sich irgendwie hineinverirrt hatte. Sicherheitshalber hob sie die hinteren Gliedmaßen hoch, damit es das Fruchtwasser ausspie, ehe es in die Luftröhre eindringen konnte.
»Eigentlich sollte ich die Nabelöffnung mit Jodtinktur einreiben«, sinnierte sie laut. »Diese ist sehr empfänglich für Keime. Aber wie es aussieht, gibt es hier keine.« Ärgerlich schüttelte sie den Kopf. »Was haben sich Rita und Balthasar nur dabei gedacht!«, schimpfte sie.
Arthur trat wieder zu ihr und rieb sich die erdigen Hände an seiner Hose ab. »Wahrscheinlich amüsieren sie sich immer noch«, murrte er nicht minder verärgert als sie.
Am ganzen Leib bebend und mit sichtlicher Mühe richtete sich das Lamm auf, stieß ein Mähen aus, das erst kläglich, danach sehr fordernd klang, und ließ sich schließlich von Emilia zur Zitze führen. Seine Beine zitterten weiterhin, knickten jedoch nicht ein.
»Es muss so früh wie möglich zu saugen beginnen«, murmelte Emilia, »damit es genug von der Biestmilch bekommt. So nennt man die erste Milch, und sie ist sehr nahrhaft.«
Zögerlich fing das Lamm zu saugen an, doch nachdem es auf den Geschmack gekommen war, hörte es gar nicht mehr damit auf und schmatzte gierig.
Emilia erhob sich und blickte an sich herunter. Sie war über und über mit Blut und gelbem Schleim verschmiert. Hastig ging sie zur Futtertränke. Eigentlich musste diese immer sau-

ber bleiben, hassten Schafe doch schmutziges Wasser, aber es war ihr unerträglich, mit diesen verklebten Händen die restliche Nacht zu verbringen, und so tauchte sie sie bis zum Ellbogen ein.

Als sie sich umdrehte und das Wasser abtropfen ließ, sah sie, dass Arthur immer noch hingerissen auf das Lämmchen starrte. Kein Ärger, keine Verbitterung standen in seinem Gesicht geschrieben – nur diese Ehrfurcht und Faszination, und sie konnte nicht anders, als davon gerührt zu sein.

»Ich glaube, ich kann nie wieder Lammbraten essen«, murmelte er.

Emilia lachte auf. »Das wirst du, wenn du Hunger hast.«

Arthur sah zu ihr. »Genau genommen, habe ich bereits Hunger. Es muss ja kein Lamm sein, es reicht schon eine Schnitte Brot mit ein wenig Butter darauf.« Ungeduldig stampfte er auf. »Verfluchter Balthasar!«

Das Wasser auf Emilias Händen war getrocknet, doch sie fühlte sich immer noch schmutzig, wusch sich abermals und benetzte auch ihren Nacken mit Wasser. Einzelne Tropfen flossen ihr über Schultern und Brüste. Arthur beobachtete sie – und diesmal konnte sie seinen Gesichtsausdruck nicht so leicht deuten wie eben noch. Ein wenig trotzig schien er ihr, aber auch sehnsuchtsvoll. Vielleicht täuschte sie sich auch, und er war einfach nur müde und ihrer überdrüssig.

»Vielleicht hast du vorhin recht gehabt«, gab sie nach einer Weile widerwillig zu. »Wenn wir uns aussprechen – dann lassen sie uns vielleicht eher hinaus.« Sie wischte ihre Hände am Kleid ab, trat dann entschieden auf die Heuraufe zu und nahm etwas Heu, um es auf den Boden zu legen. Mit ihm zu reden war eine zu große Überwindung, um es auch noch unbequem im Stehen zu tun. Als sie sich auf das Heu fallen ließ, fuhr ihr ein schmerzhafter Stich durch den Rücken. Sie massierte ihn, streckte sich, und ihr entfuhr ein wohliges Seufzen. Arthur war zu ihr getreten und abwartend stehen geblieben, nun hockte er sich ebenfalls auf das Heu, wenngleich darum bemüht, etwas Abstand zu ihr zu halten.

»Meinetwegen«, begann er und hielt den Blick starr auf seine Hände gerichtet. »Dann reden wir.«

»Wer fängt an?«, fragte Emilia betont sachlich.

»Womit anfangen?«

»Du hast vorhin gerade gesagt, dass wir reden sollen, und dann weißt du nicht, worüber?«, fuhr sie ihn an.

Er kniff die Augen zusammen, eine zornige Entgegnung schien ihm auf den Lippen zu liegen. Doch dann schluckte er sie herunter. Nachdenklich rieb er seine Hände aneinander. »Meinetwegen – dann gebe ich es eben zu.«

»Was?«

»Dass es mir nicht gefallen hat.«

»Was?«, fragte sie wieder.

Er seufzte.

»Du hast eben gesagt, du wolltest reden, und dann muss ich dir jedes Wort aus der Nase ziehen?«, schimpfte sie unbeherrscht.

»Also gut«, gab er nach, »es hat mir nicht gefallen, dass ... dass ... ich es nicht geschafft habe. Dich zu beeindrucken, meine ich. Dir zu genügen. Damals in Punta Arenas – du hast mich benützt und danach fortgeschickt.«

Emilia richtete sich empört auf. Der Ärger schnürte ihr die Kehle zu. Welchen Unsinn redete er da?

»Wer hat hier wen zurückgelassen?«, rief sie aufgebracht.

Erstaunt blickte er sie an. »Du wolltest mich doch nicht mehr sehen!«

»Von wegen! Du bist einfach abgereist, ohne noch einmal mit mir zu sprechen.«

»Hör auf, die Tatsachen zu verdrehen!«
»Ich verdrehe gar nichts. Ich habe Rita beigestanden, als sie ihr Kind geboren hat. Hätte ich das etwa nicht tun sollen?«
»Du hättest mir nicht dieses Mädchen schicken sollen, das mir ausrichtet, dass du die Nacht bereust.«
Emilia zuckte zusammen, der Ärger schwand. »Gütiger Himmel! Ich habe Agustina geschickt, damit sie dir ausrichtet, dass du auf mich warten sollst. Nein eigentlich …«, sie zog die Stirn in Falten, »wenn ich es recht überlege, habe ich nicht Agustina geschickt. Sie wollte in Ritas Nähe bleiben. Aber sie hatte ein Dienstmädchen bei sich. Und dieses Mädchen sollte dir sagen …«
»Eben!«, unterbrach er sie, und sie hörte all die Kränkung und den verletzten Stolz in seiner Stimme. »Sie hat mir gesagt, dass du mich nicht wiedersehen willst!«
Emilia schüttelte heftig den Kopf. »Von wegen! Meine Botschaft lautete, dass ich beschäftigt wäre und du auf mich warten sollst!«
Sie starrten sich an, zornig zuerst, dann zweifelnd, zuletzt bestürzt.
Einen Augenblick senkte sich Schweigen über sie. Dann überkam sie beide gleichzeitig die bittere Erkenntnis, und sie riefen wie aus einem Mund: »Esteban!«
Kaum war der Name erklungen, schlug sich Emilia die Hand vor den Mund und wandte sich ab. Sie wollte nicht, dass er sah, was in ihr tobte. Esteban, natürlich Esteban!
Emilia hatte das Gefühl, ihr Herz würde sich verknoten und zugleich, als würde etwas in ihr platzen. Esteban … ja, wer sonst, wenn nicht er, würde solche Intrige spinnen? Und sie war darauf hereingefallen, beide waren sie das, obwohl sie doch wussten, dass er auf Rache sann und dass es ein Leichtes für ihn sein müsste, dem Mädchen aufzutragen, sie beide zu

belügen! Sie ließ ihre Hand sinken, vergrub sie im Heu, ballte sie dort zu einer Faust.

Esteban! O dieser gemeine, widerwärtige, herzlose Schuft! Dieser …

Kurz glaubte sie, an Ohnmacht, Hass und Wut zu ersticken. Sie hieb mit der Faust auf das Heu ein und atmete laut keuchend aus. Doch inmitten all der finsteren Gedanken stieg noch ein anderer in ihr hoch, löste Freude aus, tiefer und durchdringender, als sie es für möglich gehalten hatte: Arthur ist nicht einfach gegangen. Er … er wollte mich wiedersehen. Ich habe ihm viel mehr bedeutet, als ich dachte …

Ihre Faust entkrampfte sich. Sie hob den Kopf, blickte ihn an, sah gleiche Wut und gleiche Erleichterung in seinem Gesicht und noch etwas anderes: Verlegenheit. Während sie gestritten hatten, war er im Eifer des Gefechts kaum merklich näher an sie herangerutscht, nur mehr eine Handbreit klaffte zwischen ihnen, doch er rückte wieder ab. Trotzdem vermeinte sie, ihn noch deutlicher zu spüren als zuvor – seinen warmen Körper, seinen Atem, aber auch die Spannung, die in der Luft lag. Sie griff sich an den Nacken. Obwohl sie sich vorhin mit frischem Wasser abgekühlt hatte, standen dort Schweißtropfen.

»So«, meinte sie knapp und hoffte, er möge nicht hören, wie ihre Stimme bebte. »Jetzt, da das alles geklärt ist, könnten Balthasar und Rita uns wieder herauslassen.«

Sie zuckte die Schultern, als wäre es nur eine nichtige Sache, die sie aufgedeckt hatten, und wollte sich erheben. Aber in diesem Moment schnellte seine Hand vor und hielt sie fest.

Sein Blick blieb unverwandt auf sie gerichtet. »Bereust du es?«

»Was?«, fragte sie vermeintlich gleichmütig. »Dass ich zugelassen habe, dass Agustina dieses dumme Mädchen schickte? Ach, ich hätte wissen sollen, dass …«

»Das meine ich nicht«, unterbrach er sie heiser. »Tut es dir leid, dass wir uns damals ... dass wir uns verpasst haben?«
Er hatte den Abstand zwischen ihnen wieder überbrückt, und nun war sie es, die ein wenig von ihm abrückte – zum Preis, dass sie nun nicht länger auf weichem Heu saß, sondern auf lehmigem Boden. Als sein Griff sich lockerte, entzog sie ihm unnötig heftig ihren Arm.
»Vielleicht war es gut so«, sagte sie rasch. »Es wäre sonst manches anders gekommen. Und ich ... ich bin glücklich hier.«
Sie blieb zwar sitzen, drehte ihm jedoch den Rücken zu. Zunächst merkte sie kaum, wie er seine Hände auf ihre Schultern legte, sie dort verweilen ließ, sie schließlich sachte streichelte. Sie erschauderte, aber diesmal entzog sie sich ihm nicht.
»Wirklich?«, fragte er raunend. »Du bist glücklich? Ganz und gar?«
Unwirsch wandte sie sich ihm wieder zu. Ihr Mund war ganz trocken geworden. »Was soll das, Arthur? Willst du nun, da dein verletzter Stolz wieder geheilt ist, überprüfen, wie weit du mit deinen Verführungskünsten kommst?«
»Als ich sie das letzte Mal an dir erproben wollte, stand ich halbnackt in einem Tümpel. Glaubst du, ich wage es noch einmal?«
»Da ich hier mit dir eingesperrt bin, ist das nicht so leicht möglich, dich irgendwo stehen zu lassen, ob nun halbnackt in einem Tümpel oder woanders.«
»Und?«, fragte er lauernd. »Ist es dir unerträglich, mit mir allein zu sein?«
»Nein.«
Die Antwort rutschte förmlich aus ihr heraus.
Er kicherte.
»Hör zu lachen auf! Es ist nichts Komisches daran, dass wir hier eingesperrt sind.«

»Was uns zur Frage führt, wie wir uns die Zeit bis morgen früh vertreiben sollen.«

»Jetzt probierst du's also doch!«

»Was?«

Mich zu verführen, wollte sie sagen, aber plötzlich konnte sie es nicht. Ihr Mund wurde noch trockener. Er hatte sie losgelassen, aber sein Körper war dicht an ihren gepresst, sie konnte seinen unruhigen Herzschlag spüren. Vielleicht war es auch das eigene Herz, das so rastlos pochte und sich so sehr sehnte – sich nach ganz anderem als Sorge und Schufterei und Überlebenskampf sehnte, nach einem gestohlenen Augenblick in einer von allem abgeschotteten Welt, in der der Alltag ebenso wenig Macht hatte wie unliebsame Erinnerungen, in der das Begehren ihrer Körper eindringlichere Befehle sprach, als sie es je mit schnippisch-herrischer Stimme tun konnte.

»Was«, fragte er wieder, »was probiere ich?«

Anstatt zu antworten, hob sie die Arme, packte ihn unwillkürlich an den Schultern und drückte ihn entschlossen aufs Heu.

»Emilia …«

»Sag nichts.« Ihre Stimme wurde immer leiser, versagte schließlich ganz.

»Das letzte Mal hast du darauf bestanden, dass du mich verführst, nicht umgekehrt«, gab er nicht minder heiser zurück.

»Weil es die Wahrheit ist«, flüsterte sie. »Weil ich entscheide, was ich will.«

Er versuchte, sich zu erheben, doch als sie sich auf ihn setzte, ließ er seinen Kopf matt aufs Heu sinken. Eine Weile hockte sie auf ihm, spürte seine harte Brust, den weicheren Bauch, darunter sein Geschlecht, das sich ihr entgegenwölbte.

»Und was willst du jetzt?«, fragte er rauh.

Sie strich über sein Gesicht, seinen Hals, seine Brust. So viele

Jahre war es her, dass sie ihn das letzte Mal berührt hatte – trotzdem war ihr sein Körper so vertraut, als wäre sie jeden Abend an seiner Seite eingeschlafen und jeden Morgen neben ihm erwacht.

»Ich will, dass du endlich deinen Mund hältst!«, brachte sie raunend hervor.

Sie schloss die Augen, beugte sich vor und senkte ihre Lippen auf seine. Willig gewährte er ihr Einlass. Als ihre Zungen sich trafen, sie sich ihre Kleider vom Leib zerrten, ihre Körper alsbald verschmolzen wie ihre Münder, bebend und gierig und heiß, fragte sie sich, wie sie jemals darauf hatte verzichten können. Ihre Anspannung wuchs, platzte wie eine aufgeblähte Blase und entlud sich in Stöhnen und Seufzen, in Gurren und Hauchen. Erst klammerte sie sich an ihn, dann krallte sie ihre Finger in seinen Rücken, dass er halb lachend, halb gequält aufjaulte. Er packte sie an den Schultern, wälzte nun sie auf den Rücken und kam auf ihr zu liegen. Hungrig wölbte sie ihm den Leib entgegen, schlug ihm abermals die Nägel in den Rücken.

»Gott, wenn du nur weniger Kraft in deinen Händen hättest!«, klagte er grinsend.

Ihre Finger glitten höher und zogen sein Gesicht auf ihres herab, um ihn erneut zu küssen. Nun konnte er nichts mehr sagen – und sie wollte es nicht. Sie dachte nur, dass sie sich nicht kräftig und stark fühlte wie bei ihren täglichen Arbeiten, vielmehr fiebrig und zittrig, weich und sehnsuchtsvoll. Wenn sie hätte stehen müssen – ihre Beine hätten nachgegeben. Und wenn sie zu irgendeinem anderen Zeitpunkt solch ein Gefühl überkommen hätte – sie hätte sich als schwach beschimpft. Doch nun störte sie die Schwäche nicht. Nun tat sie einfach nur gut.

Als Balthasar und Rita sie am nächsten Morgen befreiten, hatten sie sich längst wieder angekleidet. Emilia war von Arthur abgerückt und eben damit beschäftigt, das Heu aus ihrem blonden Haar zu ziehen. Als Balthasar und Rita bei ihrem Anblick auflachten, strafte sie sie mit kühlem Blick.

»Sag einfach gar nichts!«, bellte sie die Freundin an, doch ihre Stimme geriet nicht so schroff wie sonst. Ein satter, zufriedener Ton klang hindurch, und Rita schien sich auch nicht daran zu stören, dass sie sie anfuhr, sondern lächelte. Immer noch belustigt? Oder etwa wissend?

Ohne sich nach Arthur umzublicken, trat Emilia ins Freie. Die Sonne erschien ihr heute besonders hell, der Wind wehte nicht ganz so stark. Die Luft war so klar, dass man in die Weite der Pampa blicken konnte. Kaum waren Rita und Balthasar unauffällig verschwunden, trat Arthur dicht an sie heran. Wie zufällig strich er ihr über die Schultern und entfachte alle Empfindungen der Nacht erneut: Beben und Lust und Sehnsucht und Hunger und Gier und Erfüllung, so intensiv, dass es fast weh tat. Jedes Stück Haut schien geschmolzen zu sein, jede Faser von diesem Brennen erfasst worden.

Unmerklich machte sie sich von ihm los. Sie wollte nicht mit schlotternden Knien und rotem Gesicht das Haupthaus betreten, so dass alle wussten, was zwischen ihr und Arthur vorgefallen war, und noch weniger wollte sie, dass er glaubte, eine bloße Berührung genüge, um sie willenlos zu machen. Letzte Nacht war ihm das gelungen. Aber heute Morgen war sie wieder Emilia, die niemanden brauchte, um sich durchzubringen, und die schon gar nicht auf Gefühle setzte, die vage, unzuverlässig und manchmal auch schmerzhaft sein konnten. Sie straffte den Rücken und stapfte davon.

»Emilia«, rief er ihr nach, »ich kann nicht ewig bleiben. Ich habe Geschäfte zu erledigen … in Valparaíso, in Hamburg und in der Atacama-Wüste. Ich muss eure Estancia bald wieder verlassen.«

Sie konnte nicht verhindern zusammenzucken. Doch als sie sich zu ihm umwandte, war ihr Gesicht gleichgültig und verriet nichts von dem Schmerz, den der Gedanke, ohne ihn hier zurückzubleiben, in ihr hervorrief.

»Dann reitest du eben wieder fort«, erklärte sie kühl, »und erledigst deine Geschäfte.«

Er lächelte halbherzig. »Und es macht dir nichts aus?«

Sie presste ihre Lippen zusammen. »Vielleicht ein ganz kleines bisschen.«

»Soll ich wiederkommen?«

Er trat zu ihr. Obwohl er sie nicht noch einmal berührte, fühlte sie die Hitze, die in ihr aufstieg. Sie atmete tief durch und dankte im Stillen, dass sie so sehr darin geübt war, sich keine Schwäche anmerken zu lassen. »Ich habe hier mein Leben und du anderswo deines«, erklärte sie ganz nüchtern. »Aber wenn sich zwischendurch unsere Wege kreuzen, habe ich nichts dagegen.«

»Und mehr willst du nicht?«

Sie trat einen Schritt von ihm fort und konnte dadurch etwas befreiter atmen. »Mein Leben ist schwer genug. Und Liebe tut unnötig weh. Wobei das zwischen uns mit Liebe ohnehin nichts zu tun hat.«

Sie verhaspelte sich beinahe an den Worten und fragte sich unwillkürlich, wen sie da eigentlich belog – ihn oder sich. Als sie sah, wie sein Lächeln schwand, kämpfte sie kurz damit, die Worte wieder zurückzunehmen. Doch stattdessen fragte sie nur spöttisch: »Bist du nun enttäuscht?«

»Von wegen!«, antwortete er wie aus der Pistole geschossen. »Das kommt mir gerade recht.«

Nun war er es, der den Rücken straffte und erhobenen Haupts

an ihr vorbeiging. Das blonde Haar wehte im Wind. Kurz konnte sie sich beherrschen, dann lief sie ihm nach.

»Wirst du andere Frauen haben?«, fragte sie atemlos.

»Sag bloß, du bist eifersüchtig?« Jetzt klang er spöttisch.

»Ich bin nicht eifersüchtig«, murmelte sie trotzig. »Ich will es nur wissen.«

»Und wenn ich es dir nicht sage? Kannst du mit der Ungewissheit leben? Da doch, wie du sagst, keine Liebe im Spiel ist?«

Eine Weile kaute sie auf den Lippen; die Erinnerung an die Lust verblasste, zurück blieb nur Angst vor Leere und Einsamkeit, die sie verzagt stimmte. Auch wenn sie sich ihm in der Nacht ganz hingegeben hatte – bei Tageslicht konnte sie sich ihm nicht mit Haut und Haaren ausliefern und ihre Gefühle bekennen. »Und ob ich das kann«, erklärte sie schroff und eilte auf das Haupthaus zu, ohne sich noch einmal zu ihm umzudrehen.

Zwei Tage später nahm Arthur Abschied von Emilia. Nachdem er sich aufs Pferd geschwungen hatte, versteckte sie sich im Schatten des Haupthauses. Sie wollte nicht, dass irgendjemand sie sah. Vor ihm selbst hatte sie sie eben noch zu verbergen gewusst, aber als sie ihm nachsah und die Hufe des Pferdes eine Staubwolke aufwirbelten, hatte sie keine Macht mehr über ihre Züge. Trostlos fühlte sie sich, verlassen. Das Licht erschien ihr plötzlich so viel fahler, die Welt so farblos. Ein trockenes Schluchzen löste sich aus ihrer Kehle. Sie schluckte heftig dagegen an, denn sie wusste, dass sie nicht wieder aufhören könnte zu weinen, wenn auch nur eine Träne über ihre Wangen perlte.

Rita trat leise zu ihr, doch Emilia stieß ihren Arm zurück, als sie über ihre Schultern streicheln wollte.

»Wir haben so viel zu tun«, erklärte sie mit gleichgültiger Stimme. »Die Lammung hat eingesetzt, das heißt, ab heute müssen die Koppeln täglich beritten und über die Geburten Buch geführt werden. In vier Wochen müssen wir die Lämmer markieren. Und außerdem dauert es nicht mehr lang, dann beginnt die Schafschur. Wenn ich nur daran denke! Drei Wochen ohne eine einzige Pause, und ...«

»Emilia!«

»Wir brauchen bessere Treiber als beim letzten Mal. Diese Männer kommen während der Schur kaum aus dem Sattel, da sollten sie notfalls im Schlaf reiten können. Und Ana muss endlich ordentlich melken lernen! Sie ist viel zu langsam dabei, und es muss doch zügig erfolgen, sonst lässt der Milchfluss nach.«

»Emilia!«

»Und an den nächsten Winter müssen wir auch denken. Wir müssen mehr Holz aus den Wäldern und den Buschbeständen holen, sonst wird es wieder knapp wie beim letzten Mal. Und ich will noch mehr Böcke, damit wir ...«

»Emilia, nun hör endlich auf!«

Rita legte ihr wieder den Arm um die Schultern, diesmal so fordernd, dass Emilia es nicht wagte, sie zurückzustoßen. »Warum hast du Arthur nur gehen lassen?«

Emilia verdrehte die Augen.

»Das fragst ausgerechnet du mich?«, setzte sie zum Gegenangriff an. »Du weist Balthasar doch auch ständig zurück.«

Rita zuckte zusammen und ließ sie augenblicklich los. »Wie kommst du nur darauf?«

»Jeder Blinde kann sehen, dass er dich aufrichtig mag! Doch er würde nicht ständig dreinblicken wie ein verendendes Schaf, wenn du seine Gefühle erwiderst. Wobei ich sogar glaube, dass du sie erwiderst. Du bist so glücklich und befreit, wenn du mit ihm zusammen bist. Aber du willst dir nicht eingestehen, was Balthasar dir bedeutet. Du wagst es nicht, weil es dir Angst macht, jemanden so nahe an dich heranzulassen. Nun gut, tu, was du für richtig hältst, ich mische mich gewiss nicht ein. Aber sag mir nicht, wie ich mich Arthur gegenüber zu verhalten habe!«

Ihre Worte klangen viel strenger und barscher, als sie wollte, und als sie Ritas bestürztes Gesicht sah, tat es ihr augenblicklich leid, sich nicht besser beherrscht zu haben. Ihre Freundin traf schließlich keine Schuld an den widerstreitenden Gefühlen, die in ihr tobten: Kummer, weil Arthur fort war, Hoffnung, ihn wiederzusehen, Trotz, der sie zu Gleichmut zwang, Furcht vor Schmerzen.

»Es tut mir leid«, murmelte sie, »ich hätte …«

»Vielleicht hast du recht«, sagte Rita leise und senkte ihren Blick. »Aber Balthasar und ich – das geht nicht. Das ist unmöglich!«

»Warum nicht? Weil er so hässlich ist?«

»Ach was!« Rita schüttelte den Kopf. »Ich sehe seine Brandwunden gar nicht mehr, ich merke kaum, dass er hinkt. Aber …« Sie brach ab. »Hast du Arthur wegen … Manuel gehen lassen?«, fragte sie unvermittelt.

»Lenk nicht vom Thema ab!«

»Das tue ich nicht, denn uns beiden geht es doch ähnlich. Vielleicht kann eine Frau nur einmal lieben. Du hast Manuel geliebt – und ich Jerónimo. Nicht, dass ich die beiden vergleichen will. Manuel ist ein guter Mann und Jerónimo ein Scheusal. Aber geliebt habe ich ihn trotzdem, zumindest solange ich nicht wusste, was er plante. Und jetzt … o ich weiß, dass Balthasar meine Liebe so viel mehr verdienen würde als Jerónimo, aber ich bin nicht stark genug … nicht mutig genug … nicht …«, sie zögerte, ehe sie schließlich über die Lippen

presste: »Ich bin nicht heil genug, es noch einmal zu wagen. Wer könnte mich besser verstehen als du? Du hast doch auch Angst vor der Liebe. Und vor dem Schmerz, den sie bringt.«
Emilia nickte nachdenklich. Nun, da Rita ihn erwähnt hatte, versuchte sie, Manuels Gesicht heraufzubeschwören. Es gelang ihr ganz leicht, als sie an Kinderzeiten dachte – wenn sie bei Annelie Kuchen stibitzt, im Kuhstall Streiche ausgeheckt, sie seine Cousinen verspottet und im See geplanscht hatten. Nur wenn sie an ihn als Mann denken wollte, den sie damals in der Lichtung zum ersten Mal geküsst hatte, der gleichen Lichtung, in der sie die erste und letzte gemeinsame Nacht verbracht hatten, so geriet sein Bild matt. Sie war sich nicht mehr sicher, welche Farbe seine Haare gehabt hatten, ständig kamen ihr Arthurs blonde Locken in den Sinn.
»Balthasar hat mir übrigens gesagt, dass er noch länger hierbleiben möchte«, sagte Rita.
Emilia schüttelte sich, als könnte sie die Erinnerungen loswerden wie ein nasser Hund das Wasser in seinem Fell. »Gut«, sagte sie, und ihre Stimme klang wieder ausdruckslos. »Wir können jedes Paar Hände brauchen, bei all der Arbeit, die bevorsteht.«
Und dann begann sie wieder, künftige Aufgaben aufzuzählen, die ihre Tage ausfüllen und verhindern würden, dass sie Arthur allzu sehr vermisste.

27. Kapitel

Ein Jahr später

Rita lächelte, als ihr Blick auf Ana fiel. Eben noch damit beschäftigt, Wäsche aufzuhängen, hatte diese mit der Arbeit innegehalten, als sie Maril auf sich zureiten sah, und kurz breitete sich sichtliche Erleichterung in ihrem Blick aus, dass er heil auf die Estancia zurückkehrte. Doch schon im nächsten Augenblick verhärteten sich ihre Züge, und sie widmete sich wieder der Wäsche, als hätte sie ihn nicht bemerkt.

Maril war ein stets wiederkehrender Gast, doch weder kündigte er seine Besuche jemals an noch, wie lange er bleiben würde. Manchmal waren es nur wenige Tage, manchmal Wochen. Er schien sich hier wohl zu fühlen, aber das hielt ihn nicht davon ab, stets so plötzlich zu verschwinden, wie er aufgetaucht war. Nicht nur einmal hatte Ana ihm wütend nachgerufen, dass ihn gewiss eine Kugel von einem englischen Schafzüchter oder von chilenischem Pack treffen würde.

»Würdest du dann ein Pferd für mich schlachten?«, fragte er sie daraufhin, denn dies war bei den Tehuelche der übliche Brauch, um einen Verstorbenen zu betrauern.

Jedes Mal stemmte Ana ihre Hände in die Hüften und erklärte eisig: »Ich würde keinen einzigen Gedanken an dich verschwenden. Und die Pferde brauchen wir alle selbst – die werden wir gewiss nicht für dich schlachten.«

Oft musste Rita an Emilia und Arthur denken, wenn sie die beiden beobachtete. Ana und Emilia konnten Schwestern sein – verbargen sie doch beide ihre Sorgen und Gefühle stets hinter Schroffheit. Nur die Methoden, damit zu leben, waren andere: Emilia schuftete noch härter, wenn ihr etwas Kummer bereitete, und scheuchte sämtliche Bewohner über die Schaffarm – selbst mit Don Andrea redete sie beizeiten so befehlend, als wäre er ein kleines Kind –, Ana dagegen wurde immer stiller, zog sich zurück und streifte nächtelang durch die Einsamkeit. Wortkarg war sie schon früher gewesen – nun verstummte sie jedes Mal gänzlich, wenn Maril die Estancia wieder einmal verließ. Kam er allerdings wohlbehalten wieder, wurde sie nicht sonderlich gesprächiger – so auch jetzt nicht, da sie sich weigerte, ihn zu begrüßen, sondern vermeintlich nur Augen für ihre Wäsche hatte.
Dessen ungeachtet dirigierte Maril sein Pferd zu ihr, sprang dicht neben ihr ab, und wenn Ana auch die Lippen zusammenkniff, so starrte sie ihn dennoch ehrfürchtig an, wie immer sichtlich beeindruckt von dieser so eleganten, ja aristokratisch anmutenden Erscheinung.
Offenbar kam Maril eben von der Jagd. Sein muskulöser Oberkörper war nackt wie so oft, in der rechten Hand trug er eine Lanze. Erst vor kurzem hatte er sie angefertigt und sich zu diesem Zweck eine ihrer alten Scherenspitzen erbeten. Den hölzernen Griff hatte er selbst geschnitzt. Über dem Sattel seines Pferdes hingen mehrere Decken und Umhänge – nicht nur, um weich zu sitzen, sondern um jederzeit und überall ein Nachtlager aufschlagen zu können. Das dunkle, lange Haar glänzte stärker als sonst – wahrscheinlich weil er es entweder mit Pferdefett, Straußenfett oder mit dem Mark von Guanakofohlen eingeschmiert hatte. Letzteres duftete viel angenehmer, als Rita es erwartet hätte, nämlich nach Veilchen. In der

Stirn wurde das Haar mit einem Band zurückgehalten, auf dem viele kleine Kupferplättchen, die im Licht leuchteten, angebracht waren.
Rita hatte Maril einmal beobachtet, wie er sich mit einem Kamm aus grobem, trockenem Gras voller Sorgfalt seine Haare gekämmt und jedes Haar, das er verlor, hinterher eingesammelt und verbrannt hatte. Warum er das täte, hatte sie gefragt, und er hatte – wie üblich ausdruckslos – gemurmelt, dass dies eine alte Sitte sei, um zu verhindern, dass irgendjemand mit seinen Haaren einen bösen Zauber triebe. Nicht nur seine Haare pflegte Maril gründlich – auch sonst legte er viel Wert auf Reinlichkeit. Er rasierte sich nicht nur regelmäßig, sondern ging, so er sich denn auf der Estancia aufhielt, jeden Tag zu einem nahe gelegenen Tümpel, um dort nackt zu baden. Zumindest behauptete Ana, dass er nackt wäre, woraufhin Rita gemeint hatte, dass sie das nur wissen könnte, wenn sie ihm heimlich gefolgt wäre und ihn beobachtet hätte. Ana hatte stolz behauptet, sie hätte gerne darauf verzichten wollen, ihn nackt zu sehen; sie hätte lediglich wissen wollen, was Maril dort heimlich in dem Tümpel treibe. Was, so hatte Rita lachend gefragt, könnte man denn anderes in einem Tümpel tun als baden? »Er hätte ja auch Fische fangen können«, hatte Ana stur erklärt, obwohl sie natürlich wusste, dass die Tehuelche keine Fische aßen.
Maril hatte ihnen nicht nur erzählt, wie er den eigenen Körper pflegte, sondern auch berichtet, wie sich die Frauen seines Volkes die Haare frisierten. Er hatte auf Ritas dunkles Haar gedeutet und gemeint, dass auch ihr die Zöpfe, die diese sich flochten, gut stehen würden. Rita hatte entschieden den Kopf geschüttelt – Ana dagegen trug seitdem die Haare nicht länger in einem, sondern nach Tehuelche-Art in zwei Zöpfe gebunden. Da ihre Strähnen jedoch nicht lang und glatt waren, sondern lockig und spröde, lösten sie sich spätestens zur Mittags-

zeit wieder auf. Womit sie mehr Erfolg hatte, war, sich mit zwei perfekt aufeinandersitzenden Muscheln die Augenbrauen zu zupfen. Auch nachdem Emilia spöttisch gemeint hätte, dass es den Schafen herzlich gleich wäre, wie viel Haare man im Gesicht trüge, hatte sie nicht damit aufgehört. Dass diese Schönheitspflege jedoch irgendetwas mit Maril zu tun hätte, leugnete sie entschieden.
Dieser reichte Ana gerade etwas.
»Was ist das?«, hörte Rita Ana fragen und trat neugierig näher.
»Nadel und Faden«, erklärte er knapp.
Auf den ersten Blick konnte Rita nichts dergleichen erkennen, doch dann sah sie, dass er einfach einen großen Dorn genommen hatte, ein kleines Loch hineingeschnitten und schließlich eine Straußensehne eingefädelt hatte.
»Und was soll ich damit?«, fragte Ana unwirsch.
Er deutete auf seine ledernen Beinkleider. Eines hing in Fetzen um sein Knie. »Ich bin an einem Busch hängengeblieben. Und ich dachte, du könntest das für mich nähen.«
Ana fuhr zurück. »Warum sollte ich?«
Marils glattes Gesicht verdunkelte sich. »Die Frauen meines Stammes tun immer, worum man sie bittet.«
»Pah!« Ana lachte trocken, als Maril noch skeptischer die Stirn verzog. »Die Frauen deines Stammes, so heißt es, reden auch nur dann, wenn sie von Männern dazu aufgefordert werden. Doch hast du hier auf dieser Estancia auch nur einmal erlebt, dass es so wäre?«
Maril ließ die Nadel sinken. »Deswegen haben unsere Männer drei, vier, manche sogar fünf Frauen«, sagte er leise, »damit wenigstens eine gehorcht, wenn sich die anderen als störrisch erweisen.«
Ana kniff die Lippen zusammen und beugte sich wieder über

den Waschzuber – Ritas Lächeln hingegen wurde noch breiter. Mittlerweile war sie sich sicher, dass Maril sie mit Absicht provozierte – wäre es ihm allein darum gegangen, dass die zerrissenen Beinkleider genäht wurden, hätte er sich schließlich an sie gewandt, die darin die Geschickteste war. Sein Gesicht war immer stolz und ausdruckslos, und wenn Ana manche Sitte seines Volkes lächerlich machte, erschien ein strenger Zug um seinen Mund. Dennoch hatte Rita es oft erlebt, dass er ihren Widerspruch geradezu herausforderte und sich über ihre schnippischen Worte amüsierte.

Auch darin, dachte Rita manchmal, glichen Ana und Emilia einander wie Schwestern. Die beiden hatten so oft ums nackte Überleben gekämpft, dass alles zum Kampf wurde, und sei es ein nettes Geplänkel.

Eine andere Bewohnerin der Estancia zeigte unterdessen ihre Wiedersehensfreude ungleich deutlicher als die spröde Russin. Maril wollte sich gerade um sein Pferd kümmern, als Aurelia auf ihn zugelaufen kam.

»Maril!«, rief sie aufgeregt und breitete die Arme aus.

Anders als Balthasar hatte dieser riesige Mann ihr anfangs Angst eingejagt. Sie hatte ihn zwar stets fasziniert gemustert und manche Frage gestellt – Berührungen aber gescheut. Doch irgendwann einmal hatte er beim Abendessen erzählt, dass die Kinder seines Volkes sehr ungezogen waren, weil sie schlichtweg alles machen durften, was sie wollten.

»Alles?«, hatte Aurelia begeistert gefragt.

»Ja doch! Man lässt ihnen immerzu ihren Willen«, hatte er geantwortet und nach einer Weile hinzugefügt: »Außerdem laufen sie nackt herum.«

»Und wenn es kalt wird?«

»Dann werden sie mit Straußenfett eingerieben – aber nackt bleiben sie trotzdem.«

Aurelia hatte das ungeheuer beeindruckt, und danach war die Furcht vor diesem Riesen verflogen.
Nun hob Maril sie kurz hoch, setzte sie jedoch rasch wieder auf den Boden. Nie zeigte er, dass ihm etwas an dem Mädchen lag. Zwar durften die Kinder bei den Tehuelche machen, was sie wollten – aber es war auch Gesetz, dass sich die Männer nicht mit ihnen abgaben. Rita nahm an, dass es ihnen der Stolz verbot – gleicher Stolz, der Maril auch dazu verpflichtete, sich stets aufs Neue mit Geschenken und Arbeit dafür erkenntlich zu zeigen, dass Emilia ihn damals nicht von der Estancia gejagt hatte.
»Spielen wir wieder Steinewerfen?«, fragte Aurelia aufgeregt. »Und lässt du mich auf dem Pferd reiten? Und hast du deine Würfel dabei?«
Maril runzelte die Stirn, aber um die Lippen erschien die Andeutung eines Lächelns. Auch wenn er so tat, als läge ihm nichts an Aurelia – dass seine Leidenschaft fürs Würfelspiel so groß war wie ihre, konnte er nicht verbergen. Eigenhändig hatte er die Würfel aus Tierknochen geschnitzt und sie, wie bei den Tehuelche üblich, mit den Zahlen 1, 2, 3, 4, 5 und 9 beschriftet.
Auch jetzt schien er zu einem neuen Spiel bereit, aber Rita trat dazwischen. »Jetzt lass Maril doch erst einmal in Ruhe ankommen«, forderte sie ihre Tochter auf.
Als Maril sie erblickte, zog er etwas aus einer Satteltasche und breitete es schweigend vor ihr aus – seine übliche Art, die Geschenke zu übergeben, die er von der Jagd mitbrachte. Diesmal war es das Leder eines Guanakos, über das Rita ehrfürchtig strich. »Wie glatt es ist!«, staunte sie.
»Und ich will wieder mit dir rechnen!«, rief Aurelia dazwischen.
Dies erstaunte Rita an der sonderlichen Freundschaft zwischen dem Tehuelche und ihrer Tochter am meisten – dass

Aurelia mit Maril so gerne rechnen übte, obwohl es doch so schwer war, sie zum Stillsitzen zu überreden. Abwechselnd mit Balthasar und Emilia mühte sie sich schon lange, ihr das Schreiben beizubringen, doch so geschickt sie mit dem Kohlestift zeichnen konnte – die Buchstaben gerieten wackelig, und es dauerte Ewigkeiten, bis sie das erste Wort lesen konnte. Dank Maril aber hatte sie jedoch in Windeseile gelernt, bis tausend zu zählen – mehr Zahlen kannten die Tehuelche gar nicht –, und er hatte ihr auch gezeigt, wie man mit Hilfe von Grashalmen, Blättern und Holzstücken verschiedene arithmetische Berechnungen anstellte.

Rita nahm das Leder an sich und überlegte, mit welchen kunstvollen Mustern sie es versehen würde. Nicht nur Aurelia hatte im vergangenen Jahr viel von Maril gelernt, sondern auch sie – nämlich alles über die Herstellung von Farben. Mittlerweile war sie sehr schnell beim Bemalen von Leder.

»Beinahe so schnell wie Frauen meines Stammes«, sagte Maril oft, obwohl sie es nicht gerne hörte.

Seine dunklen, großen Augen folgten ihr, als sie das Leder zu einem kleinen Häuschen brachte. Erst vor kurzem hatten Emilia und Balthasar es errichtet – ihr ganz persönliches Reich, wo sich ein größerer Webstuhl befand und wo sie Farben und Wolle, Stoffe und Leder aufbewahrte.

Nahezu lautlos kam Maril ihr nach, blieb jedoch an der Tür stehen, anstatt die Schwelle zu übertreten. »Ich frage mich, warum du es weiterhin leugnest«, kam es mit seiner kehligen Stimme.

»Was?«, fragte sie vermeintlich unwissend.

»Nun, wer du bist.«

Rita schwankte zwischen Betroffenheit und Ungeduld. Es war nicht zum ersten Mal, dass Maril dergleichen zu ihr sagte. Immer wieder kam er auf ihre wahre Herkunft zu sprechen.

Anfangs war er mit dem Thema noch behutsam umgegangen – nun stellte er solche Fragen ohne Umschweife.
»Du lässt nicht locker«, seufzte sie. »Hast du nicht einmal erzählt, dass Menschen deines Volkes nicht neugierig sind? Und dass sie keine unnötigen Fragen stellen?«
»Ich bin nicht neugierig. Ich weiß, dass du eine Mapuche bist.«
»Weil Ana es dir erzählt hat.«
»Nein, weil ich es fühlen kann.«
Als Rita ihn anstarrte, konnte sie ihr Entsetzen kaum verbergen. Sie stand nicht mehr jeden Tag vor dem Spiegel wie einst, um zu prüfen, ob sie einer Spanierin glich, sie ahnte, dass wohl auch Don Andrea die Wahrheit wusste. Und dennoch: Sie war nicht gewöhnt, dass man diese Wahrheit aussprach. Die anderen waren viel zu höflich und rücksichtsvoll dazu – mit Ausnahme von Maril.
»Das ist nichts, wofür man sich schämen muss«, sagte er rasch. »Willst du denn lieber eine Huinca sein?«
Rita schüttelte den Kopf. »Ich weiß«, sagte sie leise, »du bist stolz darauf, wer du bist. Aber bist du auch stolz darauf, dass du zusehen musstest, wie die anderen deines Stammes erschossen worden sind? Dass du monatelang vergebens nach einem Überlebenden gesucht, aber keinen gefunden hast? Bist du stolz, dass du jeden Tag, wenn du durch die Pampa reitest, damit rechnen musst, dass irgendjemand dich als Schafdieb denunziert und dich einfach abknallt?«
»Stolz ist das Kostbarste, was mir geblieben ist.«
Rita seufzte wieder. Manchmal war sie neidisch auf seine erhabene Haltung und dass er nie von Furcht zerrieben wirkte wie sie: Furcht, dass Jerónimo und Esteban auf die Estancia zurückkehrten, auch, wenn es bis jetzt keine Anzeichen dafür gab. Furcht, dass böse Erinnerungen sie lähmten und wieder

zu der verzweifelten Frau mit den toten Augen machten, die sie wie ein dunkler Schatten begleitete. Furcht, dass Aurelia, die ihr wie aus dem Gesicht geschnitten war, irgendwann nach ihrem Vater fragen würde. Furcht schließlich, dass sie sie nicht ausreichend liebte, diesen Rest an Scheu und Unbehagen einfach nicht loswerden konnte. Manchmal hatte sie das Gefühl, all das wäre von ihr abgefallen, und sie umarmte und liebkoste Aurelia wie jede Mutter ihr Kind. Doch dann kehrte sie plötzlich wieder – diese durchsichtige Wand, die zwischen ihnen beiden aufragte. Sie konnte sie zwar immer wieder aufs Neue überwinden. Aber sie brauchte so viel Kraft dazu.

Ja, es gab so viele Ängste, die sie, kleinen Kisten gleich, durchs Leben schleppte. Sie waren zwar gut verschlossen, aber trotzdem schwer.

»Wie hast du eigentlich früher geheißen?«, fragte Maril.

Auch die Frage nach ihrem Mapuche-Namen stellte er nicht zum ersten Mal, doch wie jedes Mal schüttelte Rita den Kopf. Damals beim Brand der Herberge, als sie so eindringlich den Befehl ihres Vaters vernommen hatte, hatte sie kurz vermeint, sich wieder an ihren Namen erinnern zu können. Aber wenn sie sich nun darauf konzentrierte, blieb es in ihr stumm.

»Ich heiße Rita«, sagte sie mit heiserer Stimme, und dann drängte sie sich an Maril vorbei, um wieder ins Freie zu Aurelia und Ana zu treten. »Nur Rita.«

Am Abend saß Rita mit Aurelia und Balthasar zusammen. Ihre Hände brannten noch von der mühsamen Prozedur, mit der sie neues Leder hergestellt hatte, aber sie war stolz, dass es am Ende so glatt geworden war wie das von Maril. Früher hatte sie oft Fehler gemacht, so dass das Leder am Ende hart und spröde war, aber mittlerweile waren ihr die Arbeitsabläufe in Fleisch und Blut übergegangen. Heute hatte sie Rohfelle erst enthäutet und dann konserviert, indem sie Salz auf die Innenfläche, vor allem auf die nichtbehaarten Fellteile, rieb und dann das Fell fest zusammenrollte, wobei der Kopfteil außen liegen musste, damit dort die entstehende Flüssigkeit abtrat.

Während Aurelia und Balthasar leise miteinander sprachen und Rita sich die geröteten Hände mit Butter eincremte, spielte Maril auf einer Flöte. Diese sah sehr merkwürdig aus, und wenn er nicht diese ebenso schönen wie traurigen Töne erzeugt hätte, hätte Rita dieses weiße Ding niemals für ein Instrument gehalten. Es war aus dem Schenkelknochen eines Guanakos hergestellt – das gleiche Material, aus dem Maril auch die Würfel gemacht hatte, mit denen Aurelia so gerne spielte. Während Rita der Musik ergriffen lauschte, hielt sich Ana, die auf die üblichen nächtlichen Spaziergänge verzichtete, wenn Maril bei ihnen war – dass das eine mit dem anderen zu tun hatte, hätte sie allerdings nie zugegeben –, die Ohren zu.

»Dieses Gejaule ist nicht auszuhalten!«, klagte sie. »In Ernestas Saloon wurde ständig immer irgendwelche schiefe Musik gespielt. Das reicht für ein Leben.«

»Wer ist Ernesta?«, fragte Aurelia neugierig.

Rita warf Ana einen mahnenden Blick zu. Sie wollte nicht, dass Ana in Gegenwart des Kindes über die Vergangenheit sprach.

Doch Ana missachtete sie. »Eine Frau, deren Parfüm dich hundert Meter gegen den Wind anweht …«, erklärte sie eifrig.

Aurelia wusste zwar nicht, was ein Parfüm war, weil sie hier in der Pampa nur grobe Seife hatten, kicherte aber trotzdem.

»Und sie trägt Schmuck, Unmengen an Schmuck«, fuhr Ana fort. »Ihre Ohrringe sind so groß wie deine Handflächen und ihre Ohrläppchen auch, weil sie ja ständig von diesem Gewicht beschwert werden. Und selbst im Sommer trägt Ernesta Pelz.«

Aurelia schüttelte sich vor Lachen. Balthasar, vor dem wie immer ein Skizzenblock lag, zeichnete blitzschnell eine Frau nach Anas Beschreibung, und obwohl er Ernesta nie mit eigenen Augen gesehen hatte, stellte Rita erstaunliche Ähnlichkeiten fest, als sie sich wenig später über das fertige Bild beugte.

Unwillkürlich erschauderte sie. Erinnerungen an jene Nacht stiegen in ihr hoch, da sie befürchten mussten, nur als Hure in Ernestas Diensten überleben zu können. Auch wenn sie diesem Schicksal entgangen waren – bis heute mussten sie ihr hohe Abgaben zahlen, was Emilia jedes Mal zu bösen Flüchen trieb.

Wenigstens musste Emilia nun dieses Bild nicht sehen. Obwohl es längst dunkel war, war sie noch draußen im Schafstall beschäftigt. Was genau sie dort trieb, wusste Rita nicht – nur, dass sie Emilia nie so viel hatte arbeiten sehen wie im letzten Jahr. Oft fragte sie sich, woher sie ihre Kräfte nahm, zumal sie niemals müde schien. Immerhin scheuchte sie Rita nicht mehr herum wie einst, sondern war zunehmend von Ritas Gespür für Leder, Wolle und Stoffe begeistert. Sie ließ ihr freie Hand bei der Herstellung, war aber umso eifriger, wenn es später um den Verkauf ging. Bis jetzt hatten sie vor allem Fleisch und Fett verkauft – doch seit einigen Monaten war Emilia entschlossen, in den Textilhandel einzusteigen, und hatte Geschäftskontakte mit der Textilfabrik Bellavista in Tomé, der größten Fabrik der Provinz Concepción, begonnen.

Rita war das nur recht, obwohl es ihr nichts bedeutete, wenn Emilia von dem Geld sprach, das sie mit Stoffen und Leder verdienen könnten. Dass sie gerne mit Wolle arbeitete, dass sie immer wieder Experimente machte und Neues lernte – so zum Beispiel, dass sich Schafwolle viel leichter zu Decken und Teppichen verweben ließ als Guanakofell –, genügte ihr vollends. Sie hätte es auch dann noch mit ganzer Leidenschaft getan, wenn es keinen einzigen Peso eingebracht hätte.

»Ich will auch zeichnen! Ich will auch zeichnen!«, rief Aurelia nun.

Balthasar hob sie auf seinen Schoß, gab ihr Kohlestift und ein Blatt Papier. Rita schüttelte missbilligend den Kopf, weil er so verschwenderisch mit seinem kostbaren Papier umging. Allerdings konnte sie nicht leugnen, dass Aurelia mittlerweile sehr gut zeichnen konnte. Nicht immer stimmten die Proportionen, aber ihre Porträts hatten Ausdruck.

Wenig später hielt sie stolz das Bild hoch. »Schau!«, forderte sie energisch und hielt es Rita so dicht vor die Augen, dass sie gar nicht anders gekonnt hätte, als darauf zu blicken. Unwillkürlich hielt sie den Atem an und konnte nicht verhindern, dass ihre Mimik erstarrte.

»Wer … wer soll das sein?«, setzte sie stammelnd an.

»Ich weiß es nicht. Ich habe mir die Frau einfach nur ausgedacht«, rief Aurelia.

Ritas Blick war immer noch starr auf das Bild gerichtet. »Aber du musst so eine Frau doch irgendwann einmal gesehen haben, um sie zu zeichnen.«

»Maril hat mir von seiner Schwester erzählt! Und ich habe mir gedacht, dass sie vielleicht so aussieht.«

Rita nickte geistesabwesend.

»Was ist los?« Balthasar war ihre Beunruhigung nicht entgangen, doch seine samtige Stimme erreichte sie nicht, so gedankenverloren starrte sie auf Aurelias Bild. Er stand auf, beugte sich zu ihr und nahm ihre Hand, um sie leicht zu drücken, und kurz gelang es ihm tatsächlich, sie abzulenken; kurz gab sie sich dieser Vertraulichkeit hin, ehe sie sich rasch losmachte.

»Nicht!«, rief sie. »Ich habe mir die Hände doch gerade mit Butter eingerieben.«
Sie mochte Balthasar von ganzem Herzen, sie war gerne mit ihm zusammen, erzählte ihm von ihren Stoffen, ließ sich beruhigen, wenn irgendwelche Ängste sie verfolgten. Doch seine Berührungen scheute sie nach wie vor. Wärme stieg dann zwar in ihr hoch, aber auch Erinnerungen – Erinnerungen an die Zeit, da sie Jerónimo geliebt hatte.
Sie unterdrückte sie mit aller Macht, und als ihr Blick wieder auf Aurelias Bild fiel, versuchte sie, auch das zu unterdrücken: die Trauer und Bestürzung, die bei seinem Anblick in ihr hochstiegen.
Denn die Frau auf dem Bild, das Aurelia gemalt hatte, sah aus wie ihre Großmutter.

Emilia ließ ihren Blick über die Estancia schweifen. Gestern, als die übrigen Bewohner bereits gemütlich beisammensaßen, hatte sie noch bis spät in die Nacht gearbeitet. Und während die anderen nun noch schliefen, hatte sie sich schon beim ersten Dämmerlicht wieder erhoben. Noch war dieses Licht kaum mehr als ein bläuliches Flackern, das nahezu vergebens gegen die Nacht ankämpfte.
Vor Müdigkeit schmerzten ihre Glieder, aber sie hatte einfach keinen Schlaf mehr gefunden, und wie immer wurde alle Mühsal erträglich, wenn sie stolz darauf blickte, was sie hier erreicht hatte.
Im letzten Jahr hatte sie noch mehr Böcke gekauft und vielen Lämmern auf die Welt geholfen; sie handelte mit Fleisch und Wolle und seit kurzem mit Ritas Stoffen und Leder. Gewiss – viele andere Estancieros konnten auf mehr Besitz und Schafe verweisen, vor allem die großen Kompagnien der Engländer. Doch unter den kleineren Familienbetrieben, auf denen die

Besitzer alle Arbeiten selbst ausführten, machte sie den meisten Gewinn und bewies somit täglich, dass für die, die genügend Tatkraft und Willen aufbrachten, Schafe tatsächlich »Weißes Gold« waren.

Energischen Schrittes ging sie die Koppel ab. Es roch ungewöhnlich streng, wahrscheinlich waren die Weibchen bald in Brunst. Sie hatte gelernt, die Zeichen zu deuten, die dieses anzeigten: häufiges Blöken, Urinieren und stets Wedeln mit dem Schwanz. Ihre Scham rötete sich und schwoll an, und sie suchten die Nähe des Bocks. Der wiederum kostete begierig den Harn, blies beim sogenannten Flämen Luft durch die Nase und zog seine Oberlippe hoch. In Emilias Augen dauerte diese Vorbereitung lächerlich lange im Vergleich zum jämmerlich anmutenden Deckakt, der nach höchstens zehn Sekunden schon wieder vorbei war. Danach begann für sie eine Zeit des Hoffens und Bangens, denn erst im vierten oder fünften Monat deuteten schwellende Euter und ein wachsender Bauch darauf hin, ob das Schaf tatsächlich lammen würde.

Wenn die Geburt nahte, schlief sie manchmal im Schafstall … so wie damals mit Arthur … wobei sie, genau genommen, damals nicht geschlafen, sondern sich geliebt hatten …

Wie immer, wenn sie daran dachte, überfiel sie die Sehnsucht nach ihm, doch sie gab ihr nicht nach, schüttelte stattdessen den Kopf und ging rasch weiter. Warum sollte sie sich auch nach ihm sehnen?, sagte sie sich. Schließlich hatten sie sich im letzten Jahr vier Mal gesehen und ihre Begierde aufeinander gestillt – das musste doch genügen. Zwei Mal war er hierhergekommen, als er Zwischenstation in Punta Arenas machte, zwei Mal war sie selbst dort hingereist – wobei der eigentliche Grund der Reise, wie sie betonte, nicht er, sondern die Schafe waren. Dass sie sich in einer Herberge getroffen hatten, hatte sie lediglich als angenehmen Zufall bezeichnet. Jedes Mal, wenn sie diese Herberge betreten hatte, hatte sie Angst gehabt, dass sie sie an die verlorene Casa Emilia erinnern würde, doch sobald sie Arthur umarmte und küsste und zum Bett zog, zählte nicht mehr, wo sie sich befand. In einer eigenen, kleinen Welt schienen sie dann zu leben, in der weder geredet noch gedacht wurde, sondern einzig ihre Körper miteinander sprachen.

Mehrere Wochen zehrte sie von diesen Begegnungen; alles schien ihr dann leichter von der Hand zu gehen – doch wenn zu viel Zeit vergangen war, boten die Erinnerungen keine Labsal mehr, sondern dann bereitete die Sehnsucht fast körperlichen Schmerz. Sie unterdrückte ihn mit aller Macht, sagte sich, dass kein Schmerz an den heranreichen konnte, als sie einst die Heimat und Manuel verlassen hatte, und nutzte ein bewährtes Mittel, sich von Arthur abzulenken – die Arbeit. Sie verbrachte so viel Zeit wie möglich in den Ställen und auf den Koppeln, schleppte Wasser und schlug Holz, sägte und hämmerte, wühlte mit bloßen Händen oder grub mit Schaufeln in der Erde. Danach war der Schmerz immer noch groß, aber sie konnte sich sagen, dass er von der Schufterei, nicht von der Sehnsucht nach Arthur rührte. Wenn es draußen nichts mehr zu tun gab, stürzte sie sich mit ganzer Leidenschaft aufs Kochen.

Zunächst hatte es auf der Schaffarm zu wenig Zutaten gegeben, um ihren Ehrgeiz anzuspornen, doch dank Maril hatte sie im letzten Jahr viele neue Gerichte kennengelernt und ausprobiert. Von ihm hatte sie nicht nur gelernt, dass es auch in der kargen Pampa viel gab, was man essen konnte – sondern auch, wo es zu finden war.

Schon jetzt, zeitig am Morgen, da sie noch mit den Schafen beschäftigt war, freute sie sich, bald wieder in der Küche zu werkeln. Zuerst hatte sie die Rezepte der Tehuelche einfach übernommen – später ging sie ungleich kreativer vor und begann zu mischen, was vor ihr wohl noch niemand gemischt hatte. Anstelle von Spinat kochte sie Suppe mit wildwachsendem Löwenzahn, aus Blättern vieler Pflanzen ergab sich ein hervorragender Salat. Sie tauschte auf dem Markt von Punta Arenas Kartoffeln und Rüben gegen Zwieback und Mehl, formte daraus Knödel und buk sie in der Asche. Die Früchte der Calafate und Berberitze konnte man in Rum einlegen – was dann Guindado hieß – oder zu Marmelade und Kompott weiterverarbeiten. In ihrem kleinen Garten hatte sie Johannis- und Erdbeeren angebaut, und da die Ausbeute nur sehr karg war, streckte sie die Beeren mit den Früchten des Algarrobadorns, der wie Pfirsich schmeckte. Aus den Steinfrüchten eines Weihrauchstrauchs konnte man einen Tee machen und dessen weißen Wurzeln, die wie Eibisch schmeckten, wiederum wie Kartoffeln kochen.

Wurzeln ließen sich überhaupt gut verarbeiten. Die vom Chapac ergaben ein weißes Pulver, das süß schmeckte und den Zucker ersetzte, und die Wurzeln des Llareta konnte man wie Fleisch braten.

Keinen Mangel gab es überdies an jeder Art von Pilzen: Champignons, die auf dem Schafmist wuchsen, und kleine Schwämme, die auf der Rinde einer Buchenart quollen. Manchmal tauschte sie diese Pilze bei den Nachbarn gegen Kürbisse ein, entfernte bei diesen – so ein weiterer Rat von Maril – die Kerne, füllte das Innere mit Asche auf und legte sie auf glosendes Holz, um sie langsam zu braten. Süß und saftig schmeckte später das Fruchtfleisch, und auf gleiche Weise ließen sich auch Äpfel braten.

Was sie sich erst hier auf der Estancia angewöhnt hatten, war, regelmäßig Mate zu trinken, wobei sie, wenn ihnen der Mate ausging, auch die Blätter des Yerbastrauchs verwendeten. Zunächst wurde das Teekraut kalt angefeuchtet, dann mit kochendem Wasser aufgegossen und später der Tee mit einem Schilfrohr aus dem Topf gesaugt.

Sehr stolz machte sie, dass sie mehr Fleisch als früher aßen – ein Zeichen wachsenden Reichtums – und sich dank Marils Jagdkünsten nicht mehr nur auf Schaf- und dann und wann auf Rindfleisch beschränken mussten. Am reichhaltigsten, weil am fettesten, war Straußenfleisch, aber Maril jagte außerdem Hasen, den Coruror – einen Nager –, Gürtel- und Stinktiere, Rebhühner und Füchse, und in der Nähe der Kordilleren Hirschkühe und Pumas, die ein besonders saftiges Fleisch hatten.

Emilia hätte nie geglaubt, dass man ein Stinktier überhaupt essen könnte, aber nachdem sie Maril einmal dabei zugesehen hatte, hatte sie sich selbst an dessen Zubereitung versucht: Zunächst wurden die Haare angesengt, dann heiße Steine in die Eingeweide gelegt und schließlich das ganze Tier stundenlang in Asche gebraten. Das Fleisch, das man später davon abschneiden konnte, war tatsächlich saftig weich.

Vögel jagte Maril nicht – diese wurden bei den Tehuelche gar nicht gegessen –, doch er sammelte die Eier von Enten- und Möwenarten, wenn er einmal bis in die Nähe der Küste vordrang.

Am häufigsten wurde bei den Tehuelche Guanakofleisch aufgetischt, wobei die Fettstücke hinter den Augenhöhlen als besondere Delikatesse galten. Wenn Maril solche Tiere erlegt hatte, schnitt er den Bauch auf, weidete sie aus, stopfte Kopf und Läufe hinein und kam mit einem handlichen Bündel, das sich leicht schultern ließ, wieder. Emilia briet dann das Fleisch mit Wurzeln und Pilzen, Kräutern und Salz, und Rita oder Ana gerbten das Leder.

Je länger sie ans Essen dachte, desto leerer fühlte sich ihr Magen an, und sie beschleunigte ihren Schritt. Sie freute sich nicht nur auf den morgendlichen Mate-Tee, sondern auch auf ein Stück Brot, das sie erst vor zwei Tagen frisch gebacken hatte – eine mühselige Prozedur vor offenem Herd zwar, bei dem man meist inmitten einer beißenden Rauchwolke stand, aber eine Arbeit, die sich lohnte.

Sie hatte das Haupthaus noch nicht erreicht, als sie plötzlich innehielt. Nicht nur die Stimmen der anderen, die mittlerweile erwacht waren und sich für den Tag rüsteten, waren zu vernehmen, sondern auch das Getrampel von Hufen. Als sie sich umdrehte, sah sie die übliche Staubwolke, die diese im Patio aufgewirbelt hatten; so dicht war sie, dass sie zunächst die Reiter nicht erkennen konnten, die auf der Estancia eintrafen. Unwillkürlich pochte ihr Herz schneller. Inmitten der Einöde war es stets eine Freude, Besuch zu bekommen, doch seit der Belagerung vor einem Jahr lebte sie mit der steten Angst, dass Esteban und Jerónimo erneut auftauchen könnten, um die Estancia einzufordern, oder junge Männer sie auf der Jagd nach Indianern heimsuchten. Zwar hatte sie seit damals einige Angestellte, die nicht nur während arbeitsintensiver Zeiten wie der Schur, sondern permanent auf der Estancia lebten und sie bewachten, und es war auch nie zu einem weiteren Vorfall dieser Art gekommen, aber sie wurde ihr Unbehagen nie gänzlich los und fühlte sich manchmal wie aus tausend unsichtbaren Augen beobachtet. Nun sah sie, wie sich ein überaus breitschultriger, dicker Leib von einem der Pferde schwang – erstaunlich, dass das Tier ihn überhaupt zu tragen vermochte –, und das konnte nur Pedro sein. Sein Versprechen nach dem Überfall, nun dauerhaft auf der Estancia zu leben und sie zu beschützen, hatte er – wie von allen erwartet – gebrochen, aber er kam nun häufiger und regelmäßiger, um nach dem Rechten zu schauen.

»Pedro!«, rief sie freudig und erleichtert und lief auf ihn zu.

»Du bist wieder hier! Ist bei der letzten Lieferung alles gut verlaufen?«
Er war vor etwa drei Wochen aufgebrochen, und eigentlich hatte sie ihn erst im nächsten Monat zurückerwartet.
»Emilia!« Für gewöhnlich packte er sie an der Taille und hob sie hoch, um sie an sich zu pressen, doch diesmal wahrte er ungewohnten Abstand und deutete hinter sich. »Ich habe jemanden mitgebracht. Besuch für dich.«
Sie hob den Kopf und sah weitere Pferde nahen, aber sie konnte die Reiter noch nicht erkennen.
»Ist Arthur dabei?«, fragte sie und versuchte, gleichgültig zu klingen, obwohl ihr Herz einen freudigen Sprung gemacht hatte.
Pedro schüttelte den Kopf. »Nein, der nicht – und, genau genommen, kenne ich diese Leute gar nicht. Ich selbst bin sehr zeitig am Morgen aufgebrochen, während diese hier wohl schon seit gestern auf der Suche nach der Estancia sind. Ich bin auf sie gestoßen, als sie gerade ein Lagerfeuer machten, und ins Gespräch mit ihnen gekommen, und als sie mich nach dem Weg zu dir fragten, habe ich ihnen gesagt, sie könnten mir nachreiten. Wahrscheinlich hätten sie sonst nie hierhergefunden.«
Emilia bemühte sich, ihre Enttäuschung zu verbergen. Kein Arthur, dachte sie traurig und fügte sofort trotzig im Stillen hinzu: Wozu brauchte sie aber auch Arthur, sie kam gut ohne ihn zurecht, es war auch noch nicht so lange her, dass sie sich gesehen hatten, besser sie gewöhnten sich nicht zu sehr aneinander und …
Im nächsten Augenblick verstummten alle Gedanken in ihrem Kopf. Die Reiter waren näher gekommen, Emilia konnte in ihre Gesichter sehen und erkannte sie sofort. Ein Aufschrei entrang ihrer Kehle.

Pedro fuhr alarmiert zu ihr herum. »Hast du etwa Angst vor ihnen? Wenn ich gewusst hätte …«

Emilia konnte nichts sagen, nur ein weiteres Mal aufschreien. Dann erst stammelte sie mit Müh und Not, dass sie nicht vor Entsetzen geschrien hatte, sondern vor Freude, und stürmte ohne weitere Erklärungen auf die Ankömmlinge zu.

28. Kapitel

Sie hatte nie gewagt, es sich auch nur zu wünschen, ihn wiederzusehen. Die Hoffnung darauf war stets mit Angst und Scham befleckt gewesen. An Manuel zu denken tat weh – an ihn zu denken war unmöglich.

Doch eben weil sie ihn aus ihrem Denken ausgemerzt hatte, war es nun so leicht, dem ersten Impuls zu folgen, auf ihn zuzulaufen, ihm um den Hals zu fallen. Und auch er wich nicht zurück, sondern drückte sie so fest an sich, dass sie kaum Luft bekam. Nach einer Weile hielt er sie kurz von sich, um sie eingehender zu betrachten, schloss sie aber alsbald wieder wortlos in die Arme.

Cornelius Suckow.

Der Mann, den sie ihr Leben lang für ihren Vater gehalten hatte. Und der es ganz plötzlich, ganz selbstverständlich wieder war, zumindest für diesen kurzen Moment.

»Vater«, murmelte sie, »Vater …«

All die Jahre hatte sie gedacht, sie könnte dieses Wort unmöglich aussprechen, ohne daran zu ersticken; besudelt müsste dieses Wort sein, regelrecht vergiftet – von der Schande ihrer wahren Herkunft, von der Trauer, weil sie deswegen die Heimat hatte verlassen müssen, von der Verlogenheit, weil er ihr doch ein Leben lang etwas vorgespielt hatte.

Erst jetzt, als er ein zweites Mal abrückte und ihr ins Gesicht blickte, wusste sie, dass er sie nie angelogen hatte, zumindest nicht, was seine Zuneigung, seine Liebe, die Hoffnung, dass es ihr gutgehe, anbelangte.

»Mein Gott … Emilia«, brachte er nach gefühlten Ewigkeiten heiser hervor, »ich dachte, ich würde dich nie wiedersehen.«
»Was … was machst du denn hier?«
Es dauerte eine Weile, bis sie diese Frage stellen konnte. Zu viele widerstrebende Gefühle ließen ihre Stimme brechen – die gleichen Gefühle, die auch ihm so deutlich ins Gesicht geschrieben standen: Wiedersehensfreude, Kummer über verlorene Jahre, Stolz, als sein Blick über die Estancia glitt und diese als ihr Werk ausmachte, auch ein wenig Verwirrung, weil sie ihm nicht mehr als Mädchen gegenübertrat, das von Manuel und von Deutschland träumte, sondern als erwachsene Frau, die Herausforderungen gemeistert hatte und durch Enttäuschungen gegangen war, tüchtig, stur, schroff. Wahrscheinlich konnte er sie von ihrem Gesicht ablesen – die Spuren des Kampfes um eine eigene Zukunft und für die Menschen, die zu ihr gehörten und die sie liebte.
»Siehst du«, sagte plötzlich eine leise Stimme neben ihnen. »Es war richtig, sofort hierherzukommen … und nicht erst Briefe zu schreiben. Worte können viel anrichten – was Blicke und Umarmungen so leicht ausräumen.«
Überwältigt von der Wiedersehensfreude, hatte sie gar nicht mehr darauf geachtet, dass ihr Vater nicht allein gekommen war. Elisa hatte ihn begleitet, Elisa Steiner, geborene von Graberg, seine große Liebe, von der sie während ihrer Kindheit nie geahnt hatte, genauso wie ihr nicht klar gewesen war, dass er ihre Mutter Greta einst nur aus Mitleid geheiratet hatte und um ihre Ehre zu retten.
Emilia versteifte sich kaum merklich. Sie hatte keine Ahnung, wie sie Elisa gegenübertreten sollte. In ihrer Kindheit hatte sie sie gescheut, weil sie oft streng und distanziert wirkte; später hatte sie Vertrauen zu der Frau gefasst, in der sie die künftige Schwiegermutter gesehen hatte. Sie hatte es bedauert, dass

diese noch vor der Hochzeit unerwartet die Siedlung am Llanquihue-See verlassen hatte, um – offiziell um ihrer Gesundheit willen, in Wahrheit, um mit Cornelius zusammen zu sein – in Valparaíso zu leben.

Eine Weile blickten sie sich nur an. Doch als Elisa ihre Arme ausbreitete, war es plötzlich ganz leicht und selbstverständlich, auch sie zu umarmen, wenngleich nicht ganz so innig wie ihren Vater.

»Was macht ihr hier?«, fragte Emilia wieder. »Woher wisst ihr, dass ich hier lebe?«

Cornelius hatte immer noch nicht die Fassung wiedergewonnen, um es ihr zu sagen, aber Elisa erklärte es mit raschen Worten. Emilia war zunächst zu verwirrt, um alles zu verstehen. Von Stoffen war die Rede und vom Handel mit diesen. Erst als der Name Fábrica de Bellavista fiel, begriff sie. Dies war das Handelshaus in Concepción, mit dem sie Kontakt aufgenommen hatte, um die von Rita hergestellten Textilien anzupreisen. Was sie nicht wusste, war, dass ihr Vater seit langer Zeit für die Firma tätig war, durch Zufall auf ihren Namen gestoßen war und sofort Nachforschungen angestellt hatte. Und so hatte er herausgefunden, dass sie die Besitzerin einer Estancia in Patagonien war.

»Es gibt kaum etwas, womit er in den letzten Jahren nicht Handel getrieben hätte«, schloss Elisa, »und vielleicht hatte das nur den Sinn, dass es euch endlich wieder zusammenführt.«

Emilia fand endlich die Muße, die beiden genauer zu betrachten. Der Vater erschien ihr beinahe unverändert, nur die einst rotbraunen Haare waren ergraut und etwas schütterer geworden, und sein Blick wirkte umwölkt – etwa der vielen Sorgen wegen, die er sich um sie gemacht hatte? Kurz packte sie das schlechte Gewissen, weil sie nie darüber nachgedacht hatte, wie er mit ihrer überstürzten Flucht zu Rande kam. Um Manuel hatte sie sich so viele Sorgen gemacht – um ihn kaum. Überdies verstörte sie die Frage, ob es nicht der größte Fehler ihres Lebens gewesen war, einfach zu gehen. Warum hatte sie nicht nur Manuel zurückgelassen, ohne dass er eine Chance hatte, sie zu halten, sondern auch ihn? Warum hatte sie nicht auf seine Rückkehr gewartet, hatte mit ihm gesprochen und versucht, eine Lösung zu finden?

Doch plötzlich wusste sie, dass es richtig gewesen war. Wenn sie ihm heute ohne Scham und Distanz begegnen konnte, dann lag dies nicht zuletzt daran, weil sie eine Frau war, die einen festen Willen bewiesen hatte und die sich ihrer Talente sicher war. Als Mädchen wäre sie von der Angst, er könnte sie ablehnen, förmlich zerrieben worden – erst jetzt war sie stark genug, diesen Ängsten zu trotzen.

Ihr Blick wanderte zu Elisa, die ein hartes, entbehrungsreiches Leben hinter sich hatte. Sie hatte zu den ersten deutschen Siedlern gehört, die am Llanquihue-See förmlich aus dem Nichts eine Welt erschaffen hatten. In den schwierigen Anfangsjahren hatte sie viele Opfer bringen müssen, hatte nicht nur ihren Mann Lukas verloren, sondern einen ihrer vier Söhne – und hatte so lange ihre Liebe zu Cornelius nicht leben können. Ein wenig sah man ihr die vielen Prüfungen an, sah es an den Furchen in ihrem Gesicht, den rauhen Händen und dem ergrauten Haar. Doch zugleich strahlte sie so viel Würde aus und Sturheit, sich dem Leben und seinen Tücken nicht zu beugen. Und sie wirkte glücklich – nicht auf diese aufgeregte, hektische Weise, die die Wangen rot färbt und das Herz schnell pochen lässt, sondern in dieser in sich ruhenden Art. Ihr Anblick versetzte Emilia unwillkürlich einen schmerzhaften Stich. Sie wusste nicht, woher er rührte. Weil sie sich nach einer solchen Mutter gesehnt, aber nie eine solche gehabt hat-

te? Oder weil sie womöglich nie so sein würde – so zufrieden mit sich und ihrem Leben, versöhnt mit allen Schicksalsschlägen?
Emilia versuchte, nicht darüber nachzudenken, und wandte sich wieder Cornelius zu. Kurz entstand jenes peinliche Schweigen, vor dem sie sich immer am meisten gefürchtet hatte, Zeichen der Unfähigkeit, ihn auszusprechen – Gretas Namen oder gar den von Viktor. Es war das eine, sich zu umarmen – etwas anderes, an der Vergangenheit zu rühren, und noch schienen sie beide nicht dazu bereit. Doch dann überbrückte Cornelius rasch das Unbehagen, indem er Fragen zu ihrer Estancia stellte: wie viele Schafe sie besaß, wie sie sie – vor allem im Winter – fütterten, welche Rassen in der Pampa überhaupt leben könnten, wie sie diese feine Wolle produzierten.
Elisa lachte. »Jetzt lass uns doch erst mal in Ruhe ankommen.«
Emilia wies in Richtung Haus. »Wenn ihr tatsächlich die ganze Nacht unterwegs ward, müsst ihr schrecklich müde sein! Kommt hinein! Ich werde gleich Mate-Tee aufsetzen …« Vage erinnerte sie sich daran, dass auch Pedro eingetroffen war, der gewiss hungrig war und sie mit Elisa und Cornelius im Patio allein gelassen hatte.
Gott sei Dank hatte sich Ana bereits darum gekümmert, seinen leeren Magen zu füllen. Anders als Emilia hasste sie es, zu kochen, aber sie hatte ein Omelett aus Eiern zubereitet und Brot aufgeschnitten. Als die Besucher das Haus betraten, musterte Ana sie interessiert, hielt ihre Fragen jedoch zurück. Maril – stolz und ausdruckslos – schwieg natürlich auch. Nur Aurelia konnte ihre Neugierde nicht bezwingen. Nachdem sie zuerst Elisa, dann Cornelius unverwandt gemustert hatte, fragte sie fordernd: »Wer ist das?«

»Das ist mein Vater«, erklärte Emilia. Sie wunderte sich darüber und freute sich zugleich, dass dieses Wort ihr weiterhin so leicht über die Lippen kam. »Und das ist ... das ist Aurelia ... Quidels Enkeltochter«, fügte sie hinzu.

Erst als sie vom Winkel der Stube, in dem sich Ritas Spinnrad befand, einen entsetzten Aufschrei hörte, ging ihr auf, wie vorschnell sie gesprochen hatte. Rita wollte nicht, dass irgendjemand Aurelia gegenüber von ihrer Herkunft sprach – und bis jetzt hatte Emilia diesen Wunsch immer respektiert. Doch es wäre ihr widersinnig erschienen, vor Cornelius Quidels Namen zu verschweigen – er war schließlich nicht nur Ritas Vater, sondern auch ein alter Freund von ihm.

Also trat Emilia entschlossen auf die schreckerstarrte Rita zu, zog sie vom Spinnrad hoch und schob sie in Cornelius' Richtung. Wenn sie selbst heute der Vergangenheit ins Gesicht sehen musste – dann konnte die Freundin es auch.

»Und das ist Rita, Quidels Tochter«, stellt sie sie vor. Sie fühlte, wie Rita zurückweichen wollte, aber da war Cornelius schon auf sie zugetreten, nahm sie an den Schultern und betrachtete sie eindringlich und mit feucht glänzenden Augen. Scheu blickte Rita hoch und konnte schließlich nicht anders, als seine herzliche Begrüßung zu erwidern.

Emilia wandte sich ab und setzte rasch Porridge auf, um ihren aufgeregten Herzschlag ein wenig zu beruhigen. Sie verstand nicht, was die beiden miteinander murmelten, ahnte nur, dass Rita die Fragen beantwortete, die Cornelius ihr stellte, und dass für Rita die Begegnung mit ihm vielleicht ebenso heilsam war wie für sie selbst.

Nach dem Porridge machte Emilia frischen Mate-Tee, und als sie kochendes Wasser in die Blechnäpfe goss, trat Elisa zu ihr. Maril und Ana hatten die Stube verlassen, Pedro und Aurelia waren ihnen gefolgt, Balthasar – den Emilia heute noch gar nicht gesehen hatte – schien sich einem kaputten Stalltor zu widmen. Auf diesen Moment der Ruhe hatte Elisa offenbar gewartet, um einige Worte unter vier Augen mit ihr zu wechseln.

»Cornelius hat lange nicht gewagt, dich zu besuchen«, sagte sie leise. »Er dachte, du könntest ihm nicht verzeihen, dass er dich belogen hat.«

Emilia fuhr herum und blickte sie entsetzt an. »Ich? Ihm nicht verzeihen?« Nie war ihr der Gedanke gekommen, dass sich ihre Flucht auch so deuten ließ – als Akt der Wut auf einen Mann, der ihr die Wahrheit über ihr Leben vorenthalten hatte. »Ich ... ich bin doch nur gegangen, weil ich mich so geschämt habe und ...«

»Lieber Himmel, wofür hast du dich denn geschämt?«, fiel Elisa ihr ins Wort.

»Du weißt schon, weil ... weil ...« Sie wollte »meine Mutter« sagen, konnte es jedoch nicht. »Weil Greta ... und weil mein Onkel Viktor ...« Auch diesen Satz brachte sie nicht zu Ende.

Elisa sah sie voller Mitleid an. »Emilia«, fing sie schließlich langsam zu sprechen an und berührte sie sanft am Arm. »Emilia, kannst du dich an das erinnern, was ich dir einst vor vielen Jahren gesagt habe? Dass die beiden nämlich keine schlechten Menschen gewesen sind? Viktor und Greta hatten viele gute Eigenschaften – nur die Umstände haben aus ihnen gemacht, was sie waren: so verlorene Kinder und später so verbitterte Erwachsene. Du musst dich ihres Erbes nicht schämen, denn du machst das Beste daraus. Du hast die Stärke deiner Mutter, dich durchzuschlagen und zu überleben – aber du hast nicht ihre Bösartigkeit. Und Viktor ... Viktor war sehr feinfühlig. Ganz gleich, was er ihr später angetan hatte – am Anfang wollte er Greta nur beschützen. Er war nicht roh und grausam, er war einfach nur hilflos und verletzt. Nein, Emilia! Du musst dich nicht schämen! Du musst dich nicht fürchten, du könntest werden wie sie! Rede dir das bloß nicht ein!« Elisa schüttelte den Kopf und seufzte dann tief. »Ach, ich wünschte, wir hätten es dir verheimlichen können. Du kannst mir glauben, ich habe Annelie die Hölle heißgemacht, weil sie so unbedacht …«

Wieder seufzte sie.

»Ihr meintet es gut«, erwiderte Emilia und fühlte sich plötzlich so erschöpft, als wäre sie stundenlang im Schafstall gestanden. »Ihr wolltet mich schützen. Aber das Leben ist, wie es ist, man kann sich nicht davor verstecken, sondern muss ihm ins Auge blicken. Die Wahrheit ist grausam – aber es ist eben die Wahrheit. Und vielleicht ist sie besser als alle Lügen.«

Das Zittern schwand aus ihrer Stimme, ihr Klang wurde energisch.

Elisa strich ihr über den Arm.

»Ich hoffe, du bist glücklich hier … In jedem Fall hast du ein Recht auf Glück. Sprich es dir nie ab!«

Emilia zuckte die Schultern und wandte sich wieder dem Mate-Tee zu. »Die Estancia macht Gewinn, Rita hat zurück ins Leben gefunden, Ana ist froh, dass sie nicht mehr bei Ernesta arbeiten muss, und Maril hat als Einziger seines Stammes überlebt … Verzeih, das sind so viele Namen, die du nicht kennst, aber ich denke doch: Ja, sie sind halbwegs glücklich.«

»Ich habe nicht nach den anderen gefragt, sondern nach dir«, meinte Elisa, und ihr Lächeln war ebenso warm wie traurig. »Ich sehe ihn dir an – den Stolz darauf, was du geschaffen hast, aber … aber reicht dieser Stolz auch?«

Emilia straffte den Rücken. »Ich brauche keinen Mann, schon gar keine Kinder, wenn du das meinst«, erklärte sie mit üblicher Schroffheit.

»Hast du denn nie wieder dein Herz geöffnet?« Elisa wirkte besorgt, und Emilia, die nicht daran gewöhnt war, dass sich jemand um sie ängstigte, neigte kurz dazu, sie mit ein paar knappen, grimmigen Worten abzufertigen. Aber dann fühlte sie sich von diesem wachen Blick entblößt. So hart konnte sie sich gar nicht geben, dass Elisa nicht ahnte, was tief unter dem Panzer in ihr brodelte.

»Es gibt jemanden, den ich … den ich …«, setzte sie an, aber sie wusste nicht, mit welchen Worten sie es ausdrücken sollte. Dass sie Arthur begehrte, war eine Wahrheit, zu der sie sich mühelos bekennen konnte, aber sie wusste nicht, ob diese Wortwahl bei Elisa angebracht war. Dass sie ihn liebte, war wiederum etwas, was sie strikt leugnete.

Doch sie musste den Satz ohnehin nicht zu Ende führen, denn plötzlich ertönte vom Patio her erneut Hufgetrampel.

Emilia hob fragend den Kopf.

Elisa senkte den Blick und wirkte plötzlich verlegen. »Das ist sozusagen die Nachhut«, erklärte sie kleinlaut. »Ich habe Cornelius förmlich getrieben hierherzukommen – bei ihm hingegen war ich mir nicht sicher, ob sein Kommen auch so eine gute Idee gewesen ist. Allerdings hat er sich nicht ausreden lassen, uns zu begleiten – das Einzige, wozu ich ihn bewegen konnte, war, erst uns ankommen zu lassen und selbst ein wenig zu warten. Ich dachte, es könnte dir zu viel werden, uns allen gleichzeitig gegenüberzustehen.«

»Von wem redest du?«

Elisa wich ihrem Blick aus. »Er arbeitet mittlerweile sehr eng mit Cornelius zusammen und ist oft in Valparaíso. Allerdings erscheint es ihm undenkbar, die Siedlung am See für immer zu verlassen.«

Emilia blickte nach draußen, und noch ehe sie ihn sah, wusste sie plötzlich, von wem Elisa sprach. Als sie in den Patio eilte,

stieg er gerade vom Pferd – der Mann, der seit Kindesbeinen ihr Vertrauter gewesen war, mit dem sie sich eine gemeinsame Zukunft erträumt und mit dem sie jene Nacht im Wald verbracht hatte, ehe sie die Heimat für immer verließ. In ihrer Erinnerung hatte sein Gesicht an Klarheit verloren, und als sie ihn jetzt musterte, war er ihr beinahe gänzlich fremd. Weil er sich verändert hatte? Oder sie sich?
In jedem Fall stand sie ihm nach all den Jahren wieder gegenüber – dem Freund ihrer Kindheit, dem späteren Verlobten, der großen Liebe ihres Lebens: Manuel Steiner.

Emilia konnte es sich nicht erklären, doch in den ersten Tagen des Besuchs wich sie jeder Gelegenheit zu einem vertraulichen Gespräch mit Manuel aus.
Schon als sie sich begrüßten, höflich, aber distanziert, waren sie nicht allein, da Cornelius und Elisa ihr nach draußen gefolgt waren. Anstatt sich von ihnen beobachtet zu fühlen, war Emilia erleichtert darüber, und wenn sie diese Gemütsregung auch nicht recht deuten konnte, so sorgte sie auch in den nächsten Tagen instinktiv dafür, dass sie nie mit Manuel allein war. Sie musterten sich verstohlen, vor allem dann, wenn der andere gerade nicht hersah, sprachen viel und laut über Handel und Viehzucht und Geschäftsbeziehungen, und zwischendurch lächelten sie sich an – doch scheu und zögernd, wie Verwandte es tun, die irgendwie zusammengehören, nicht wie ein einstiges Liebespaar.
Gleich nach der Ankunft der Gäste stürzte sich Emilia in die Arbeit. Sie kochte sämtliche Gerichte, für die sie die Zutaten zur Verfügung hatte, sorgte dafür, dass jeder Gast zu einem Bett kam, bezog jedes einzelne selbst und lief dann ständig zwischen Haus und Koppeln hin und her. Sie gab vor, sich um die Schafe zu kümmern. In Wahrheit glaubte sie, Kopf und

Brust müssten ihr gleichermaßen platzen, wenn sie innehielt und darüber nachdachte – dass sie ihren Vater wiedersah, Elisa … und Manuel.

Erst nach und nach erlangte sie wieder die Kontrolle über ihre Gefühle. Als Cornelius und Elisa darum baten, die Estancia zu erkunden, war Emilia gerne bereit, ihren Besitz zu zeigen, und lud – vermeintlich leichtfertig – auch Manuel ein mitzukommen. In den Stunden, die folgten, waren es nur Cornelius und Elisa, die ausführlich Fragen zu den Schafen stellten – ergriff Manuel das Wort, ging es um sein Thema: den Handel.

Zunächst schob sie es auf seine Verlegenheit, dann erwachten Erinnerungen an die vielen Stunden, da sie und Manuel auf Bäumen gehockt waren, sie über ihre Zukunft gesprochen hatten und er großspurig Geschäftsideen ausgeheckt hatte – meist ellenlange Monologe, in denen es immer nur darum gegangen war, wie er reich werden würde. Sie hatte nie daran gedacht – erst jetzt fiel es ihr wieder ein, dass sie diese Reden schon als junges Mädchen nicht immer nur aufregend, sondern manchmal auch langweilig gefunden hatte.

Wehmut erwachte in ihr, das schon, aber keine Pein, als sie im erwachsenen Mann den Manuel von einst erkannte – jenen Manuel, der sich hochtrabende Ziele setzte, dem die Siedlung am Llanquihue-See immer zu klein gewesen war, der vom Ehrgeiz getrieben wurde und der seinen älteren Brüdern die größere Freiheit neidete. Jener Manuel auch, der dieses grimmige Selbstbewusstsein an den Tag legte, dass die ganze Welt ihm zustünde und jedes Hindernis eine Beleidigung darstellte.

Nur eines hatte sich verändert. Sprach er früher immer nur dann, wenn er mit ihr alleine gewesen war, so hob er nun zu den längsten Reden an, wenn möglichst viele Menschen versammelt waren. Am liebsten erzählte er, wenn sie alle beim

Abendmahl versammelt waren – so auch über seine Reisen nach Malleco und Cautín, beides Orte in Mittelchile, wo sich viele Deutsche angesiedelt hatten, die die grundlegendsten Dinge des Lebens brauchten und von ihm kauften. Was er nicht aussprach, Emilia aber später von Cornelius erfuhr, war, dass diese Gebiete einstiges Araukarierland waren, von dem die Indianer vertrieben worden waren. Cornelius wirkte kummervoll – Manuel schien sich mit dem Gedanken daran nie herumgeplagt zu haben.

Nicht minder gern sprach er über seine Kontakte nach Valparaíso – zum deutschen Handelshaus Schütte, Post y Compania, zu Kedenburg y Paulsen, Rambach y Cramer – und seine Geschäftsbeziehungen mit dem deutschen Importhaus für das südliche Chile Mauricio Gleisner y Cía in Concepción. Wahrscheinlich hatte Cornelius all diese Kontakte erst ermöglicht, doch der steuerte kein Wort bei, sondern suchte lediglich dann und wann Elisas Blick, um sie anzulächeln.

Des Weiteren erfuhren sie, dass er am liebsten mit Deutschen zusammenarbeitete, zumal Deutschland der beste Kunde Chiles war und dorthin nicht nur Leder und Kupfer, Quillajarinde, Honig und Wachs und vor allem Natronsalpeter exportiert wurde. Wieder erwachte in Emilia die Wehmut, denn Manuel über Deutschland sprechen zu hören ließ sie an ihren alten Traum denken, gemeinsam im Land ihrer Vorfahren zu leben. Doch sie ertappte sich zugleich bei dem Gedanken, wie anstrengend eine Reise mit ihm dorthin sein müsste, wenn er ständig die Namen dieser vielen Companias und der Geschäftsleute, deren Hände er geschüttelt hatte, aufzählte.

Sie wusste – auch Arthur verfügte über viele Geschäftskontakte, aber er erwähnte dergleichen nie.

Nach zwei Tagen begannen sich seine hochtrabenden Reden zu wiederholen. Bei den anderen Bewohnern der Estancia erwachte Langeweile – bei Emilia der Verdacht, dass Manuel nur darum so hektisch und laut über die Geschäfte sprach, um kein vertrauliches Wort mit ihr wechseln zu müssen. Anfangs war ihr das nur recht gewesen, später erschien die Aussicht, mit ihm allein zu sein, als das geringere Übel, gemessen an den ermüdenden Monologen. Sie bemühte sich nicht länger darum, stets die anderen um sich zu scharen, wenn sie mit ihm zusammen war, und fand sich eines Tages unversehens alleine mit ihm in der Stube wieder. Rita war mit Aurelia und Balthasar in dem Häuschen, das als ihre Weberei diente, Cornelius wollte zusehen, was sie dort genau trieb, Ana führte Elisa wiederum zu dem Gärtchen der Estancia, um ihr zu zeigen, was sie dort anbauten, und Maril war ausgeritten.
Emilias erste Regung war, zu fliehen, doch sie unterdrückte diese und beschäftigte sich mit einem großen Stück Fleisch, das sie heute Abend braten wollte. Aus den Augenwinkeln nahm sie wahr, wie Manuel steif am Tisch sitzen geblieben war und offenbar nicht wusste, was er nun sagen sollte. Nichts Prahlerisches, Selbstbewusstes hatte er nun an sich, nur etwas Verlorenes.
Schließlich ertrug sie das Schweigen nicht länger. »Wie geht es eigentlich Annelie?«, fragte sie nach der Frau, die Manuels Großmutter war und der sie selbst doch immer viel nähergestanden war.
»Ach«, meinte Manuel, »du kennst sie doch. Sie kocht, wie sie immer kocht. Und würde die Welt untergehen – man fände sie am Herd.«
Emilia lächelte. Sie hatte nie darüber nachgedacht, aber Annelie würde begeistert sein, wenn sie sehen könnte, aus welchen Zutaten sie hier die vielen Mahlzeiten zubereitete.

»Christine dagegen bewegt sich kaum noch«, fuhr Manuel fort. »Sie kann nur mehr mit fremder Hilfe gehen und sitzt meist in der Ecke. Was sie nicht davon abhält, zu allem, was geschieht, ihre Meinung zu bekunden.«

Emilia überlegte, wie alt Christine Steiner – Manuels Großmutter väterlicherseits – wohl sein mochte. Nach ihrem Empfinden gewiss uralt. Für einen Moment sah sie sie ganz deutlich vor sich – wie sie einst drohend den Stock gehoben und gegen die Soldaten gerichtet hatte, die Rita verfolgten.

»Und dein Onkel Poldi? Resa? Und Barbara?«

Kurz überkam sie Verlegenheit, weil sie die drei Namen so leichtfertig hintereinander ausgesprochen hatte. Resa war Poldis Frau, Barbara seine Schwiegermutter – doch das hatte die beiden nicht davon abgehalten, sich ineinander zu verlieben und über Jahre, ja Jahrzehnte eine heimliche Liebschaft zu haben, die Barbara erst dann beendet hatte, als Resa die Wahrheit erfuhr.

»Resa lebt bei Frida und Jacobo – die beiden haben vor mehreren Jahren geheiratet – und streitet sich den ganzen Tag mit Christl. Es ist kaum auszuhalten!« Manuel stöhnte laut. »Nur hin und wieder schreit Jacobo, dass er genug davon hat, und dann gibt es einen Tag lang Ruhe.«

Emilia musste lachen. Christl war Jacobos Mutter, Resa die von Frida. Dass die beiden geheiratet hatten, war nicht überraschend, doch Christl hatte sich für ihren Sohn wohl eine bessere Partie vorgestellt als seine Cousine. Wobei er im Grunde dankbar sein musste, wenigstens diese abbekommen zu haben. Kaum einer in der Siedlung hatte es je ausgesprochen, aber jeder wusste, dass Jacobo ein Taugenichts war – nur seine Mutter verschloss vor der Wahrheit die Augen.

»Der arme Andreas!«, stieß Emilia aus. Andreas war Christls

Mann, doch er hatte sich sein Leben lang nie gegen seine Frau durchsetzen können.

»Na ja, dank der beiden Schwiegermütter ist immer jemand für die Kinder da. Sie haben schon sechs.«

»Sechs!«, rief Emilia ehrfürchtig.

»Frag mich nicht, wie sie heißen. Ich kann mir unmöglich die vielen Namen merken«, erklärte Manuel. Längst hatte sich Emilia von ihrem Fleisch abgewandt, war zu ihm getreten und lehnte sich nun an den Tisch. Sie wollte weiterfragen, doch Manuel kam ihr zuvor und sagte überraschend: »Ich habe erst drei. Drei Kinder meine ich.«

Seine Worte versetzten ihr einen Stich ins Herz, aber es währte nicht lange und ging nicht sonderlich tief. Sie hatte keine Mühen, weiterhin zu lächeln. »Mit wem bist du verheiratet?«, fragte sie leise.

Er senkte den Blick und antwortete nicht gleich, sondern erzählte zunächst von Resas jüngeren Töchtern Kathi und Theres. »Stell dir vor, sie haben beide die Siedlung verlassen und leben nun auf der Osterinsel.«

»Du lieber Himmel! Was hat sie denn dorthin verschlagen?«

»Ich glaube, es waren die vielen Engländer, die dort Schafzucht betreiben – ähnlich wie du hier. Kathi hat einen von ihnen geheiratet – und Theres ist ihr irgendwann gefolgt. Ob sie auch einen Engländer geheiratet hat, weiß ich allerdings nicht. Nun, und ich …«, er zögerte kaum merklich, »ich habe eine Tirolerin geheiratet, eine Großnichte von Barbara Glöckner. Unsere jüngste Tochter haben wir nach ihr benannt, aber wir rufen sie alle Bärbel. Unsere Älteste heißt Elisabeth nach meiner Mutter und unser Junge – das ist Lukas.«

Emilia nickte. Also hatte er seinen Sohn nach seinem Vater Lukas Steiner benannt – oder vielmehr nach dem Mann, den er für seinen Vater hielt. In Wahrheit war er Cornelius' Sohn, wie sie einst erfahren hatte, als sie in der Truhe versteckt Annelie und Barbara belauscht hatte. Ob Manuel dies jemals auch nur geahnt hatte? Und ob er sich, falls es so war, absichtlich blind stellte?

In jedem Fall wirkte Manuel zufrieden – auf jene schlichte Art, wie Pedro zufrieden war, wenn er mit einstigem Walfang prahlen konnte.

»Und wie lebt Barbara?«, fragte Emilia und entschied insgeheim, besser nicht mehr von Manuels Frau und seinen Kindern erfahren zu wollen.

»Du weißt doch, dass Barbara einst Jules Schule übernommen hat, und diese leitet sie immer noch. Ich glaube, sie hat ihren Frieden gefunden, obwohl in den ersten Jahren noch viel geredet wurde – du weißt schon, über sie und Poldi. Mittlerweile denkt kaum einer mehr daran. Man schätzt Barbara, weil sie so schön singen kann und es den Kindern beibringt. Aber sie wird immer mehr wie Jule – so verschroben, meine ich. Wenn irgendwo gefeiert wird, ist sie die Letzte, die kommt, und die Erste, die geht. Sie sagt, sie fühlt sich allein am wohlsten. Nur mit Annelie und Christine verbringt sie gerne viel Zeit – und dann reden sie über alte Zeiten, nur nicht über Poldi.«

»Und Poldi selbst?«

»Er hat sich für sich ganz allein ein Haus gebaut und lebt dort ziemlich zurückgezogen. Er erklärt oft, er bräuchte nichts und niemanden, doch in Wahrheit besucht er regelmäßig eine Witwe in Valdivia. Wir wissen nicht viel über sie. Wer weiß … vielleicht zieht er irgendwann ganz zu ihr.«

Emilia hatte sich mittlerweile neben ihm niedergelassen, die Ellbogen auf dem Tisch aufgestützt und den Kopf auf die Hände sinken lassen. Eine Weile plauderten sie weiter – über die schwachsinnige Katherl, die, obwohl längst eine alte Frau, immer noch den Geist eines Kindes hatte, über die fromme Magdalena, die sich ihr Leben lang wie eine Nonne gebärdet hatte, und über Fritz Steiner in Valparaíso, der früher als Apotheker gearbeitet hatte wie Arthur und jetzt für eine Zeitung schrieb.

Je länger sie sprachen, desto befreiter fühlte sich Emilia in seiner Gegenwart. Die befürchtete Verlegenheit blieb ebenso aus wie sämtliche Anspannung – es war ihr einfach eine Freude, von den Menschen zu hören, mit denen sie aufgewachsen war. Und der Gedanke an die Kindheit schmerzte plötzlich nicht mehr. Sie sah nicht mehr, was sie verloren hatte, nur, wie unermesslich reich der Schatz ihrer Erinnerungen war. Von diesen ersten behüteten Lebensjahren in Annelies Obhut konnte sie ihr Leben lang zehren – auch wenn sie nie wieder an diesen Ort zurückkehren würde. Und auch dieser Gedanke tat nicht weh. Wenn sie den Llanquihue-See vor sich sah und die Feuerberge, die seine Ufer säumten, die duftenden Araukarienwälder und die goldenen Felder, so glaubte sie, sie würde von einer Traumlandschaft sprechen – nicht von einem Ort, an dem sie tatsächlich gelebt, geliebt, gearbeitet hatte. Das tat sie hier, in diesem kargen, windigen, wilden Patagonien – ein Land, das es seinen Bewohnern nicht immer leichtmachte, aber ein Land, das zu ihrer Heimat geworden war, wie ihr nun plötzlich aufging.

»Ich denke, ich werde Annelie schreiben«, verkündete sie. »Wahrscheinlich hätte ich es schon längst tun sollen. Gewiss hat es ihr unendlichen Kummer bereitet …«

Sie brach ab, als sie sah, wie Manuel den Kopf einzog. Gedankenlos hatte sie an vermeintlich Verbotenem gerührt, und schon wollte sie es dabei belassen, doch als er weiterhin ihrem Blick auswich, erwachte jäh der Ehrgeiz, die Vergangenheit an den Hörnern zu packen wie einen störrischen Schafbock.

»Manuel«, fing sie entschlossen an. »Manuel ... es tut mir leid ... Ich meine das, was ich dir damals angetan habe. Sicherlich hat es dich sehr ... gekränkt, als ich so plötzlich verschwunden bin. Ich habe es dir in meinem Brief zu erklären versucht. Dass ich mich so schrecklich schämte, nicht Cornelius', sondern ... Viktors Kind zu sein. Aber dennoch war es feige, einfach zu gehen, anstatt offen mit dir darüber zu reden.«

Er hob wieder den Kopf, und ihre Blicke trafen sich. Verletzlich und trotzig war seiner – ein wenig so wie früher, wenn er sich darüber beschwert hatte, dass den älteren Brüdern so viel mehr erlaubt wurde als ihm.

»Ja«, bekräftigte sie, »es tut mir wirklich leid und ...«

Doch schon glättete sich seine aufgewühlte Miene. Leichtfertig winkte er ab.

»Ach, das ist so lange her«, unterbrach er sie. »Ich denke kaum noch daran. Und so, wie es ist, ist es doch gut gekommen. Wir waren als Kinder gute Freunde, standen uns so nah wie Bruder und Schwester – aber wer sagt, dass wir auch gute Eheleute geworden wären?«

Zunächst war sie erleichtert, weil kein Schmerz in seinem Gesicht stand – dann verwirrt, weil sie sich fragte, wie tief dieser Schmerz überhaupt je gegangen war. Gekränkt war er sicher gewesen, verwirrt und verärgert, in seinem Stolz verletzt und womöglich kurz aus der Bahn geworfen, weil einer seiner Zukunftspläne nicht aufgegangen war. Aber hatte er jemals gedacht, dass er unmöglich einen weiteren Tag leben könnte ohne sie?

Nun, genau genommen, hatte sie das selbst auch nie gedacht. Sie war sich sicher gewesen, dass ihr Herz auf ewig gebrochen war – aber sie hatte immer weiterleben wollen, hatte nie daran gedacht aufzugeben.

»Ich habe dich geliebt«, rutschte es aus ihr heraus, und erst als es gesagt war, merkte sie, dass sie in Vergangenheit geredet hatte.

»Wir waren doch noch Kinder.« Wieder winkte er ab, aber diesmal schien ihr diese Regung aufgesetzt. Ganz gleich, was er behauptete und wie leichtfertig er über die Vergangenheit hinwegging – dass sie eigenmächtig und allein die Entscheidung über ihr Leben getroffen hatte, würde er ihr wohl nie verzeihen, und selbst wenn er es könnte – sie waren nun Menschen, die einzig die Vergangenheit einte, nicht der Ausblick auf eine gemeinsame Zukunft.

Und noch etwas anderes kam ihr in den Sinn. Vielleicht war er damals, als er aus ihrem Abschiedsbrief erfahren hatte, wessen Kind sie wirklich war, sogar erleichtert gewesen, dass sie das Opfer brachte und fortging und er nicht gezwungen war zu entscheiden, ob er sie unter diesen Umständen überhaupt noch heiraten wollte und konnte.

»Ich finde gut, was du hier aufgebaut hast«, sagte er plötzlich. Es war das erste Mal, das er von der Estancia sprach.

»Es war nicht einfach …« Sie überlegte schon, ihm mehr zu erzählen, doch dann fiel er ihr abrupt ins Wort, und anstatt eine Frage zu stellen, sprach er wie so oft von einem der vielen Handelshäuser, für die er arbeitete und denen er vielleicht ihre Schafwolle anpreisen könnte.

Sie nickte dann und wann, hörte ihm aber nicht wirklich zu. Ich habe dich geliebt, gingen ihr die Worte nach, ich habe dich geliebt …

Und dann berichtigte sie sich im Stillen: Zumindest habe ich es damals für Liebe gehalten … eine Art von Liebe, die Liebe von Freunden, die Liebe einer Schwester zu ihrem Bruder. Sie versuchte, die Nacht in der Lichtung heraufzubeschwören, aber das Einzige, was ihr einfiel, war die Panik, mit der sie damals

Manuel an sich gezogen hatte. Sie war überzeugt gewesen, ihn zum letzten Mal zu sehen, und wollte nichts versäumen, auf nichts verzichten, ihn sich regelrecht einverleiben, auf dass sie für immer davon zehren konnte – doch sie hatte ihn nicht wirklich begehrt, hatte keine Lust gefunden wie in Arthurs Armen. An Manuel hatte sie sich festkrallen müssen, in Arthurs Gegenwart konnte sie hingegen alles loslassen, sich selber vergessen, sich hingeben ... und dafür so viel empfangen.

Heiß stieg ihr Röte ins Gesicht, und obwohl so ausufernd redend, entging es Manuel nicht. »Was hast du? Woran denkst du?«

Sie senkte ihren Blick und stand hastig auf. »Nichts ... nichts, was wichtig ist. Lass uns nach draußen gehen. Mein Vater sagte, ihr würdet bald wieder abreisen. Wir sollten nachsehen, ob eure Pferde in gutem Zustand sind.«

Als ihre Gäste wegritten, blickte Emilia ihnen lange nach. Obwohl sie versprochen hatten, sich von nun an regelmäßig zu schreiben und sich bald wiederzusehen, war ihr Abschiedsschmerz groß. Nicht nur der Anblick, wie Manuel, Elisa und ihr Vater von einer Staubwolke umgeben am Ende des Horizonts verschwanden, setzte ihr zu, sondern vielmehr einstiger Kummer, den sie sich stets hatte verbieten müssen, das Gefühl, ganz allein auf der Welt zu sein, niemanden zu haben, der sich ihrer annahm. Eben weil dieses Gefühl bedeutungslos geworden war, bäumte es sich ein letztes Mal in ihr auf, heftig und laut. Es begnügte sich nicht damit, dass sie aufschluchzte, rang ihr vielmehr Tränen ab, erst nur wenige, dann immer mehr. Erst nachdem sie sich leer und müde geweint hatte, wich der Kummer Erleichterung.

Nie wieder würde sie sich verbieten müssen, an die Vergangenheit zu denken. Nie wieder musste sie von einem Leben mit Manuel träumen und verzweifeln, weil sie es nicht bekam. Nie wieder musste sie in Sehnsucht nach ihm vergehen und zugleich mit der Angst leben, dass sein Gesicht in ihren Erinnerungen nach und nach blasser wurde. Nun wusste sie wieder ganz genau, wie er aussah und wie seine Stimme klang – aber zugleich wusste sie auch, dass sie sich nicht länger nach ihm verzehrte.

Sie zuckte kaum merklich zusammen, als Rita leise neben sie trat.

»Ich habe nicht gedacht, dass es so … einfach sein würde«, murmelte Emilia, ohne sich zu ihr umzudrehen. »Er ist mein Vater. Ganz egal, was geschehen ist – Cornelius Suckow ist mein Vater, und er wird es immer sein. Weil er mich liebt. Und weil das das Einzige ist, was zählt.«

»Ja«, murmelte Rita, »es ist so einfach.«

Emilia blickte sie verdutzt an. Sie begriff zuerst nicht, was sie meinte, doch dann nahm sie in den dunklen Augen ein ungewohntes Glimmen wahr, und ihr ging auf, dass Rita von etwas ganz anderem sprach: von ihrem eigenen Vater nämlich, Quidel. Offenbar hatte sie sich mit Cornelius lange über ihn unterhalten, hatte ihm erzählt, was geschehen war, und nun lag in ihrem Blick keine Leere, keine Panik vor Tod und Gewalt, die die Erinnerungen ansonsten in ihr beschworen, nur Wehmut – und ein wenig Frieden.

Eine Weile standen sie schweigend beisammen. Der Wind zerzauste ihre Haare, ließ ihre Gesichter glühen. Plötzlich hatte Emilia das Gefühl, sie müsste nur die Hände weit ausbreiten, dann würde der Wind sie mitreißen und sie würde fliegen können, weit, hoch, befreit von allem. Nach der Trauer überkam sie ein so großes Glücksgefühl, dass sie am liebsten aufgejuchzt hätte.

Rita schien das nicht entgangen zu sein. »Balthasar meinte,

dass Arthur bald in Punta Arenas eintrifft«, sagte sie leise. »Offenbar musste er Valparaíso sehr plötzlich verlassen … wegen dieses Bürgerkriegs um Santiago.«
Emilia hatte schon davon gehört, und auch Cornelius hatte während des Besuchs davon berichtet – von den Kämpfen um die Hauptstadt, nachdem sich das Parlament und die chilenische Marine gegen den Präsidenten José Manuel Balmaceda erhoben hatten. Doch bis jetzt hatten sie keine Auswirkungen des Bürgerkriegs bemerkt.
Emilia zuckte die Schultern. Das Gefühl, ganz leicht zu sein, federleicht, schwand. »Warum sagst du mir das?«, fuhr sie Rita an. »Falls Arthur tatsächlich in der Nähe ist, wird er den Weg zu mir schon finden.«
Rita blickte sie nachdenklich an. »Aber vielleicht solltest du ihm entgegengehen – wenigstens ein kleines Stück.«
»Warum?«, beharrte Emilia. »Wenn er mich sehen will, soll er eben kommen.«
»Aber du – du willst ihn doch auch sehen, oder nicht?«
Eine Weile sagte Emilia nichts. Sie starrte auf den sandigen Boden. Längst hatte der Wind die Spuren der Pferde verweht – so als hätte es den Besuch nie gegeben.
»Ich werde darüber nachdenken«, gab sie nach, »ich muss ohnehin wieder einmal nach Punta Arenas.«
Es entging ihr nicht, dass Rita sich nur mit Mühe ein Lächeln verbiss. »Wir haben im Augenblick genügend Böcke«, stellte sie mit mildem Spott fest.
»Irgendetwas braucht man immer«, knurrte Emilia, dann ging sie rasch ins Haus.

29. Kapitel

Emilia brach sehr zeitig am Morgen auf. Sie hatte kurz überlegt, ganz allein zu reiten, aber der Gedanke an Esteban und Jerónimo hielt sie davon ab, und so nahm sie einen von Pedros Männern mit. Sie wählte den wortkargsten, der ihren plötzlichen Aufbruch nach Punta Arenas gewiss nicht kommentieren würde.
Am liebsten hätte sie sich gar nicht erst von ihnen verabschiedet, aber als sie schon auf dem Pferd saß, kamen Rita und Balthasar aus dem Haus. Beide musterten sie zwar wortlos, grinsten aber vielsagend.
»Glaubt nicht, ich reite nur seinetwegen«, erklärte Emilia frostig. »Wie ich schon sagte: Ich muss etwas erledigen.«
Anstatt nachzufragen, grinsten Balthasar und Rita weiterhin.
»So ist es dann wohl«, meinte Rita schließlich lapidar.
Schweigend gab Emilia dem Pferd die Sporen. Das erste Stück brachte sie mit zusammengekniffenen Lippen hinter sich, doch dann begann sie, den Ritt durch Patagoniens wilde Weite zu genießen. Der Steppenwind wehte wie so oft so stark, dass sie kaum Luft zum Atmen fand, ihre Haare wurden hochgerissen und peitschten über den Rücken, jede Faser ihres Körpers schien mit einem Glühen erfüllt zu werden. Auch früher hatte sie sich auf ihre Treffen mit Arthur gefreut, aber immer war sie dabei von der Verpflichtung gegenüber Manuel im Zaum gehalten worden, hatte geglaubt, die Liebe zu ihm bewahren zu müssen wie einen kostbaren Schatz, doch nun fiel diese von ihr ab wie eine quälende Last. Sie juchzte auf,

und dann schrie sie lachend in den Wind, dass sie heilfroh war, Manuel nicht geheiratet zu haben und ständig hören zu müssen, welche Geschäfte er abschloss und wie viel Geld er verdiente. Sie verdiente ihr eigenes Geld, sie machte ihre eigenen Geschäfte, sie war die Herrin ihres Tuns!

Als der Wind etwas nachließ, konzentrierte sie sich wieder mehr auf den Weg. Sie ritten an Salzseen vorbei und an kleinen Bächen, über Sand und durch Wiesen, auf denen Sellerie, Löffelkraut und wilde Pastinaken wuchsen. Im ersten Stück verzahnte sich die Steppenvegetation mit den hügeligen Wäldern der Südkordillere, die von Ciprés- und Lengabäumen und den immergrünen Maitén bedeckt waren. Als es Richtung Meer ging, wurde das Land gelblicher und flacher, und das Stöhnen des Windes vermischte sich mit dem Heulen der Seehundherden, dem Schäumen der Gischt an den Stränden der Magellanstraße und dem Knirschen der Gletscher auf Feuerland, deren weiße Bergspitzen sie aus der Ferne grüßten.

Als sie an von Myrten bewachsenen Ufern entlangritten, kreuzten mehr und mehr Menschen ihren Weg, darunter einige sehr fremdländisch anmutende: Ihre Haut war fast schwarz, und um ihren Kopf waren sonderbare Stoffgebilde gewickelt. Erstmals wandte Emilia sich an ihren schweigsamen Begleiter: »Weißt du, woher sie kommen?«

Der Mann blickte kaum hoch. Er sah in diesen Fremden wohl nichts Ungewöhnliches.

»Ach, das sind syrische und türkische Händler. Die meisten kommen von Buenos Aires. Sie ziehen durch die Lande und kaufen bei den Indianern Teppiche, die sie dann viel teurer weiterverkaufen.«

Emilia konnte ihren Blick nicht von ihnen reißen, wohingegen diese Männer durch sie hindurchsahen.

Nun, da sie erstmals die Schweigsamkeit aufgegeben hatte, tat es ihr Begleiter ihr gleich und fragte unvermittelt: »Wenn ich in Punta Arenas bin – kann ich dann dort eine Weile bleiben?«

Emilia blickte ihn verwundert an: »Was willst du denn in Punta Arenas?«

»Dort will ich gar nichts, aber ich will weiter nach Feuerland reisen.« In dem ansonsten gleichmütigen Gesicht blitzte etwas auf – Abenteuerlust, aber auch Gier.

Emilia seufzte und konnte sich denken, was ihn dorthin trieb. Sie hatte selbst auf der weit entfernt gelegenen Estancia ihren Umlauf gefunden – die Geschichte eines Robbenkutters nämlich, der auf der Suche nach der östlichen Einfahrt zur Magellanstraße die lange und niedrige Steilküste Patagoniens entlanggefahren war, von einem Sturm überrascht und an das Ufer eines Kaps geworfen wurde, das Once Mil Virgenes hieß. Als die Schiffbrüchigen auf der Suche nach Wasser einen Brunnen aushuben, stellten sie fest, dass der Schlick voller Partikelchen reinen Goldes waren. Seitdem hielt sich hartnäckig das Gerücht, dass es im Süden Amerikas so viel Gold wie einst in Kalifornien gebe und dass überall noch unerforschte Minen brachlagen.

»Wenn du willst, kannst du dein Glück versuchen, aber glaub mir, mit dem Weißen Gold, der Schafzucht, wirst du reicher.«

»So reich wie auf Feuerland wird man dieser Tage nirgendwo«, hielt der Mann überzeugt dagegen. »Ein gewisser Julius Popper ist kürzlich dorthin gereist. Er und seine Begleiter sind fast gestorben, weil Indianer sie überfallen haben und sie zu wenig Vorräte dabeihatten. Doch er hat einen Strand entdeckt, auf der Halbinsel El Páramo, und der Sand dort scheint aus purem Gold zu bestehen.«

»Was gewiss eine Übertreibung ist!«
»So oder so. Er ist mit jeder Menge Gold zurückgekehrt. Pedro hat sich auch überlegt …«
Na großartig!, dachte Emilia, tröstete sich allerdings gleich damit, dass man nicht viel von Pedros Flausen befürchten musste. »Eins solltest du wissen«, erklärte sie entschlossen. »Pedro macht nicht immer, wovon er träumt … im Gegenteil. Genau genommen, ist Pedro in den Sachen am besten, über die er nicht schwärmerisch spricht, sondern die er einfach tut.«
Der Mann zuckte nur mit den Schultern und schwieg wieder, um seine Träume vom großen Reichtum weiterzuspinnen.
Emilia betrachtete ihn nachdenklich. In einer Sache musste sie ihm recht geben – Gold versprach zurzeit mehr Sicherheit als der Peso. Noch vor zwei Jahren, als in Argentinien der Börsenkurs zusammengebrochen war und sie gefürchtet hatte, dass die gleiche Krise auch Chile treffen konnte, hatte sie überlegt, ihr Vermögen in Gold anzulegen. Sie hatte es schließlich nicht getan, weil sie zu sehr mit den täglichen Aufgaben beschäftigt war – doch nun dachte sie an das Geld, das sie in den letzten Jahren sorgsam gespart hatte. Anfangs war es für die Reise nach Deutschland gedacht – später gab es ihr einfach nur Sicherheit. Den einstigen Traum hatte sie in gleicher Weise zu bändigen versucht wie die Liebe zu Manuel, denn sie hatte sich nicht Tag für Tag vorhalten wollen, was alles in ihrem Leben fehlte. Doch nun, da diese Liebe geschwunden war, wurde eine andere Frage umso lauter: Wollte sie ewig auf der Estancia bleiben und Schafe züchten? Gab es nicht noch anderes, noch mehr zu erleben?
Je länger ihr das durch den Sinn ging, desto besser verstand sie nun dieses sehnsuchtsvolle Funkeln in den Augen ihres Begleiters – diesen Hunger nach Veränderung, nach neuen Zie-

len, nach Aufbruch. Allerdings – jetzt musste sie keine Entscheidung treffen. Jetzt galt es erst mal, Arthur zu finden.
Punta Arenas hatte sich schon wieder verändert. Wie jedes Mal, wenn sie nach längerer Zeit zurückkehrte, stieß sie auf neue Gebäude – billige Holzhütten mit Blechdächern für die armen, protzige Steinpaläste für die reichen Schafzüchter. Die breiten Hauptstraßen waren ebenso überfüllt wie die kleineren Gässchen. Am Hafen drängten sich noch mehr Schiffe aneinander, und kaum ein Plätzchen der Mole war unbesetzt. Jedes Mal dachte Emilia, es könnte nicht noch lauter werden – das Geschrei von Händlern, Hafenarbeitern, Matrosen, Lagerhallenbesitzern –, und jedes Mal wurde sie eines Besseren belehrt. Vielleicht kam ihr die Stadt aber auch nur darum immer lauter und enger und verwirrender vor, weil sie so lange in der Weite der Pampa gelebt hatte.
Sie trieb ihr Pferd durch die Menge und versuchte, sich an das wilde Treiben – das Stimmengewirr in verschiedenen Sprachen, in denen Geschäfte abgeschlossen oder gestritten wurde, wenn diese nicht liefen – zu gewöhnen. Doch nachdem sie sich Richtung Hafen durchgekämpft hatten, überkam sie jäh die Ahnung, dass die heutige Unruhe keine alltägliche war, die Gesichter vielmehr aufgeregter und sorgenvoller als sonst, die Schreie verzweifelter. Sie sah genauer hin und bemerkte erst jetzt, dass die Menschen nicht wie sonst wirr durcheinanderströmten, sondern es alle zu einem bestimmten Ort am Hafen zog.
Emilia stieg vom Pferd und sprach den erstbesten Mann an. »Was ist passiert?«, fragte sie.
Der Fremde antwortete in zwar akzentreichem, aber verständlichem Spanisch. »Haben Sie es noch nicht gehört? Nicht weit vom Hafen entfernt gab es ein Unglück. Ein Schiff ist direkt vor unseren Augen gesunken. Man rückte aus, um die

Passagiere zu retten, aber die meisten werden nun tot an Land geschafft.«

Emilia folgte seinem Blick und sah viele kleine Boote anlegen. Sie trugen etwas, was sie zunächst für Kisten hielt, dann aber, als sie näher kamen, als Leichensäcke ausmachte. Sie wurden nebeneinander auf die Mole gewuchtet. Nun verstand sie, warum so viele Menschen herbeigelaufen kamen, schreiend und heulend und voller Angst – sie wollten herausfinden, ob das Unglück auch Freunde und Verwandte getroffen hatte.

»Gütiger Himmel!«, stieß sie aus.

»Nun ja«, meinte der Mann, »machen Sie sich keine Sorgen. Das Schiff kam von Valparaíso. Ich denke nicht, dass viele Leute von hier mitgefahren sind.«

Emilia erstarrte, und ihr war, als würde ihr der Schlag einer eisigen Faust versetzt werden.

Arthur … Arthur sollte mit einem Schiff von Valparaíso kommen.

Lächelnd beobachtete Rita, wie Balthasar Aurelia beizubringen versuchte, Schafe einzufangen. Auf der freien Weide war das alles andere als leicht, und Balthasar gelang es selbst nur mit Mühe. Am besten, man nutzte einen Fanghaken oder die Schäferschippe, doch auch wenn man auf diese Weise ein Schaf geschnappt hatte, entwischte es oft bei der erstbesten Gelegenheit. Man musste es sehr gut festhalten, indem man es mit der einen Hand an Hals oder Kopf hielt, mit der anderen am Schwanzansatz und zugleich das Knie im Bereich der Weiche leicht gegendrückte. Keinesfalls durfte man die Schafe an den Ohren halten.

Bis jetzt hatte Balthasar vergeblich versucht, das alles zu demonstrieren, und am Ende ging er resigniert auf ein Mutterschaf zu, das alle die träge Rosa nannten. Warum es ausgerechnet Rosa hieß, wusste Rita nicht, aber träge war dieses Schaf allemal – und das einzige, das sich ganz schnell einfangen ließ, so auch jetzt.

Bis jetzt war Aurelia immer enttäuscht gewesen, wenn Balthasar ein Schaf entwischte – nun aber klagte sie, dass es so mühelos gelungen wäre.

»Du hast gesagt, dass es schwierig ist!«, rief sie. »Aber das ist es gar nicht.«

»Die träge Rosa ist eben ein besonders gutmütiges Schaf«, meinte er. »Und vor allem ist es satt. Mit satten Schafen ist leichter umzugehen als mit hungrigen. Deswegen sollte man als Erstes ihren Hunger stillen, ehe man sie zu fangen versucht.«

Aurelia schüttelte ernst den Kopf. »Aber wenn man sie zum Scheren einfängt, dürfen sie keinen vollen Magen haben – sonst wird ihnen übel.«

Balthasar zuckte die Schultern: »Da hast du auch wieder recht.«

»Also, zeigst du es mir jetzt, wie man ein besonders widerspenstiges Schaf einfängt? Vielleicht sogar einen Bock?«

»Du weißt aber schon, dass besonders die Böcke sehr gefährlich sein können.«

Aurelia nickte fasziniert. »Wenn ein Bock auf einen losgeht, hat Ana mir gesagt, dann muss man ihm mit der flachen Hand über die Augen oder die Ohren schlagen. Schläge auf die Stirn spürt er nämlich nicht.«

Rita war sich nicht sicher, wer von den beiden mehr von den Schafen verstand – Aurelia oder Balthasar. Nach und nach hatten sie sich beide ihr Wissen angeeignet, und wenn es auch bei weitem noch nicht an das von Ana und Emilia heranreichte, so wussten sie mittlerweile wahrscheinlich mehr als sie, die sie doch so froh war, wenn sie sich ausschließlich ihrer Wolle, ihren Stoffen und dem Leder widmen konnte.

Das hatte sie immer gerne getan, aber seit Cornelius' Besuch ging es ihr noch leichter von der Hand. Früher hatte sie dabei jeden Gedanken an ihren Vater und an ihre Großmutter eisern zu vermeiden versucht – jetzt hatte sie oft das Gefühl, ihnen mit dieser Arbeit Respekt zu erweisen.

Erst gestern hatte sie mit Marils Hilfe einen Quillango hergestellt: Aus ganzen vierzehn Guanakohäuten bestand er, und zwar nur aus solchen von Jungtieren. Nur ausgewählte Teile, nicht deren ganze Haut ließ sich verwenden: Die Haut des Halses war sehr zäh und bestenfalls für Schnüre geeignet. Die Rückensehne wiederum war ein gutes Material, um daraus Nähte zu machen. Die übrigen Teile waren jedoch weich – nicht ganz so weich wie Schafwolle zwar, aber prächtig anzusehen und im Winter sehr warm.

Rita entfernte sich langsam von der Koppel, während Aurelia und Balthasar nun nicht länger damit beschäftigt waren, Schafe einzufangen, sondern die vielen Hunde bändigten, die kläffend zwischen ihren Beinen herumwuselten. Sie waren noch Welpen – die Leithündin hatte sie erst vor wenigen Monaten geworfen, aber einer der Schotten behauptete, man solle sie von klein auf an die Schafe und ihre künftigen Pflichten gewöhnen.

Aurelia bemerkte gar nicht, dass die Mutter aus ihren Augen verschwand – und Rita wusste sie umgekehrt bei Balthasar gut aufgehoben. Außer Ana und Emilia und vielleicht noch Pedro hätte sie niemandem ihr Kind so leichtfertig anvertraut.

Sie selbst wollte sich nun in Ruhe der Aufgabe widmen, den Quillango zu bemalen. Dafür hatten sie und Maril in den letzten Tagen mehrere Farben angefertigt und ein windstilles Plätzchen in gleißender Sonne gesucht, wo man sie trocknen lassen konnte. Wie Maril trug sie mittlerweile selbst stets ein

Ledersäckchen mit – Maril bewahrte darin das Material für die Bemalung seiner Haut auf, sie ihres zum Bemalen und Färben von Stoffen und Leder.
Fast alles hatte sie mittlerweile darüber gelernt: wie sich rote Farbe herstellen ließ, indem man den Saft von Erdbeeren mit Straußenfett vermischte. Wie man aus Erde und Wasser Pastellstifte formen konnte und sie in der Sonne trocknen ließ. Und vor allem wie vielfältig die Erde in diesem kargen Land war: Man konnte daraus rote, schwarze, braune und gelbe Farbe gewinnen, manchmal sogar himmelblaue, rosa und graue.
Rita hatte das Plätzchen abseits der Estancia erreicht, kniete sich auf den Boden und berührte die Stifte. Obwohl der Herbst bereits begonnen hatte, war der Tag noch warm, und sie waren tatsächlich getrocknet. Rita strahlte, so sehr freute sie sich aufs Bemalen des Quillango. Es war nicht ihr erster, aber bei jedem wuchs ihre Sicherheit und die Leidenschaft. Zuerst musste die Oberfläche etwas angefeuchtet und dann roter Ocker aufgetragen werden. Das Muster selbst, für das man sich entschied, musste immer wieder durchbrochen werden, denn die Tehuelche hegten den Aberglauben, dass kein Mensch jemals etwas vollkommen ausführen dürfte. Nur Futa Untru, der große Geist der Pampa, durfte das. Die Farben würden sehr leuchtend und ewig haltbar sein.
Als Rita den Quillango vor sich ausbreitete und die Stifte daneben aufschichtete, musste sie an Emilia denken, die wahrscheinlich längst in Punta Arenas angekommen war. Hoffentlich traf sie dort tatsächlich auf Arthur – und hoffentlich gab sie sich ihm gegenüber nicht wieder so schroff und unnahbar.
Rita war sich fast sicher, dass Manuels Besuch ihr die Augen geöffnet hatte – genauso wie Cornelius die ihren. Nein, an

ihren Mapuche-Namen konnte sie sich immer noch nicht erinnern, aber sie hatte so viel erzählt, ohne dass sie vermeint hätte, daran zu ersticken, vielmehr ausführlich und lustvoll und in Erinnerungen schwelgend – vom Leben in ihrer Mission, von ihrer Großmutter und ihrem Vater, von Bruder Franz und wie er den ganzen Stamm getauft hatte. Den schrecklichen Überfall der Soldaten hatte sie ihm zwar nicht verschwiegen – aber Cornelius' Fragen hatten das grausame Ende ihrer Jugend fast gänzlich ausgespart und ihm somit die Macht genommen. Bis dahin hatte sie oft geglaubt, dass ihr Leben, ehe sie den Llanquihue-See erreicht hatte, nur aus Leid und Tod, aus Schreien und Schüssen bestanden hatte, doch je mehr sie erzählt hatte, desto deutlicher wurde ihr, dass ihre Erinnerungen so viel reicher waren und auch so viel schöner. Es tat weh, sich umzudrehen – aber eben nicht nur. Und selbst der Schmerz hatte nicht nur Peinigendes, auch Süßes. Sie hatte nur verlieren können, was sie zuvor besessen – und genossen hatte. Und als Cornelius nicht nur voller Ehrfurcht von ihrem Vater Quidel, sondern vom ganzen Volk der Mapuche gesprochen hatte, hatte sie erstmals die Ahnung gestreift, was Maril meinte, wenn er vom Stolz auf seine Herkunft sprach und dass dieser Stolz das Einzige sei, was ihm geblieben war. Genau betrachtet, war ihm allerdings viel mehr geblieben – das Wissen, wie man jagte, ritt, Farben machte und sich bemalte. Und von diesem Wissen konnte sie nun zehren, konnte immer besser werden in dem, was sie tat – ein höchst angenehmes Gefühl. Vielleicht, dachte Rita, war es sogar Glück. Gemächliches, aber umso wahrhaftigeres Glück. Genauso wie es Glück war, Aurelia und Balthasar um sich zu wissen, Emilia, Ana und Maril, manchmal auch Pedro und …

Plötzlich fiel ein Schatten auf sie. So in ihre Gedanken versunken, hatte sie nicht bemerkt, dass er die Sonne abschnitt

und der Wind plötzlich kühl wehte. Langsam, ganz langsam hob sie den Kopf, sah zunächst nur Stiefel vor sich, dreckige und durchlöcherte.
Ehe sie den Kopf noch weiter hob, um auch in das Gesicht des Fremden zu sehen, ehe sie seine Stimme vernahm, überkam sie eine Ahnung, wer vor ihr stand. Sie erschauderte.
»Na, kleine Rita«, fragte Esteban Ayarza gedehnt. »Ganz allein unterwegs?«

Emilia ging die Reihen der Toten auf und ab. Immer mehr wurden aus dem Wasser oder dem Schiffswrack geborgen, mit Booten an Land geschafft und an der Mole aufgebahrt.
Am Anfang war es für Emilia unerträglich gewesen, die Leichname zu betrachten, und sie hatte die Augen zusammengekniffen. Doch nun zwang sie sich dazu, sie wieder zu öffnen. Noch unerträglicher als der Anblick der Toten war die Ungewissheit. Wenn Arthur auf diesem Schiff gewesen war und zu den Ertrunkenen gehörte, dann musste sie der Wahrheit ins Auge sehen.
Auf der Mole wurde es eng. Immer mehr Menschen strömten hier zusammen, von Entsetzen oder Sensationslust angelockt, und ihren Worten entnahm Emilia die Gründe, wie es zu dem Schiffsunglück gekommen war. Die Küste war heimtückisch und der Kapitän offenbar nicht genug geübt gewesen, die gefährlichen Riffe zu umschiffen.
Emilia ging Schritt für Schritt weiter. Ihre Füße fühlten sich taub an, aber sie konnte einfach nicht stehen bleiben. Bei jedem Toten, dem sie ins Gesicht sah, hatte sie Angst, dass es Arthur sein könnte – und bei jedem, den sie hinter sich ließ, schämte sie sich der Erleichterung, weil es ein Fremder gewesen war. Jemand anderer würde um ihn weinen, jemand anderer um ihn trauern … weil jemand anderer ihn geliebt hatte.

Der Anblick der vielen Leichen wurde immer abstoßender, und mehrmals schlug sie sich die Hände vor den Mund. Aber sich umdrehen und fortgehen – das konnte sie nicht. Manche Gesichter waren blau verfärbt – jene, die ertrunken waren. Andere waren kalkweiß – bezeugend, dass diese Menschen Opfer der Kälte geworden waren.

Zwei Dutzend Tote hatte sie nun schon hinter sich gelassen, und die Reihe nahm immer noch kein Ende. Junge wie alte Männer lagen hier, Frauen und auch zwei Kinder. Am Gürtel von einem der Männer hing eine Waschpfanne, ein Sieb und eine Spitzhacke – wahrscheinlich war er ein Goldsucher. Gewiss war er mit vielen Träumen aufgebrochen, war von hochtrabenden Versprechungen, Abenteuerlust und Gier nach Reichtum angelockt worden. Und nun lag er reglos da und würde nie wieder auf etwas hoffen können, würde nie wieder von einem besseren Leben träumen.

Emilia wusste nichts von diesem Mann, trotzdem glaubte sie, ihn zu kennen. Dies hier war ein Mann, der die Angst vor der Fremde bezwungen, seine Heimat aufgegeben und sämtliche Willenskraft zusammengenommen hatte, um sich irgendwo ein neues Leben aufzubauen. Tief vertraut war er ihr plötzlich in diesem Trachten, und während sie ihn noch anstarrte, verschwamm das Bild vor ihren Augen ob all der Tränen, die über ihre Wangen perlten.

Sie schluchzte bitterlich um diesen fremden Mann und hatte endgültig keine Kraft mehr, um auch nur einen Schritt weiterzugehen. Sie sah den eigenen Mut in ihm, die eigene Stärke und fühlte sich zugleich an sämtliche Momente erinnert, da sie gescheitert war, da die Verzagtheit ihr beinahe allen Lebensmut geraubt hatte. Ihre Schultern bebten, so heftig schluchzte sie.

»Kannst du mir bitte sagen, warum du um einen anderen Mann weinst?«

Emilia zuckte zusammen. Sie traute ihren Ohren nicht, als sie plötzlich die wohlbekannte Stimme vernahm. Sie fuhr herum und konnte kurz nichts erkennen, weil immer noch Tränen ihren Blick verschleierten. Doch dann wurde das Bild klar, und sie sah Arthur vor sich stehen – ohne die geringste Ähnlichkeit mit einem Ertrunkenen: Sein blondes Haar war vom Wind zerzaust, die Kleidung heil und trocken, sein Kinn hochmütig gereckt.

»Also, warum weinst du um diesen fremden Mann?«

Emilia konnte sich kaum rühren. »Ich dachte, du wärst tot!«, stieß sie aus.

Eine Weile taten sie nichts anderes, als sich einfach anzustarren, dann reifte in Arthur Verstehen. Er nahm sie am Arm und zog sie von der Mole fort. Sie folgte ihm mechanisch und erschauderte noch mehr, als sie weitere Tote sahen. Auch sein Blick war bestürzt, doch als sie die Mole verlassen hatten und er sich wieder an sie wandte, wirkte er gleichmütig. »Wenn du mich loswerden willst, sag es einfach, und du sieht mich nie wieder«, sagte er leise. »Dafür muss ich nicht erst ertrinken.«

Ihre Erleichterung wandelte sich augenblicklich in Ärger, weil er ausgerechnet in diesem Moment über sie zu spotten wagte. Sie wollte die Hand heben und ihm am liebsten ins Gesicht schlagen, doch da legten nicht weit von ihnen neue Boote an. Diesmal wurden tote Matrosen an Land gebracht, und wenn auch die meisten Passagiere Fremde gewesen waren, so befanden sich unter der Besatzung viele Männer aus Punta Arenas. Schreie des Kummers und des Entsetzens wurden laut.

»Mein Gott, Arthur!«, stieß Emilia aus. Ihr Ärger versiegte. Sie ließ die Hand sinken, drängte sich an ihn, umarmte, ja umklammerte ihn. »Mein Gott, Arthur.«

Er strich ihr über die Haare. »Ich bin aber kein Gott. Ich bin lediglich dein Liebhaber. Oder vielleicht nicht mal das, sondern nur so etwas wie dein Lustknabe.«
»Hör auf, so zu reden!«, zischte sie ihn an. »Das ist nicht der rechte Ort, um Späße zu machen!«
Unwirsch ließ sie ihn wieder los.
»Da hast du allerdings recht«, gab er zu. Schweigend führte er sie noch ein Stückchen weiter vom Steg weg. Nun konnte man die Reihe der Toten nicht mehr sehen, lediglich die Klagen der Angehörigen vernehmen. »Sag nun aber ehrlich: Kann es wirklich sein, dass du dir Sorgen gemacht hast? Um mich?«
Sie schüttelte den Kopf. Ihre Tränen waren verkrustet, aber der Schreck saß noch immer tief und ließ ihre Beine erbeben.
»Natürlich habe ich mir Sorgen gemacht! Aber wenn ich es mir recht überlege, war das ziemlich dumm von mir. Warum soll ich mich um einen Schuft wie dich schon sorgen?«
Er grinste. »In jedem Fall hast du es getan.«
»Was nicht gleich heißt, dass du's auch verdient hättest.«
»Und was machst du eigentlich hier in Punta Arenas?«, fragte er angelegentlich. »Kann es sein, dass du meinetwegen …«
»Nun bild dir nichts ein!«, fuhr sie ihn schroff an. »Ich bin zufällig hier … und habe ebenso zufällig vom Schiffsunglück gehört. Nun, da ich weiß, dass es dir gutgeht, kann ich auf die Estancia zurückkehren.« Sie kniff trotzig ihre Lippen zusammen, machte aber keine Anstalten zu gehen.
»Du hast gewusst, dass ich komme«, stellte er befriedigt fest. »Balthasar muss es dir gesagt haben. Sonst hättest du keine Angst haben müssen, dass ich unter den Ertrunkenen bin.« Er machte eine kurze Pause, ehe er spöttisch hinzufügte: »Kann es also sein, dass du vor Sehnsucht krank geworden bist und hierher geeilt bist, nur um mich zu sehen?«

»Was erwartest du eigentlich von mir?«, gab sie widerwillig zurück. »Dass ich dich mit Küssen und Liebesschwüren empfange?«

»Nun, gegen die Küsse hätte ich nichts … und andere Paare würden sich im Angesicht des Todes ihre Liebe gestehen.«

Der Spott schwand aus seinem Blick.

Ihre Kiefer mahlten. »Ich liebe dich aber nicht.« Ihre Stimme hatte kaum Kraft, als sie die Worte sagte, doch ihre Augen funkelten ihn herausfordernd an.

»Um mich geweint hast du aber schon«, stellte er fest.

»Nicht um dich, sondern um diesen armen, jungen Mann.«

»Irgendwo wird eine Frau sitzen und tatsächlich um ihn weinen. Und was lehrt uns das?«

»Spotte nicht!«

»Ich spotte nicht. Ich meine nur, der Tod kann immer und überall kommen. Wir sollten jede Stunde nützen. Und nicht kostbare Zeit verschwenden, indem wir uns etwas vormachen.« Er zögerte kurz, seufzte und fuhr dann doch entschlossen fort: »Ich für meinen Teil bin deinetwegen hier. Nicht nur, aber eben auch. Ich würde nicht wieder und wieder zurückkehren, wenn ich dich aus meinem Denken verbannen könnte und wenn mich eine andere Frau auch nur annähernd interessieren würde.« Aus dem Seufzen wurde ein Stöhnen. Er klang, als würde er von Schmerzen geplagt werden. »Emilia! Siehst du nicht, wie schwer es mir fällt, es zuzugeben – und kannst du nicht auch einmal …«

»Nun gut«, gab sie zu, »ich bin auch nicht zufällig hier, sondern deinetwegen.«

»Na also!«, rief er aus. »Jetzt sind wir schon ein Stückchen weiter. Auch wenn du sagst, dass du mich nicht liebst.«

Sie runzelte die Stirn. »Nun vielleicht liebe ich dich doch. Zumindest ein ganz kleines bisschen.«

Er lachte auf und zog sie ganz dicht an sich heran. Dann nahm er ihren Kopf zwischen die Hände und küsste sie. Unwirsch befreite sie sich daraus. »Und du?«, fragte sie.

»Was – und ich?«

»Liebst du mich auch?«

Er lächelte. »Vielleicht auch ein ganz kleines bisschen.«

Wieder beugte er sich zu ihr, küsste sie, und diesmal erwiderte sie das sachte Necken seiner Zunge, öffnete ihr weit den Mund und genoss den vertrauten Geschmack. Sie küssten sich lange und leidenschaftlich, und sie spürte, wie die Kälte und der Schrecken aus ihrem Körper floh, wie die Gier erwachte, mit ihm zu verschmelzen, sich ihm ganz und gar hinzugeben.

Manchmal, dachte sie, solange sie noch etwas denken konnte – manchmal ist auch ein ganz kleines bisschen unermesslich viel.

Esteban Ayarza stand breitbeinig vor Rita.

»Na«, fragte er gedehnt. »Wo ist dein Beschützer?«

Seine Worte klangen genuschelt; sein Grinsen erreichte seine Augen nicht. Er wirkte triumphierend, aber zugleich irgendwie misslaunig. An einem der Bäume hatte er sein Pferd festgebunden.

Das erkannte Rita allerdings erst später, viel später. Im ersten Augenblick war ihr Kopf wie ausgehöhlt. Sie konnte sich nicht rühren, nur zu ihm hochstarren. Als sie sich endlich fasste, ein Ruck durch ihren Körper ging und sie aufstehen wollte, war es zu spät. Er trat nach vorne und presste ihr einfach seinen Fuß auf die Brust. Sie glaubte, unter dem Druck zu ersticken. Und selbst wenn sie ihm standhielte, noch genug Luft zum Atmen fände – wie konnte sie weiterleben, wenn Esteban Ayarza sie berührte, sie trat, sie ihm hilflos ausgeliefert war?

Doch Augenblick um Augenblick verging, ihr Körper versteifte immer mehr, ihr Entsetzen wuchs – aber sie starb nicht, und schließlich stieg inmitten der Panik auch Verwirrung hoch.
Warum stürzte er sich nicht gleich auf sie? Warum blieb er einfach abwartend stehen? Und warum bebte sein Fuß?
Sie ahnte es, als er fortfuhr: »Ihr habt mich ganz schön erwischt«, nuschelte er. »Ich konnte ein Jahr lang kaum gehen, ohne vor Schmerzen zu schreien. Aber glaubt nicht, dass ihr mich deswegen für alle Zeiten losgeworden seid. Unkraut vergeht nicht.«
Er litt nicht nur an einstiger Verwundung, sondern war überdies sichtlich betrunken, und das grelle Sonnenlicht schien ihm nicht minder Schmerzen zu bereiten. Doch wenn er auch schwankte – der Druck seines Fußes war viel zu schwer, um sich dagegen zu stemmen.
Rita ächzte, schloss die Augen, öffnete sie wieder. Sie ganz alleine … mit Esteban … der betrunken war … und voller Hass, weil er damals angeschossen wurde … vielleicht von Ana … oder Emilia …
Allerdings – und dieser Gedanke, unerwartet nüchtern, milderte ihr Entsetzen ein wenig – Esteban war hier, aber Jerónimo nicht. Grimmige, verbitterte Augen bohrten sich in sie – doch nicht diese kalten graublauen, die das höhnische Lächeln des schmalen Mundes nie erreichte.
Rita versuchte, sich ganz flach zu machen und ein Stück weit beiseitezurobben. Der Druck des Fußes verstärkte sich, aber auch das Zittern. »Ihr habt wirklich geglaubt, ich komme euch nicht mehr in die Quere, nicht wahr?«, zischte er. »Ihr dachtet, ihr könnt mir meine Estancia stehlen und dann einfach zufrieden weiterleben.«
»Deine Mutter …«, setzte Rita tonlos an.

Esteban kreischte auf. »Meine Mutter! Soll ich dir etwas über meine Mutter erzählen? Sie ist von der Gicht geplagt und kann kaum mehr arbeiten! Oder vielleicht hält gar nicht die Gicht sie davon ab, sondern die Faulheit. Früher hat sie wenigstens geschuftet, heute klagt sie fortwährend: ›Ich kann nicht mehr.‹ Und weißt du, was sie noch zu mir gesagt hat: ›Wenn du mich nicht gut behandelst, dann gehe ich fort von Punta Arenas.‹ Ja, genau das hat sie gesagt!«

Er schüttelte den Kopf, was ihm noch mehr Schmerzen zu bereiten schien. »Oh, ich weiß genau, was sie im Sinn hat. Wohin sollte sie gehen wollen, wenn nicht zu euch?«

Rita erinnerte sich unscharf daran, dass Emilia Agustina einst nicht nur angeboten hatte, Geld zu schicken, sondern auch, die Estancia zu besuchen, ja, gar hier zu leben. Dass sie dieses Angebot ernst meinte, dessen war sich Rita sicher, denn Emilia war Agustina dankbar für das Land – ob sie sich aber ehrlich gefreut hätte, wenn die alte Frau aufgetaucht wäre, das glaubte sie nicht. Sie selbst zumindest war erleichtert, dass Agustina bis jetzt nicht auf das Angebot eingegangen war. Agustina war eine gute Frau, sonst hätte sie ihnen das Land nicht geschenkt – aber sie war eben auch Estebans Mutter.

»Glaubt ihr, ich lasse mir das gefallen? Dass ihr Weiber euch gegen mich verschwört, mich übers Ohr haut? Diese Estancia gehört mir! Jeder Peso, den ihr damit verdient, gehört mir!«

Er beugte sich vor, und der Geruch nach Branntwein schwappte ihr ins Gesicht. Ekel überkam sie, und vielleicht war es genau dieser Ekel, der sie stark machte – gemeinsam mit dem Wissen, dass Esteban ganz allein hier war, dass er ohne Jerónimo viel schwächer war und planloser und dass er einfach nur von blinder Rachsucht getrieben war. Diese Blindheit konnte sie sich zunutze machen!

Obwohl Rita am ganzen Körper zitterte, nahm sie all ihre Kraft zusammen, hob ihren Fuß und versuchte, ihn damit zu treffen. Zwar zielte sie ins Leere, aber ihre abrupte Bewegung sorgte dafür, dass Esteban kurz das Gleichgewicht verlor. Er kippte zurück, landete mit seinem Hinterteil im Staub. Rasch wälzte sich Rita auf den Bauch, sprang auf und wollte weglaufen. Sie kam nur drei Schritte, dann hatte Esteban sich wieder aufgerappelt und stellte ihr ein Bein. Nun war sie es, die fiel und deren Mund sich mit Staub füllte. Sie wollte um sich schlagen, wollte schreien, konnte es jedoch nicht. Esteban packte sie mit brutalem Griff am Nacken, drückte ihr Gesicht immer tiefer in den Staub. Als sie glaubte, schon zu ersticken, drehte er sich um, setzte sich schwer auf ihren Leib und presste ihre Hände über ihrem Kopf auf die Erde.

»Ihr wollt mir das Land nicht geben und auch kein Geld! Aber das schwöre ich dir, kleine Indianerhure – wenn ich auch sonst nichts kriege. Dich kriege ich! Immer und immer wieder!«

Rita hustete. Sand war in ihre Augen geraten und machte sie blind. In ihren Gliedern schien kein Blut mehr zu fließen, so taub und gelähmt, wie sie sich anfühlten. Vielleicht war es eine Gnade – so musste sie ihn wenigstens nicht spüren wie beim letzten Mal, musste einfach nur still liegen, bis alles vorüber war, musste nichts denken. Ein letzter Gedanke allerdings kam ihr doch noch. Die Schere … irgendwo lag ihr Beutel, und darin war ihre Schere …

Anstatt danach zu greifen, blieb sie jedoch einfach starr liegen. Eine stärkere, mutige Frau könnte es vielleicht schaffen, könnte die Schere an sich bringen und ihm damit eine zweite Narbe zufügen. Eine Frau wie Emilia. Eine Frau wie Ana. Aber sie konnte gar nichts, konnte nur reglos daliegen und sich für ihre Schwäche schämen und hassen und verachten.

»Soll ich dir noch einen Bankert machen?«, höhnte er. »Damit deine Tochter einen Spielkameraden hat?«
Sie stöhnte auf – aber damit erschöpfte sich ihr Widerstand. Sie dachte an den Vater, an die Großmutter und dass beide geraten hätten zu kämpfen, sie dachte an Maril und seinen Stolz darauf, ein Tehuelche zu sein. Doch ihr eigener Stolz reichte nicht aus, um gegen Esteban zu kämpfen – gegen ihn und das Gefühl, dass sie es verdiente, dass es ihr ganz recht geschah … weil sie so leichtgläubig war, so hilflos.
Sie presste die tränenden Augen aufeinander, biss sich auf die Lippen, und das Einzige, was sie hoffte, war, dass es schnell vorübergehen möge.
Eben ließ Esteban eine ihrer Hände los und begann, an seiner Hose zu nesteln. Dann richtete er sich ein wenig auf, um Platz zu haben und an ihrem Kleid zu zerren. Noch bevor seine gierigen Hände ihr nacktes Fleisch befingerten, senkte sich erneut ein Schatten über sie.
Rita blinzelte und sah, dass der Schatten nicht von Wolken stammte, die die Sonnenstrahlen abschnitten, sondern von Menschen – von Ana, Maril, Balthasar.
Bevor Esteban sich nach ihnen umdrehen konnte, riss Balthasar ihn schon von Rita. Er war kleiner als er und mit seinem hinkenden Bein so viel schwächer, doch dass Esteban betrunken war, stellte einen Gleichstand zwischen ihnen her, und was immer ihm Balthasar an Wendigkeit nachstehen mochte – seine Wut machte es wett, Wut, wie Rita sie noch nie an ihm gesehen hatte.
»Du Hurensohn!«, schrie er mit einer Stimme, die ihr fremd war. Er riss Esteban zu Boden, ballte seine Hände zu Fäusten und schlug ihm mit beiden gleichzeitig ins Gesicht. »Du verdammter Hurensohn! Ich bringe dich um!«
Die Lähmung fiel von Rita ab, sie konnte ihre tauben Glieder wieder bewegen, sich aufsetzen und fassungslos auf die bei-

den Männer starren. Nie hatte sie Balthasar so in Rage erlebt, kannte ihn nur als den leicht spöttischen, genau beobachtenden, zurückhaltenden und stets freundlichen Mann, der keinen Hehl daraus machte, dass er sich mit anderen Männern nicht messen konnte. Doch nun prügelte er hemmungslos auf Esteban ein – und nicht nur seine Wut schwappte auf Rita über, sondern auch seine Kraft. Nein, jetzt war sie kein ängstliches, starres Mädchen mehr, sondern griff hastig nach der Schere in ihrem Beutel und schwang sie energisch in der Luft, bereit, sich damit in die Schlacht zu stürzen und Balthasar beizustehen. Ihrem Balthasar. Der sie gerettet hatte.
Doch als sie mit scharfer Klinge auf Esteban losging, gewillt, ihm eigenhändig die Augen auszustechen, riss Ana sie zurück.
»Nicht!«, rief Ana geistesgegenwärtig. »Glaub mir! Ich würde ihn auch am liebsten töten, aber damit würden wir in Schwierigkeiten kommen … vor allem Maril.«
Die Worte erreichten Rita nicht, aber Balthasar hielt inne. Blutend und sich windend lag Esteban vor ihm auf dem Boden, hielt sich den Magen, wo ihn ein Faustschlag empfindlich getroffen hatte, und spuckte Staub.
Der Zorn in Balthasars Gesicht wich der tiefen Sorgen, als er von Esteban abließ und zu Rita eilte. »Ist alles in Ordnung mit dir?«
Sie ließ die Schere wieder sinken. »Mir geht es gut«, stammelte sie. Die heiße Glut, die der Anblick des prügelnden Balthasars in ihr erweckt hatte, ebbte ab. Da war kein Hass mehr, kein Wille, auf Esteban einzustechen, nur Erleichterung, dass es vorbei war.
»Wenn Esteban hier seinen Tod findet und es irgendjemand erfährt – so wird man Maril die Schuld geben«, rief Ana besorgt.

Balthasar nickte schweigend. Rita sank an ihn und barg ihr Gesicht an seiner Brust. Maril war indessen nicht untätig geblieben. Noch ehe Esteban wieder aufstehen konnte, hatte er sich auf ihn gestürzt und seine Hände mit einem Seil gefesselt. Nun zog er daran, so dass Esteban sich mit schmerzverzerrtem Gesicht erheben musste. Er brüllte unflätige Flüche, beschimpfte Rita als Rothaut, Ana als Hure und Emilia, obwohl sie nicht hier war, als Mannweib.

»Aber was sollen wir nun mit ihm machen?«, fragte Balthasar.

Maril pfiff nach seinem Pferd, das meist nicht angebunden war, und dieses trabte prompt herbei. Er schwang sich geschmeidig darauf, ohne das Seil loszulassen. »Ich werde ihm kein Leid zufügen«, erklärte er stolz, »ich werde ihn lediglich von hier wegbringen, weit weg von hier. Soll er doch zusehen, wie er alleine und ohne Wasser in der Pampa zurechtkommt. Sein Pferd behalten wir einfach.«

Er zog an dem Seil, und Esteban fluchte wieder, aber es blieb ihm nichts anderes übrig, als Schritt vor Schritt zu setzen – ansonsten hätte sich das Hanfseil schmerzhaft in seine Arme geschnitten, er wäre gefallen, und Maril hätte ihn über den steinigen, dornigen Boden geschliffen.

Rita konnte nicht darüber nachdenken, ob es richtig war, was sie taten, und welches Schicksal Esteban womöglich bevorstand. Sie war einfach nur froh, als seine Flüche erst leiser wurden, dann gänzlich abrissen und er in einer Staubwolke verschwand. Dann ließ sie ihren Kopf wieder an Balthasars Brust sinken, und diesmal wehrte sie sich nicht wie sonst, als seine Hände erst über ihren Rücken streichelten, dann über ihr Haar und ihr Gesicht.

»Balthasar«, murmelte sie ein ums andere Mal. »Oh, Balthasar!«

30. Kapitel

Ana hielt ungeduldig nach Maril Ausschau. Sie konnte sich noch so oft sagen, dass Esteban ihm nicht gefährlich werden würde, aber sie wusste, dass sie erst dann beruhigt war, wenn er wieder da war. Ärgerlich schüttelte sie den Kopf. Sie hatte so oft Angst um Maril, und jedes Mal verfluchte sie sich selbst dafür! Es lebte sich so viel leichter ohne Angst. Und vor allem lebte es sich leichter, wenn man sein Herz an niemanden hing!

Nur Balthasar und Rita hatten diese Lektion offenbar nicht gelernt – im Gegenteil, sie hatten nur Augen füreinander, auch wenn sie das beide leugnen würden. Nun gut, Aurelia kam nicht zu kurz. Und manchmal waren sie so konzentriert mit etwas beschäftigt, dass sie niemanden wahrnahmen – er mit dem Zeichnen, sie mit der Wolle und den Stoffen. Dennoch konnte jeder das enge Band zwischen ihnen spüren, das sich langsam, kaum merklich geflochten hatte und zum festen Strang geworden war. Manchmal war Ana neidisch auf diese tiefe Zuneigung, die ebenso wortlos wie selbstverständlich ausfiel, und nicht minder darauf, dass beide mit so viel Leidenschaft ihr jeweils größtes Talent auslebten. Für sie selbst gab es keine Tätigkeit, in der sie ähnlich aufging. Das Wichtigste für sie war nicht, etwas Bestimmtes zu tun, sondern dass sie dazu nicht gezwungen wurde, vielmehr die Freiheit hatte, über ihr Tun zu entscheiden. Doch wenn sie sich ansonsten kein größeres Glück als dieses vorstellen konnte – wenn sie Rita und Balthasar beobachtete, überlegte sie, ob es nicht noch befriedigender war, mit ihrer Hingabe zu zeichnen oder zu weben oder sich – wie die beiden es nun taten – aneinander festzuklammern.

»Ich … ich konnte mich nicht rühren!«, hörte Ana Rita verzweifelt klagen. »Ich hätte mich wehren sollen, aber ich konnte einfach nicht …«

»Scht, scht«, machte Balthasar. »Es ist vorbei. Es ist doch alles vorbei. Er ist fort.«

»Aber ich war nicht unbewaffnet! Ich trug doch meine Schere bei mir! Wenn ich zugestochen hätte, ich hätte mich befreien können, aber … aber ich war gelähmt. Ich könnte mich ohrfeigen dafür!«

»Du hattest Angst vor ihm, da ist es doch nur zu verständlich, dass du wehrlos warst!«

»Aber ich will keine Angst mehr haben! Ich will nicht mehr sein … Opfer sein! Ich will nicht, dass sie Macht über mich haben, Esteban oder Jerónimo oder wer auch immer. Ich will … ich will ein glückliches Leben führen – mit dir.«

Ihre Stimme wurde heiser, und ihre Augen begannen plötzlich zu glänzen. Und dann – Ana musste trotz ihrer Sorge um Maril lächeln, als sie es sah – fuhr ihr Kopf nach vorne, und sie drückte ihre Lippen auf die von Balthasar. Kurz stand der wie erstarrt da, dann erwiderte er den Kuss und zog sie fest an sich. Kaum hielten sie sich, schienen sie sich nie wieder loslassen zu wollen.

Eine Weile konnte Ana ihren Blick nicht von ihnen reißen. Für gewöhnlich widerte sie der Anblick ineinander verschlungener Leiber an, erinnerte er sie doch an Zeiten ihres Lebens, die sie für immer vergessen wollte. Doch Balthasars und Ritas innigliche Umarmung verhieß so viel Vertrautheit und Nähe, und auch, dass Liebe und Lust nicht quälend, sondern ebenfalls erfüllend sein konnten. So schön es war, die beiden zu beobachten – zugleich hatte es etwas Unerträgliches, davon ausgeschlossen zu sein. Am Ende senkte sie ihren Blick und sah erst wieder hoch, als sie Pferdegetrampel hörte. Mit Mühe verkniff sie sich einen erleichterten Ausruf, als Maril endlich auf sie zugeritten kam, und versuchte stattdessen, ihm möglichst gleichgültig entgegenzublicken.

»Hast du ihn weit genug fortgebracht?«, fragte sie.

Er antwortete nicht, sondern deutete auf Balthasar und Rita, die nicht aufhören wollten, sich zu küssen.

»Na endlich«, stellte er fest. »Hat ja Ewigkeiten gedauert.«

»So ist es«, sagte Ana mit der kalten, spöttischen Stimme, die ihr eigen war. »Aber auch dem dümmsten Schaf gehen irgendwann die Augen auf.«

Er sprang vom Pferd und blieb starr daneben stehen, einer steinernen Statue gleich, der weder Furcht noch Schmerzen etwas anzuhaben vermochten. Ana konnte meist nicht anders, als ihn hingerissen anzustarren, doch heute verkniff sie sich auch das.

»Und du?«, fragte er angelegentlich. »Willst du auch einen Mann?«

»Wenn mir irgendwas am wenigsten fehlt, dann ein Mann … Und außerdem«, fuhr sie rasch fort, »kein Mann würde mich wollen.«

»Warum nicht?«

»Ha!«, lachte sie auf. »Du beschwerst dich doch selbst ständig, dass ich dich nicht bediene wie die Frauen deines Stamms.«

Seine Miene blieb ausdruckslos. Was hätte sie dafür gegeben, einmal in seinen Kopf blicken zu können, um zu erfahren, was er wirklich dachte! Nie konnte sie sich dessen sicher sein. Manchmal fragte sie sich, ob er sie nicht insgeheim alle verachtete. Dann wiederum dachte sie, dass er sie sehr gern haben müsste, weil er sonst nicht immer und immer wieder zur Estancia zurückkehren würde.

»Es gab oft Ehen zwischen Indianerinnen und Spaniern«, erklärte er ernsthaft. »Die Kinder, die daraus hervorgingen, waren meist etwas anders – aber auch sie haben gelernt, sich richtig zu verhalten.«

»Du denkst also, ich könnte es noch lernen, die Frau zu sein, die deinesgleichen sich wünscht? Vergiss es! Und selbst wenn ich dazu bereit wäre, so würde mich trotzdem kein Mann mehr wollen, weder ein Weißer noch einer von deinem Stamm. Aber das macht nichts, im Gegenteil. Mir fehlt nichts. Rein gar nichts.«

Nachdenklich blickte er sie an. »Warum würde dich keiner wollen?«

Wie abgründig schwarz seine Augen waren! Manchmal machte ihr dieser dunkle Blick Angst, manchmal war er einfach nur faszinierend. Sie hatte in so viele Gesichter gesehen, in gierige, berauschte, abfällige, zornige, aber nie in das eines Mannes, der sich so vollkommen beherrschte.

»Ich war eine Hure«, sagte sie und klang fast stolz dabei, »ich habe so viele Männer gehabt, dass ich sie unmöglich zählen könnte.«

Er zuckte kaum merklich die Schultern.

»Siehst du!«, rief sie hastig. »Auch dich widert es an!«

Seine Miene regte sich immer noch nicht. »Die Frauen unseres Stammes dürfen sich vor der Ehe so viele Männer nehmen, wie sie wollen«, meinte er gleichmütig

»Wirklich?«, entfuhr es ihr überrascht. Sie wusste mittlerweile viel über die Tehuelche, aber das noch nicht. Vielleicht hatte auch Don Andrea noch nie davon gehört – vielleicht aber konnte er es ihnen einfach nicht erzählen, weil es ihm als abscheulich erschien.

»Sie … sie nehmen sich einfach die Männer, die sie wollen?«, fragte sie.
Er nickte. »Niemand verurteilt sie dafür.«
»Und die Männer«, fragte sie, »können sich diese auch einfach Frauen nehmen?«
»Auf keinen Fall mit Gewalt. Die Frau muss damit einverstanden sein. Und es ist undenkbar, dass Männer Frauen schlagen.«
Ana musste grinsen. »Dein Volk ist mir sympathisch.«
»Wenn du also einen Mann nehmen würdest, wäre es dann ein Tehuelche?«
Seine Stimme blieb ernst und gleichmütig, aber seine Lippen verzogen sich zu der Andeutung eines Lächelns.
Ana erblickte erhaben darüber hinweg. »Wie gesagt – ich brauche ja keinen.«
Sie wandte sich wieder Rita und Balthasar zu. Wahrscheinlich waren diese schon erstickt, so lange wie sie sich küssten, ohne Atem zu holen.
Jetzt endlich lösten sie sich voneinander und blickten sich hingebungsvoll an.
»Ich habe mich nicht gewehrt«, stammelte Rita wieder. »Ich hätte mich gegen Esteban wehren müssen, heute, damals, und auch gegen Jerónimo, aber ich konnte es nicht. Doch zumindest sollen sie keine Macht mehr über mein Leben haben! Das dürfen sie nicht!«
Er streichelte über ihre Wange. »Hör endlich auf, über die beiden Mistkerle zu reden! Sag mir lieber, dass du mich heiraten willst.«
Ana sah, wie Rita zurückzuckte und eine Weile brauchte, bis sie sich gesammelt hatte. »Aber ich bin eine Mapuche«, rief sie kläglich.
Balthasar ließ sie nicht los. »Na und? Du bist eine Mapuche,

und ich bin hässlich wie die Nacht. Ich finde, du hast es viel besser getroffen. Also: Heiratest du mich?«

Ana hörte nicht, welche Antwort Rita hauchte – aber offenbar musste es eine zufriedenstellende sein, denn Balthasars Gesicht leuchtete auf, und dann lagen sie sich schon wieder in den Armen und küssten sich.

»Na endlich!«, stieß sie aus und merkte erst später, dass sie die gleichen Worte benutzt hatte wie eben noch Maril.

Esteban konnte sich nicht erinnern, sich jemals so elend gefühlt zu haben. Nun gut, auch damals, als er angeschossen worden war, hatten ihn schreckliche Schmerzen gequält. Doch nun kam zu den unerträglichen Schmerzen die Schande, in diesem kläglichen Zustand durch die Straßen von Punta Arenas humpeln zu müssen.

Er wusste – eigentlich hätte er Erleichterung und Dankbarkeit empfinden müssen, es überhaupt in die Stadt geschafft zu haben, doch als er auf seine Füße blickte, blutige Stümpfe zu sehen glaubte und sich sicher war, nie wieder ordentlich gehen zu können, fragte er sich, ob es nicht besser gewesen wäre, irgendwo da draußen in der Pampa liegen geblieben zu sein, als diese aufdringlichen, befremdeten Blicke zu ertragen.

Er konnte die Gaffer nicht einmal mehr verfluchen. Der Hass, der ihn ansonsten einer ständigen Flamme gleich verzehrte, war zu einem dürftigen Glimmen verkommen. Er hatte einfach nichts mehr, womit er ihn nähren konnte, weil er sämtliche Kräfte brauchte, um irgendwie nach Hause zu kommen.

Als er die Herberge seiner Mutter erreichte, konnte er sich gerade noch über die Türschwelle schleppen. Dann fiel er zu Boden, schloss die Augen und schlief sofort ein.

Als er erwachte, wusste er nicht, wie viel Zeit vergangen war. Zum ersten Mal seit langem war er erleichtert, dass sie fast keine Gäste mehr hatten, weil das Essen so schlecht und die Räume so verdreckt waren, denn so war es ihm wohl erspart geblieben, dass ihn irgendwer hatte da liegen sehen und achtlos über ihn hinweggestiegen war.

Doch als er versuchte, sich mühsam aufzurappeln – sein Kopf schien ihm ob dieser Anstrengung fast zu zerplatzen –, sah er, dass ihm eines nicht erspart blieb: Agustina stand nicht weit vor ihm und schlug, zutiefst entsetzt über den Anblick, den er bot, die Hände über den Kopf zusammen.

»Mein Gott!«, rief sie mit der heiseren, kläglichen Stimme, die er so verachtete. »Mein Gott!«

Er versuchte, sich auszumalen, was genau sie wohl sah: einen Mann mit blutigen Füßen und zerkratzter Haut, über und über staubig und sandig, das Gesicht von der Sonne verbrannt, das Haar von Ästchen und dornigen Ranken übersät.

Die Erschöpfung hatte zunächst die Erinnerung ausgemerzt – nun kam sie wieder: wie die Rothaut ihn verschleppt hatte, wie er stundenlang in der Pampa herumgeirrt war, wie er geglaubt hatte, er müsse elendiglich verdursten. Immerhin war er auf zwei Bäche gestoßen, um daraus zu trinken, und dennoch hatte er gezweifelt, dass er jemals wieder zurück in eine belebte Gegend finden, sich vielmehr in der endlosen Weite verirren, verrecken und von einem Kondor gefressen werden würde. Die Todesangst hatte sämtlichen Hass verdrängt, die Hoffnungslosigkeit, den Neid.

»Wo bist du gewesen? Was ist nur mit dir passiert?«

Nun, jetzt konnte er wieder hassen – dieses weinerliche Gebaren nämlich!

Endlich hatte er sich aufgerichtet, hielt sich an der Wand fest, bis er mühsam das Gleichgewicht fand, humpelte dann an ihr vorbei. Als sie nach ihm griff und ihn festhielt, schüttelte er sie rüde ab. Jetzt fiel ihm auch wieder ein, dass seine Hände von dieser verfluchten Rothaut gefesselt worden waren. Er hatte den Strick noch nicht lösen können, als er in der Steppe endlich auf eine Truppe fahrender Händler gestoßen war. Nicht nur, dass er sie regelrecht um Hilfe hatte anflehen müssen; obendrein hatte er lang und breit beteuern müssen, dass er kein entlaufener Schafdieb war. Die Händler hatten ihm schließlich den Weg Richtung Punta Arenas gewiesen und ihn von den Fesseln befreit, aber sie hatten ihn angesehen, als hätte er Aussatz. Noch jetzt glaubte er, die abfälligen Blicke zu spüren, und sein geschundener Körper spannte sich an.

»Esteban …«

»Es geht dich nichts an!«, schrie er.

Er wollte zu seiner Kammer hochlaufen, aber die schmerzenden Füße ließen es nicht zu. Kaum hatte er drei Stufen genommen, musste er innehalten und sich am Geländer der Treppe festklammern.

»Esteban! Soll ich etwas tun?«

»Du hast schon viel zu viel getan!« Er glaubte, die Kehle müsste zerspringen vor Schmerz. Immerhin war die Erschöpfung nicht mehr ganz so groß, um sämtliches Denken auszuhöhlen. Das Flämmchen Hass flackerte wieder auf, und inmitten dieses Gefühls von Demütigung und Selbstverachtung war es eine Wohltat. Ja, dieses Flämmchen würde ihn wärmen, ihn heilen, ihm wieder genügend Kraft geben, um sich breitbeinig vor sie hinzustellen.

Agustina hatte tatsächlich schon viel zu viel getan … hatte sich von einem Mann verführen und von ihrem Vater verjagen lassen, hatte ihn als Bastard geboren und ihn so ärmlich aufwachsen lassen … und dann, als sie ein einziges Mal zu etwas Geld, zu etwas Besitz gekommen war, hatte sie es in den Rachen der Weiber geschleudert … dieser verdammten Weiber, die irgendwo saßen, über ihn lachten und höhnten.

Emilia war zwar nicht dabei gewesen, als die Rothaut ihn gefesselt hatte, dennoch vermeinte er, er könnte nun auch ihr Gelächter hören, wie sie in das der Russin und der Indianerhure einstimmte. Die Flamme kroch höher, zerplatzte siedend heiß in seinem Kopf, vernichtete alles mit ihrem rötlichen, gleißenden Licht. Er sah nichts mehr, hörte nichts mehr, nur dieses Gelächter – und dann schlug er zu.

Er wusste zuerst gar nicht, wen, wusste nicht, wie fest und wie oft – er wusste nur, dass es nach all den Qualen so gut tat. Irgendwann öffnete er die Augen, sah seine Mutter, wie sie sich das blutende Gesicht hielt und röchelnd vor ihm zurückwich. Er war zwar schwach und ausgelaugt, aber so stark wie sie war er noch lange. Er setzte ihr nach, hob wieder die Faust, drosch sie in das faltige, warme Gesicht und wähnte ihre schlaffe Haut unter seinem Schlag zerplatzen. Sie keuchte, flehte, bettelte.

»Esteban … was tust du nur? Esteban!«

Dann irgendwann verstummte sie. Sie lag auf dem Boden wie ein gefällter Baum, unfähig, sich zu rühren, unfähig, gar zu stöhnen.

Endlich wurde die Flamme etwas kleiner. Halb verwirrt, halb unbehaglich starrte er auf die blutende Frau zu seinen Füßen. Nein, es tat ihm nicht leid, was er getan hatte, er hatte seine Mutter nicht zum ersten Mal geschlagen, aber langsam ging ihm auf, dass sie – anders als die übrigen Weiber – nie über ihn gelacht hatte und dass sie zu schlagen das Gelächter nicht hatte verstummen lassen.

Er hielt sich die Ohren zu, verlor darob das Gleichgewicht und kippte neben Agustina auf den Boden. Der verwundete Sohn neben seiner blutenden Mutter … Er hätte lachen wollen über den Anblick, den sie boten, aber nun, da der Hass nachgelassen hatte, war er zu müde dazu, viel zu müde … Wieder versank seine Welt in Finsternis.

Als er erwachte, brauchte er einige Zeit, um sich zu orientieren. Er war in der Herberge … diesem stinkenden Dreckslochloch …

Wie vorhin hatte er das Gefühl, dass der Schädel ihm platzte, als er sich mühsam erhob, doch seine Füße bluteten nicht mehr. Sämtliche Kratzer waren schwarz verkrustet. Er fluchte, als er endlich stand, und war zugleich erleichtert, wieder Kraft zum Fluchen zu haben. Im nächsten Augenblick blieben ihm sämtliche Flüche im Hals stecken. Seine Mutter lag nicht mehr auf dem Boden. Nur mehr ein dünnes Rinnsal Blut erinnerte daran, dass er sie zusammengeschlagen hatte.

»Mutter?«

Kurz packte ihn die Angst, dass sie tot sein könnte, dann sagte er sich rasch, dass sie in diesem Fall hier liegen würde, steif und mit starrem Blick. Aber sie war fort. Er suchte sie in der Küche, der Gaststube, allen Zimmern. Sie war nicht nur fort, sie hatte all ihren armseligen Besitz mit sich genommen. Nur eines hatte sie zurückgelassen: einen Brief für ihn.

»Sie will bei ihnen leben! Sie will bei diesen verfluchten Weibern leben!«

Das Schreien schmerzte, aber das brachte ihn nicht zum Verstummen. Könnte er nicht schreien, würde er ersticken. »Sie behauptet, ich hätte sie einmal zu oft geschlagen«, brüllte er, »jetzt würde es reichen, jetzt wäre ein für alle Mal genug. Sie müsse auf sich selbst achten … wie ich überlebte, wäre fortan meine Sache.«

Die Flamme in seinem Kopf war wieder zerplatzt. Wenn er gekonnt hätte, hätte er noch mal auf Agustina eingeschlagen – aber die hatte ihn schließlich verlassen, und darum wusste er nicht, wohin mit seinem Hass. Das Einzige, was ihm einfiel, war, zu Jerónimo Callisto zu rennen, doch so gut es früher

auch immer getan hatte, gemeinsam mit ihm diese Flamme zu nähren, hatte er nun das Gefühl, dass er ganz allein in ihr verbrannte, während Jerónimo auf Abstand blieb.
In Jerónimo explodierte nie etwas. Jerónimos Blick blieb immer kalt. Er bezog den Glanz seiner Augen nicht aus blinder Raserei, sondern aus der nüchternen Überlegung, wie man anderen am meisten schaden konnte.
In den letzten Monaten hatte sie genau das entzweit. Dass Esteban ständig über seine Beinwunde oder die verlorene Estancia klagte, hatte ihn schlichtweg gelangweilt. Armut war nichts, was er kannte und was ihn quälte. Auch jetzt geriet sein Blick verächtlich: »Wie siehst du denn aus?«
»Sie haben mich vertrieben! Sie haben mich durch die Pampa gejagt!«
»Wer?«
Trotz der gleißenden Flamme, die an seinen Gliedern nagte, ahnte Esteban, dass es klüger war, nicht fortzufahren und es nicht einfach zuzugeben. Jerónimo hätte niemals gutgeheißen, dass er sich betrunken hatte und ebenso gedanken- wie planlos über Rita hergefallen war. Jerónimo würde wahrscheinlich auch den blinden Hass auf seine Mutter nicht verstehen. Beinahe konnte er seine ausdruckslose Stimme hören. Sei doch froh, dass du sie los bist.
Jerónimo heckte gerne Ideen aus, wie man Menschen quälen konnte – vom Zustand ihrer armseligen Herberge, die Agustina kaum führen konnte, hatte er dagegen nie hören wollen.
Esteban biss sich auf die Lippen. Ja, wenn er Jerónimos Hilfe wollte, dann durfte er sich nicht in Selbstmitleid suhlen. Dann musste er ihm vielmehr etwas bieten.
Er drosselte seine Lautstärke. »Meine Mutter ist abgehauen«, erklärte er leise. »Zu dieser Rothaut, ihrem Bankert und dem Mannweib.«

»Und nun?«, fragte Jerónimo gelangweilt. »Willst du etwa wieder damit anfangen, dass wir uns die Estancia holen sollen? Ich habe keine Lust, Schafe zu hüten. Und wenn du mit ihnen einen Rechtsstreit führen willst – bitte sehr. Mir jedoch macht das keinen Spaß.«

»Ach, ich will diese verfluchte Estancia doch gar nicht mehr! Eigentlich habe ich sie nie gewollt! Ich will nur, dass sie leidet.«

»Wer? Das Mannweib oder die Rothaut?«

»Beide! Oder eben nur eine von ihnen! Egal! Nur büßen sollen sie!«

»Und wie?«, fragte Jerónimo gedehnt, aber etwas funkelte in seinen Augen auf.

Kurz glotzte Esteban ihn verwundert an. Er wusste, was ihn antrieb – dieses verzehrende Feuer, das immer mal wieder in seiner Brust aufloderte. Doch nie war ihm weniger klar gewesen, was Jerónimo anspornte. Wenn ich so reich wäre wie er, ging ihm plötzlich durch den Kopf, ja, reich und gutaussehend – ich wüsste mir die Zeit besser zu vertreiben.

»Also, wie soll sie büßen?«, drängte er.

Esteban entschied, nicht länger über Jerónimo nachzudenken.

»Was weiß ich!«, stieß er aus. »Wir könnten Rita töten. Wir vergewaltigen sie wieder. So etwas in der Art.«

»Du bist ein Dummkopf«, schimpfte Jerónimo. »Sie zu töten würde viel zu schnell gehen – und dass wir sie gewaltsam nehmen, hat sie schon einmal verkraftet ...«

Jerónimos Blick wurde nachdenklich und zugleich auch wacher. Esteban wusste: Auf seine Freundschaft konnte er nicht zählen, aber auf dieses kranke Hirn, das Lust hatte, andere zu quälen.

»Ich weiß, womit wir sie am meisten treffen können«, sagte Jerónimo schließlich genussvoll.

»Wie?«, fragte Esteban heiser.

Jerónimos Blick wurde gierig und verächtlich zugleich.

»Bevor wir irgendetwas tun, musst du dich erst mal waschen«, befahl er. »Und du musst mir versprechen, nüchtern zu bleiben. Wir können den Plan nicht umsetzen, wenn du betrunken bist.«

31. Kapitel

Die Hufe des Pferdes gruben sich in die Erde, als Emilia es durch die Steppe trieb, in harte Büschelgräser und die Polsterpflanze, die nun im Herbst gelblich braun vertrocknete, ehe sie im nächsten Frühjahr neue, grüne Triebe hervorbringen würde. Am höchsten wuchsen die Dornbüsche – ein dichtes Gestrüpp an manchen Stellen, das sich nur durch einen beherzten Sprung mit dem Pferd überwinden ließ. In der Ferne reckten sich die weißen Spitzen der Berge gen Himmel, abwechselnd drohend dunkel, von sanftem Violett oder gleißend hell. An einem Tag konnte man in Patagonien vier Jahreszeiten erleben, hieß es, und Emilia hatte das oft genug erfahren, wenn sie bei Sonne ins Freie ging und wenig später vom Regen durchnässt ins Haus zurückkehrte, doch noch nie war ihr das Wetter so launisch und wankelmütig erschienen wie in diesen Tagen.

Ohne das Pferd anzuhalten, drehte sie sich um. Der Wind wehte so heftig, dass ihr das Haar wie so oft nach allen Seiten vom Kopf wegflog, aber er war erträglich im Vergleich zum Regen, der sie vorhin heimgesucht hatte. Es hatte den Anschein gehabt, als würden die Tropfen waagerecht fallen. Als der Wolkenbruch endlich sein Ende gefunden hatte, war Emilia sich sicher gewesen, niemals wieder trocken zu werden, doch die bissige Sonne hatte rasch ihre ganze Kraft entfaltet – ehe sie vom Wind hinter neuerlichen Wolken vertrieben wurde. »Sind wir bald da?«, fragte sie.

Sie vernahm Arthurs Antwort inmitten von Wind und Hufgetrampel nur undeutlich, glaubte jedoch ein knappes Ja zu hören. Als sie sich wieder umwandte, war von den weißen Bergspitzen zunächst nichts zu sehen, so dicht waren sie von Nebelschwaden verhüllt. Doch nachdem sie eine Weile weitergeritten waren, nahm der Wind nicht länger nur den Kampf mit Emilias störrischem Haar auf, sondern auch mit dem düsteren Knäuel. Ein paar energische, stöhnenden Atemzüge – dann riss der Himmel auf und zeigte die stolzen Gipfel der Südkordillere.

Die Berge, die vor ihnen aufragten, glichen Felsenburgen. Breit und wuchtig dort, wo sie aus dem Flachland erstanden, wurden sie nach oben hin immer dünner und mündeten in Felsspitzen, gichtigen Fingern gleich, die sich dem Blau entgegenreckten. Die Gipfel waren vom Schnee gekrönt, der bei düsterem Himmel schmutzig grau wirkte, jedoch reinlich weiß glitzerte, wenn die Sonne darauf fiel.

Emilia zog an den Zügeln. »Das also ist es«, sagte sie ehrfürchtig, als das Pferd stillstand.

Manchmal hatte sie von der Estancia aus in der Ferne die Berge gesehen, doch niemals so nah und niemals so weiße, spitze und mächtige.

»Ja«, murmelte Arthur und brachte sein Tier neben ihr zum Halten. »Bevor ich erstmals nach Chile kam, hat mich irgendwer auf dem Schiff gewarnt, dass Patagonien das düsterste Land der Welt sei, wild, einsam und unerforscht, dass es nichts als Steppe oder Urwald gäbe und alles vom tückischen Eismeer umgeben sei. Aber es gibt eben doch mehr – diesen Ort zum Beispiel. Es heißt, er ist der schönste Patagoniens. Ich wollte immer schon einmal hierher zu den Torres del Paine – nur hat sich bis jetzt niemals eine Gelegenheit geboten.«

Emilia nickte. Eine Weile betrachteten sie schweigend jene Hörner aus Granitstein, die von den Mapuche blaue Türme genannt wurden, ehe wieder Wolken aufzogen, nicht dunkel diesmal, sondern kaum dichter als ein Spinnennetz, das sich um die Gipfel flocht. Dann ritten sie weiter, von zwei Männern gefolgt, die den Proviant und die Zelte transportierten, die sie in Punta Arenas erworben hatten.

Als Arthur diese Reise vorgeschlagen hatte, war Emilia skeptisch gewesen. Nach Punta Arenas zu reiten und ihn dort zu suchen war das eine – für diesen Zweck verließ sie die Estancia gerne für einige Zeit. Aber nun einfach mit ihm unterwegs zu sein, ohne klares Ziel und ohne Zweck, nur, um zum eigenen Vergnügen das Land zu erforschen, erschien ihr als lächerliches Ansinnen, das sie zunächst entschieden zurückgewiesen hatte. Doch er hatte sie so lange geneckt und gelästert, dass sie wohl Angst vor Pferden hätte, bis sie schließlich nachgab – weniger aus Neugierde, fremdes Gebiet zu erforschen, sondern aus Stolz.

Nun war sie froh, hier zu sein – vier kostbare Tage lang, da sie sich vor der Welt und vor den Pflichten, die dort auf sie warteten, davonstehlen konnte. Emilia atmete tief die klare Luft ein, entschied, nicht länger daran zu denken, welche Arbeiten sie versäumte, und nahm sich fest vor, die Zeit zu genießen.

Vier Tage vergingen auf der Estancia meist schnell – hier in der Stille und der Einsamkeit kamen sie ihr wie eine Ewigkeit vor. Es gab nichts zu tun – und zugleich so vieles: durch Wälder zu reiten und an verkümmerten Bäumen entlang. Die Gletscherseen zu bewundern, die sich blaugrün färbten, wenn die Sonne auf sie fiel, schwarz, wenn sich Wolken am Himmel zusammenbrauten, oder glasig wie Eis, wenn der Himmel hinter Dunst verblasste. Sie hörten Getöse, wenn in der Ferne meterhohe Eisblöcke aus der Eiswand brachen, um später lautlos im Wasser zu treiben, hörten die Schreie von Kondoren und Guanakos, hörten Wasserfälle und Wind, glucksende

Sümpfe, wenn es geregnet hatte, und brechendes Gras, wenn zu lange die Sonne darauf gestochen hatte – doch ansonsten hörten sie nichts. Sie spazierten an Nandus vorbei, sahen Füchse durch das Gebüsch huschen und ein totes Fohlen, das ein Puma angefallen hatte, ehe er von der Herde wilder Pferde vertrieben wurde. Für das Junge kam trotzdem jede Hilfe zu spät.

An windgeschützten Stellen errichteten ihre Begleiter jeden Abend ihr Zelt, um dann ihr eigenes in ausreichender Entfernung aufzustellen und sie allein zu lassen. Emilia hatte immer geglaubt, dass sie die Einsamkeit kennen würde, dass sie wüsste, wie sich das Leben in einer Welt anfühlte, in der so viel Natur so wenigen Menschen gegenüberstand. Doch noch nie hatte sie sich so von allem Alltag losgelöst gefühlt wie jetzt. Wohin sie auch traten – man hätte bei jedem Schritt meinen können, sie wären die ersten Menschen hier. Niemand hatte hier Spuren hinterlassen, Siedlungen gegründet oder Tiere gezähmt. Einzig von Gottes Wirken gab es Zeugnisse, der die Berge aufeinandergetürmt und sie mit Schnee bedeckt hatte, der an manchen Stellen so übereifrig Farben verschwendet und an anderen so gegeizt hatte, der diesem Land so viele Gesichter gegeben hatte, die einander wankelmütig wie das Wetter abwechselten: rauh und abweisend erschien die Einöde in einer Stunde, einladend und freundlich in der nächsten.

Anderswo war die Welt für Emilia ein Hort des Kampfes – hier war sie ein Ort des Staunens: darüber, dass etwas so schön sein konnte wie die funkelnden Schnee- und Eismassen, die zugleich Kälte und Tod verhießen. Darüber, dass die Berge, die doch aus totem, reglosem Stein waren, ihre Spitzen spielerisch zu recken schienen. Darüber, dass die Sonne, wenn sie auf- und unterging, manchmal langsam, manchmal voller

Hast so viele Farben auf den Himmel zeichnete, vom blutigen Rot bis zum zarten Rosa, vom kalten Weiß bis zum geschmeidigen Orange.
Als Arthur diesen Ausflug vorgeschlagen hatte, hatte er nicht nur im Sinn gehabt, die Torres del Paine zu sehen. Er hatte überdies gemeint, dass sie nach den letzten Monaten endlich genug Zeit haben würden – Zeit, sich zu lieben, und Zeit, miteinander zu sprechen. Ersteres fiel nicht sonderlich schwer. Ihre Körper waren einander tief vertraut und fanden selbstverständlich zueinander – auch auf dem harten Boden des Zeltes und in den sturmdurchpeitschten, kalten Nächten. Keine Fremdheit, kein Zögern stand zwischen ihnen, von einem schier endlosen Vorrat an Gier und Lust konnten sie schöpfen. Zu reden jedoch blieb eine Herausforderung – und dies nicht nur, weil die Landschaft ihnen stets aufs Neue ehrfürchtiges Schweigen abrang, sondern weil es schwerfiel, andere Worte zu finden als die trotzigen und schnippischen, wenn sie ganze Vormittage lang über unwichtige Dinge stritten – wie man am besten Feuer machte, Fleisch briet oder wer voranritt.
»Du bist wie ein Guanakoweibchen«, lästerte Arthur einmal, »dieses läuft stundenlang vor dem Männchen davon und bespuckt es, bevor es sich endlich besteigen lässt.«
»Und weißt du auch, wie die Tehuelche Jagd auf die Guanakos machen?«, gab sie scharf zurück. »Sie warten, dass die Männchen nach der Vereinigung geschwächt sind – und dann greifen sie an. Hörst du? Nur die Männchen werden zur Beute – weil sie so dumm sind, sich fangen zu lassen.«
»Kein Wunder, dass sie geschwächt sind – bei den anstrengenden Frauen.«
»Vielleicht bin ich nicht anstrengender als andere Frauen – nur bist du nicht lange genug bei einer geblieben, um Vergleiche anstellen zu können.«

Manchmal klang ihr Necken verspielt, dann wieder kam ein bissiger Unterton hinzu, nie artete der Streit in Feindseligkeit aus, stets versöhnten sie sich bereitwillig. Ein ernsthaftes Wort aber wechselten sie nie, und Frieden herrschte zwischen ihnen nur, wenn sie die Natur bestaunten oder wenn sie, nachdem sie sich Lust geschenkt hatten, schlaftrunken aneinander gepresst lagen und beide kaum hörbar Bekenntnisse raunten, die tagsüber unmöglich waren: dass sie zusammengehörten, dass sie die Zukunft miteinander verbringen wollten.

Ungeklärt war allerdings, wie und wo, und manchmal streifte Emilia die Ahnung, dass sie sich nur darum über Nichtigkeiten stritten, um diesen Fragen auszuweichen. Nicht nur vor der Zukunft verschlossen sie dann die Augen – wenn sie stritten, musste Emilia auch nicht über ihre Vergangenheit und Herkunft reden und Arthur wiederum nicht über das, was ihn zwischendurch ungewohnt abwesend und nachdenklich wirken ließ. Emilia rührte nie daran, solange auch er im Gegenzug keine bohrenden Fragen stellte, und verschob es auf später, restlos ehrlich zu sein.

Und weiter ritten sie durch das Land rund um die Torres del Paine, wurden eines Tages fast vom Wind in einen Wasserfall geweht und lachten hinterher laut, um den Schrecken zu verbergen.

»Ich hätte nie gedacht, dass das möglich ist!«, rief Emilia.

»Was? In einem Wasserfall zu ersaufen?«

»Nein … einfach nur so unterwegs zu sein. Ohne Grund und Ziel.«

»Wie sehr Balthasar uns beneiden würde«, rief Arthur aus. »Er hat immer so gerne die Bücher von George Chaworth Musters gelesen.«

»Wer ist das?«, fragte Emilia.

Er antwortete ihr später, als sie – weit genug vom Wasserfall entfernt und an einem sturmgeschützten Plätzchen – ein Lagerfeuer entfacht hatten. »George Chaworth Musters war Engländer, der in Patagonien mit den Indianern Guanakos gejagt hat. Er nahm ein Jahr Urlaub von der britischen Armee, schiffte sich nach Punta Arenas ein, und dort angekommen, legte er sich ein Lasso und Boleadoras zu. Wie er es sich seit jeher erträumt hatte, ritt er mit den Indianern alte Pfade von Süden nach Norden entlang, und über alles, was er erlebte, führte er Tagebuch. Vor einigen Jahren ist es auf Deutsch erschienen, und Balthasar hat es regelrecht verschlungen … Das war einer der seltenen Momente, da ich gehört habe, wie er auf sein Bein fluchte. Wie gerne würde er nun auch hier sein und zeichnen.« Er zögerte kurz, ehe er bekannte: »Früher habe ich nicht verstanden, was ihm daran liegt, dieses Land zu erforschen, aber jetzt …«

Er schüttelte den Kopf und schien über sich selbst erstaunt zu sein. Für einen Augenblick standen kein Schalk, kein Spott, kein Trotz in seiner Miene, und auch der übliche Zweikampf schien ausgesetzt, als sie in den türkisgrünen See starrten, der die spitzen Felsenhörner spiegelte.

Stillschweigend schienen sie die Übereinkunft zu treffen, dass kein Augenblick besser für eine Aussprache taugte als dieser, und als sie erst einmal zu reden begannen, fiel es leichter als erwartet.

»Ich habe nie ausreichend darüber nachgedacht, was ich tue und warum«, begann Arthur. »Was immer mir in den Sinn kam – dem bin ich nachgegangen. Und ich habe keine Gedanken daran verschwendet, was andere davon halten.«

Emilia runzelte sie Stirn. »Du klingst, als hätte dir ein Pfaffe ins Gewissen geredet.«

Er schüttelte den Kopf. »Kein Pfaffe, sondern du. Weißt du …«, er zögerte kurz, fuhr dann aber entschlossen fort: »Du packst dein Leben an. Du stehst so fest auf deinem Platz, als wärst du mit dem Boden verwurzelt. Du fliehst nicht, wenn es schwierig ist. Und bleibst treu bei der Sache, für die du dich entschieden hast.«

Sie sagte nichts, aber es lag ihr auf den Lippen, alles abzustreiten. Ja, sie hatte manche Herausforderungen gemeistert, doch es stimmte nicht, dass sie nie geflohen war. Sie war vor der Schande ihrer Geburt davongerannt. Und vor Manuel. Wobei das vielleicht sein Gutes hatte. Dennoch: In gewisser Weise lief sie immer noch fort, sonst hätte sie Arthur längst anvertrauen können, wer nach wie vor den dunkelsten Schatten auf ihre Seele warf – ganz gleich, was Elisa zu ihr gesagt hatte: Viktor und Greta.

»Ja«, bekräftigte er indes. »Du überlegst, was du willst, und dann tust du es.«

Wieder lauschte sie ihm zweifelnd. Das mochte für Zäune gelten, die man um die Estancia aufstellte, und für Schafböcke, die es auf dem Markt zu kaufen gab – aber bei anderen Dingen hatte sie sich als nicht ganz so willensstark erwiesen. Um den Traum von Deutschland hatte sie nicht ausreichend gekämpft, hatte dieses Ziel vielmehr vor sich hergeschoben, abgelenkt von anderen Aufgaben oder zu bequem, die tägliche Routine zu ändern. Wann hatte sie in den letzten Jahren überhaupt je innegehalten? Wann die Sehnsucht zugelassen, wild und stark, dass es noch mehr geben müsse als Schufterei?

»Ich war … ich bin ein Luftikus«, fuhr er fort. »Gewiss brauche ich beides – Abenteuer und Herausforderung. Aber eben nicht nur. Ich will so gerne zur Ruhe kommen! Ich möchte *mit dir* zur Ruhe kommen!«

Er rührte sie wie immer mit seiner Ehrlichkeit. Sosehr er sie zur Weißglut bringen konnte und sosehr sie ihm seine vermeintliche Sorglosigkeit manchmal neidete – meist gab er bedenkenlos zu, was er dachte, verschanzte sich nicht hinter Ausreden und Lügen, und dies war der Grund, warum sie ihm vertraute. Es ihm zeigen konnte sie allerdings nicht. »Zur Ruhe kommen! Pah! Wie langweilig!«, spottete sie.

»Ich dachte, du willst es auch ...«, murmelte er hilflos.

Der Spott in ihrer Stimme erstarb. »Gesetzt den Fall, dass ich es wollte – wie sähe dieses ruhige Leben dann aus?«

Er zuckte mit den Schultern. »Bevor wir es beginnen können, muss ich noch etwas klären. In Deutschland.«

»Geschäfte?«, fragte sie.

»Auch.«

Wie so oft in den letzten Tagen versank er in Gedanken. Sie überlegte nachzubohren, entschied sich aber dagegen. Wenn sie ihn nicht nach einem Leben fragte, das nichts mit ihr zu tun hatte – dann würde er auch sie nicht nach dem fragen, was ihr eben durch den Kopf geschossen war.

»Wenn wir morgen wieder nach Punta Arenas zurückkehren«, fuhr er nach einer Weile fort, »reitest du zurück auf die Estancia, und ich fahre nach Hamburg. Und wenn ich wiederkehre, überlegen wir endgültig, wie es weitergeht.«

Es war ungewohnt, dass ein anderer Pläne für sie machte, und Emilia verbiss sich nur mit Mühe einen Protest. Die Idee, die ihr so plötzlich gekommen war und zugleich so selbstverständlich erschien, entwickelte sich zu einem handfesten Plan, während sie auf die Berge starrte.

»Woran denkt du?«, stellte er die Frage, die sie sich eben noch verkniffen hatte.

»Nichts weiter ...«

»Aber du lachst?«

Erst jetzt fiel ihr auf, dass sie tatsächlich lachte – aus Vorfreude auf das, zu dem sie sich in nur wenigen Augenblicken entschieden hatte, ohne Zögern, ohne längere Vorbereitung, son-

dern mit jener Sturheit und Entschlossenheit, die Arthur gerade an ihr gelobt hatte.
»Ich lache, weil ich glücklich bin«, sagte sie.
»Wenn man glücklich ist, lächelt man. Aber du lachst.«
»Ich zeige mein Glück eben so, wie ich will.«
»So bist du. Alles muss immer nach deinem Kopf gehen.« Er schüttelte den Kopf. »Aber nun gut, solange ich es bin, der dich glücklich macht, soll es mir recht sein.«
Trotz des ernsten Gesichts stimmte er in ihr Lachen ein, und dann schwiegen sie wieder, genossen den flüchtigen Frieden genauso sehr wie die Selbstverständlichkeit, in eine gemeinsame Zukunft zu blicken – wie immer diese auch aussehen würde.

Die Abendsonne schien nicht rötlich, sondern eher bläulich über Punta Arenas, als hätte sich ihre Glut mit der Farbe des glatten Meeres vermischt. Möwen kreischten über ihren Kopf hinweg, als Emilia zum Steamer gerudert wurde, der am nächsten Morgen ablegen würde. Alle Kajüten waren beleuchtet, und im schwindenden Tageslicht glich das Schiff von ferne einem Häusermeer, das mitten aus den Fluten ragte. Emilia konnte sich das Grinsen nicht verkneifen, als das kleine Beiboot den Dampfer erreichte und sie ihn bestieg. Noch größer als ihre Belustigung, wenn sie sich Arthurs erstauntes Gesicht ausmalte, war jedoch die Aufregung.
Endlich, endlich war es so weit. Sie würde doch noch nach Deutschland reisen, obwohl sie diesem Traum vermeintlich abgeschworen hatte. Und wie mühelos alles geklappt hatte! Nun lohnte es sich, dass sie schon vor vielen Jahren einen Pass beantragt hatte und diesen mit einem Teil ihres Geldes in einem englischen Bankhaus in Punta Arenas deponiert hatte. Beides hatte sie nun an sich genommen und sich mit dem Geld

eine Schiffspassage nach Hamburg gekauft – zu ihrem Glück war gerade noch eine Kajüte erster Klasse frei.
Viel schwieriger, als das alles zu organisieren, war es, Arthur Abschiedsschmerz vorzuheucheln. Am liebsten hätte sie ihn getröstet, als er die lange Trennung beklagte, die ihnen nun bevorstand, doch sie verkniff es sich, um die Überraschung nicht zu verderben, zumal er sich ohnehin bald hinter aufgesetztem Gleichmut versteckte: Er würde ja so schnell wie möglich wieder zurückkehren, bekräftigte er immer wieder, er müsse in Hamburg aber noch wichtige Dinge regeln, dann stünde einer gemeinsamen Zukunft nichts im Weg.
So waren sie voneinander geschieden; sie hatte ihm nachgewunken, dann die Männer gesucht, die sie auf ihrem Ausflug durch Patagonien begleitet hatten, und sie – mit einem Teil des Geldes und einem längeren Brief an Rita – zurück auf die Estancia geschickt.
In dem Schreiben übertrug sie ihr und Ana die Verantwortung für die Estancia. Diese wäre nunmehr ihr Besitz, für den sie sorgen mussten, wann sie, Emilia, zurückkehre, wüsste sie nicht. Vielleicht schon bald, vielleicht aber auch für viele Jahre nicht. Jetzt wäre endlich die Zeit gekommen – Zeit, die Liebe zu Arthur einzugestehen, aber auch Zeit, einen alten Traum zu leben, den Traum von Deutschland.
Sie bedauere aufrichtig, so hatte sie auch geschrieben, dass sie nicht mehr mit den beiden sprechen, es ihnen nicht ausführlicher erklären könne, aber dazu fehlte die Zeit. Sie hoffe auf Verständnis, wüsste zudem, dass Balthasar alles tun würde, damit es ihr und Aurelia gutgehe … und sie würde sich natürlich so bald wie möglich wieder melden …
Sie schrieb die Worte so schnell, dass sie viele Fehler machte, aber sie nahm sich nicht die Zeit, sie auszubessern, sondern wollte so schnell wie möglich auf das Schiff.

Auch hier galt es zunächst, ihre Ungeduld zu bezähmen. Am liebsten wäre sie sofort zu Arthur geeilt, aber sie ahnte, dass seine Überraschung, sie zu sehen, noch größer sein würde, wenn sie noch bis zum nächsten Morgen wartete. Die Nacht erschien ihr endlos lang. Sie konnte nicht schlafen, ging in der kleinen Kajüte auf und ab, rieb erregt die Hände aneinander und kicherte zwischendurch los. Sie hatte viel erlebt – und doch erschien ihr die Entscheidung, mit Arthur nach Hamburg zu reisen, als größtes Abenteuer in ihrem Leben.

Als im Morgengrauen das Schiff ablegte, blieb sie nicht lange an der Luke stehen, um zu sehen, wie das dunstverhangene Punta Arenas langsam ihrem Blick entschwand, sondern stürzte regelrecht zu Arthurs Kajüte. Noch gestern hatte sie sich beim Steward erkundigt, wo Herr Hoffmann untergebracht sei. Auch er hatte ein Ticket erster Klasse erstanden.

Laut klopfte sie an der Tür.

»Ja?«, hörte sie ihn antworten. Seine Stimme klang ziemlich schlecht gelaunt.

»Hier ist der Steward«, antwortete sie lachend.

Eine Weile blieb es still in der Kajüte, dann hörte sie Schritte. Er riss die Tür auf, lief fast in sie hinein und starrte sie dann völlig entgeistert an, als würde er ein Gespenst sehen. »Was machst du denn hier?«

»Such es dir aus!«, antwortete sie kichernd und drängte sich an ihm vorbei. »Vielleicht könnte ich deine Krankenschwester sein, die dir beisteht, wenn du dich vor Seekrankheit übergibst. Vielleicht bin ich dir auch als Freudenmädchen nützlich, das dir die Zeit vertreibt.«

Er rührte sich nicht, starrte sie nur fassungslos an. Dass er überrascht sein würde, hatte sie erwartet, jedoch nicht dieses Ausmaß an … purem Entsetzen. »Emilia, wie kommst du nur auf die Idee, dass du …«

Klang es etwa vorwurfsvoll?
Sämtliches Lachen in ihr erstarb. »Hast du erwartet, ich würde dich künftig bei allem, was ich tue, um Erlaubnis fragen?«, fuhr sie ihn an.
»Aber wie kannst du nur …? Ohne mich zu fragen …?«
Auch er schien nun verärgert, was ihre Wut noch mehr anstachelte.
»Du entscheidest nicht über mein Leben!«, rief sie. »Ich habe Geld. Genug Geld. Rita, Ana und Balthasar und zwischendurch auch Pedro werden sich um die Estancia kümmern – ich kann also tun, was ich will. Und ich will nach Deutschland. Das wollte ich schon immer. Ob mit dir oder ohne dich.«
Hilflos rang er seine Hände. »Aber du hättest doch wenigstens mit mir darüber reden können!«
Die Enttäuschung darüber, dass ihre Überraschung misslungen war und er sich alles andere als freute, schnürte ihr die Kehle zu, aber das wollte sie sich nicht anmerken lassen. »Du erzählst mir doch auch nicht alles, was du treibst«, rief sie empört. »Ich weiß zum Beispiel nicht, was du in Hamburg Dringendes zu erledigen hast.«
Er ließ seine Hände erst sinken und verschränkte sie dann trotzig vor seiner Brust. »Bin ich verpflichtet, es dir zu sagen?«
»Nein, bist du nicht!«, rief sie. »Und ich eben auch nicht! Du hast gesagt, dass du gemeinsam mit mir ein ruhiges Leben führen willst. Es ist dein Problem, wenn du dachtest, dass mir das genügt. Ich bin nicht in Patagonien verwurzelt, und wer sagt, dass ich den Rest meines Lebens dort verbringen will? Seit ich denken kann, wollte ich nach Deutschland gehen, der Heimat meiner Vorfahren!«
Der sehnsuchtsvolle Unterton in ihrer Stimme schien ihm nicht zu entgehen. Sein Blick wurde etwas freundlicher, seine

Lippen waren nicht mehr ganz so hart aufeinandergepresst. Langsam schien er zu ahnen, um wie viel angenehmer es war, mit ihr zu reisen als ohne sie. Trotzdem hielt er die Arme weiterhin vor der Brust verschränkt, anstatt sie an sich zu ziehen und sie zu küssen.

»Freust du dich kein bisschen?«, fragte sie nicht mehr ganz so wütend.

»Wenn ich gewusst hätte, wie gerne du …«

»Nun, jetzt weißt du es. Und wenn du jetzt die ganzen drei Monate mit mir darüber streiten willst – dann bitte. Glaub nicht, ich könnte dir nicht Paroli bieten.«

»Das würde ich nie und nimmer glauben«, gab er mit schwachem Lächeln zurück. »Aber ich will ja gar nicht streiten. Ich will nur einige Angelegenheiten klären, bevor … bevor …« Er geriet ins Stottern.

»Bevor was?«

»Bevor wir heiraten«, brach es aus ihm hervor.

Sie lächelte kurz gerührt, verkniff es sich aber rasch und winkte ab. »Ach was«, meinte sie, »dafür bleibt später noch genug Zeit. Meinetwegen können wir gerne noch ein wenig länger in Sünde leben. Sofern du überhaupt noch mit mir sündigen willst, so ein bockiges Gesicht, wie du ziehst.«

»Ach Emilia …« Er klang resigniert, zugleich jedoch auch heiser vor Begierde. Nun endlich nahm er die Arme von der Brust und zog sie an sich; sie vergrub ihr Gesicht in seinem Haar, küsste ihn. Später schauten sie sich lange an, versanken in den Augen des anderen. Keine Ablehnung stand mehr in seinem Gesicht, von nun an gab er sich freundlich wie immer, nur manchmal, wenn er dachte, dass sie es nicht bemerken würde, runzelte er die Stirn, wirkte nachdenklich, besorgt und irgendwie abwesend – und dabei blieb es während der ganzen langen Reise.

32. Kapitel

Seufzend blickte Ana auf die Zutaten, die sie vor sich aufgestapelt hatte: Reis und Mehl, Sirup und Butter, Schweine- und Schaffleisch, außerdem Kräuter, Pilze und diverse Wurzeln. Sie hatte keine Ahnung, was sie mit all dem machen sollte. Emilia fehlte zwar an allen Ecken und Enden, aber nie hatte Ana sie so vermisst wie in diesem Augenblick.

Eigentlich hatte Rita mit ihrer Hochzeit auf Emilias Rückkehr warten wollen, aber Balthasar hatte das brüsk von sich gewiesen: »Wer weiß, wie lange die beiden in Hamburg bleiben werden. Und selbst wenn sie sich bald wieder zur Abreise entschließen – die Fahrt dauert eine halbe Ewigkeit. Ich will nicht weitere Jahre auf dich warten!«

»Denkst du, Emilia wird es in Deutschland gefallen und sie wird für immer dort leben?«, hatte Rita gefragt. Sie hatte es nicht ausgesprochen, aber sie hatte große Angst, ihre Freundin zu verlieren. Ana hatte versucht, sie ihr auszureden. Emilia mochte zwar seit langem eine Sehnsucht nach dem Land ihrer Vorfahren hegen, aber ihrer Meinung nach passte sie ins wilde Patagonien viel besser.

Auch Balthasar glaubte offenbar nicht an eine Zukunft in Deutschland.

»Die Frage ist: Wie lange bleibt sie an Arthurs Seite, wenn sie erst erfährt …«

Er hatte diesen geheimnisvollen Satz weder auf Anas noch Ritas Drängen hin zu Ende geführt, und mittlerweile machten sie sich weniger Gedanken um Emilias Entscheidung als darum, wie sie sie auf der Estancia möglichst gut ersetzen und auch ohne ihre Hilfe die Hochzeit vorbereiten und feiern konnten.

Als größte Herausforderung stellte sich hierbei das üppige Mahl heraus, das gekocht werden sollte. Kaum etwas bereitete Ana je Anstrengung – doch wenn sie nun auf die Zutaten blickte, die auf ihre Verarbeitung warteten, brach ihr der kalte Schweiß aus. Sie hatte noch nicht entschieden, was sie als Erstes tun sollte, als Don Andrea zu ihr trat und mehrmals theatralisch seufzte – wie immer, wenn ihm irgendetwas Sorgen bereitete, er es jedoch nicht von sich aus bekunden, sondern lieber danach befragt werden wollte.

»Was ist los?«, fragte Ana und ließ ihren Blick nicht von den Zutaten. Ob Reis und Pilze irgendwie zusammenpassten?

»Ich bin wirklich gerne Gast auf dieser Estancia«, setzte Don Andrea an, »Mensch und Tier werden hier gleichermaßen gut behandelt, und natürlich möchte ich Signorina Rita und Signore Baldassare gerne trauen, es ist nur ... wissen Sie vielleicht, ob die Signorina ... Es heißt, sie sei eine Mapuche ... und deswegen gelte es zu klären, ob sie überhaupt getauft ist ... Weil das doch die Voraussetzung für eine christliche Eheschließung ist.«

Ana verdrehte die Augen. »Woher soll ich das wissen?«, fragte sie unwirsch.

»Aber ich kann sie nicht trauen, wenn ich nicht weiß, ob sie getauft ist!«, rief Don Andrea seufzend.

Aus den Augenwinkeln nahm Ana Maril wahr, der im Türrahmen gelehnt stand. Sie wusste nicht, wie lange er schon beobachtete, wie sie tatenlos vor den Zutaten stand, und hoffte unwillkürlich, er hätte ihre Hilflosigkeit nicht bemerkt. Nun musterte er Don Andrea verständnislos: »Bei euch ist das kompliziert!«, stieß er aus. »Uns Tehuelche muss niemand trauen oder verheiraten oder sonst was! Wenn der Preis einer Frau feststeht, dann führt der Vater der Braut seine Tochter einfach zum Zelt des Bräutigams. Und der schlachtet zwei Stuten und gibt ein Festmahl.«

Ana drehte sich zu ihm um. »Und das ist alles?«

»Nun, im Laufe des Tages versammeln sich Wahrsager um das Zelt und geben den jungen Eheleuten Ratschläge. Und endgültig verheiratet ist man erst, wenn man die Nacht gemeinsam in einem Zelt verbracht hat und die ganze Tolderia es bezeugen kann.«

Don Andrea seufzte wieder, bekundend, dass er solche Sitte unmöglich gutheißen konnte. Ana jedoch war neugierig geworden. »Was meintest du damit – wenn der Preis der Braut feststeht?«

»Nun, ganz einfach. Es muss vor der Ehe geklärt werden, wie viel eine Frau mitbringt. Das können bis zu vierhundert Tiere sein und ...«

Er verstummte, ehe er den Satz zu Ende bringen konnte, und trat rasch zur Seite, denn hinter ihm war Agustina erschienen, die nun ihren Kopf in die Küche steckte und leise fragte, ob sie helfen könne.

Ana zuckte die Schultern. Es lag ihr auf der Zunge, einzugestehen, wie dringend sie Unterstützung beim Kochen nötig hatte – allerdings konnte sie sich noch gut an Emilias Geschichten erinnern, die diese über Agustinas Herberge erzählt hatte. Nicht nur, dass sie völlig verdreckt gewesen war, als sie sie zum ersten Mal betreten hatten – obendrein war das Essen immer angebrannt, bis sie sich selbst darum gekümmert hatte. Ob Agustina seitdem dazugelernt hat?

Ana musterte die alte Frau nachdenklich. Sie wirkte zart und fahrig wie eh und je und litt obendrein an Gicht, doch seit sie auf der Estancia lebte, war sie etwas aufgeblüht, hatte Gewicht zugelegt und Farbe bekommen. In ihren Augen stand zwar steter Schmerz, und Ana ahnte, dass sie sich Sorgen um Esteban machte und ein schlechtes Gewissen hatte, weil sie ihn verlassen hatte, doch sie sprach nie über ihn. Auf Ritas Bitte hin behandelte Ana sie höflich, wenngleich sie nicht wusste, welch üble Flüche ihr entkommen wären, hätte Agustina auch nur ein freundliches Wort über Esteban gesagt. Rita selbst machte Agustinas Anwesenheit nicht minder zu schaffen, aber als sie gehört hatte, wie Esteban die eigene Mutter fast totgeprügelt hatte, hatte sie nicht gezögert, sie in ihrem und Emilias Namen auf der Estancia aufzunehmen.

»Ich komme beim Kochen gut allein zurecht«, erklärte sie nun, »aber vielleicht kannst du Don Andrea helfen. Weißt du, ob Rita getauft ist?«

Agustina zuckte hilflos mit den Schultern.

»Selbst wenn geklärt ist, ob sie getauft ist. Ich muss auch wissen, ob sie katholisch oder protestantisch ist!«, warf Don Andrea ein.

Maril blickte ihn wieder verwundert an. »Ich dachte, bei euch gibt es nur einen Gott und nicht etwa zwei – einen katholischen und einen protestantischen.«

Don Andrea war der Einwurf entgangen, aber Ana musste grinsen. Noch mehr als die Gottesfrage interessierte sie etwas anderes. »Wie viele Tiere wäre ich dir wohl wert, wenn du mich heiraten würdest?«, sinnierte sie laut.

Maril schüttelte den Kopf. »Du hast es falsch verstanden – nicht ich müsste für dich bezahlen, sondern dein Vater müsste mir Tiere, am besten Pferde, geben, wenn du mich heiraten wolltest.«

»Aber ich habe keinen Vater«, rief Ana leichtfertig. »Wahrscheinlich müsste in meinem Fall Emilia zahlen, dann aber

Schafe, keine Pferde. Wobei – ich habe dir doch schon das Leben gerettet. Das wiegt gewiss jede Mitgift auf.«

»Ungeachtet der Mitgift – würdest du mich überhaupt heiraten wollen?«, fragte Maril mit der Andeutung eines Grinsens.

»Das müsste ich mir in der Tat noch gut überlegen.«

»Nun – selbst wenn man verheiratet war –, bei uns ist es ganz leicht, sich wieder zu trennen. Wenn jemand die Scheidung will, egal, ob Mann oder Frau, geht man auseinander und sucht sich einen neuen Partner. Und ein Mädchen muss nie gegen seinen Willen heiraten, auch wenn sich Bräutigam und Vater über die Mitgift einig wurden.«

»Na ja«, meinte Ana, »so schön und leicht, wie du es schilderst, ist bei euch das Frauenleben dennoch nicht. Hast du nicht auch schon mal erzählt, dass ein Mann oft mehrere Frauen hat – und die anderen der ersten als Dienstbotin dienen müssen?«

Maril zuckte die Schultern. »Du hättest doch auch gerne Hilfe beim Kochen, nicht wahr?«

»Ich werde es dir auf jeden Fall nicht untersagen, mit anzupacken.« Ana grinste, als Maril irritiert die Braue hob.

»Kochen ist Aufgabe der Frauen«, verkündete er, »wir Männer jagen.«

»Ich weiß, ich weiß. Und die Frauen müssen auch ganz alleine die Zelte von einem Ort zum anderen tragen – ohne geringste Hilfe von den Männern.«

Darauf wusste Maril nichts zu sagen, und Ana vertiefte das Thema nicht weiter, sondern begann nun endlich, die Pilze klein zu hacken. Agustina war abwartend stehen geblieben, doch ehe sie ihr erneut ihre Hilfe antrug, kam Aurelia in die Küche gestürmt. Sie hatte einen Bogen Papier in der Hand, schwenkte ihn in der Luft und verkündete stolz, sie habe ein Bild gemalt. Aufgeregt zupfte sie an Anas Schürze. »Schau nur, schau nur, wen ich gezeichnet habe!«

»Ich habe keine Zeit, ein Bild anzusehen, ich muss kochen!«, erklärte sie mit scharfem Tonfall, der Aurelia sofort zurückweichen ließ.
Sie trabte zu Don Andrea. »Schau du, was ich gemalt habe!«
Der beachtete sie erst gar nicht. »Ist sie nun getauft?«, stöhnte er zum wiederholten Male.
Einzig Agustina beugte sich zu Aurelia nieder, obwohl ihr das sichtlich Schmerzen im Rücken bereitete. »Ich würde es mir gerne anschauen«, sagte sie leise.
Ana entging Aurelias misstrauischer Gesichtsausdruck nicht. Offenbar war sich die Kleine noch nicht sicher, was sie von der Frau zu halten hatte, die nun schon seit einigen Wochen auf der Estancia lebte. Genau betrachtet, war diese der erste alte Mensch, dem sie jemals begegnet war. Ungewöhnlich waren sie zwar alle – Balthasar hässlich, Maril ein Tehuelche, Pedro dick wie kein Zweiter, und Don Andrea sprach diesen merkwürdigen Akzent –, aber eben keiner alt.
Doch bestochen von Agustinas ehrlicher Neugierde, zeigte Aurelia ihr Bild, und Agustina bestaunte es ausführlich und stellte Fragen.
Erst nach einer Weile richtete sie sich wieder unter Schmerzen auf und trat zu Ana: »Ich könnte frisches Wasser holen«, schlug sie vor. »Vorhin wollte ich auch mitgehen, als Balthasar und Rita die Schafkoppel abritten …«
»Da wärst du ihnen eine schöne Hilfe gewesen!«
»Aber ich würde doch so gerne etwas tun!«
Ana schüttelte den Kopf. »Du musst hier nicht die Sklavin spielen, nur weil du dich für Esteban schämst. Rita und Emilia haben dir immer angeboten, dich aufzunehmen – jetzt lebst du hier, und es ist gut. Du musst es dir nicht verdienen. Dir gehört dieses Land.«
Agustinas Gesicht verzog sich kummervoll, und Ana konnte

ihren leisen Ärger nicht unterdrücken. Sie witterte Schwäche und Entschlusslosigkeit – und sie wusste, dass beides dazu beigetragen hatte, aus Esteban zu machen, wer er war. Selbst wenn Ana der alten Frau nicht die Schuld für seine Untaten geben wollten – allein dass sie nicht schon früher mit dem Sohn gebrochen hatte, erzeugte in ihr mehr Verachtung als Mitleid.

»Ich … ich würde so gerne gutmachen«, stammelte Agustina.

Aurelia trat dazwischen: »Was willst du gutmachen?«

Agustinas Gesichtsausdruck wurde verlegen, und Ana beugte sich schnell zu der Kleinen.

»Es gibt so viel zu tun und noch so viel zu klären. Lass uns einen Augenblick alleine, ja?«

»Aber mir ist so langweilig!«, stieß Aurelia aus. »Und warum will niemand mein Bild sehen?«

Ana seufzte, und es klang fast so theatralisch wie Don Andrea. Es war schlimm genug, zu kochen und obendrein Agustina zu trösten. Sie konnte sich nicht auch noch um Aurelia kümmern!

»Pass auf«, schlug sie vor, »für die Hochzeit müssen wir die Estancia schmücken, und deswegen … deswegen brauchen wir Blumen, möglichst viele Blumen. Kannst du welche pflücken?«

Zu Anas Erleichterung breitete sich sofort Begeisterung in Aurelias Gesicht aus. »Aber natürlich!«, rief sie und stürmte tatendurstig nach draußen.

Ana nickte zufrieden. Wenigstens ein Problem war gelöst.

»Ist sie nun katholisch oder protestantisch?«, fragte Don Andrea wieder.

»Also, was kann ich tun, um dir zu helfen?«, fragte Agustina.

Ana gab nach: »Am besten, du schneidest das Fleisch klein und reibst es mit Mehl und Kräutern ein.« Dann wandte sie sich an Don Andrea: »Und wenn Sie sich nicht sicher sind, dann taufen Sie Rita doch einfach noch mal! Ist es nicht so, dass man dafür nur Wasser braucht?«
Sie grinste Maril an. »Hörst du? Nur Wasser – keine Tiere! Vielleicht ist es bei uns doch unkomplizierter als bei euch.«

Aurelia war eine Weile nachdenklich vor dem Haus stehen geblieben und hatte dort missmutig den ebenso sandigen wie trockenen Boden gemustert. Balthasar hatte ihr so oft von seiner Heimat erzählt, in dem wunderschöne Blumen in kniehohem, tiefgrünem Gras wuchsen. Nur schwer konnte sie sich dergleichen vorstellen, und bis jetzt hatte sie solche Wiesen auch nicht sonderlich vermisst. Doch heute fand sie es sehr bedauerlich, dass es sie nicht auch hier, unmittelbar vor ihrem Haus, gab und sie Blumen pflücken konnte.
Sie wollte schon wieder hineingehen, als ihr einfiel, wo zwar kein kniehohes Gras, aber zumindest Blumen wuchsen.
Hinter einer der Koppeln wurde der Schafmist gelagert – für etwa ein halbes Jahr lang, ehe man ihn in kleine Stücke zerteilen und als Dünger verwenden konnte. Er war mit Stroh und Laub abgedeckt, und Emilia hatte darauf Kürbisse gepflanzt, um zu verhindern, dass der Mist austrocknete. Und zwischen den Kürbissen wuchs die eine oder andere Blume. Aurelia lachte begeistert auf, als sie daran dachte. Im nächsten Augenblick wurde sie wieder ernst. Wegen seines strengen Geruchs wurde der Schafmist ziemlich weit entfernt vom Haupthaus gelagert, und deswegen durfte sie nicht alleine dorthin gehen.
Allerdings, dachte sie nach einer Weile, würde es ohnehin niemand bemerken. Emilia war nicht da und alle anderen mit der

Hochzeit beschäftigt – und genau für diese Hochzeit wollte sie doch einen Beitrag leisten! Würde man ihr wirklich anlasten, ein Verbot zu brechen?
Entschlossen machte sie sich auf den Weg zum Schafmist, wenngleich sie immer mal wieder stehen blieb.
In den letzten Wochen hatte sie mehr und mehr Pflichten auf der Estancia übernommen, und wenn sie auch nicht ganz so gerne für die Schafe sorgte, wie sie zeichnete, war ihr das immer noch lieber, als im Haus zu arbeiten.
Täglich half sie Ana nun dabei, die Wassertröge erst zu leeren und dann mit kaltem, frischem Wasser nachzufüllen. Diese Wassertröge mussten auf einem Podest stehen, das ihr etwa bis zu den Knien reichte, damit sie nicht durch Schafkot verunreinigt wurden. Beim Vorbeigehen lugte sie hinein. Noch war das Wasser halbwegs sauber – am Abend würde es gewiss mit Schlick und Disteln bedeckt sein. Der starke Wind war daran schuld – und auf den fluchte Ana ebenso oft wie auf die anspruchsvollen Schafe, die nur sauberes Wasser tranken.
Aurelia kicherte, als sie an die fluchende Ana dachte. Ihre Mutter ärgerte sich darüber, wenn sie in Aurelias Gegenwart böse Worte sagte – doch sie selbst fand das lustig.
Als die Schafe ihre Schritte hörten, kamen sie näher, und Aurelia ahnte, warum. Wenn Schafe frei wählen konnten, verzehrten sie lieber Blätter als Gras, und wenn schon Gras, dann am liebsten süßes, und da dergleichen meist nicht auf den Koppeln wuchs, pflückte sie es oft und brachte es den Tieren, um sie zwischendurch mit Leckerbissen zu verwöhnen. Erst gestern hatte sie gemeinsam mit Balthasar saftige Kräuter von einem feuchten Talboden nicht weit von der Estancia entfernt gepflückt, und wahrscheinlich hofften die Schafe, auch jetzt davon zu bekommen – vom Poa, Festuca oder Stipa oder vom Cebadillagras.

»Heute habe ich nichts!«, rief sie ihnen bedauernd zu. »Aber morgen bringe ich euch wieder etwas Feines!«

Emilia würde sie wahrscheinlich dafür maßregeln, denn ihrer Meinung nach sollten sich die Schafe gar nicht erst daran gewöhnen. Früher hatte sie sich auch oft darüber erregt, dass Aurelia einigen der Tiere Namen gegeben hatte. Es wären schließlich nur Tiere, keine Menschen!

So oder so – die Schafe hörten auf ihre Namen, und Aurelia rief sie nun laut, um die Mutterschafe samt ihrer süßen Lämmchen herbeizulocken. Hingerissen beobachtete sie die winzigen Tiere, die erst wenige Wochen alt waren, und konnte sich nur mühsam wieder von dem Anblick losreißen. Rasch streichelte sie zweien über den Kopf, ehe sie sich von ihnen löste und weiterging, um Blumen zu pflücken. Ein Stück lang folgten ihr die Schafe, dann blieben sie plötzlich stehen – nicht weil die Koppel zu Ende war, sondern weil sie irgendetwas gehört hatten.

Aurelia wusste, dass Schafe schreckhafte Tiere waren, und kicherte in sich hinein, als manche argwöhnisch den Kopf hoben, andere große Sprünge vollführten, bei denen sie teilweise gleichzeitig mit allen vier Beinen wieder aufsetzten. Die Jungtiere flüchteten ins Herdenzentrum.

»Was seid ihr für Feiglinge!«, lachte Aurelia.

Sie selbst hatte nichts Ungewöhnliches gehört oder gesehen, sondern ging unbeirrt weiter. Erst als sie ein weiteres Stück des Weges zurückgelegt hatte, erblickte sie in der Ferne einen Mann. Er stand so reglos, dass sie zunächst dachte, er wäre ein Zaunpfosten. Doch als er umgekehrt auch sie gesehen hatte, kam er langsam auf sie zu. Aurelia verharrte unsicher und überlegte, ob sie besser umkehren sollte, doch dann kam sie zum Schluss, dass der Fremde wohl nur einer der vielen Männer war, die Pedro schickte und die immer mal wieder auf der

Estancia aushalfen. Früher hatte sie schreckliche Angst vor diesen Männern gehabt; später war sie mutig genug gewesen, um auf sie zuzugehen und mit ihnen zu sprechen. Die Männer waren entweder wortkarg oder konnten kein Spanisch, so dass sie sie irgendwann ignoriert hatte – Furcht hatte sie in jedem Fall keine mehr vor ihnen. Und dieser Mann nun lächelte sogar. Aurelia wollte es schon erwidern, zögerte dann aber doch. Das Lächeln war das Einzige, was an dem Mann freundlich wirkte – ansonsten machte er einen ziemlich wilden Eindruck. Sein Haar reichte tief über die Augen, seine Haut wirkte irgendwie kränklich blass, und über die Wange verlief eine Narbe.

Noch vor einigen Jahren wäre sie spätestens jetzt schreiend fortgerannt, aber beim Anblick der Narbe musste sie an Balthasar denken, dessen Gesicht voller Brandwunden war und der stets behauptete, er sei der hässlichste Mann Hamburgs. Anfangs hatte sie ihm geglaubt, doch mittlerweile war sie so oft auf seinem Schoß gesessen und hatte die Scheu vor seinen einstigen Verletzungen verloren. Auch dem narbigen Fremden blickte sie darum offen ins Gesicht.

»Suchen Sie meine Mutter?«, fragte sie. »Oder Tante Emilia?«

»Du bist Ritas Tochter, nicht wahr?«

Er sprach merkwürdig, so, als würde seine Zunge bei jedem Wort gegen seine Zähne stoßen. Immerhin war er kein Schotte, sondern Spanier.

»Ich bin Aurelia«, bestätigte sie zögerlich.

Eine Weile stand er steif vor ihr, dann kniete er sich zu ihr, und sein Lächeln verstärkte sich.

»Nun, Aurelia – was machst du denn ganz allein hier draußen?«

Seine Stimme klang unheimlich, weil raunend, aber das fortwährende Lächeln beschwichtigte sie.

»Meine Mama heiratet bald. Und ich pflücke Blumen.«
»Aber hier wachsen doch keine Blumen.«
»Doch«, bestand sie, »hinten beim Schafmist.«
»Tatsächlich? Zeigst du sie mir?«
Aurelia zog die Stirn in Falten. Die Männer, die auf der Estancia arbeiteten, waren eigentlich nicht an Blumen interessiert. Allerdings würde auch Balthasar die Blumen sehen wollen und sie später sogar malen. Also nickte sie dem Fremden zu und wies ihm den Weg. Die Schafe hatten sich wieder beruhigt, sich aus dem Rudel gelöst, und die Lämmer sprangen munter über die Weide. Aurelia lächelte, als sie sie beobachtete, und sie lächelte noch mehr, als sie den Misthaufen erreichten und sie schon von weitem die Blumen sah – rote, blaue und gelbe.
»Hier!«, sie deutete stolz darauf. »Hier sind die Blumen.«
Der Mann sagte nichts, starrte sie nur lächelnd an. Sie wusste nichts mehr zu sagen, hob nun das Kleid, damit es nicht im Dreck hängen würde, und bestieg geschickt den Misthaufen. Wahrscheinlich würden später ihre Schuhe stinken, aber der Schafmist war längst getrocknet, so dass sie nicht darin versank. Eine Weile pflückte sie vor sich hin pfeifend einen Strauß Blumen. Sie war nicht sicher, ob der Mann stehen geblieben war, hörte ihn auf jeden Fall nichts mehr sagen, sondern nur das Stöhnen des Steppenwinds.
Als sie aufblickte, war es nicht mehr nur einer, sondern auch einer zweiter Mann, der plötzlich vor ihr stand. Sie zuckte zusammen, ehe sie den Rücken straffte und auch dem zweiten offen ins Gesicht blickte. Ohne Zweifel war er schöner als der andere – er hatte keine Narben, stattdessen graublaue Augen und einen spitzen Bart am Kinn. Doch er lächelte nicht.
Unwillkürlich umkrampfte Aurelia den Blumenstrauß. Aus den Augenwinkeln sah sie, wie die Schafe wieder den Kopf ho-

ben und die Nüstern blähten. Unbehagen stieg in ihr hoch. Es war nicht wirklich kalt, und dennoch breitete sich eine Gänsehaut über ihre Arme aus. Das Haus ... es war so weit weg ... und sie durfte doch eigentlich nicht so weit fortgehen ...

Der Wind pfiff lauter.

»Ich muss nun wieder zurück«, erklärte sie und hoffte, dass man nicht hören würde, wie ihre Stimme zitterte.

Der Narbige lächelte weiterhin.

»Das ist ja alles viel leichter, als ich dachte«, sagte er.

Aurelia wusste nicht, was er meinte – noch nicht. Doch dann, sie war gerade vom Misthaufen gestiegen, sah sie etwas Dunkles in seiner Hand. Ehe sie erkennen konnte, was genau es war, wurde es bereits über ihren Kopf gestülpt. Entsetzt schrie sie auf. Zuerst hüllte das Dunkle nur ihren Kopf ein, dann den ganzen Leib, und plötzlich spürte sie den Griff von Männerhänden, hart, schmerzhaft, roh. Nicht länger war ihr kalt, Blut schoss ins Gesicht. Sie schrie verzweifelt, als der Mann sie umklammerte, sie schließlich hochhob und über seine Schultern warf. Doch als er den ersten Schritt machte, blieb ihr die Luft weg, und sie konnte nicht mehr schreien.

Nicht!, flehte sie innerlich. Nicht!

Sie spürte, dass sie fortgetragen wurde, hörte, wie nun jemand lachte. Voller Angst begann sie, mit den Händen um sich zu boxen und mit den Beinen zu strampeln. Doch sie erreichte nur, dass der Griff sich noch fester um sie legte. Sie hörte ein Fluchen, dann bekam sie einen Schlag auf den Kopf, und augenblicklich wurde es finster um sie.

Als sie im Hamburger Hafen einliefen, erwartete sie Nieselregen. Die Stadt war von einem dicken Nebelkleid umhüllt, so dass sich so gut wie nichts von den großen Gebäuden erkennen ließ. Fröstelnd standen sie an der Reling, und Arthur

konnte Emilia die Enttäuschung über das schlechte Wetter ansehen. So begierig war sie darauf gewesen, die Stadt kennenzulernen – doch nun versteckte sie sich!
Arthur selbst hätte im Laufe der Reise am liebsten nie über seine Heimatstadt und das, was dort auf ihn wartete, nachgedacht, aber sie hatte ihn immerzu mit Fragen bedrängt, so dass er schließlich den Widerwillen bezwungen und die Freie und Hansestadt Hamburg in leuchtenden Farben ausgemalt hatte – eine Stadt mit riesigen Häusern und ebenso breiten Straßen, weil man nach dem großen Brand 1842 die vielen kleinen Häuser nicht wieder aufgebaut hatte, sondern stattdessen ein gerades, rechtwinkeliges Straßennetz aus Asphalt und gleichförmige Putzbauten entstanden war. Ziemlich schmucklos wären diese, hatte er Emilia beschrieben, weil sie doch keinen Schutzwehrstein, kein Kettenschirmgehege, keinen Vorbau und keine Kellerhöhlung mehr besäßen, und dennoch ein prächtiger Anblick.
Wie Punta Arenas war Hamburg eine Stadt, die stetig wuchs – wenn auch nicht ganz so schnell. Längst war Hamburg im Westen über die Vorstadt Sanct Pauli bis an die Grenze der preußischen Stadt Altona herangewachsen und über Sanct Georg an die Grenze von Wandsbek. Insgeheim bezweifelte er, dass sich Emilia tatsächlich dafür interessierte, aber sie lauschte angeregt und stellte immer wieder Fragen.
Ja, ein neues Rathaus würde eben errichtet, und ja, er wäre selbst neugierig, ob der spitze Turm, der bei seinem letzten Besuch in Bau gewesen war, nun fertiggestellt war. Und ja, die große Eisenbrücke, die seit über einem Jahrzehnt Norder- und Süderelbe verband und über die mittlerweile auch der Straßenverkehr ging, war tatsächlich sehenswert.
»Ich kann es nicht mehr erwarten!«, hatte Emilia in den letzten Tagen, da sie Hamburg immer näher kamen, oft gerufen –

und nun war nichts zu sehen. Hinter der grauen Nebelwand hätte sich auch bloß ein Dorf, nicht eine Stadt verbergen können.

Während Emilia mit dem ersten Anblick, den das ersehnte Deutschland bot, haderte, kam Arthur dieses Wetter eben recht. Er fand, dass es seine eigene Laune spiegelte. Während der Reise hatte er dagegen angekämpft, hatte versucht, jeden Tag mit Emilia zu genießen und nicht an die Zukunft zu denken. Doch spätestens heute musste er dieser Zukunft ins Gesicht blicken: Wie sollte es ihm hier gelingen, sein größtes Geheimnis vor Emilia zu bewahren? Das Geheimnis, das er so gerne ohne ihr Wissen aus dem Weg geschafft hätte, um später zu ihr nach Chile zurückzukehren?

Manchmal war er kurz davor gestanden, sich ihr anzuvertrauen, hatte sich aber dann doch nicht überwinden können, ihr von seiner ungeliebten Ehefrau in Hamburg zu berichten. Vielleicht hätte sie es sogar verstanden, warum er Nora damals hatte heiraten müssen, und ihm geglaubt, dass die Ehe nur auf dem Papier bestand. Aber er bezweifelte, dass sie ihm sein beharrliches Schweigen leichtfertig verzeihen würde, vor allem, nachdem sie sich ihre Liebe gestanden hatten. Und worüber sie ihm womöglich noch mehr zürnen würde, waren die Kälte und Gleichgültigkeit, mit denen er Nora stets behandelt hatte.

Sein Grübeln entging ihr nicht, denn sie blickte ihn mehrmals verwundert an. Aber sie fragte nicht nach – weder als sie anlegten noch als sie auf die Beiboote stiegen und zur Mole gebracht wurden. Sie hatten keinen Schirm wie manch andere, für nördlichere Gefilde besser ausgerüstete Passagiere, so dass Arthur ihr schützend den eigenen Mantel über die Schultern legte. Dennoch spürte er, wie sie zitterte, als sie endlich wieder auf festem Boden standen.

Nicht mehr voller Vorfreude wirkte sie wie in den letzten Tagen, sondern müde und verzagt, und auch Arthur sah sich ratlos um und wusste nicht recht, was er nun tun sollte. Das Schicksal kam ihm zuvor und nahm ihm diese Entscheidung ab – in Gestalt eines kleinen Bengels nämlich, rothaarig und sommersprossig. Trotz seines dünnen Gewandes schien er nicht zu frieren, und der Nieselregen konnte seiner Neugierde nichts anhaben, die ihn in den Hafen gelockt hatte, um große Dampfschiffe zu sehen. Eben noch hatte er ihres fasziniert gemustert, nun glitt sein Blick auf Arthur.
»Herr Arthur, Herr Arthur!«, rief er laut über die Menschenmenge hinweg und stürmte auf sie zu.
Arthur sah ihn nachdenklich an. Das Gesicht des Jungen kam ihm irgendwie vertraut vor, aber er wusste nicht, wie er es einordnen sollte.
»Sie sind wieder zurück! Da wird sich meine Großmutter aber freuen.«
Jetzt ging es ihm auf – dieser Bengel musste Flori sein, der Enkelsohn von Frau Christa, der Haushälterin der Hoffmanns.
»Meine Güte, wenn ich ihr sage, dass Sie wieder hier sind! Im Haus weiß es niemand. Und Großmutter wird es Ihnen übelnehmen, dass nichts vorbereitet ist.« Er zwinkerte Arthur vertraulich zu. »Aber wenn ich es ihr jetzt sage, dann bleibt ihr noch ein bisschen Zeit …«
Sprach's, drehte sich um und war schon davongerannt.
»Warte!«, schrie Arthur ihm vergebens nach.
Wieder fühlte er Emilias verwunderten Blick auf sich, und diesmal konnte sie sich ihre Frage nicht verkneifen: »Hast du denn deine Ankunft nicht angekündigt?«
Er zuckte unschlüssig die Schultern. »Man weiß doch nie, wie lange die Reise dauert … Ich wollte niemanden aufregen. Ich komme meistens unangekündigt.«

Eine Weile blieb er gedankenverloren stehen. »Und nun?«, drängte Emilia, die noch stärker zitterte. »Sollen wir im Regen stehen bleiben?«

Arthur zögerte und rang nach einer Ausrede. »Ich würde dich gerne zu mir nach Hause bringen«, murmelte er. »Aber ... aber ... mein Onkel sieht es wahrscheinlich nicht so gerne ...« Er brach ab.

Emilia sah ihn erst verdutzt an, dann lachte sie aus voller Kehle. »Ach jetzt verstehe ich deine schlechte Laune und warum du immer so wortkarg wirst, wenn es um deine Familie geht!«, rief sie aus. »Du weißt nicht, wie du mich deinem Onkel vorstellen sollst!«

Arthur war verblüfft, welche Schlussfolgerung sie zog, aber dann überlegte er blitzschnell, dass sie ihm recht zupasskam, und nickte widerstrebend. »Er ist ein alter Herr«, erklärte er, »und er war immer sehr sittenstreng. Er würde nicht recht verstehen, in welchem Verhältnis ...« Wieder brach er ab.

Emilia grinste. »Warum hast du mir das nicht schon früher gesagt?«

»Ich würde dich gerne fürs Erste in einem Hotel unterbringen ... natürlich in einem feinen ... und in Ruhe mit ihm sprechen. Dann kann ich ihn von meinen Eheplänen unterrichten und ihm mehr von dir erzählen ...«

Er hoffte, dass die Röte, die in sein Gesicht stieg, ihn nicht verriet, doch Emilia lachte wieder befreit. »Mir soll es recht sein.«

Sie hob den Blick zum grauen Himmel, und er tat es ihr gleich. Die Regentropfen wurden etwas spärlicher, die Wolkendecke schien nicht mehr ganz so dicht und tief zu hängen. »Und später zeigst du mir Hamburg?«, fragte sie begierig.

Arthur seufzte wieder – diesmal erleichtert. Alles ging viel besser als erwartet. Emilia würde das Haus seiner Familie gar

nicht erst betreten. Was wiederum bedeutete, dass sie nicht mit Nora zusammentreffen würde.
Plötzlich spürte er den kalten Wind nicht mehr, und der graue Himmel trübte nicht länger seine Laune; mit einer heftigen Bewegung zog er sie an sich heran und küsste sie.
Er hatte Zeit gewonnen, Zeit, alles in Ruhe zu klären …
»Wir gehen jetzt erst einmal in ein Kaffeehaus«, entschied er, als er sich wieder von ihr gelöst hatte, »dort kannst du dich aufwärmen und eine heiße Schokolade trinken. Und ich nehme in der Zwischenzeit unser Gepäck entgegen.«
»Ich muss mich nicht aufwärmen und bin lange genug ruhig gesessen. Ich bleibe bei dir.«
»Aber …«
»Ich halte viel aus, wirklich. Auch das bisschen Regen. Wir warten gemeinsam auf unser Gepäck – und trinken dann die heiße Schokolade. Und dann geht's für dich nach Hause und für mich ins Hotel.«
Nun beugte sie sich vor und wollte ihn ihrerseits küssen. Noch ehe ihre Lippen die seinen berührte, erstarrte er und stieß sie weg – der ersten Regung folgend, die ihn jäh überkam.
Der Hafen war voller Fuhrwerke und Ochsenkarren, Kutschen und Droschken – und eine dieser Droschken kam nun ganz dicht an die Mole herangefahren. Der Kutscher sprang vom Bock, öffnete die Tür und half einer schwarzgewandeten Frau heraus. Sie spannte einen Schirm auf und blickte sich kurz suchend um, um schließlich in die Richtung zu sehen, in die Flori, Frau Christas sommersprossiger Enkel, deutete. Er war nach ihr aus der Droschke gesprungen und hatte Arthur sofort wiedergefunden.
Emilia ahnte nicht, was hinter ihrem Rücken vorging, und blickte verwundert zu ihm hoch. »Arthur, was hast du denn?«

Er konnte nichts sagen, konnte nur auf die dunkle Frau starren, Nora van Sweeten, nein, sie hieß ja Hoffmann wie er, er hatte sie geheiratet, Nora Hoffmann …
Sehr langsam ging sie auf ihn zu und kam doch unaufhaltsam näher. Nur knapp zwei Meter vor ihm blieb sie stehen.
»Guten Tag, Arthur«, sagte sie mit einer Stimme, so kalt und grau wie das Wetter.
Erst jetzt fuhr Emilia herum und betrachtete verwirrt die Frau, deren Blicke sich in Arthur bohrten.
Der Kontrast der beiden konnte nicht augenfälliger sein: Nora wirkte starr, aber zugleich ungemein elegant und gepflegt. Ihr schwarzes Kleid saß perfekt, das Haar war streng aus der Stirn gekämmt und im Nacken zu einem Knoten gebunden, ihr Cape mit einer glänzenden Brosche zusammengehalten. Sie trug Handschuhe aus schwarzem Leder und gebundene Stiefel und zeigte keine Anzeichen, dass sie fror.
Emilias Haare begannen sich indes aus ihrem Zopf zu lösen und kräuselten sich in der feuchten Luft. Ihr graues Kleid war schlicht und fleckig. Ihr Gesicht war nicht nur von Kälte gerötet, sondern braun und von Sonne und Wind gegerbt. Anders als die von Nora waren ihre Hände nicht unter feinem Stoff versteckt, sondern offenbarten – rauh und gefurcht – die vielen Mühsale und Lasten, die sie in den letzten Jahren hatte tragen müssen.
Für Arthur war Emilia die schönste Frau der Welt, doch kurz sah er sie aus Noras Augen – und sah ein verwildertes Wesen, das sie wohl nicht einmal als Dienstmagd geduldet hätte.
»Was machst du hier?«, rief Arthur entgeistert.
Noras Miene blieb starr. »Darf ich meinen Ehemann nicht begrüßen, nachdem ich ihn monatelang nicht zu Gesicht bekommen habe?«, fragte sie mit samtig leiser Stimme. »Flori ist mir über den Weg gelaufen und hat mir von deiner Ankunft

berichtet. Und damit du mich nicht wieder vor deinem Onkel beschämst wie schon so oft, dachte ich, ich sorge dafür, dass du diesmal in angemessenem Aufzug vor ihm erscheinst.«
Erst jetzt ging ihm auf, dass er sie noch nie hatte laut sprechen hören – nicht so wie Emilia, die schreien und fluchen und befehlen und lachen konnte.
Nun aber, als Emilia erst ihn, dann Nora anblickte und fragte: »Wer ist das?« – da lag auch in ihrer Stimme kaum Kraft.
Nora trat ein Stückchen näher. »Nora Hoffmann. Geborene van Sweeten. Ich bin Arthurs Ehefrau.«
Erstmals traf sich ihr und Arthurs Blick. Er hielt ihm nicht stand, sondern schloss die Augen. Er fühlte, wie ein Ruck durch Emilias Körper ging, wie sie offenbar etwas sagen wollte, aber sie kam nicht dazu.
»Sie können es sich ersparen, sich selbst vorzustellen«, fuhr Nora mit samtiger Stimme fort. »Ich sehe es auf den ersten Blick, dass Sie eine seiner Huren sind. Nicht die erste und gewiss nicht die letzte. Kommst du, Arthur? Und wag es nicht, dieses Weib mitzunehmen!«
Sie winkte den Kutscher zu sich heran, senkte dann den Schirm tief über ihr Gesicht. Der Regen war wieder etwas stärker geworden.

Viertes Buch

Der blaue Tod

1892

33. Kapitel

»Sie haben sie entführt!«, schrie Rita verzweifelt. »Ich weiß genau, dass es die beiden waren! Esteban und Jerónimo! Sie tun es, um mich zu quälen! Sie haben mein Kind entführt!«

Unruhig ging sie in der Küche auf und ab, nachdem sie stundenlang vergeblich die Estancia durchforscht hatten. Nirgendwo war auch nur die geringste Spur von Aurelia zu entdecken gewesen.

Balthasar hatte die ganze Zeit über versucht, Rita zu trösten, hatte ihr eingeredet, dass Aurelia sich vielleicht nur verlaufen hatte, doch seit sie hinten, beim Schafmist, die Abdrücke von Männerstiefeln gefunden hatten und dazwischen die viel kleineren Spuren, die von Aurelias Füßen stammten, war er schweigsam und nachdenklich geworden.

»Was sollen wir denn nun tun?«, schrie Rita. Nie hatte sie ähnliche Panik gefühlt – nicht einmal in der finstersten Stunde, da sie Esteban und Jerónimo ausgeliefert gewesen war. Damals hatte sie zumindest gewusst, was geschah. Nun wusste sie es nicht, konnte es sich nur vorstellen ... ein kleines Mädchen ... in den Händen dieser bösartigen Kreaturen ... die beide auf Zerstörung und Rache aus waren.

»Wir hätten ihn töten sollen«, bemerkte Ana finster, »das wäre das Einfachste gewesen.«

Auch sie hatte sich rege an der Suche beteiligt – genauso wie Maril, der nun den Kopf schüttelte. »Es nützt nichts, jetzt darüber zu hadern. Wir müssen herausfinden, wohin sie sie

gebracht haben. Niemand kennt das Land so gut wie ich, also werde ich nach ihr suchen. Und ich werde einige Männer meines Volkes zu Hilfe holen.«
Ana blickte ihn erstaunt an. »Ich dachte, sie wären alle tot.«
»Mein Stamm – ja. Aber manchmal jage ich mit Gefährten von einem anderen Stamm …«
Balthasar hatte alles stirnrunzelnd mit angehört – nun gab er sein nachdenkliches Schweigen erstmals auf. »Es ist eine gute Idee, wenn du auch fern der Estancia nach ihr suchen willst, aber vielleicht sollten wir überdies die Obrigkeit einschalten?«
»Wo denkst du hin?«, rief Rita. »Es gibt hier keine Obrigkeit, wie du es nennst! Hat uns irgendjemand geholfen, als Esteban und Jerónimo uns seinerzeit angegriffen haben? Wir mussten uns selbst mit Gewehren verteidigen. Und außerdem – Aurelia ist für alle anderen nur ein kleines Indianermädchen. Was zählt es für einen Weißen, ob sie lebt oder tot ist?«
Ihre Stimme brach, Tränen traten in ihre Augen. Ihr Herz hämmerte so schmerzhaft gegen die Brust, dass sie vermeinte, es würde gleich zerspringen.
Balthasar trat auf sie zu und packte sie fest an den Schultern, da sie wankte. »Beruhige dich! Ich bitte dich, du darfst jetzt nicht die Hoffnung verlieren, schon um Aurelias willen …«
Er umarmte sie, und kurz ließ sie es zu, doch dann riss sie sich rüde los. An seiner Stelle trat nun Agustina an Ritas Seite, versuchte, nach ihrem Arm zu greifen. In den letzten Stunden schien sie förmlich geschrumpft zu sein, ihre Haut war noch bleicher und faltiger als sonst; ihr Blick flackerte und konnte dem von Rita kaum standhalten. Sie schien mit sich zu kämpfen, ob sie etwas sagen solle, und stieß schließlich aus: »Ich kann mir nicht vorstellen, dass er einem kleinen Mädchen Leid zufügt …«

Noch bevor Rita sie abschütteln und ihr widersprechen konnte, trat Ana dazwischen: »Natürlich kannst du es dir vorstellen! Du weißt genau, wer er ist und wozu er fähig ist. Nur wahrhaben willst du es nicht, wolltest es noch nie!«
Agustina stieß einen jämmerlichen Laut aus – halb Seufzen, halb Schluchzen, dann trat sie wieder zurück zur Bank und ließ sich darauf fallen. Wie ein kleines Häuflein Elend kauerte sie dort – gleich neben Don Andrea, der sie allerdings nicht beachtete, sondern im tiefen Gebet versunken war, seit Aurelias Verschwinden bekannt geworden war.
Rita glaubte nicht, dass es half, allerdings war sie für jeden dankbar, der an ihrer Seite blieb. Allein wäre sie gewiss wahnsinnig geworden, nun, da der letzte Funken Abendrot von der Finsternis verjagt wurde und es immer kälter wurde. Wieder ging sie auf und ab, bis die Beine schmerzten, und als Balthasar sie erneut an sich zog, wehrte sie sich nicht gegen seine Umarmung.
»In der Dunkelheit können wir nichts mehr tun. Wir müssen bis morgen früh warten. Du … du solltest dich ausruhen.«
»Aber ich kann nicht schlafen!«
»Dann setz dich wenigstens.«
Sie ließ sich von ihm zur Bank führen, doch kaum saß sie still, hatte sie wieder das Gefühl, ihre Brust müsse zerspringen. Wie sollte sie einen Augenblick mit dem Wissen leben können, dass Aurelia in … ihren Händen war? Aber sie musste ihre Fassung wiedererlangen, nicht um ihrer selbst, sondern um Aurelias willen.
Mit aller Macht unterdrückte sie die Panik und beschwor die Tochter im Stillen: Du musst durchhalten, mein Mädchen, ganz gleich, was geschieht, hörst du? Was immer sie dir antun, du musst durchhalten, du musst stark sein … ich bin bei dir, zumindest in Gedanken, ich halte dich fest … ich …

Agustina schluchzte neben ihr auf. Rita zuckte zusammen und rückte dann hastig ab; unerträglich war es ihr, nahe bei ihr zu sitzen. Gewiss, da war auch ein wenig Mitleid mit dieser alten Frau, die vor Gram verging, aber zugleich ohnmächtige Wut. Egal, wie sehr sie es bedauerte, was er getan hatte – sie blieb Estebans Mutter.

»Ich kann mir nicht vorstellen, dass sie einem kleinen Mädchen Leid antun …«, murmelte sie wieder.

Rita öffnete den Mund, wollte sie nicht minder rüde anfahren wie vorhin Ana, aber dann sagte sie nichts, klammerte sich vielmehr an diese Worte wie an einen letzten Strohhalm.

Hatte Agustina vielleicht doch recht? Ließen sich selbst finstere Männer wie Esteban und Jerónimo von einem hübschen, unschuldigen Kind rühren? Dachten sie daran, dass einer von ihnen ihr Vater war? Und auch wenn sie sie abfällig Rothaut nannten – sie konnten doch ihrem eigenen Fleisch und Blut nichts antun!

Trotz ihrer Zweifel versuchte sie, daran zu glauben – mit gleicher inbrünstiger Hoffnung, mit der Don Andrea die nächsten Stunden über betete und Gott um Hilfe anflehte.

Mein Mädchen … mein armes Mädchen … Du musst durchhalten, hörst du?

Rita wusste nicht, wie Maril es gelungen war, so schnell seine Männer zusammenzuholen, ob mit heimlichen Rauchzeichen oder dem Klang der Flöte, die er im Morgengrauen zu spielen begonnen hatte, aber als diesiges Licht die Schwärze vom Himmel wusch, ertönte plötzlich Pferdegetrampel. Rita stürzte hinaus in den Patio und sah Maril erstmals unter seinesgleichen. Das halbe Dutzend Männer, das ihn umkreiste, war so groß und breit wie er, hatte die gleiche dunkle, glatte Haut, die weißen Zähne, die langen, schwarzen Haare. Nur die Sprache, in der sich Maril mit ihnen verständigte, war Rita

völlig fremd. Rauh und kehlig klang es und zugleich gurgelnd. Don Andrea hatte einmal behauptet, dass die Tehuelche so sprächen, als knackten sie Nüsse zwischen den Zähnen – und dieser Vergleich hatte durchaus etwas für sich.
Die Männer blickten an ihnen allen vorbei und konzentrierten sich ganz auf Maril. Es musste eine große Überwindung gewesen sein, seinem Ruf zu folgen, ging es Rita durch den Kopf, da sie doch ihr Leben riskierten, wenn sie Weißen zu nahe kamen.
Sie musterte sie eingehender, sah manches, was ihr von Maril vertraut war, und zugleich viel Fremdes. Um die Hüften trugen sie einen Gürtel aus einem Stück Fohlenleder, dessen Spitze mit einem dreieckigen Metallstück versehen war. Drei kleine Löcher waren hineingestanzt worden, um ihn zu schließen. Über der Brust waren es Broschen, mit denen sie ihre Guanakofelle zusammenhielten. Anders als bei Maril waren ihre Vorderarme tätowiert, indem sie kleine Stiche in die Haut gemacht und sie mit blauer Erde gefüllt hatten. Zwei von ihnen trugen eine Straußenfeder im Haarband, die rechts herunterhing, andere eine Kopfbedeckung aus Bullenhaut. Sie schloss fast nahtlos an einen Waffenrock aus mehreren Schichten Leder an, der in der Halspartie weit hinaufgezogen war und den man offenbar auch über Nase und Augen klappen konnte. Einer hatte sich obendrein ein Stück Fell vor den Mund gebunden, um sich vor dem kalten Wind zu schützen. Auf dem Rücken trugen sie Lederbeutel, in denen kurze, schwere Bögen steckten, und in Baumwollbändern, die sie um den Kopf geschlungen hatten, steckten die dazugehörenden schwarzen Pfeile mit weißen Feuerspitzen.
Maril sprang auf sein Pferd. Seine Kleidung glich der eines Spaniers noch am ehesten – mit den Wickelstiefeln aus der Haut eines Pumas und der Chiripá, einem hosenförmigen

Kleidungsstück. Ausdruckslos und stolz blickte er auf Rita hinab: »Wir werden versuchen, deine Tochter zurückzuholen.«
Sie konnte nichts sagen, nur nicken. Sie wusste, dass Maril ihren Dank ohnehin nicht erwartete. Schweigend wendeten die Männer die Pferde und ritten davon.
Erst jetzt bemerkte Rita, dass auch Don Andrea in den Patio getreten war und die Tehuelche mit ängstlichem Blick betrachtet hatte. Obwohl sie nun fort waren, erschauderte er. »Ich kann mir gut vorstellen, wie sich die armen Spanier einst gefühlt haben, wenn die Tehuelche ihre Siedlung angegriffen, die Männer getötet und die Frauen und Kinder verschleppt haben. Mein Gott, was für Riesen sie sind! Und wie gewalttätig sie aussehen!«
Scheinbar hatte er nicht oft mehrere Tehuelche auf einem Haufen gesehen.
»Die armen Spanier, von wegen!«, zischte Rita unvermittelt, und dann brach etwas aus ihr hervor, das sie nie gesagt hätte, hätte sie darüber nachgedacht: »*Wir* waren zuerst da! Und nun haben euresgleichen mein Kind verschleppt, nicht umgekehrt! Wer also ist hier gewalttätig?«
Don Andrea starrte sie fassungslos an – über ihren ungewohnt harschen Tonfall ebenso entsetzt wie über die Worte. Hastig schlug er ein Kreuzzeichen, und dieses brachte Rita wieder zur Besinnung. Verschämt biss sie sich auf die Lippen. Wenn jemand ihren Hass verdiente, waren das Esteban und Jerónimo – nicht Don Andrea.
Balthasar trat zu ihr und legte ihr die Hände auf die Schultern: »Wenn jemand sie finden kann, dann Maril und seine Männer. Trotzdem, ich will mich nicht auf sie allein verlassen. Ich habe einen der Männer losgeschickt – mit einer Botschaft für Pedro. Er wird bald eintreffen, wenn er erfahren hat, was pas-

siert ist, und in der Zwischenzeit will ich ebenfalls losreiten und sie suchen.«

Rita nickte. »Ich komme mit«, erklärte sie entschlossen.

Balthasar hatte sich schon umgedreht, um zu den Ställen zu gehen, doch als Rita ihm folgte, blieb er stehen und hielt sie auf. »Nein, bitte, Rita, du musst hierbleiben! Ich muss wissen, dass wenigstens du in Sicherheit bist.«

Seine braunen Augen, oft warm und funkelnd, waren voller Angst und Kummer. Rita wusste, dass er sich um Aurelia ängstigte wie um sein eigenes Kind, und während sie eben noch geglaubt hatte, dass sie nie wieder etwas anderes fühlen konnte als Panik, Hass und Ohnmacht, breitete sich nun Wärme in ihrer Brust aus und auch die Hoffnung, es könne doch alles gut werden.

»Aber ich muss doch …«, setzte sie an.

»Bitte, Rita!«, beschwor er sie erneut. »Du bleibst hier und wartest! Ich tue, was ich kann!«

Sie nickte unter Tränen und vermeinte, gleiche auch in seinen Augen glitzern zu sehen. Dann umarmte er sie kurz und eilte in den Stall. Als er wenig später mit zwei Männern fortritt, schlug Don Andrea abermals ein Kreuz.

Rita blickte Balthasar nicht nach wie Maril und seinen Gefährten, sondern eilte, kaum dass er den Patio verlassen hatte, ins Haus. Dort betrat sie schnurstracks das Schlafgemach, das sie einst mit Emilia geteilt hatte und in dem sie jetzt mit Aurelia schlief. Sie sah nicht in Richtung des Bettes, in dem ihre Tochter bis vor kurzem noch friedlich geschlafen hatte, sondern legte rasch ihr Kleid ab, um eine Hose anzuziehen. Emilia hatte solche in den letzten Jahren oft getragen, weil sie sie praktischer für die Arbeit fand, doch Rita hatte dies immer verweigert – bis jetzt. Sie legte sich gerade den Gürtel um, als eine Stimme sie hochschrecken ließ.

»Kannst du mir sagen, was du vorhast?«

Ana war ihr gefolgt. Sie lehnte an der Tür und blickte sie fragend an, doch Rita sagte nichts, sondern legte schweigend ihren Quillango um.

»Also, was tust du da?«

»Was schon?«, gab Rita zurück und wich ihrem Blick aus. »Mit Hosen kann ich besser reiten. Und der Quillango wird mich wärmen. Ich weiß, dass Balthasar sich wünscht, dass ich hier auf der Estancia bleibe. Aber ... aber ich kann das nicht! Ich kann nicht einfach hier sitzen und warten! Ich werde auch nach Aurelia suchen.« Herausfordernd trat sie auf Ana zu und sah ihr nun offen ins Gesicht: »Oder willst du mich etwa daran hindern.«

Ana zuckte nur die Schultern, dann stellte sie ruhig fest: »Du hast schon einmal getroffen.«

Rita zog sie Stirn in Falten. »Was meinst du?«

»Weißt du es nicht mehr? Als die Estancia belagert wurde, haben wir Schießen geübt – und du hast das Ziel am besten getroffen.«

Rita nickte langsam. Damals hatte sie das Gefühl gehabt, sie könne nicht noch mehr Angst haben. Jetzt dachte sie, dass alles nicht so schlimm gewesen war – denn Aurelia war bei ihr gewesen. »Wir haben auf Steine gezielt, nicht auf Menschen«, murmelte sie.

Ana zuckte wieder mit den Schultern, nestelte dann an ihrem Kleid und zog einen Gegenstand unter ihrer Schürze hervor, den Rita zunächst nicht erkannte. Erst als sie ihn ihr in die Hand drückte, sah sie, dass es eine Pistole war.

»Woher ...«, begann Rita.

»Arthur hat mir diese Waffe einmal übergeben – zu meinem Schutz. Genau genommen, gehört sie sogar Jerónimo ...« Ana hielt inne. »Welche Ironie!«, stieß sie dann aus.

Rita war zu erschöpft, um nachzufragen, was sich seinerzeit zugetragen hatte. Sie wog die Pistole abschätzend in der Hand und versuchte sich dann, mit dem Griff vertraut zu machen.
»Wenn du die Gelegenheit bekommst«, sagte Ana leise, »dann verfehle ihn nicht.«
Rita steckte die Pistole in den Gürtel und drängte sich an Ana vorbei, ohne ihr noch einmal in die Augen geschaut zu haben.
Auch als sie im Stall das Pferd sattelte, blieb sie nicht lange allein. Mit gesenktem Blick kam ihr Agustina nachgeschlichen. Immer noch bot sie einen erbärmlichen Anblick, aber sie schien mit aller Macht darum zu kämpfen, sich ihre Verzweiflung nicht anmerken zu lassen.
»Geh zurück ins Haus!«, bellte Rita und erschrak über die eigene Stimme. War das tatsächlich ihre? So scharf, so befehlend? Emilia sprach so, und Ana – niemals sie …
»Wenn ich … wenn ich erst mit ihm reden könnte …«, stammelte Agustina. »Vielleicht könnte ich ihn zur Vernunft bringen. Ich … ich würde dich so gerne begleiten.«
Rita blickte die alte Frau zweifelnd an und konnte sie sich nicht auf einem Pferd vorstellen. Allerdings hatte sie es vor einigen Wochen geschafft, auf einem solchen hierherzukommen.
Rita schwieg und machte sich weiter an dem Sattel zu schaffen.
»Lass mich mitkommen!«, flehte Agustina wieder. »Ich bitte dich!«
»Meinetwegen«, gab sie schließlich nach, um kalt hinzuzufügen: »Aber du machst nur das, was ich dir erlaube. Und du flennst nicht.«
Als sie wegritten, drehte sie sich nicht nach Agustina um, um zu überprüfen, ob sie auch mithielt. Gedanken, die eben noch

von Furcht bezwungen worden waren, stürmten auf sie ein: War es ihre Schuld, dass Aurelia verschwunden war? Hatte sie zu wenig auf sie achtgegeben? Sie zu wenig geliebt?
Früher hatte sie diese letzte Frage oft beschäftigt, doch seit Balthasar in ihr Leben getreten war, hatte sie kaum mehr Gewicht gehabt. Balthasar liebte sie, obwohl sie eine Mapuche war, und sie liebte Aurelia, obwohl sie aus Gewalt hervorgegangen war. Und ob sie nun Aurelia genug liebte oder nicht – in jedem Fall war sie bereit, ihr Leben für sie herzugeben.
Ungeduldig gab sie dem Pferd die Sporen.

Aurelia öffnete kaum merklich die Lider. Sie hatte in den letzten drei Tagen die Erfahrung gemacht, dass die Männer sich nicht um sie scherten, wenn sie schlief, und deswegen gab sie meist vor, völlig erschöpft zu sein. In Wahrheit schlief sie so gut wie gar nicht, beobachtete sie ständig aus den Augenwinkeln und wappnete sich vor dem, was sie ihr antun könnten. Immerhin war das bis jetzt noch nichts Schlimmes gewesen. Sie behandelten sie zwar ähnlich roh und achtlos wie ihre Pferde, aber sie hatten sie bis jetzt immer mit allem Notwendigen versorgt.
Der Mann mit den graublauen Augen hatte noch nie etwas zu ihr gesagt, sondern sie immer nur kalt angegrinst. Der Narbige dagegen hatte ihr schon manchen Befehl erteilt. Er war es auch gewesen, der sie aus dem Strohsack befreit hatte, in dem sie in den ersten Stunden gefangen gewesen war. »Pass auf«, hatte er ihr eingebleut, »wenn du dich ruhig verhältst, passiert dir nichts. Aber wenn du schreist, um dich schlägst oder versuchst fortzulaufen, schlitze ich dir die Kehle auf.«
Seitdem hatte Aurelia kaum zu atmen gewagt. Die Angst lähmte sie derart, dass sie nach einiger Zeit das Gefühl hatte,

ihr Körper gehöre gar nicht mehr zu ihr. Doch wenn sie auch jede auffällige Bewegung mied, so beobachtete sie die beiden doch ganz genau und prägte sich die Landschaft ein.
Sie waren lange durch die Einöde der Steppe geritten. Anfangs war ihr das Land vertraut gewesen, später erreichten sie Gebiete, die sie noch nie zuvor betreten hatte. In der Ferne hatte sie die roten Dächer einer kleinen Kolonie von Rinder- und Schafzüchtern gesehen und sehnsuchtsvoll dorthin gestarrt. Doch ein drohender Blick des Narbigen hatte genügt, damit sie rasch wieder den Kopf senkte. Aus den Augenwinkeln hatte sie beobachtet, wie er zufrieden nickte.
»Alles viel einfacher, als ich dachte«, knurrte er.
Die erste Nacht ritten sie durch und legten erst am nächsten Morgen eine Pause ein. Aurelia knurrte der Magen, aber sie hätte die Männer nie um Essen angefleht. Schweigend würgten die beiden Dörrfleisch hinunter, das am Sattelriemen eines der Pferde befestigt gewesen war, und erst als er den eigenen Hunger gestillt hatte, gab der Narbige auch Aurelia ein Stück.
»Du bist ja richtig fürsorglich!«, spottete der Grauäugige. Seine Stimme klang eigentlich weich und samtig, dennoch lag ein Unterton darin, der Aurelia genauso schaudern ließ wie sein heimtückisches Lächeln.
»Soll sie verhungern?«, gab der andere barsch zurück.
Das Fleisch war so hart, dass sie es kaum beißen konnte. Wahrscheinlich war es Guanakofleisch. Wenn man es richtig zubereitete, so erinnerte sie sich plötzlich an Emilias Worte, wäre es so zart wie Lammfleisch. Aber man musste es sehr heiß braten, und das hatten die Männer wohl nicht getan. Aurelia unterdrückte Tränen, als sie nicht nur an Emilia, sondern auch an ihre Mutter dachte und wie die beiden Frauen einst Fleisch in Streifen geschnitten und auf dem Felsen hatten

trocknen lassen – die Ration für eine Reise nach Punta Arenas.
Bald ging es weiter. Sie kamen an keiner Siedlung mehr vorbei und stießen auch auf keine fahrenden Händler. Ihre einzigen Begleiter waren Kondore, die über ihren Köpfen kreisten. Aurelia wusste, dass die Vögel Aasfresser waren, dass sie sich nicht nur über tote Tiere hermachten, sondern auch über tote Menschen, und fragte sich, ob das das Schicksal war, das ihr blühte. Würden die Männer sie töten? Ihr die Kehle auch dann aufschlitzen, wenn sie sich ruhig verhielt?
Sie hatte keinen Augenblick daran gezweifelt, dass der Narbige sofort dazu bereit gewesen wäre, diese Drohung umzusetzen. Und ihr waren auch nicht die Abhäutemesser entgangen, die die beiden an ihrem Stiefelschaft trugen.
In der zweiten Nacht rasteten sie in einem Zelt aus Seehundfell, das so verdorben wie alte, schweißige Schuhe stank. Den Worten nach, die sie wechselten, war es gestohlen. Aurelia musste an Maril denken, der ihr oft von seinem Zelt erzählt hatte. Kauwi hieß dieses, und in der Mitte seines Dachs befand sich ein Loch, wo der Rauch des Feuers entweichen konnte. Sie hatte so oft darum gebettelt, auch einmal in einem solchen Zelt schlafen zu dürfen, aber ihre Mutter hatte es ihr stets verboten.
Nun, jetzt schlief sie einem Zelt, aber es war die schlimmste Nacht ihres Lebens. Immer wieder schreckte sie aus dem Schlaf hoch. Sie hatte schreckliche Angst, von dunklen Träumen gepeinigt zu werden und zu schreien, denn dann würde ihr der Narbige die Kehle durchschneiden.
Am nächsten Morgen war sie zu erschöpft, um die beiden zu beobachten und die Landschaft wahrzunehmen. Sie ritt auf dem Pferd des Narbigen, und obwohl sie sich bis jetzt immer bemüht hatte, möglichst viel Abstand zu seinem Körper zu halten,

nickte sie nun immer wieder ein und rutschte ganz dicht an ihn heran. Sobald sie die Augen aufschlug, war es ihr widerwärtig, aber sie war zu erschöpft, um dagegen anzukämpfen. Wieder spottete der Mann mit den kalten Augen, was für ein fürsorglicher Vater Esteban sei. Aurelia verstand nicht recht, was er damit sagen wollte, prägte sich jedoch den Namen Esteban ein.
»Sie könnte auch deine Tochter sein«, gab dieser zurück.
»Sie ist doch nur ein Indianerbalg«, antwortete der andere. »So etwas ist ganz sicher nicht meine Tochter. Wenn ich mir vorstelle, dass wir nun wochenlang mit diesem Balg zusammen sein müssen. Vielleicht wäre es doch besser gewesen, sie gleich …«
Er brachte den Satz nicht zu Ende, aber Aurelia ahnte, was er hatte sagen wollen.
Sie gleich zu töten.
Obwohl Aurelia vorgab zu schlafen, hielt sie doch den Atem an.
»Was willst du denn?«, fuhr da dieser Esteban auf. »Sie hält still, flennt nicht, stört uns nicht. Sie wird mir helfen, dass ich alles kriege … die Schafe, die Estancia, das Geld.«
Die Augen des anderen wurden noch kälter. »Ich dachte, du hättest längst begriffen, wie mühselig es ist, Schafe zu hüten. Wir tun das alles, um sie zu quälen und uns zu rächen, vergiss das nicht!«
Aurelia hörte, wie Esteban seine Kiefer aufeinanderrieb. »Dir mag das genügen. Du bist ja auch reich. Aber für mich … für mich muss noch mehr dabei herausspringen.«
Aurelia war sich nicht sicher, aber sie hatte das Gefühl, dass das Gesicht des anderen sich nicht nur abschätzig, sondern verächtlich verzog. Doch er sagte nichts mehr.
Als sie weiterritten, war das Land nicht länger flach, sondern hügelig. Flüsse, die längst vertrocknet waren, hatten im wei-

chen Stein Rinnen und Löcher hinterlassen. Am Abend schliefen sie nicht in einem Zelt, sondern in einer Höhle. Die beiden Männer machten Feuer, doch da der Rauch in der Höhle nicht abziehen konnte, musste Aurelia nach kurzer Zeit husten.

Erschrocken über diesen Laut – den ersten, den sie seit Tagen machte –, schlug sie sich die Hand vor den Mund. Der Grauäugige kicherte auf, der narbige Esteban richtete starr seinen Blick auf sie. Sie duckte sich und fürchtete schon, seinen Zorn erregt zu haben, doch sein Blick wirkte nicht verärgert, eher verwirrt.

Sie unterdrückte den Hustenreiz und suchte sich ein Plätzchen, wo der Rauch nicht ganz so dicht stand, es dennoch warm vom Feuer war.

Wieder tat sie so, als würde sie schlafen, aber stattdessen überlegte sie fieberhaft, was sie tun könnte, um zu fliehen. Es war ihr unmöglich, an ihre Mutter oder an Balthasar zu denken, ohne zu weinen, aber sie konnte Marils stolzes Gesicht heraufbeschwören und wie er ihr gezeigt hatte, mit einer Boleadora zu jagen – einer Wurfleine aus dem Darm eines Guanakos, die man rotieren lassen und mit der man kleine Steine schnell und hart auf sein Ziel schleudern konnte. Maril trug immer eine Boleadora und auch Bolas, wie die Steine hießen, mit sich, und er konnte damit mühelos Mäuse und Fischotter erlegen.

Aurelia war weit davon entfernt, so geschickt wie er zu sein – doch er hatte immer wieder mit ihr geübt, die Boleadora zu schleudern, und irgendwann konnte sie halbwegs die Richtung bestimmen, in die der Stein schießen sollte.

Sie blickte sich um. In der Höhle gab es viele kleine Steine, Wurfgeschosse hatte sie also genug. Aber sie brauchte eine Leine, am besten aus Leder – und die würde sie nicht beschaffen können, ohne den beiden Männern zu verraten, was sie plante. Aurelia seufzte. Und selbst wenn sie eine Boleadora hätte – würde es ihr jemals gelingen, nicht nur einen, sondern gleich beide Männer damit zu überwältigen? Nein, dachte sie hoffnungslos, nein, das war unmöglich!

Schließlich hielt sie nicht länger nach einer Wurfleine Ausschau, sondern ergab sich der Erschöpfung. Sie ließ sich zurücksinken und schloss die Augen. Wieder war die Angst groß, sie könnte im Traum schreien. Doch immerhin hatte sie die erste Nacht überstanden, ohne dass dieser Esteban ihr die Kehle durchschnitt – sie musste darauf hoffen, dass er ihr auch weiterhin nichts tun würde.

34. Kapitel

Emilia lauschte den Klängen des Klaviers. Jeder Ton geriet ein wenig schräg, und sie hegte seit langem den Verdacht, dass das Instrument nicht richtig gestimmt war. Als sie jedoch einmal vorsichtig nachgefragt hatte, wurde ihr erklärt, dass sie fürs Kochen bezahlt wurde, nicht fürs Klavierhören. Seitdem schwieg sie, obwohl sich das eine nicht ohne das andere tun ließ, denn die winzige Küche befand sich gleich neben dem großen Festsaal, auf dessen Bühne sich das Instrument befand.
Emilia verzog fast schmerzlich die Stirn, als wieder ein schiefer Ton erklang. Selbst wenn das Klavier richtig gestimmt gewesen wäre – Paolo wäre doch der leidige Spieler geblieben, der immer an derselben Stelle patzte. Paolo hieß eigentlich Paul, aber er gab sich den italienischen Namen, um exotischer zu wirken. Emilia fand, dass er sich das hätte sparen können, denn ob Paolo oder Paul – niemand würde ihm ernsthaft abnehmen, dass auch nur ein Tropfen südländisches Blut in ihm floss: Er war ein kleines, dünnes Männchen, das seine Arbeit im Varieté mit unglaublicher Ernsthaftigkeit betrieb und seine strähnigen Haare mit einer Perücke bedeckte, die ebenso schief saß wie die Töne des Klaviers.
Emilia konnte gar nicht anders, als jedes Mal spöttisch zu grinsen, wenn sie ihn sah, doch eigentlich hatte sie ihn recht gern. Paolo war immer sehr freundlich zu ihr – vor allem, nachdem er herausgefunden hatte, dass sie aus Chile stammte. Dort lebten schließlich Spanier, und Spanier waren in seinen

Augen so etwas Ähnliches wie Italiener – könnte sie ihm darum vielleicht helfen, sein Auftreten zu verbessern, so dass man in ihm den Paolo sah?
Emilia wusste nicht, was sie ihm hätte raten können. Das Problem war nicht nur, dass Paolo tatsächlich glaubte, er könnte sich als waschechter Italiener ausgeben – nein, obendrein hielt er sich auch für einen begnadeten Couplet-Sänger. Stolz trug er Samtjackett und Atlaskniehosen und war der Ansicht, passende Kleidung und regelmäßiges Klaviergeklimper würden genügen, um aus seiner krächzenden Stimme eine wunderschöne zu machen. Tatsächlich wurde er bei seinen Auftritten nicht ausgebuht – weder wenn er im Liederspiel *Ein Wiener in Berlin* auf der Bühne erschien noch bei den Nachmittagsvorstellungen vom *Struwwelpeter* oder dem *Flotten Burschen* –, doch während er glaubte, das Publikum preise seine Stimme, war das Gegenteil der Fall. Er galt als der miserabelste Sänger von Sanct Pauli und bekam nur darum Applaus, weil sich jeder über ihn totlachte.
Nun, solange er das Publikum nicht fernhielt, sondern anlockte, war es Hella von Mummhausen egal, wie er sang. Hella war die Besitzerin des Varietés und ihr Nachname genauso erlogen wie der von Paolo. Sie hatte nicht deren stechenden Blick, aber ein ähnlich stark geschminktes Gesicht wie Ernesta Villan, war weniger berechnend als die Bordellbesitzerin von Punta Arenas, aber ungemein eitel. In gleicher Weise wie Paolo alles dafür gegeben hätte, um als Italiener zu gelten, wollte sie unbedingt jung sein.
Anfangs war Emilia ihr gegenüber sehr misstrauisch gewesen und hatte den Verdacht gehegt, dass das Varieté in Wahrheit ein Freudenhaus war. Gewundert hätte es sie nicht: Sanct Pauli hieß im Volksmund nicht grundlos Sanct Liederlich, und wenn sich hier auch leicht Arbeit finden ließ – die eines

Freudenmädchens wollte sie gewiss nicht tun. Doch Hella hatte sie bloß als Köchin angestellt, und während sie diese Arbeiten verrichtete, fand sie heraus, dass es in Sanct Pauli dreierlei Arten von Etablissements gab und nicht alle verrucht waren. Da gab es die wirklich großen »Kunstgesellschaften« wie das Hotel de Nelson in der Silbersackstraße, das Hammonia-Theater und das Elysium-Theater am Spielbudenplatz, von denen Hella halb neidisch, halb sehnsüchtig sprach. Da gab es die billigeren, ärmlicheren Varietés wie ihres – mit nur einem Saal, ohne Seitenränge, aber dafür mit Galerie –, wobei man unter der besser nicht Platz nahm, weil die tabakkauenden Seeleute von oben hinabspuckten. Und schließlich gab es – vor allem auf der Davidstraße – die Bordelle, wo die Frauen den Männern erst auf dem Tanzboden nahe rückten und sie schließlich aufs Extrazimmer lockten. »Stadt London«, »Goldene Engel«, »Adler« und »Elephant« hießen diese Spelunken, in denen es nicht nur galt, dem Freier mit prallen Brüsten die Vorzüge der käuflichen Liebe anzupreisen, sondern ihn obendrein dazu zu bewegen, möglichst viel Schnaps zu trinken – und ihn teuer zu bezahlen. Viele Mädchen dort nannten sich darum nicht Freudenmädchen, sondern Animierdamen, und behaupteten, ihr Geld nicht mit der käuflichen Liebe, sondern mit der »Spirituosenvertilgung« zu verdienen. Scham- und skrupellos waren sie so oder so.

Eins hatten all diese Orte gemeinsam: Sie waren bunt, schrill und laut. Jede Geste fiel übertrieben aus, jedes Lachen klang kreischend, Betrunkene wurden weinselig oder gewalttätig, und man konnte keinen Schritt gehen oder stehen, ohne an den Leib eines anderen gepresst zu werden, dessen warme Haut zu fühlen und den oft stinkenden Atem.

So schwer es für Emilia manchmal war, in dieser Welt zurechtzukommen – wenigstens ließ sie sie das Grau des Hamburger Nieselregens vergessen. In den letzten Wochen hatte sich das Wetter zwar etwas gebessert, doch seit sie bei Hella von Mummhausen Arbeit gefunden hatte, stand Emilia fast pausenlos in der Küche, ohne aus dem Fenster zu blicken, und wenn sie an die Stadt dachte, hatte sie stets den verregneten, kalten Tag ihrer Ankunft vor Augen, als diese in Schwarz gekleidete Frau auf Arthur zugetreten war und verkündet hatte, dass er ihr Mann und sie, Emilia, wohl eine Hure wäre. Emilia war nicht sicher, was in diesem Moment mehr geschmerzt hatte – so genannt zu werden oder Arthurs falsches Spiel zu durchschauen. In jedem Fall war sie vor seinen Erklärungen geflohen. In ihren Ohren klangen sie allesamt wie Lügen. Eine Ehefrau zu verschweigen empfand sie nicht als eine Art Missgeschick, wie er es darzustellen versuchte, sondern als schlimmsten Verrat, für den es keine Rechtfertigung gab. Nachdem sie ihn einfach hatte stehen lassen, war sie ein paar Tage lang durch die Straßen geirrt; eine dunkle Zeit war das, an die sie nie wieder in ihrem Leben zurückdenken wollte, doch dann war ihre graue Welt plötzlich bunt geworden – nicht, weil Verbitterung, Kummer und Enttäuschung nachgelassen hätten, sondern weil sie eine Anstellung suchte und sie schließlich in Sanct Pauli fand.

Altbewährter Stolz war erwacht: Sie brauchte keinen Arthur, um sich in Deutschland durchzubringen. Sie konnte ihr eigenes Geld verdienen. Und außerdem – sie war nicht nur seinetwegen hierhergekommen, hatte den Traum von Deutschland schon gehegt, als sie ihn noch gar nicht gekannt hatte, nun würde sie ihn eben ohne ihn leben.

»Was brutzelst du da?«

Emilia zuckte zusammen, als Hella plötzlich über ihre Schultern blickte. Die schiefen Töne des Klaviers waren angeschwollen und hatten ihre Schritte übertönt.

»Ich dachte, ich lasse euch einmal kosten, was die Chilenen gerne essen – nämlich Empanadas«, erklärte Emilia. »Das sind Teigtaschen – gefüllt mit Fleisch, Zwiebeln und Kartoffeln und in heißem Fett gebacken.«

Hella schmatzte genießerisch. Emilia wusste mittlerweile, dass Hella nicht nur gerne viel redete, sondern auch gerne viel aß, und dass sie überdies Exotisches nicht scheute.

Sie trat von Emilia zurück und lehnte sich an den Herd – nicht nur stark geschminkt wie immer, sondern schamlos leicht bekleidet. Man sah ihr den guten Appetit an: Ihre Kleidung saß viel zu eng, überall quoll aufgedunsenes Fleisch hervor, und mehr als nur eine Naht drohte gleich zu platzen. Obwohl sie ständig den Bauch einzog, holte sie nun doch tief Atem und begann zu reden, wie sie immer redete, so schnell nämlich, dass zwischen keinem der Worte jemals eine Pause entstand. Meist hörte Emilia an dem Geschwätz vorbei. Es genügte, dann und wann zustimmend zu nicken und zu verbergen, wie gestört sie sich von den vielen Worten in Wahrheit fühlte, und wenn sie glaubte, dass ihr die Ohren gleich bluten würden, sagte sie sich, dass sie es noch schlimmer hätte treffen können und es durchaus seine Vorzüge hatte, bei Hella von Mummhausen zu arbeiten.

Eigentlich hatte Hella sie nicht als Köchin, sondern als Putzfrau angestellt, die nach jedem Auftritt das Theater sauber machen und die zerstörten Pappmachéfiguren des Bühnenbildes wieder reparieren sollte, aber nachdem sie zum ersten Mal eine Mahlzeit gezaubert hatte, war vom Putzen keine Rede mehr gewesen. Hella hätte am liebsten den ganzen Tag gegessen, also musste Emilia den ganzen Tag kochen, und meist gesellte sie sich zu ihr, um zu reden. Ganz am Anfang hatte sie Emilia noch Fragen gestellt – unter anderem, woher sie käme und was sie nach Hamburg triebe, aber ihr Interesse an ihrer Vergangenheit war rasch erlahmt. Als Emilia von Chile erzählte, hatte sie zwar wissend genickt, aber in ihren Augen hatte Verwirrung gestanden, so dass sich Emilia sicher war: Wenn Hella ihr auf dem Globus das Herkunftsland hätte zeigen müssen, so hätte sie auf die falsche Stelle getippt. So klug und gelehrt sie sich auch gab und so stolz sie davon erzählte, dass sie schon die ganze Welt gesehen hätte – zwischendurch verriet sie sich immer wieder mit mangelndem Wissen und gab damit ungewollt zu, dass sie nie über Hamburg, bestenfalls noch Altona, hinausgekommen war.

»Ach, mein Gott!«, stöhnte sie nun theatralisch. »Bruno, die Saufnase, hat heute beim Ansagen wieder gestottert.«

Bruno war etwas robuster als Paolo, aber nicht kräftiger bei Stimme. Er hatte das Amt des Rekommandeurs oder, wie er sich selbst nannte, des Bajazzos, inne, der mit bunter Kleidung vor dem Eingang des Varietés stand und das Programm in höchsten Tönen anpries. Da sich im Moment sechs Vorstellungen am Tag aneinanderreihten, hatte Emilia seine Stimme eigentlich ständig im Ohr. Übertönt wurde sie nur vom Straßenlärm und von Paolos Klavierspiel, und sie konnte seine Worte auswendig mitsagen, wenn er wieder einmal die Hamburger Lokalpossen lobte, die den Schwerpunkt ihres Programms bildeten: *Familie Eggers oder Eine Hamburger Fischfrau* von Julius Schölermann zum Beispiel.

»Warum bin ich von lauter Idioten umgeben?«, fragte Hella gespielt verzweifelt. »Warum wähle ich treffsicher die Leute, die zu nichts taugen? Dich ausgenommen, Emilia, du verstehst hervorragend zu kochen. Aber stell dir vor! Erst gestern habe ich zu Paolo gesagt, er soll mir zwei Zwerge besorgen. Bei Ira nebenan lief das komische Duett der Zwergathleten nämlich hervorragend, und ich kann doch nicht zusehen, wie sie mehr Publikum anlockt als ich. Doch womit kam Paolo zurück? Mit zwei tumben Kindern, die sich nur als Zwerge ausgeben! Ich verliere noch den Verstand inmitten all dieser Dummköpfe … ach herrje …«

Sie schob sich eine krosse Empanada in den Mund und biss gierig zu. Das Fett lief über ihr Kinn, und ihr roter Lippenstift wurde verwischt.

»Du hättest mich früher treffen müssen, Emilia«, fuhr sie klagend fort, »hättest sehen müssen, was ich in den sechziger Jahren alles erreicht habe. Das war eine gute Zeit damals, vor allem als endlich die Torsperre an Millern- und Nobistor aufgehoben worden war und die Hamburger in unsere Stücke eilten. Oh, ich war eine große Schauspielerin! Meinen Durchbruch hatte ich mit *Ingomar, der Bluthund,* einem romantischen Trauerspiel. Ich habe jeden Abend auf der Bühne geweint – echte Tränen versteht sich! Das Publikum war so gerührt – das hat gleich mitgeweint. Und natürlich war ich auch das Gretchen in *Faust* – in der etwas abgewandelten Form natürlich. Auf den Bühnen in Sanct Pauli kann man schließlich nicht Goethe im Wortlaut aufführen. Als Faust das arme Ding verlassen will, war das Publikum so erzürnt, dass ein Hagel von Äpfeln und Kartoffeln auf ihn einprasselte. Er musste auf offener Bühne versprechen, mich, das heißt das Gretchen, doch zu heiraten und nicht auf den bösen Mephisto zu hören.« Sie seufzte schwer. »Aber dann wurde das Volkstheater geschlossen … und ich bin hier gelandet …«

Sie seufzte abermals und schwieg kurz, um eine zweite Empanada zu essen, doch kaum war es ausnahmsweise angenehm ruhig – sogar das Klavier war zwischenzeitig verstummt –, ertönte lautes Geheule. Im nächsten Augenblick stand ein verzweifeltes Mädchen in der Küche. »Was soll ich nur tun? Was soll ich nur tun? Heute Abend ist doch Premiere!«

Emilia brauchte eine Weile, um zu begreifen, was das Mädchen derart bekümmerte. Es hielt anklagend einen Stofffetzen in die Luft, der sich bei genauerer Betrachtung als Kleid herausstellte. Ähnlich wie bei Hellas Kleidern gab es mehr preis, als dass es etwas verbarg.

»Es ist zerrissen!«, klagte das Mädchen, das sich Natascha nannte, obwohl sie – so wenig, wie man Paolo den Italiener ansah – nichts Russisches an sich hatte. Natascha war eine feiste Maid mit roten Wangen, die – wie Emilia vermutete – bis vor kurzem noch auf einem Bauernhof geschuftet hatte. Das gab Natascha natürlich nicht offen zu – das konnte Emilia lediglich an ihren groben, zerfurchten Händen ablesen. Sie hatte in Hellas Varieté als Soubrette begonnen, die sich weniger durch ihr Stimmchen, als durch den prallen Ausschnitt auszeichnete. Ersteres war ohnehin nicht so wichtig – wenn das Publikum begeistert war, begleitete es die Refrains mit alles übertönendem Gläserklirren und Schlüsselklappern.

»Was stellst du dich aber auch so ungeschickt an!«, fauchte Hella.

»Dieser Stoff ist von schlechter Qualität«, heulte Natascha. »Kein Wunder, dass er sofort zerreißt, wenn man ihn nur anfasst.«

So oft, wie Hella einstigen Rollen und ihrer Jugend nachklagte, schimpfte Natascha über die schlechten Kleider: Anderswo in Sanct Pauli, behauptete sie oft, würden die Damen in eleganten Salon-Kostümen auftreten. Hella hatte trocken eingeworfen, dass diese Damen auch besser singen und tanzen konnten. Doch ähnlich wie Paolo sich für einen Sänger hielt, glaubte auch Natascha, sie würde es noch weit bringen, nämlich mindestens bis zum Operettenstar.

Emilia griff nach dem Stofffetzen und sah sich an, wo er geris-

sen war. »Da ist schnell genäht«, erklärte sie, »besorg mir Nadel und Faden, und ich mache das für dich.«
Natascha lachte beglückt auf, Hella ausnahmsweise auch: »Du kannst nähen?«, fragte sie begeistert.
»Ich kann alles, wenn es sein muss«, erklärte Emilia.
Hella schlug sich stolz auf die Brust. »Ich kann auch viel«, setzte sie selbstbewusst an und erzählte dann eine ihrer vielen Geschichten, die Emilia im Stillen längst als Märchen bezeichnete, weil sie wusste, dass sie sich unmöglich so zugetragen haben konnten: Von weiten Reisen durch Eis oder Wüsten war die Rede, von wilden Hunden oder Tanzbären, die Hella mit bloßem Blick bezähmt hätte, von reichen Fürsten, die sie hätten heiraten wollen, deren Anträge sie aber ausgeschlagen hätte, weil sie frei bleiben wollte, von wilden Ritten auf schwarzen Hengsten, bei denen sich keine als so elegant herausgestellt hätte wie sie.
Sie schwieg erst wieder, als sie die nunmehr dritte Empanada in sich hineinstopfte. Auch Natascha griff nach einer und aß hungrig.
»Und du?«, fragte sie Emilia. »Du selbst isst gar nichts?«
Bis jetzt hatte Natascha sie äußerst distanziert behandelt, war sie doch der Meinung, dass eine Köchin weit unter einer Soubrette stand, doch dass Emilia ihr das Kleid nähen wollte, zauberte ein Lächeln auf ihr Gesicht.
Emilia schüttelte den Kopf. »Ich habe keinen Hunger.«
Das Lächeln wurde nachsichtig. »Du leidest Kummer um einen Mann, stimmt's?«
»Ganz gewiss nicht!«, entgegnete Emilia trotzig.
Natascha nickte wissend. »Es sind immer die Männer, die einem den Appetit rauben. Hat er dich betrogen?«
Emilia sah ein, dass sie ihr nichts vormachen konnte. »Also gut«, murmelte sie, »es gibt einen Mann. Aber so wichtig ist

er nicht, dass er mir den Appetit nehmen könnte. Und ich will nicht über ihn sprechen.«

Eigentlich wollte sie nicht einmal an ihn denken. Nur manchmal stieg sein verzweifeltes Gesicht vor ihr auf, wie er sie am Tag ihrer Ankunft um Vergebung angefleht hatte und später, als sie diese ihm verweigerte, gefragt hatte, wohin sie denn wolle, so fast ohne Geld – schließlich hätte sie den größten Teil für die Schiffspassage ausgegeben. Sie habe sich noch immer selbst durchgebracht, hatte sie energisch bekundet – solle er sich nur um seine rechtmäßige Frau kümmern.

Emilia schüttelte den Kopf, um den Gedanken daran zu verdrängen und sich nicht einzugestehen, dass sie in diesem Augenblick Hamburg genauso gehasst hatte wie ihn. Sie kämpfte darum, diesem Gefühl nicht nachzugeben, und war froh, sich hier mit Arbeit betäuben zu können, doch immer wenn sie kurz innehielt, konnte sie sich vor der Wahrheit nicht blind stellen: Dies hier war nicht ihre Heimat. Die wilde, stürmische Weite Patagoniens fehlte ihr so sehr. So karg die Landschaft dort auch war – im Rückblick schien es ihr, als wäre sie dort stetig aufgeblüht, während sie hier verkümmerte. Nun, zumindest konnte sie hier einer ihrer größten Leidenschaften nachgehen – dem Kochen. Es half ihr über das Heimweh hinweg; die Fremde fühlte sich nicht mehr ganz so fremd an, solange sie etwas Vertrautes tun konnte.

Natascha starrte sie nach wie vor an. »Sagst du mir wenigstens, wie er heißt?«

Emilia schüttelte abweisend den Kopf. »Ich habe nicht vor, seinen Namen jemals wieder auszusprechen.« Sie hob den Blick, und ihre Stimme wurde gleichmütig: »Will jemand noch Empanadas haben?«

Anfangs hatte sie sich noch dagegen gesträubt, doch nachdem Emilia sie von ihren Kochkünsten überzeugt hatte, überließ Hella es ihr, die Einkäufe zu übernehmen, und vertraute ihr das Geld dafür an. Ein gewisses Misstrauen konnte sie trotzdem nicht ablegen. Jedes Mal, wenn Emilia zurückkam, ließ sie sich alle Preise auflisten und zählte das Geld, das übrig geblieben war, akribisch nach. Emilia hatte nicht im Sinn, sie zu betrügen, aber sie dachte sich stets, dass es ein Leichtes wäre, wenn sie es denn nur wollte. Hella tat zwar so, als sei sie die beste Haushälterin von ganz Hamburg, aber in Wahrheit hatte sie keine Ahnung von den aktuellen Preisen. Eines der vielen Märchen, die sie erzählte, handelte davon, dass sie einmal einen Witwer und dessen sieben Kinder versorgt hatte, nachdem die Gattin an Schwindsucht verblichen war. Emilia glaubte ihr kein Wort. Wenn Hella tatsächlich alles können würde oder erlebt hätte, was sie stolz erzählte, hätte sie mindestens sieben verschiedene Leben leben müssen.
So lästig ihr Hellas Abrechnungen waren – sie genoss die Selbständigkeit, wenn sie das Varieté verlassen und später mit vollen Körben wiederkehren konnte. Wenn es regnete, beeilte sie sich mit den Einkäufen. Doch als das Wetter im Laufe des Juli wärmer und strahlender wurde und die Erinnerungen an den grauen Ankunftstag verblassten, erforschte sie die Umgebung des Varietés – den Spielbudenplatz ebenso wie die Reeperbahn.
Auf den langen Promenaden war immer etwas los. Fuhrwerke, Pferdeeisenbahn und Kutschen blockierten die Straßen. Damen mit Sonnenschirmen und Männer im Frack flanierten an den Baumreihen entlang. Cafés reihten sich an Restaurants, Bierhallen und Singspielhallen, die man im Volksmund »Krähmatorien« nannte. Nie zuvor hatte Emilia so große Gebäude gesehen wie die hellen Putzbauten und ähnlich breite

Straßen. Selbst auf dem überfüllten Marktplatz gab es trotz des Menschenauflaufs immer genügend Platz, um an den Ständen stehen zu bleiben und mit den Marktfrauen zu plaudern. Von ihnen erfuhr sie zum einen, bei wem die Waren frisch waren, und zum anderen, was die Hamburger gerne aßen. So gehörte möglichst fett gebratener Rinderbraten zu den liebsten Fleischgerichten, beim Fisch hingegen war es der Hering, serviert mit Roggenbrot und Klößen. Häufig kaufte Emilia Erdbeeren, weil Hella diese mochte, außerdem Butter, Braten, Schinken und Käse, mit denen sie Brote schmierte, die an die Gäste des Varietés für vierzig Pfennig das Stück verkauft wurden. Außerdem trug sie dafür Sorge, dass immer genügend Mosel- und Portwein sowie Grog gelagert wurden.

Hella war von ihrer Umsichtigkeit begeistert und sprach mit ihr über diverse Rezepte. Emilia glaubte zwar nicht, dass sie alle selber ausprobiert hatte, wie sie behauptete, aber sie kochte sie nach, und so kamen Ragouts und Rehbraten auf den Tisch, Pudding und Pasteten und alle möglichen süßen Leckereien: Torten, Konfekt und Cremes. Das Einzige, was sie nicht selbst machen konnte, war Eis. Das war nur in einem der Caféhäuser zu haben, in das Natascha sie einmal lockte. Die ersten Bissen waren zu kalt und zu süß, aber bald gewöhnte sie sich an den Geschmack und gönnte sich dann und wann den Luxus.

Sosehr sie darin aufging, ihr Repertoire an Speisen zu erweitern – so verärgert war sie darüber, dass man um gute Zutaten richtiggehend kämpfen musste. Paolo behauptete, dass es keinen Ort auf der Welt gäbe, wo man öfter übers Ohr gehauen wurde als in Hamburg, und obwohl Emilia überzeugt war, dass jemand wie er – so dürr und schwächlich und von sich selbst eingenommen – wahrscheinlich überall hintergangen

wurde, gab sie ihm recht. Mindestens in jeder zweiten Marktbude wurde hemmungslos betrogen, wenn es um Frische und Qualität ging. Da wurde Mehl mit Gips oder Kreide verrührt oder mit getrockneten und gemahlenen Erbsen, Linsen oder Bohnen gestreckt. Da wurde Butter mit der billigeren Margarine vermischt und Schokolade mit Hammelfett zubereitet. Kaffee war oft nichts anderes als gebranntes Getreide oder Zichorie und manchmal sogar mit Sand vermischt, und anstelle von Beefsteak wurde Leber verkauft.
Emilia vertraute gewiss nicht leichtfertig dem Guten im Menschen – schließlich hatte sie auch in Punta Arenas sorgfältig darauf geachtet, ob der Fisch frisch war, und hatte sich beim Schafhandel nie etwas vormachen lassen –, doch das Ausmaß dieser Betrügereien empörte sie. Erst mit der Zeit begriff sie, dass sie nicht immer von der Gier geboren waren, sondern vom Kampf ums nackte Überleben.
So wohlhabend die Stadt mit ihren breiten Straßen wirkte und so viele reiche Menschen hier lebten – wahrscheinlich so viele wie nirgendwo sonst auf der Welt –, so verbarg sich dahinter oft bitterste Armut. Je besser Emilia Sanct Pauli kannte, desto häufiger verließ sie die Hauptstraßen und sah erstmals die Häuser, die Arthur in seinen Erzählungen als »Arbeiterschlösser« bezeichnet hatte. Prächtig waren zwar deren Stuckfassaden und glichen somit den Prachtvillen – doch die Wohnungen dahinter waren klein und erbärmlich. Im ganzen Gebäude gab es oft nur einen Wasserhahn und zwei Klosetts. Als sie einmal in einen solchen Hof blickte, zuckte sie erschrocken zurück. Verrotzte Kinder glotzten sie ebenso träge an wie Frauen mit leeren Blicken und Alte mit krummen Rücken, und dazwischen stakten ein paar Tiere und verdreckten den ohnehin schon schmutzigen Boden noch mehr.

Emilia floh eilig – nicht nur vor dem Gestank, sondern auch vor der Hoffnungslosigkeit. Auch in Punta Arenas gab es ärmliche Straßen, doch die Stadt war nicht groß genug, um dieses Ausmaß an Not zu beherbergen, und in der patagonischen Steppe wiederum gab es nur Ödnis und Leere und Weite – jedoch nicht dieses Elend.

Bis zu diesem Augenblick hatten Sturheit und Stolz sie angetrieben und nicht zuletzt der feste Wille, sich auch ohne Arthur durchzubringen. Nun begann Mutlosigkeit an ihr zu nagen. Sie war ganz alleine hier. Wenn sie nicht für sich selbst sorgte, würde es kein anderer tun. Niemand würde sie pflegen, wenn sie krank würde, niemand sie begraben, wenn sie fernab der Heimat starb. Und auch wenn sie gesund und stark blieb – wie lange würde es wohl dauern, bis sie wieder genug Geld gespart hatte, um eine Schiffspassage bezahlen zu können?

In diesem Augenblick wusste sie nicht, wen sie mehr verfluchte: sich selbst, weil sie so lange von Deutschland geträumt hatte und diesem Traum schließlich gefolgt war, oder Arthur, ohne den sie nie so schnell und ohne jegliche Vorkehrung aufgebrochen wäre.

Sie schimpfte leise grummelnd sowohl auf sich als auch auf ihn – bis sie plötzlich verstummte und kurz den Eindruck hatte, sie fände sich in einem Traum wieder. Ohne hochzublicken, war sie durch eine der Straßen gelaufen – und plötzlich gegen ebenjenen gerannt, dem ihre Flüche galten.

»Emilia!«

Wie aus dem Nichts schien Arthur aufzutauchen – das Gesicht etwas verschwitzt, die Augen aufgerissen und immer wieder ihren Namen stammelnd.

Wenn auch kein Traum, so musste seine Erscheinung doch ein Trugbild sein – unmöglich, dass er sie in einer solch großen Stadt wie Hamburg finden konnte!

Genau das schien ihm auch aufzugehen, denn in seinem Gesicht stand nicht nur Erleichterung, sondern auch Fassungslosigkeit. Er brauchte eine Weile, bis er etwas anderes stammeln konnte als nur ihren Namen: »Ich ... ich suche dich seit Wochen!«, brach es aus ihm hervor. »Ach Emilia, ich konnte nichts anderes mehr tun, ich war ständig auf den Beinen ... Flori musste mir helfen ... Selbst einen Detektiv habe ich auf dich angesetzt. Er glaubte, dich in Sanct Pauli gesehen zu haben, doch wo genau du hier lebst, wusste er nicht ... fast habe ich die Hoffnung aufgegeben ... und nun ... O Gott sei Dank, o Gott sei Dank!«

Er streckte seine Hände nach ihr aus und wollte sie an ihren Schultern ergreifen. Prompt versteifte sie sich und wich zurück. Eben noch hatte der Gedanke sie beängstigt, hier ganz auf sich allein gestellt zu sein – nun zählte nur mehr die Kränkung bei ihrer Ankunft, als sie nicht nur als Hure bezeichnet worden war, sondern auch erfahren hatte, dass Arthur verheiratet war. Besser war, ganz allein zu leben, als so beschämt zu werden!

»Bleib mir vom Leib!«, fauchte sie ihn an.

»Emilia!«, flehte er. »Ich tue alles, was du willst, aber du darfst nicht wieder einfach verschwinden. Ich dachte schon, ich würde dich nicht wiedersehen, und ...«

»Lass mich einfach in Ruhe!«, unterbrach sie ihn schroff. Ihr Tonfall mäßigte sich etwas, als sie fortfuhr, aber ihre Worte blieben unerbittlich: »Ich brauche dich nicht. Werde glücklich mit deiner Frau ...«

»Aber sie ist doch nicht meine Frau«, rief er hastig, um sich alsbald kleinlaut zu berichtigen: »Das heißt, sie ist schon meine Frau, aber es ist anders, als du denkst.«

»Du weißt überhaupt nicht, was ich denke!«

»Du denkst, ich hätte dich belogen, hätte ein falsches Spiel mit dir getrieben, ja, hätte dir die Ehe versprochen, obwohl ich längst verheiratet war. Aber ich wollte … Ich will dich wirklich heiraten, Emilia. Das war der Grund, warum ich nach Hamburg zurückgekehrt bin. Um diese Sache zu klären und …«

»Diese Sache ist eine Frau! Eine Frau, die mich Hure nannte!«

»Was unverzeihlich ist und …«

»Was vor allem völliger Unsinn ist!«, schnitt sie ihm wieder die Rede ab. »Denn wäre ich eine Hure, würde ich mich an deine Brust werfen, auf dass du für mich sorgst. Aber das musst du nicht. Mich zwingt man zu nichts. Mich kauft man nicht. Und jetzt scher dich zum Teufel!« Sie hätte es nie zugegeben, aber es war eine ungeheure Wohltat, ihn anzuschreien. Mit jedem Wort löste sich der dicke Knoten mehr auf, der in ihrem Leib hockte, ihm sämtlichen Appetit raubte und an ihrer Willensstärke nagte. Erstmals seit ihrer Ankunft in Hamburg hatte sie das Gefühl, sie könne wieder frei atmen, könne lustvoll auf den Boden stampfen.

»Bitte, Emilia! Lass uns reden!«

»Schluss jetzt, Arthur!«, fuhr sie ihn an. »Wir haben unsere Körper genossen. Wir haben einander Lust geschenkt. Aber miteinander reden konnten wir beide noch nie sonderlich gut. Und jetzt lass mich vorbei!«

Er stellte sich ihr in den Weg. »Wohin gehst du?«, fragte er bittend. »Wo lebst du?«

Abermals wollte er nach ihr greifen, wieder schlug sie seine Hände weg. »Das geht dich nichts an! Und wage nicht, mir zu folgen.«

Als sie sich umdrehte und die Füße erneut in den Boden aus Pflasterstein rammte, fühlte sie sich lebendig wie lange nicht.

Ganz gleich, was sie forderte und wie eindringlich sie es tat – natürlich folgte er ihr.
Er achtete darauf, dass er genügend Abstand hielt, aber er ließ sie nicht aus den Augen, als sie erst am Circusweg entlangging, benannt nach dem dortigen Circus Renz, und später am Schlachten-Panorama gegenüber vom Millertorplatz und an der Südseite des Heiligengeistfeldes vorbei. Während er ihr folgte, erwachten Erinnerungen an vergangene Tage. Wie viele Nächte hatte er hier verbracht – in Mutzenbecher's Bierhalle oder Horndhardt's Etablissement mit seiner prächtigen Kuppel. Dort waren an sommerlichen Abenden Schlachten-Potpourris oder Feuerwerke aufgeführt worden, waren Bälle und Konzerte veranstaltet worden – für ihn eine vorzügliche Gelegenheit, ins Gespräch mit hübschen Frauen zu kommen. Wenn er keine gefunden hatte, um sie heimzubegleiten, hatte er die ersten Morgenstunden nach einer durchzechten Nacht stets im Café Hammonia zugebracht, wo er bei einer Tasse Kaffee die erste Straßenbahn abgewartet hatte, während Balthasar ihn spöttisch als Trunkenbold und Taugenichts beschimpft hatte.
Damals hatte er geglaubt, er würde das Leben in vollen Zügen genießen – doch heute konnte er sich an keine Einzelheit dieser Zeit erinnern. Die vielen Nächte glichen sich rückblickend bis aufs Haar, Namen und Gesichter waren längst aus seinem Gedächtnis verschwunden. Wenn es um seine Reisen über die Anden ging oder die Zeit mit Emilia, hätte er bis ins Kleinste darüber berichten können – aber das Leben zuvor schien, trotz aller Nostalgie, wieder an dessen Stätten zurückzukehren, unter einem grauen Schleier verborgen. Manche Episoden – so, wenn er vor einem wütenden Ehemann geflohen war – ließen ihn schmunzeln, doch der Drang, sie noch einmal zu erleben, fehlte. Was immer er hier getrieben hatte – es hatte keinen Wert mehr, hatte vielleicht nie einen gehabt.

Ach, wie konnte er das Emilia nur begreiflich machen? Wie ihr versichern, dass auch seine Ehe nicht zählte? Dass sie nichts mit Liebe zu tun hatte, sondern eine Art Geschäft war, das er nicht einmal mit Nora, sondern sein Onkel mit ihrem Vater abgeschlossen hatte?
Emilia bog in eine Nebenstraße ein, und als er seinen Schritt beschleunigte, lief er fast in eine Pferdekutsche hinein. Der Kutscher fluchte, aber Arthur beachtete ihn nicht. Kurz befürchtete er, Emilia aus den Augen verloren zu haben, doch ihr blondes Haar leuchtete von weitem auf. Sie trug es zu einem Haarknoten gebunden, und obwohl der Wind nicht so stark wehte wie in der patagonischen Steppe, hatte der sich wie immer fast aufgelöst. Nun verschwand sie in einem Hauseingang. Arthur folgte ihr rasch, las das Schild an der Hausmauer und seufzte auf.
»Varieté von Hella von Mummhausen«
Endlich hatte er herausgefunden, wo sie arbeitete! Er wagte nicht, ihr ins Innere des Hauses zu folgen, denn es hatte keinen Sinn, erneut mit ihr zu reden, aber er war doch unendlich erleichtert. Die letzten Wochen war er vor Angst vergangen, sie würde spurlos aus seinem Leben verschwunden sein und er würde sie niemals wiederfinden. Doch nun hatte er die Möglichkeit, hierher zurückzukehren und sie stets aufs Neue davon zu überzeugen, dass er sie liebte, sein Leben mit ihr teilen wollte und dass Nora niemals wirklich seine Frau gewesen war.
Schwören wollte er ihr das, notfalls auf Knien!
Heute musste er sich allerdings damit begnügen, sie gefunden zu haben. Gewiss war sie zu aufgewühlt, um mit sich reden zu lassen. Und noch etwas anderes brachte ihn dazu, umzukehren: der Gedanke an Nora. Bis jetzt war sein Trachten darauf ausgerichtet gewesen, Emilia zu finden – nun galt es,

sich der unliebsamen Ehefrau zu stellen, die er unmöglich als solche akzeptieren konnte!
Er lief die Straße zurück, sprang auf eine der Pferdeeisenbahnen, die zurück nach Hamburg führten, und verließ sie erst wieder in der Nähe vom Haus der Hoffmanns. Immer wenn er von seinen Reisen zurückgekehrt war, hatte er sich hier wie in einem Kerker gefangen gefühlt, und nun war es ihm noch unerträglicher, es zu betreten. Er wusste, dass er weder aus dem Haus noch aus der Stadt fliehen konnte, ehe er die Sache mit Emilia in Ordnung gebracht hatte, und das konnte – eingedenk ihrer Sturheit – dauern.
Frau Christa hatte ihn kommen sehen und erwartete ihn mit einem Teller Apfelkuchen. Sie bot ihm überdies an, frischen Kaffee zu brühen und einen Schuss Whisky hineinzurühren, doch er lächelte sie nur abwesend an und stürmte wortlos hoch in den zweiten Stock, wo sich die Schlafgemächer befanden. Noch im Gehen legte er den Mantel ab und ließ ihn irgendwo liegen.
Als er an Noras Tür klopfte, wartete er nicht, bis sie »Herein!« rief, sondern öffnete das Zimmer ungebeten. Bis auf die Hochzeitsnacht hatten sie nie wieder im gleichen Raum geschlafen. Dem Onkel war das zwar nicht entgangen – aber er hatte es nie erwähnt, geschweige denn, es ihm vorgeworfen.
Nora saß an ihrem Frisiertisch und war gerade damit beschäftigt, sich ihre Haare hochzustecken. Sie hatte sie so streng zurückgekämmt, dass sie ihr um den Kopf lagen wie ein Helm.
Seit seiner Ankunft war er ihr aus dem Weg gegangen – und sie hatte umgekehrt nie wieder seine Nähe gesucht. Schlange!, schimpfte er innerlich. Verspritzt ihr Gift, ohne davon Nutzen zu ziehen – einfach nur, um ihm das Leben schwerzumachen!

Wenn sie ihn wirklich hätte zum Gatten haben wollen, hätte er noch verstanden, dass sie Emilia als Hure beschimpfte. So aber sah er darin nur eitles Machtgebaren, das seine Wut anheizte.
Noch zeigte er nicht, was er von ihr hielt, sondern riss sich mühsam zusammen. Auch ihr Gesichtsausdruck war gleichgültig geblieben. Nur kurz glitt ihr Blick über seine Gestalt, dann frisierte sie sich seelenruhig zu Ende, stand schließlich auf, griff nach einem schwarzen Cape und band es über ihrer Brust zusammen.
Hatte sie sich jemals anders als dunkel gekleidet?, fragte er sich unwillkürlich. Hatte sie je heitere Farben wie Rosa, Hellblau oder Gelb getragen?
Er konnte es sich nicht vorstellen.
Und sie ist doch eine Krähe, dachte er – auch wenn Balthasar ihm damals, als sie ihm vorgestellt wurde, widersprochen hatte und sogar gemeint hatte, Nora wäre hübsch.
Vielleicht war sie das auch, wenn sie etwas mehr lächeln, das Haar in weiche Locken legen und hellere Kleider tragen würde. Ja, genau genommen, waren ihre Züge ziemlich ebenmäßig, die Brauen schön geschwungen, die Lippen herzförmig, diese dunklen, etwas feucht glänzenden, irgendwie … melancholischen Augen …
Aber nein!, schimpfte er innerlich. Nicht melancholisch, sondern einfach nur hart und kalt waren die Augen! Wenn in dieser Frau noch ein anderes Gefühl wohnen würde als Verachtung, würde sie ihn schließlich nicht anstarren wie einen stinkenden Kretin!
»Wir müssen reden«, presste er mühsam hervor.
Ihm schien es, als ob ihr Blick noch trauriger würde. Oder vielmehr: noch kälter.
»Seit wann reden wir miteinander?«, fragte sie. »Du wolltest

nie mit mir reden. Du hast immer durch mich hindurchgesehen, als gäbe es mich nicht.«
Täuschte er sich oder sprach ehrliche Kränkung aus ihr?
In jedem Fall, so schoss es ihm durch den Kopf, würde er sein Ziel eher erreichen, wenn er ein wenig heuchelte.
»Was vielleicht ein Fehler war …«, setzte er an.
Sie hob die Augenbraue, doch er sah darüber hinweg und bemühte sich, sich zerknirscht zu geben: »Es war auch ein Fehler, dich gleich nach der Hochzeit einfach zu verlassen, aber es ist nun mal geschehen«, fuhr er hastig fort. »Und nun – nun müssen wir das Beste daraus machen.«
Kurz hatte er das Gefühl, ihr Gesicht würde noch blasser und die Züge noch starrer. »Woraus müssen wir das Beste machen?« Ihre Stimme war kaum lauter als ein Hauch. »Dass du ein herzloser Schuft bist, der nur an sich denkt? Dass du glaubst, der Einzige zu sein, der an dieser Ehe leidet? Dass du uns nicht auch nur die geringste Chance gegeben hast, uns besser kennenzulernen? Denk nicht, ich hätte dich gerne geheiratet! Ich war froh, meiner Familie zu entfliehen, aber ich habe von Anfang an geahnt, dass du mich nicht glücklich machen würdest.«
»Eben deswegen sollten wir die … Sache zu Ende bringen!«, rief er eindringlich. »Und zwar so schnell wie möglich! Ach Nora, lassen wir uns scheiden. Unsere Ehe ist nie vollzogen worden. Du bist ohne mich viel besser dran.«
»Das stimmt.« Sie machte eine Pause, und er schöpfte schon Hoffnung, dass er sein Ziel schnell und leicht erreichen würde, als sie bitter hinzufügte: »Aber tu nicht so, als ginge es dir um mein Wohl. Ich bin dir doch völlig gleich.«
»Du würdest versorgt sein!«
»Wie auch nicht? Du stündest längst auf der Straße, wenn du nicht meine Mitgift hättest.«
Arthur fühlte, wie die Wut ihn wieder erfasste. »Mein Onkel

glaubte damals, dass wir ohne Hilfe deines Vaters bankrottgehen würden, das stimmt«, sagte er trotzig. »Aber ich habe unser Geschäft längst gerettet! In Chile bin ich Teilhaber von mehreren Firmen. Der Salpeterhandel wirft jede Menge Geld ab. Es ist genug da, so dass du deine ganze Mitgift wiederhaben könntest. Aber darum geht es dir nicht, oder?«

»Nein«, gab sie zurück, und erstmals brach ihre kühle Stimme. Für einen Moment beschlich ihn das beklemmende Gefühl, dass sie kurz davor stand, in Tränen auszubrechen, dass sie also alles andere als kalt und hart war, doch sie schluckte mehrmals heftig und brachte dann zwar rauh, aber ohne zu stocken hervor: »Es geht darum, dass du dich aus dem Staub machen willst, um dich mit deinen Huren zu vergnügen. Und ich sitze dann hier mit dem schlechten Ruf einer geschiedenen Frau! Arthur, ich brauche keinen Mann, ich habe nie einen gebraucht, aber nun ist es eben so, dass ich mit dir verheiratet bin, und ich will es auch bleiben – zumindest offiziell. Wenn wir uns scheiden ließen, so würden die scheelen Blicke doch mir gelten, nicht dir. Du bist der Mann, und einem Mann sieht man so vieles nach. Aber ich wäre die Gebrandmarkte! Ich müsste mit der Schande leben! Und das tue ich nicht. Schon gar nicht um deinetwillen ... oder um dieser blonden Hure willen.«

»Emilia ist keine ...«

»Mir ist ganz gleich, was sie ist«, unterbrach sie ihn unerwartet harsch. »Aber du wirst von mir nicht die Zustimmung zu einer Scheidung bekommen. Und du weißt, dass es schwierig ist, eine Ehe aufzulösen, wenn es nicht einvernehmlich geschieht.«

Seine Kiefer rieben aufeinander. »Ich habe mich erkundigt«, presste er hervor, »es gibt durchaus Gründe, die das ermöglichen ...«

Ein Laut entfuhr ihr, der einem Kichern glich. Wenn es je einen Menschen gegeben hatte, der allein kraft seiner Stimme einen anderen erfrieren lassen konnte, dann musste es Nora van Sweeten sein.

»Ja«, rief sie, »Gewalt wäre zum Beispiel ein guter Scheidungsgrund. Doch nicht mal dafür bist du mir nahe genug gekommen. Ehebruch wäre ein anderer – aber den kann nur ich dir vorwerfen, du mir hingegen nicht. Und eins schwör ich dir, Arthur Hoffmann: Selbst wenn irgendjemand diese Scheidung vollziehen sollte, so werde ich zu sämtlichen Instanzen gehen, um Berufung einzulegen. Ich lasse mich von dir nicht wie ein wertloses Möbelstück behandeln! So leicht wirst du mich nicht los!«

Während sie sprach, hatte sie sich abgewandt, nach einem Hut gegriffen und ihn aufgesetzt. Bis eben noch hatte sie ihre Fassung wahren können, doch nun sah er, wie ihre Schultern bebten.

»Was willst du eigentlich?«, entfuhr es ihm.

Sie drehte sich wieder um, straffte den Rücken. Ihre Wangen hatten sich leicht gerötet, und ihre dunklen Augen glänzten noch feuchter als zuvor, doch sie erklärte bestimmt: »Von dir will ich gar nichts! Ich will nur meinen guten Ruf wahren. Und nun geh mir aus dem Weg.«

Sie war kleiner und zarter als er, doch als sie mit starrem Rücken auf ihn zugeschritten kam, wich er unwillkürlich zurück – voll tiefer Verlegenheit, obwohl er nicht wusste, woher diese rührte: Weil er gescheitert war und das nicht zuletzt aus eigener Schuld? Weil er sich gar nicht die Mühe gemacht hatte, sich zu überlegen, wie sie seine Worte aufnehmen würde? Oder weil trotz dieser starren Haltung Verzweiflung aus ihr atmete – der Kummer über verlorene Lebensjahre, der nicht ihm allein, aber eben auch ihm anzulasten war und den zu erahnen er all die Jahre versäumt hatte?

Nein, sie zitterte nicht mehr, sie weinte nicht – aber plötzlich war er sich sicher, dass sie oft geweint hatte. Nicht seinetwegen, sondern wegen der Einsamkeit, die er ihr – ob nun willentlich oder nicht – zugemutet hatte. Er war verwirrt, beschämt und irgendwie auch besorgt.

Erst als er ihr nachsah, wie sie den Raum verließ, um die Treppe hinunterzugehen, erwachten wieder Zorn und Ohnmacht und wurden übermächtig. Er wäre ihr am liebsten nachgelaufen, hätte ihr am liebsten den Hut heruntergerissen, an ihrem Cape gezerrt und ihre Haare durchwühlt – nicht, um sich für die strikte Ablehnung seines Ansinnens zu rächen, sondern um nach den Gefühlen, die irgendwo unter ihrer kühlen Haltung begraben lagen und die sie ihm nicht zeigen wollte, zu suchen. Doch er zögerte zu lange. Als er ihr endlich nacheilte, war sie schon auf der untersten Stufe angekommen.

Eine Weile verharrte er mit geballten Fäusten, erneut zerrissen von Enttäuschung, Wut – und Schuldgefühlen, weil er ihr nie auch nur die geringste Chance gegeben hatte, ihm eine gute Ehefrau zu sein. Doch seine Angst, Emilia zu verlieren, war größer als sein Mitleid.

Er hielt es in dem großen, dunklen Haus nicht länger aus, griff nun seinerseits nach seinem Mantel und stürmte ins Freie. Er hatte schon lange nichts mehr getrunken, aber jetzt erwachte das Bedürfnis, sich hemmungslos zu besaufen und alles zu vergessen – so wie früher, als er sich von seinen Pflichten fortgestohlen hatte.

Doch als er nach draußen trat, stutzte er. Er hatte nicht bemerkt, dass es schon so spät geworden war. Kühler Wind wirbelte den Staub der Straßen auf, Nachtwächter entzündeten die Laternen; die Sonne, ohnehin nur bleich und schwach, war längst untergegangen. Es bestand kein Zweifel: Die Nacht brach über Hamburg herein.

Doch was bewog Nora, zu so später Stunde das Haus zu verlassen?
Als sie sich vorhin zurechtgemacht hatte, hatte er vermutet, dass sie eine Kutschfahrt unternehmen, in ein Kaffeehaus gehen oder ihre Schwester besuchen würde, doch diesen Gedanken verwarf er nun. Unmöglich aber auch, dass es sie ins Theater oder in die Oper zog – nicht in diesem schmucklosen Aufzug!
Er sah nach rechts und links und wähnte am Ende der Straße einen schwarzen Schatten huschen.
Da war sie ja! Und sie ließ sich nur von Flori begleiten, nicht etwa mit der Kutsche fahren!
Ha!, lachte er in sich hinein. Wohin sollte sie so spät am Abend gehen, vor allem heimlich, wenn nicht zu einem Liebhaber? Da faselte sie etwas von einem guten Ruf, behauptete, nur er hätte sie betrogen, nicht umgekehrt, gab vor, dass er sie mit seiner ablehnenden Haltung wirklich tief gekränkt hätte, und dann das!
Arthur grinste, als er dem schwarzen Schatten nachlief.
Mit viel Geduld hatte er herausgefunden, wo Emilia lebte und arbeitete. Mit gleicher Geduld würde er sich nun an Noras Fersen heften. Er würde aufdecken, was sie zur nachtschlafenden Zeit trieb, und wenn er sie erst mal in flagranti in den Armen eines anderen erwischt hatte, konnte sie sich einer Scheidung nicht länger verweigern. Und dann musste Emilia ihm verzeihen, ja, sie musste einfach!

35. Kapitel

Rita stand vor der Estancia und starrte in die Weite. Das Wetter war umgeschlagen und der Winter innerhalb weniger Tage mit seinen beißenden Stürmen, die baldigen Schnee ankündigten, über das Land hereingebrochen. Wie eine dicke Decke würde sich der über alles legen, erstickend und lautlos.

Emilia und Ana hatten den Winter immer gehasst, denn er verlangte von ihnen, viel häufiger stillzusitzen als in den betriebsamen wärmeren Monaten. Rita hingegen hatte diese Zeit gemocht – die Zeit des Spinnens, des Webens, des Färbens. Selbst jetzt war sie irgendwie dankbar dafür, dass die Sonne sich versteckte, ihr nicht mit warmen Strahlen Ahnung von Frohsinn und Glück vorgaukelte und das Wetter den Winter in ihrem Herzen spiegelte. Doch zugleich machte ihr die Kälte schreckliche Angst. Würde ihr Mädchen frieren? Aber lebte es überhaupt noch, um zu frieren?

Balthasar beschwor sie eindringlich, dergleichen nicht einmal zu denken, sich ihren Ängsten und Sorgen nicht anheimzugeben, sondern beharrlich an der Hoffnung festzuhalten, dass alles gut werden würde, aber sie konnte nicht anders, als sich wieder und wieder diese Fragen zu stellen.

Mittlerweile waren sie seit vielen Wochen auf der Suche nach Aurelia, Esteban und Jerónimo: Maril und seine Männer halfen ebenso mit wie – sobald dieser zur Estancia zurückgekehrt war – Pedro und seine Männer. Balthasar ignorierte eisern die Schmerzen, die ihm sein Bein bereitete, und sattelte jeden Tag aufs Neue sein Pferd. Und auch sie selbst und Agustina ließen es sich nicht nehmen, das Land zu durchforschen. Doch bisher war alles vergeblich gewesen. Maril, der das Land am besten kannte, behauptete zwar, Spuren gefunden zu haben, die von der Estancia wegführten, doch es gab nicht den geringsten Beweis, dass diese tatsächlich von Jerónimo und Esteban stammten – und darüber war sich auch Maril im Klaren, dessen Miene immer verschlossener und dessen dunkler Blick immer trauriger wurde.

Balthasar fiel es zunehmend schwerer, an seiner Hoffnung festzuhalten, dass sie Aurelia finden würden. Und Pedro dröhnte zwar laut, er würde jedem die Haut vom Leibe reißen, der sich an der Kleinen vergriffe – aber Rita wusste: Laut dröhnend etwas zu verkünden und es tun waren bei Pedro zweierlei Sachen, und solange sie Esteban und Jerónimo nicht fanden, konnte er sich auch nicht an ihnen rächen.

Dass Rita sich Balthasars Aufforderung widersetzt hatte und selbst nach Aurelia suchte, war längst aufgeflogen, und anfangs hatten sie noch darüber gestritten. Mittlerweile stritten sie nicht mehr, weil sie kaum mehr miteinander redeten. Sie starrten sich hilflos an wie zwei verlorene Kinder. Balthasar wusste nicht mehr, wie er sie trösten sollte. Und sie wusste nicht, wie sie verhindern konnte, dass um sie herum eine dünne Wand aus Kälte und Härte wuchs, an der alles abprallte.

Fröstelnd strich sich Rita über ihre Arme. Sie hörte Schritte hinter sich, und als sie sich umdrehte, sah sie Maril. Der Wind schien ihm nichts anzuhaben; sie hatte noch nie erlebt, dass er zitterte.

Ob seines Anblicks seufzte sie erleichtert. Von allen Bewohnern der Estancia konnte sie ihn noch am besten ertragen, weil er die größte Ruhe ausstrahlte.

»Gibt es … gibt es etwas Neues?«, fragte sie.

»Es wurde kein weiteres Mal Geld gefordert ...«
Rita seufzte wieder – diesmal kummervoll. Vor drei Wochen hatte sie erstmals zu hoffen gewagt, dass sie Aurelia heil zurückbekommen würden. Ein Fremder war auf die Estancia gekommen, verlottert, zerrissen und dreckig, und hatte im Namen von Esteban und Jerónimo Geld verlangt, Lösegeld, und zwar zweihundert Pesos. Das war nicht wenig, aber auch nicht zu viel, um es nicht irgendwie zusammenzubringen.
Pedro war anzusehen, dass er den Mann am liebsten vom Pferd gezerrt und ihn geprügelt hätte, bis er gesagt hätte, wo Aurelia versteckt wäre – doch Rita hatte ihn davon abgehalten. Sie könnte ihm erst das Geld geben, wenn sie in Punta Arenas bei der Bank gewesen wäre – im Augenblick hätte sie nur etwa zwanzig Pesos zur Hand. Der Mann nahm es als Anzahlung entgegen, versprach im Tausch ein Lebenszeichen von Aurelia und dass er bald zurückkehren würde, aber nachdem er mit dem Geld weggeritten war, hatten sie nie wieder von ihm gehört. Irgendwann waren sie zum Schluss gekommen, dass er Esteban und Jerónimo gar nicht kannte, sondern lediglich von der Entführung gehört und ihre Sorgen schamlos ausgenützt hatte, zumal sie alle Menschen, denen sie auf der Suche begegnet waren, nach Aurelia gefragt hatten – Wegelagerer, Händler, Estancieros, Indianerjäger –, es also viele gab, die von ihrer Notlage wussten.
Rita umkrallte ihre Arme. »Das Schlimme ist ...«, murmelte sie, »das Schlimme ist, dass es Jerónimo nicht ums Geld geht. Esteban vielleicht. Er würde Aurelia nicht töten, wenn er im Gegenzug die Estancia bekommt. Aber Jerónimo ... er braucht keine Estancia und auch kein Geld, er weidet sich am Leid anderer Menschen, weil ihn das sein eigenes ödes Leben am besten ertragen lässt. Er würde das größte Vergnügen dar-

an finden, wenn wir ihm alles geben, was wir haben – und am Ende erkennen müssen, dass Aurelia längst tot ist.«
Sie wandte sich rasch von Maril ab, damit er ihre Tränen nicht sah, und starrte wieder auf die karge Landschaft. Patagonien war so groß, weit und wild, und nirgendwo war ihr Kind. Sie ertrug den Anblick nicht, blickte verzweifelt hoch zum Himmel. Obwohl sich die Nacht noch nicht über das Land gesenkt hatte, war das Sternenzelt sichtbar.
Maril folgte ihrem Blick. Sie wusste, dass die Tehuelche sich an den Sternen orientierten, dass der Himmel ihnen oft den Weg zeigte. Nur zu Aurelia konnten die Sterne ihn nicht führen.
»Ich würde so gerne helfen«, murmelte er tieftraurig. Von allen ließ er es sich am wenigsten anmerken – aber Rita ahnte, dass er genauso um Aurelia bangte wie sie. Kinder galten bei seinem Volk als etwas ganz Besonderes. Wenn alte Menschen starben, war dies etwas Selbstverständliches. Wenn es Junge traf, war die Trauer ungleich größer. Aber am schrecklichsten war der Tod von Kindern.
»Was soll ich nur tun?«, stammelte Rita. »Was soll ich nur tun?«
Maril betrachtete sie nachdenklich. »Du musst hören, was Aurelia dir zu sagen hat.«
»Was sie mir zu sagen hat? Aber sie kann nicht mit mir reden!«
Plötzlich trat er ein wenig dichter heran. Sie konnte die Wärme seines riesenhaften Leibs spüren. »Vielleicht in deinen Träumen«, murmelte er. »Unsere Träume erzählen mehr als die der Weißen.«
Rita zuckte zusammen – nicht nur wegen dieser Aufforderung, sondern weil er in der Sprache der Mapuche, dem Mapudungun, zu ihr gesprochen hatte. Viele seines Volks be-

herrschten sie, denn sie hatten lange mit den Stämmen der Kordilleren Handel getrieben, und Maril nutzte sie ihr gegenüber nicht zum ersten Mal. Doch bis jetzt hatte sie es immer abgelehnt, darauf zu antworten, ja, hatte vorgegeben, ihn gar nicht zu verstehen. Heute war es anders.
»Ich habe mein Volk so oft verraten«, brach es aus ihr hervor. »Warum soll es mir jetzt helfen?«
»Du hast es nicht verraten, du hast nur zu überleben versucht. Aber jetzt geht es nicht um dein Leben, sondern um das deines Kindes.«
Wortlos drehte sich Rita um. Sie war sich nicht sicher, was sie von seinem Vorschlag zu halten hatte, aber mittlerweile war sie so verzweifelt, dass sie jeden Ratschlag befolgt hätte, und wäre er noch so aberwitzig, um Aurelia zurückzubekommen.
In den letzten Wochen hatte sie nie geträumt, was allerdings daran lag, dass sie auch fast nie geschlafen hatte. Der Schlaf war ein Feind, der sie von der Suche nach Aurelia abhielt und gegen den sie sich so verbittert wie möglich wehren musste. Nun ging sie in ihr Zimmer und schloss die Tür. Wenn überhaupt, hatte sie in den letzten Wochen bei Ana geschlafen, damit sie den Anblick von Aurelias leerem Bett nicht ertragen musste. Nichts hatte sie daran geändert, das Laken lag genauso wie an dem Tag, da sie entführt worden war. Rita trat auf das leere Bett zu, strich über das Laken, legte sich schließlich mitsamt ihrer Kleidung darauf.
»Aurelia«, murmelte sie, »sag mir, wo du bist … hörst du mich? Du musst es mir sagen.«
Sie formte die Worte in der Sprache der Mapuche. Ganz leicht kamen sie ihr über die Lippen, ohne Zögern, ohne Nachdenken. Tränen quollen aus ihren Augen, nicht nur wegen Aurelia, sondern wegen der Erinnerungen, die die rauhen Worte in

ihr beschworen. Sie schloss die Augen und sah ihren Vater Quidel – nicht blutüberströmt wie zuletzt, sondern als jungen Mann, der sie auf dem Rücken getragen hatte. Ihre Hände fuhren durch sein glattes schwarzes Haar.

»Trag mich zu ihr, Vater! Trag mich zu Aurelia!«, rief sie ihm zu.

Ihr Körper schien leicht wie eine Feder. Es bereitete Quidel keine Anstrengung, sie zu tragen. Leichtfüßig schritt er durch die satten, grünen Wälder, die es hier nicht gab.

»Führ mich zu ihr!«, forderte sie wieder.

Die Tränen strömten über ihre Wangen, sie waren das Einzige, was sie spürte, ansonsten schien sie zu schweben. Schlief sie schon oder war sie noch wach?

Plötzlich war ihr Vater fort. Sie hatte nicht bemerkt, dass er sie auf den Boden abgesetzt hatte. Sie spürte warme, trockene Erde unter ihren nackten Füßen, als sie auf ein Zelt zulief – das Zelt ihrer Großmutter. Die alte Frau saß in der Sonne, den Webstuhl vor ihren Knien.

»Großmutter!«, rief Rita. »Großmutter! Wo ist mein Mädchen?«

Die alte Frau blickte hoch. Ihr pechschwarzes Haar war von weißen Strähnen durchzogen, ihre Haut so gefurcht wie die Rinde, und sie roch so gut – nach Erde und Sonne und frischer Lamamilch.

»Wo ist sie? Wo ist mein Mädchen?«

Die Großmutter sagte nichts, deutete nur auf ihren Webstuhl, und Rita trat näher, blickte darauf. Sie sah keinen Stoff, kein Muster. Es schien vielmehr, als würde das Bild vor ihren Augen Sprünge bekommen, und durch diese Sprünge quoll ein anderes: das Bild von einem flachen Land, nicht grün und bewaldet, sondern karg und braun. Kleinere Hochflächen aus Basaltstein hoben sich aus der Ebene, ihre Steilhänge waren

schroff. Flüsschen gruben sich dazwischen ihre Bahn – manche zu einem dünnen Rinnsal verkommen, andere ganz vertrocknet. Rita starrte nicht länger nur auf das Bild. Sie lief und lief und lief, an den Flüssen, an den Hügeln und an kleinen Höhlen vorbei, und plötzlich hörte sie ein Kreischen. Von Enten kam es, Shack-Enten. Zu Hunderten nisteten sie auf den Hochebenen, hockten auf Nestern aus Schlamm und Stroh. Wenn sie im Tiefflug schwebten, sah man ihren veilchenblauen Bauch.
»Dort ist sie, Großmutter, nicht wahr? Dort ist mein Mädchen?«
Das Bild zerrann. Sie sah nun wieder den Webstuhl ihrer Großmutter, sah die flinken braunen Hände, die ihn bearbeiteten, doch als sie den Kopf hob und ihr noch einmal ins Gesicht blicken wollte, war sie verschwunden. Rita stand nicht länger vor dem vertrauten Zelt, sondern lag in Aurelias Bett.

»Ich will, dass du von diesem Ort fernbleibst und dich nicht einmischst, hörst du?«
Balthasar schien zu ahnen, dass sie mit ihren Gedanken ganz woanders war, deswegen wiederholte er den Satz immer wieder. Am Ende nickte Rita, doch sein Seufzen verriet ihr, dass er ganz genau wusste, was in ihr vorging.
Seit sie aus dem Traum aufgeschreckt war, hatte sie keinen Augenblick mehr ruhig zu sitzen vermocht, und Balthasar hatte sie nicht beschwichtigen können. »Es war nur ein Traum! Niemand weiß, ob es diese Landschaft wirklich gibt.«
»Sie ist dort. Ich fühle es. In einer der Höhlen der Hochebene, nicht weit von den nistenden Vögeln entfernt …«
Noch in der Nacht hatte sie Maril aufgesucht und ihm erklärt, wie der Ort aussah – die Hochebene, die schroffen Steilhänge

mit den Höhlen, die Shack-Enten mit den blauen Bäuchen. Anders als Balthasar, der mit gerunzelter Stirn gelauscht hatte, hatte Maril aufmerksam zugehört und schließlich genickt. »Ich weiß nicht, ob es dort Höhlen gibt, aber ich weiß, wo so viele Shack-Enten nisten.«

Nun war es unmöglich gewesen, Rita auf der Estancia zu halten. Noch vor dem ersten Morgengrauen waren sie aufgebrochen – Maril ernst, Balthasar sorgenvoll, Pedro grimmig, Rita voller fiebriger Unruhe. Mit dieser hatte sie auch Agustina angesteckt, die es sich wieder einmal nicht nehmen lassen wollte, mitzukommen.

Sie waren kaum losgeritten, als in der Ferne rötliches Dämmerlicht aufblitzte. Der Morgen kam heute nicht langsam, zögerlich, sondern mit rotglühender Macht. Der Wind peitschte unbarmherzig auf sie ein, wirbelte die ganze Wegstrecke über Sand und Staub hoch; der Geruch nach Schnee lag in der Luft, doch noch war keine einzige Flocke gefallen.

»Hör zu«, murmelte Balthasar. »Selbst wenn es diesen Ort tatsächlich gibt – jetzt vor Anbruch des Winters nisten gewiss keine Vögel dort.«

»Mag sein«, gab sie zur Antwort, »aber vielleicht waren die Enten nur ein Zeichen – damit ich Maril den Ort beschreiben kann und er ihn findet.«

Der Sturm wurde im Laufe des Tages heftiger. Zu Mittag, als sie eine kurze Rast einlegten, konnten sie kaum Brot essen, ohne dass Sand in ihre Münder geweht wurde. Rita brachte ohnehin nichts hinunter, so eindringlich Balthasar sie auch beschwor, sie müsse etwas essen, und auch Agustina verweigerte das Brot, weil sie ganz und gar damit zu kämpfen hatte, sich die schlimmen Rückenschmerzen nicht anmerken zu lassen. Nur Pedros Appetit war unvermindert – beinahe frohlockend klang seine Stimme, als er wieder einmal dröhnte, er

würde jedem die Haut abziehen, der der kleinen Aurelia etwas zuleide täte.
Am späten Nachmittag erreichten sie die Hochebene. Nicht mehr der grobkörnige Sand regnete auf ihre Gesichter, sondern Federn, Geäst und Bröckelchen von trockenem Schlamm. Weit und breit flogen keine Vögel, aber die Überreste der Nester vom Frühling und Sommer waren gut zu erkennen.
Rita glaubte zu zerspringen, so aufgeregt wurde sie. Ihre ohnmächtige Furcht war von ihr abgefallen. Aurelia, flehte sie im Stillen ihre Tochter an, Aurelia, halte nur ein ganz klein wenig durch. Bald bin ich bei dir.
»Ich weiß, dass sie hier ist«, rief sie. »Ich fühle es. Dies ist der richtige Ort!«
Agustinas Gesicht wurde hoffnungsvoll – Balthasar dagegen blickte zweifelnd in die Ödnis und zuckte zusammen, als sie nicht weit von ihnen plötzlich Pferdegetrampel hörten. Rita war so konzentriert darauf gewesen, ob die Großmutter noch einmal zu ihr sprach, dass sie sie zunächst nicht wahrnahm, doch als Balthasar an ihrem Ärmel zupfte und aufgeregt in eine bestimmte Richtung deutete, erkannte sie eine Truppe uniformierter Männer.
Balthasar tauschte einen kurzen Blick mit Pedro.
»Wir sollten sie fragen, ob sie etwas gesehen haben.«
Rita hatte wenig Hoffnung, als die beiden auf die Truppe zuritten. In den letzten Wochen hatte Balthasar immer wieder darauf bestanden, dass sie sich Hilfe von der Obrigkeit holen sollten – doch immer wieder hatte sie erklärt, dass es keinen Sinn hatte. Nicht nur, dass diese uniformierten Truppen, die man Pampa-Polizei nannte und die im Namen der Gobernación von Punta Arenas unterwegs waren, ohnehin so gut wie nie in der menschenleeren Weite Patagoniens anzutreffen waren. Obendrein, so hatte Maril ihr bestätigt, griffen sie nie ein,

wenn es um den Schutz einer Rothaut ging, sahen vielmehr zu, wenn diese von Farmern und Estancieros grausam abgeschlachtet wurden. Manche halfen sogar dabei. Doch Balthasar hatte stets eingewandt, dass Aurelia ein kleines Mädchen sei, dessen Geschick einen jeden rühren würde – und offenbar hoffte er dies auch weiterhin, als er nun die Truppe erreichte und Rita aus der Ferne sah, wenn auch nicht hörte, wie er auf sie einredete.

Die Uniformen der Truppe waren ungemein farbenprächtig. Die Männer, die sich in den Dienst des chilenischen Staates gestellt hatten, kamen hier im Süden aus aller Herren Länder und redeten in verschiedenen Sprachen miteinander. Um ein Gefühl der Zusammengehörigkeit zu erzeugen, hatte man ihnen wenigstens eine einheitliche Kleidung verpasst. Dies wiederum hatte ein Ungar oder ein Österreicher so entschieden, der sich die Uniform der königlich-kaiserlichen Armee seiner Heimat zum Vorbild genommen hatte.

»Was macht diese Truppe wohl in dieser Einsamkeit?«, fragte Rita.

Maril runzelte die Stirn. »Vielleicht ein paar Rothäute töten?«, schlug er vor.

Rita schüttelte den Kopf. »Sie wissen bestimmt nicht, wo Aurelia ist.«

Als Balthasar und Pedro zurückkehrten, mussten sie gegen den Wind anschreien, um mitzuteilen, was sie erfahren hatte. Die Pampa-Polizisten waren ausgerückt, um einen Streit zwischen zwei Estancieros zu klären. Offenbar hatte jemand unberechtigterweise Land beansprucht, das eigentlich zu Argentinien gehörte. Auf dem Rückweg wären sie eben erst an einer Familie vorbeigekommen – einem Mann, einer Frau und einem Kind. Der Mann hätte behauptet, er wäre Händler.

»Na und?«, murmelte Rita und hielt an den steilen Hängen der Hochebene Ausschau nach einer Höhle.
»Sie sind drei Menschen begegnet! Verstehst du?«, rief Balthasar aufgeregt. »Einem Mann, einer Frau und einem Kind! Es könnten die drei sein …«
Geistesabwesend schüttelte Rita den Kopf. »Weder Esteban noch Jerónimo würden sich als Frau verkleiden.«
»Vielleicht haben die Männer nicht genau hingesehen. In jedem Fall habe ich ihnen unsere Lage erklärt, und sie sind bereit, mit uns gemeinsam dieser Familie nachzureiten. Am besten, du bleibst hier und wartest, ja?«
Gedankenverloren hörte Rita ihm nicht zu.
»Verstehst du mich?«, rief er eindringlich.
»Sie sind in einer Höhle …«, murmelte sie. »Sie ziehen nicht durch das Land. Sie haben sich in einer Höhle versteckt.«
»Rita, hör mir zu! Vielleicht waren sie auch in einer Höhle! Vielleicht hattest du recht mit deinem Traum. Aber jetzt … jetzt haben sie die Höhle verlassen. Und die Pampa-Polizei ist bereit, sie zu suchen. Es wird alles gut, Rita, das verspreche ich dir, es wird alles gut, aber bitte bewahre jetzt die Ruhe.«
Sie schüttelte den Kopf. »Sie sind in einer Höhle, ich weiß es. Aurelia … Aurelia sagt es mir.«
»Rita …« Hilflos war sein Blick auf sie gerichtet.
Da riss sie sich zusammen. »Nun mach schon!«, erklärte sie. »Reitet dieser Familie nach. Es kann auf jeden Fall nicht schaden zu prüfen, wer sie wirklich sind. Pedro soll mit dir kommen – und Maril und Agustina warten bei mir.«
Balthasar seufzte erleichtert. »Es wird alles gut«, sagte er wieder. Es klang ebenso erschöpft wie verzweifelt, aber auch ein klein wenig hoffnungsfroh. »Es wird alles gut.«
Dann gab er dem Pferd die Sporen und verzog dabei kurz das Gesicht vor Schmerzen, die ihm sein krummes Bein bereite-

ten. Pedro folgte rasch und fluchte wieder auf die Unholde, die sein Mädchen entführt hätten.
Schweigen senkte sich über sie. Agustina hatte bis jetzt noch kein Wort gesagt.
»Und nun?«, fragte Maril. So erleichtert er auch schien, den neugierigen Blicken der Pampa-Polizei entgangen zu sein, er wollte nicht untätig bleiben. Er deutete in die Ferne. »Siehst du dort das Becken? Hier muss ein Fluss einst durchs Land geflossen sein, vielleicht hat er auch Höhlen ins Land gegraben. Ich könnte dort nach ihnen suchen.«
Rita lag es auf der Zunge zu widersprechen, doch sie verkniff es sich. »Ja«, murmelte sie. »Ja, mach das. Ich bleibe hier.«
Eine Weile hielt sie ihr Pferd ruhig auf der Anhöhe, sah zu, wie Balthasar und Pedro mit den farbenprächtig uniformierten Männern in die eine Richtung ritten und Maril in die andere. Nicht mehr lange, dann würde die Abenddämmerung einsetzen, aber noch war der Himmel klar.
»Was willst du nun tun?«, schrie Agustina gegen das Heulen des Windes an.
Er wehte so stark, dass Rita das Gefühl hatte, er würde alles aus ihrem Kopf pusten – sämtliche Furcht und Panik und Sorge. Leer war es in ihr, und zugleich gab es so viel Klarheit, wohin sie reiten musste. Sie griff nach ihrem Gurt, wo ihre Pistole steckte.
»Aurelia«, murmelte sie, »ich spüre, dass sie in der Nähe ist … Ich muss einfach nur folgen …«
Wie traumwandlerisch gab sie ihrem Pferd die Sporen, ritt auf die einstigen Brutstätten der Shack-Enten zu und drehte sich nicht um, um zu sehen, ob Agustina ihr folgte. Sie wusste, dass sie es tat. Sie spürte es, wie sie auch die Gegenwart der Tochter spürte.

»Mama!«
Aurelia sprang auf. Wie so oft hatte sie sich schlafend gestellt, jedoch alles aus den Augenwinkeln beobachtet und plötzlich zwei Schatten am Eingang der Höhle wahrgenommen. Eine Weile standen diese Schatten ruhig, dann kamen sie schleichend näher. Zwar hatten Esteban und Jerónimo vor kurzem die Höhle verlassen, doch wenn sie zurückkehren würden, würde das nicht so lautlos geschehen. Nicht nur ihre Schritte gerieten stets fest – gerade in den letzten Tagen hatten sie oft lautstark miteinander gestritten, und nicht selten war es dabei um sie gegangen.
Jerónimo sprach öfter davon, dass sie endlich das Balg loswerden sollten, woraufhin dieser Esteban erklärte, er würde kein Kind töten und das hätte nie zum Plan gehört.
Jerónimo neckte ihn dann mit väterlichen Gefühlen, und Esteban wurde wütend – so sehr, dass er einmal auf Jerónimo losging und in sein Gesicht schlagen wollte. Jerónimo war erst ganz steif dagestanden, hatte sich dann aber blitzschnell bewegt – und sich als der Stärkere herausgestellt. Aurelia hatte nicht genau gesehen, was geschehen war, aber wenig später war Esteban röchelnd am Boden gelegen.
Nun ist es so weit, hatte sie gedacht, nun wird Jerónimo erst Esteban töten und dann mich.
Doch Jerónimo hatte sich nur die staubigen Hände an seiner Hose abgeklopft und war zurückgetreten. Die Erleichterung, noch zu leben, währte nicht lange. Aurelia spürte, wie die Feindseligkeit der beiden Männer von Tag zu Tag wuchs – und ahnte, dass sie ihr jederzeit zum Opfer fallen könnte.
Nun, als diese lautlosen Schatten näher traten, regte sich erstmals seit langem Hoffnung in ihr. Aurelia stockte der Atem, als die beiden Schatten in den Schein des Feuers traten. Nein, es waren nicht Esteban und Jerónimo, es waren nicht einmal

Männer, sondern Frauen, und zwar nicht irgendwelche, sondern zutiefst vertraute Frauen: ihre Mutter und die alte Agustina, die sie in der Zeit vor der Entführung oft so intensiv angestarrt hatte, halb traurig, halb hoffnungsvoll, und die ihre gefurchten, zitternden Hände manchmal nach ihr ausgestreckt hatte, um sie zu streicheln. Aurelia war das immer etwas unangenehm gewesen – nun hätte sie sich gerne streicheln lassen, egal von wem, Hauptsache es waren weder Jerónimo noch Esteban.

Sie riss die Augen auf, sprang hoch und stürzte auf ihre Mutter zu.

»Mama!«

Sie warf sich in die weit ausgebreiteten Arme, versenkte ihr Gesicht in der warmen, weichen Brust. Aurelia konnte sich nicht daran erinnern, dass ihre Mutter sie jemals so inniglich umarmt hatte. Ihr Geruch war vertraut, aber ihr Körper wirkte sehr dünn – auch sie selbst fühlte sich nach den vielen Wochen mit der kargen Kost ganz schwach.

»Mama!«, murmelte sie erstickt.

Nur schwer konnten sie sich voneinander lösen. Die Mutter strich ihr immer wieder über die Arme, nahm dann ihr Gesichtchen zwischen die Hände, um sie zu mustern. »Aurelia, wo sind die beiden? Wo sind Jerónimo und Esteban?«

Aurelia zuckte hilflos die Schultern. Trotz der Erleichterung, ihre Mutter zu sehen, war sie so müde, so unendlich erschöpft.

»Sie haben gestritten ... wie so oft ... Jerónimo wollte nicht länger hierbleiben. Er sagte, er hätte alles so satt, und Esteban sagte, es wäre doch sein Plan gewesen. Immer lauter haben sie aufeinander eingeredet, und dann sind sie hinausgegangen, und ich habe die Pferde gehört, und ...«

Die Worte blieben ihr im Mund stecken. Sie zuckte zusam-

men und fühlte, wie sich die Hände der Mutter um sie krampften.
Sie hatte es also auch gesehen – gesehen, wie die Flammen des Feuers zuckten und auf einen Luftzug reagierten, der vom Eingang der Höhle stammte. Die Mutter hatte sie noch nicht zur Seite gerissen, als Aurelia etwas hörte – erst einen dumpfen Knall, dann ein klägliches Seufzen. Mit schmerzverzerrtem Gesicht kippte Agustina plötzlich zur Seite und krachte auf den staubigen Boden wie ein Sack Mehl – nicht mehr fähig, sich nach demjenigen umzudrehen, der auf sie eingeschlagen hatte. Die Mutter öffnete den Mund und schrie auf. Der Mann dagegen lachte – der Mann, dessen Gestalt das Tageslicht abschnitt, der immer näher kam und der nun die Hände sinken ließ, nachdem er Agustina niedergeschlagen hatte. Es war der narbige Esteban, groß und breit. Meist war seine Miene verdrießlich, doch nun verzerrte ein bösartiges Grinsen seine Lippen. Nie hatte er Jerónimo derart geglichen wie in diesem Moment.
Jetzt erkannte Aurelia auch, womit er Agustina niedergeschlagen hatte – mit einer Pistole, die er nun langsam, aber sicher auf sie beide richtete.
Sie spürte den Griff der Mutter, wie sie sie am Arm packte, sie hinter ihren Rücken zerrte und mit dem eigenen Körper zu verstecken versuchte. Doch Aurelia konnte nicht anders, als sich zu wehren. Zu lange hatte sie unter groben Griffen stillhalten müssen, nun war die Panik zu groß, um sich nicht zu rühren. Und sie wollte, sie musste doch sehen, was Esteban nun tat!
Seine Hand zitterte etwas, als er mit der Pistole durch die Luft fuchtelte.
»Sieh an«, sprach er gemächlich, »die Indianerhure …«
Die Mutter straffte den Rücken. »Wenn du mich töten willst,

Esteban, dann tu's«, sagte diese mit erstaunlich fester Stimme. »Aber lass mein Kind gehen.«

Eben noch hatte Aurelia wild um sich schlagen, hatte fortlaufen wollen, nun erstarrte sie. Sie hatte geglaubt, sie könnte sich nicht noch mehr fürchten wie in all der letzten Zeit, doch nun spürte sie, dass etwas Schlimmes geschehen würde. Zwar duckte sie sich hinter dem Rücken der Mutter, aber nicht, um still stehen zu bleiben. Sie musste etwas tun! Sie musste versuchen, dieses Schlimme zu verhindern!

»Und wenn es mir besser gefallen würde, erst das Kind und dann dich zu erschießen?«, fragte Esteban gedehnt.

In den letzten Wochen hatte Aurelia den einen oder anderen Stein gesammelt und hatte aus ihrem Kleid Stofffetzen gerissen, um sie als Boleadora zu verwenden. Doch da die Männer sie so gut wie nie allein ließen, hatte sie keine Gelegenheit gehabt, das Wurfgeschoss auszuprobieren.

Nun, da Esteban langsam noch näher trat, griff Aurelia hastig nach dem erstbesten Stein, der ihr in die Hände kam, stülpte den Fetzen darüber und dachte an Marils Anweisungen. Man dürfe nicht zu viel nachdenken, hatte er gesagt, man müsse die Schleuder einfach ganz schnell kreisen lassen, damit sie nicht schlaff wurde, und das Ziel ganz fest im Auge haben.

»Ja«, gab sich Esteban selbst die Antwort, »ja, wenn ich es mir recht überlege, würde mir das sogar sehr gut gefallen.«

Aurelia fühlte den Stoff gar nicht, der sich um ihre Hand wickelte, sah den Stein nicht, der schließlich durch die Luft flog, sah nur Estebans spöttisches Gesicht, das sich jäh verzerrte. Noch als er aufbrüllte, konnte sie kaum glauben, dass tatsächlich sie es gewesen war, die diesen Stein nicht nur abgefeuert, sondern ihn auch damit getroffen hatte. Laut ließ sie den Atem entweichen; sie hatte die ganze Zeit über die Luft angehalten.

Der Moment der Erleichterung währte nur kurz. Ja, Esteban

brüllte, aber er brüllte viel zu laut. Sie hatte ihm keine ernsthafte Verletzung zugefügt, so dass er das Bewusstsein verlor, sondern ihn nur verärgert.
»Du Miststück!«, schrie er.
Gleich würde er sich rächen, würde sie packen und sich nicht länger scheuen, sie zu töten; er würde ihr die Kehle aufschlitzen, wie er es so oft angekündigt hatte, oder sie erwürgen oder ihren Kopf an die Wand schlagen.
Tatsächlich machte er einen Schritt auf sie zu, blieb dann aber stehen, wankte. Sie hatte ihn nicht fest genug getroffen, dass er ohnmächtig wurde, doch nun sah sie, dass er im Schreck seine Pistole hatte fallen lassen und die Mutter im gleichen Atemzug eine eigene Waffe aus ihrem Gürtel gezogen hatte. Langsam erhob sie sich. »Mach die Augen zu!«, befahl sie mit einer kalten, fremden Stimme.
Aurelia wusste weder, ob der Befehl ihr galt, noch, was sie damit bezweckte. Unmöglich konnte sie die Augen schließen, konnte sie nur immer weiter aufreißen, um Esteban anzustarren, der nunmehr verständnislos auf die Pistole der Mutter glotzte. Anders als seine Hände zitterten deren nicht.
»Mama!«, schrie Aurelia.
»Mach die Augen zu!«, gab die Mutter wieder zurück.
Aurelia duckte sich.
Estebans Verwirrung wich unterdessen Hohn. Er lachte auf, und es klang ähnlich schrill wie sein Schmerzenslaut. »Du erschießt mich nie und nimmer!«, lästerte er. »Nicht du, du kleine, ängstliche Rita.«
Immer noch zitterten die Hände der Mutter nicht.
»Ich bin nicht Rita«, erklärte sie kalt. »Nicht für dich. Und ich habe keine Angst mehr vor dir.«
Sie trat einen Schritt auf Esteban zu, und dann geschah alles so schnell.

Da war dieser ohrenbetäubende Knall, der Aurelias Ohren zu zerreißen schien. Da war Esteban, der wankte, sich im Kreis drehte, als vollführe er einen grotesken Tanz, und schließlich zu Boden kippte. Da war die große Blutlache, die sich auf seiner Brust ausbreitete. Als der Schuss verklungen war, glaubte Aurelia, ein Stöhnen zu hören, doch es kam nicht von ihm, sondern von der alten Agustina.
Unbemerkt war sie wieder zu sich gekommen und hatte sich mühsam aufgerappelt. Verzweifelt schrie sie »Nicht!«, doch da war es schon zu spät, da hatte ihre Mutter schon geschossen. Agustinas Augen waren erst schreckgeweitet auf sie gerichtet, dann glitten sie zu ihrem Sohn. Wieder schrie sie etwas, doch diesmal konnte Aurelia es nicht verstehen. Estebans Augen waren weit aufgerissen und völlig starr – ähnlich wie die der Mutter, die mit kaltem, hartem Blick die Pistole fallen ließ, jedoch keinen Schritt von dem Toten zurückwich. Dann sagte sie etwas, was Aurelia nicht verstand.
»Ich weiß meinen Namen wieder«, murmelte ihre Mutter, die alle Rita nannten. »Ich weiß wieder, wie ich heiße.«
Die Worte waren kaum verklungen, als Schritte ertönten. Während Agustina halb stöhnte, halb schluchzte, die Blutlache um den toten Esteban größer wurde, und die Mutter ein ums andere Mal sagte, dass sie ihren Namen wieder wisse, sah Aurelia, wie Jerónimo mit seinem üblichen eisigen Grinsen in die Höhle gelaufen kam.

Seit dem Schuss rauschte es in Ritas Ohren. Sie hörte nichts, hörte rein gar nichts. Sie sah, dass Aurelia weinte, dass Agustinas Mund weit geöffnet war, als sie Wehklagen ausstieß, und dass auf Jerónimo so viele andere Männer folgten, unter deren Füßen der sandige Boden knirschen musste. Aber nichts davon drang zu ihr durch.

Sie starrte in Jerónimos kalte Augen und empfand zum ersten Mal keine Furcht vor ihm, nicht einmal Unbehagen.
Sie wusste wieder, wie sie hieß. Sie hatte Esteban erschossen, und dann war es ihr eingefallen.
Leicht fühlte sie sich kurz, leicht und von allem losgelöst. Aber dann erstarb das Rauschen plötzlich, und sie konnte Jerónimos Stimme hören. Sie rechnete damit, er würde auf sie losgehen, sie töten oder zumindest auf sie einschlagen, doch nun erkannte sie, dass er einen ganz anderen Weg erwählt hatte, um Esteban zu rächen.
»Kommt!«, schrie er, und seine Stimme hallte von den Wänden der Höhle. »Kommt und seht! Diese Rothaut hat einen weißen Mann erschossen! Er war völlig wehrlos, und sie hat ihn einfach umgebracht.«
Sein Lächeln wurde triumphierend, doch bald schwand es von den Lippen – klagend und verzweifelt wurde vielmehr seine Miene, als er sich zu den Uniformierten umdrehte, die nun in die Höhle stürmten, zu Balthasar, dessen Erleichterung, Aurelia zu sehen, sich rasch in Entsetzen wandelte, als sein Blick auf den toten Esteban glitt, zu Pedro, der immer wieder schrie: »Wo ist die Kleine? Wo ist die Kleine?«
Auch er verstummte, als er den toten Esteban sah – nicht minder entsetzt wie Balthasar: Der Tod dieses Unholds erschütterte die beiden mitnichten, aber sie begriffen – genauso wie es Rita nun begriff –, welche Folgen es für sie haben würde.
Einer der Pampa-Polizisten war vorgetreten und beugte sich zum toten Esteban herunter. »Er ist tot«, stellte er fest. Agustina schlug sich die Hände vor die Lippen, um einen klagenden Laut zu drosseln.
»Er hat mein Kind entführt«, sagte Rita leise. »Er hat mir mein Kind geraubt, ich musste mich doch wehren.«

Wieder erschien dieser triumphierende Glanz in Jerónimos Augen: »Von wegen ihr Kind! Es war das Kind von Esteban Ayarza, ich persönlich kann es bezeugen! Sie hat es ihm einfach gestohlen und ihm über Jahre jeglichen Kontakt verwehrt. Wir mussten es an uns bringen, damit es zu einer Spanierin erzogen wird – nicht zu einer verfluchten Rothaut.«

Rita fühlte, wie ihr der kalte Schweiß ausbrach. In dem Augenblick, als sie Esteban erschossen hatte, hatte sie nichts gefühlt als Kraft, unendliche Kraft, den Willen, ihn zu besiegen, und das Wissen, dass sie es konnte. Nun fühlte sie, wie ihre Knie zitterten. Sie machte den Mund auf, wollte wieder etwas sagen, aber es kam nichts heraus.

Balthasar schrie an ihrer Stelle: »Du Verfluchter!«, und stürzte hinkend auf Jerónimo zu.

Er kam nicht weit. Ehe er ihn mit erhobener Faust erreicht hatte, packten ihn zwei der Polizisten und zerrten ihn zurück.

»Du Verfluchter!«, schrie Balthasar dennoch weiter. »Du verleumdest meine Frau nicht!«

»Das ist nur ein Ausländer«, rief Jerónimo verächtlich, »hört nicht auf ihn! Ich hingegen bin Chilene und obendrein der Sohn des ehrenwerten Reeders Felipe Callisto. Diese Frau«, er hob die Hand und deutete anklagend auf Rita, »diese Rothaut hat einen ehrenwerten Bürger von Punta Arenas erschossen, weil sie ihm sein Kind rauben wollte.«

»Halt endlich dein Maul!«, brüllte Balthasar.

Der Offizier, der die Truppe angeführt hatte, achtete nicht auf ihn.

Eine Weile ging sein Blick von einem zum anderen, blieb schließlich bei Rita hängen. »Das muss vor Gericht geklärt werden«, stellte er fest.

»So ist es!«, höhnte Jerónimo. »Diese Frau hat den Galgen verdient.«

Rita sah, wie Balthasar verbissen gegen die beiden Männer kämpfte, die ihn festhielten, jedoch keine Chance gegen sie hatte. Endlich konnte sie sich aus ihrer Starre lösen. Sie umschritt den toten Esteban, ging auf Balthasar zu, legte ihm die Hand auf die Brust.

»Bitte«, flüsterte sie heiser, »bitte, beruhige dich! Um Aurelias willen! Bring sie nach Hause und kümmere dich um sie. Es wird ... es wird alles gut werden.«

Sie wählte genau die Worte, mit denen er sie in den letzten Wochen stets zu beschwichtigen versucht hatte, aber sie konnte ihm nicht in die Augen schauen. Sie wusste, dass sie log, und er wusste es auch. Sie hielt den Blick auch dann noch gesenkt, als einer der Polizisten sie von ihm wegzerrte. Obwohl sie sich nicht wehrte, wurden ihr die Hände so fest zusammengebunden, dass sämtliches Blut aus ihren Fingern zu schwinden schien. Roh schliff man sie zu einem der Pferde, die vor der Höhle warteten. Sie rang sich ein Lächeln ab, als sie Aurelias Blick suchte. »Mach dir keine Sorgen! Balthasar und Ana werden sich um dich kümmern!«

Endlich hatte Balthasar seine Fassung wiedergefunden, trat nun zu dem schreckerstarrten Kind, das aufgehört hatte zu weinen, und drückte es an sich.

An seiner statt begann nun Pedro zu fluchen, doch Rita hörte nicht mehr, was genau er schrie, denn eben wurde sie auf ein Pferd geworfen. So beschämend es war, wie eine Mörderin behandelt zu werden – zugleich war sie erleichtert, dass sie weder Jerónimos triumphierendem Lächeln noch Agustinas fassungslosem Blick länger ausgesetzt war.

36. Kapitel

Sosehr Emilia den grauen Himmel und den Nieselregen der ersten Tage verwünscht hatte – beides war bei weitem nicht so unerträglich wie die Hamburger Hitze, die sich im August wie eine dicke Wolke über alles und jeden ausbreitete. Auch in Punta Arenas oder auf der Estancia brannte manchmal die Sonne herab, aber der Wind hatte stets Abkühlung versprochen. Hier hingegen stand die Luft zum Schneiden dick, und in den Straßen hing übler Geruch.

Dass die Stadt hinter der prachtvollen Fassade ungemein dreckig war, wusste sie bereits – jetzt hatte sie oft den Eindruck, in einer riesigen Kloake zu leben. In der Nähe der Droschkenstände und der Pferdeomnibusse lagen große Haufen von Pferdemist auf der Straße, die niemand wegschaffte. Im Hafengebiet stanken Pissoirs zum Himmel, und die Elbe verkam zu einer grünen, dicken Brühe. Viele Gebäude waren nicht an die Kanalisation angeschlossen, und die Plumpsklos wurden von Tausenden Fliegen umsurrt. Arthur hatte irgendwann einmal damit geprahlt, dass die Hamburger Stadtverwaltung regelmäßig Abfuhrwagen durch die Straßen schicken würde, um den Unrat zu beseitigen – anders als in Punta Arenas, wo er auf den Straßen verrottete –, doch in diesen Wochen sah Emilia nur einen einzigen, und der fuhr nur die Hauptstraße entlang. Zu allem Übel hielten sich viele Bewohner der Stadt Tiere in ihrem Hinterhof, Geflügel, Kühe und sogar Schweine. Gewiss war das ein probates Mittel, das Einkommen aufzubessern und den täglichen Speiseplan zu erweitern, doch

wenn Emilia durch manche Straßen ging, hatte sie den Eindruck, Ställe zu passieren, keine Wohnhäuser – wobei diese Ställe in einem verdreckten, stinkenden Zustand waren, den sie auf der Estancia niemals geduldet hätte. Und so viele Ratten huschten an ihr vorbei! Ein Glück nur, dass die Nager vor allem von den Warenspeichern und Lagerhäusern angezogen wurden und das Varieté verschonten. Dort hatten sie stattdessen mit jeder Menge Ungeziefer zu kämpfen – Kakerlaken und Feuerwürmer, selbst Wanzen, die sich am liebsten in den Betten verkrochen.
Emilia teilte sich ein Zimmer mit drei der Tänzerinnen, doch nun wurde es ihr zur Gewohnheit, dass sie noch vor der Morgendämmerung daraus floh. Überall im Varieté war es heiß, aber am ehesten ließ es sich noch im Theatersaal aushalten, schlichtweg, weil es der größte Raum war. Die Kühle hatte allerdings ihren Preis. Dick hing hier der Rauch von Zigarren und Pfeifen, denn anders als in den großen Häusern der Innenstadt – dem Stadt- oder Thalia-Theater – durfte in Sanct Pauli während der Vorstellungen geraucht werden.
Wenn es ihr doch gelang, auf einer der Bänke zu schlafen, erwachte sie schon wenig später – meist mit Kopfschmerzen und Übelkeit. Schon in den drei Monaten seit der Ankunft hatte ihr der gute Appetit gefehlt, doch nun nahmen Erschöpfung und Müdigkeit so überhand, dass sie oft würgen musste, wenn ihr bloß der Geruch von Fleisch in die Nase stieg.
»Kein Wunder, dass dir davor graut«, meinte Hella, als sie einmal kopfschüttelnd auf ihren ausgezehrten Leib blickte. »Dieses Hackfleisch hier ist längst nicht mehr frisch. Der Metzger hat es nur mit Cochenillefarbe gefärbt, damit es so aussieht.« Ihrem eigenen Appetit tat dies natürlich keinen Abbruch.
Eines Morgens war es besonders schlimm. Emilia trat vor das Varieté, um die übliche Milchlieferung abzupassen. Von Haus

zu Haus wurde diese gebracht – in rotbemalten Holzeimern oder auf Hundekarren. Wenn sie den Eimer in Empfang nahm, trank sie oft gleich einen Schluck zur Stärkung, doch als sie sich heute darüberbeugte, glaubte sie an dem süßlichen Geruch zu ersticken. Sie schlug sich die Hand vor den Mund, schluckte gegen den Drang, sich zu übergeben, an und brachte die Milch hastig in die Küche, um den übrigen Tag lang einen großen Bogen um sie zu machen. Wahrscheinlich war die Qualität der Milch so schlecht wie die des Fleisches, von dem Hella gesprochen hatte, und es war auch keine reine Milch, sondern mit Kalk oder Gips verdickte.

Immerhin ließ die Übelkeit im Laufe des Vormittags nach, und sie fühlte sich stark genug, um nicht nur wie üblich zu kochen, sondern beim Bühnenbild und den Kostümen zu helfen. An ihrer statt begann Bruno zu kränkeln. Der Bajazzo war schrecklich bleich, hielt sich seinen Magen, der von Krämpfen geplagt wurde, und sah sich außerstande, die tägliche Ansage zu machen. Paolo musste für ihn einspringen, was der allerdings mit solch griesgrämiger Miene tat – wie konnte man ihn auch nur vom Klavierspielen abhalten! –, dass er mehr Gäste vertrieb als anzog.

»Treten Sie ein«, murmelte er beleidigt und lustlos und mit überaus dünnem Stimmchen. »Kommen Sie in die fröhliche Welt des Amüsements bei Licht und Mondschein. Die Kasse ist geöffnet. Kinder, Invalide und Rentner zahlen heute nur die Hälfte! Bald begibt sich die Truppe auf die Bühne, der Vorhang wird sich heben. Dann geht es Schlag auf Schlag mit Attraktionen, Sensationen, Menschlichem aus dem Leben in Sanct Pauli!«

Hella sah ihm eine Weile zu, dann schimpfte sie wie ein Rohrspatz auf ihn ein: »Kannst du noch freudloser bei der Arbeit sein?«

Paolo zuckte nur die Schultern, Schweiß stand auf der Stirn.
»Die Hitze macht uns zu schaffen – na und?«, nörgelte Hella. »Dann gilt es eben, die Zähne zusammenzubeißen!«
Später half Emilia beim Kartenverkauf, der unerwartet gut ausfiel – was allerdings weniger an Paolos Ansage lag als an dem für heute zu erwartenden Spektakel.
Viele Jahrzehnte war es her, dennoch erzählte man sich diese Geschichte immer noch: wie sich nämlich im Jahr 1810 ein wildgewordener Bulle in Altona losgerissen hatte und durch die Vorstadt Sanct Pauli gerannt war. Dort war er in ein Wirtshaus geraten und hatte sämtliches Inventar zerschlagen. Unter der Leitung eines Konstablers hatten schließlich Soldaten das Etablissement gestürmt und das wilde Tier mit Gewehrschüssen und Säbelhieben getötet.
Genau diese Szene sollte heute Abend – begleitet von Gesang und Klavier – nachgespielt werden, wobei ein junger Schauspieler den Bullen mimen sollte.
»In dem warmen Kostüm gehe ich heute zugrunde!«, erklärte der seufzend, aber anders als Bruno entzog er sich nicht seinen Pflichten, sondern tat alles, um Hella nicht zu enttäuschen.
Wie immer vor der Vorstellung ging Emilia mit Getränken und belegten Broten durch die Reihen, um diese als kleine Stärkung und Erfrischung zu verkaufen. Im Publikum saßen außergewöhnlich viele Matrosen – was wohl daran lag, wie Natascha meinte, dass heute jede Menge Schiffe angelegt hatten. Bei ihrem Anblick wurde Emilia kurz wehmütig und dachte an die lange Reise von Punta Arenas nach Hamburg, als noch alles gut gewesen war zwischen ihr und Arthur, und als die Hitze in der Nähe des Äquators, die engen Kojen und die Stürme, kaum dass sie nördlichere Breitengrade erreichten, ihrem Glück nichts hatten anhaben können.

Natascha entging ihr weggetretener Gesichtsausdruck wohl nicht. »Denkst du an Chile?«, fragte sie. »Wirst du wieder dorthin zurückkehren? Obwohl du doch jetzt zu uns gehörst!«

Emilia zuckte die Schultern. Sie sparte eisern den Lohn, den sie von Hella bekam, und sehnte sich nach der Einsamkeit der Steppe, ja selbst nach dem Wind, aber zugleich kam es ihr so aberwitzig vor, dass sie nun lebte wie einst in Punta Arenas – einzig darauf bedacht, möglichst viel Geld zu verdienen: Damals hatte sie unbedingt nach Deutschland gehen wollen – jetzt wollte sie wieder zurück. Konnte ein Scheitern noch schmählicher ausfallen? Würde sich ihr Leben ewig im Kreis drehen und stetig zum Ausgangspunkt zurückkehren? Was war es, was sie wirklich wollte?

Sie drängte sich am Publikum vorbei, sah und hörte es jedoch kaum. Was für eine Närrin sie doch war!, ging es ihr durch den Kopf. Jahrelang hatte sie um Manuel getrauert, bis sich herausgestellt hatte, dass er zwar der Gefährte ihrer Kindheit war, aber nicht der Mann, den sie liebte. Und nicht minder lange hatte sie von Deutschland geträumt, das sich nun als entweder zu verregnet oder zu heiß erwies, in jedem Fall aber schmutzig und eng war. Ihre Liebe zu Arthur hatte sie sich schließlich eingestanden – doch dieser Schuft verdiente sie gar nicht, ließ folglich ins Leere verpuffen, was sie sich so mühsam abgerungen hatte!

Verärgert schüttelte sie den Kopf und verkaufte schnell die restlichen Brote. Noch war der Vorhang geschlossen, und die Zuschauer begannen langsam unruhig zu werden. Keiner hatte mehr Lust auf eine Erfrischung – das Spektakel sollte endlich beginnen! Doch der Vorhang blieb weiterhin geschlossen. Erste Buhrufe ertönten, schwollen an; schließlich wurde unruhig mit den Füßen getrampelt. Emilia kümmerte sich nicht darum

und wollte den Saal schon verlassen, als auf der Bühne plötzlich ein Aufschrei erklang, schrill und verzweifelt. Emilia war sich nicht sicher, aus welcher Kehle er stammte – sie traute nicht nur Hella und Natascha zu, so zu schreien, sondern auch einem dürren Männchen wie Paolo. In jedem Fall erschreckte dieser Schrei nicht nur sie, sondern auch das Publikum, das alarmiert aufgesprungen war und zur Bühne drängte. Einige der Matrosen hatten sie als Erste gestürmt und rissen den roten Samtvorhang zur Seite. Emilia war ihnen gefolgt – weniger willentlich als von den Massen mitgerissen – und erkannte, was nun auch im Saal zu entsetzten Schreien führte: Offenbar hatten sich vorhin alle Beteiligten am heutigen Schauspiel auf ihre Position begeben. Doch bevor der Vorhang gelüftet werden konnte, war der junge Schauspieler, der in das Kostüm des wilden Bullen geschlüpft war, zusammengebrochen. Hella hatte es wohl auf die drückende Hitze zurückgeführt und geglaubt, es genüge, ihm die Maske und den dicken Stoff von Gesicht und Leib zu ziehen, doch der junge Mann war darunter alles andere als rot und verschwitzt von der Wärme. Vielmehr klapperten seine Zähne vor Kälte, und kalt war auch der Schweiß, der auf seinem Gesicht stand. Dieses schimmerte irgendwie bläulich, und in dem Augenblick, als Emilia die Bühne erreichte, drehte er seinen Kopf zur Seite und erbrach sich. Nicht nur davon entströmte übler Gestank – obendrein hatte er sich in die Hose gemacht.
Wieder ertönte ein Schrei – diesmal eindeutig aus Hellas Mund. Eben noch hatte sie sich über den jungen Schauspieler gebeugt, nun wich sie entsetzt zurück. Ihre Gesten fielen stets theatralisch und dramatisch aus, aber jetzt stand nackte Furcht in ihren Augen, und diese war keine Übertreibung.
Gleiche Furcht erfasste auch die Zuschauer, die sich nicht länger Richtung Bühne drängen, sondern alle gleichzeitig auf die

verschlossenen Türen zurannten, manch einer so schnell, dass er den Vordermann niederstieß und über ihn trampelte. Irgendwer brüllte »keine Panik!«, doch niemand hörte auf ihn – genauso wenig wie auf Paolo, der mit kümmerlichem Stimmchen nach einem Arzt rief. Als einer der wenigen war er beim Unglücklichen hocken geblieben.

»Sieh zu, dass du ihm nicht zu nahe kommst!«, schrie Hella ihn an.

»Was ist denn los?«, fragte Emilia verständnislos. »Was hat der Arme denn?«

Die Panik, die alle anderen ergriffen hatte, war ihr fremd. Gerne wäre sie auf den Mann zugetreten, um ihm den Mund abzuwischen und frisches Wasser zu geben, doch Natascha hielt sie zurück.

»Weißt du es denn nicht? Seit Frühling geht sie in Russland um. Preußen hat längst die Grenzen geschlossen. Und die Russen, die über Hamburg nach Amerika auswandern wollten, wurden in versiegelte Sonderzüge gesperrt!«

»Seit Frühling geht wer um?«, fragte Emilia nach wie vor verständnislos.

Der Unglückliche erbrach sich nicht wieder, schien aber nun an heftigen Leibeskrämpfen zu leiden. Laut klapperten seine Zähne aufeinander.

»Ich habe schon gehört, dass es erste Fälle hier geben sollte«, klagte Hella und schlug ihre Hände über dem Kopf zusammen. »Aber ich habe es nicht ernst genommen. Schließlich haben der Medizinalrat Kraus und Senator Hachmann behauptet, es sei nur ein normales Fieber.«

»Erste Fälle von was?«, fragte Emilia ungeduldig.

»Wir müssen ihn hier fortschaffen«, erklärte Paolo, »sonst steckt er uns alle an.«

»Willst du ihn etwa anfassen?«, herrschte Hella ihn an.

»In jedem Fall müssen wir einen Krankenwagen rufen«, schaltete sich Natascha ein.
»Ich helfe gerne, ihn in ein Krankenhaus zu bringen«, meinte Emilia – das hysterische Stimmengewirr setzte ihr nicht minder zu wie die Hitze, »aber irgendjemand sagt mir jetzt gefälligst, an welcher Krankheit dieser arme Mann leidet.«
Natascha blickte sie nur mit schreckgeweiteten Augen an. Paolo hüstelte hinter vorgehaltener Hand, nur Hella erklärte mit üblicher Dramatik: »Ich bin kein Arzt! Aber ich verwette mein Varieté darauf, dass uns die Cholera heimsucht.«

Erst lange nach Mitternacht kamen sie im Krankenhaus an. Stundenlang hatten sie auf einen Krankenwagen warten müssen – es gab zu wenige davon, lediglich vier Personen fanden darin Platz, und eigentlich war dieses Gefährt, das man »Pocken-Droschke« nannte, nicht für Cholerapatienten gedacht. Dies zumindest behauptete übellaunig der Kutscher, der sich zunächst weigern wollte, den Kranken überhaupt mitzunehmen. Da dieser sich nicht mehr erbrach, ließ er sich schließlich doch erweichen, aber damit begann die eigentliche Irrfahrt erst. Fast zwei Stunden währte die Fahrt zum Allgemeinen Krankenhaus in Eppendorf, und dort angekommen, hieß es, es sei bereits überfüllt – von anderen Kranken mit ähnlichen Symptomen nämlich. Das Wort »Cholera« wollte anders als Hella noch niemand in den Mund nehmen. So machte sich die Krankendroschke wieder auf den Weg, um nach zwei weiteren Stunden im Alten Krankenhaus von Sanct Georg vorzufahren. Die Laune des Kutschers hatte sich, so das denn überhaupt möglich war, noch verschlechtert. Wortlos setzte er den Kranken vor dem Krankenhaus ab, ohne sich zu kümmern, was aus ihm wurde. Emilia, die dem

Unglücklichen während der Fahrt immer wieder den kalten Schweiß von der Stirn gewischt hatte, blickte sich ratlos um. Alle Ärzte und Pfleger, die sie zu Hilfe rief, waren beschäftigt, so dass sie nichts anderes tun konnte, als sich hilflos neben den Mann zu hocken, von dem sie nicht einmal den Namen wusste.

Die Cholera hatte nicht den gleichen Schrecken für sie wie für die anderen. Zwar hatte sie schon von ähnlichen Epidemien in Chile gehört, aber Patagonien war stets davon verschont geblieben, und sie hatte selbst noch nie jemanden daran sterben gesehen. Dass es ein qualvoller Tod sein konnte, erfuhr sie nun trotzdem: Der Mann stöhnte in einem fort, begann schließlich, sich wieder zu erbrechen, und seine Hose färbte sich bräunlich vom vielen Durchfall, der zuletzt dünnflüssig wie Reiswasser aussah. Einmal versuchte er, sich zu erheben, doch kaum hatte er sich mit ihrer Hilfe mühsam aufgerappelt, brach er wieder zusammen.

Endlich eilte ein Arzt herbei.

»So tun Sie doch etwas für ihn!«, rief Emilia.

»Das Blut beginnt sich bereits zu verdicken«, erklärte der Arzt und blickte düster auf ihn.

Emilia begriff nicht, was er meinte, sah nur, dass die Haut des Unglückseligen sich noch bläulicher verfärbt hatte und zugleich Wellen warf, als bestünde sie aus Wachs und würde unter einer Flamme schmelzen. Die Augen lagen tief in ihren Höhlen und blickten stumpf auf sie, die Hände und Füße waren eiskalt. Eine Weile lag er so still, als wäre er schon tot, dann erbebte sein Körper unter erneuten Krämpfen. Gemartert schrie der Mann auf.

»Wie kann man ihm helfen?«, fragte Emilia ratlos.

»Cholerakranke trocknen innerlich aus«, erklärte der Arzt, und durch seine Stimme klang kein Mitleid, »wenn sie nicht

rechtzeitig Flüssigkeit bekommen, versagen Herz und Nieren. Für diesen hier ist es wahrscheinlich schon zu spät. Die Hälfte können wir retten – die andere Hälfte nicht.«
So schlimm und endgültig dieses Urteil auch klang, keimte in Emilia dennoch Hoffnung auf, als sie hörte, dass die Krankheit nicht für jeden tödlich war.
Der Arzt trat zurück, und an seiner statt machten sich Schwestern an dem Unglückseligen zu schaffen. Emilia beugte sich vor, um zu sehen, was sie taten, und erkannte eine spitze Nadel, die man ihm in die Armbeuge stach – offenbar, um ihm eine Infusion zu verabreichen.
Als man ihn auf eine Trage hievte und in das Krankenhausgebäude schaffte, überlegte Emilia, zurück ins Varieté zu kehren. Doch zum einen kannte sie den Weg nicht, zum anderen wollte sie den Mann – auch wenn er ein Fremder war – nicht alleine sterben lassen. Sie folgte ihm in einen Saal, wo mehrere Dutzend Pritschen dicht nebeneinanderstanden, die meisten von ihnen waren belegt. Der Gestank nahm Emilia schier den Atem, doch sie bemühte sich, durch den Mund zu atmen, nicht durch die Nase, während man den Mann fürs Erste versorgte und auf ein Bett legte. Sie konnte sich nicht überwinden, seine Hand zu nehmen, setzte sich trotzdem zu ihm, um ihm inmitten von Fieber- und Schmerzenspein immer wieder zu vergewissern, dass er nicht alleine war. Der Morgen graute, als er zu trinken verlangte.
Sie machte sich auf die Suche, schritt durch weitere Krankensäle und begann sich in den vielen Gängen und Räumen zu orientieren – nur Wasser fand sie nicht. Die Ärzte und Schwestern liefen an ihr vorbei und antworteten nicht auf ihre Fragen, sondern waren hektisch bemüht, immer mehr Kranke zu versorgen, die gebracht wurden. Erst glaubte Emilia, ihnen am besten zu helfen, wenn sie ihnen aus dem Weg ging – dann

erkannte sie, dass manche in Hast und Panik den Überblick verloren hatten, und griff ein.

»Dort sind noch drei Betten frei!«, deutete sie auf einen der Säle, wenn wieder Kranke die Treppe hochgebracht wurden, und nachdem sie erst einmal angefangen hatte, Helfer und Schwestern zu dirigieren, fuhr sie damit fort. Ihre Stimme verhieß den Klang einer, die zu befehlen gewohnt war, und die meisten richteten sich nach ihren Worten, ohne sich zu überlegen, warum sie sich anmaßte, Betten zuzuweisen.

Die Sonne erhob sich längst weit über den Morgendunst, als sie immer noch im Eingangsbereich stand und zu helfen versuchte. Mittlerweile konnte sie die verschiedenen Phasen der Krankheit unterschieden: Mit Übelkeit und dem Gefühl von Taubheit begann sie, und wer dann schon behandelt wurde, war leicht zu retten. Dann gab es solche, die bereits vor Schmerzen schrien und deren Körper auszurinnen schienen wie ein Schlauch Wein. So unerträglich der Gestank war, der von ihnen ausging – wenn man den Betreffenden ausreichend Flüssigkeit einflößte, konnten sie überleben. Verloren hingegen waren die, die schon in Apathie versunken waren.

Emilia begriff zudem, dass diese Phasen oft rasch aufeinander folgten. Dem Gemurmel um sich herum entnahm sie, dass es kaum eine Krankheit gab, die so schnell tötete wie der »Blaue Tod«. Einige schafften es drei, vier Tage – viele aber starben nur wenige Stunden nach Ausbruch.

Eine Frau behauptete laut weinend, ihr Mann wäre von der Arbeit gekommen und hätte sich an den Tisch gesetzt, um sein Abendmahl zu verzehren. Noch vor dem Dessert sei er zusammengebrochen und auf der Fahrt ins Krankenhaus gestorben.

Nachdem sie herausgefunden hatte, wo sich eine Wasserleitung befand, eilte Emilia mehrmals zu Hellas Schauspieler

zurück, um ihm zu trinken zu geben. Anfangs konnte er noch die Augen öffnen und schien ihr etwas sagen zu wollen. Gegen Mittag verlor er das Bewusstsein, und als die Sonne sich zu neigen begann, war er tot. Verspätet ergriff sie nun doch seine Hand und bereute, es nicht schon früher getan zu haben. Sie wollte eigentlich ein Gebet murmeln, aber es fiel ihr keines ein, und während sie noch um Worte rang, riefen andere Kranke nach ihrer Hilfe und flehten um Wasser.
Immer wieder lief sie nun mit Krügen und Bechern hin und her – nicht die einzige Angehörige eines Kranken, der das Personal nur allzu gerne kleine Hilfsdienste zuteilte. Ihr Kleid war von Flecken übersät, und eine der Krankenschwestern reichte ihr unvermittelt und wortlos eine weiße Schürze. Sie band sie um, ohne nachzudenken, welche Pflichten sie sich damit aufbürdete, und beeilte sich dann, wieder neues Wasser zu holen, Betten zuzuweisen oder diese frisch zu beziehen. Letzteres unterließ sie alsbald freilich – war es doch schlichtweg unsinnig, weil jedes Laken so schnell neu besudelt wurde.
Immer noch hatte sie keine Zeit nachzudenken, was sie tat und warum, fragte sich nur zwischendurch ängstlich, ob die Übelkeit am Morgen ein Vorzeichen der Cholera gewesen war und sie selbst bald zusammenbrechen würde. Doch sie fühlte sich nur müde und erschöpft, nicht krank, und die Übelkeit kehrte trotz des Gestanks nicht wieder.
Als die Sonne ganz verschwunden war, wollte sie das Krankenhaus verlassen, traf aber schon am Eingang auf Natascha. Sie war leicht bekleidet wie immer, und für gewöhnlich hätten sie mahnende Blicke ob des wenig anständigen Aufzugs getroffen. Doch inmitten von Leid und Tod war man blind für das Mädchen aus Sanct Pauli.
»Er hat es nicht geschafft«, erklärte Emilia traurig, um im nächsten Augenblick zu erkennen, dass es nicht die Sorge um

den Schauspieler gewesen war, die Natascha hierhergetrieben hat.

»Bruno!«, stieß sie erstickt aus. »Und Paolo!«

Noch ehe Emilia in die Richtung blickte, in die sie nun aufgeregt deutete, ahnte sie, was ihre Worte verhießen: Also hatte es auch den Bajazzo und den Klavierspieler getroffen.

»Hella hat mich gezwungen, sie hierherzubringen«, klagte Natascha, »sonst dürfte ich nie wieder bei ihr singen, hat sie gesagt. Aber ich bleibe keinen Augenblick länger, Emilia, ich habe viel zu große Angst ... Du kümmerst dich doch um sie, ja?«

»Und wo ist Hella selbst?«, fragte Emilia.

»Pah!«, zischte Natascha. »Beklagt, dass wir alle feige wären, und war doch die Erste, die Sanct Pauli verlassen hat. Alle, die sich's leisten können, tun das. Die Straßen sind völlig verstopft. Die einen wollen hinaus aus der Stadt, die anderen zu den Krankenhäusern. Oh, was für ein Chaos das ist!« Vor Aufregung brach sie in Tränen aus. »Du kümmerst dich um die beiden, ja?«, fragte sie wieder, wartete Emilias Entgegnung nicht ab, sondern lief hastig davon.

Emilia blickte ihr nach und hatte keine Ahnung, wohin dieses Mädchen nun fliehen würde. Und was sollte sie selbst tun? Sich um Paolo und Bruno kümmern oder zurück ins Varieté kehren, das nun sicher menschenleer war?

Eben wurden Bruno und Paolo an ihr vorbeigetragen – beide mit dem bläulichen Gesicht und kläglich stöhnend.

»Nicht so grob!«, fuhr Emilia die Helfer an, die die Bahre trugen. »Und lasst mich erst sehen, wo noch Platz für die beiden ist!«

Wieder gab es keine Zeit, darüber nachzudenken, warum sie tat, was sie tat. Erst später, als sie Paolo und Bruno notdürftig gereinigt hatte, überlegte sie, dass es wohl weniger Pflichtgefühl war als purer Trotz. Eine Emilia Suckow gab nicht auf, zerging nicht in Furcht vor Krankheit und bot selbst dem Tod die Stirn. Und wo es anzupacken galt, dort packte sie an.

Als sich ein neuerlicher Tag dem Ende neigte, war sie zu erschöpft, um die Augen offen zu halten. Sie schlief in irgendeiner Kammer, wo Pipetten und Petrischalen, Glastrichter, Hornlöffel und Bunsenbrenner aufbewahrt wurden. Am nächsten Morgen stärkte sie sich an der Kost, die für die Kranken zubereitet worden war, brachte aber nicht viel hinunter – dann ging es weiter.

Sie hörte das Stöhnen der Leidenden kaum mehr, nahm den grässlichen Gestank nicht mehr wahr, bemerkte nicht, wie viel Zeit verging, ja, ob das Leben überhaupt noch weiterging oder nicht schreckerstarrt irgendwo in dieser Hölle feststeckte. Wenn die Müdigkeit zu drückend wurde, schlief sie, und wenn sie hochschreckte, konnte sie nicht sagen, wie lange sie sich ausgeruht hatte. Mehr und mehr hatte sie das Gefühl, in einer Welt zu leben, wo übliche Gesetzmäßigkeiten nicht galten, sie folglich nicht arbeitete, um Geld zu verdienen, sondern nur, um sich zu beweisen, dass sie sich noch auf zwei Beinen halten konnte und nicht von der Krankheit geschlagen war.

Der unglückliche Bruno starb wenige Stunden nach der Einlieferung, aber Paolo, obwohl ein so dürres Männlein, erholte sich und forderte mit bleichem Gesicht, er wolle wieder Klavier spielen. Nachdem sie ihm Wasser und Brühe eingeflößt hatte, verschwand die graue Verfärbung seiner Haut. Der Puls schlug wieder voll und kräftig, sein Blick wurde wacher, der Atem tiefer und regelmäßiger.

Inmitten aller Not fühlte sich Emilia fast beschwingt. Wenn es gelang, einen schwächlichen Menschen wie Paolo zu retten, dann waren alle Bemühungen, gegen die Krankheit zu kämpfen, nicht vergebens; dann hatte es einen Sinn, dass sie hier war und nirgendwo sonst.

Die Augenblicke des Sieges waren allerdings genauso häufig wie die Augenblicke der Niederlage: Nie hatte sie so viel Elend gesehen wie in den nächsten Tagen und nie so viele Tote.

Alle Säle waren mittlerweile überfüllt, mehr als sechzig Leute lagen in einem Raum, der für die Hälfte gemacht war, und jedes Mal, wenn man dachte, dass das Krankenhaus nun endgültig aus allen Nähten platzte, der Gestank nicht grässlicher, das Geschrei nicht durchdringender werden könnte, kamen noch mehr.

Oft blieben die Toten mehrere Stunden in ihren Betten liegen und wurden schließlich vor dem Krankenhausgebäude ins Gras gelegt. Wieder dauerte es Stunden, bis man sie endlich in einen Sarg legen konnte, doch das Holz wurde knapp, so dass die Särge keine Deckel bekamen und schwarze Fliegen die Leichname umsurrten. Bei den meisten hatte die Verwesung längst eingesetzt, ehe die Toten endlich nach Ohlsdorf zum Hamburger Hauptfriedhof gefahren und dort von Totengräbern in Empfang genommen wurden, die ebenso unermüdlich arbeiteten wie alle Ärzte, Pfleger und die Fahrer der Krankenwagen. Mit der Zeit wurden die Särge immer kleiner, man quetschte die Toten förmlich hinein, und wenn sie doch einen Deckel bekamen, so zerdrückte dieser die Gesichter. Alsbald sprach man nicht mehr von Särgen, sondern von »Nasenquetschern«.

Da die Flut der Kranken nach wie vor nicht nachließ, wurde entschieden, auf dem Gelände des Alten Krankenhauses und des kleinen Seemannskrankenhauses acht Cholerabaracken zu errichten – ein Entschluss, der in Emilias Augen leidlich spät kam. Es würde viel zu lange dauern, bis diese Baracken

endlich gebaut waren – wohin aber bis dahin mit den Kranken und Sterbenden?
Auch den Verantwortlichen schien das aufzugehen: Sie ließen Schulen ausräumen und Kranke dorthin verlegen und stellten in Windeseile ein Feldlazarett auf, das an die fünfhundert Patienten aufnehmen konnte, eine Notlösung zwar, aber fürs Erste eine spürbare Erleichterung.
Das befand auch eine der Krankenschwestern, mit denen Emilia manchmal redete und die sie längst als eine der ihren zu betrachten schien. Sämtliche Hierarchien hatten sich aufgelöst, was dazu führte, dass sie mit dieser Schwester nicht an Krankenbetten stand, sondern ausgerechnet in der Küche. Die Krankenhausköche waren längst geflohen, und so gab es niemanden, der die Speisekammer verwaltete. Emilia hatte sich schließlich darauf gestürzt, froh, sich in einer Sache beweisen zu können, von der sie mit am meisten verstand. Sie kochte, rührte, mischte, knetete, schnitt und brachte das Essen zu den Genesenden. Gemahlenes Roggenmehl bekamen diese, dazu Wasser vermischt mit Senfgeist, Terpentin oder Chlor.
So vertraut ihr diese Arbeit auch wurde – Hitze und Enge setzten ihr weiterhin zu. Irgendwann taten ihr sämtliche Glieder so weh, dass sie nicht anders konnte, als sich kurz zu setzen. Sie gestand sich keine lange Pause zu, wollte alsbald wieder aufstehen, doch plötzlich fühlte sie eine dünne Hand auf ihren Schultern, die sie sachte niederdrückte. Jemand beugte sich über sie und sprach leise: »Sie sollten sich ausruhen. Es nützt den Kranken nichts, wenn Sie sich überanstrengen. Trotz allem müssen Sie zuvörderst auf sich selber aufpassen.«
Emilia blickte hoch. Im ersten Augenblick erkannte sie die Frau nicht wieder. Ihre Haare waren dunkel und streng zu-

rückgekämmt wie bei der letzten Begegnung, aber das schwarze Kleid war unter einer einst weißen, nun beschmutzten Schürze verborgen.
»Ihr Name ist Emilia, nicht wahr?«, fuhr die andere fort.
Nur mühsam konnte sie die Stimme einordnen – diese leise, fast samtige Stimme, hinter der sich doch ein scharfer Tonfall verbarg.
Emilia stand langsam auf. »Was machen Sie hier?«
»Das Gleiche wie Sie. Ich helfe«, erklärte Nora Hoffmann, Arthurs Frau.
Sie wirkte erschöpft wie Emilia, aber ebenso bestrebt, es sich nicht anmerken zu lassen.
»Ich habe Sie in den letzten Wochen beobachtet, wie Sie sich um die Kranken kümmern«, fuhr Nora fort. »Sie scheinen zwar nicht viel von Medizin zu verstehen, aber Sie lernen rasch. Es ist ... es ist bewundernswert, was Sie tun.«
Emilia straffte den Rücken. »Obwohl ich in Ihren Augen doch eine Hure bin?« Sie konnte nicht verhindern zu zischen.
Nora senkte erstmals ihre dunklen Augen. »Ich dachte damals am Hafen wirklich, Sie seien eines der leichten Mädchen, mit denen sich Arthur zu vergnügen pflegte. Aber das war wohl ein Irrtum. Wer immer Sie auch sind und woher Sie kommen – Sie sind eine, die nicht scheut zuzupacken und die hinterher keine großen Worte macht. Das gefällt mir.«
Sie zögerte kurz. »Es tut mir leid«, fügte sie leise hinzu. »Es tut mir leid, was ich damals am Hafen zu Ihnen gesagt habe. Ich wollte Arthur treffen ... nicht Sie.«
Sie hob ihren Blick wieder, der Blick der dunklen Augen schien unendlich tief ... und irgendwie traurig.
»Aber warum«, fragte Emilia heiser, »warum wollten Sie ihn kränken? Warum hassen Sie ihn?«

Der Blick verhärtete sich, doch das tat der Ehrlichkeit dieser Frau keinen Abbruch. In einer anderen Situation, da sie nicht von Sterbenden umgeben gewesen wären und seit vielen Tagen gegen den Tod kämpften, hätte sie sich vielleicht in Ausflüchten ergangen, aber im Lichte dieser großen Wahrheit, dass der Mensch sterblich ist und der Tod so quälend und grausam sein kann, erschien ihr wohl jede Lüge als lächerlich und fehl am Platz.

»Ich kann doch sonst niemanden hassen«, murmelte Nora. »Ich liebe meinen Vater, ich mag Gustav Hoffmann – deswegen kann ich nicht auf sie wütend sein, weil sie uns in diese Ehe getrieben haben. Also bleibt nur Arthur – auch wenn es nicht seine Schuld ist.«

Sie senkte ihre Augen wieder, wartete Emilias Entgegnung nicht ab, sondern drehte sich um und ging einfach weiter.

Emilia folgte ihr aus der Ferne. Nora schien sich im Krankenhaus nicht nur gut zurechtzufinden – außerdem richtete sich mancher Blick einer Krankenschwester ehrfurchtsvoll auf sie. Vielleicht lag das an Noras Haltung – sie ging sehr aufrecht, sehr starr, fast königlich. Ohne Zweifel war sie eine Frau, in deren Gegenwart man die Stimme nicht unnötig erhebt oder zu laute Schritte macht.

Emilia war sich rasch sicher – sie musste mehr sein als die Angehörige eines Patienten, die zufällig hier aushalf, und dieser Gedanke erfüllte sie mit Erleichterung. Bei ihrem Anblick hatte sie kurz befürchtet, dass Arthur krank sein könnte und Nora ihn betreuen würde, doch nun sah sie, wie sie sich nur um Fremde kümmerte.

Während Nora sich über einen Kranken beugte, trat Emilia unsicher auf sie zu. Sie fragte sich, ob sie mit ihr reden sollte und falls ja, worüber, doch die Entscheidung wurde ihr ohnehin von einem der Ärzte abgenommen, der in den Saal getreten war, sich nun achtlos an Emilia vorbeidrängte und auf Nora zuschritt.

Emilia kannte sein Gesicht und glaubte auch, einmal seinen Namen gehört zu haben: Dr. Franz Hufnagel. Er wirkte müde und ausgelaugt wie das restliche Personal, aber darüber hinaus sehr verärgert.

»Was tun Sie da?«, fuhr er Nora unwirsch an.

Sie blickte ihn kaum an.

»Ich sterilisiere die Nadel«, gab sie kühl zurück. »Eine Kochsalzinfusion ist oft die letzte Rettung für die Kranken, aber häufig richten sie mehr Schaden als Nutzen an, weil die meisten Nadeln nicht ordnungsgemäß sterilisiert werden – und die Patienten darum Blutvergiftungen erleiden.«

»Unsinn!«, bellte der Arzt, »Sie wollen mir doch nicht allen Ernstes sagen, dass Sie auch an dieses Märchen glauben! Die vielen Blutvergiftungen sind Folge der Krankheit, nicht von schmutzigen Nadeln.«

Nora zuckte zweifelnd die Schultern. Kurz machte es den Anschein, als versuche sie, sich die Widerrede zu verkneifen, aber dann brach es doch überzeugt aus ihr hervor: »Der gesunde Menschenverstand sagt mir anderes. Man könnte die Blutvergiftungen ebenso verhindern wie die großen Beulen, die so viele Kranke von den Salzeinspritzungen davontragen. Man müsste einfach nur achtsamer …«

»Sind Sie der Arzt oder ich?«, brüllte Dr. Hufnagel.

Wieder zuckte Nora die Schultern, doch so vermeintlich leise und unauffällig sie sich auch gab – sie blieb unbeugsam. »Man muss kein Arzt sein, um zu wissen, dass der beste Schutz vor der Cholera ausreichende Hygiene ist. Die Epidemie hätte längst eingedämmt werden können und hätte nie dieses Ausmaß erreicht, wenn die Gesundheitsbehörden früher anerkannt hätten, dass es sich um Cholera handelt. Man hätte von den Menschen verlangen müssen, dass sie Wasser und Milch abkochen.«

Unwillkürlich erschauderte Emilia. Bis jetzt hatte sie nicht genau gewusst, womit man sich die Cholera holte, und war entsetzt zu hören, wie leicht es geschehen konnte. Sie dachte an die Milch an jenem Morgen, da ihr so übel gewesen war. Hätte sie davon getrunken, läge sie vielleicht selbst danieder.

»Nur wenige Vorbeugemaßnahmen wären schon ausreichend gewesen«, fuhr Nora fort. »Sich die Hände zu waschen. Oder kontaminierte Gegenstände zu reinigen. Die Ärzte hätten die ersten Erkrankten unter strikte Quarantäne stellen müssen. Stattdessen behaupteten sie, sie litten nur an einfachen Magenverstimmungen.«

Das Gesicht von Dr. Hufnagel lief rot an. »Wenn wir zu früh bekanntgegeben hätten, dass es sich bei den ersten Krankheitsfällen um die Cholera handelt, hätten wir Hysterie ausgelöst«, erklärte er streng.

»Hysterie herrscht nun auch an allen Ecken und Enden«, gab Nora mit ihrem kühlen Blick zurück, »und die Zeit, Maßnahmen zu treffen, blieb ungenützt.«

»Wagen Sie es tatsächlich, meiner Zunft die Schuld für die Epidemie zu geben?«

»Gewiss nicht Ihrer Zunft allein, sondern auch den Gesundheitsbehörden. Und gewiss nicht für die Epidemie, jedoch für deren Auswüchse.«

Emilia sah, wie seine Oberlippe erzitterte, und glaubte zu hören, wie der Arzt irgendetwas ausstieß, was wie »Hoffärtiges Weibsbild!« klang. Dann drehte er sich um und ließ sie einfach stehen.

Nora blickte ihm nach. Keinerlei Gefühlsregung war in ihrem Gesicht zu erkennen. So, wie sich keine Strähne aus ihrer strengen Frisur gelöst hatte, hatte sie auch ihre Miene stets unter Kontrolle. Doch Emilia war sich plötzlich sicher, dass es nicht Kälte und Härte waren, die sämtliche Gefühle töteten, sondern lediglich meisterhafte Selbstbeherrschung, unter der es durchaus brodelte.

Diese Beherrschung bekam nun feine Risse. »Was für ein Narr!«, stieß Nora kaum hörbar aus. Als sie sich wieder zum Kranken umdrehen wollte, fiel ihr Blick auf Emilia. Sie ließ nicht erkennen, was sie davon hielt, bei ihrem Streit mit Dr. Hufnagel belauscht worden zu sein.

»Es ist eine Schande, dass so viele Ärzte die ersten Krankheitsfälle geleugnet haben«, erklärte sie unvermittelt. »Die Cholera wütet nicht zum ersten Mal in Europa. Man kennt doch das Krankheitsbild.« Sie machte eine kurze Pause, ehe sie hinzufügte: »Sie kommt aus Asien, wussten Sie das?«

Emilia trat langsam näher. Der Patient, an dessen Arm sich Nora zu schaffen machte, schien zu schlafen. »Vor allem weiß ich nicht, was genau Sie hier tun …«, bekannte sie.

»… und woher ich mir das Recht nehme, mit Herrn Dr. Hufnagel zu streiten?«, führte Nora den Satz mit der Andeutung eines Lächelns fort.

Emilia nickte verlegen.

Nora sah sie nicht an, als sie mit dieser gleichgültig anmutenden Stimme zu erzählen begann – davon, dass ihr Vater Arzt gewesen war und sie gerne selbst diesen Beruf erlernt hätte, doch dass ein Studium unmöglich gewesen war. Und auch davon, dass sie sich vor vielen Jahren einem Frauenverein angeschlossen hatte, dessen Mitglieder ehrenamtlich in Krankenhäusern arbeiten.

»Ich habe schon vor meiner Hochzeit mit Arthur mit dieser Arbeit begonnen«, murmelte sie. »Und nicht immer werden wir von den Ärzten gerne gesehen. Unsere Hilfe nehmen sie an – doch wehe, wir wagen es, einen Ratschlag zu geben! Dann sind wir ihnen einfach nur lästig. Nun, in den letzten Wochen wäre die Versorgung der Kranken nicht möglich gewesen, wenn es nicht die vielen religiösen und wohltätigen Organisationen gebe. ›Weiblicher Verein zur Armen- und Krankenpflege‹ – so heißt der meine. Eine gewisse Amalie Sieveking hat ihn schon vor über sechs Jahrzehnten gegründet.«

Sie seufzte und hob erstmals ihren Blick. »Ich bin keine ausgebildete Ärztin, aber ich verstehe viel von Medizin. Und ich könnte vor Wut schreien, wenn ich auf die tauben Ohren dieser Ärzte stoße! Einfachste Hygienemaßnahmen werden nicht beachtet!«

Emilia konnte sich nur schwer vorstellen, dass Noras Wut so groß werden könnte, um laut zu schreien. Wahrscheinlich hatte sie das ihr Leben lang nicht getan.

»Doch besser, ich echauffiere mich nicht darüber, sondern bin vielmehr dankbar, dass mich mein Verein überhaupt noch hier arbeiten lässt«, fuhr sie mit gemäßigtem Tonfall fort.

Emilia blickte sie erstaunt an. »Warum sollte er nicht?«

Ein Laut drang über Noras Lippen, der wie ein trockenes Lachen klang. »Dr. Hufnagel versäumt keine Möglichkeit, mich loszuwerden. Und eine Bedingung meines Vereins ist, dass alle Mitglieder ein anständiges, sittliches Leben gemäß der christlichen Lehre zu führen haben. Stets wird überprüft, ob wir auch regelmäßig den Gottesdienst besuchen. Dr. Hufnagel hat nun offenbar herausgefunden, dass meine Ehe nicht ganz … gewöhnlich ist, ja, dass Arthur viele Jahre im Ausland verbracht hat und nicht an meiner Seite. Seitdem versucht er, mir einen unsittlichen Lebensstil nachzusagen.«

Emilia war instinktiv zurückgewichen. Eigentlich wollte sie nichts davon hören – weder von Arthur noch von seiner Ehe.

Aber als Nora nun schwieg, fielen ihr Arthurs beschwörende Worte wieder ein – dass seine Ehe keine richtige sei.
Sie kämpfte damit, ob sie Nora danach fragen sollte, was genau es mit ihrer sonderlichen Beziehung auf sich hatte, doch bevor sie sich dazu überwinden konnte, wurden Rufe vom Gang her laut. Weitere Kranke waren eingetroffen.

Arthur konnte kaum atmen. Er war sich nicht sicher, ob es an der Hitze lag oder am unerträglichen Gestank. Mehrmals war er heute bereits einer der Desinfektionskolonnen begegnet, die von Haus zu Haus fuhren und alles, was sich in Reichweite befand, mit Karbol einsprühten.
So unvermeidbar diese Maßnahme war – Arthur wusste, dass die von Karbol durchnässten Betten neue Krankheiten auslösten, obendrein manche Diebe den Zeitpunkt nutzten, wenn die Bewohner ihre Häuser verließen, um sämtliches Hab und Gut daraus zu stehlen, und dass es grässlich roch.
Trotz des Gestanks, der von den Häusern ausging, lehnte er sich an eine von deren Wänden und keuchte schwer. Er konnte sich nicht erinnern, wann er das letzte Mal geschlafen oder zumindest stillgesessen hatte.
Die Apotheke Hoffmann war in den letzten Tagen nahezu belagert und – wie alle anderen – rund um die Uhr geöffnet worden. Es gab so viel Nachfrage nach ihren Produkten, dass sie kaum etwas davon rechtzeitig nachbestellen konnten – weder den Chlorkalk zur Desinfektion noch Choleratropfen aus Kampfer, Schwarzpulver für Infusionen oder Cholerawein. Nicht alle warteten darauf, dass die Desinfektionskolonnen zu ihnen kamen, sondern wollten selber Karbolwasser erstehen und ihre Häuser damit einsprühen, und nachdem eine Verlautbarung veröffentlicht worden war, wonach Leichenkutscher regelmäßig mit diesem angespritzt werden soll-

ten, wollte manch vorsichtiger Bürger diese Schutzmaßnahme auch für sich nutzen.
Besagte Leichenkutscher waren im Übrigen fast alle betrunken. Wenn Arthur in den letzten Tagen die Apotheke verlassen hatte – stets zum Missfallen des Onkels –, war er mehrere Male fast von einem über den Haufen gefahren worden. Alkohol galt als Schutz gegen die Seuche – und insbesondere die, die auch in besseren Zeiten gerne einen über den Durst tranken, ließen sich das nicht zweimal sagen.
»Bleib zu Hause!«, befahl sein Onkel immer wieder. »Draußen bist du nicht sicher! Und ich brauche dich hier!«
Er hörte nicht auf ihn. Wenn sich ihm irgendwie die Gelegenheit bot, lief er durch die Straßen. Auch nach dem Ausbruch der Cholera hatte ihn weiterhin der Wunsch getrieben, endlich herauszufinden, warum Nora so oft nicht nur tagsüber, sondern auch am Abend das Haus verließ und die ganze Nacht über fortblieb. Scheinbar hatte sie es gemerkt, als er sich am ersten Abend an ihre Fersen heftete, und erwies sich nicht nur als ungemein vorsichtig, sondern auch als geschickt, wenn es darum ging, das Labyrinth an Straßen für sich zu nutzen. Jedes Mal war sie ihm entwischt oder rechtzeitig in eine Droschke gestiegen, der er zu Fuß nicht folgen konnte.
Als bekannt geworden war, dass nicht nur in Hamburg, sondern auch in der Vorstadt Sanct Pauli die Cholera wütete, hatte es keine Rolle mehr gespielt, wohin Nora ging und was sie trieb. Arthur war beunruhigt zu Hella von Mummhausens Varieté geeilt und hatte dieses voller Entsetzen nur leer angetroffen. Nachbarn berichteten von mehreren erkrankten Ensemblemitgliedern, konnten aber nicht sagen, ob auch eine junge, blonde Frau, die aus Chile stammte und Emilia hieß, darunter war. Hella selbst hätte mit ein paar ihrer Singmäd-

chen die Stadt fluchtartig verlassen, die Erkrankten wären in die Krankenhäuser eingeliefert worden.
Am nächsten Tag hatte er beide Krankenhäuser – das Alte Krankenhaus von St. Georg und das Allgemeine Krankenhaus in Eppendorf – aufgesucht. Stundenlang war er von einem überfüllten Saal zum nächsten gegangen, doch in dem Chaos und Tumult dort hatte er Emilia nirgendwo finden können. Entmutigt war er zurück in das Haus seines Onkels gekehrt, doch dort fühlte er sich wie in einem Gefängnis. Er wusste, er war hier sicher – schon in der ersten Woche nach Krankheitsausbruch waren sämtliche Räume desinfiziert worden –, aber er konnte unmöglich in Ruhe hier sitzen oder in der Apotheke helfen, während er Emilia dort draußen in der verseuchten Stadt wusste! Immer wieder ging er nun in die Krankenhäuser, immer wieder auch nach Sanct Pauli, um nach ihr zu fragen, und auch heute war er dorthin aufgebrochen, doch nie hatten ihm seine Schritte so viel Anstrengung gekostet.
Er kühlte sein Gesicht an der Hauswand und sah erst jetzt, dass sie über und über mit Plakaten behängt war: Verbote waren darauf zu lesen – nämlich keine Tanzveranstaltungen zu besuchen, öffentliche Bäder zu meiden und rohes Obst nicht mehr auf der Straße zu kaufen.
Arthur löste sich von der Hauswand und ging weiter. Jeder Schritt kam ihm so vor, als würde er Steine auf der Schulter schleppen. Das Bild vor seinen Augen zerrann. Wie unerträglich schwül es war!
»Aus dem Weg!«, bellte ihn jemand an. Er fuhr herum und sah einen Hausierer auf sich zuschreiten, der einen schweren Holzwagen mit sich zog. Viele Döschen, Fläschchen und Ampullen lagen darauf, und alle waren sie mit einem Namen beschriftet, der das Wörtchen »Cholera« beinhaltete. Hätte er

sich kräftiger gefühlt, hätte er mit dem Mann einen Streit begonnen. Hausierer wie dieser nutzten die Epidemie gnadenlos aus und verkauften – in Konkurrenz zu Apotheken – sehr teure Allheilmittel, die natürlich nicht wirkten. Doch nun ließ er den Mann passieren, anstatt sich mit ihm anzulegen – ebenso, wie er die Gruppe Menschen ignorierte, die auf den Hausierer folgte und gerade eine Kirche verließ, wo einer der vielen Fürbittgottesdienste stattgefunden hatte. Ansonsten blieb es vergleichsweise ruhig auf den Straßen. Die meisten Bewohner Hamburgs versteckten sich in den Häusern – ganz anders als in den ersten Tagen, da noch Chaos geherrscht hatte: Sobald ein Verdacht auf Cholera bestand, hatte man den Kranken von der Familie fortgeholt und ungerührt Eltern von Kindern und Männer von Frauen getrennt, was nicht nur zu Klagen und Weinen führte, sondern manchmal zu körperlichem Widerstand. Nicht immer war ein Krankenwagen zur Stelle, um die Kranken nach Sanct Georg oder nach Eppendorf zu bringen – stattdessen wurden insbesondere die Ärmeren von Polizisten mit auf die Wache genommen, wo sie in winzigen Zellen auf kalten Steinen liegen und manchmal elendiglich sterben mussten.
Nun, immerhin war die Zahl der Krankenwagen aufgestockt worden – mittlerweile waren es über dreißig, die ständig unterwegs waren –, doch wenn es in Hamburgs Straßen nun ruhiger zuging, waren die Zustände im Hafen chaotisch: Russische Auswanderer, die eigentlich auf dem Weg nach Übersee waren, saßen in Logierhäusern und Hafenbaracken fest. Langsam gingen nun Wasser und Nahrung aus, Randale wurden befürchtet.
Arthur war kaum zehn Schritte gegangen, dann fühlte er sich wieder so erschöpft, dass er sich abermals gegen eine Hauswand lehnen musste. Schweiß tropfte von seiner Stirn, rann

schließlich wie Tränen über die Wangen. Er erblickte erneut ein Plakat mit einer Verordnung, doch die Worte verschwammen vor seinen Augen. Er konnte nur lesen, dass sie von Johann Georg Mönckeberg erlassen worden war, dem Stellvertreter des Bürgermeisters, denn der war mittlerweile selbst erkrankt und konnte sein Stadthaus in Övelgönne nicht verlassen.

Arthur schloss die Augen. Was war nur los mit ihm? Unmöglich konnte er es in diesem Zustand bis nach Sanct Pauli schaffen! Am besten, er kehrte wieder um.

Doch als er sich von der Wand löste, zerstob das Bild vor seinen Augen in viele kleine Sternchen. Kurz hatte er keine Ahnung, wo oben und unten war, rechts oder links. Der Schwindel verstärkte sich und mit ihm die Übelkeit. Wie eine dunkle Welle stiegen sie hoch und schlugen über ihm zusammen. Er trat einige Schritte vom Haus weg, glaubte zu fallen, als er noch aufrecht stand, und fiel schließlich, als er sich noch zu stehen wähnte. Plötzlich hörte er etwas krachen – es war der eigene Kopf, der schmerzhaft auf den Pflastersteinen aufgeprallt war, dann wurde es dunkel um ihn.

Als er die Augen wieder öffnete, schaukelte der Himmel. Die Übelkeit hatte etwas nachgelassen, aber im Mund schmeckte es so säuerlich, als hätte er sich übergeben. Obendrein fühlte er, dass er in einer nassen Lache lag – hatte er sich etwa in die Hose gemacht? Er versuchte, sich aufzurichten, schaffte es jedoch nicht. Schwer ließ er seinen Kopf wieder zu Boden fallen, der Himmel schaukelte daraufhin noch stärker. Erst nach einer Weile erkannte er, dass er nicht auf dem Boden lag, sondern auf einer Trage, und dass nicht der Himmel schaukelte, sondern er selbst.

Er versuchte, etwas zu sagen, doch aus seinem Mund kroch nur ein Stöhnen. Eben noch war ihm der säuerliche Geschmack im Mund am unerträglichsten erschienen, nun vermeinte er, man hätte Sand in seine Kehle geschüttet, so ausgetrocknet, wie diese sich anfühlte. Er schloss die Augen, um sie vor der Sonne zu schützen. Vorhin war der Himmel zwar bewölkt gewesen, doch nun brannten ihre Strahlen gnadenlos auf ihn herab. Er schwitzte, seine Haut glühte; jedes Fleckchen Körper schien in Flammen zu stehen.

Abermals wollte er etwas sagen, wieder stöhnte er nur.

Plötzlich erstickte irgendetwas das Feuer – nein, nicht irgendetwas, sondern Hände, kühlende Hände, die mit einem weichen Tuch über sein Gesicht strichen. Der säuerliche Geruch, der sich über ihm ausbreitete, kam diesmal nicht von seinem Erbrochenen, sondern vom Essig, mit dem er eingerieben wurde.

Er schlug die Augen auf, traute aber dem Bild nicht, das er sah. Fieber ... er musste sich im Fieberwahn befinden ...

Zwei Frauen standen links und recht von der Trage und beugten sich über ihn – Frauen, die Nora und Emilia glichen.

»Mein Gott«, stöhnte die eine, die Emilias Gesicht trug. »Wir müssen unbedingt ...«

»Beruhigen Sie sich«, sagte Nora mit ihrer kühlen Stimme. »Er ist doch jetzt hier. Wir können ihn behandeln ...«

In seinem Kopf schwirrte es. Warum waren Nora und Emilia an ein und demselben Ort? War er gestorben und sie auch, und sie trafen sich in der Hölle wieder?

Im nächsten Augenblick zweifelte er jedoch entschieden daran, dass er gestorben war. So schlimm sämtliche Höllenqualen auch sein mochten – unmöglich, dass sie an die unerträglichen Krämpfe heranreichten, die nun seinen Leib schüttelten. Nein, noch war er nicht tot, aber wenn er diese Krämpfe noch einen Augenblick länger ertragen müsste, würde er gewiss bald sterben.

37. Kapitel

Rita ging unruhig auf und ab. Mittlerweile wusste sie ganz genau, wie viele Schritte sie machen konnte, bis sie an eine der Wände stieß. Wenn sie große machte, waren es fünf, wenn sie kleine machte, zehn. Doch so eng es auch war – sie musste in Bewegung bleiben, um nicht nur dem Trübsinn, sondern vor allem der Kälte davonzulaufen. Noch nie hatte sie so gefroren wie in diesen Tagen. Der Winter machte aus dem Stück Himmel, das sie erspähen konnte, ein graues Loch und aus dem Gefängnis von Punta Arenas eine Eiskammer.

Dies war der einzige Vorteil gewesen, als sie noch mit anderen Frauen eine Zelle geteilt hatte: Inmitten der vielen Leiber war es etwas wärmer gewesen, und sie hatte nicht jeden einzelnen Luftzug gespürt, der durch die Ritzen drang. Allerdings hatte es dort kaum eine Möglichkeit gegeben, zu schlafen. Immerzu war um sie gestöhnt und geweint worden, durchdringender Schweißgeruch war über der Zelle gehangen, und am schlimmsten waren die scheelen Blicke, die man ihr zugeworfen hatte.

Die anderen Frauen waren hier, weil sie gestohlen oder ihre Freier betrogen hatten, aber keine von ihnen war eine Rothaut. Und keine hatte einen Mann erschossen, der – so zumindest Jerónimos Worte – ein anständiger weißer Bürger gewesen war.

Am Ende nahm sie die Kälte gern in Kauf, solange sie nur allein sein durfte. Sie wollte gar nicht wissen, wie viel Balthasar für dieses Privileg bezahlt hatte – bei weitem nicht das einzige, für den er den Wärter hatte bestechen müssen. Sie bekam zweimal am Tag zu essen – manchmal sogar eine anständige Fleischsuppe –, musste nicht auf kaltem Boden schlafen, sondern auf einem Strohsack, der zwar nicht breit, aber weich war – und sie durfte regelmäßig Besuch empfangen.

Sie hatte Balthasar eindringlich beschworen, nicht zu viel Geld für sie auszugeben, aber sie konnte es ebenso wenig verhindern wie die Sorgen, die er sich um sie machte. Müdigkeit, Erschöpfung und Verzweiflung furchten sein Gesicht in diesen Tagen mehr, als es seine Brandwunden jemals vermocht hätten.

Das Schlimmste war: Sie hatte kein Mitleid mehr für ihn übrig. Sie blickte mit toten Augen in seinen wunden Blick und verstand nicht, warum er für sie kämpfte. Sie war doch schon tot. Es schien ja kaum mehr Leben in ihr zu sein. Wenn sie nun wie ein gefangenes Tier auf und ab ging, war nur das stete Zittern ein Beweis, dass noch nicht alle Kräfte aus ihren Gliedern gewichen waren. Doch Wünsche, Hoffnungen, Sehnsüchte waren längst verschwunden. Sie wusste wieder, wie sie hieß, aber ansonsten war ihr Geist leer. Ihr Leben war abgeschlossen.

Rita hörte Schritte auf dem Gang und wenig später, wie sich der Schlüssel umdrehte.

Mittlerweile waren ihr die Geräusche des Gefängnisses so vertraut: das Stöhnen des Windes und der Menschen, das Klirren von Eiszapfen, die vom Dach fielen, das Würfelspiel der Wächter, die Stimmen der Soldaten. Das Gebäude war nämlich nicht nur Gefängnis, sondern auch Kaserne und Stützpunkt der chilenischen Armee. Manchmal war sie nicht sicher, ob jeder Laut, den sie vernahm, auch wirklich war, oder ob er nicht vielmehr von der Vergangenheit kündete – echoende Stimmen aus der Zeit, da Punta Arenas noch keine

aufstrebende Stadt gewesen war, sondern eine Strafkolonie, die bei der großen Revolte der Gefangenen einmal zerstört worden war.
Die Tür quietschte, als sie geöffnet wurde. Rita blieb mit dem Rücken zu ihr gewandt stehen, denn sie wusste, wer gekommen war. Sie kamen immer wieder, anstatt sich um die Estancia zu kümmern, behaupteten, dass es im Winter kaum Arbeit gebe – womit sie nicht ganz unrecht hatten –, und obendrein, dass nicht nur Pedro die wenige verrichtete, sondern auch Don Andrea helfen würde.
Das war gewiss eine Übertreibung. Don Andrea hatte noch nie mit seinen Händen gearbeitet, wahrscheinlich betete er nur, und vielleicht erzählte er Aurelia Geschichten … hoffentlich gute, in denen keine bösartigen Kreaturen vorkamen und sie des Nachts um den Schlaf brachten.
Oh, wenn es ihrem Mädchen nur gutging!
»Rita …«
Die Stimme erklang ganz dicht an ihrem Ohr.
Nun endlich fuhr sie herum und hob abwehrend die Hände.
»Bleibt mir fern! Ich möchte nicht wissen, wie viele Läuse ich habe.«
»Pah! Das Ungeziefer weiß, wie hässlich ich bin, und stürzt sich gewiss nicht auf meinen Leib.«
Balthasars Stimme klang spöttisch wie sonst, sein Mund war zu dem Versuch eines Lächelns verzogen, doch sein Blick wich ihrem aus. Sie wusste augenblicklich, dass er schlechte Neuigkeiten brachte.
»Der Prozess? Steht nun fest, wann der Prozess beginnt?«, fragte sie gefasst.
Balthasar blickte zu Boden, Ana jedoch, die nach ihm die Zelle betreten hatte, wagte sie anzusehen. Rita war dankbar, sie in diesen dunklen Stunden an Balthasars Seite zu wissen. Von

allen Menschen, die sie kannte, war Ana immer diejenige gewesen, die das Elend der Welt am besten ertrug und dabei das gleichmütigste Gesicht aufsetzen konnte. Ihr Blick triefte weder vor Bestürzung noch vor Mitleid, und ihre Stimme zitterte nicht, sondern benannte die Dinge sachlich beim Namen. Und genau das war es, was Rita wollte. Kein Verzärteln, kein Schonen, keine Lügen. Sondern die Wahrheit, kalt und farblos wie der Winter.

»Ja«, sagte Ana, »der Prozess findet nächste Woche statt.«

»Gut«, sagte Rita und straffte die Schultern. »Meinetwegen könnte er morgen beginnen – ich bin bereit.«

Balthasar hob langsam den Kopf, wich ihrem Blick aber immer noch aus.

Sie seufzte. »Du verschweigst mir doch etwas«, stellte sie fest. »Geht es Aurelia gut?«

»Natürlich!«, rief er schnell. »So gut, wie es ihr ohne dich gehen kann.«

»Was ist es dann?«

Als Balthasar nichts sagte, starrte sie Ana an. »Sag du es mir!«

»Bitte …«, Balthasars Stimme klang flehentlich.

Doch Ana überhörte ihn. »Lügen bringen uns nicht weiter«, erklärte sie entschlossen. »Es ist nur … Jerónimo hat ganze Arbeit geleistet. Wenn man ihn reden hört, könnte man meinen, Esteban wäre der zuverlässigste, anständigste und tüchtigste Bürger von ganz Punta Arenas gewesen. Er hat die Geschichte so oft erzählt und so lange verdreht, dass der Mob völlig aufgehetzt ist. Als ruchbar wurde, dass wir bei der Gobernación waren, um für dich einzutreten – du weißt, ein Deutscher, Rudolfo Stubenrauch ist Vize-Consul, und Balthasar hoffte, er würde ein offenes Ohr für unsere Belange haben – nun, da zog eine wütende Menge dorthin und forderte … forderte …«

Balthasars Blick wurde eindringlich. »Sprich es nicht aus!«, rief er. Doch auch wenn Ana es nicht sagte – Rita wusste es.
»Sie fordern meinen Tod«, sagte sie leise. »Sie verwünschen mich und beleidigen mich und grölen, dass eine wie ich nicht weiterleben darf. Weil ich eine verdammte Rothaut bin, die einen der ihren erschossen hat.«
Balthasar schwieg betreten.
Rita unterdrückte ein Zittern. »Ihr müsst mir etwas versprechen«, erklärte sie mit fester, harter Stimme, und ihr Blick fixierte einen der Eiszapfen. »Ihr müsst Aurelia wie Vater und Mutter sein. Und ihr müsst Emilia beschwören, dass sie aus Deutschland zurückkehrt. Ihr werdet ihre Hilfe nötig haben. Nicht, dass ich viel dazu beigetragen habe, dass die Estancia floriert, und ich ein großer Verlust wäre. Und dennoch … Emilia sollte auch in Aurelias Nähe sein, wenn sie aufwächst. Sie soll von möglichst vielen Menschen umgeben sein, die sie lieben.«
»Sag so etwas nicht!«, begehrte Balthasar auf. »Du wirst hier wieder rauskommen! Und dann werden wir heiraten! Der Mob ist aufgebracht, ja, aber nicht er wird das Urteil sprechen, sondern ein Richter. Und der hat dem Gesetz zu folgen, keinen Vorurteilen.«
Rita schüttelte langsam den Kopf. »Du kannst es drehen, wie du willst – ich habe Esteban getötet. Und ich habe es gern getan. Ich habe es nicht nur getan, um mich oder Aurelia zu schützen, sondern ich habe es aus Rache getan, und ich bereue es keinen Augenblick lang. Nein, Balthasar«, sie hob abwehrend die Hand, als er ihr widersprechen wollte, »hör auf, dir irgendwelche falschen Hoffnungen zu machen. Du musst der Wahrheit ins Gesicht sehen, und die Wahrheit ist, dass mein Schicksal besiegelt ist. Ich werde am Galgen enden, und ich möchte, dass ihr mir versprecht, für Aurelia zu sorgen, als wäre sie euer Fleisch und Blut.«

Balthasar rührte sich nicht, aber Ana trat vor. »Ich verspreche es«, erklärte sie. Ihr Tonfall war nüchtern. Aber als sie Ritas Hand nahm und sie drückte, war ihr Griff fest und warm.
»Balthasar!«, drängte Rita, nachdem sie Anas Hand losgelassen hatte. Nach wie vor kam kein Wort über seine Lippen. Erst als sie zu ihm trat und ihm trotz vorhergehender Warnung vor Läusen die Hände auf die Schultern legte, sah er sie an. Tränen glänzten in seinen Augen.
»Ich verspreche es«, murmelte er mit brechender Stimme.
Dann zog er sie an sich und umarmte sie so fest und inniglich, als wolle er sie nie wieder loslassen.

Ana hatte nicht gedacht, dass es ihr so schwerfallen würde, Ernestas Haus zu betreten. Die Jahre, die sie hier zugebracht hatte, und die wahllos vielen Männerhände, die sie berührt hatten – all das war doch Vergangenheit, in einen dunklen Keller gesperrt und nicht machtvoll genug, um ihre Träume zu stören – wenn sie denn überhaupt träumte, da sie doch kaum schlief. Die Erinnerungen hatten ihr nie zugesetzt; sie hatte nie mit dem gehadert, was sie war und was sie hatte durchstehen müssen, denn das wäre ihr als viel zu anstrengend erschienen, hätte sie viel zu viele Gefühle gekostet. Warum hätte sie sich ihnen hingeben sollen, wenn der Sturmwind Patagoniens sie doch fortwehte?
Aber nun war sie nicht von dessen wilder Weite umgeben, nun war sie in Punta Arenas und in Ernestas Haus, und kein Wind vertrieb den Geruch von Ernestas durchdringendem, süßlichem Parfüm – ein Geruch, der ihr unerwartet zu schaffen machte und ihr das Gefühl gab, sie könne kaum atmen.
Am schlimmsten war es nicht, die vielen Räume zu durchqueren, wo Ernestas Mädchen schliefen und arbeiteten, und auch der Anblick des Saloons, wo sie einst vor so vielen Betrunke-

nen getanzt und gegirrt hatte, nach außen scheinbar ausgelassen, innerlich wie tot, war halbwegs erträglich. Doch Ernestas Wohnung bereitete ihr Qualen. Sie schien mit noch mehr Kostbarkeiten vollgestopft zu sein als beim letzten Mal, desgleichen wie Ernesta mit noch mehr Schmuck und Pelz behangen war, und nach dem freien Leben auf der Estancia glaubte Ana, in dieser Enge keinen Schritt gehen zu können. Ja, dies war das Schlimmste: nicht die Erinnerungen an ihr Dasein als Hure, sondern die Erinnerungen an eine Zeit, da sie nicht frei gewesen war.

Ernesta musterte sie lange – ihr Blick war stechend wie immer. »Was machst du hier?«, kläffte sie. »Brauchst du Arbeit, nun, da Rita bald hängt?«

Ana hielt dem Blick stand. So unerträglich wie die Gerüche und wie die Bilder, die vor ihr aufstiegen, waren die Gefühle, die Ernestas Anblick verursachte. Gewiss, sie hatte stets einen gewissen Respekt für die Frau empfunden, die es geschafft hatte, der Armut zu entrinnen und zu einer der reichsten Frauen von Punta Arenas zu werden, die nie selbst als Hure arbeiten musste, sondern – geschäftstüchtig und skrupellos, wie sie war – einen Weg gefunden hatte, andere an ihrer statt die Beine breit machen zu lassen. Zu diesem Respekt gesellte sich Dankbarkeit, widerstrebende zwar, aber aufrichtige: Ernesta hatte sie zwar ausgebeutet wie die anderen Mädchen auch, war gleichgültig gewesen, wie sie es verkrafteten, und hatte immer nur vor Augen, was es ihr selbst einbrachte, doch die Lust am Quälen war ihr fremd. Es war ihr wichtig gewesen, selbst an einem dunklen Ort wie ihrem Bordell ein Mindestmaß an Ordnung und Gerechtigkeit aufrechtzuerhalten. Man durfte ihre Mädchen benützen – betrügen und schlagen durfte man sie nicht, sonst schritt sie ein. Und dennoch: Nicht minder stark und langlebig wie diese Dankbarkeit und der Respekt

hegte Ana tiefste Verachtung für die Frau, die hier im obersten Geschoss hockte wie eine Spinne, die Geld hortete, das sie eigentlich nicht brauchte, sich ihr Gesicht mit Farbe bemalte, obwohl sie niemandem gefallen wollte, und sich ihre Wohnung mit Mobiliar vollstellte, obwohl ihr Blick, wenn er darauf fiel, kalt und stechend blieb und nicht die geringste Freude zeigte. Dieser Blick glitt nun über ihre Gestalt. »Du bist nicht mehr die Jüngste, Ana. Wenn ich mich recht erinnere, habe ich dir das schon bei unserer letzten Begegnung gesagt: dass die Männer nämlich junge und frische Huren wollen, denen man nicht ansieht, wie oft sie schon genommen worden sind.«
»Ich bin nicht hier, um für dich zu arbeiten«, entgegnete Ana scharf. »Die Estancia wirft genügend Geld ab.«
»Stimmt … ja …«, räumte Ernesta ein. »Emilia bezahlt regelmäßig ihre Schulden ab. Wo ist sie eigentlich?«
»In Hamburg.«
Ernesta nickte nachdenklich. »Das ist vielleicht besser so. Sie könnte Rita auch nicht helfen.«
Das Gefühl zu ersticken wurde übermächtig. Um sich den Geschmack des süßlichen Parfüms zu ersparen, hatte Ana bislang kaum zu atmen gewagt. Doch nun musste sie einen tiefen Zug machen, weil sonst ihre Brust unter dem Druck bersten würde.
»Kennst du ihn?«, presste sie schließlich hervor.
Ernesta gab sich gelangweilt. Als Ana gekommen war, war sie aufgestanden, nun nahm sie wieder auf einer Chaiselongue Platz. Auf dem riesigen Möbelstück schien sie nahezu zu schrumpfen und wirkte noch winziger und buckliger als stehend. »Wen?«, fragte sie knapp.
»Den Richter.«
Ernesta lachte freudlos auf. »Ach, darum bist du hier!«, rief sie. »Aber wenn du darauf zählst, dass er ein dunkles Geheim-

nis hütet, das man gegen ihn nutzen könnte, dann muss ich dich enttäuschen.«

Ana versuchte, sich nicht anmerken zu lassen, wie sehr diese Worte sie entmutigten. Das war tatsächlich ihre große Hoffnung gewesen, die sie hierhergetrieben hatte. Balthasar hatte wieder und wieder versucht, mit dem Vize-Consul zu reden und ihn dazu zu bringen, sich für Rita einzusetzen, aber insgeheim glaubte er wohl selbst nicht mehr, damit Erfolg zu haben. Ana war von Anfang an klar gewesen: Wenn jemand in Punta Arenas helfen konnte, dann Ernesta mit ihren Beziehungen und mit den vielen Geheimnissen, die sie in Erfahrung gebracht hatte und geschickt gegen Menschen ausspielte.

»Rita braucht für die Gerichtsverhandlung einen Anwalt«, sagte Ana leise. »Einen guten Anwalt. Wenn du schon den Richter nicht kennst – dann vielleicht einen solchen …«

»Pah!«, machte Ernesta und wedelte sich mit einem Fächer Luft zu. »Du bist mir eine! Bei mir haben viele Menschen Schulden, aber niemand so hohe, dass er ernsthaft darum kämpfen würde, Rita frei zu bekommen. Weil es nämlich absolut zwecklos ist!«

»Aber ich muss ihr irgendwie helfen!«, rief Ana, um dann verzweifelt zu bekennen, was ihr wie ein Schatten auf der Seele lag: »Ich … ich bin in gewisser Weise doch schuld an dem, was geschehen ist. Ich selbst habe Rita die Pistole gegeben und habe ihr sogar gesagt, dass sie nicht daneben zielen sollte. Aber ich hätte mir nie vorstellen können, dass es so endet! Ich wollte doch nur, dass sie sich verteidigen kann, falls es zum Kampf kommt und sie sich und Aurelia schützen muss. Aber nun …« Sie brach ab – einerseits erleichtert, weil sie endlich hatte aussprechen können, was sie so quälte, andererseits beschämt, dass sie ausgerechnet vor Ernesta dieses Bekenntnis gemacht hatte.

Diese hatte seelenruhig zugehört und ließ jetzt den Fächer sinken. »Du kannst sagen, was du willst«, murmelte sie, »es war Ritas Entscheidung, abzudrücken – nicht deine. Wenn du hättest verhindern wollen, was geschehen wäre, hättest du dich beizeiten zwischen sie und Esteban werfen müssen – jetzt aber ist es zu spät. Wahrscheinlich hättest du es sogar getan, nicht wahr? Ich meine, dich vor Esteban zu werfen, damit man Rita nicht des Mordes anklagen kann. Du bist eine verdammt treue Haut – zumindest Emilia und Rita gegenüber. Mir gegenüber warst du treulos. Von mir wolltest du dich immer nur befreien.«
»Kein Wunder!«, gab Ana barsch zurück. »Du denkst nur an dich und an das Geld, das du mit uns Mädchen scheffelst. Emilia und Rita waren nach dem Tod meiner Eltern die ersten Menschen, die freundlich zu mir waren.«
Ernesta verdrehte die Augen und wedelte ungeduldig mit dem Fächer. Dann wurde ihr Blick kurz anerkennend: »Ich hätte ja nie geglaubt, dass Rita einen Mann erschießt. Schon gar nicht Esteban, vor dem sie so viel Angst hatte. Emilia war immer stark, ohne Zweifel, mit ihr lassen sich gute Geschäfte machen, aber Rita war ein Blatt im Wind.«
Ana schüttelte den Kopf. »Das habe ich früher auch gedacht, aber damit tut man ihr unrecht. Immerhin hat sie … überlebt. Das, was ihr als junges Mädchen zugestoßen ist, als man ihr ganzes Dorf ausrottete. Und auch das, was Esteban und Jerónimo ihr angetan haben. Sie hat sogar ihr Kind angenommen. Sie will … sie wollte heiraten, und sie hat so gerne gewebt und Stoffe gefärbt.«
»Aber zum richtigen Preis verkauft hat diese Stoffe gewiss Emilia, oder nicht?«, höhnte Ernesta.
Ana trat näher an sie heran und ignorierte den süßlichen Geruch. Plötzlich war ihr der enge Raum nicht unerträglich,

sondern einfach nur widerwärtig. »Rita mag nicht so hart sein wie wir, aber sie hat nicht aufgegeben, ganz gleich, was ihr zugestoßen ist. Sie hat sich nicht verboten, glücklich zu sein, hat vielmehr die Liebe zugelassen – die Liebe zu Balthasar und zu Aurelia. So schwach kann sie also gar nicht sein, denn ich glaube, dass man sehr, sehr stark sein muss, um glücklich zu werden. Es ist so viel leichter, sich zu verhärten und sämtliche Gefühle abzutöten, doch wenn man die hässlichen, bitteren verneint, bringt man sich auch um die warmen, schönen. Innerlich zu verhärten ist nichts, worauf man stolz sein kann. Und schon gar nichts hat es mit Stärke oder Mut zu tun. Vielleicht ist es die größte Schwäche, die größte Feigheit überhaupt.«

Selten hatte sie in den letzten Jahren so viele Worte auf einmal über ihre Lippen gebracht, schon gar nicht unüberlegte, unbedachte. Heiß stieg ihr das Blut ins Gesicht.

Ernesta hatte sich etwas erhoben, ihr Blick war immer noch stechend. War jemals anderes darin gestanden als Habgier und Geiz? Hatte sie irgendwann andere Träume gehabt, als viel Geld zu machen und sich die Heimstatt mit teuren Möbeln vollzustopfen?

»Willst du eigentlich gerade mich von etwas überzeugen oder dich selbst?«, fragte sie spitz. »Hör gut zu, Ana, ich lass mich nicht von dir beschimpfen, weil wir uns doch so ähnlich sind, fast wie Schwestern. Wir sind beide Überlebende, Ana, und das Überleben macht nun mal roh.«

»Nein, wir sind keine Schwestern«, begehrte Ana auf. »Im Gegensatz zu dir habe ich nie Geld gebraucht, nur Freiheit.«

»Aber man braucht Geld, um frei zu sein.«

»Tatsächlich? Dieses Zimmer erscheint mir noch enger als Ritas Zelle. Die Gitterstäbe mögen golden sein, aber wie ein Käfig erscheint es mir trotzdem.«

»Willst du nun endlich aufhören, mich zu beleidigen?«
Ihre Stimme klang nicht gekränkt, sondern fast belustigt.
Ana atmete tief durch. Sie versuchte, das Schrille, Aufgebrachte in ihrer Stimme zu zügeln. »Ernesta«, beschwor sie sie ernsthaft, »Ernesta, wenn du etwas für Rita tun kannst – dann tue es! Ich bitte dich darum.«
Ernesta starrte sie eine Weile schweigend an, erhob sich dann von ihrer Chaiselongue und trat zu einer der vielen Kommoden. Langsam zog sie eine Lade auf und wühlte darin. »Ich kann für einen Anwalt sorgen«, murmelte sie. »Aber ich glaube nicht, dass der einen Freispruch erwirken kann.«
Endlich hatte sie gefunden, was sie suchte, und drückte es Ana in die Hand. Diese schauderte, als sie den schlaffen, kalten Griff fühlte – und noch mehr, als sie erahnte, was Ernesta ihr da gegeben hatte.
»Was ist das?«
»Das ist das Einzige, was Rita wirklich hilft.«
Ana blickte zweifelnd darauf. »Woher hast du das?«
»Das willst du gar nicht wissen.«
Ernesta zuckte die Schultern und ließ sich wieder auf die Chaiselongue fallen. »Wenn du nicht für mich arbeiten willst – und glaube mir, selbst wenn du es wolltest, ich müsste mir überlegen, ob man mit dir noch einen Centavo verdienen kann –, nun, dann hast du hier nichts mehr verloren. Dann geh und komm nicht wieder.«
Ana hatte ihr eben danken wollen – wenn auch nicht für dieses grausame Geschenk, das sie in Händen hielt, sondern dafür, dass Ernesta für Rita einen Anwalt beschaffen würde –, doch nun erkannte sie, dass sie diesen Dank wohl gar nicht hören wollte, es vielmehr als Beleidigung empfunden hätte, wenn man in ihrem harten Herzen einen Funken Güte finden könnte.

Ana lächelte halbherzig und schloss die Hand um das, was ihr Ernesta gegeben hatte.
»Glaub nicht, dass ich jemals wieder diesen Raum betrete«, gab sie mürrisch zurück und ging grußlos nach draußen.

Im Gerichtsaal war es fast so kalt wie im Gefängnis, und Rita war dankbar dafür, dass ihr Balthasar am Tag zuvor einen Quillango in die Zelle gebracht hatte – bis zu diesem Moment das Einzige, das ihr verwehrt geblieben war. Sie fror trotz des Mantels erbärmlich, doch irgendwie war sie auch dankbar dafür – denn das bedeutete, dass es den anderen ähnlich erging und der Richter die Sache so schnell wie möglich zu Ende bringen würde wollen.
So oder so, es würde ihm ein Leichtes sein, ein Urteil zu fällen. Der Fall war klar. Rita hatte nie zu leugnen versucht, dass sie Esteban erschossen hatte. Und damit, das hatte auch der Anwalt erklärt, der am Tag vor dem Prozess plötzlich in ihrer Zelle aufgetaucht war, gebe es kaum Hoffnung für sie.
Ana hatte diesen Anwalt zu ihr gebracht, und in ihrem Gesicht hatte ein stolzes Funkeln gelegen, weil sie jemanden gefunden hatte, der ihre Verteidigung übernehmen würde, aber Rita hatte von Anfang an keinerlei Hoffnung in ihn gesetzt. Er war ein dürres Männlein und, wie sich herausstellte, darauf spezialisiert, Grundstreitigkeiten zu klären, Besitzurkunden auszustellen und notariell zu beglaubigen. Wahrscheinlich war er noch nie in einen Mordfall hineingezogen worden, und schon gar nicht in einen, bei dem eine Rothaut einen Chilenen ermordet hatte.
Es lag ihr auf den Lippen, ihn fortzuschicken, aber Ana beschwor sie, mit ihm zu reden, behauptete, er wäre die letzte Chance, und bat sie, auf ihn zu hören. Also hatte Rita ihm erzählt, was geschehen war, und sich angehört, was er dazu zu

sagen hatte – nämlich nur Weniges und nur Trostloses –, und hatte danach geglaubt, endgültig taub zu werden. Nicht einmal Balthasar nahm sie noch wahr, als der in die Zelle gekommen war, nachdem sich das dürre Männlein mit sorgenvollem Blick und Ana mit enttäuschtem verabschiedet hatten. Sie sah ihn, hatte jedoch das Gefühl, als würde jener Nebel, der vor allem im Winter Punta Arenas oft einhüllte, sich ebenso erstickend wie lautlos und für immer über sie senken.

Dieser Nebel schirmte sie auch von den Blicken ab, als sie am nächsten Tag vom Gefängnis zum Gerichtssaal geführt wurde. Ein paar Menschen standen vor dem Gebäude Spalier, begafften sie höhnisch und hasserfüllt und zerrissen sich über ihren Quillango das Maul.

Sie war nicht nur eine Rothaut, sie kleidete sich auch so, schrien sie.

Rita zuckte nicht einmal zusammen. Keine Beleidigung konnte den Nebel durchdringen. Erst als die Gerichtsverhandlung begann, versuchte sie, sich ein wenig zu konzentrieren. Es gelang ihr nur schwer, und sie war erleichtert, dass alles so kurz und knapp vonstattenging. Man fragte sie nach ihrem Namen und ihrem Alter und schließlich danach, was in der Höhle passiert sei.

Sie wollte schon den Mund öffnen, schloss ihn aber wieder. Das dürre Männlein war vorgetreten und beanspruchte, es an ihrer statt zu erzählen. Rita ließ ihn gewähren. Sie flüchtete sich wieder in den Nebel und hörte gar nicht zu, ob er die richtigen Worte wählte. Irgendwo unter den Zuhörern musste Balthasar sitzen, obwohl sie es ihm eigentlich untersagt hatte, doch sie hob ihren Kopf nicht, um seinen Blick zu suchen.

Als das dürre Männlein geendigt hatte, wurde Jerónimo in den Zeugenstand gerufen. Seine graublauen Augen gruben sich förmlich in Rita, aber obwohl sie seinen Blick spürte, machte ihr dieser nichts aus. Der Nebel erlöste sie nicht nur vor sämtlicher Todesangst, sondern raubte ihr auch alle Erinnerungen. Jerónimo erschien ihr wie ein Fremder. Er war weder der Mann, den sie geliebt hatte, noch der Mann, der ihr schlimmste Gewalt angetan hatte. Er war einfach nur ein Lügner, der nun erklärte, was für ein ehrenwerter, tüchtiger Mann Esteban Ayarza gewesen wäre. Als er ihn immer ausschweifender rühmte, brachte der Richter ihn zum Schweigen. Er solle nur erzählen, was sich in der Höhle zugetragen hätte – mehr nicht.

Kurz schien Jerónimo irritiert, dann erzählte er umso bereitwilliger, wie er herbeigeeilt, aber leider zu spät gekommen sei, wie er den Schuss gehört und dann gesehen habe, wie Esteban in einer Blutlache lag. Rita sei noch vor ihm gestanden. Die Pistole habe sie hingegen längst fallen gelassen.

Der Richter blieb ausdruckslos. Rita hatte ihn zu Beginn der Verhandlung eingehend betrachtet, aber sie wusste, dass sie sich sein Gesicht nicht merken würde. Wozu auch? Im Augenblick ihres Todes würde sie keine fremden Gesichter heraufbeschwören. Sie würde nur die vertrauten vor sich sehen. Das Gesicht von Balthasar, Ana, Maril, Emilia, Aurelia, Pedro, Don Andrea …

Ja, schon jetzt sah sie diese Gesichter vor sich und hauchte ihnen ein Lebewohl zu. Sie hörte darum kaum, wie plötzlich ein Tumult im Gerichtssaal ausbrach. Erst verspätet drang Balthasars Stimme durch den Nebel, wie er Jerónimo als dreckigen Lügner beschimpfte und dann den Richter anflehte, Rita zu befragen, warum sie denn auf Esteban geschossen hätte.

Das Gesicht des Richters wurde ärgerlich.

Wenn er sich nicht beruhigen würde, erklärte er in Balthasars Richtung, würde er ihn gewaltsam hinausbringen lassen.

Sei still, hätte Rita ihm am liebsten zugerufen, sei doch still, es bringt doch nichts ... es ist vorbei ...
Auch wenn sie nichts sagte, schließlich war Balthasar tatsächlich still. Entweder ergab er sich dem Richter oder der eigenen Erschöpfung und Hoffnungslosigkeit.
»Ich werde nun das Urteil verkünden, das im Namen des chilenischen Volkes ergeht ...«, setzte der Richter an.
Er machte eine kurze Pause. Oder redete er vielleicht weiter und sie war taub dafür?
Das konnte zwar nicht sein, denn sie hörte ja etwas – hörte eine andere Stimme, nicht die des Richters, des dürren Anwalts, nicht Jerónimos oder Balthasars.
Sie hörte eine vertraute Stimme, die dem Richter ins Wort fiel, so dass er das Urteil nicht verkünden konnte.
Jemand war in den Gerichtssaal gekommen, schritt nun den Mittelgang entlang. Rita hob den Kopf, und plötzlich zerriss der Nebelschleier, der sich über sie gelegt hatte.
»Nein!«, hörte sie jemanden rufen. »Sie dürfen sie nicht verurteilen! Sie ist unschuldig! Was ihr zu Last gelegt wird, habe ich getan. Ich will ein Geständnis ablegen!«

38. Kapitel

»Es sieht nicht gut für ihn aus.«

Emilia hatte Nora nicht kommen gehört und sprang auf, als diese ihr sachte die Hand auf die Schulter legte.

»Nicht, nicht!«, sagte sie sanft. »Bleiben Sie bei ihm. Ich denke, das ist das Einzige, was Sie jetzt noch tun können.«

Emilia nickte schwach. Bis vor kurzem hatte sie sich noch entschieden geweigert, einzusehen, dass Arthur die Krankheit besonders schlimm getroffen hatte. Keine Behandlungsmöglichkeit hatte sie ausgelassen, um ihn zu retten. Sie wusste: Ein Cholerakranker konnte nur überleben, wenn es gelang, das Gift der Krankheit aus seinem Körper zu schaffen, dem Organismus die verlorene Wärme wiederzugeben und den Wasserverlust auszugleichen.

Darum hatte sie ihm unverdünnte Dosen von je einem halben Gramm Salol und Kalomel gegeben und ihm außerdem mit Mühe an die zwei Liter mit zweiprozentiger Gerbsäurelösung eingeflößt. Streng hatte sie darüber gewacht, dass tatsächlich Gerbsäure genommen wurde und nicht etwa Kreolin oder Seife, zu denen man überging, weil Gerbsäure knapp wurde und beides obendrein billiger war.

Seinen Zustand hatten diese Maßnahmen nicht sonderlich verbessert. Als er eingeliefert worden war, hatte sein Gesicht noch geglüht, doch bald hatte sich die Körpertemperatur wie bei jedem Cholerakranken auf 36 Grad abgekühlt. Zuerst hatte er nur gezittert, dann war sein Leib immer öfter von Krämpfen gemartert worden. Sie hatte ihn mit Hilfe einer an-

deren Schwester gebadet, ihm heißen Tee und Kaffee eingeträufelt, schließlich Wein, in dem sie Kampfer aufgelöst hatte. Immerhin hatten die Krämpfe nachgelassen, aber sein Puls ging zunehmend schwächer. Ein Arzt hatte daraufhin Infusionen aus Kampferöl und Äther angeordnet, doch sein Gesicht war so skeptisch, als wäre dies verlorene Liebesmüh. Emilia wollte sich nicht auf die Wirkung der Infusionen verlassen, sondern versuchte, den Kreislauf mit Frictionen zu stärken, indem sie ihn mit in Rum stark angefeuchteten Bürsten abrieb. Auch das hatte kaum Besserung gebracht.
»Wir könnten einen Aderlass mit Blutegel machen«, hatte Nora vorgeschlagen. Bis dahin hatte sie Emilia und Arthur nur aus der Ferne beobachtet, sich jedoch nie in die Behandlung eingemischt. Nun hatte sie sich nicht länger zurückhalten können.
»Blutegel sind knapp«, hatte einer der Ärzte mürrisch erklärt – ausgerechnet Dr. Hufnagel. Statt des Aderlasses hatte er vorgeschlagen, Salzsäure, Strychnin und Arsen zu verabreichen – bei manchen Patienten würde das wie ein Abführmittel wirken, das sämtliches Gift aus dem Körper schwemme.
»Aber ebenso viele werden gerade von diesen Medikamenten vergiftet und sterben, wenn auch nicht an der Cholera, so daran«, hatte Nora dagegengehalten.
Dr. Hufnagel schien sichtlich verärgert, aber ausnahmsweise zeigte er es nicht. »Er ist schließlich Ihr Mann«, hatte er knapp bekundet.
Die Worte hatten Emilia kurz einen heftigen Stich versetzt, doch sie gab dem Anflug von Eifersucht nicht nach, zumal Nora die Entscheidung ihr überließ.
»Ja, er ist mein Mann«, hatte Nora später leise zu ihr gesagt, »zumindest vor dem Gesetz. In meinem Herzen war er's nie.«

Sie runzelte die Stirn, ihr Blick trübte sich leicht und schien in die Vergangenheit zu schweifen.
»Haben Sie es sich je gewünscht?«, fragte Emilia, obwohl sie sich bei jedem Wort unwohler fühlte. »Ich meine – auch im Herzen, in seinem und in Ihrem, seine Frau zu sein.«
Der Blick von Nora blieb verschleiert, bis sie plötzlich abrupt den Kopf schüttelte. »Nein. Eigentlich nie«, sagte sie knapp, und ehe Emilia noch etwas sagen oder fragen konnte, erklärte sie mit kühler Stimme: »Entscheiden Sie sich für die richtige Behandlungsmethode. Es scheint mir weit mehr Ihr Recht zu sein als meines. Wenn Sie es mit Salzsäure und Arsen versuchen wollen …«
»Sie haben gewiss gute Gründe, sich dagegen auszusprechen«, murmelte Emilia.
Später saß sie tatenlos an Arthurs Bett.
Die Welt schien geschrumpft zu sein – sie hörte die anderen Kranken nicht, nicht die Schwestern und die Ärzte, die durch die Säle huschten. Sie war ganz allein – allein mit Arthur, der so flach atmete, dessen Gesicht immer noch die bläuliche Farbe trug, dessen Haut trotz aller Flüssigkeit, die sie ihm gegeben hatte, gewellt war. Immerhin schien er keine Schmerzen mehr zu haben, er stöhnte und schrie nicht mehr. Erst jetzt, in dieser Stille, konnte sie sich der Wahrheit stellen: Seine Überlebenschance war denkbar gering. Jeden Augenblick konnte sein Herz aussetzen.
Offenbar befürchtete auch Nora Gleiches, denn immer wieder kehrte sie zurück an sein Krankenbett, und der Ausdruck ihrer Augen wurde zunehmend resignierter. Als sie nun Emilia sachte über die Schultern streichelte, konnte diese ihre Tränen nicht zurückhalten. »Ich wollte, dass er aus meinem Leben verschwindet«, brach es aus ihr hervor, »aber doch nicht, dass er stirbt!«

»Sie lieben ihn sehr«, stellte Nora ruhig fest.

Emilia versteifte sich. Die Angst um Arthur hatte nicht jede Kränkung auslöschen können.

»Wie kommen Sie darauf?«, fragte sie vermeintlich schroff.

»Sie sitzen hier bei ihm. Seit nunmehr zwei Tagen und Nächten schon.«

Emilia senkte ihren Blick. Sie hatte jedes Gefühl für die Zeit verloren – und auch für den eigenen Körper. Sie fühlte nicht einmal mehr Müdigkeit oder Hunger, und als sie unwillkürlich zu sprechen anfing, auch keine Scham, ausgerechnet Nora diese Worte anzuvertrauen.

»Als ich heimlich die Schiffspassage gekauft und ihn in der Kajüte überrascht habe«, begann sie zu erzählen, »habe ich mir vorgemacht, dass ich mir einen alten Traum erfülle ... den Traum, endlich nach Deutschland zu gehen. Aber die Wahrheit ist: Ich wollte einfach nur bei ihm sein, ganz gleich, wo. Ich habe mich immer wohl gefühlt in Patagonien – aber ich glaube, ich wäre stark genug, überall zu leben und neu anzufangen. Nur allein ... allein will ich nie wieder sein. Genau betrachtet, war ich nie allein, ich hatte Rita und Ana, und doch ist es etwas anderes ...« Sie brach ab, atmete tief durch. Sie ahnte, dass ihre Worte wirr klangen, zumal für Nora viele Namen fremd waren. Doch sie konnte nicht aufhören zu sprechen. »Bevor ich Arthur traf, dachte ich, dass es unmöglich wäre, jemals wieder einen Mann lieben zu können ... ihn lieben zu dürfen.«

»Warum sollten Sie nicht lieben dürfen?«, fragte Nora.

Emilia seufzte wieder. »Das ist eine lange Geschichte.«

Nora ließ sich neben ihr auf der Bettkante nieder: »Erzählen Sie sie mir. Ich habe ein wenig Zeit. Heute sind fast gar keine neuen Kranken gekommen – die Seuche scheint abzuebben.«

Verwirrt blickte Emilia sie eine Weile an, doch dann fuhr sie zaghaft fort. Ihre Stimme war kaum lauter als ein Raunen. Sie

wusste nicht, wem genau sie die Geschichte erzählte, ob wirklich Nora oder nicht vielmehr Arthur, sie wusste nur, dass es guttat, sich alles von der Seele zu reden: die Geschichte ihrer Eltern, ihrer Verlobung mit Manuel, ihrer Flucht, der harten Anfangsjahre in Punta Arenas. Sie sprach von dem Tag, da sie Arthur zum ersten Mal gesehen hatte und derart erbost gewesen war, weil er so aufdringlich auf ihr Dekolleté gestarrt hatte. Mit dem Anflug eines Grinsens erzählte sie von der Wette, die er mit Balthasar abgeschlossen hatte, von dem Spaß, den sie gehabt hatte, als sie sich rächte, aber auch von seinem ernsthaften Bemühen, Rita einen Arzt zu beschaffen. Damals hatte sie zum ersten Mal die Ahnung gestreift, dass er mehr war, mehr sein wollte als der eitle, selbstverliebte, oberflächliche Mann, für den das ganze Leben ein Spiel war.
Sie hörte nicht mehr auf zu sprechen. Zuletzt nahm sie Nora gar nicht mehr wahr – ihr Blick war starr auf Arthur gerichtet, als sie zugab, wie schwer es ihr trotz aller Leidenschaft gefallen war, an eine gemeinsame Zukunft zu glauben. So oft stritten sie, so oft lag diese Spannung in der Luft und machte es unmöglich, ihm ehrliche Gefühle anzuvertrauen. Dennoch – ohne ihn erschien ihr das eigene Leben ungleich leerer und sinnloser – und sie wusste, dass Gleiches auch für ihn galt.
Nachdem sie geendet hatte, senkte sich Schweigen über sie.
»Es tut mir leid«, sagte Nora schließlich.
»Was?«
»Ich habe nicht nur Sie falsch eingeschätzt, sondern auch ihn. Ich dachte nicht, dass er eine Frau lieben und dass er sich ihr verpflichtet fühlen könnte – aber das tut er wohl. Sonst wäre er nicht hierhergekommen, um die Scheidung von mir zu erbitten. Es tut mir wirklich leid.«
»Was genau tut Ihnen leid?«, fragte Emilia heiser. »Dass Sie das nicht erkannt haben?«

»Nein«, murmelte Nora, »Dass es wahrscheinlich zu spät ist.«

Emilia hatte Arthurs Hand genommen. Die Haut war trocken und kalt, als wäre er tot. Emilia drückte sie fest.

»Aber solange er noch atmet«, sagte Nora leise, »sollten Sie die Hoffnung nicht aufgeben. Und reden Sie weiter – ich habe das Gefühl, dass Ihre Stimme ihn … beruhigt.«

Nora erhob sich und verließ den Krankensaal ohne ein weiteres Wort. Kurz wusste Emilia nicht, was sie noch zu Arthur sagen sollte, was ihm erzählen, doch dann kamen die Worte wie von selbst.

»Du darfst nicht sterben, Arthur«, rief sie flehentlich, »nicht jetzt! Es war Unrecht, was du Nora angetan hast … und es war Unrecht, dass du sie mir verschwiegen hast, aber es ist nichts, was ich dir nicht verzeihen könnte. Und was zählt es noch, jetzt, … da du … da du …«

Da du sterben könntest, wollte sie sagen, aber dann war es etwas anderes, was ihr über die Lippen kam: »Jetzt, da ich ein Kind von dir erwarte.« Sie machte eine kurze Pause und schöpfte tief Atem, ehe sie fortfuhr. »An dem Tag, als die Cholera in unserem Varieté ausgebrochen ist, wurde mir beim Geruch der Milch übel. Hätte ich sie getrunken, ich wäre vielleicht krank geworden, doch ich trank sie nicht. Mir kam gar nicht in den Sinn, dass die Übelkeit von einer Schwangerschaft rühren könnte. Aber es ist so. Ich erwarte ein Kind von dir. Seit vier Monaten nun schon.« Sie ließ seine Hand kurz los, um sich aufzurichten. Dann beugte sie sich über ihn und nahm die Hand wieder, um sie auf ihren leicht gewölbten Leib zu ziehen.

»Ich dachte immer, ich könnte kein Kind kriegen, ja, ich dürfte es nicht … es wäre vielleicht krank an Leib und Seele … wegen meiner Eltern. Aber jetzt weiß ich, dass es richtig ist, dieses Kind zu bekommen, weil das Leben immer stärker ist als der Tod, und die Liebe immer stärker als der Hass. Also sei auch du stark und lebe! Für mich, Arthur, für mich und unser Kind! Lebe!«

Über Stunden kämpfte Arthur gegen den Tod, und mehr als einmal schien es, er würde diesen Kampf verlieren. Immer wieder ging sein Atem so flach, dass Emilia ihn kaum hören konnte und sie sich dicht über sein Gesicht beugen musste, um noch ein Lebenszeichen zu erhaschen. Sein Puls pochte entweder hektisch schnell oder so langsam, dass sie angstvolle Augenblicke lang das Gefühl hatte, er würde gleich aussetzen. Doch immer dann, wenn sämtliche Kräfte aus seinem Leib zu schwinden drohten, packte sie seine Hand und beschwor ihn. Sie sprach von sich und dass sie ohne ihn nicht weiterleben wollte, sie sprach von dem Kind, das ihn nicht minder brauchte als sie – und manchmal verfluchte sie ihn auch.

»Glaub nicht, du könntest dich einfach aus dem Staub machen!«, rief sie. »Mein Leben war einst zwar so viel leichter ohne dich, aber jetzt gibt es dich nun mal ... und das Kind gibt es auch, also bleibst du!«

Sie schrie ihn an oder sprach mit raunender Stimme, sie bettelte, flehte oder beschimpfte ihn. Einmal stiegen ihr Tränen hoch, aber sie schluckte sie, weil sie das Zeichen von Hoffnungslosigkeit gar nicht zulassen wollte. Und irgendwann, nach vielen Stunden, da sie die Augen kaum mehr offen halten konnte, wurde der bläuliche Ton seines Gesichts etwas blasser. Er sah immer noch krank aus, die Haut war grau, die Furchen auf den Wangen tief, doch die Augen versanken nicht mehr vollends in Schlitzen. Er schlug sie auf, und als sich ihre Blicke trafen – der seine nicht länger von Krankheit getrübt, sondern erstaunlich wach –, konnte sie sich nicht länger beherrschen und schluchzte auf. Allerdings – kaum war ihr der verräterische Laut entkommen, der alle Sorgen, alle Ängste verriet und auch die Erleichterung, dass es ihm besserging, ließ sie seine Hand los und stand rasch auf.

»Emilia ...«

Seine Stimme klang gebrochen und hielt sie zurück. Als sie auf ihn hinabblickte, ging ihr zum ersten Mal auf, wie viel Gewicht er verloren hatte. Ein großer, stattlicher Mann war er eigentlich, doch auf diesem hellen Laken wirkte er winzig und verloren.

Langsam ließ sie sich wieder an seinem Bett nieder.

»Emilia, lebe ich noch? Das kann doch gar nicht sein. Sonst wärst du schließlich nicht hier bei mir ...«

»Glaub mir«, sagte sie rasch und wie üblich schroff, »der Himmel würde dir schnell zur Hölle, wenn ich der einzige Engel wäre, der dir auf deiner Wolke Gesellschaft leistet.«

»Egal, ob Himmel oder Hölle – Hauptsache, du bist da«, stammelte er. Mit jedem Wort wirkte er etwas kräftiger.

Sie streichelte zärtlich über sein Gesicht, obwohl ihre Stimme weiterhin hart und kalt klang: »Wir sind aber weder im Himmel noch in der Hölle, sondern auf Erden. Und gerade frage ich mich, warum dir die Cholera nicht wenigstens die Süßholzraspelei ausgetrieben hat. Dann hätte sie was Gutes gehabt.«

»Das einzig Gute wäre, wenn du mir verzeihen würdest.«

Er versuchte, sich aufzurichten, schaffte es aber nicht. Wahrscheinlich würden noch viele Tage vergehen, bis sein Körper stark genug war, um wieder zu sitzen, ja, gar zu stehen. Emilia ahnte, dass dies eine bittere Erfahrung für ihn sein musste, und sie konnte sich die Schadenfreude nicht ganz verkneifen. Im nächsten Augenblick aber nahm sie ein Essigtuch, um ihm vorsichtig über die Stirn zu wischen.

Obwohl sie seine Worte nicht erwiderte, lächelte er plötzlich.
»Du würdest nicht für mich sorgen, wenn du mir nicht verziehen hättest«, murmelte er.
Emilia zog das Essigtuch rasch wieder zurück. Natürlich hatte sie ihm verziehen; während der Tage, da er mit dem Tod rang, waren sämtliche Streitigkeiten so unwichtig geworden. Sie liebte ihn, sie bekam ein Kind von ihm, und sie wollte ihr Leben mit ihm teilen. Es ihm sagen aber wollte sie nicht – noch nicht.
»Am besten, du schläfst jetzt«, knurrte sie.
Draußen auf dem Gang spürte sie, wie die Beine wackelten. Kraftlos lehnte sie sich gegen die Wand. Sie musste schlafen, sehr, sehr lange schlafen, um sich zu erholen und neue Kräfte zu sammeln, für sich selbst und für das Kind. Unwillkürlich legte sie ihre Hände um den Leib, der sich leicht wölbte. Sie hatte den eigenen Körper und seine Bedürfnisse so lange missachtet, dass sie gar nicht auf die verräterischen Zeichen geachtet hatte. Erst als Arthur im Sterben lag und sie sich gefragt hatte, wie sie ohne ihn weiterleben könnte, hatte sie es plötzlich gewusst.
In der Ferne hörte sie Stimmen von Krankenschwestern, die laut darüber sprachen, dass seit Stunden keine Kranken mehr eingeliefert worden waren. Was Nora bereits angedeutet hatte, musste also wahr sein: Die Seuche ebbte ab.
»Wir scheinen es ausgestanden zu haben«, sagte jemand.
Emilia wischte sich den Schweiß von der Stirn. Welcher Tag war heute eigentlich? Der August war wohl längst vorbei, der September vielleicht auch bald.
»Aber wir mussten einen hohen Preis zahlen für die mangelnde Hygiene«, mischte sich Noras Stimme ein. »Es heißt, dass siebzehntausend Menschen erkrankt sind und etwa die Hälfte davon gestorben ist.«

»Und den ganzen Juli hat die Stadtverwaltung schon von der drohenden Gefahr gewusst«, murrte eine der Schwestern.
»Hoffentlich ändert sich nun etwas«, sagte Nora. »Wir brauchen endlich eine Filteranlage für die tägliche Wasserversorgung! Und alle Ärzte sollten mit den Untersuchungsmethoden vertraut sein, um rechtzeitig die Diagnose Cholera stellen zu können, wenn das Übel zurückkehrt.«
Sie schien sich von den Schwestern abzuwenden, denn nun hörte Emilia ihre Schritte auf sie zukommen. Sie konnte kaum ihren Kopf heben, so müde war sie.
»Ich habe gehört, es geht ihm besser.« Nora war ein gutes Stück von ihr entfernt stehen geblieben. Die Stimme klang ausdruckslos; anders als vorhin schwang kein Mitleid mehr mit.
»Ja«, murmelte Emilia, zu kraftlos, um mehr zu sagen.
»Kommen Sie mit! Ich zeige Ihnen einen Platz, wo Sie sich ausruhen können. Sie sehen ja aus wie der Tod …«
»Aber Arthur …«
»Wenn er jetzt noch lebt, lebt er in ein paar Stunden auch noch. Ich sehe nach ihm – und nein, keine Angst, nachdem die Cholera ihn nicht geholt hat, werde auch ich ihm nichts zuleide tun.«
Die Andeutung eines Lächelns erschien auf ihren Lippen, das Emilia schwach erwiderte. Dann folgte sie Nora. Noch ehe sie recht wusste, wohin diese sie brachte, hatten sie ein Zimmer mit einer Pritsche erreicht. Emilia lag kaum darauf, als sie ihre Augen schloss und in einen tiefen Schlaf versank, in ein schwarzes, bodenloses Loch.
Sie träumte nichts; weder Geräusche noch Gerüche drangen in den Schlaf. Als sie erwachte, wusste sie nicht, wie viel Zeit vergangen war, ob nur wenige Augenblicke, mehrere Stunden oder gar Tage, nur, dass zum ersten Mal seit langem ihr Schä-

del nicht brummte und ihre Glieder nicht schmerzten. Sie streckte sich wohlig aus und spürte, wie ihr Magen sich vor Hunger verkrampfte. Rasch erhob sie sich, verließ den Raum und eilte zur Kantine. In den letzten Wochen hatte sie dort manchmal ausgeholfen, doch während ansonsten immer hektische Betriebsamkeit herrschte, war es nun unerwartet still. Sie war offenbar nicht die Einzige, die das Nachlassen der Flut an Kranken nutzte, um eine Pause einzulegen. Sie nahm etwas Brot und trank Wasser dazu. Immer noch vertrug sie nicht einmal den Anblick von Milch, aber sie nahm einen Becher mit – für Arthur.

Auf dem Gang begegnete sie schlafenden Schwestern. Wer jedoch keine Ruhe brauchte, war scheinbar Nora. Als Emilia Arthurs Krankensaal betrat, vernahm sie deren Stimme und blieb abwartend in der Tür stehen.

»Ich weiß genau, dass du mich in den letzten Wochen verfolgt hast«, erklärte Nora eben streng, »und ich kann ahnen, was du dir davon erhofft hast.«

»Nora …«, stöhnte Arthur.

»Nun, ich muss dich enttäuschen. Du triffst mich hier in einem Krankenhaus – nicht in den Armen eines Liebhabers. Ich kann mir allerdings nicht denken, dass du einen solchen zum Duell gefordert hättest.«

»Wohl kaum …« Immer noch war er zu schwach, sich aufzurichten. Nora indes verschränkte ihre Arme vor der Brust und starrte auf ihn herab, irgendwie verächtlich und zugleich doch auch erleichtert, dass er lebte.

»Dieses Krankenhaus ist mein Liebhaber, sonst niemand. Es ist mein ganzes Leben.« Sie atmete tief durch. »Und in diesem Leben brauche ich dich nicht.«

Arthurs Augen weiteten sich entsetzt: »Soll das heißen, du setzt mich schwerkrank auf die Straße?«

»Du Dummkopf«, fuhr sie ihn an. »Natürlich nicht! Das soll vielmehr heißen, dass ich in die Scheidung einwillige. Und dann hoffe ich, dich für den Rest meines Lebens nicht mehr zu sehen. Glaub im Übrigen nicht, ich mache es deinetwegen – denn das hast du nicht verdient, so wie du mich behandelt hast. Aber Emilia verdient es – nämlich den Mann zu heiraten, den sie liebt. Ihr werde ich ganz gewiss nicht im Wege stehen.«
Sie wartete seine Antwort nicht ab, sondern drehte sich um und ging zum nächsten Krankenbett, um sich um einen Patienten zu kümmern. Ihr Gesicht war wieder ausdruckslos und verriet nicht, wie schwer ihr dieser Entschluss gefallen sein musste und dass so viel mehr auf dem Spiel stand, als sie Arthur gegenüber zugegeben hatte.
Nein, er ahnte nichts – weder von den Auflagen des Wohlfahrtsverbandes, der seinen Mitgliedern eine christliche Lebensweise auferlegte, noch von Dr. Hufnagel, der nur einen geringen Anlass suchte, um die aufmüpfige Helferin loszuwerden. Doch Emilia wusste es.
Sie stellte das Glas Milch ab und trat lautlos zurück in den Gang. So musste Arthur eben ein bisschen länger auf eine Stärkung warten, sie hatte Wichtigeres zu tun.
»Schwester Margarethe!«, rief sie, als sie die ältere Frau entdeckte, an deren Seite sie Kranke versorgt hatte und deren Namen einer der wenigen war, die sie kannte. »Schwester Margarethe, ich muss unbedingt mit Ihnen reden!«

Es war zwei Monate später, als sich Nora wieder einmal auf den Weg zum Krankenhaus machte. Sie fröstelte, zog deswegen das Cape enger um sich und beschleunigte ihre Schritte. Im September war es unverändert heiß geblieben, doch mit dem Oktober war der Herbst gekommen. Der Nieselregen blieb ihnen erspart, aber Nebel hing dicht über der Stadt und

wurde nur selten von bissig-kalten Stürmen vertrieben. Das kühle Wetter machte ihr nichts aus; es schien besser zu ihr zu passen als der Frühling, dessen Blütenpracht ihr stets wie eine unnütze Tändelei erschien, doch als sie die Treppen zum Krankenhaus hocheilte, konnte sie ein Zittern nicht unterdrücken – weniger von Kälte bedingt als von dem Grauen, das hinter ihnen allen lag. Obwohl im letzten Monat kaum mehr Cholerakranke eingeliefert worden waren, hatte die Seuche viele Spuren hinterlassen. Niemand fühlte sich bemüßigt, die Baracken, die man notdürftig und viel zu spät im Hof aufgestellt hatte, wieder niederzureißen. In vielen Krankensälen standen noch verdreckte Pritschen. So viele gleichfalls verschmutzte Laken und Kittel und Schürzen waren noch nicht gewaschen worden.
Ja, es gab viel zu tun – und dennoch hatte sie während der letzten beiden Wochen das Krankenhaus meist gemieden.
Sie wusste, dass es nichts gab, wofür sie sich schämen musste, aber sie hatte sich während des Scheidungsverfahrens regelrecht verkrochen, und als sie heute das Haus erstmals wieder verlassen hatte, war ihr die Stadt unendlich fremd erschienen. So vielen gramgebeugten, kummervollen Menschen war sie begegnet, die den Verlust eines oder mehrerer Familienmitglieder zu beklagen hatten. Zugleich aber war schon am helllichten Tag aus vielen Tanzlokalen nicht nur Musik, sondern auch Gelächter zu vernehmen, als wollten diejenigen, die überlebt hatten, keinen Augenblick mehr auf Lebendigkeit verzichten. Nur, was für sie Lebendigkeit war – war für Nora unnützer Rausch. Lebendigkeit bedeutete für sie, in diesem Krankenhaus zu arbeiten, doch sie war sich nicht sicher, ob das auch in Zukunft noch möglich war.
Nachdem sie das Portal durchschritten hatte, blieb sie kurz stehen und atmete durch.

Immerhin – vieles von dem, was sie befürchtet hatte, war nicht eingetreten. Sie hatte sich oft gefragt, wo sie leben würde, wenn sie sich von Arthur scheiden ließe. Da ihr Vater tot war, bliebe nur ihre Schwester und deren Mann, die sie aufnehmen könnten – Clarissa und der Herzbube, der immer dicker wurde. Allein die Vorstellung, ständig deren Geschwätz zu hören, war ihr unerträglich – zumal sie sich bei Gustav Hoffmann immer wohl gefühlt hatte und ein herzliches Verhältnis zu Frau Christa und deren Enkel Flori pflegte.
Umso erleichterter war sie gewesen, als Arthur darauf bestand, sie solle weiterhin im Haus der Hoffmanns leben. Er würde künftig nur selten nach Hamburg kommen und könnte sich dann in einem Hotel einquartieren. Onkel Gustav hatte nichts gegen dieses Arrangement einzuwenden – nicht zuletzt, weil er hoffte, auf diese Weise den Skandal klein zu halten. Wenn sie weiterhin bei ihm lebte, kam die Nachbarschaft womöglich gar nicht erst auf den Gedanken, darüber zu tratschen, dass Arthur nicht mit seiner, sondern mit einer fremden Frau Hamburg verlassen hatte.
Als Nora an Emilia dachte, musste sie unwillkürlich lächeln. Dafür, dass Arthur sie einst behandelt hatte wie ein ungewolltes Möbelstück, hatte sie ihn oft verflucht, und dafür, dass das Scheidungsverfahren von Anwälten erledigt wurde und sie ihn nicht allzu oft sehen musste, war sie dankbar – aber im Grunde wusste sie nichts von ihm, hatte keine Ahnung, was er wollte und was ihn antrieb. Emilia hingegen mochte sie aufrichtig. Obwohl sie sich auf den ersten Blick nicht im mindesten ähnlich waren, spürte Nora eine Verbundenheit, als wären sie miteinander verwandt. Was für eine Wohltat, auf eine Frau zu treffen, die anpackte, wenn es notwendig war, die Entscheidungen traf, wenn sie anstanden, die sagte, was

sie dachte, die sich energisch und stur, nicht zimperlich und ängstlich gab!
Emilia gönnte sie alles Glück der Welt, sie gönnte ihr sogar Arthur – und noch viel mehr gönnte sie Arthur diese Frau, an der er sich gewiss noch manches Mal die Zähne ausbeißen würde.
Auch nach der Genesung hatte Emilia keinen Zweifel daran gelassen: So ehrlich ihre Sorge um ihn gewesen war, so erleichtert sie sich zeigte, dass er lebte und sie die Chance auf eine gemeinsame Zukunft hatten – sein schäbiges Verhalten war nicht aus der Welt geräumt. Von seinem zerknirschten Gesichtsausdruck hatte sie sich nicht einfach erweichen lassen, sondern hatte – vor allem in den Tagen, da es ihm wieder besserging – oft naserümpfend über ihn hinweggesehen und an freundlichen Worten gespart. Nora konnte es nur ahnen – aber gewiss hatte sich Emilia nicht augenblicklich zur liebreizenden Gefährtin gewandelt, als sie schließlich gemeinsam das Schiff bestiegen hatten, das sie nach Chile bringen würde, sondern ließ Arthur auch weiterhin Buße tun.
Nora löste sich aus der Starre und ging die Treppe hoch. Die Ärzte und Schwestern, denen sie begegnete, begrüßten sie, aber sie war nicht sicher, ob in manchem Blick etwas aufflackerte, was Spott, Hohn oder Verachtung glich. Hatte sich bereits herumgesprochen, dass sie keine ehrbare Frau, sondern eine Geschiedene war? Dass sie deswegen den Auflagen ihres Wohlfahrtsverbandes nicht mehr entsprach, von diesem darum ausgeschlossen worden war und eigentlich nicht mehr hier arbeiten dürfte? Sie fühlte sich plötzlich verloren und klein. Ja, ein Niemand war sie hier, da sie doch weder zur Ärzteschaft noch zu den Schwestern gehörte und jetzt nicht einmal mehr ein offizielles Ehrenamt innehatte.
Sie erreichte den zweiten Stock und war erleichtert, den Gang

leer vorzufinden. Doch kaum war sie ein paar Schritte weitergegangen, wurde sie von einer Stimme aufgehalten. Sie unterdrückte nur mühsam ein Seufzen, als sie sich umdrehte und sah, wie Dr. Hufnagel auf sie zugeschritten kam.

Wenn sie sich begegneten, machte er meist ein grimmiges Gesicht, nun hatte er ein fadenscheiniges Lächeln aufgesetzt – gewiss kein Zufall, wie es ihr durch den Kopf ging, sondern Ausdruck seines Triumphs.

»Frau Hoffmann«, setzte er gedehnt an, um sich gleich zu berichtigen: »Oder darf man sie überhaupt noch Frau Hoffmann nennen? Soll ich lieber Fräulein van Sweeten sagen?«

Nora fühlte, wie sie rot wurde – nicht vor Scham, sondern vor Wut. Sie wollte sich doch nicht klein, verloren und als Niemand fühlen müssen, schon gar nicht vor diesem Arzt! Sie hatte nie etwas Unrechtes getan! Warum musste sie diesen Blick aushalten, als wäre sie ein unanständiges Frauenzimmer, das sich auf der Reeperbahn verdingte?

Sie straffte ihren Rücken. »Ich werde weiterhin Hoffmann heißen«, sagte sie.

»Aber ich dachte …«, begann er und brach ab, denn plötzlich waren aufgeregte Schritte zu hören. Schwester Margarethe kam auf sie zugelaufen – das erste Mal seit Wochen mit einer sauberen Schürze und einem Schwesternhäubchen, das nicht schief saß. Wie fast alle Angestellten des Krankenhauses war sie während der Epidemie abgemagert, doch nun waren ihre Wangen wieder rundlicher.

»Nora, hier sind Sie ja!«, rief sie und klang begeistert. »Wir haben schon so lange darauf gewartet, dass Sie zurück ins Krankenhaus kehren.«

Noch ehe Nora sich's versah, hatte Schwester Margarethe sie am Arm gepackt und zog sie mit sich. Nora folgte ihr erst widerstrebend, bemerkte dann aber, dass sich auch auf Dr. Huf-

nagels Gesicht Verwirrung ausbreitete. Was immer Margarethe vorhatte – mit ihm war es nicht abgesprochen.
»Gott sei Dank hat jemand Sie kommen sehen – sonst hätten wir es gar nicht vorbereiten können«, murmelte Margarethe.
»Was vorbereiten?« Die Worte kamen gleichzeitig aus Noras und Dr. Hufnagels Mund.
Dann standen sie schon in einem der Krankensäle, aus dem die meisten zusätzlichen Pritschen weggeräumt worden waren. Den gewonnenen Platz hatte man genutzt, um einen kleinen Tisch mit weißen Spitzendeckchen aufzustellen. Frisch gebrühter Kaffee und Zwetschgenkuchen standen darauf.
Es war jedoch nicht das, was Nora am meisten erstaunte, sondern vielmehr die Schar an Schwestern und Pflegern, die um den Tisch einen Kreis gebildet hatten und ihr erwartungsvoll entgegensahen. Als sie ihren Blick schweifen ließ, erkannte sie auch manchen Arzt darunter. Sie alle lächelten Nora wohlwollend an.
»Was soll das?«, rief Dr. Hufnagel mürrisch, der ihnen in den Saal gefolgt war.
Niemand beachtete ihn, das Lächeln der Versammelten verstärkte sich vielmehr. Nora fühlte, wie sie errötete, nicht länger verärgert, sondern verlegen und auch ein wenig gerührt, als einer der Ärzte vortrat – ein älterer Mann, der sich immer ein wenig konfus gab und der wohl hoffnungslos verloren gewesen wäre, wenn ihm nicht Schwester Margarethe zur Seite stand. Diese bezeichnete er zwar gerne als Drachen, der ihn drangsaliere, aber er war für die Hilfe der robusten, tatkräftigen Frau dankbar, die nicht minder lange im Krankenhaus arbeitete als er und auf deren gesunden Verstand er sich stets verlassen konnte.
»Liebe Nora Hoffmann«, setzte er an. Er schien nicht ganz bei der Sache zu sein, brachte aber das Sprüchlein, das nun folgte

und ihm wohl Margarethe mühsam eingebleut hatte, tadellos hervor. Er wolle diese Gelegenheit, da das Krankenhaus langsam wieder zum Alltag zurückgefunden habe und sie entsprechende Muße für solche Anlässe hätten, nutzen, um ihr zu danken, erklärte er. Unmöglich hätten sie die letzten Wochen ohne die bewundernswerte Hilfe von den vielen Freiwilligen überstanden, die für das Krankenhaus unermüdlich Opfer brachten. Sie, Nora Hoffmann, sei nicht die Einzige gewesen, die ihm und seinen Kollegen stets hilfreich zur Seite gestanden sei – doch kaum jemand habe sich so umsichtig, so kundig, so engagiert erwiesen. Ihre Erfahrung übertreffe die manch ausgebildeter Krankenschwester, ja, gar manchen Arztes.
Nora hielt ihre Augen gesenkt und spürte dennoch, wie alle Blicke auf sie gerichtet waren – einer davon gar nicht wohlwollend: Dr. Hufnagel stierte sie nahezu grimmig an. Doch als der ältere Arzt sich an ihn wandte und fragte: »Ist es nicht so?«, da widersprach er nicht, sondern knurrte lediglich: »Ich muss zu meinen Patienten.«
Sprach's, drehte sich um und stürmte aus dem Krankensaal.
Schwester Margarethe tat, als hätte sie nichts bemerkt, und schnitt beherzt den Kuchen an. Als sie Nora als Erste ein Stück reichte, trafen sich ihre Blicke, und nun wusste Nora, was sie bereits geahnt hatte: Schwester Margarethe hatte diese Danksagung in die Wege geleitet, die es Dr. Hufnagel fürs Erste unmöglich machen würde, sie vor die Tür zu setzen.
»Danke«, murmelte sie.
Schwester Margarethe trat dicht zu ihr. »Nichts zu danken«, sagte sie lächelnd, »und wenn dann nicht mir. Denn eigentlich war dies alles Emilias Idee.«
Mit leicht zitternden Händen nahm Nora das Stück Zwetschgenkuchen entgegen. Sie konnte sich nicht erinnern, wann sie das letzte Mal etwas mit so gutem Appetit gegessen hatte.

39. Kapitel

Die Schritte, die den Mittelgang des Gerichtssaals entlanghasteten, waren nicht sonderlich laut. Nie war Agustina Ayarza Rita so klein und so dünn erschienen – und nie so entschlossen. Sie hatte ihren Rücken durchgestreckt und ihren Kopf erhoben. Der Blick, ansonsten oft unsicher flackernd, war starr auf den Richter gerichtet.

»Ich möchte ein Geständnis ablegen«, wiederholte sie.

Raunen erhob sich, die Zuschauer stießen sich aufgeregt an. Einige wirkten aufgebracht, andere enttäuscht, wieder andere sensationslüstern. Rita nahm es kaum wahr, sie suchte Agustinas Blick und schüttelte verzweifelt den Kopf, doch diese beachtete sie gar nicht, sondern starrte weiterhin den Richter an.

Für einen Moment wirkte dieser mürrisch, hatte er doch wohl eben noch gehofft, den Fall schnell abschließen zu können. Aber als Agustina insistierte, forderte er sie zu sprechen auf. Sie stand nun unmittelbar vor ihm und bekannte mit einer festen Stimme, mit der Rita sie noch nie hatte sprechen hören: »Es war nicht Rita, die meinen Sohn getötet hat. Ich selbst habe es vielmehr getan – ich war bis jetzt nur zu feige, es zuzugeben. Mein Sohn hat mich jahrelang gequält, geschlagen und ausgebeutet. Und nun habe ich die Möglichkeit bekommen, mich dafür zu rächen. Ja, ich war's. Ich, Agustina Ayarza, habe meinen Sohn Esteban erschossen.«

Wieder erhob sich ein Raunen, noch lauter als vorhin. Jerónimo übertönte es mühelos. Kein kalter Glanz lag mehr in den graublauen Augen, sondern nur Zorn, als er aufsprang, nach vorne stürzte und schrie: »Sie lügt! Wie sie lügt!«

Der Blick des Richters wanderte zu ihm. Er wirkte nachdenklich. »Welche Mutter dieser Welt würde freiwillig zugeben, dass sie ihren eigenen Sohn erschossen hat, wenn es nicht der Wahrheit entspräche?«

»Aber ich habe doch gesehen …«

Der Richter erhob seine Hand, um Jerónimo zum Schweigen zu bringen. »Wenn ich es recht im Kopf habe, haben Sie vorhin behauptet, Sie wären zu spät gekommen. Sie hätten zwar den Schuss gehört, aber als Sie den Schauplatz des Verbrechens erreichten, wäre Senyor Ayarza bereits tot auf den Boden gesunken. Und die Pistole lag daneben.«

»Es musste auf den ersten Blick so ausgesehen haben, dass Rita geschossen hat«, schaltete sich Agustina ein, und erstmals zitterte ihre Stimme, »doch nicht Rita, sondern ich habe die Pistole fallen lassen. Nicht sie ist die Mörderin, ich bin es! Ich habe Esteban getötet!«

Der Richter runzelte die Stirn. »Und warum hat die Angeklagte das nicht gesagt?«, fragte er. »Warum hat sie die Tat nicht abgestritten?«

»Weil sie eine Lügnerin ist!«, tobte Jerónimo. »Weil sie eine verdammte …«

»Schluss jetzt!«, schrie der Richter und drohte ihm Gleiches an wie vorhin Balthasar: dass er ihn gewaltsam würde aus dem Gerichtssaal entfernen lassen, wenn er sich nicht ausreichend beherrschte.

»Rita hat die Wahrheit verschwiegen, weil sie mich schützen wollte«, erklärte Agustina fest. »Sie ist ein guter Mensch, die beste aller Frauen. Sie hat mich aufgenommen, nachdem mein Sohn mich wieder einmal fast totgeschlagen hat. Glauben Sie kein Wort, was dieser Jerónimo Callisto über ihn erzählt hat –

Esteban war ein schändlicher Nichtsnutz. Wer sollte das besser wissen, wenn nicht ich, seine eigene Mutter.«
»Du bösartige, alte Vettel!«, brüllte Jerónimo. »Du …«
Seine Stimme riss ab. Er hatte kaum das erste Wort geschrien, als schon zwei Gerichtsdiener bei ihm standen und ihn nun hinauszerrten. Stille senkte sich über den Gerichtssaal, nur aus der Ferne waren seine Flüche zu hören.
»Wenn es jemand verdient hat, zu sterben, dann ich«, sagte Agustina. »Nicht zuletzt meinetwegen und weil ich mir viel zu viel von ihm habe gefallen lassen, ist Esteban zu dem geworden, was er war. Rita aber muss freikommen.«
Der Richter wandte sich an Rita. »Können Sie das bestätigen? Hat Agustina Ayarza auf ihren Sohn geschossen und nicht Sie?«
Rita war aufgesprungen, Schwindel stieg in ihr hoch, sie hatte das Gefühl, als würden die Wände um sie wanken. Das Leben, das sie schon aufgegeben hatte, schien wieder zurück in ihren Leib zu strömen, schmerzhaft schnell, mit allen Hoffnungen und Ängsten und Erinnerungen und Plänen.
Nicht länger starrte Agustina an ihr vorbei, erstmals trafen sich ihre Blicke. Der von Agustina war eindringlich auf sie gerichtet, und Rita war es, als könnte sie jedes einzelne Wort hören, mit dem die alte Frau sie innerlich beschwor.
Bitte, schien Agustina zu flehen, ich bin eine alte Frau, und ich trage eine Mitschuld an allem. Aber du, Rita, du bist jung, du musst leben und lieben!
»Also«, drängte der Richter ungeduldig. »Können Sie es bestätigen?«
»Ja«, murmelte Rita kraftlos. »Ja, so, wie Agustina es sagt, ist es gewesen.«
Immer noch konnte sie den Blick nicht von der alten Frau lassen. Nicht die übliche Unsicherheit stand in Agustinas Ge-

sicht, kein schlechtes Gewissen, keine Angst um den Sohn, Furcht vor ihm und auch diese gequälte Liebe – nur Erleichterung.

Was habe ich nur getan?, durchfuhr es Rita. Ich lasse zu, dass sie sich etwas anlastet, was ich getan habe?

Doch ihre Gedanken verstummten unter Agustinas entschlossenem Blick. Wieder vermeinte sie, ihre Gedanken zu hören. Für Aurelia.

Ja, was immer sie getan hatte – Agustina hatte es für Aurelia getan, hatte es für sie tun müssen. Und Rita musste sie gewähren lassen.

Ana trat dicht an Rita heran. Vier Tage waren seit der denkwürdigen Gerichtsverhandlung vergangen. Über Nacht hatte es wieder geschneit, und der Schnee dämpfte nun ihre Schritte. Rita hatte die Reise zur Estancia vermeintlich wegen dieser dicken weißen Decke aufgeschoben – doch jeder wusste, was sie in Wahrheit trieb, noch zu bleiben.

»Bist du bereit?«, fragte Ana leise.

Als sie sie anblickte, glich sie kurz der alten Rita – verträumt, unsicher, zögerlich –, doch dann straffte sie die Schultern und erklärte: »Ja, ich bin bereit. Schließlich ist heute der letzte Tag, um …«

Sie fuhr nicht fort – Ana wusste ohnehin, was sie sagen wollte.

Heute war der letzte Tag, um mit Agustina zu sprechen. Sie war zum Tode verurteilt worden, und morgen früh würde sie am Galgen hängen. Ana wusste, dass Rita es sich nie erlaubt hätte, sich nicht von ihr zu verabschieden, aber sie wusste auch, wie schwer ihr diese letzte Begegnung fiel – nicht weniger schwer, als Agustinas Opfer anzunehmen. Auch wenn sie selten darüber sprach – insgeheim haderte sie wohl ständig damit, Agustinas Worte bestätigt und sie damit dem Tod am Strang ausgeliefert zu haben.

Ana spürte, wie Rita erschauerte, als sie das Gefängnis betraten. Balthasar hatte eigentlich auch heute dabei sein und Rita bei dem schweren Gang unterstützen wollen, aber Rita hatte darauf bestanden, nur Ana mitzunehmen. Ana war wiederum nicht nur hier, um Rita beizustehen, sondern trug das kleine Fläschchen bei sich, das sie von Ernesta bekommen hatte und dessen Inhalt vor wenigen Tagen noch für Rita bestimmt gewesen war.

Agustina war in der gleichen Zelle wie zuvor Rita eingesperrt. Die Kälte hockte noch hartnäckiger im Gemäuer und hatte die Wände mit Eisblumen überzogen. Agustina schien jedoch nicht zu frieren; als sie hochblickte, hatte sie nichts mit dem verhuschten Wesen gemein, als das sie durchs Leben gegangen war. Ihre Haltung war starr, ihr Blick klar.

Eine Weile sahen sie sich wortlos an – nicht einmal ein Gruß war über ihrer aller Lippen gekommen.

Rita zitterte nicht länger, doch aus ihren Augen quollen Tränen. Bis jetzt hatte sie nie geweint, weder in dem Augenblick, da sie Esteban erschossen hatte, noch während ihrer Haft in Punta Arenas oder der denkwürdigen Gerichtsverhandlung. Doch nun konnte sie nicht anders und wurde vom Schluchzen schier überwältigt. Ana legte ihre Hand auf den bebenden Rücken. Auch Agustina war näher getreten, wenngleich sie Rita nicht berührte.

»Es tut mir leid«, weinte Rita. »Es tut mir so unendlich leid. Wenn ich etwas tun könnte … Warum hast du nur … Ich verstehe immer noch nicht …«

»Sei still!«, unterbrach Agustina sie leise. Tiefe Falten gruben sich in ihrem Gesicht ein, so, als bestünde sie nur noch aus Haut und Knochen und als wäre keinerlei Fleisch mehr dazwischen.

»Ich weiß nicht, was ich sagen soll«, schluchzte Rita. »Ich hätte nie erwartet, dass ausgerechnet du für mich ... lügst.«

»Gottlob hast du nicht widersprochen!«, meinte Agustina nur. Das Tuch, das um ihre Schultern lag, war voller Flicken, ihre grauen Haare zerzaust. Ana konnte sich nicht erinnern, Agustina Ayarza je in einem anderen Zustand gesehen zu haben als zerfleddert, weinerlich und überfordert. Eigentlich hatte sie nie viel mit ihr zu tun gehabt und sie dennoch immer verachtet, so wie sie alle schwachen Menschen verachtete.

Früher hatte sie auch Rita für schwach gehalten. Aber Rita hatte bewiesen, dass in ihr mehr steckte als das verträumte, ängstliche Mädchen. Und nun hatte auch Agustina Stärke gezeigt, für die Ana ihr Respekt zollte.

»Aber jetzt werden sie dich ... werden sie dich ...«, stammelte Rita.

Da trat Ana nach vorne und mischte sich erstmals in das Gespräch ein. »Nein!«, erklärte sie entschlossen. »Sie werden dich nicht hängen. Wenn du willst, kannst du ihnen zuvorkommen.«

Rita hörte vor Erstaunen zu schluchzen auf, Agustinas bislang starrer Blick wurde rege.

Ana hob das Fläschchen hoch.

»Das habe ich von Ernesta. Eigentlich ...«, sie wandte sich an Rita, »eigentlich hat sie es mir für dich gegeben.«

»Großer Gott, was ist das?«

»Das ist ein Gift«, sagte Ana leise. »Strychnin. Ich möchte gar nicht wissen, woher Ernesta es hat. Maril hat mir schon früher davon erzählt. Ganze Stämme sind damit vergiftet worden. Weiße Schafzüchter haben die Tehuelche zu ihnen eingeladen und ihnen Wein ausgeschenkt – und wenig später waren sie tot. Zumindest sind sie schnell gestorben.«

Rita erschauderte, aber Agustina streckte die Hand aus und nahm das Fläschchen an sich.
»Siehst du«, sagte sie leise zu Rita, »der Galgen wird mir erspart bleiben. Es macht mir nichts aus zu sterben. Und ich bin alt, ich habe mein Leben gelebt. Ich möchte einfach nur schlafen.«
Rita wischte sich die Tränen von den Wangen. »Aber warum nimmst du den Tod an meiner statt in Kauf? Ich dachte, du würdest mich hassen, weil ich deinen Sohn getötet habe. Du hast Esteban doch geliebt – trotz allem!«
Agustinas Blick verschleierte sich; ihre Mundwinkel zuckten und verrieten den Schmerz, der hinter vermeintlichem Gleichmut verborgen lag. »Es stimmt«, gab sie leise zu, »ich habe nie aufgehört, ihn zu lieben, aber am Ende hat es mich nicht mehr blind gemacht. Ich konnte sehen, wer er war. Ach Rita, ich weiß doch, was er dir alles angetan hat. Wie könnte ich dich hassen, weil du Aurelia und dich vor ihm schützen musstest? Und außerdem ... gütiger Himmel ... Ich habe mich fast zu spät entschieden, aber als ich es gesehen habe ...«
»Was gesehen?«, fragte Ana.
Die alte Frau trat zurück und blickte auf das winzige Fetzchen grauen Himmels. »In den letzten Wochen«, begann sie langsam zu erzählen, »habe ich mich um Aurelia gekümmert. Ana und Balthasar waren ja hier in Punta Arenas, und Pedro und die anderen Männer waren beschäftigt. Sie ist stark, deine Tochter, du kannst stolz auf sie sein. In den Nächten weinte sie manchmal, aber tagsüber ließ sie sich nichts von dem Grauen anmerken, das hinter ihr lag.«
»Und was hast du gesehen?«, fragte Ana wieder.
»Ein Muttermal. An ihrem linken Oberschenkel. Ich habe es entdeckt, als ich sie einmal gebadet habe, und da wusste ... da wusste ich ...«

Ihre Stimme brach, doch die Worte genügten, dass sich Ana zusammenreimen konnte, was sie meinte.
»Sie hat das gleiche Muttermal wie Esteban«, stellte sie fest.
»Also ist Esteban ihr Vater«, fügte Rita leise hinzu.
Ana spürte, wie sie wieder zu zittern begann, und legte ihr abermals sachte die Hand auf den Rücken.
»Das ist, als ob man die Wahl zwischen Teufel und Beelzebub hat«, knurrte Ana. »Denk lieber gar nicht erst darüber nach. Vor allem ist sie deine Tochter und ...«
»Nein«, unterbrach Rita, »nein, es ist gut. Es ist wirklich gut so. Esteban war immer so verbittert, so voller Zorn und Hass, aber wer weiß. Mit der rechten Führung hätte aus ihm ein anständiger Mann werden können ...«
»Nun mach keinen Heiligen aus ihm«, rief Ana. Wenn sie an sein bleiches Gesicht dachte, mit den strähnigen Haaren, die ihm stets über die Augen hingen, konnte sie nichts Gutes an ihm finden.
»Das mach ich gewiss nicht«, sagte Rita schnell. »Ich habe ihn gefürchtet, und ich habe ihn gehasst. Aber dich, Agustina, dich hasse ich nicht. Ich bin froh, dass du die Großmutter von Aurelia bist.«
Agustina löste den Blick vom Himmel, trat zu ihr und ergriff ihre Hand. »Und siehst du – darum musste ich es tun. Ich musste dich retten. Mich braucht Aurelia nicht, aber dich umso mehr. Und Esteban ... nun, ich bin froh darüber, was Aurelia mir erzählt hat. Sie meinte, dass Jerónimo mehrmals verlangt habe, das Balg, wie er sie nannte, zu beseitigen. Doch Esteban wollte das nicht tun. Ich weiß nicht, warum, aber ich kann jeden meiner verbleibenden Atemzüge die Hoffnung in mir tragen, dass er es einfach nicht konnte, dass er trotz seines Hasses, seiner Verbitterung und seiner Bösartigkeit zu Mitleid fähig war, dass sie ihn irgendwie rührte. Und dass er ahn-

te, dass sie seine Tochter war. Ja, daran werde ich denken müssen in meiner letzten Stunde: Dass er nicht fähig war, ein unschuldiges Kind zu töten.«

Sie ließ Ritas Hände abrupt los und wandte sich wieder ab. »Und nun geht!«, sagte sie. »Und … und erzählt Aurelia später von mir. Verschweigt ihr den Vater – aber nicht, wer ihre Großmutter war und dass diese sie liebte.«

Sie starrte wieder in den farblosen Himmel, und Ana zog Rita schnell mit sich, ehe diese wieder in Tränen ausbrach.

Spärliche Sonnenstrahlen kämpften sich durch diesige Luft, als sie das Gefängnis verließen. Rita hob ihr Gesicht, und trotz allem, was hinter ihr lag, genoss sie nach so vielen Wochen in der Kälte diese Wohltat.

Als sie den Kopf wieder senkte und die Augen aufschlug, musste sie unwillkürlich lächeln. Sie wusste, dass sie noch oft und lange um Agustina weinen würde, aber nun freute sie sich, dass nicht nur Balthasar vor dem Gefängnis wartete, sondern auch Maril. Sie konnte sich nicht daran erinnern, ob er auch bei ihrem Prozess dabei gewesen war – in jedem Fall ließ er es sich nicht nehmen, sie nun zur Estancia zurückzubringen. Um in der Stadt nicht weiter aufzufallen, trug er eine ungewöhnliche Tracht – nämlich Hosen und ein Hemd –, und seine schwarzen Haare waren zu einem Schwanz gebunden. Bei jeder Bewegung runzelte er die Stirn – das einzige Zeichen, wie unwohl er sich fühlte. Ansonsten wirkte er stolz und gefasst wie immer.

Und Balthasar! Ihr geliebter Balthasar erst! In den letzten Tagen waren sie sich oft in den Armen gelegen, doch es war ein ebenso flüchtiges wie trügerisches Glück gewesen, das sie gar nicht richtig zu empfinden gewagt hatte. Nun glaubte sie erstmals daran, dass es kein Traum war, aus dem bald böses Erwachen folgte. Ja,

er war hier, sie würden gemeinsam zur Estancia zurückkehren, sie würden heiraten, sie hatten eine Zukunft vor sich.
Genauso wie er breitete sie die Arme weit aus, doch bevor sie ihn erreicht hatte und ihn umarmen konnte, erstarrte sie, und ihr Lächeln schwand. Ana, die hinter ihr das Gefängnis verlassen hatte, lief fast in sie hinein, doch dann erkannte sie, was Rita hatte innehalten lassen, und stieß einen ihrer russischen Flüche aus.
Balthasar und Maril folgten Ritas Blick. Marils Hand fuhr unwillkürlich zu seinem Kopf, in dessen Stirnband normalerweise Pfeile steckten. Dass er heute unbewaffnet war, ließ ihn die Hand gleich wieder sinken, hielt ihn aber genauso wenig wie Balthasar davon ab, drohend auf den Mann zuzustürzen, der gleichfalls vor dem Gefängnis gewartet hatte.
Jerónimo Callisto.
»Nicht!«
Rita löste sich aus der Starre, lief mit knirschenden Schritten durch den Schnee und stellte sich Balthasar und Maril in den Weg, noch ehe sie Jerónimo erreicht hatten. »Legt euch nicht mit ihm an! Das hat keinen Sinn!«
»Aber …«
Rita drückte ihre Hände energisch gegen Balthasars Brust.
»Ich werde mit ihm sprechen«, erklärte sie. »Ich allein.«
»Bist du verrückt geworden?«
»Er wird mir nichts tun. Nicht hier.«
In Balthasars Gesicht standen Grimm und Zweifel, doch in ihrem Blick lag eine besondere Macht, die ihn dazu brachte, zurückzuweichen und ihr den Weg freizugeben. Rita zweifelte nicht daran, dass er bei einer falschen Bewegung Jerónimos sofort einschreiten würde, und auch Maril ließ ihn nicht aus den Augen, sondern funkelte ihn wütend an, aber beide ließen sie gewähren.

Die kalte Luft brannte in Ritas Kehle, als sie langsam auf Jerónimo zutrat. Er stand gegen einen Baum gelehnt, so angelegentlich, als hätte ihn nur der Zufall hierhergetrieben. Als sie näher kam, verzerrte ein falsches Lächeln seine Lippen; sein Blick war kalt wie eh und je.
Rita unterdrückte ein Schaudern.
Wie habe ich diesen Mann jemals schön finden und lieben können?, fragte sie sich.
Sie hatte so oft damit gehadert, was für ein leichtgläubiges, verführbares Mädchen sie einst gewesen war, doch nie erschien ihr die damalige Schwärmerei so unsinnig wie in diesem Moment.
Jerónimo deutete mit dem Kinn auf Balthasar.
»Was ist?«, höhnte er. »Erträgst du den Anblick dieses narbigen, humpelnden Kretins nicht mehr, weil du ihn stehen lässt? Hast du stattdessen Lust auf ein Schäferstündchen mit mir?«
Als seine Stimme ertönte, erstarrte Rita kurz, aber dann trat sie mit aufrechtem Rücken noch näher an ihn heran. Agustina hatte den Mut bewiesen, ihre Schuld auf sich zu nehmen und für sie zu sterben. Also würde sie den Mut finden, sich Jerónimo zu stellen.
»Wenn sich unsere Wege kein weiteres Mal kreuzen, ist es gut«, sprach sie mit leisem Zischen. »Aber wenn du mir oder meinen Lieben jemals wieder zu nahe kommst, dann endest du wie Esteban.«
Das höhnische Lächeln schwand von seinen Lippen. Seine graublauen Augen wirkten durchsichtig wie die dünne Eisschicht, die sich über die Rinde des Baums gelegt hatte. Kurz war ihr, als könne sie unmittelbar in seine verkommene Seele sehen, doch zu ihrem Erstaunen rief das nicht das erwartete Entsetzen hervor. Da war nichts, einfach nichts, nur Ödnis und Leere und Langeweile – nicht einmal der glühende

Hass, der Esteban verzehrt hatte. Hätte ihr jemand gesagt, dass Jerónimo wie sein Kumpan längst tot war – sie hätte es geglaubt, obwohl er aufrecht vor ihr stand, atmete und redete.

»Ich weiß, dass Agustina gelogen hat«, sagte er grimmig. »Dich müsste man aufhängen, nicht sie. Und selbst wenn es wirklich sie gewesen wäre, die den eigenen Sohn abgeknallt hätte – auch dann wäre der Galgen der richtige Ort für eine wie dich. Deine Zeit ist abgelaufen, Indianermädchen. Rothäute haben auf unserer Welt nichts verloren.«

Ritas Blick blieb starr auf ihn gerichtet, während er sprach. Kein einziges Mal zuckte sie zusammen oder wich zurück, sondern ließ jedes Wort an sich abperlen. Sein Grimm wuchs, da sie so gleichmütig blieb – und insgeheim genoss sie das.

»Bist du fertig?«, höhnte sie, als seine Worte in bittere Flüche übergingen. »Glaub nicht, dass du mir noch länger Angst machst, Jerónimo Callisto. Du bist brutal wie Esteban und noch viel grausamer als er – denn er fügte Leid aus Rache und Verbitterung zu, du immer nur aus Langeweile und aus Lust am Quälen. Aber ich weiß, dass du nicht dumm bist. Du lässt dich nicht von Gefühlen leiten, sondern wägst sorgfältig ab, ob sich dein Einsatz lohnt oder es gefährlich für dich enden könnte. Allein darum wirst du dich daran halten.«

»Woran halten?«

»Dass du mir und den Meinen nie wieder zu nahe kommen wirst.«

»Pah!«, rief er. Die warme Luft, die er ausstieß, bildete eine graue Wolke vor seinem Gesicht. »Pah! Ich kann gerne darauf verzichten, dass sich unsere Wege noch einmal kreuzen. Was habe ich schon mit einer stinkenden Rothaut zu schaffen? Für dieses Mal magst du gewonnen haben, aber die Zeit wird kommen, da man deinesgleichen alle abschlachtet. Da muss

ich mir nicht selbst die Hände schmutzig machen, sondern nur ein wenig Geduld aufbringen.«
Wieder stieß er ein verächtliches »Pah!« aus, dann löste er sich von dem Baum, drehte sich um und stapfte langsam durch den Schnee.
Für einen Moment überkam Rita tiefe Erleichterung, nicht länger in die kalten, graublauen, toten Augen sehen zu müssen, doch dann ballte sie ihre Hände zu Fäusten und rief ihm in der Sprache ihrer Kindheit, dem Mapudungun, etwas nach.
Jerónimo fuhr herum. »Was, zum Teufel …?«, fauchte er, als hätte sie ihn mindestens gekratzt oder geschlagen.
Sie wiederholte die Worte.
»Was redest du denn da?«, rief er.
»Ich habe dich verflucht, Jerónimo Callisto. Die Medizinfrauen unseres Volkes waren sehr mächtig. Keiner legte sich mit ihnen an, denn über wen sie das Unheil beschworen, der verlebte den Rest seiner Tage ohne Freude.«
Er kniff seine Augen zusammen. »Dummes Zeug!«, stieß er aus.
Rita lächelte schal, ließ ihre Fäuste jedoch nicht sinken, sondern ballte sie noch fester zusammen. »Du wirst den Fluch zu spüren bekommen, Jerónimo Callisto, wenn der Wein, den du trinkst, wie Essig schmeckt, und das Fleisch, das du isst, in deinem Mund zur Asche zerfällt. Und selbst wenn du dir einzureden versuchst, dass alles nur Einbildung wäre, so wirst du spätestens dann wissen, wie machtvoll meine Worte sind, wenn du in den Armen eines dummen Mädchens liegst, das sich von deiner vermeintlichen Schönheit blenden lässt. Dann nämlich wird deine Manneskraft schrumpfen wie ein alter, fauliger, vertrockneter Apfel.«
Ohne Scheu trat sie auf ihn zu und wiederholte den Fluch.

»Halt endlich dein Maul, Rothaut!«, schrie er auf. Nun hob auch er drohend seine Hände, und Rita hörte Balthasar und Maril erschrocken hinter sich aufschreien. Sie achtete nicht darauf, sondern trotzte Jerónimo mit erhobenem Haupt.
»So heiße ich nicht!«, erklärte sie hart, und wieder verfluchte sie ihn.
»Halt endlich dein Maul, Rita!«
»Auch das ist nicht mein wahrer Name«, erklärte sie. »Ich heiße … Pire.«
Dicht vor ihr blieb er stehen, doch er wagte es nicht, sie anzufassen – vielleicht wegen ihres Fluchs, vielleicht, weil sich Balthasar und Maril schützend neben sie stellten, vielleicht auch wegen der Macht ihres Namens.
»Du wirst in deinem ganzen langen verfluchten Leben keinen einzigen Augenblick des Glücks mehr genießen«, sprach sie.
Kalte Wut verzerrte sein Gesicht. Doch als er sich umdrehte und davonlief, glaubte Rita auch Unbehagen und Furcht darin auflodern zu sehen, und wieder lächelte sie, diesmal so stolz wie Maril.

Der Himmel war ihnen gnädig, denn es begann erst wieder zu schneien, als sie die Estancia erreichten. Bis dahin konnten sie den Weg unbeschwert zurücklegen – das erste Stück per Schaluppe auf dem Meer, das letzte auf dem Pferderücken über Land. Als sie ankamen, hatte sich tiefste Dunkelheit über die Steppe gesenkt. Ohne Fackeln hätten sie nicht einmal die Hand vor ihren Augen gesehen. Nirgendwo waren die Nächte schwärzer als in Patagonien während des Winters. Doch Rita erschien die Finsternis nicht bedrohlich, sondern heimelig. Von der Estancia sah sie nur dunkle Schatten, und doch fühlte sie sich sofort zu Hause. Als sie vom Pferd stieg, presste sie sich an Balthasar, und er erwiderte ihre Umarmung.

»Ganz gleich, was Don Andrea darüber schwafeln mag, ob du nun protestantisch oder katholisch bist«, erklärte er entschlossen. »Wir heiraten morgen früh, und wenn ich ihm eine Pistole vors Gesicht halten müsste, um ihn dazu zu bringen.«

Rita lachte auf. Im Wohnhaus wurde Licht gemacht, und die wuchtige Gestalt von Pedro el Ballenero erschien in der Tür. Laut dröhnend verkündete er den anderen Bewohnern ihre Ankunft und klang dabei so stolz, als wäre allein er es gewesen, der alles zum Besten gewendet hatte.

Rita achtete nicht lange auf ihn, denn schon sah sie einen kleinen Schatten neben dem großen auftauchen.

»Mama! Mama!«

»Ja«, sagte sie leise zu Balthasar, ehe sie auf ihre Tochter zustürzte, um sie in die Arme zu schließen, »ja, morgen heiraten wir. Du bist mein Mann, und du bist auch Aurelias Vater.«

Während sie zu ihrem Kind lief und Balthasar humpelnd folgte, war Maril steif stehen geblieben. »Ich will so schnell wie möglich diese schrecklichen Hosen loswerden«, verkündete er.

Ana blickte zu Rita, Balthasar und Aurelia – ein Gemenge an Leibern nunmehr, die sich so inniglich umarmten, dass man in der Dunkelheit nicht ausmachen konnte, wo der eine Körper begann und der andere aufhörte.

»Ich habe am Ende kaum mehr glauben können, dass die Sache noch gut ausgeht«, murmelte sie.

Maril drehte sich zu ihr um: »Wird die Sache auch mit uns gut enden?«, fragte er angelegentlich. »Wann kommst du in mein Zelt?«

Ana lachte schrill auf. »Natürlich nie«, rief sie mit dem Brustton der Überzeugung, um nach einer kurzen Pause etwas gemäßigter hinzuzufügen: »Will sagen: Ich werde nie einem

Mann nachlaufen. Wenn du mich haben willst, musst du den ersten Schritt machen. Und ich weiß nicht, ob zwanzig Pferde als Brautpreis reichen.«

»Ha!«, entgegnete Maril ebenso stolz wie sie. »So viel bist du nicht wert.«

»Das stimmt«, sagte Ana, »ich bin keine zwanzig Pferde wert. Sondern fünfzig.«

Trotz der Kälte zerrte Maril an dem Hemd, um sich davon zu befreien. Der kalte Wind, der seine nackte Haut traf, schien ihn nicht zu stören. »Du wirst es auch noch lernen, wie sich eine Frau benimmt.«

»Und du wirst lernen, dass man mich besser nicht mit anderen Frauen vergleicht.«

Kurz blieb ihr Blick gierig auf seinen muskulösen, breiten Oberkörper gerichtet. Dann lachte sie noch einmal spöttisch auf und stolzierte mit erhobenem Haupt an ihm vorbei.

Epilog

Magellanstrasse, Dezember 1892

Sprühender Nebel und Dunstschwaden erwarteten sie, nachdem sie den Atlantik verlassen hatten und in die Magellanstraße eingefahren waren. Zunächst glitt das Schiff lautlos auf dem dunklen Wasser, doch plötzlich wurde das Grau vor ihren Augen so dicht, dass der Kapitän befahl, den Anker werfen zu lassen. Erst Stunden später, der Abend nahte schon, erwuchsen aus einem Lufthauch heftige Windböen. Der Nebel riss wie ein Schleier, und das Meer war nicht länger abgründig schwarz, sondern leuchtete in vielen Farben: Es funkelte grün und türkis, wo Sonnenstrahlen darauf fielen, dunkelviolett, wo die schroffen Küsten Schatten warfen.

Das Schiff nahm wieder Fahrt auf, kam nun an steil aufragenden Basaltfelswänden vorbei, an zerklüfteten Klippen und an öden Heiden, die oft von den ebenso wilden wie kalten Südwinden der Antarktis gepeitscht wurden. Keine fruchtbaren Wiesen bedeckten sie, sondern dürre Algen, über denen Seevögel kreisten – Albatrosse mit schwanenweißem Gesicht und mächtigen Flügeln, Regentaucher, die der Algen bald überdrüssig waren und hungrig nach Fischen auf das Wasser herabschossen, Meerlerchen mit ihrem gebogenen Schnabel und Raubmöwen, deren Kreischen zu ohrenbetäubendem Lärm anwuchs. Auf die Heidelandschaft folgten sanfte Hügel mit Eichenwäldern und Brombeerhecken, später Wiesen, die von graubraunen, kniehohen Grasbüscheln, weißen Flecken – entweder Schafe oder Staubflächen – und dann und wann von den winzigen Farbtupfern violetter und gelber Blumen übersät waren.

In der Ferne ragten die ersten Berggipfel auf, und Emilia, die an der Reling stand, starrte fasziniert darauf. Bei Tageslicht von kaltem Blau erglühten sie nun im Abendrot in sanftem Rosa. Bei ihrem Anblick musste Emilia unwillkürlich an die Worte des Walfängers Pedro denken, die er einst, als sie vor vielen Jahren zum ersten Mal die Magellanstraße durchkreuzt hatte, an sie gerichtet hatte. Auf der einen Seite, so hatte er ihr erklärt, war das chilenische Festland, auf der anderen Seite die vielen kleinen, bergigen Inseln von Feuerland.

»Und was kommt jenseits von Feuerland?«, hatte sie gefragt, und seine Antwort hatte gelautet: »Nichts … nur ewiges Eis. Jenseits von Feuerland liegt das Ende der Welt.«

Die Vorstellung von einer menschenleeren Ödnis, von einer erschreckenden, weil nahezu grenzenlosen Weite hatte ihr damals keine Angst gemacht. Sie hatte schrecklichen Kummer gelitten und war sich sicher: Auf jedem Fleckchen Erde – ob besiedelt oder unbewohnt, ob farbenprächtig oder grau, ob voller Sonnenschein oder kaltem Eis – würde sie von diesem Kummer verfolgt sein. Nun aber, da dieser Kummer längst vergangen war, nur Narben zurückgeblieben waren, die nicht mehr schmerzten, erschauerte sie voller Ehrfurcht und kam sich im Angesicht der gewaltigen Natur winzig klein vor.

Plötzlich nahm sie einen Schatten hinter sich wahr. Eine Gestalt trat zu ihr und umschlang ihre Schultern. Es war nicht das erste Mal, dass Arthur sie während der Fahrt umarmte, doch sein Griff war fest, nicht mehr so zögerlich wie am Anfang, da noch so viel zwischen ihnen gestanden hatte.

»Woran denkst du?«, fragte er.
»Dass jenseits von Feuerland nichts mehr kommt ...«, murmelte sie nachdenklich.
Arthur lächelte. »Balthasar war immer so neugierig auf Feuerland. Er hätte die vielen Inseln liebend gerne erforscht. Nach allem, was ich weiß, ist das Land noch karger und einsamer als die patagonische Steppe. Nur manchmal wird die Stille vom Seufzen der Gletscher unterbrochen. Kaum Blumen wachsen dort, nur Bohnenbäume und Pfriemengras.«
»Wenn wir dorthin reisen würden so wie damals zum Torres del Paine, dann wäre es zumindest nicht einsam ... Dann wären wir zusammen dort.«
Er blickte sie überrascht an. »Willst du es denn?«
»Was?«
»Dorthin reisen?«
»Ach, du Dummkopf!«, fuhr sie ihn an und machte sich unwirsch von ihm los. »Ich wollte dir damit sagen, dass du meine Heimat bist. Und ich mit dir an meiner Seite nirgendwo verloren sein werde und wäre es am Ende der Welt.«
Er erwiderte ihr Lachen, dann standen sie eine Weile schweigend beisammen.
Seine Hand glitt tiefer und streichelte über ihren gewölbten Bauch. Zu Beginn der Reise vor drei Monaten hatte man ihr die Schwangerschaft kaum angesehen – nun war es überdeutlich, dass sie neues Leben in sich trug, auch neues Glück, neue Hoffnung.
Emilia lehnte ihren Kopf gegen seine Brust. Mittlerweile war es nicht mehr so schwer, zu alter Vertraulichkeit zurückzufinden. Als sie in Hamburg abgelegt hatten, hatten sie sich zunächst so distanziert verhalten wie Bruder und Schwester. Doch dann hatten sie zu reden begonnen – und auch wenn sie während ihres Streits in Hamburg behauptet hatte, sie wür-

den zwar Leidenschaft teilen können, aber keine Worte, war es nicht schwer gewesen, im Gegenteil: Stundenlang konnten sie beisammensitzen und einander erzählen.
Arthur sprach von seiner Heirat mit Nora und wie er sie verlassen hatte, auch von der Schuld, die er manchmal empfunden hatte, wenn er an sie dachte, und die er doch immer beiseitegefegt hatte wie ein lästiges Insekt.
Schonungslos ehrlich war er mit sich gewesen, und angespornt von dieser Offenheit, konnte auch Emilia ihm alles sagen, was ihr auf dem Herzen lag. Sie erzählte von der großen Lüge ihres Lebens, dass der Mann, den sie für ihren Vater gehalten hatte, gar nicht ihr Vater war, dass sie stattdessen aus Inzest und Gewalt hevorgegangen war und sich lange Zeit nicht nur dafür geschämt hatte, sondern auch dachte, sie verdiene ob dieses dunklen Geheimnisses, das sie mit sich herumschleppte, kein Glück.
Auch jetzt konnte sie Sorge und Angst nicht immer abschütteln. Das Kind, das in ihr wuchs, war gewiss ein Kind der Liebe – aber konnte es sein, dass das dunkle Erbe in ihm schlummerte? Würde es krank sein, würde sein Wesen von Wahnsinn und Gewalt künden?
Sie hatte in Arthurs Gesicht nach Zeichen von Abscheu gesucht, von Befremden und Unbehagen, doch stets hatte nur Mitleid für ihr Geschick in seinen Augen gestanden. Als sie ihre Ängste ausgesprochen hatte, hatte er den Kopf geschüttelt. »Denk an Aurelia. Was für ein munteres, aufgewecktes, lebhaftes Kind sie ist, obwohl …«
Er hatte nicht weitergesprochen, denn Emilia hatte sich vorgebeugt und ihn geküsst.
Nachdem sie den Äquator überquert hatten, hatten sie sich, wie manch andere Paare auch, vom Kapitän trauen lassen – eine kurze, schlichte Zeremonie, die ein Steward und ein Ma-

trose bezeugten. Der Ehevertrag würde erst nach der Ankunft ausgestellt werden.
Das Sonnenlicht verblasste. Das Schiff glitt an urwüchsigen Wäldern vorbei. Zum Geschrei der Möwen gesellte sich das Rufen der Chucaos, scheue Vögel, deren Echo wie Gelächter klang. Dann wieder schlug die Steppe breite Schneisen in den Urwald. Die Schafe, die sich wegen der nahenden Nacht zusammendrängten, sahen aus wie Wolken.
»Es wird kühl«, murmelte er, »lass uns hineingehen.«
»Es steht immer noch nicht fest, wo wir leben werden.«
Trotz der vielen Aussprachen und trotz der Nähe und Vertrautheit, die sich wieder eingestellt hatten – hatte es manchmal auch Streit gegeben, vor allem, wenn es um die Zukunft ging: Sie hatten keine Entscheidung treffen können, ob sie künftig auf der Estancia leben würden oder in Valparaíso.
»Am besten, du lebst an einem Ort und ich am anderen – dann sehen wir uns nur selten und müssen uns nicht ständig streiten«, murmelte er trocken.
»Dummkopf!«, schimpfte sie wieder und schmiegte sich zugleich fester an ihn. »Wobei das vielleicht keine schlechte Idee ist. Nein, nicht dass wir getrennt leben, aber dass wir einen Teil des Jahres hier und einen Teil des Jahres dort verbringen. Dann kann sich ein jeder von uns beiden ausreichend um seine Geschäfte kümmern.«
Arthur seufzte. Auch darüber hatten sie heftig diskutiert, doch trotz allen Zuredens seinerseits hatte sie nicht nachgegeben: Sie war zwar jetzt seine Frau, aber sie hatte gelernt, sich selbst durchzubringen – und das wollte sie auch weiterhin tun. Ob als Frau Suckow oder als Frau Hoffmann – sie würde ihr eigenes Geld verdienen, sooft er auch betonte, es sei nicht notwendig.
»Nun komm«, sagte er, »es wird wirklich kalt.«

Anstatt ihm zu folgen, machte Emilia sich von ihm los und umklammerte erneut die Reling. Ihr Blick suchte das Ende des Horizonts, doch Himmel und Meer trafen sich nicht mit einem klaren Schnitt, sondern wurden durch ein weißes Band vereint, vielleicht weitere Berge, vielleicht nur Wolken.

»Ich muss mit dir reden«, murmelte sie. »Es … es geht um das Geheimnis, das ich dir anvertraut habe. Mein Geheimnis.«

Im Wind flatterte sein Mantel so heftig wie ihr Kleid. »Nun ist es kein Geheimnis mehr«, stellte er fest.

»Ja«, sagte sie leise und strich über ihren Leib. »Ja, nun weißt du es … nun weißt du alles. Doch ich frage mich immer noch, ob du damit leben kannst.«

Er seufzte. »Fang nicht schon wieder damit an! Und lass vor allem endlich das Kind aus dem Spiel! Von wegen, es könnte verflucht sein, böse und verrückt. Du darfst auch nicht vergessen, dieses Kind hat dich vor der Cholera bewahrt. Wenn dir nicht übel gewesen wäre wegen der Schwangerschaft, hättest du an diesem einen Morgen die Milch getrunken und dich angesteckt. Du musst also keine Angst haben, dass …«

Sie hob abwehrend die Hand. »Darum geht es gar nicht. Ich versuche wirklich, mir keine Sorgen zu machen – zumindest nicht um das Kind. Aber ich habe eine Entscheidung getroffen. Sie hat mit meinem Vater zu tun … nicht mit Cornelius Suckow, sondern mit meinem leiblichen Vater, der zugleich mein Onkel ist. Viktor. Viktor Mielhahn.«

»Ach, Emilia«, seufzte er wieder, »lass endlich die schweren Gedanken und …«

»Nein!«, unterbrach sie ihn heftig. »Es sind keine schweren Gedanken. Es hat nichts damit zu tun, was er meiner Mutter angetan hat, ich will vielmehr …« Sie brach ab, löste ihren Blick vom Horizont und wandte sich ihm zu. »Weißt du, aus meiner Mutter wurde ich nie recht schlau, es war oft schwer, an ihrer Seite zu leben und mit ihr zurechtzukommen, aber trotz allem: Ich kannte sie. Ich weiß, wie sie aussah, wie sie war, wie sie sein konnte. Ich kann mich an ihr Gesicht erinnern, an ihre Gestalt, an ihre Stimme. Aber von Viktor weiß ich rein gar nichts. Keiner hat je von ihm gesprochen, es gibt kein Bild von ihm.«

»Vielleicht ist das ganz gut so«, murmelte er.

»Das Einzige, was meine Mutter Greta über ihn erzählt hat, war, dass er verrückt gewesen sei. Aber ist er das wirklich sein Leben lang gewesen oder erst im Laufe der Zeit geworden? Wie war er früher? Wie war er als Kind? Elisa hat einmal angedeutet, dass er sehr sensibel gewesen ist und unter den Schlägen seines Vaters gelitten hat. Vielleicht war er gar nicht böse und verkommen und wahnsinnig, nicht von Grund auf zumindest. Vielleicht war er eigentlich ein Mensch voller Hoffnungen, der sich nichts mehr wünschte, als ein gutes, zufriedenes Leben zu führen.«

»Du wirst es nie erfahren.«

Emilia nickte nachdenklich. »Das nicht. Aber Elisa meinte, ich müsste vor dem Erbe meiner Eltern keine Angst haben. Sie hätten beide ihre guten Seiten gehabt – und diese würden in mir lebendig werden. Und siehst du, genau deswegen will ich …« Sie brach abermals ab, zögerte.

»Was willst du?«

»Ich will nicht, dass mein Vater ein dunkler Fleck in meinem Leben ist, an dem niemand rühren und auf den niemals Licht fallen darf. Ich will die Namen meiner Eltern aussprechen, ohne vor Furcht und Unbehagen und Ohnmacht zu vergehen. Rita hat das doch auch gelernt – ihrer Vergangenheit nicht zu entfliehen, sondern mit ihr zu leben.«

Nun endlich trat sie von der Reling zurück.

Am Ufer wirbelte der Wind Staub und Sand auf und trug beides Richtung Schiff. Dahinter ballte sich die Sonne, eben noch von Dunst zerfranst, zu einer glühenden Faust. Kurz schien der graue Himmel zu brennen, das Meer leuchtete ein letztes Mal golden auf, dann sog die Nacht alle Farben aus dem Land. Das Wasser wurde pechschwarz, und bleich trat am Abendhimmel die Mondsichel hervor.

Sie griff nach Arthurs Hand und streichelte darüber. »Ich glaube, wir werden eine Tochter bekommen«, murmelte sie, um etwas bissig hinzuzusetzen: »Was auch gut ist, ihr Männer seid ja doch nicht zu gebrauchen.« Ihr Lächeln strafte die schroffen Worten Lügen.

Arthur neigte sich vor und küsste sie auf die Halsbeuge.

»Zu gar nichts?«, fragte er gedehnt.

»Na gut, zu dem ein oder anderen schon.« Ihr Lächeln verstärkte sich, dann wurde sie wieder ernst. »Es wird eine Tochter«, bekräftigte sie, »und ich möchte, dass sie Victoria heißt. Als Zeichen, dass ich nicht die Augen vor meiner Herkunft verschließe. Dass ich mit ihr leben muss und werde und dass ich das Beste daraus machen will.«

Arthur zog sie fest an sich. Der Wind heulte ums Schiff.

»Victoria, die Siegerin«, sagte er leise, »ich könnte mir keinen besseren Namen für unser Kind vorstellen.«

Personenverzeichnis

Die deutschen Auswanderer am Llanquihue-See
Emilia Suckow
Manuel Steiner, ihr Verlobter
Annelie von Graberg, Barbara Glöckner, Christine Steiner, einflussreiche Frauen der Siedlung
Elisa Steiner, Manuels Mutter
Cornelius Suckow, Emilias Ziehvater

Ureinwohner Chiles
Mapuche-Mädchen, genannt Rita
Quidel, ihr Vater
Maril, Tehuelche in Patagonien

Auf Reisen und in Punta Arenas
Pedro el Ballenero, Walfänger
Ernesta Villan, Bordellbesitzerin
Anastasia, genannt Ana, russisches Freudenmädchen
Agustina Ayarza, Herbergsmutter
Esteban Ayarza, ihr Sohn
Jerónimo Callisto, Erbe eines reichen Reeders
Juanita, eine Amme
Serafina und Titia, Ernestas Huren

Missionare
Bruder Franz, Missionar bei den Mapuche
Don Andrea, Salesianer-Pater in Patagonien

In Hamburg

Arthur Hoffmann, Apotheker
Balthasar Hoffmann, Arthurs Verwandter und bester Freund
Gustav und Minna Hoffmann, Arthurs Onkel und Tante
Frau Christa, die Haushälterin der Hoffmanns
Flori, Frau Christas Enkelsohn
Nora van Sweeten, Arthurs Ehefrau
Clarissa, Eleonore und Doktor August van Sweeten, Noras Familie
Dr. Hufnagel, Arzt des Alten Krankenhauses von St. Georg
Schwester Margarethe, eine Krankenschwester

In Sanct Pauli

Hella von Mummhausen, Varietébesitzerin
Paolo, ein Sänger
Natascha, eine Soubrette
Bruno, ein »Bajazzo«

Historische Anmerkung

Von meiner Reise nach Patagonien sind mir vor allem zwei Eindrücke im Gedächtnis geblieben: Zum einen faszinierte mich die unglaublichen Weite der kargen Landschaft, deren Charme sich nicht auf den ersten Blick erschließt und die etwas ebenso Verführerisches wie Beängstigendes hat – kann man sich hier doch zugleich frei und verloren fühlen, wunderbar losgelöst vom Alltag, aber auch von aller Welt abgeschnitten. Zum anderen erinnere ich mich noch gut an die sich rasch ändernden Wetterverhältnisse und den heftigen Wind. Es vermittelt ein ganz neues Körpergefühl, wenn man einen Hügel hinunterläuft und sich dem Wind entgegenfallen lassen kann, ohne zu stürzen. Oder wenn sich umgekehrt, in sprichwörtlicher Windeseile, gleicher Hügel erklimmen lässt, weil man von unsichtbarer Macht angeschoben wird.

Als ich an vorliegendem Roman gearbeitet habe, habe ich versucht, diese Eindrücke immer wieder heraufzubeschwören. Doch um das Leben vom Emilia und Rita im südlichsten Zipfel Chiles möglichst authentisch zu beschreiben, ging es natürlich nicht nur darum, diese Erinnerungen zu beleben, sondern möglichst viele Informationen und Fakten zusammenzutragen. Oft ließen sich die damaligen Lebensbedingungen gut rekonstruieren – doch nicht immer blieben die Ergebnisse meiner Recherche lückenlos, und manchmal musste die Phantasie aushelfen, um bloße Eckdaten mit Leben zu füllen.

Das betrifft insbesondere den Alltag in Punta Arenas. In vielen Tagebucheinträgen, Briefen, Lebensschilderungen oder Romanen südamerikanischer Autoren wird diese Stadt ähnlich geschildert: als eine Art Schmelztiegel, in dem nicht nur verschiedene Kulturen und Nationen (Briten, Deutsche, Portugiesen, Italiener, Schweizer, Russen etc.), sondern der Reichtum von Schafzüchtern und Reedern mit der Armut vieler europäischer Auswanderer, denen das Geld für die Weiterfahrt ausging, zusammentrafen. Unternehmer und Deserteure wurden von Punta Arenas ebenso angezogen wie Abenteurer unterschiedlichsten Formats: Männer auf der Suche nach Gold oder schlichtweg nach Arbeit oder exzentrische Damen à la Lady Florence Dixie. Schnell wachsend, oft chaotisch, mit vielen Herbergen, Saloons und Bordellen und als Zentrum von Schifffahrt und Handel, glich die einstige Strafkolonie in ihrer kurzen Hochzeit, die nach dem Bau des Panama-Kanals schlagartig vorbei war, wohl einer Stadt im Wilden Westen. Doch trotz vieler Schilderungen, die das bestätigen – wegen der sich mehrmals verdoppelnden Einwohnerzahl veränderte sich das Stadtbild zu schnell, um es genau erfassen zu können. Man möge es mir darum nachsehen, wenn mein Punta Arenas rund um das Jahr 1882 vielleicht in manchem besser das Punta Arenas späterer oder früherer Zeiten trifft.

Überschaubar sind die Schilderungen vom alltäglichen Leben auf einer patagonischen Estancia. Hier wird entweder eine sehr männliche Sichtweise eingenommen – die der Gauchos – oder die der Engländerinnen, die mehr für den Haushalt als für die Schafzucht selbst verantwortlich waren. Aus den Details von beiden, aber auch mit einer gehörigen Portion Phantasie habe ich versucht, das Leben meiner Protagonistinnen möglichst glaubhaft darzustellen. Worin sich die damaligen

Estancias am stärksten unterschieden, war ihre Größe. Die von mir geschilderte Estancia ist ein kleiner Familienbetrieb, wie es sie letztlich nur vereinzelt gab – und nicht zu vergleichen mit einem Großunternehmen wie z.B. das der berühmten Familie Braun-Menéndez, die die Wirtschaft der Region nachhaltig beeinflusste und deren Palacio an der Plaza Muñoz Gamero bis heute das Stadtbild von Punta Arenas prägt. Nicht weit entfernt davon befindet sich auch die bronzene Statue des El Indio Desconocido (Unbekannter Indianer) – im Volksmund Indiecito genannt und als wundertätig verehrt –, die daran gemahnen soll, auf wessen Kosten viele der damaligen Schafbarone ihren Reichtum erlangten.

Das Leben der Tehuelche, der Ureinwohner Patagoniens, ist gut dokumentiert. In meinem Roman habe ich die Missionare, Sprachenforscher und Entdecker teilweise erwähnt, die sich ab dem 18. Jahrhundert mit diesem Volk beschäftigten, mit ihm lebten und vieles genau beschrieben – ihre Sprache und ihr Aussehen, ihre Kleidung und Waffen, ihre Riten und Bräuche. Diese Dokumente waren mir bei der Darstellung von Maril eine große Hilfe. Ich möchte aber einschränken, dass dieses Wissen ausschließlich von Weißen stammt, also von Außenstehenden, die der Kultur der Tehuelche oft sehr distanziert gegenüberstanden und vieles nicht einfach nur feststellten, sondern – vom westlich-europäischen Background geprägt – bewerteten. Mein Buch kann nicht mehr leisten wie manche dieser Forscher – einen ersten Einblick in diese Kultur geben, aber sich nicht anmaßen, sie wirklich zu kennen. Gleiches gilt für die Kultur der Mapuche.

Sehr umfangreiches Recherchematerial fand ich zum Hamburg des 19. Jahrhunderts, den Beziehungen zwischen deutschen und chilenischen Apotheken, dem Leben in Sanct Pauli und der großen Cholera-Epidemie 1892. Ich konnte mich von vielen entsprechenden Schilderungen der Zeitzeugen inspirieren lassen; manche Zitate aus dieser Zeit habe ich meinen Protagonisten wortwörtlich in den Mund gelegt.

Um am Ende noch einmal zurück auf meine Chilereise zu kommen: So menschenleer und einsam nicht nur weite Teile Patagoniens, sondern auch andere Regionen des zwar schmalen, aber sehr langen Landes sind – wenn man aufmerksam lauscht, flüstert einem der Wind noch viele Geschichten zu: Geschichten von unbeugsamen, abenteuerlustigen, tatkräftigen Männern und Frauen, die um ihre Existenz, ihre Bestimmung und die Liebe kämpfen. Wenn Sie Geduld und Lust haben, will ich Ihnen gerne noch mehr dieser Geschichten erzählen – unter anderem die Geschichte der Generation, die auf Emilia und Rita folgt: die Geschichte von Aurelia und Victoria.

Carla Federico

Im Land der Feuerblume

Roman

Hamburg 1852: Im Hafen begegnen sie sich das erste Mal: die junge abenteuerlustige Elisa, der nachdenkliche Cornelius und ihre Familien, die das Wagnis eines neuen Lebens in Chile eingehen wollen. Jeder erhofft sich etwas anderes von dem Land seiner Träume. Bereits auf dem Schiff, das sie in die ferne neue Heimat bringen soll, entbrennt Elisa in glühender Liebe zu dem oft so melancholischen Cornelius. Doch stets scheint dem Glück des jungen Paares etwas im Wege zu stehen: die unerbittliche Natur, die sie vor immer neue Herausforderungen stellt, aber auch Missgunst und Eifersucht …

Ausgezeichnet mit dem internationalen Buchpreis CORINE in der Kategorie »Klassik Radio Publikumspreis«.

Knaur Taschenbuch Verlag

Di Morrissey

Im Tal der roten Zedern

Die grosse Australien-Saga

Lara Langdon hat einen Entschluss gefasst: Sie will eine Zeitlang in Cedartown, dem Ort ihrer Kindheit, leben, um endlich etwas über ihren Vater in Erfahrung zu bringen, über den sie so gut wie nichts weiß. Ihre Tochter Dani und deren achtjähriger Sohn Tim begleiten sie. Dani ist sofort fasziniert von der Geschichte Cedartowns, insbesondere von der legendären Pionierin Isabella Kelly, die sich 1840 als Viehzüchterin im australischen Outback niedergelassen hatte – damals ein ungeheurer Schritt für eine alleinstehende Frau.
Lara ist indessen bei ihren Nachforschungen auf Thommo, einen alten Freund ihres Vaters, gestoßen: Kann er endlich Licht in ein dunkles Kapitel Familiengeschichte bringen?

Knaur Taschenbuch Verlag

Ricarda Martin

Insel der verlorenen Liebe

Roman

Die Insel St. Kilda vor der schottischen Küste im Jahre 1860. Die kleine Màiri genießt trotz aller Entbehrungen ihr Leben. Nichts scheint sich auf der abgeschiedenen Insel zu verändern – bis zu jenem Tag, an dem vor der Küste ein Schiff in Seenot gerät. Nur ein Mann kann gerettet werden: Adrian. Doch er hütet ein Geheimnis, das das Leben des Mädchens zu zerstören droht …

Knaur Taschenbuch Verlag

Ana Veloso

Der indigoblaue Schleier

Roman

Goa im 17 Jahrhundert: Der junge Miguel wird in die portugiesische Kolonie entsandt, um sich um die Belange des väterlichen Handelshauses zu kümmern. Er ahnt nicht, dass eine geheimnisvolle Inderin seinen Ehrgeiz mehr anstacheln wird als alle unternehmerischen Herausforderungen. Die als Dona Amba bekannte Dame pflegt keinerlei Umgang mit ihren Mitmenschen, entblößt ihr Gesicht vor niemandem außer ihrer alten Amme und ist alles andere als begeistert von dem Interesse des heißblütigen jungen Mannes. Miguel aber lässt sich von ihr nicht abschrecken. Welches düstere Geheimnis hütet die verschleierte Schöne?

KNAUR